W0242404

Zu diesem Buch

«Sein Sohn in seinen Armen, beglänzt und sehr weit oben», beschwört, allein durch die Hervorhebung des Größenunterschiedes zwischen Vater und dem vor ihm davonlaufenden Sohn, das mythische Bild des Vaters als unerbittlicher Richter und Verfolger herauf. «Eine nahezu klassische Story» beschreibt das fast inzestuöse Werben einer todkranken Frau um ihren widerstrebenden Adoptivsohn. In der Titelstory «Unschuld» blickt der reife Wiley auf ein Jugenderlebnis zurück: den Versuch, der sexuell erfahrenen, aber unerfüllten Studentin Orra ihren ersten Orgasmus zu verschaffen. Das komplexe Wechselspiel von Hingabe und Zurückhaltung, Macht und Furcht, Manipulation und Widerspruch gipfelt in mystischer Verzückung und großer Einsamkeit.

Der schnelle Wechsel von erzählerischer Nähe und Distanz, von Aktion und Reflexion in dieser Prosa orientiert sich an der Funktionsweise der menschlichen Erinnerung. Brodkeys elf Stories sind die Bilanz eines Autors, der sich nichts Geringeres vorgenommen hat als die Erkundung der menschlichen Seele.

«Diese Erzählungen sind Wunderwerke der Sprache und der Psychologie. Insofern klassisch, als sie auf eine, man könnte sagen, ‹dämonische› Weise ganz alte Themen behandeln – den Tod, die Liebe, Moral, Glück, Erinnerung.» («Deutsches Allgemeines Sonntagsblatt»)

Harold Brodkey, geboren am 25. Oktober 1930 in Staunton/Illinois, verbrachte seine Kindheit in St. Louis, begann mit sechzehn Jahren in Harvard Literatur zu studieren und lehrte später Literatur und Creative Writing in Cornell und der City University of New York. 1958 veröffentlichte er sein erstes Buch, einen Erzählungsband (dt. «Erste Liebe und andere Sorgen»), der mehrfach preisgekrönt wurde. Erst dreißig Jahre später folgten die «Stories in an Almost Classical Mode», deutsch in der vorliegenden Ausgabe und, um eine Erzählung erweitert, in dem Band «Engel» (Rowohlt 1991), diesem «in jeder Hinsicht gewaltigen Doppelband» («Die Zeit»). 1991 veröffentlichte er seinen seit Jahrzehnten von Gerüchten und Hoffnungen umwobenen Roman «The Runaway Soul» (demnächst bei Rowohlt). Harold Brodkey lebt mit seiner Frau, der Schriftstellerin Ellen Schwamm, in New York.

Harold Brodkey

UNSCHULD

Nahezu klassische Stories

Band 1

Aus dem Amerikanischen
von
Karin Graf
Dirk van Gunsteren
Thomas Piltz
Angela Praesent
Susanna Rademacher
Harry Rowohlt
Hans Wollschläger

rororo

Rowohlt

Die Originalausgabe erschien 1988 unter dem Titel
«Stories in an Almost Classical Mode»
im Verlag Alfred A. Knopf, New York

Veröffentlicht im Rowohlt Taschenbuch Verlag GmbH,
Reinbek bei Hamburg, Dezember 1992
Copyright © 1990 by Rowohlt Verlag GmbH,
Reinbek bei Hamburg
«Stories in an Almost Classical Mode»
Copyright © 1963, 1965, 1968, 1969, 1973,
1975 by Harold Brodkey
Alle deutschen Rechte vorbehalten
Umschlaggestaltung Nina Rothfos
Druck und Bindung Clausen & Bosse, Leck
Printed in Germany
1690-ISBN 3 499 13156 0

Inhalt

Für
Ellen und Elena und
meine Ann Emily

Der verschwenderische Träumer

Marcus Weill hat gesagt, in seinen Filmen gehe es in erster Linie um Moral und Tod, aber in Wahrheit ist sein beherrschendes Thema, daß wir moralischen Schiffbruch erleiden, weil wir uns vor dem Tod fürchten. Er will uns glauben machen, daß wir Logik und Ordnung scheuen, weil sie uns an unsere Sterblichkeit erinnern, während uns Unlogik und Unordnung trösten, weil sie beweisen, daß nichts von Sinn erfüllt, daß nichts sicher ist, nicht einmal der Tod. In seinem Film *La Nouvelle Cléopâtre en Avignon* sagt der Erzähler: «Seid nicht verstimmt, weil unsere Figuren nicht immer die gleichen Gesichter haben; sie sind darin dem Tod und Leben treu.» Der Erzähler sagt: «Wir hoffen, nicht die euklidische, sondern die Geometrie des Sterblichen zu zeigen, das große Schelmenstück der Theoreme, die wir in der Natur verstecken, um uns an ihrer Entdekkung zu erfreuen.» Was für Marcus existiert, ist das Bild. In *La Nouvelle Cléopâtre en Avignon* neigt sich die Heldin über ihren Liebhaber. Man hört eine Uhr und den Atem der Heldin; man sieht den trägen Pulsschlag, das lüsterne Zucken im Augenwinkel ihres Liebhabers und wie sich die Finger der Heldin verstohlen ausstrecken, um ihn zu berühren. Der Erzähler sagt: «Ist es nicht an der Zeit für sie zu ahnen, daß das Fleisch eine Uhr ist, eine Uhr, die nicht repariert werden kann?» Der Erzähler sagt: «Es ist ein

Axiom in der Geometrie des Sterblichen, daß der Lärm eines Streits das Ticken aller Uhren in einem Raum übertönt.» Als sich die Liebenden streiten, werden uns ihre Worte vorenthalten; wir sehen, wie sich ihre Gesichter verwandeln, und wir sehen, daß sie von einem Augenblick zum anderen ganz andere Menschen sind. Der Erzähler sagt: «Die Ungewißheit befeuert ihre Leidenschaft», und die Versöhnung ist die leidenschaftlichste Szene im Film. Der Held liegt schlafend da. Die Heldin betritt sein Zimmer und weckt ihn mit Küssen und mit Tränen. Er öffnet die Augen, und sie hört schlagartig zu weinen auf und dreht den Kopf, bis sie und ihr Liebhaber einander anblikken; dann setzt sie ein betörendes, nicht ganz überzeugendes – so strahlend ist es – Lächeln auf. Die Kamera ist plötzlich weit vom Bett entfernt; die Liebenden umarmen sich in einem Zimmer, dessen Wände zerfließen. Bäume werden sichtbar, die Äste bewegt wie in einem sommerlichen Sturm. Zwischen den Bäumen huschen oder schleichen, sitzen, kauern oder schlafen Löwen und Affen, Schlangen und Tiger. Schatten schwanken hin und her, im Zimmer haben sie die Fischgestalten des Schreckens. Die Liebenden auf dem Bett sind Puppen unter einer gesprungenen Glasglocke, einem dünnen, zersprungenen Glasgespinst inmitten eines windzerzausten, fensterumlauerten Gartens. «Mein Gott, ich bin so glücklich», schreit die Heldin heraus, und die Szene ist zu Ende.

Marcus ist untersetzt, lebhaft, gutaussehend. Fünf Filme hat er in Frankreich gedreht, einen in Belgien, zwei in Italien, einen in Griechenland. Vier seiner Filme sind auch hierzulande mit gutem Erfolg bei Kritik und Publikum gelaufen, einer ohne Erfolg. Die Kinos würden auch die übrigen gern zeigen, aber Marcus ist leichtsinnig und ein wenig raffgierig in Geldsachen und hat zu viele Verträge unterschrieben: wer das Alleinverkaufsrecht wofür hat und wem zusteht, worum in drei Ländern noch prozessiert wird. Er ist gebürtiger New Yorker und setzt als Bildhintergrund oft Stadtansichten ein – entfernt, durch Fenster gesehen, mit ausgefressenen Weißen, überbelichtet, ähnlich den sonnengebleichten, farblosen und geometrischen Hintergründen in frühen Renaissance-Gemälden: Piero della Francesca und Botticelli; vor solchen Hintergründen bewegen sich seine Menschen in stilisierten Kostümen, linear, die Augen und Münder wie Kristalle, dominierend. Er ist Jude. Er vermeidet Dialoge in seinen Filmen, wo er nur kann. Im Leben nimmt er nur wenig auf einfache und direkte Weise wahr; nichts ist nur, was es ist. «Für mich», sagt er, «ist es wie mit den gläsernen Wänden bei Proust – das Restaurant, das sich in seinen eigenen Wänden spiegelt, mitsamt den Gästen, und dahinter sieht man die Blumen draußen.» Ein Kuß ist ein Augenblick – schwer und rund, eine Melone; der jähe Einschnitt der Isolation ist ein Messer in der Melone, das die zähe Haut zerteilt; das weiche, pastellige Innere erscheint. Sieh an, es ist hohl. Und in der Höhlung: Samenkerne. Seine Empfindungen für eine Frau neigen anfänglich dazu, formell und düster zu sein. Es ist, als folgte er dem Ritus einer alten Religion voller Aberglaube und Ehrfurcht. Doch später verwandelt sie sich in ein Mädchen (oder auch zwei), das er einst kannte, oder in einen Eimer, der zu eng ist für den lebenden Fisch darin, oder in den Rond Point: Touristen, Protzigkeit, *art moderne*, Blumen, Springbrunnen, alles was dazugehört. Er kann solche Ausschmückung des sinnlichen Erlebnisses nicht vermeiden; sie ist eine Bedingung seiner Existenz.

Ein Film ist für ihn in erster Linie eine Montage von Erkenntnissen, ein Weg, der so angelegt ist, daß jeder Schritt eine neue Perspektive auf das Gesehene eröffnet und dessen Sinn verändert. Das Publikum muß, paradoxerweise, von der Logik überrascht werden, so als wäre Logik etwas Unvorhersehbares. Er war erfolgreich, wenn das Publikum seine Schlußfolgerung akzeptiert, weil es stolz ist, die Geometrie erkannt zu haben, die dahintersteckt. Am Ende des Films steht die Erkenntnis, daß der Weg nirgends hinführen konnte als nur zu diesem Schluß. In Rom, vor Beginn der Dreharbeiten zu *Rencontre du voyage*, sagt er: «Der Anfang wird sehr einfach sein. Sie ist in der Sixtinischen Kapelle, im Touristengewühl, sie schaut hinauf zur Decke. Sie fühlt sich traurig und unruhig und ängstlich im Gewühl, und sie schaut hoch zu dieser Decke. In diesem Augenblick wissen wir alles über sie ...» Er spricht langsam, atmet asthmatisch durch den Mund, während sie auf der Terrasse der geräumigen Villa außerhalb von Rom, die seine Geldgeber für ihn gemietet haben, beim Frühstück sitzen. In einer Stunde wird die erste Klappe fallen. Unterhalb der Terrasse liegen ein größtenteils verwilderter Garten und ein Swimmingpool und, hinter einer zerzausten Oleanderhecke, gelblichgrüne Wiesen (ein sonnenverbrannter Golfplatz) und die Hügel, die sich bis Rocca di Papa erstrecken; im Mittelgrund sieht man die Ruinen des Aquädukts aus Claudischer Zeit. Es ist kurz vor acht Uhr morgens, in der Luft hängt noch ein Rest Nachtkühle, aber sie ist unwirklich, ausgedünnt, wird bald verschwinden.

Vom Kopfende des Tisches aus begrüßt er seinen Drehbuchautor, Loesser; seinen Kameramann, Alliat; und seine Stars, Jehane Duret und Oskar Haase. Marcus' Familie – seine Kinder und seine Lebensgefährtin und Haushälterin – ist in Paris; nur seinen Diener hat er mitgebracht.) Jehane Duret ist seine Geliebte, doch die Affäre liegt in den letzten Zügen. Sie ist großgewachsen, mit einem sehnigen Körper, einem großen, selbstbewußten Mund. «Ihr seid unruhig», sagt er zu Jehane und Oskar – «Oskar le Beau» nennen ihn die französischen Zeitungen. «Die beiden – ihr müßt euch über eines im klaren sein bei den beiden.» Es fällt ihm schwer, die richtigen Worte zu finden. «Sie sind gewöhnlich – nicht hinsichtlich des Aussehens ... nicht hinsichtlich ihrer Seelen ... aber hinsichtlich der Vermutungen, die sie anstellen ...» Seine Stimme verliert sich. Die Zuhörer blicken ihn ratlos an. Er runzelt die Stirn. Er sagt beschwörend: «Man könnte sie überall aufnehmen. Vor dem Schaufenster eines Kaufhauses – dort würden sie *hinpassen*!» In die Zuhörer kommt Bewegung; sie spüren etwas, womit sie arbeiten können, und erwarten weitere Anweisungen. Marcus springt auf. «Seht her. Seht mir zu, ich werde es euch vormachen.» Er ist ein schlechter Schauspieler; es gab einmal eine Zeit, als er sich als Darsteller versuchte, aber sobald er auf der Bühne stand, war er, egal in welcher Rolle, immer nur ein überagierender, großäugiger junger Mann, der einen Schauspieler spielte. Er beginnt mit einer Pantomime. Sein Lächeln verschwindet; er wirkt gelangweilt, abwesend. Er verzieht den Mund, knetet die Finger.

Ein Hausmädchen kommt aus der Villa gelaufen, klappert mit ihren Schuhen auf dem Steinpflaster; als sie die Pantomime bemerkt, geht sie die letzten Schritte auf Zehenspitzen, legt einen Finger an die Lippen, um zu zeigen, daß sie nicht stören will, und läßt ein Telegramm in Marcus' Hand gleiten. Marcus setzt achselzuckend seine Pantomime fort, beschreibt einen langsamen Kreis, bis er den großartigen Ausblick vor sich hat – den sanften, braungelben Abhang der Wiesen bis zum Aquädukt und den Ausläufern der bläulichen Hügel, die sich gen Rocca di Papa erheben. Er setzt eine Miene auf, die finster sein soll, breitet die Arme aus, senkt den Kopf und wendet sich ab. Es ist eine lächerliche Darbietung. Loesser, der Drehbuchautor, sagt mit leiser Stimme: «Isoliert – von der Welt und von den Menschen, Gefangene. Unfähig, etwas zu empfinden.»

«Ja. Gut!» ruft Oskar Haase. Er nickt, aber es wirkt eher beflissen als von Verständnis durchdrungen. Jehane hält die Augen geschlossen, wohl peinlich berührt von Marcus' Zurschaustellung.

»So empfinden sie im Angesicht von teuren Autos und Filmtheatern», sagt Marcus. «Es sind ihre Vermutungen, die sie betrügen.» Oskar und Jehane richten sich auf, Scharfsinn und Unersättlichkeit von Schauspielern im Blick. Das Telegramm raschelt in Marcus' Hand. «Ihr seid also sehr unruhig», erläutert er, «und kalt. Wer kein Selbstmitleid kennt, kann auch für andere nichts empfinden.» Er wendet sich dem Telegramm zu. Es kommt aus Amerika, von seiner Stiefmutter, und darin steht: «NANNA GESTERN NACHT IM SCHLAF GESTORBEN TRAUERFEIER SIEBTER JUNI VIERZEHN UHR DREISSIG B'NAI SHOLOM BOSTON.»

Das Sonnenlicht liegt schwer auf Marcus' weißem Hemd; Feuchtigkeit wallt aus den ockergelben Mauern der Villa.

«Qu'est-ce que c'est?» fragt Jehane.

«Ma grandmère est morte.»

«Oh, pauvre petit», sagt Jehane. Ihr Schauspielerinnengesicht verfällt in Mitleid, die Muskeln der straffen, selbstbewußten Lippen geben nach, der Blick umflort sich. Es ist ein vertrautes Bild; sie hat lange Nächte mit ihm durchwacht, auf Wiesen und in Zimmern: «Ich kann nicht schlafen.» «*Pauvre Marc.* Wollen wir Karten spielen?» «Ich bin zu nervös zum Kartenspielen. Es geht nicht vorwärts mit dem Film. *La mort vient et je suis nu.*» Er hat Angst vor der Müdigkeit am nächsten Tag, fürchtet sich aber noch mehr vor dem Tod und kann nicht schlafen. «Ich habe drei Seconal genommen, aber sie wirken nicht.» Stundenlang ist Jehane mit ihm in der Stadt herumgelaufen, zwischen Laternenpfählen. «Unser Obstgar-

ten», nennt Marcus sie. Nach Anbruch der Morgendämmerung kann er immer schlafen.

Jehane hat spitze Schultern und einen langen Hals. Ihre Haare sind glatt, ein Vorhang. Die berühmten Augen füllen sich mit Empfindung, und Marcus setzt wieder seine finstere Miene auf, will sie entmutigen. Der erste Dreh steht kurz bevor. Er wird sich nicht aus der Fassung bringen lassen, nur weil ein Telegramm berichtet hat, daß Nanna tot ist. Er hört – in seiner Vorstellung – ein metallisches Rumpeln, das Geräusch eines Wellblechtors, das sich schließt, ein rollendes Führungsrad auf dem Halbkreis der Schiene (er kann sie sehen); krachend fällt das Tor ins Schloß. Was ein Durchgang war, ist fugenlos wie eine Mauer. Fingerspitzen tasten am unteren Rand des Tors entlang, arbeiten sich ein paar Zentimeter nach oben; ist das Erinnerung? Nannas säuberlich gewelltes, kurzes graues Haar, wie geriffelter graubrauner Sand.

«Sie ist reich», sagt er, achtlos in der Zeitwahl. «Vielleicht hat sie mir ihr Vermögen hinterlassen.»

Seine Sinne dümpeln unbehaglich auf der Woge des Sonnenlichts. Marcus spürt ihren Sog, an seinen angespannten Beinen, am Bauch, der seinen Gürtel dehnt; die Gestalten am Tisch stechen Schatten aus. Seine Augen, seine Nase, alle seine Gesichtszüge sind stark ausgebildet, fleischig; nichts an seinem Gesicht ist bescheiden oder knapp bemessen: nicht das Fleisch, nicht die Wohlgestalt, nicht die Intelligenz. Die wulstigen Mondviertel seiner Lider flattern hektisch über die geblendeten Augen. Um das Blinzeln unter Kontrolle zu bekommen, kneift er die Augen zusammen. Er will verhindern, daß seine Schauspieler abgelenkt werden oder auf Distanz gehen. Schauspieler sind sentimental, streng in ihren Riten wie Kinder, und wie Kinder voller Argwohn; sollten sie sich abgestoßen fühlen, so werden sie seinen Entscheidungen nicht trauen, sich seinen Anweisungen widersetzen, vor laufender Kamera Überraschendes tun. «Sie war nicht besonders gut zu mir», sagt er ernst. «Oder zu meiner Mutter.»

Zu seiner Mutter – gewiß nicht. Noreen war hübsch, zartgliedrig; sie hatte rotgoldenes Haar. Seine Mutter, Noreen. Ein fröhliches, lachendes irisches Mädchen – so sah sie sich selbst –, das Liebe, Lebensfreude und den wahren Glauben in die Familie ihres Mannes brachte. «Ich habe die Juden immer bewundert», sagte die hübsche Noreen, «ihr enges Familienleben.» Ihr stand eine Überraschung bevor. Die reiche, aus Deutschland und Frankreich stammende jüdische Familie ihres Mannes blickte scheel auf die Mitgift von Liebe und Lebensfreude, die der wahre Glauben einbrachte – Hysterien und Rivalitäten und all das Unschöne, das durch den Beichtstuhl ausgespien wurde wie aus dem Spritzloch eines Wals. Sie waren ernsthaft und arbeiteten an sich selbst und bekannten sich zu einer verwirrenden Vielfalt von Anschauungen und Gebräuchen. Es sah ganz so aus, als hätten sie bereits eine Religion. Noreen saß da, lachte, stellte ihre Fröhlichkeit zur Schau und ihre komplette Aussteuer an Glaubenssätzen über alles und jedes, ihre Vorurteilslosigkeit gegenüber den Juden, und ihre angeheirateten Verwandten beobachteten sie höflich, mit gelassener Geduld, bis sie sich zu langweilen begannen und sie schließlich ignorierten. Das Kind Marcus sah sich alles an und dachte an einen Maibaum, der flatternde Bänder nach Tänzern auswarf, die keine Anstalten machten, sie zu fangen. Noreen trank ziemlich viel. «Oh, schon vier Uhr! Ich hätte Lust auf einen kleinen Drink! Noch irgendwer einen kleinen Drink?» Marcus spürte, wie Nanna ihn beobachtete, und ihm wurde klar, daß es Blickwinkel gab, aus denen er gewöhnlich erscheinen mußte, eine zweifelhafte Größe.

Abrupt setzt sich Marcus wieder an den Tisch. Die anderen erzählen, um ihre Beklommenheit zu überspielen, von ihren Großmüttern. Oskar erwähnt eine Oma, die bei der Bombardierung Hamburgs umgekommen ist, Loesser eine, die zwischen ihren Angina-Anfällen mit der Krankenschwester Pinokel spielte. Marcus hört zu. Nanna ging mit ihren Söhnen nach dem Essen spazieren, in Scantuate, im Garten, über dem Meer. Am Mast knatterte die Fahne in der steifen Brise. Abends in der Dämmerung liefen die Kinder hinaus, um sie einzuholen. Nanna war zierlich, von harmonischen Proportionen, säuberlich grau und braun – verglichen mit Noreen eine Drossel neben einem Flamingo. Sie trug unauffällige, dunkle Kleider mit Blümchenmuster und ein Haarnetz; sie mochte es nicht, daß der Wind ihre Frisur durcheinanderbrachte. Marcus sieht ihre Haare, die Haare einer alten Frau, langgewachsen während der Krankheit, wie sie offen auseinanderfliegen, ungebändigt; ihre entwischenden Elritzenaugen (nie war es ihm als Kind gelungen, sie zu kontrollieren, ihren Blick festzuhalten, wie er wollte: Eines Tages, er war fünf, kniete er am Zierteich im Garten. «Versuchst du, Fische zu fangen, Markie?» Er schüttelte den Kopf. «Ich kann's nicht. Sie lassen sich nicht fangen.»), ihre runden Wangen und das zierliche Mandelkinn, in dem sich ihre Greisinnenschönheit konzentrierte, und die dünnen, immer etwas verzogenen, intelligenten Lippen sind so verkrampft und leblos, als wären sie in einem Spiegeltausch unter das Netz gekommen und dafür die Haare freigesetzt. Ihr Gesicht – für ihn ist es ein Lebewesen, wie ein Silberäffchen – ist ausgelöscht worden. Jehane hat erzählt, wie ihre Großmutter sie anflehte, sie solle den Nonnen in der Schule gehorchen, damit sie nicht in die Hölle käme, und nun lehnt ihr Kopf an Marcus' Schulter. Ihm bricht der Schweiß aus. Er will nicht getröstet werden. Er hat es mit Tatsachen zu tun. Eine Tatsache ist, daß er sich nicht vor Schmerz verzehrt. Eine andere Tatsache: Nanna wird ihrem Chauffeur Nils keine Briefe mehr geben, um sie zur Post zu bringen. Sie wird auch keine Schecks mehr ausstellen.

Nanna stellte Schecks in solchen Mengen aus, daß man kein Scheckheft sehen konnte, ohne an sie zu denken. «Markie», sagte Noreen, «Nanna hat dir wieder einen Scheck geschickt.» Nannas Lebenszeichen erreichten ihn in der kleinen Wohnung in New Rochelle, wo er mit Noreen nach deren Scheidung von seinem Vater lebte. Sie brachten Privilegien: Kleidung und Übungsstunden – Reiten, Tennis, Klavier –, Aufenthalte im Ferienlager, Bücher; ein Fahrrad, einen Kaschmirschal, einen Globus zu Weihnachten. Nannas Schecks machten ihn zu etwas Besonderem, hoben ihn ab von den übrigen Kindern in dem schäbigen Wohnblock. Nanna wollte, daß ihre Enkelkinder ihren Interessen, Hobbies und Projekten nachgehen konnten; ernsthaft betriebene Hobbies brachten Ansehen. Nanna glaubte, daß ein Träger des Namens Weill per definitionem begabt war. Sie zu besuchen, bedeutete eine Dunkelkammer im geräumigen Keller des Hauses in Scantuate, dessen Wände dröhnten, wenn sich an stürmischen Tagen die Wellen an den Klippen brachen. Es bedeutete, daß Nanna ihn wieder und wieder ansah, ihn taxierte. «Möchtest du nicht eine Internatsschule besuchen?» Er ging dank Nannas Schecks so selbstverständlich nach Andover wie ein Kind aus dem Norden dank seiner Schneeschuhe durch die Wälder. Die Ärzte, die ihn im Frühjahr behandelten, als aus der Nervosität, an der er in der Schule litt, eine Lungenentzündung geworden war, empfahlen Sonne, frische Luft und ungestörte Ruhe. Er verbrachte den Sommer in Scantuate mit Nanna. Sie sagte: «Ich würde dir gern etwas schenken.» Er sagte: «Ich bin froh, daß du mich kommen lassen konntest. Das ist schon ein

Geschenk. Mehr will ich nicht.» Er brachte es nicht fertig, sie anzusehen; es war, als könne eine Hand, die einen Scheck ausstellte, damit ein Herz umzäunen. Er nahm die Ruhe des braunen, häßlichen Hauses, der mit Teppichen ausgelegten Zimmer voller chinesischer Bronzen in sich auf. «Du solltest an die frische Luft – zum Schwimmen.» Er sagte: «Ich dachte nur, du willst vielleicht Gesellschaft.» Sie sagte: «Später. Du brauchst Bewegung, Marcus.»

«Liebe Mutter», schrieb er, «mir geht es gut. Ich bin gesund. Du fehlst mir.» Er wollte höflich sein.

Er verfaßte zwei Comics, lithographierte die Bilder selbst. Der eine Comic war *Madame Bovary*, der andere *Sturmhöhe*. Er zeigte sie Nanna. «Es macht mir Spaß, mit Bildern eine Geschichte zu erzählen», sagte er. «Möchtest du eine Filmkamera haben?» Vorsichtig antwortete Marcus: «Ich hätte schon gern eine, aber ich glaube nicht, daß ich sie verdiene. Ich meine, schließlich habe ich ja nicht Geburtstag. Ich habe überhaupt nichts dafür getan.» Der Chauffeur brachte eine Filmkamera aus Boston mit, ein Modell, das Nanna von ihrem Rechtsanwalt empfohlen worden war, den sie angerufen und um Rat gefragt hatte. «Irgendwann in diesem Sommer mußt du unbedingt deine Mutter besuchen. Vielleicht nach dem Labor Day», sagte sie. Marcus sagte: «Aber dann wirst du allein sein.» Am nächsten Tag sagte sie: «Weil du anscheinend nicht von mir weg willst, habe ich deiner Mutter geschrieben und sie eingeladen, uns hier zu besuchen.» Marcus wollte seinen ersten Film mit Nils, dem Chauffeur, und einem der irischen Hausmädchen drehen. «Also, Sie sind jetzt ein Mörder. Sie k-kommen angeschlichen», stotterte er seine Anweisungen an Nils. Früher hatte er nur in Augenblicken höchster Erregung gestottert, aber in letzter Zeit – im vergangenen Jahr – hatte das Stottern zugenommen; inzwischen stotterte er fast ständig. «Sie kommen mit dem

M-messer in der Hand um die Garagenecke...» Er ließ das irische Mädchen an den Klippen entlanglaufen, mit wehenden Haaren und Röcken. «Sie l-laufen um Ihr L-leben.» Noreen kam an, fast so hübsch wie immer. Er zeigte ihr die Dunkelkammer, die Comics, die er gedruckt hatte. Über die Comics regte sie sich auf; sie seien unanständig. Noreen erzählte, daß sie sich mit einem Mann namens Little traf, einem Eisenwarenhändler. «Vielleicht heiraten wir sogar, Markie. Dann hast du wieder einen Vater, wäre das nicht schön?» fragte sie hoffnungsvoll.

Noreen trank nicht wenig während dieses Besuchs. Marcus beobachtete: Sie füllte sich mit Bläschen; die Oberfläche ihres Gesichts warf Bläschen wie eine Farbe, in der sich Luft befindet. «Stimmt es, daß du bei Nanna bleiben willst?» fragte Noreen. Sie ließ gläsernes Gelächter zerschellen. Sie sagte, ohne sich etwas anmerken zu lassen: «Immerhin hast du ein Anrecht auf all das hier. Es ist Teil deiner Herkunft.» Ihre Fröhlichkeit war unbeugsam. «Er kann sich nicht entscheiden. Der arme Markie, er hat nichts zu lachen.» Sie kitzelte ihn mit dem Zeigefinger. «Nun sei nicht so ein Sauertopf. Komm schon, Markie, laß uns lustig sein.» Beim Abendessen sagte sie zu Nanna: «Markie ist ganz durcheinander. Was er braucht, ist ein wenig religiöse Unterweisung. Religion ist sehr beruhigend für einen Jungen.» Nanna wechselte das Thema. In der Wohnung in New Rochelle sang Noreen manchmal, während sie das Frühstück machte, mit einer zitternden, dünnen, schwachen, bezaubernd gefühlvollen Stimme – mein Gott, was für ein Zauber lag in dieser zitternden Stimme: «Pack deine Sorgen in den Sack – und lächle, lächle, lächle...» Noreen sagte: «Markie, du mußt mir sagen, wie du dich fühlst. Ich helf dir beim Überlegen. Ich muß ja zugeben, daß Nanna eine Menge für dich tun kann.» Noreen sagte: «Das beste für dich ist das, was dir hilft, dich beim Lernen zu konzentrieren, hart zu arbeiten und gut in der Schule voranzukommen, Markie. Möchtest du bei Nanna bleiben?» Sie wandte ihm ihr vergnügungssüchtiges, warmes und oberflächliches Gesicht zu. Das Kind Marcus sah ein Gesicht voller Bläschen, wie eine Farbe, in der Luft war – sah Lärm und eine Party und wie jemand brüllte, sah eine Hügellandschaft voller Schäfer und Schäferinnen und eine singende Noreen und eine Brise, die das Segeltuch der Stühle kräuselte, die sich in Blütensträucher verwandelt hatten. «Ich weiß es nicht», sagte Marcus. Nanna und Noreen schlossen sich für mehrere Stunden in der Bibliothek ein. Dann kam Noreen heraus und küßte ihn zum Abschied. «Sei fleißig», sagte sie, «und viel Glück in der Schule, Markie.» Sie verlegte ihr Leben und Trinken ins sonnige Kalifornien – die Strapazen der Emigration wurden durch Nannas Schecks gelindert –, und Marcus war fortan bei seiner Großmutter zu Hause.

Eine Fliege stolziert ruckartig durch das Sonnenlicht. «Wir haben von unserem Film gesprochen», sagt Marcus, «wo war ich?» «Selbstmitleid», sagt Loesser. «Ja», sagt Marcus. Noreen blieb offiziell auch weiter die Erziehungsberechtigte. «Eine Formsache», meinte Nanna. Nanna sagte, sie würde den Winter in Florida verbringen; Marcus sollte von Thanksgiving über Weihnachten bis Ostern bei seinem Vater und dessen zweiter Frau und den vier Kindern bleiben, die er mit dieser Frau hatte. «Du mußt sie besser kennenlernen», sagte Nanna. Sie sagte, sie habe Marcus der Familie zurückgegeben. «Du bist ein Weill», sagte sein Vater. «Du sollst wissen, daß du jederzeit in meinem Haus willkommen bist.» «Vielen Dank», sagte Marcus. Er war dreizehn. Marcus sagt: «Ja, genau. Diese Menschen kennen kein Selbstmitleid. Sie stürzen sich auf die

Dinge.» Er macht eine grapschende Handbewegung. Er will sagen, daß sie so unerschrocken sind wie Ärzte, daß sie darauf aus sind – es ihre Gewohnheit ist –, sich zu verlieben. Aber statt dessen verstummt er. Sein Vater sagte: «Marcus, du kannst mir glauben, wie froh ich – nun, sagen wir so: Es ist kein Anlaß zur Freude, wenn Vater und Sohn getrennt sind.» «Vielen Dank», sagte Marcus. «Du hast mich nie nach der Scheidung gefragt», sagte sein Vater. «Du wirst eine Menge wissen wollen.» «Nein, Sir. Ich meine, nein d-danke, Sir.» Sein Vater sagte: «Marcus, ich mache das nicht um *meinet*willen.» Und nach einer Pause: «Gibt es denn nichts, worüber du mit mir reden willst?» «Das liegt an I-ihnen, Sir», sagte Marcus. «W-wenn Sie reden wollen, S-sir ...» Marcus sagt: «Habt ihr Fragen bezüglich der Einstellungen? Oskar? Jehane?» Sein Vater sagte: «Macht nichts. Wir versuchen es später noch mal.» Marcus schämte sich für seinen Vater. Was bedeutete es schon, zu reden. Reden bedeutete gar nichts. Jehane ruft: *«Marc, c'est impossible!»* Der Tag ist *triste*, die Stadt, Rom, ist *triste*, unerträglich im Angesicht des Todes. «Wie können wir arbeiten?» fragt sie. Ihre Stimme ist drängend, bitter, voller Verachtung. «Wer kann erwarten, daß wir arbeiten, als wäre nichts geschehen? Eine Frau ist gestorben. Das ist gräßlich. Ein böses Omen. Mein Gott!»

Nanna sagte: «Dein Taschengeld beträgt fünfzig Dollar pro Monat. Ich erwarte, daß du über deine Ausgaben Buch führst. Eines Tages wirst du über eigenes Geld verfügen, also mußt du allmählich lernen, damit umzugehen.»

Oskar, der Jehane neugierig beobachtet, streicht sich über seinen langen, muskulösen Hals. Jehane ist immer verstört, wenn sie einen neuen Film beginnt; die Geometrie von Tod und Alter schockiert sie. «Unsere Arbeit macht uns zu Ungeheuern», sagt Marcus. *«C'est vrai, tu as raison»*, erwidert Jehane traurig. Sie führt ein zuckerglasiertes

Hörnchen zum Mund. Das wird das Rattenloch stopfen, denkt Marcus ... Für einen Augenblick kann ihm nichts entgleiten.

Das Dienstmädchen meldet, daß der Wagen am Tor bereitsteht. «*Bon!* ruft Marcus. «*Allons*, allesamt.» Er scheucht sie vor sich her. Die gewaltigen, stauberfüllten Räume treiben auf, schweben, versinken hinter ihm.

Zwei Boote dümpelten an ihren Leinen vor Nannas Strand, den die Gärtner jeden Montag und Donnerstag mit dem Rechen von Muschelschalen säuberten. Am Sonntagvormittag war es verboten, zu schwimmen oder mit den Booten hinauszufahren. Fast alle in Scantuate gingen zur Kirche. «Es ist unhöflich, den Sabbat der anderen zu entweihen.» Zu spät oder ungewaschen zu den Mahlzeiten zu erscheinen bedeutete, daß man in der Küche essen mußte. Unter der Woche trug man eine Jacke bei Tisch und an den Wochenenden eine Jacke mit Krawatte. Aber man durfte sich nur leger kleiden, im ländlichen, stadtflüchtigen Stil. War eine Schwiegertochter töricht genug, es mit Eleganz zu versuchen, so mußte sie sich zur Begrüßung sagen lassen: «Ich liebe rote Seide am Strand. Es ist so passend!» Nanna ließ von ihrem stets höflich vorgebrachten Spott nicht ab, bis die Frevlerin klein beigab. Auf Verärgerung oder Schmollen oder die Vermittlungsversuche eines Sohnes – «Nun sei doch etwas vernünftiger, Nanna» – reagierte sie mit: «Es sieht fast so aus, als wäre ich nicht mehr Herrin im eigenen Haus.» Spätestens dann machte der Sohn einen Rückzieher, oder er trommelte Weib und Kinder zusammen und flüchtete – so die ironische Redensart in der Familie – in ein weiteres jüdisches Exil. Als ihre Kinder älter und wohlhabender wurden, nahm die Dauer der Besuche ab und die Förmlichkeit zu. Das Schlimmste, was Nanna noch sagen konnte, war: «Es ist langweilig. Dermaßen langweilig.»

«In *Rashomon...*» sagt Alliat, der Kameramann, gerade bei Emulsionen und Brennweiten. Nannas Stimme spöttelt: «Panchromatisch! Emulsion! Eitempera klingt soviel hübscher.» «Nicht wirklich, Nanna. Hör genau hin – *Ei-Tempera...*» Nanna ging selten ins Kino. Oskar, Jehane, Loesser und Alliat klettern in den schwarzen Lancia; das Sonnenlicht knallt auf das weiße Steinpflaster der Auffahrt, die angrenzenden Büsche; die Stimmung, denkt Marcus, ist genau wie bei einer Beerdigung – die Spannung, die Beklommenheit, der Zwang. So ist es immer, wenn Dreharbeiten zu einem neuen Film beginnen.

In Interviews und im Gespräch mit seinen Jüngern hat Marcus gesagt, ein Film sei ein Gesicht. «Die Leute gehen ins Kino, um ein Gesicht auszukundschaften. Nur Kinder freuen sich, wenn ein Film galoppiert. Der wahre Film beginnt mit Klatsch und endet mit Tränen. In *Die Kameliendame* sieht man die Garbo erst als Halbweltdame, ein sehr simples und glanzloses Stück Klatsch, aber von Szene zu Szene wird der Klatsch vielschichtiger, kommen neue Einzelheiten hinzu – ihr Leben ist voller Lügen, sie schämt sich ihres Körpers und ihrer selbst, sie hat eine neurotische Sehnsucht nach Ehrlichkeit. Plötzlich fällt es einem wie Schuppen von den Augen, man spürt es, mein Gott, sie ist wirklich eine Hure, und sie liebt diesen jungen Mann wirklich, und er darf keine Hure heiraten; o mein Gott, wie gräßlich. Und dann weint man.»

Die Vorstellungen, die er von Nannas Erwartungen an einen Hausgast hatte, sammelten sich wie Spinnweben in Marcus' Augen und in seiner Kehle. (Marcus im Wagen, unterwegs in der Autoschlange auf der Via Appia Antica, legt seine Hand auf Jehanes Schenkel, oben an der Leiste; er schließt seine große Hand über ihrem Fleisch.) Marcus litt an einer Art Asthma und atmete röchelnd. Nanna hielt große Stücke auf die Manieren seiner Halbgeschwister, der zurückhaltenden, stets gedämpft sprechenden Kinder der englischen Jüdin, die sein Vater zwei Monate nach der Scheidung von Noreen geheiratet hatte. Sie benahmen sich besser als er, aber sie waren weniger darauf aus, Nanna zu gefallen. Die Ärzte hatten festgestellt, daß Marcus' schweres Atmen rein physische Ursachen hatte. Marcus gab auf sich acht. Er lernte. Er atmete leise. Nanna sagte: «Na seht ihr, das Kind ist kein Asthmatiker.» Nanna beachtete ihn nicht immer; manchmal schien es ihm, als stellte sie sich vor, er wäre jemand anderes. Die Schule hatte geschrieben: «Mark ist hochbegabt, aber eigenwillig in der Umsetzung seiner Begabung.» «Und auch in seinen Empfindungen», hatte der Lehrer hinzugefügt, als sein Vater in die Sprechstunde kam. Wenn er stotterte, glich Marcus' Mund, verzerrt vor Anstrengung, dem Mund von Nanna. Mit einer Geste, die die Korbmöbel, die schweren Geschirrschränke, die chinesischen Bronzen und japanischen Truhen und die Corots umfaßte, die sein Großvater gesammelt hatte, sagte er: «Dieses Zimmer ist wie eine orientalische Schatzk-kammer.» Nanna seufzte. «Die Juden werden oft zum Orient geschlagen. Weißt du, was Fatalismus ist? Es ist der Verzicht auf den Willen. Ich habe dafür überhaupt nichts übrig.» Die Elritzenaugen kämpften mit einer momentanen Verwirrung. «Was habe ich gesagt? Ach ja. Ich verabscheue Fatalismus.» Marcus sagte: «Wind kommt auf. Schau auf die Gischt. Das Meer hat krauses jüdisches Haar.» «Ich mag keine poetischen Gespräche», sagte Nanna. Marcus fragte: «Welche F-farbe hatten die P-pyramiden, als du und Großv-vater in Ä-ägypten wart? War die Sonne sehr hell? War der Sand weiß oder braun? Hat dir dein Allerwertester w-weh getan vom Kamelreiten?» «Ich wußte gar nicht, daß ich mich so genau erinnern kann», antwortete Nanna. In seiner Sehnsucht zu gefallen neigte Marcus dazu, die Erwachsenen zu imitieren, mit denen er sich unterhielt. Er war klein für sein Alter (aber er wuchs zwölf Zoll in seinen ersten sechzehn Monaten bei Nanna), und die Erwachsenen fanden seine altkluge Art irritierend. «Na, haben Sie denn dieses Jahr das Fingergrasproblem im Griff, Dr. Poore?» sagte er etwa. Er stand im Stimmbruch und war erregbar und nervös. Er sah, wie die anderen bei Tisch geradlinige und ordentliche Bemerkungen austauschten, die wie hölzerne Bauklötze waren. Er brachte nichts so Ebenmäßiges, Geometrisches und Fröhliches zustande; seine Kehle erwies sich im Gespräch als dunkle Höhle, und was herauskam, war entweder ein übergalantes Kompliment aus seiner Lektüre – «I-ich w-würde Ihnen den g-goldenen Apfel über-r-r-reichen, Mrs. Tredwell», sagte er errötend zu einer von Nannas Besucherinnen –, oder Nanna hob eine Hand an ihr Haar, wenn er sprach, als müsse sie ihre Frisur vor einer um den Tisch flatternden Fledermaus schützen, die er freigelassen hatte: «Wenn Leute nicht über G-geld reden wollen, dann ist das, als wollten sie nicht über Sex reden. Ich wette, sie haben bloß Angst, i-in aller Öffentlichkeit in Erregung zu geraten.» «Kriegen alle Frauen eine Meise, wenn sie in die Wechseljahre kommen?» platzte er einmal heraus. Nannas Elritzenaugen flackerten und flüchteten in eine unbestimmte Ferne. «Medizinische Probleme bespricht man nicht bei Tisch, Marcus.»

Vor den Fenstern des Eßzimmers wuchsen Rosen rund um einen spiegelnden Teich, Karmesinrote Glorié, Marchal Niel und Gloria Dei mit einem Saum rotvioletter Flekken um die gelben Blütenblätter. Nanna ordnete an, daß die Rosenstöcke weiter auseinandergesetzt wurden und daß Marcus Sprechunterricht erhielt. Die Rosen gediehen, und Marcus hörte auf zu stottern.

Gute Taten. Reformen. Der Wille, etwas zu erreichen.

Marcus zu verbessern. «Konversation sollte leicht und absichtslos betrieben werden und doch Pointen haben – aber sie müssen überraschend kommen, wie der Duft einer lieblichen, schönen Blume.» «Ja, Nanna.» Die Elritzenaugen ruhten auf ihm, glitten von ihm ab, schienen durch ihn hindurchzusehen. «Wie ein Bukett?» fragte er, lockte die Elritzenaugen aus ihren Schatten, bis sie lächelten. «Wie ein Sonett», machte er weiter. «Wie ein Stilett.» Die Elritzenaugen zogen sich zurück. Er war zu weit gegangen.

Der Wagen steht vor der Ampel an der Porta San Sebastiano. Die beiden Mauertürme bewachen eine enge Durchfahrt in den rosigen Wällen, die sich steif an einen buschigen Abhang anlehnen. Der Verkehr strömt einspurig durch das Tor, heraus aus der Stadt. Der Lancia biegt links ab, vorbei an einer Zeile vorstädtischer Mietshäuser, hinter denen in der Ferne Felder sichtbar werden. Das freie Land, *le paysage*, Bewegungsfreiheit überall: eine Stadt nimmt es genau mit der Bewegungsfreiheit. Kann es sich leisten. Nanna war nie betrunken.

Gäste, die an Nannas Tisch geladen wurden, fühlten sich geehrt und strengten sich an, unterhaltsam zu sein. Die Händler am Ort und die Angestellten im Haus bedienten sie bestens, die alten Damen aus Scantuate begegneten ihr mit Respekt. Marcus saß da, hielt den Rücken gerade und berichtete von seinen Fortschritten im Boxunterricht. Nanna schätzte es, wenn sich jemand verteidigen konnte. Nanna hörte ihm zu. Ihre Elritzenaugen schwammen über sein Gesicht, kontrollierten seine Körperhaltung. Sie war einsam. Mit ihren Kindern kam sie nicht zurecht. Ihre Freundinnen waren krank oder lagen im Sterben. Die Arthritis krümmte ihre Finger. Sie war alt.

Durch eine moderne Einfahrt (zwei Krocketbögen, einer doppelt so groß wie der andere), die in die alte Mauer geschnitten ist, rollt der Wagen in die Innenstadt von Rom.

Marcus' Vater sagte zu Nanna: «Es muß doch schwer für dich sein.» Nanna war eine Chauvinistin. Sie sagte: «Marcus ist ein Genie.» Marcus ging mit Nanna vor dem Abendessen an den Klippen über dem Hafen spazieren. Nanna sprach von Europa; es war üblich, daß die Kinder der Familie nach Europa fuhren, ehe sie ins College eintraten. Marcus versuchte, sich nichts anmerken zu lassen, und sagte, Europa klänge interessant. Nanna sagte, man werde über Europa nachdenken; er sei dabei, ein Gentleman zu werden; er sei ein guter Junge. Marcus flüchtete sich in seine Imitationen, früher hatte er nur Tiere nachgeahmt – Löwen, Gockel. Eichhörnchen –, und der Witz der Darbietung hatte hauptsächlich in ihrer Erbärmlichkeit bestanden. Nun hatte er das Repertoire seinem Alter angepaßt, indem er Menschen als Tiere darstellte – Franklin Roosevelt als einen Otter, Ethel Barrymore als Fuchsäffchen, Gamma Foster aus Scantuate als Elch im feuchten Wald. Manchmal schockierten seine Nachahmungen durch einen seltsamen Wahrheitsgehalt, der ein verlegenes, schmerzhaftes Lachen hervorrief. Nanna ließ sich nicht darauf ein. Sie lachte kurz und wechselte das Thema, sagte etwas Abschätziges über gewisse Lokalpolitiker in Massachusetts. Neben ihr blickte Marcus über den Hafen hin, über das seidige Wasser der auflaufenden Flut, die vertäuten Boote, deren Masten wie Splitter in die vibrierende, gelb überpuderte Luft ragten, die unregelmäßige Linie des Steilufers und die versetzten Holzhäuser rund um den Pfeifenkopf der Bucht, hübsch aufgeräumt und ruhig, voller Frieden, ein glasiertes Bild auf einem Teller; er ging neben einer Mandschukaiserin mit Mandelkinn; er trug chinesische Hoftracht in leuchtendem Rot und Blau; die Holzhäuser waren Pagoden.

«Es ist interessant», sagt Oskar, «daß man in Rom weder so viele noch so große Bäume sieht wie in Paris. Ich nehme an, daß die durchschnittliche Niederschlagsmenge hier geringer ist. Mir scheint, klimatisch ist das schon mehr eine tropische Gegend.»

Das Pedantische in Oskars Stimme gehört zu Willi – dem deutschen Touristen, der in *Rencontre du voyage* eine Affäre mit Jehane hat. Seit dem Beginn der Proben ist Oskar als Oskar immer schemenhafter geworden: Er ist nun Oskar-Willi, und es fällt schwer, sich Klarheit darüber zu verschaffen, wann Oskar Oskar ist und nicht Willi. Auch er selbst weiß es nicht mehr genau. Wenn sich ein Schauspieler zu fest an das Bild klammert, das er von sich selbst hat, so erscheint er seinem Publikum unaufrichtig, ein offensichtlicher Heuchler; das Publikum wird denken, daß es für sein Geld nicht verladen werden will, und wird das nicht komisch finden. Oskar nimmt seinen Beruf ernst und täuscht sich selbst.

Und doch fürchtet er, sein Publikum nicht zu gewinnen, und seine Stimme als Oskar-Willi ist kraftlos und bekümmert, als wollte sie sagen, daß er nicht der Mann sei, der er sein solle, und ob ihm dafür nicht Mitleid und Verständnis zustünden? Oskar redet sich gern heraus. Oskar als Willi hat die gleiche, anrührende Zartheit, mit der Oskar sich selbst sieht. Marcus glaubt, daß Oskar die Zeit und seine Umwelt als Teil einer Geschichte erlebt, in der er der Held ist, und daß es für ihn keineswegs feststeht, daß andere Menschen so wirklich sind wie er. Für die Rolle des Willi ist der Mensch Oskar genau richtig. Es ist der Schauspieler Oskar mit seinen Versuchen, den Menschen Oskar zu verändern, der nicht zur Rolle paßt.

Marcus möchte einen Willi voller ungebärdiger Lebendigkeit, einen lebensechteren, als ihn Oskars Schauspielerei herstellen kann. Wenn Marcus aber zu Oskar geht und sagt: «Schau her, Oskar, ich möchte, daß du deine Torheit und deine Neigung zum Selbstbetrug erkennst und sie für

Willi nutzbar machst», so wird Oskar in eine Depression verfallen und sich nach einer Weltanschauung oder einer Psychotherapie umsehen, die ihn wieder aufrichtet. Da ihm die Schauspielerei als Gelegenheit erscheint, an sich selbst zu arbeiten, wird ihm der Zugang zu seinem Talent versperrt bleiben, und seine Darstellung vor der Kamera wird hölzern sein. Marcus muß Oskar in die Irre führen, um von ihm zu bekommen, was er will. Er hat einen Plan, wie er Oskar daran hindern wird, zu sehr an seinem Selbstbild zu feilen. Er wird ihn ganz er selbst sein lassen, einfach und charmant, und dann wird er ihm den Spiegel vorhalten – und er hofft, Willi zu bekommen, den Willi, den er haben will, so wahr vielleicht, daß das Publikum im Kino Furcht und Mitleid empfinden wird.

Marcus betrachtet Oskars Hände. Oskars Hände sind Willi – sehnig, bereit, unwidersprochen männlich; es sind vielseitige Maschinen. Marcus greift nach ihnen, packt Oskar am Handgelenk. Oskar zuckt zusammen, dann entspannt er sich, als wollte er sagen: «Mach mit mir, was du willst.» Er spielt den Verführer. «Schhhh», murmelt Marcus. Mit schroffer Rücksichtslosigkeit hebt er Oskars Hand ins Licht und wendet sie hin und her, inspiziert sie wie einen Kunstgegenstand, der überraschend billig angeboten wird. Er sieht im seitlichen Umriß der Handfläche und deren Fortsetzung im kleinen Finger die Silhouette einer dickschaligen Muschel, wie die Möwen sie in Scantuate fraßen. Eine Muschelschale, denkt er. Marcus, der Psalmist. Er seufzt angesichts der Schönheit von Oskars Händen. Er sieht aus wie ein jüdischer Krämer.

Wann hatte er jemals Nannas Hand gehalten? Sehr selten, denn Nanna stellte Gefühle nicht gern zur Schau und mochte es nicht, wenn andere in ihrem Umkreis das taten. Als er noch sehr klein war, fünf oder sechs – als Kind waren seine Empfindungen lebhaft und spontan (was noch immer galt, wenn auch in einem anderen Kontext) –, hatte er, wenn er auf ihrem Schoß saß und sie ihm eine Geschichte erzählte, eine ihrer Hände mit seinen beiden gehalten; und einmal, als sein Onkel David starb, hatte er Angst und wollte bei ihr sein in ihrer Ferne – er schützte Trauer vor und hielt ihre Hand; und als er siebzehn war und vor dem Feuer am Kamin in Scantuate lag (September, an der Zeit, zur Schule zurückzukehren), erzählte er ihr prahlerisch, um sie für die Mühe zu belohnen, die sie aufgewandt hatte, ihn gut und stark zu machen (er war nicht taub für ihre Bedürfnisse), daß er verliebt sei. Er erzählte ihr nicht, wie glücklich er war oder wie es sich anfühlte, verliebt zu sein. Er brauchte nur die Augen zu schließen, und er sah ein Licht, das in einer Myriade von Strahlen explodierte; es war unglaublich – dieses Mädchen, dieses wunderschöne Mädchen hatte etwas für ihn übrig. Nanna fand das Thema Sex bei Jugendlichen nicht amüsant. Er wählte sorgfältig jedes Wort, das er aussprach. Nanna redete von der Gnade der Anmut; wer sie besaß, der war wie ein Falke im Flug, wie eine Gemse im Fels. Liebe und Anmut seien enge Verwandte, sagte sie und schloß sich seiner Bewunderung für Sukie Tredwell an. Er faßte nach Nannas Hand, und sie erlaubte ihm, sie zu halten. «Ich kann an den Händen sehen, was für einen Charakter jemand hat», hatte Noreen immer gesagt. Nannas Hände waren rund und fest. Weiß. Ohne Ringe. Jetzt ohne Leben.

«Schau her», sagte er, «so weiß wie das Fleisch toter Wirtinnen», und hielt das Blatt in die Luft. Nach elfjährigem Schweigen hatte Nanna (nun achtundsiebzig) geschrieben, daß sie in Paris im Lotti abgestiegen sei und Marcus sehen wolle. Marcus war damals einunddreißig, eine Art Berühmtheit und ein dicklicher junger Mann mit schweren Augenlidern. In einem ungebügelten weißen Anzug saß er in ihrer Suite im Lotti, während sie so unzusammenhängend, daß es geistreich wirkte, über Ärzte, Reisen und den Zustand von Paris plapperte und ihn spüren ließ, daß sie die Vergangenheit ignorierte, daß er sich verhalten konnte, wie es ihm beliebte. Sie wurde unsicher, wenn er sie ansah; er studierte die Lichtreflexe auf dem Parkett. Er lauschte ihrer Stimme. Sie klang müde, wurde von leisen Schmatzlauten unterbrochen. Aber ihre Sätze waren fehlerlos. Er konnte sich nicht erinnern, ob sie immer so viel geredet hatte. Er hörte in ihrem Spötteln einer alten Frau die stokkenden Akkorde einer großen Langeweile. Sie hatte sich mit der Familie überworfen. «Aber in meinem Testament pfusche ich deshalb noch lange nicht herum. Möchtest du vielleicht das Haus in Scantuate?» Sie war nicht mehr so geistesgegenwärtig wie früher. Marcus sah eine gekrümmte Garbe aus dünnen Quarzgerten, fast alle von Rissen durchzogen, abschilfernd, zerbrochen, die die Last eines großen Felsens stützten, der halb auf ihnen ruhte. Er war gerührt vom Anblick ihres Mandelkinns. Sie zog sich stundenlang zurück oder schlief, um ausgeruht und «fit» zu sein, wenn sie in Gesellschaft war. Er stellte sie vor – «meine Großmutter» –, als wäre sie eine Putzfrau gewesen, die Böden geschrubbt hatte, um ihm den Collegebesuch zu ermöglichen. Er führte sie aus zu Rubinstein, zu Braque und zu Colette.

«Mein neuer Film ist eine Komödie», berichtete er ihr. Das Komische – so hatte er es analysiert, so sah er es – war unteilbar. Jede Aktion mußte ihre komische Nuance haben – in den Figuren, im Ton, in der verzerrten Wahrnehmung. Um den komischen Aspekt zu sehen, mußte man sich nur hüten, dem tragischen zu verfallen; was dann übrigblieb, war komisch. Marcus sprach mit gesammeltem Ernst; offensichtlich war er ganz in seinen Film versunken. Das Gesetz der Tragödie war, daß die Figuren unter dem doppelten Druck des Todes und ihres Lebens standen und keine Wahlmöglichkeit hatten. Der tragische Narr mischte sich ein und hatte zu leiden und vergab. Die Komödie nahm alles als gegeben hin und verfügte, daß man wenig zu leiden und wenig zu vergeben hatte. Sein Film sollte vom Leben – das heißt von den Geschäfts- und Liebesaffären – einiger Leute aus Paris handeln. Jede Figur bekannte sich zu einem Glaubenssatz: «Alles ist psychologisch. Alles spielt sich nur in meinem (oder deinem) Kopf ab»; und: «Wir leben in einem Zeitalter der Angst!»; und: «Religion ist für die Menschheit unabdingbar»; und: «Wie Tschechow als guter Russe sagt: ‹Der Mensch findet sein Glück in der Arbeit.›»

«Du siehst schon, wie komisch das ist», sagte Marcus. «Nimm irgend etwas – du schneidest dich zum Beispiel beim Rasieren. Ei-eine Figur kann sich schneiden und dabei irgendeinen dieser Sätze sagen – ‹Wir leben in einem Zeitalter der Angst› –, und es ist komisch, verstehst du? Bei uns werden nur ganz einfache Dinge passieren, es ist ein ehrlicher Film. Ein bißchen grausam. Man kann auf so vielen Ebenen ehrlich sein.» Er begann, sehr schnell zu sprechen. «Und manchmal wird es natürlich auch so traurig sein, daß man weinen kann. Der Dackel der Frau, die glaubt, daß Religion für die Menschheit unabdingbar sei, wird überfahren und stirbt. Sie ist im Grunde eine sehr liebe Frau, aber sie war die Religion ihres Hundes, und nun weiß sie nicht, was sie sagen soll. Sie ist ratlos, was sie zum Tod ihres Hundes sagen soll.»

«Ich bin nicht so sicher, daß ich weinen würde», sagte Nanna.

«Gut, aber es geht noch weiter. Sie erholt sich wieder. Der Schmerz hat sie egozentrisch gemacht; sie sagt noch immer, daß Religion für die Menschheit unabdingbar sei; sie sagt, sie wäre ohne Religion nicht damit fertig geworden; sie schafft sich einen neuen Dackel an, den sie nicht besonders mag. Sie sagt, daß gute Dackel, die sich in der Hundeschule bewähren und ihren Frauchen treu sind, in den Himmel kommen. Sie sagt: ‹Religion ist für die Menschheit unabdingbar.› Sie bleibt sich treu, aber im Grunde ist sie jetzt eine gebrochene Frau. Warte, bis es auf der Leinwand ist, dann kannst du es *sehen.*»

«Ja», sagte Nanna. «Sicher wird das ein guter Film.»

In Orly küßte Marcus sie zum Abschied. Nanna sagte: «Vielleicht besuchst du mich in Scantuate.» Ihr Lächeln war schmal und schief; er sah einen Papierflieger in den Ästen eines Baumes hängen.

«Ich bin an so viele Bequemlichkeiten gewöhnt. Ich tauge nicht zum Reisenden», sagte Marcus. Er verstummte. Wie wenig man sagen konnte, ohne zu lügen. Er drückte seine Hand an ihre Wange. Orly; der Lärm der Strahltriebwerke. Ein Abschied ist wie ein Begräbnis.

Jehane sagt: «Hinter der Porta Ardeatina beginnt die Straße der Caracalla-Thermen.» Sie ist eifersüchtig auf Oskar und bedrückt von Marcus' Stimmung und freut sich nicht auf den Film. Sie schiebt sich mit einer Hand die Haare aus der Stirn und ahmt die Stimme von Oskar-Willi nach: «Komisch, daß in diesem Teil von Rom sowenig Häuser stehen.» Sie macht sich über den Film lustig. Loesser und Alliat lächeln. Oskar sagt: «Ahhh», und setzt die Dialogzeile fort: «Steht denn nichts im Führer?» Jehane zupft sich an den Lippen und markiert einen schielenden Blick auf einen wortreich formulierten Absatz: «Hier steht, ein Papst wurde belagert, und er rief die Normannen zu Hilfe, die damals in Neapel saßen, und sie kamen in voller Rüstung angeritten und erreichten die Stadtmauer bei Nacht, und der Anführer der Normannen gab den Befehl, diesen Teil von Rom niederzubrennen, um Licht zu haben und die Verteidiger zu vertreiben und die engen Gassen zu verbreitern, damit er mit seinen Truppen bis zum Stadtkern vordringen konnte. Und seitdem gibt es in diesem Teil von Rom nur Wein- und Obstgärten und Felder. Keiner hat sich hier angesiedelt.»

Nanna sagte: «Narren glauben, nichts sei wirklich ernst; aber nur der Narr gibt damit an, wie ernst er sich selbst nimmt.» Die Werte, die man hochhielt, zeigten sich im Benehmen. Man vertraute Menschen, die sich so zu benehmen wußten wie man selbst. Einmal, als er fünfzehn war, fragte Marcus nach einer Dinnerparty: «Nanna, hab ich meine Sache gut gemacht? Haben die Leute mich gemocht?» Nanna erwiderte, einigermaßen ungehalten, daß eine solche Frage unverzeihlich sei; es war immer klar – der gesunde Menschenverstand sagte es einem klar genug –, wie man anderen gegenüber dastand. Er sagte: «Die Cook hat sich doch heute selber übertroffen. Mein Gott, Nanna, und wie du mit Gamma Foster fertig geworden bist, das war meisterhaft.» Nanna lächelte und sagte: «Du warst sehr unterhaltsam. Du bist immer unterhaltsam, wenn du nur willst.»

Oskar rezitiert im Falsett Jehanes nächste Dialogzeile: «Die Normannen in der Normandie sind gräßliche Leute.» Loesser stimmt ein: «Im Urlaub bin ich mal auf einem normannischen Bauernhof gelandet, und der Bauer hat mir ein zweifelhaftes Angebot gemacht.» Jehane sagt in ihrem besten germanischen Bariton: «Mein Vater ist in der Normandie gefallen. Er war Leutnant bei der Luftwaffe.» Marcus sagt plötzlich: «Wußtet ihr, daß es einen jüdischen Papst gegeben hat? Ein Jude namens Pierleoni, ein Schlachter, war der mächtigste Mann in Rom. Er brachte die Engelsburg und die Tiberinsel unter seine Kontrolle und diente dem Papst. Er ließ seinen zweiten Sohn taufen, und als der alte Papst starb, sorgte Pierleoni dafür, daß sein Sohn zum Papst gewählt wurde.» «Sehr interessant», sagt

Oskar. Marcus fährt fort: «Allerdings weigerten sich die Bischöfe außerhalb Italiens, ihn anzuerkennen. Sie nahmen die Taufe nicht ernst genug, für sie war Anaklet der Zweite noch immer ein Jude.» «Die Geschichte Roms ist reich an Ereignissen», sagt Oskar und verfällt in Oskar-Willi. «Ja», sagt Jehane und nimmt ihre Rolle auf. Oskar sagt: «Jedem Volk werden seine Kriegsverbrechen verziehen. Den Briten verzeiht man die Terror-Luftangriffe, den Amerikanern verzeiht man Hiroschima. Nur den Deutschen verzeiht man nichts. Ich bin sicher, daß sogar du, als Französin, Vorurteile gegen uns hast.» «Nicht genug», erwidert Jehane.

Der Psychologe sagte: «Nimm dich nicht zu ernst, mein Junge.» Marcus' Vater sagte: «Wir mögen dich. Du weißt, daß du hier jederzeit willkommen bist.» Noreen sagte: «Ein Funken Humor ist eine große Hilfe im Leben.» Marcus' Zimmergenosse sagte: «Nimm's leicht, Freundchen.» Marcus sagte mit fünfzehn beim Abendessen: «Ich komme nicht klar mit König Lear – ich glaube einfach nicht an Tragödien. Wenn Menschen anfangen, sich derart ernst zu nehmen, dann wird mir unwohl.» Er sprach mit dem Snobismus eines frisch Bekehrten. «Er ist doch auch nur ein Mensch. Ist es fair, von einem Publikum zu erwarten, daß es jemanden derart ernst nimmt? Warum zeigt Lear nicht eine Spur Humor und setzt sich hin und lacht ein wenig?»

Auf der Piazzale Numa Pompilio schießt ein riesenhafter grüner Bus schräg durch den Verkehr auf den Lancia zu. Er nimmt das Licht, und grüne Schatten erscheinen auf dem Genick des Fahrers und auf Loessers Haar. Bei seiner Arbeit ist Marcus darauf angewiesen, daß seine Nerven bloßliegen; die Nacktheit seiner Nerven ist ihm die Griffweite eines Pianisten. Die Möglichkeit eines Unfalls durchzuckt ihn wie ein Schmerz. Abrupt und leidenschaftlich reißt er die Hand hoch, um Jehanes Gesicht zu beschirmen. Seine Gedanken sind von rascher Beweglichkeit, weil es keine Ruhe gibt, aus der sie aufgescheucht werden müßten. Sie zeigen ihm die Verstörung auf den Gesichtern seiner beiden Söhne und seiner Tochter, sollte er getötet werden. (Am Wohlergehen seiner Kinder mißt Marcus den Anstand der Wirklichkeit.) Sie werden überzeugt sein, daß sie glücklos sind – und es wird auch nicht genügend Geld vorhanden sein für sie und ihre Mutter, deren heimliche und sonderbare Lebenslust in einem Sanatorium in den Vogesen aufsteigt wie ein Ballon und nicht mehr wiederkehrt. Marcus hört einen Schauer von Unfallgeräuschen, empfindet Verzweiflung über die Verschwendung und Erstaunen über die Verformbarkeit von Blechen, die sich so mühelos mit Runzeln überziehen wie eine Blüte. Er sieht die Zeit geknautscht, zerknüllt, ins Feuer geworfen, sieht Schottland abgebrannt und grämt sich um seine Kinder.

Er wird in den Sitz gepreßt, als der Lancia beschleunigt, dem Bus nach links entkommt, den Gegenverkehr vor sich hat, nach rechts zurückschleudert und sein Tempo wieder auf ein vernünftiges Maß verringert. Er ist getäuscht worden. Sonnenlicht überflutet seine Augen. Alliats Haare wehen leicht im Wind. Der Chauffeur macht sich Luft: *«Imbecille! Omicidio!»*

Marcus schnaubt, schluckt, schnaubt wieder los – was für ein Narr er ist! Er will ein Geräusch machen. Loesser und Oskar wenden sich ihm zu und blicken ihn an. «Was ist denn so komisch?» will Loesser wissen. Zwischen Ausbrüchen von Gelächter sagt Marcus: «Wir leben noch.» Oskar starrt ihn an und beginnt versuchsweise zu lachen, wie jemand, der seinen Kopf in einen Busch steckt, um ein Kaninchen aufzuscheuchen. Er hofft, dem Witz auf die

Pointe zu kommen. Jehane sagt: *«Nous étions presque tués!»* Marcus schnappt nach Luft und sagt: «Ende gut, alles gut.» Jehane plärrt, dieser Vorfall zeige nur die Folgen eines reaktionären Herrschaftssystems; ein unterdrücktes Volk fällt zurück in die Barbarei. Loesser unterbricht mit seiner hellen, klaren Stimme: Die Römer sind kein Volk, sie sind eine Geschichte. Ihre Geschichte hat sie größenwahnsinnig gemacht und ihre Begierden vereinfacht: sie wollen Macht, ewiges Leben und die Vergnügungen des Körpers und der Künste.

«Ahh!» ruft Alliat, und Marcus setzt sich auf, verkneift sich sein Lachen. Der Konstantinsbogen spielt eine Rolle in seinem Film; unter ihm werden die Liebenden Zuflucht vor der Sonne suchen und sich dort zum erstenmal zu ihrer Liebe bekennen. Der Film wird ironisch sein, aber keine Komödie. Die Liebenden haben keine Wahl; sie sind Sensualisten in der griechischen Tradition, in der Tradition des Augenblicks, in dem Gott nicht gegenwärtig ist. Der Bogen, kaum mehr als eine Blickstörung, kommt näher, löst sich auf in einem Streifen Sonnenlicht. Marcus denkt an Flügel, die in den Stein gehauen sind, an Dinge, die sich in ihr Gegenteil verkehrt haben, an den Klang einer Musik, die Architektur sein will. Der Seitenpfeiler des Bogens trägt die Spuren der Zeit, und was immer zu rühmen er erbaut wurde, ist schemenhaft geworden durch den Verfall der Geometrie. Oskar wird unter diesem Bogen stehen, den Arm um Jehane gelegt, und er wird über die Straße auf die ebenmäßigen Reihen der Zypressen deuten, die zu flachen, säulenartigen Zylindern zugeschnitten sind, und sagen: «Das war ein Venustempel.»

Plötzlich ist der Bogen ganz nah: ein Tor ohne Mauer, das niemand zu durchschreiten braucht. Aber das Kolosseum, das rechts aufragt, ist ein gewaltiger Kreis mit einer Unzahl von Toren, durch die gehen muß, wer hinein oder heraus will. Marcus bricht der Schweiß aus; er ruft: «Loesser, unsere ganze Symbolik ist verkehrt!»

«Wie bitte?» sagt Loesser und runzelt die Stirn. Er ist mit seinem Skript zufrieden. Wenn Marcus zu weit davon abweichen sollte, so wird das Gefilmte nicht mehr Loessers Werk sein. Er fühlt sich nicht von Marcus abhängig.

Marcus deutet wortlos hinaus. Vor den Fenstern rollen die Arkadenreihen des Kolosseums vorüber, Rang auf Rang. Loesser fragt verwirrt: «Das Kolosseum, Marcus? Du hast gesagt, es sei nur ein Klischee.»

«Das Kolosseum ist eine Mauer», sagt Marcus. «Wenn die Liebenden ...» Der Wagen hat die Piazza del Colosseo erreicht. Direkt vor ihnen liegt in einer Hügelflanke der Eingang zu den Überresten der Domus Aurea, des Palasts von Kaiser Nero, des Goldenen Hauses. Unterirdisch, eine Höhle; das Wort «grotesk» kommt von den Figuren auf seinen Wandmalereien – *grotteschi*, Dinge in einer Grotte. Das Bild wächst. Das Kolosseum, Neros Haus. Marcus hat nie beansprucht zu wissen, sondern zu sehen. Am höchsten Rand des Kolosseums ist eine Stelle – dort oben, sichtbar vom fahrenden Wagen aus – wo die Steine begonnen haben herabzufallen. Die Schichten wanken; tiefe Spalten, ungleichmäßige Vs, werden von modernem Mauerwerk am Wachsen gehindert, das sich in sanftem Schwung hinaufstreckt, um die Steine festzuhalten.

Aufgeregt sagt Marcus: «Die Liebenden kommen aus der Domus Aurea; sie sehen das Kolosseum zusammenbrechen. Nein. Wir fangen damit an, daß sie in Neros Haus hineingehen. Nein, sie weigert sich, reinzugehen. Zunächst. ‹*Lui, il était fou...*› Nero, der Wahnsinnige. Versteht ihr's? Sie hat Angst. Ich meine, sie kennt den Menschen ja noch gar nicht, in den sie sich verliebt hat. Was wird er mit ihr machen? ... Er besteht darauf, und so gehen sie hinein. Sie sagt: ‹*Comme un tombeau ici.*›»

«Naturellement», murmelt Loesser. Er sagt: «Marcus, wir wollten in dieser Episode –» Er wird unterbrochen.

«Nein, nein», sagt Marcus, «hör mir zu. Es ist düster im Goldenen Haus, und er macht ‹Buh!›, um ihr Angst einzujagen – mein Gott, als ob das nötig wäre! Er will, daß sie ihn umarmt. Sie tut es. Sie klammert sich an ihn. Dann schneiden wir – sie gehen hinaus, raus ins Sonnenlicht, und er flüstert ihr ins Ohr: ‹*Je t'aime, je t'aimerai toujours*›, und sie sieht das Kolosseum zusammenstürzen. Das wird ein echtes Liebespaar!» jubiliert Marcus. «Sie gehen ins Kolosseum; sie bahnen sich ihren Weg durch die Ruinen, und dabei kann Oskar flüstern: ‹*Tu es belle, tu es belle, belle, belle.*›» Marcus reibt sich die Hände. Voller Sentimentalität sagt er: «Sie küssen sich unter einem der Arkadenbögen, winzige Figuren unter einem Bogen. Und *jetzt* kann Oskar auf den Venustempel deuten.»

«In dem Zusammenhang hat das keinen Witz, Marcus», entgegnet Loesser. «Als wir am Drehbuch saßen, hast du gesagt, du wolltest nicht *Sturmhöhe auf den sieben Hügeln* drehen.»

«Großer Gott, was bist du dumm, du siehst gar nichts», platzt Marcus heraus. «Um Himmels willen, laß mich in Ruhe. Ich habe einen anstrengenden Drehtag vor mir.» Jehane späht im Rückspiegel nach Loesser, der ihren Blick auffängt und die Augenbrauen hebt, als wolle er sagen: «Ich verstehe kein Wort. Was erwartet man von mir?» Marcus sitzt da, bedeckt mit einer Hand die Augen. Ein Bild, wenn er es erst festhalten kann, ist ein Sichten von Land, ein Festmachen am Kai, die Verwandlung von Gefahr in Sicherheit, der Inhalt seines Lebens. Das Goldene Haus, das eine Höhle ist; das einstürzende, halb eingestürzte Kolosseum. «*Tu es belle, belle, belle!*» ist ein Hafen, ist der spasmodisch blitzende Spiegel des Hypnotiseurs, ist eine leere weiße Schale, in der Marcus' Gedanken wie Metallkugeln herumrollen, hilflos, besessen und klackend. Seine Stirn wird feucht. Er kann nicht zulassen, daß dieses Besessensein von einem halb geschauten Bild die Dreharbeit des Tages stört – ebensowenig, wie er es der Nachricht von Nannas Tod erlauben kann oder seinem neu erweckten Staunen über ihre Bedeutung in seinem Leben.

Im Internat sagte er zum Schularzt: «Es macht mir angst, wenn ich über etwas nachdenke. Es ist, als ob das Denken seine eigenen Gedanken hätte … So kommt mir das vor. War nur ein Witz.» Er sagte: «Können Sie mir verraten, ob die Art, wie man denkt, erblich ist? Ich bin entweder ganz gelassen oder ganz fanatisch. Glauben Sie, das liegt daran, daß ich halb irischer und halb jüdischer Abkunft bin, mit einer Menge Spanischem dabei, wenn man weit genug zurückgeht?» Er beschließt, daß er sich Loesser später vornehmen wird – er wird ihn verführen, beknien, piesacken, wird ihn nach seinem Bild formen und dafür sorgen, daß es festgehalten wird. Er redet sich ein, daß er dieses Bild für seinen Film nicht braucht. Aber damit kann er sich nicht trösten. Verzögerungen sind gefährlich, über den Reiz der Ungewißheit ist er hinaus. Er sagt sich: *«Es kommt nicht darauf an.»* Seine Methode, sich in solchen Augenblicken zu beruhigen, die einzige, die funktioniert, besteht darin, Gleichgültigkeit wachsen zu lassen. Er versenkt sich in die Stimmung, die er seine christliche nennt. Er wird ruhiger, läßt seine gewaltigen und unfertigen Hoffnungen für den Augenblick fahren, so wie ein Christ den spirituellen Teil seiner Existenz den irdischen Statthaltern seines Gottes anvertraut und sich bescheiden mit dem sinnlichen Rest begnügt, der vergänglich ist, spröde wie Sonnenlicht an Sommertagen und sauer auf der Zunge wie Gras.

Es war der Rat des Schularztes aus Andover, der Nanna bewog, ihn zu sich zu nehmen. Der Arzt sagte: «Er leidet darunter, daß er nicht weiß, wo er hingehört.» Er sagte zu Marcus: «Deine Mutter möchte, daß du dich hier wohl fühlst, sonst hätte sie dich nicht nach Andover geschickt.»

«Sie schickt mich nicht hierher. Meine Großmutter bezahlt die Schule.»

«Aber deine Mutter ist einverstanden. Sie unterschreibt die Zeugnisse und so weiter.»

«Sie wäre nicht mit dieser Schule einverstanden, wenn sie mehr darüber wüßte. Es wäre ihr nicht recht, wenn ich ein anderer würde.»

«Ist es ihr denn lieber, daß du dich gegenüber deinen Lehrern und fast allen Mitschülern wie ein Flegel benimmst?»

Marcus antwortete: «Wenn ich jemals so werde wie die, dann erschieße ich mich. Meine Mutter würde mich erschießen. Ich lerne. Ich mache Gebrauch von meinem Gedächtnis. Ich zeige allen, daß ich's kann, und dann zeige ich meine *Verachtung*.»

Der Arzt sagte: «Du scheinst dich sehr für moralische Fragen zu interessieren.»

Marcus sagte, ganz unbefangen: «Vielen Dank. Das kommt vom Leben in verschiedenen Häusern. Man fängt an, darüber nachzudenken, was in dem einen Haus stimmt und im anderen nicht.»

Der Arzt sagte zu Marcus' Vater, daß Marcus mit dem Konflikt zwischen der Loyalität zu seiner Mutter und dem Ausbildungsangebot der Schule nicht fertig würde und daß er nicht zum Verräter an seiner Mutter werden wolle, indem er zu seinem Vater zog. («Ich habe keinerlei Probleme», waren Marcus' Worte gewesen. «Meine Mutter ist wunderbar. Sie tut alles für mich.») Nanna nahm ihn zu sich und schenkte ihm eine Kamera.

In Nannas Haus kam er zur Ruhe. In der neuen Stille begann er zu lesen, gleichzeitig ein wenig in die Gedankenwelten anderer Leute und in die eigenen verliebt. Seine Gelassenheit erlaubte ihm solche geistige Zuneigung; er brauchte nicht mehr soviel von seiner Kraft zum Überleben. Nanna sagte, er sei ein Genie; er selbst hielt sich für erschütternd gewöhnlich, ein Gast auf dieser Welt, stillschweigend geduldet, gelegentlich bluffend, ein ganz normaler Junge. Das Genie, von dem Nanna sprach, kam ihm wie ein gesellschaftliches Phantom vor, das von der Außenwelt bewundert wurde, aber im Haus selbst, wo Temperamentsausbrüche, lose Reden, Anwandlungen von Flegelhaftigkeit, feurige Blicke, ungekämmte Haare und alle Spielarten von Nervosität und Hitze von Nanna mit Stirnrunzeln und offener Mißbilligung quittiert wurden, nichts zu schaffen hatte.

Nannas Intelligenz flößte ihm Ehrfurcht ein. Sie hatte Maeterlinck gekannt und bewunderte ihn. Mit der Kamera, die sie ihm schenkte, drehte Marcus einen Film, eine Meer- und Hafen-Etüde, zu der man sich Debussys *La Mer* vorstellen mußte. Nanna fand ihn ganz reizend, vortrefflich, auf seine Art wirklich schön. (Tatsächlich war er manieriert und ohne inneren Zusammenhang, weil Marcus den Geschmack von Nanna nicht im Zusammenhang verstand.)

Keß, reaktionsschnell, wachen Blicks, war Marcus mit vierzehn, so wie später, oft verliebt; heimlich und aus der Ferne liebte er ein Mädchen namens Sukie Tredwell (die Enkelin von Gamma Foster, der alten Witwe des Bischofs). Was Kameradschaft anging, so verließ er sich auf den Sohn des Gärtners, der kam und ging, wie es Marcus (und Nanna) beliebte. Er hatte so etwas wie Freunde, Jungen aus dem Yachtclub oder aus der Schule, aber die Freundschaften entwickelten sich nicht. Immer passierte irgend etwas im Laufe eines Nachmittags – er fühlte sich einsam in ihrer Gesellschaft, oder er fühlte sich zu umsorgt, oder er langweilte sich einfach –, so daß nichts gedieh. Nanna begann, sich über seine Isolation zu ärgern. Sie rief Gamma Foster an, die gerade ihren Enkelsohn bei sich hatte, der zwei Jahre älter war als Marcus. Der Junge war in Paris aufgewachsen (sein Vater stand im diplomatischen Dienst und war soeben nach Tokio versetzt worden) und sollte im Herbst in Andover anfangen und zum Amerikaner gemacht werden. «Wir glauben», sagte Nanna, «daß du und Robin vielleicht etwas gemeinsam habt. Robin ist intelligent. Gamma meint, ihr Enkel sei ein Künstler.»

Marcus fuhr mit Nanna in ihrem schwarzen Packard, am Steuer Nils, der Chauffeur, die Uferstraße hinunter zu Gamma Fosters riesigem, verandabewehrtem und reizlosem Haus. Ein Mittagessen lang warfen er und Gamma Fosters Enkel Robin sich quer über den Tisch prüfende Blicke zu. Robin war dünn wie ein Drahtseil, und er war hübsch, mit tiefen dunklen Augen und riesigen, nervösen, anmutigen Händen. Seine Bewegungen waren von europäischer Präzision, und Nanna lächelte ihn an. Am folgenden Nachmittag erschien Robin in Nannas Haus, unter dem Arm eine Mappe mit mehreren seiner großformatigen, an Bérard erinnernden Skizzen von Theaterszenen in Tusche und Aquarell. Er sagte zu Marcus, daß die Bühne sein Ziel sei und daß er so etwas wie ein Genie wäre. «Reitet deine Familie auch darauf rum?» sagte Marcus. «Nein», antwortete Robin. «Du hast Glück, daß du Jude bist. Die Juden haben wirklich Verständnis für die Künste.» Er vertraute Marcus an, daß er sich einsam fühlte. Gamma Foster war gewiß imponierend, aber nicht europäisch – nicht wie Nanna, die so unverkennbar kultiviert war. Er gestikulierte mit seinen großen Händen, während er sprach. Am nächsten Tag kam er wieder und auch am übernächsten. Die beiden Jungen lagen auf Korbmöbeln auf der südlichen Veranda und redeten. «Ich bin durch und durch Franzose», erzählte er Marcus. «Es ist mir egal, was du sagst, solange du es elegant sagst.»

«Mein Freund. Mein Freund», sang sich Marcus vor, als er abends im Bett lag. Aber er war vorsichtig und ließ sich nicht anmerken, wie stark seine Gefühle waren. Er traute Robin nicht, weil er keine moralische Einstellung an ihm erkennen konnte, aber er schämte sich seines fehlenden Vertrauens. Er war noch nicht in die Grundsätze jener besonderen, jüdischen Hagiologie eingeweiht, nach der die Juden Heilige waren (wovon Noreen nichts wußte und Nanna niemals sprach) und die Gojim ein Kreuz, das ihnen auferlegt war. Wenn ein Goi jüdische Gesellschaft suchte, dann nur, weil er von seinesgleichen abgewiesen worden war und meinte, er müßte den Juden automatisch willkommen sein, da seine Aufmerksamkeit ihnen schmeichelte. Solchen Gojim durfte man nicht trauen. Ein Jude, der einen Goi zum Freund nahm, wurde höchstwahrscheinlich ausgenutzt und hatte kein Ehrgefühl und war ein Narr dazu.

Robin sprach von jüdischer Sensibilität und jüdischer Wärme und jüdischem Intellekt. Robin hatte ein zuckersüßes Lächeln, und er war ein kleiner Dieb (Münzen, Nippes, Federhalter). Robin kannte sich aus bei Huren und in Büchern. Robin sagte zu Marcus, er hätte zwar Talent, sei aber zu pedantisch, ziemlich altmodisch und ahnungslos in Stilfragen. (Als Marcus Robins Art imitierte, war Nanna vom Ergebnis angetan.) Robin brachte ihm den Symbolismus, Mallarmé und Rimbaud nahe. Er sagte, daß er Lebenskraft und Erdverbundenheit bewundere und daß man Geist und Geschmack nicht zu sehr verfeinern und nicht blutleer werden dürfe; er solle ein wenig von seiner Schwerfälligkeit bewahren, denn Schwerfälligkeit bedeute Stärke. Marcus begann einen neuen, niemals vollendeten Film, in dem Robin die Hauptrolle spielte. Robin meinte, alle Titel klängen auf französisch besser, und so nannten sie den Film *Les Yeux d'un poète*.

Als Kind hatte sich Marcus vorgestellt, daß die Menschen Reden wären, die voller Leidenschaft in unverständlichen Sprachen gehalten würden, und daß es darauf ankäme, diese Sprachen zu erlernen. (Tod bedeutete, daß Menschen verstummten. Jedes Gespräch endete mit einem Tod, der ihn allein zurückließ. Seine Angst vor dem Sterben bestand damals in dem Schrecken, der ihn befiel, wenn ein Zwiegespräch plötzlich abbrach.) Als er noch keine dieser Sprachen gelernt hatte und nicht in sie zu übersetzen wußte, versteckte er sich hinter dem Bemühen, gefällig zu sein: «Was würdest du gern tun? In welcher Stimmung bist du gerade?» Er kannte Robin schon fünf Monate lang, als er es erstmals wagte, ihm eines seiner Bilder vorzuführen; es war kurz nach dem Erntedankfest, das Marcus in New York bei seinem Vater verbracht hatte. Als er an die Schule zurückkehrte, erzählte er: «Weißt du, was ich mir bei Familienfeiern vorstelle? Ich bin in den Rosenkriegen. Da ist ein Wohnzimmer voller Leute, und sie bewerfen sich mit weißen und mit roten Rosen voller Dornen, auf dem Teppich sind Blutflecke. Sie grölen, und es klingt wie ‹York, York, York›. Wenn aber alle friedlich sind, dann knistert es wie Feuer im Kamin: ‹Lancaster, Lancaster, Lancaster …›»

«Das ist ziemlich weit hergeholt», sagte Robin. «Ehrlich, ich find's übertrieben. Und überhaupt verstehe ich es nicht. Das Familienleben ist viel mehr psychologisch. Freud kommt mit den Vorspeisen auf den Tisch und geht erst mit dem Tapiokapudding. Das ist meine Meinung.»

«Ja, du hast recht», sagte Marcus. Daß Robin Probleme mit den Noten hatte (außer im Englischen, wo er eine wunderbar prägnante und logische Prosa schrieb, die mehr französisch als englisch empfunden war), bewies nur, daß er intelligent war und eigenständig zu denken vermochte. Marcus versuchte, mit den Gedanken von Robin zu denken. Er begann, heftige Szenen zu machen, ohne zu wissen, warum er es tat. «Ich bin so schrecklich aufbrausend», sagte er immer wieder. Robin bestätigte, daß Marcus voller Gewalt und Tiefe war. Er bestätigte es mit Wohlgefallen und mit Besitzerstolz.

Marcus beugt sich vor, als der Lancia die Piazza di Spagna erreicht. Ja, denkt er, ja, ja – er will diese Schwärme von parkenden Autos zu beiden Seiten des Kanals, durch den sich der Verkehr wälzt. Er will für seinen Film diese Touristen mit Sonnenbrillen und kurzen Hosen, den Peugeot mit den hinten aufgeschnallten Matratzenrollen, die vier staubbedeckten Taxifahrer, die zu Füßen des Obelisken sitzen und rauchen. Das städtische Gewühl wird die Falten erklären, die auf Jehanes Stirn, über dem Steg ihrer Sonnenbrille, erscheinen sollen, wenn sie den Platz überquert.

Der Lancia hält hinter dem Garderobenwagen und dem orangeroten Licht-Lkw, aus dem sich schwarze Stromkabel schlängeln. Auf den gewundenen Travertinstufen der Spanischen Treppe stehen Statisten und Passanten müßig herum oder eilen hinauf oder herunter. Die Techniker wenden sich mit erwartungsvollen Gesichtern dem Lancia zu, als Marcus herausklettert – eine Bischofsfigur mit unbewegtem Antlitz in der Stille des Altars unter der Kuppel. Eine Zuschauerin ruft: *«Je vous ai toujours adorée, Jehane!»* Jehane lächelt zu Boden, melancholisch. Der Maskenbildner treibt sie und Oskar in den Garderobenwagen. Marcus winkt den Elektrikern zu. *«Noi cominciamo, sì?»* Sie erwidern: *«Sì»*, und lächeln. Der Beleuchter, den er aus Paris mitgebracht hat, deutet auf die Scheinwerfer, die bereits auf dem zweiten Absatz der Treppe in Position gebracht worden sind, wo Jehane dem herunterkommenden Oskar begegnen wird. Es wird eine Großaufnahme ihrer Gesichter geben, und Marcus will in den Gesichtern keine Schatten. *«Bon»*, sagt Marcus und packt den Mann bei der Schulter. *«Nous commençons.»* Marcus begrüßt das Skriptgirl, die italienischen Bühnenarbeiter, die italienischen Dolmetscher: *«Nous commençons… Noi cominciamo.»* Er lächelt und unterbricht sich, um Hände zu schütteln. *«Un buon momento, non?»* Er hat Charme; es fällt ihm leicht, charmant zu sein, wenn er sicher ist, daß er ein Publikum hat.

Er begrüßt Whitehart, den Regieassistenten, mit demonstrativer Herzlichkeit, als wären Monate vergangen und nicht nur Stunden, seit sie sich zuletzt gesehen haben. Er legt seinen Arm um Whiteharts Schultern, und Whitehart erwidert die Geste. Whitehart berichtet, daß Liselotte (die Münchner Stripteasetänzerin, die Oskars bürgerliche, erotisch wirkende Ehefrau spielen soll; Oskar wird sie Jehane als kalt beschreiben – «Und du, du bist… ich kann es nicht sagen…»; das Publikum wird nicht wissen, ob er lügt) eine Plombe verloren hat, beim Zahnarzt war, noch ein bißchen groggy, aber sonst in Ordnung ist. Marcus nickt. Wir sind alle zerbrechlich, denkt er. Whitehart geht den Drehplan für den Tag durch. Marcus hört ihm zu; Einzelheiten sind Gebote des Gewissens. Sonnenlicht trifft ihn. Er fühlt sich von einer nervösen Sucht ergriffen, im Sonnenlicht und in den Gesichtern der Akteure nach den Schatten der Bedeutung seines Films zu fahnden. Er will Whitehart fragen, ob der Kamerakran für die erste Einstellung am oberen Ende der Treppe montiert ist, aber ihm fällt das Wort «Kran» nicht ein, und so deutet er nach oben und sagt: «Das Ding – das Ding.» Whitehart sagt: «Der Kran? Steht bereit», und Marcus lächelt ihn an und sagt: «Danke.»

Robin nahm ihn nach Boston mit und stellte ihm Sukie Tredwell vor, seine Cousine. Sukie war in Robin verknallt gewesen und versuchte gerade, darüber hinwegzukommen. Sie sagte, sie sei in Marcus verliebt, und verhielt sich so, als wäre sie es wirklich. Sie war klein, dünn, ihr Gesicht war weiß wie Porzellan und rosig wie der Sonnenaufgang, ihr Haar aschblond. Sie hatte breite Hüften und eckige Schultern. Sie war Kettenraucherin und sprach mit einer leisen, nasalen, hellen und gepreßten Stimme, in schlichten und direkten Worten. Sukie war ein Prisma, in dem sich Sonnenlicht zu einem Regenbogen brach. Marcus' Glücksgefühl war schwindelerregend, steil abstürzend wie ein Kliff.

Der Sommer kam. In Scantuate lag Robin ausgestreckt in einem Korbsessel, schälte Hautfetzen von seinen sonnenverbrannten Armen, summte dabei und schnitt Grimassen zu einer Übertragung von *Don Giovanni* im Radio. Die Nacht verwandelte die Fenster der Veranda in Spiegel, das Meer rauschte, und das beständige Rauschen ließ die Nacht vor den Fenstern zu einer Muschelschale schrumpfen. «Sukie», sagte Marcus, «ich will dir etwas sagen, was sich sehr seltsam anhören wird.»

«Darf ich mithören?» fragte Robin.

«Tja, du bist nun mal hier», sagte Marcus. «Sukie, ich habe sehr seltsame Gedanken im Kopf. Hör zu. Ich sitze einfach hier, und da ist mir, als ob – nun ja, ein Mann in Ritterrüstung kam zur Tür herein.» Er sprach schneller, überstürzte sich und improvisierte, um abzumildern, was ihm tatsächlich auf der Seele lag. «Er kam durch diese Tür dort, ich konnte die Strohmatten durch seine Füße hindurch sehen, und er schlug mich mit dem Schwert auf den Arm. Ich habe eine schwere Wunde an meinem Arm. Ich habe eine Wunde, aber sie ist nicht an meinem Arm. Meine Wunde ist dein Mund. Ich sehe dich an, und sie verändert sich, ist dein Mund, ist meine Wunde. Und ich werde an ihr sterben. Aber ich kann die Wunde schließen, wenn ich dich küsse.»

«Großer Gott, Pony!» Marcus wurde Polo genannt (Marco Polo) oder auch Pony (Polo-Pony) und manchmal auch Pony-Boy. Die großen, grauen Augen vom Musikhören verschleiert, rief Robin, mit einer seiner großen Hände gereizt in der Luft herumfuchtelnd: «Küß meine Cousine, wenn du willst, geh mit ihr raus in den Garten, wenn du willst, aber erspar uns deine hebräische Poesie. Hier wird Mozart gespielt.»

«Halt den Schnabel, Rotkehlchen», sagte Marcus und lief dunkel an. «Komm mit, Sukie.» Zusammen mit Sukie ging er nach draußen. Rund um sie her weitete sich die Nacht. Sie gingen durch Rechtecke aus rotgelbem Licht, das aus den Verandafenstern auf den Weg fiel (oben zappelte Robin, die Beine über die Stuhllehne gelegt, zu «Il mio tesoro» mit einem Fuß in der Luft), dann suchten sie ihren Weg durchs Dunkel bis zum Rand der Steilküste. Kein Mond leuchtete ihnen, nur ein endloses Gesprenkel von Sternen und das Licht der Häuser auf der anderen Seite der Bucht, das glitzernde Feuerwerksspuren über das Wasser zog, und hin und wieder ein Paar Autoscheinwerfer unten auf der Uferstraße.

Marcus sagte, er wolle Sukie nicht langweilen, aber es würde ihn wirklich interessieren, was sie von seinen Gedanken hielt. «Warte noch – weißt du, was ich gerade gedacht habe? Wir alle sind der Tod. Wir sind kleine Umschläge, mit Tod gefüllt, und wenn wir irgendwo hingehen, dann kommen wir an wie ein Brief, und die Menschen machen sich voller Hoffnung über uns her, den Brieföffner schon in der Hand, um endlich ihre Post zu öffnen – das habe ich eben gedacht...»

Sukie sagte: «Jeder hat mal komische Gedanken. Mir

geht's auch nicht besser. Zum Beispiel, daß ich im nächsten Augenblick sterben könnte – solche Sachen.»

Marcus dachte plötzlich, daß das stimmte (es klang stimmig); jeder hatte seltsame Gedanken, und es war nur seine Ahnungslosigkeit, seine Unerfahrenheit, die sie ihm bei sich selbst bizarr erscheinen ließen. Abrupt begann er zu lachen. «Brieföffner! Haha!»

«Es macht mir nichts aus, wenn du so redest», sagte Sukie. «Ich glaube, daß du sehr, sehr empfindsam bist. Ich gebe dir Sicherheit, nicht?»

«Ja», sagte er. «Das tust du.»

Marcus erzählte niemandem (außer Nanna, später) und besprach mit niemandem (außer Robin), daß er Sukie liebte. Er wollte nicht, daß irgendeine fremde Meinung, irgendein fremder Atem seine Liebe berührte. Wie ein zweiter Adam erkannte er, daß alle blättertragenden Pflanzen schön waren und daß die Sonnenstrahlen auf den Fensterbänken täglich einmal langsam hoch und nieder schaukelten. Sukie hielt eine Zigarette zwischen den Spitzen ihrer kurzen, breiten Finger. Sie lag ausgestreckt auf einem Badetuch am Strand und sagte: «Ein sehr schöner Tag, Marco, nicht wahr? Ist das nicht ein wunderschöner Tag?» Es war ein Fehler von ihm gewesen, jemals daran zu zweifeln. Solche Irrtümer wurden in Augenblicken der Extravaganz geboren (wie ein tanzender Lichtreflex auf etwas Glänzendem, der verhüllte, was darunter lag); wer aus der Fassung gebracht war, erfand Fehler, aber in Wahrheit gab es keine Fehler, nur schlechte Gewohnheiten. Die Menschen waren sich grausam gleich. Er war sechzehn.

Er kümmerte sich um Sukies Wohlbefinden mit der gleichen Sorgfalt und Aufmerksamkeit, mit der er sich um Nanna kümmerte, und fühlte sich dankbar und geschmeichelt, wenn sie sich über seine Hingabe freute. Er war behutsam und achtete darauf, nie zu weit zu gehen. Er war halb in Sukies Mutter verliebt, die hüpfende Brüste hatte und dunkle, elektrisierende Augen und im Baritonregister sprach, wenn sie komisch sein wollte: «Mein Gott, da kommt ja Sukies Lieb-ha-berrr», wobei die Stimme in «Lieb-ha-berrr» um eine Oktave abstürzte. Oder sie sagte: «Da kommt Sukies hübscher, brauner Lieb-ha-berrr», und bot ihm einen Drink an. Sie strahlte intensive Anteilnahme aus, an ihm und an dem, was sich abspielte. Um sie war etwas Kapriziöses, ein Gefühl ernsthafter Hingabe an die Idee und Praxis der Liebe.

Sukie sagte: «Nein, geh nicht fotografieren. Bleib mit mir am Strand liegen.» Sukie sagte: «Robin ist empfindsamer als du, aber an dir ist rein menschlich mehr dran.» Sukie sagte: «Jeder weiß, daß Juden die besten Liebhaber und Ehemänner sind.» Wenn sie am Strand lagen, erlaubte sie ihm, ihren Arm, ihr Bein, ihr Rückgrat zu küssen. Sie selbst berührte ihn nicht. Sie lag still da und wurde starrer und starrer, während er sie langsam küßte, und dann setzte sie sich plötzlich auf und strich, eine Heldin, ihr Haar zurück und sagte: «Ach, Pony, ich bin verrückt nach dir. Es gibt kein Zurück, nicht? Wir wollen – all das, ich bin sicher. Es gibt kein Zurück, spürst du das, Pony?»

Oskar steht an der obersten Balustrade und blickt hinaus auf Rom; vor ihm schwingt sich die Spanische Treppe nach unten. Ein junger Bühnenarbeiter bedient das Gebläse, das auf dem Geländer steht und Oskars Haare im Wind wehen läßt. Oskar sieht, selbst mit der Sonnenbrille, unerträglich edel aus. «Den Blick etwas höher, in den Himmel», korrigiert Marcus. «Oskar, mein Lieber, dies ist die Stadt der Päpste.» Marcus lehnt sich gefährlich weit über die Balustrade, visiert durch den Sucher der Handkamera auf Oskars Gesicht. «Überbelichten», sagt er zu Alliat; er möchte, daß Oskars Gesicht wie eine Bleistiftzeichnung kommt – nur ein paar Striche, das Dunkel der Sonnenbrille, darin das Spiegelbild der Aussicht, und Oskars Mund. Dieser Mund wird, wenn er Oskar in die richtige Stimmung versetzen kann, voller Leben und Gefahr sein: ein Umriß voller Raffinesse, ein Instrument der menschlichsten Musik.

Ohne seine Pose aufzugeben, bemerkt Oskar: «Das dort ist das Keats-Haus, ja? Euer großer Dichter. ‹Wahrheit ist Schönheit und die Schönheit wahr›, stimmt's?»

«Mein Schatz», sagt Marcus, «wenn du dein Kinn vielleicht zwei Zentimeter runternimmst.» Minuziös und langsam bewegt Marcus die Kamera hin und her. Oskars Mund erschlafft, aber er bleibt pflichtbewußt. «Als ich ein Kind war», sagt Marcus, «habe ich geredet wie ein Kind und wie ein Mann gehandelt, mit Pfeil und Bogen und Pistolen. Und heute bin ich ein Mann und beschäftige mich mit kindischen Dingen.» Oskar lächelt geistesabwesend. «Willi», sagt Marcus, «stell dir eine nackte Frau unter der Dusche vor, völlig unbefangen, sie hat keine Ahnung, daß du sie beobachtest.» Oskars Lippen ziehen sich sinnlich zusammen. Marcus macht eine Kopfbewegung, und Alliat beugt sich über ihn, registriert die Position der Kamera, nimmt sie ihm ab, während Marcus sich aufrichtet. Marcus hält einen kleinen Spiegel vor die Frontlinse und betrachtet Oskars Spiegelbild darin, gibt Anweisungen: «Nach rechts. Höher. Noch ein biß– Ja.»

Nanna war wachsam und quick, aber nicht so wachsam und quick wie ein Augenblick, der auf Film gebannt werden soll. Oskars Gesicht im Spiegel zittert. Der Spiegel ist ein Auge, und die Pupille, der Tunnel zur Wahrnehmung und zur Fixierung im Gedächtnis, ist Marcus. Auf den gläsernen Lidern der großen, verspiegelten, metallgefaßten Sonnenbrille trägt Oskar die doppelten Reflexionen eines Schwarms von Dächern, verfeinert von hochgewölbten grauen Kuppeln, die sich aus ihrer Mitte erheben. Oskars Haare flattern. «Oskar, mein Schatz», sagt Marcus, «wie wäre das, wenn man dir in der Villa Borghese ein Standbild errichten würde, als dem begabtesten Deutschen seit Goethe?» Oskar holt tief und bebend Atem. Im Oval seines Gesichts vollzieht sich eine innere Verlagerung – ein seltsames Leuchten erscheint, eine Erleuchtung. Er sieht aus wie ein Olympier. Er wartet, abwesend und tagträumend, während Marcus Alliats Knie antippt und die Kamera zu laufen beginnt, stoppt, wieder anläuft. Ein drittes Mal surrt die Kamera.

«Das war's für den Augenblick», sagt Marcus. Er berührt Oskar an der Schulter. Der Schauspieler ist ein Teil der Balustrade, des Sonnenlichts, der Träumerei geworden und muß zurückgeholt werden.

Schutzlos saß Marcus im Klassenzimmer, die Füße auf den Boden gestemmt, Kopf und Blick gesenkt, als bliese ihm ein Wind ins Gesicht. Im Duschraum deklamierte er tonlos vor sich hin: «Ich liebe dich, Sukie.» Er schrieb ihr: «Ich liebe Dich.» Sein Zimmergenosse rempelte ihn an, und Marcus schlug blindlings zurück: «Untersteh dich, mich anzufassen!» Im Schlaf weinte Marcus in sich hinein: «Sukie!» Er schrieb ihr: «Du fehlst mir wahnsinnig.»

Robin spielte den Kuppler. «Wann werdet ihr beide endlich miteinander schlafen?» fragte er.

«Ich will ihr nicht weh tun!» rief Marcus. «Ich will nichts tun, was ihr irgendwie schadet!»

Robin sagte: «Erzähl mir bloß nicht, daß du Sex für was Böses hältst, Pony. Hast du noch nie ein Buch gelesen? Hast du noch nichts von D. H. Lawrence gelesen?» Robin sagte: «Da liegt echte Schönheit drin, wenn eine Frau zur Frau wird.» Er sagte: «Die jüdische Moral hat alles zermalmt, was in der westlichen Kultur schön und natürlich war. Wenn wir nicht selber draufgekommen wären, daß es notwendig ist zu sündigen – und wenn Freud nicht auf der Bildfläche erschienen wäre –, dann wären wir alle neurotische Kalvinisten. Sag mal, Pony, glaubst du an das Alte Testament?»

Unter den Federn der oberen Koje des Doppelstockbetts, die gedehnt waren vom Gewicht seines schlafenden Zimmergenossen (dessen Atemzüge klingende Laufmaschen durch die Dunkelheit zogen), lag Marcus in einem Wirrwarr von Gedanken. Er sehnte sich danach, der fernen Nanna in Florida zu sagen, daß er im Begriff war, in einen anderen Seinszustand einzutreten. Er sprach mit Sukie am Telefon. «Sukie, ich möchte – Versteh mich, ich will nicht gemein sein, aber – Sukie, bitte sag mir doch, *wann*.»

«Ach, Pony», sagte Sukie mit kleiner Stimme. «Wann immer du willst. Ich bin hilflos in deinen Armen, Marco.»

Robin reservierte ein Hotelzimmer in Boston und fuhr Marcus an dem Nachmittag, an dem die Herbstferien begannen, mit dem Wagen dorthin. Sukie kam mit dem Zug von ihrer Schule in Connecticut. Robin sagte: «Ihr habt zwei Stunden, dann muß ich Sukie zurückbringen», und er werde solange im Schnellrestaurant warten.

Die Lust im Hotelzimmer war kurz und simpel und herzzerreißend. Als es vorbei war, sagte Sukie: «Du hast die Macht über alle unsere Leben, über meins und Robins und das meiner Eltern! Du bist unglaublich mächtig.» Sie sagte: «Du bist hübsch und sehr sexy und hast einen viel schöneren Körper als Robin.» Sie sagte, daß sie schon mal mit Robin geschlafen habe, aber das habe ihr nichts bedeutet, nicht so wie jetzt; und außerdem einmal mit einem Jungen in Maine, aber auch das habe ihr nichts bedeutet. «Pony, es ist mir direkt peinlich. Alle werden die Veränderung an mir bemerken. Ich weiß, daß ich erblühen werde.» Sie sagte: «Bist du einer von diesen Männern, die nur das wollen, was sie nicht kriegen können?» Sie sagte: «Ich wollte, du würdest nicht nach New York gehen. Ich weiß nicht, was ich ohne dich anfangen soll.» Sie sagte, daß sie ihre Mutter hasse und ihre Mutter sie hasse. Sie sagte, daß die Jungens sie nicht mochten. Sie sagte, daß die Mädchen in der Schule nichts mit ihr zu tun haben wollten. Sie sagte, daß sie sich umbringen wolle. Sie sagte: «Ich weiß, daß du mir Glück bringen wirst. Jeder weiß, daß Juden die besten Ehemänner und Liebhaber sind.»

An Weihnachten erklärte Marcus seinem Vater, daß er gleich am Samstagvormittag nach Boston zurückmüsse, um sich wegen der Schulaufführung mit Robin zu treffen. In Boston begann es zu schneien. Er kam an mit wunden Knochen, gekrümmt vor Sehnsucht nach dem Gefühl – sehr ähnlich der Sicherheit, gewollt zu werden –, das er empfunden hatte, als Sukie sich entkleidete und in seine Arme kam. Er war betäubt von einem Gefühl der Demütigung, das er nirgends festmachen konnte. Er dachte: Sie braucht mich. Ihn quälte Erstaunen nicht weniger als Sehnsucht. Vom Hotel aus rief er Sukie an; sie versprach, so rasch zu kommen, wie sie könne. Er wartete, und die Augenblicke schienen ihm keine Wände, Dächer oder Böden zu haben. Niemals wieder hatte er Erwartung als etwas so Gewalttätiges empfunden.

Um vier Uhr nachmittags kamen Sukie und Robin an – zusammen. «Bitte geh», sagte Marcus zu Robin, und als Robin, ohne ein Wort zu erwidern, gegangen war, begann er Sukie auszuziehen. In der Stille war es, als ob Geräusche hörbar würden, die bisher hinter dem Rauschvorhang des Lärms verborgen gewesen waren. Sukie wurde nervös. Marcus sagte, sie solle stillhalten. Sie sagte: «Du weißt nicht, was du tust. Das ist ja zum Gruseln», und begann zu weinen.

Marcus sagte: «Sukie, was hab ich falsch gemacht?»

«Du benimmst dich nicht wie einer, der mich mag.»

Angespannt, mit rotem Gesicht, versicherte ihr Marcus, daß er sie möge, schwor es, schwor es bei seiner Seele.

Sukie blinzelte und sagte unterwürfig: «In Ordnung.»

Dann liebten sie sich.

Als Robin zurückkam, ging Marcus, in eine Decke gewickelt, zur Tür und sagte: «Gib uns fünf Minuten, wir ziehen uns an.»

«Nein», sagte Robin, «laßt mich rein. Ich schau nicht hin.» Er kam herein und setzte sich auf das Fußende des Bettes. Er lehnte sich über Sukies Fußgelenke und begann hastig zu reden. Er plapperte davon, wie häßlich Boston sei und wie trist er den Winter fände. Sukie und Marcus lagen reglos wie Leichen. Als Sukie sich anzog, wandte Robin den Kopf ab («Zeit, daß wir in die Spur gehen», hatte er gesagt, wie ein Sportlehrer). Marcus blieb im Bett, gegen das Kopfteil gestemmt, die Decke bis an die Schultern hochgezogen. Robins Gewicht drückte auf seine Knöchel. Mit vor Aufregung steifem Hals sagte Robin: «Ich bring sie wieder her, sooft ich kann!»

Marcus kehrte an die Schule zurück und sagte sich, daß die Menschen alle gleich seien. Sukie würde sich bald für ihn ändern, so wie er sich für Nanna geändert hatte. Sie würde sich in ein warmes, aufmerksames, vertrauenswürdiges Mädchen verwandeln. Er würde ihr dabei helfen und stark sein. Gleichzeitig sehnte er sich danach, ihr zu entkommen. Aber er wollte sie auch. Er schrieb ihr zweimal täglich. Er war müde und konnte nicht schlafen. Er fiel in Phasen nervöser Erschöpfung, lag schweißgebadet da und starrte die Wand an. Er schloß die Zimmertür ab, wenn es soweit war; er wollte nicht, daß ihn irgend jemand sah. Gefühle, für die er keinen Namen wußte, unbegreifliche, doch machtvolle Gefühle ähnlich abstrakten Gemälden – ein blaues, eines in Blau und Schwarz, eines in Grau, von

Chromgrün durchschossen – erfüllten seinen Kopf und seine Brust. Die Erinnerung an die Haut auf Sukies Rükken trieb ihn vom Eßtisch hinaus zu Spaziergängen voller Selbstgespräche im Schnee, bei denen er sich gleichermaßen außer sich und elend fühlte. Er begann, seinen Gedanken aus dem Weg zu gehen. (Als er älter wurde, stellte er fest, daß es ihm keine Schwierigkeiten bereitete, seinen Gedanken aus dem Weg zu gehen, wann er auch wollte – außer beim Einschlafen; um seine Gedanken dabei zur Ruhe zu bringen, gewöhnte er sich an, zwei Gläser Brandy und eine Seconal zu nehmen und im Schlafzimmer herumzutigern, bis er einen Zustand von annähernder Schwachsinnigkeit erreicht hatte; erst dann, wenn er sich auf sein Bett fallen ließ, war die Bewußtlosigkeit greifbar.)

Sukies Briefe brannten wie Trockeneis; in ihnen beklagte sie sich über ihre Mitschülerinnen, beschrieb ihre Gefühle – «Alle schauen mir nach; ich glaube, daß ich erblühe» – und drängte ihn, mit Robin zu reden, damit er sie wieder von der Schule abholte: «Ich verliere noch den Verstand. Ich möchte mich umbringen. Ich muß Dich sehen. Ich liebe Dich.»

Er arrangierte eine Fahrt mit Robin nach Boston, wo sie an Samstagabenden im Haus von Gamma Foster abstiegen, und Robin erklärte, sie würden ins Kino gehen; tatsächlich fuhren sie nach Connecticut, saßen beide vorwärtsgebeugt im Auto, als könnten sie dadurch das Tempo steigern. Manchmal empfand er Sukies Gegenwart als unangenehm und redete sich heftig ein, daß sie ein Trotzkopf sei, sich absichtlich nicht liebenswert zeige und sich keinen Deut darum schere, ob sie einander fremd wurden. Verdorben war sie. Ohne Unterlaß beobachtete er ihr Gesicht. Er kannte ihr Mienenspiel. Er sah Erscheinungen darin, Landschaften, die Farbschattierungen von Blumen. Wenn ihn der Mut verließ, sah er etwas darin, das mit Schmerz zu tun hatte, einen Wundverband. Manchmal geschah es, daß eine Laune das porzellanbleiche Gesicht und ihn selbst erwärmte, worauf sein Absturz in das Sich-Verlieben von neuem begann. Wenn er zu ihr unterwegs war und noch nicht wußte, was ihn erwartete, machten sein Herz und seine Nerven rackettiklack wie ein halbleerer Zug, der durch die nächtliche Landschaft jagt. Dann kam er an, und schon flogen seine Augen nach diesem Gesicht. («Nicht, Pony. Es macht mich so nervös, wenn du mich anstarrst.») War ihr Gesicht bedrückt oder verdüstert, so ging er auf Distanz und verbot sich Gefühle, wie ein Arzt; er wollte ihr helfen, nicht schaden. Er versuchte, einen guten Liebhaber abzugeben, so wie es in den Büchern stand, und er sagte ihr – wobei er sich an einen anderen Augenblick erinnerte, da ihm die Worte gefehlt hatten –, daß sie die Sonne sei und Wind und Wolken und ein Rosenbusch. Sukie strahlte und sagte: «Oh, das ist hübsch!» Mit wachsender Überzeugung fuhr er fort und verglich sie mit der Verrücktheit von Träumen, mit einem Strand, mit warmem Sand und der Sonne, die einen benommen macht, und Sandflöhen, die einem in die Beine stechen. «Ich glaube nicht, daß ich das mag», sagte sie. «Nein, das ist eine Gemeinheit.» Sie wirkte unsicher. Er sagte, er habe sich nichts dabei gedacht, ein Strand sei einfach ein Stück Naturgewalt – er habe sie nur mit einer Naturgewalt vergleichen wollen.

Sie war am friedfertigsten, wenn er müde war, im Halbschlaf (obwohl er in seinem Stolz ungern vor ihr zugab, müde zu sein). Dann geschah es manchmal, daß sie ihn berührte oder ihm ein Lächeln schenkte, in dem Wärme lag. Aufregend und kribbelnd fand sie es, wenn sie zu dritt – Sukie, Robin und Marcus – in Robins Wagen losfuhren. In Lokalen wurde an Sukie nichts ausgeschenkt; im Wagen ließen die drei eine Halbliterflasche Bourbon kreisen, während sie, unbeobachtet in ihrer abgeschlossenen Welt, auf Nebenstraßen unterwegs waren. Oft rasten sie mit neunzig dahin, schleuderten durch die Kurven, nur noch mit dem schmalsten Band an die Straße, die Erde, an fixierbare Örtlichkeiten gebunden. Die Luft im Wagen war trocken, aufgeheizt vom Gebläse und frostig von der Kälte, die durch die Fenster eindrang und schwach auf ihrem Atem sichtbar war, und sie roch süß nach Whiskey. Sukies Erregung berührte Marcus, als wäre sie eine Flagge.

«Ein Rettchen», rief sie, «ich muß ein Rettchen haben. Habt ihr an meine Sen-Sen gedacht?» Und: «Diese Schule ist ein Grab.»

«Das Grab ist ein verschwiegener Ort», sagte Robin, «doch niemand, deucht mir, küßt sich dort.»

«Ich liebe dich, Marco», sagte Sukie.

Rund um den Wagen lag zitterndes Mondlicht auf den schütteren Feldern. «Heute nacht geht die Welt zugrund», sagte Marcus.

«Sei nicht so düster», sagte Sukie. «Schwing dich rauf auf die Glücksschaukel.» Die Glücksschaukel war das Gegenteil der Miesen Wochen. «Das ist eine Miese Woche», sagte Sukie manchmal.

«Ich bin schon drauf», erwiderte Marcus.

Aber Sukie sagte: «Nein, bist du nicht.» Sie wandte sich zu Robin: «Ist Marcus nicht schwierig? Er macht mir angst.» Robin stimmte ihr zu. Marcus sei schrecklich.

Marcus verstand das nicht. Robin hatte eine viel schärfere Zunge als er: Robin sagte, Gamma Foster sehe so fröhlich aus wie die Bibel. Sukie und Robin waren weniger sentimental als er, auch weniger darauf aus, anderen zu gefallen. «Komme ich euch denn anormal vor? Stört es euch vielleicht, daß ich Jude bin?»

«Aber du bist nicht durch und durch Jude», sagte Robin.

«Es ist nicht das Jüdische an dir, was dich so schwierig macht», sagte Sukie.

Marcus hatte sich daran gewöhnt, daß er bei Frauen am besten ankam, wenn er glücklich war. «O Gott, bin ich glücklich», rief er. «Ihr könnt euch das gar nicht vorstellen. Als ich ein Kind war, dachte ich, es würde niemals irgendwas passieren.»

«Das denken alle Kinder», sagte Robin, einen Arm über Sukies Schultern gelegt.

«Ich hab's auch gedacht», sagte Sukie. «Wollt ihr einen Witz hören? Klopf, klopf. Wer ist da? Hier ist Abe. Welcher Abe? Abc.» Sie kicherte und lehnte ihren Kopf erst an Marcus' Schulter, dann an Robins.

Sie hielten an und liefen barfuß in ein schneebedecktes Feld, johlend und lachend. Marcus ließ sich in den Schnee fallen, streckte die Arme aus und sagte: «Ich bin bereit für Ostern.» Sukie lief in Kreisen, wieselte um die eigene Achse und durch das Feld, ihr Schatten hüpfte erst hinter ihr, dann vor ihr. «Sie tanzt mit den Krähen», sagte Marcus.

Robin machte einen Spaziergang, während Marcus und Sukie im Wagen lagen, ihre Atemzüge ein zartes Gespinst, ihre Augen Lichtpunkte im Dunkel. Robin kam zurück, und sie fuhren zum Tor von Sukies Schule. Das Mädchen in Marcus' Armen war warm, war in einen Mantel eingewickelt und duftete schwach nach Gardenia-Seife. «Ach, Pony, ich muß zurück in das Grab. Ich liebe dich.»

Robin sagte: «Augenblick, Sukie. Nimm lieber noch ein paar Sen-Sen mit.»

«Uups», sagte Sukie. «Aber klar doch!» Verschwörerisch lächelnd, legte sie Robin die Arme um den Hals, und Robin küßte ihr Ohr.

Auf dem Rückweg nach Boston sagte Marcus: «Ich mag es nicht, wie du Sukie küßt. Ich könnte dir die Zähne einschlagen.»

«Schau her, Pony. Sie ist nun mal meine Cousine. Ich –»

«Halt's Maul! Halt dein verdammtes Maul!» Etwa eine Minute danach sagte Marcus: «Du lieber Gott, das tut mir leid. Es tut mir leid, Rotkehlchen. Du weißt, daß ich ganz verrückt bin. Ich bin einfach so verliebt, verstehst du.» Er saß in seinen Sitz gelümmelt, müde, gereizt, der Körper schmerzend vor Ermattung. Die düstere, jetzt schale Luft im Auto schien ihm genau die passende Umgebung für ihn.

Im Film kehrt Jehane, nachdem ihr klargeworden ist, daß Oskar nicht daran denkt, sich von seiner Frau scheiden zu lassen, in ihre *pensione* zurück, schließt die Zimmertür auf und betritt den Raum, ohne das Licht anzumachen. Erst sitzt sie still im Dunkeln; dann beginnt sie zu schluchzen, greift nach ihrer Handtasche auf der Kommode und holt ein Taschentuch heraus, das sie sich zwischen die Lippen stopft, um kein Geräusch zu machen, das die anderen Pensionsgäste stören könnte. Sie sinkt auf den Boden und weint lautlos, nimmt die Demütigung fast erleichtert hin. Sie bewegt sich nicht, weint nur immer weiter geräuschlos auf dem Boden.

Vorher, ehe sie Oskar begegnet, geht sie im Film die Via Condotti hinunter, vorbei an den Schaufenstern, den Spiegelungen, den zum Kauf angebotenen Dingen. (Die Kamera wird aus der Untersicht, aus Hüfthöhe, aufnehmen, denn Marcus glaubt, daß eines der Geheimnisse der Schönheit und Glaubhaftigkeit italienischer Renaissancefresken in der Tatsache besteht, daß die Figuren größer zu sein oder auf höherem Grund zu stehen scheinen als wir selbst, so daß wir zu ihnen aufblicken müssen; dies hilft, uns von ihrer Wirklichkeit zu überzeugen, denn wir bleiben lebenslang Kinder und legen bis zum Tod den Kopf in den Nacken, um den Ausdruck auf den Gesichtern der Erwachsenen zu entziffern.) Und sie wird an einem jungen

Mann vorbeikommen, der eine ähnliche Sonnenbrille trägt wie sie; sie wird kurz zögern, wie amüsiert über die Ähnlichkeit der Brillen, aber dann, als ein Lächeln von seiten des jungen Mannes ausbleibt, fallen ihr die Erwartungen wieder ein, die sie für sich hat, und sie eilt weiter und beendet somit, was Marcus einen maskierten Augenblick nennt, so wie jener, als ihm Robin sagte: «Ich kapier nicht, warum es wichtig sein soll, auf welche Weise ich mich vergnüge; ich kapier nicht, warum es wichtig sein soll, auf welche Weise sich irgendwer vergnügt.» Sie zieht die Flucht der Selbsterkenntnis vor. Sie stürmt weiter, grandios und unberührt. Zwischen der Jehane der Via Condotti und der Jehane in der Pension liegt die Auflösung des Panzers um ihre Selbstachtung.

Oskar tritt zwischen die beiden Jehanes. Marcus sagt zu ihm: «Es ist dein zweiter Tag in Rom. Du hast dein Hotel verlassen und bist durch die Villa Borghese spaziert. Bäume und Kinder. Der römische Sinn für Gestaltung. Deine Frau hängt schwer an deinem Arm; du gehst etwas zu schnell für sie. Es war ein Fehler, daß du sie geheiratet hast. Sie stellt Fragen. ‹Was ist das hier? Was ist dort?› Und ‹dort› ist nur die Wasseruhr. Der gestrige Tag mit ihr war langweilig. Der heutige scheint auch langweilig zu werden. Aber dir ist keine Gereiztheit anzumerken; du bist gutmütig. Immer. Du bist mit dir im reinen in dem Sinn, daß du dir niemals Selbstvorwürfe machst. Du hast ein gutes Gefühl für das Leben. Verstehst du?» Oskar nickt, seine Gesichtszüge gleiten in einen Zustand der Entspannung, zutiefst gutmütig und undurchdringlich; blankgeschrubbt sieht sein Gesicht aus. Marcus fixiert ihn und sagt: «Gut.»

Über Oskars Schulter wirft er einen Blick auf Liselotte, die Münchener Stripteasetänzerin, die Oskar-Willis Frau spielen wird. Sie sitzt auf einem Klappstuhl unter einem Baum, in gesprenkeltem Helldunkel, die Hände im Schoß gefaltet, die Augen geschlossen. Ihr Zahn tut immer noch weh, denkt Marcus. Oh, wie sie sich vor Selbstmitleid verzehrt! Marcus wird kalt, froschartig. Er winkt Whitehart zu sich. «Sag ihr, sie soll nichts weiter zeigen, als daß sie in einer fremden Stadt ist. Sag ihr, sie soll auf keinen Fall schauspielern. Ich möchte ihre Stimmung so, wie sie ist.» Whitehart zwinkert ihm zu und trollt sich. Marcus bleibt stehen, mißt die beiden Wirklichkeiten von Liselotte mit den Fingern seines Denkens. Ihre tatsächliche Nervosität, ihr Mangel an Erfahrung, ihr Versuch, die Kamera zu betrügen und nicht wie eine Stripteasekünstlerin aus München zu wirken, wird sich im Film in das unglückliche Gehabe einer Frau aus bürgerlichen Kreisen verwandeln, deren Benehmen auf Kriegsfuß steht mit ihrer Anmaßung. Ihre schweren Brüste werden der Köder und die Fehlinformation sein, die Oskar-Willi gefangen haben. (Amüsiert denkt Marcus an Oskar-Willis Illusionen und daran, wie leicht er sich zum Narren machen läßt.) Das Publikum, hofft Marcus, wird in Liselottes beiden Wirklichkeiten die gleiche Verschleierung der Identität erkennen, die auch die Menschen verhüllt, welche es aus seinem Leben kennt.

Marcus suchte Zuflucht bei Grundsätzen (in seiner Entschlossenheit bestärkt durch einen Gary Cooper-Film; das Kino war dunkel wie das Chaos – die Bilder auf der Leinwand waren klar und groß und lichterfüllt), wenn seine Versuche, sich zusammenzureimen, was er fühlte oder was Robin oder Sukie eigentlich für Menschen waren, ihn zu dem Eingeständnis zwangen, daß er nur raten konnte, daß er nichts *wußte.* Er ging zum Schularzt und ließ sich ein Beruhigungsmittel verschreiben, wofür er als Begründung angab, daß er überarbeitet sei. Er ließ Sukie wissen, daß er sie während der Osterferien nicht in Boston besuchen könne. «Nanna ist aus Florida gekommen. Ich bin es ihr schuldig – ich will sie auch sehen. Nicht, daß ich dich nicht sehen möchte, aber ihr bin ich es schuldig.»

Aber dann folgte ihm Sukie nach Scantuate, zusammen mit ihrer Mutter, Robin und Gamma Foster. Gamma Foster wollte den Duft der Lilien und des Meeres riechen und verbrachte ganze Vormittage in eine Decke gewickelt auf einem offenen Balkon, ohne zu lesen oder zu schlafen. (Sie stürzte im folgenden Winter, brach sich den Hüftknochen und blieb behindert bis zu ihrem Tod vier Jahre später.) Die Kinder nisteten sich in der hellen, feuchten Frische einer Veranda im Obergeschoß ein. Die Couch aus Korbgeflecht ächzte, als sich Robin ausstreckte und seinen Kopf auf Sukies Schoß legte.

Marcus stand auf und sagte: «Ich möchte fotografieren gehen, zu Millers Teich.»

«Was für eine gräßliche Idee», sagte Robin.

«Mir ist nicht danach», sagte Sukie.

Marcus blickte Sukie an und sah ein kleines Mädchen mit eckigen Schultern und einem Körper wie ein Mond. Er biß sich auf den Daumennagel. «Ich gehe», sagte er.

«Schon gut, schon gut», sagte Robin. »Wir sind begeistert. Die Stimme unseres Herrn.»

«Wo war Moses, als die Lichter ausgingen?» fragte Sukie mit einem Kichern.

«Wenn ihr nicht mitwollt, dann laßt es bleiben», rief Marcus, an seine Grundsätze geklammert wie ein Mönch an das Kruzifix, mit dem er die Dämonen austreibt.

«Wir kommen mit. Wir kommen mit.»

Er war nicht rechtzeitig zum Mittagessen in Nannas Haus zurück, und Nanna beklagte sich, daß er der Mahlzeit ferngeblieben war, ohne sie vorher davon zu unterrichten. «Ich wußte nicht, ob du plötzlich krank geworden warst. Oder einen Unfall auf dem Highway hattest.»

Er entschuldigte sich – «Es tut mir leid. Ich war fotografieren. Es war kein Telefon in der Nähe» –, aber er gab nicht klein bei.

«Bitte tu das nicht wieder. Du weißt, wie leicht die Küche aus dem Takt kommt.»

«Tja. Dann will ich dich lieber vorwarnen, daß ich vielleicht für ein paar Tage nicht zum Mittagessen kommen werde. Ich bin draußen und fotografiere.» Die Empfindung, unverschämt zu sein, verwirrte ihn, aber er blieb unbeugsam.

Am folgenden Abend sagte Nanna trocken: «Ich habe keineswegs die Absicht, deine ganze Zeit zu beanspruchen, aber ich hatte doch gehofft, dich während deiner Frühjahrsferien hin und wieder zu Gesicht zu bekommen. Ich denke nämlich daran, dich in diesem Sommer nach Europa zu schicken.»

Marcus sagte: «Oh.» Er hörte auf zu fotografieren und erzählte Sukie, daß er nach Europa ginge.

Er ging mit Mrs. Tredwell, Sukie und Robin nach Europa. Robin arrangierte die Reise. Europa machte Marcus beklommen; es war eine alte Prostituierte, bewaffnet mit Augenködern und Prinzipienlosigkeit. Er ermahnte sich, auf der Hut zu sein, um hier nicht oberflächlich zu werden. Er schrieb Nanna jeden Tag, und die Anrede «Liebste Nanna» ließ einen Schwall von Kummer in ihm aufsteigen. Europa war so seltsam wie ein Volksfest unter einem nächtlichen Himmel am Rand einer Stadt, mit den auf- und absteigenden Lichtern des Riesenrades und dahinter, von jenseits der Grenze des farbigen Lichts, den Rufen derer, die ausgeschlossen waren.

«Ihre Kathedralen sehen wie Kinos aus», protestierte er. Robin sagte: «*Voilà*, Moses!», und Mrs. Tredwell blickte Marcus neugierig an.

Sukie beklagte sich, daß er sie vernachlässige. «Aber deine Mutter ist doch bei uns», sagte er. «Ich bin so etwas wie ein Gast – die Gesetze der Gastfreundschaft!» Sukie sagte: «Ich hasse meine Mutter. Meine Mutter ist mir schnurz.» Sie sagte: «Lieber Gott, was soll ich tun? Du willst mich nicht mehr.» Er nahm sie in die Arme. Robin war im Nebenzimmer, besprach den Tagesplan mit Mrs. Tredwell. Marcus blieb Sukies Begierde nichts schuldig. Die Verruchtheit der Situation half seinen Sinnen derart auf die Sprünge, daß er selbst von seiner Lust überrascht war. Danach schämte er sich und vermied es, Sukie anzublicken. Sukie sagte: «Was ist los?» Er sagte: «Ich habe eine Erkältung.» Er dachte, mein Gott, ich muß verrückt sein. Beim Mittagessen trank er zuviel und machte verzweifelte Imitationen der Europäer als Tiere – als Terrier, Pudel, ein verliebter Cockerspaniel –, alles für Mrs. Tredwell, die auch lachte. Sie benutzte ihr Baritonregister und sagte mit Wärme: «Wir hatten in unserer Familie nie besonders viel für Juden übrig. Man könnte uns Antisemiten nennen. Aber *Sie* haben wir alle furchtbar gern!»

Der betrunkene siebzehnjährige Marcus klammerte sich an die moralische Feinheit des Gedankens, daß er es der Mutter des Mädchens, mit dem er schlief, nicht erlauben dürfe, ihn furchtbar gern zu haben, und er wurde mürrisch gegenüber Mrs. Tredwell. «Das ist ein irisches Kompliment», sagte er. «Sie sind mehr von Ihren eigenen Gefühlen beeindruckt als von mir.»

Ich mag sie nicht, sagte er sich vor. Er redete sich ein, daß er keine Nutte sein dürfe. Seine Gedanken waren dunkel, astronomisch. Seine Urteile über sich selbst und über Sukie, Robin und Mrs. Tredwell waren verworren, so als würden mehrere Filme gleichzeitig auf derselben Leinwand laufen. Auf der Rückfahrt nach Avignon, während Robin am Steuer saß und Mrs. Tredwell sich mit ihm unterhielt, erging sich Sukie auf dem Rücksitz neben Marcus in albernen Schmeicheleien und Avancen und Seitenblikken aus irgendeinem Hausschatz erotischer Phantasie. Seine Nerven reagierten verkrampft und übertrieben, wie bei einem Kind – alles kam ihm mythisch und unermeßlich vor. Es war, als wären seine Nerven und die Welt ganz neu für ihn: Mrs. Tredwell war von ihm fasziniert. «Sie wirken so erwachsen für Ihr Alter.» Er warf Mrs. Tredwell einen düsteren Blick zu. Später sagte er zu Sukie: «Wir müssen etwas klären.» Sukie sagte: «Es macht dir Spaß, wenn du mich dazu bringst, mich zu hassen.» Er sagte: «Warum kannst du mich nicht bewundern, wenn ich versuche, etwas Richtiges zu tun?» Mrs. Tredwell und Robin spazierten vor ihnen durch den Weinberg über der Rhone, den sie an einem Nachmittag, an dem mehr Weiß als Blau am Himmel war, besuchten. Sukie wurde bleich und sagte: «Du bist verrückt. Du bist krank. Du bist wirklich neurotisch.»

Am Abend desselben Tages fragte Robin Marcus, warum er Sukie so schlecht behandle. «Es ist eine Frage des Ehrgefühls», sagte Marcus. Robin blinzelte. «Das verstehe, wer kann, Pony.» Marcus schrie ihn an: «Du verstehst es natürlich nicht! Du bist aalglatt.» Robin wurde weiß im Gesicht. «Du quälst dich nur selbst», sagte er und steckte sich eine Zigarette an.

Die Hügelflanken über der Straße waren grün. Marcus war schweigsam und hochmütig. Das Ehrgefühl ließ sein Gesicht versteinern. Er hatte sich die Liebe immer als etwas vorgestellt, das der Aussicht aus der Wohnung seines Vaters in der Abenddämmerung glich, wenn die Taxis in großen Pulks aus dem oberen Manhattan zurückkehrten und die Lichter auf ihren Dächern – Juwelen auf ihren Stirnen – eingeschaltet hatten. Nun stellte er sie sich wie ein zersprungenes Uhrwerk vor, das die Zeiger nicht mehr richtig zu bewegen vermochte. Mrs. Tredwell begann die Geduld mit ihm zu verlieren. Er konstatierte insgeheim, daß Mrs. Tredwell kein Verständnis für Sukie hatte, daß sie keine gute Mutter war. Sukie war hohläugig und widerborstig geworden. «Du denkst in Klischees», sagte sie zu Marcus. Oder: «Jeder weiß, daß Fotos nicht das gleiche bringen können wie ein gemaltes Bild.» Oder: «Du hast so viele Meinungen, weil du egozentrisch bist und nichts fühlst.» Er lag im Bett, schwermütig im Dunkeln.

Nachts, in verschiedenen Städten, kam es häufig vor, daß sich Robin aus dem Haus stahl und auf Mädchenjagd ging. Dann lag Marcus ausgespreizt und angespannt im Bett, haßte die Einsamkeit im Zimmer, war eifersüchtig auf Robin und voller Verachtung für sich selbst. Er spürte, wie er dröge und verbittert wurde vor Lüsternheit. Mrs. Tredwell amüsierte sich wieder über ihn, lächelte ihn wieder an; mit ihrer heiseren Stimme verbreitete sie sich über das Nolimetangere der Jugend. Marcus zuckte zusammen, schrak zurück, starrte sie mit großen Augen an. «Sie sind unmöglich», sagte sie und ignorierte ihn. Sukie blieb gleichgültig.

Marcus schrieb an Nanna: «Ich denke oft an Scantuate. Es ist anstrengend, tagein, tagaus mit anderen Menschen unterwegs zu sein.» Er fand eine gewisse Entspannung, indem er ziellos und passiv wurde. In Juan-les-Pins beobachtete er Sukie und Robin, wie sie kicherten und eng umschlungen spazierengingen, Cousin und Cousine in inniger Verbundenheit. Sukie sagte: «Er ist nett zu mir. Mit ihm geht's mir besser als mit dir.» In Verona besuchten sie das Caste Vecchio, Mrs. Tredwell mit Sukie und Robin, Marcus auf eigenen Wegen in anderen Sälen. Robin fing an, sich öffentlich über Marcus lustig zu machen. In Venedig sagte er: «Verrate uns doch, was du von diesem Anblick hältst.» Sein Arm beschrieb einen Halbkreis. «Na, was ist die Meinung des großen Mannes?»

Mrs. Tredwell und Sukie lächelten, und Marcus

bemerkte voll Verachtung, San Marco sähe aus wie ein Reklamebild: Sehnsucht, zu glänzen? Versuch's mit Brioschi.

Sukie war in Robin verliebt. War es von jeher, so sagte sie. «Es war ein komischer – ach, ich weiß auch nicht – eine Art Umweg oder so was, was ich mit dir gemacht habe.» Robin sagte: «Pony, wir brauchen deine Hilfe. Ich habe dir auch geholfen.» Sukie sagte: «Bitte, Pony. Ich bin nicht die Art Mädchen, die es lange ohne Sex aushält.» Sie sagte ein paar Worte zum Thema Leidenschaft. Marcus sagte: «Schon gut. Hab verstanden.» Er tat so, als würde er zusammen mit ihnen ins Kino gehen, und nachdem die beiden über die Hintertreppe in dem Zimmer verschwunden waren, das sich Robin und Marcus teilten, wanderte er ziellos durch die *calle* hinter der Piazza San Marco, bis ihn zwei mittelalte Huren mit Hundegesichtern und ein pomadiger Zuhälter ansprachen. Er ging mit ihnen mit.

In der darauffolgenden Nacht fuhr er mit Sukie, Robin und Sukies Mutter in einer Gondel den Canal Grande hinunter; auf den Fassaden der Palazzi spielten das Mondlicht und die Flächenstrahler der Commune di Venezia, Dutzende von touristenbeladenen Gondeln trieben in der Dunkelheit vorbei, das Wasser dünstete seinen säuerlichen Gestank aus, und Mrs. Tredwell, Sukie und Robin lachten und plauderten. Marcus saß da und blieb stumm. Es kam nicht darauf an, was Sukie und Robin machten. Er war korrumpiert; er blickte auf sie hinab; sie waren Kinder.

Marcus inspiziert die Statisten für die nächste Einstellung – einen alten Mann mit Strohhut, einen heruntergekommenen jungen Burschen in schäbiger Kleidung, ein junges Mädchen, das Hochmut ausstrahlt, um sich die Lüste der Passanten vom Leib zu halten, und andere, die einfach nur herumstehen sollen, um zwischen sich, ohne davon berührt zu werden, den Film geschehen zu lassen. Der Weg, den Oskar und Liselotte gehen werden, ist auf dem Pflaster mit Kreidestrichen angedeutet. Die Kamera, auf einem Wagen auf Schienen montiert, filmt Oskars und Liselottes Gesichter und die Spiegelungen in Oskars Sonnenbrille (der Obelisk, die Gischt des Laubs an der Unterseite der Baumkronen, der alte Mann mit dem Strohhut). Die Reflexionen des Obelisken hüpfen auf und nieder wie umgedrehte Nadeln einer Nähmaschine, als Oskar an Liselottes Seite losspaziert – sie sticheln den Augenblick nach den Gesetzen von Optik und Geschichte. Auf ein Zeichen hin setzt sich das hochmütige Mädchen energisch in Bewegung. Ihr Spiegelbild erscheint im unteren linken Sektor der Gläser von Oskars Sonnenbrille, ballont aufwärts, als Oskar den Kopf dreht, um ihr nachzublicken, und rutscht nach rechts und verschwindet, als Oskar seinen Kopf in die Ausgangslage zurückbringt, parallel zu dem seiner Frau.

Einige Wochen nach der Rückkehr aus Europa, in der plötzlichen Ruhe, die nach dem Labor Day in Scantuate einkehrte, ging Marcus mit der Kamera ins Moor von Stedham. Sukie fand ihn dort; er blickte auf und sah, wie sie ihn beobachtete – ein aschblondes, pseudotiefgründiges, wohlerzogenes Mädchen, das zwischen den hohen braunen Gräsern und den Steinen im eisigen Licht stand. «Wirst du gemein sein?» fragte sie ihn, eine Verwirrte. *Wer wird mich lieben? Wem kann ich trauen?* «Ich könnte es nicht ertragen, wenn du jetzt kalt und häßlich zu mir wärst.»

«So ein Mensch bin ich nicht», sagte Marcus stolz.

Die Szene wird wiederholt. Zwischen den Einstellungen probiert Liselotte mit der Zungenspitze an ihrem Zahn herum. «Das ist eine Arbeit für Schwachsinnige, *hein?*» sagt Marcus zu ihr. «Nein, nicht hochschauen.» Sie verkrampft sich, versteinert vor lauter Selbstkontrolle. Marcus wendet sich Oskar zu: «Dein Mund, Oskar – leerer. Du bist ein ganz normaler Mensch, wie diese anderen Schwachsinnigen –» er deutet auf die Menschen, die sich hinter einer Absperrung drängen und zuschauen – «und deine Gefühle sind nicht sehr klar. Du bist gelangweilt, *mon cher*, aber du zeigst es nicht allzu offen. Deine Frau ist eine ansehnliche Dame – du hast sie dir ausgesucht, du respektierst deine Entscheidung. Verstehst du mich?»

Oskars Gesicht wird um eine Spur ausdrucksloser. «Ja», sagt er, «ich verstehe.»

Sie beginnen mit der nächsten Wiederholung. Oskar macht einen Schritt, zieht Liselotte hinter sich her; das Ego und die Hure, denkt Marcus. Die Spiegelung in Oskars Sonnenbrille zeigt erst Liselottes Stirn, dann ihre Brüste, dann den Obelisk, die Straße, das Laub.

Wieviel bekam Nanna von allem mit? Sukie und Robin ließen nichts über ihre Affäre verlauten. Marcus besprach seine sexuellen Abenteuer niemals mit Nanna. Aber Nanna war alt und gewitzt; sie hatte sicher ihre Vermutungen. Sie klammerte sich eng an seinen Arm, als sie auf dem Steilufer spazierengingen. Sie sagte: «Aus dir ist ein interessant aussehender junger Mann geworden.» Sie reiste in diesem Winter erst nach Florida, als Weihnachten vorüber war, und gab als Grund für ihr Bleiben in Scantuate an, daß ihr das kalte Wetter gefiele. Marcus aber war überzeugt, daß sie in seiner Nähe sein und ihm helfen wollte. Er begann mit dem College und mochte Schwierigkeiten bekommen. Schließlich fragte ihn Nanna nach Sukie. «Sie mag jemand anderen», sagte Marcus ausweichend. «Aber wir sind immer noch gute Freunde.» «Das freut mich», sagte Nanna. «Gamma Foster geht es nicht gut. Du hast ganz aufgehört mit deinen Imitationen.» Er sah Sukie von Zeit zu Zeit im College. Seine Bekannten sagten, sie sei ein sehr dummes Mädchen, ein Snob, oberflächlich und affektiert. Eine von Marcus' Cousinen (die ihm auch erzählt hatte, Nanna wäre kalt und hätte ihren Mann und ihre Kinder nie geliebt: «Sie war total verrückt nach ihrem Vater und hat ihn auch gepflegt und alles. Er war einer von diesen Juden, die auf die Staatsbürgerschaft aus waren, ganz wild auf Auszeichnungen») erwähnte, daß Sukie in Scantuate schon immer einen gewissen Ruf gehabt hätte: «Und zwar einen schlechten.»

Vorbereitungen beginnen für die Einstellung, mit der die Figuren Oskar und Liselotte im fertigen Film eingeführt werden. Marcus, Alliat und die Kamera werden auf dem Ausleger des Krans installiert. Marcus gibt ein Zeichen, und der Kran schwingt nach oben. Hoch über Rom beraten sich Marcus und Alliat im Flüsterton. Weit hinten auf der Straße setzen sich Oskar und Liselotte in Bewegung. Oskar hat einen kleinen Vorsprung – das heißt, Oskar geht, und Liselotte wird gezogen. Marcus beugt sich nach vorn. Liselotte schwankt auf den hohen Absätzen, mit denen sie der Eitelkeit Tribut zollt. Die Kamera blickt von oben, durch die erstarrte Brandung des Laubs, auf die näher kommenden Oskar und Liselotte zwischen den Passanten, gefleckt wie die Straße von Laubschatten und Sonnensprenkeln, dahingetrieben wie die Schattenflecke, Teile dieses Tages und ebenso vergänglich. Als sie an eine Stelle kommen, wo der Schatten unter den Bäumen tief und lichtlos ist, ruft Marcus «Halt!», und Oskar, Liselotte und die Statisten stehen starr wie der Tod, während die Kamera surrt. Marcus ruft «Bewegung!», und Oskar und Liselotte treten aus dem Schatten heraus. Oskar deutet von Zeit zu Zeit, und Liselotte nickt; auf der Tonspur wird Liselottes entfernte Stimme sagen: «Ja, das ist schön.» Als sie die Kreidemarkierungen der vorangegangenen Einstellung erreichen, ruft Marcus: «*Bon!* Halt! *Stop!*» und ordnet eine Wiederholung an, zur Sicherheit.

An den Samstagnachmittagen im Herbst ging Nanna an

einem Stock im Garten spazieren. Sie hatte eine Zyste an einem Bein. Marcus kam in dem Cabrio herüber, das sie ihm gekauft hatte. Auf der Fahrt vom College nach Scantuate schüttelte er das Leben von sich ab, das er im College führte – die Stimmungen, den Selbstekel, das Gerede, den Alkohol und die Frauen und Mädchen, denen er nicht mit Phantasie und Leidenschaft, sondern mit Überdruß nachstellte, bis sie sich ergaben. «Alles in Ordnung, wie immer», sagte er zu Nanna. Es bedeutete, daß er sich freute, sie zu sehen. Wenn Sukie und Robin in Scantuate bei Gamma Foster waren, so statteten sie Nanna stets einen Besuch ab. Nanna war ein Bestandteil ihrer Clique geworden. Nanna, die niemals ihre Gefühle zur Schau gestellt hatte, küßte Marcus jetzt – nicht oft: wenn er ankam und wenn er wieder wegfuhr –, und sie hängte sich bei ihm ein, wenn sie im Garten spazierengingen. «Ich könnte ja stürzen», sagte sie. Unter den Statisten gibt es keine alte Frau, fällt Marcus auf, keine alten Römerinnen, nur einen alten Mann mit einem Strohhut.

Oskar berichtet Marcus über Whiteharts Funkgerät, daß Liselotte einfach schrecklich sei; er fragt, ob er seinen Part in der nächsten Einstellung so spielen solle, als verfolge er einen bestimmten Plan.

Marcus überlegt und antwortet: «Nein. Du planst, oder du planst nicht, darauf kommt es nicht an. Du tust ganz einfach, was du tust. Ich sage dir, wie das ist. Nichts für ungut, aber es ist wie bei einem Hund. Der Ausdruck in den Hundeaugen, wenn er im Begriff ist, einem Befehl nicht zu gehorchen. Denkt er nach? Es ist sein Körper. Er riecht die Wälder. Aber von mir aus kannst du ein Komplott schmieden. Vergiß nur nicht, daß du gleichzeitig unschuldig sein mußt, wie ein Mann, der keine Komplotte schmiedet. Du hast ein gutes Gefühl für das Leben. Spiele es ohne Gewißheit.» Selbst vom Kran aus kann Marcus die

Anspannung in Oskar sehen; er ist zufrieden. Liselotte hat ihre spindeligen Arme steif vor den großen Brüsten verschränkt und steht mit einwärts verdrehten Füßen da, während Whitehart einen Kieselstein in einen ihrer Schuhe praktiziert. Die Einstellung wird denjenigen folgen, in denen Oskar und Liselotte die Straße heraufspaziert kamen, und sie wird vom Kran, aus der Vogelperspektive, aufgenommen, um Oskars Distanz anzudeuten, seine Entfremdung von Liselotte, nachdem ihm das hochmütige Mädchen begegnet ist. «Alles fertig?» ruft Marcus. «Wir drehen!» und Oskar zerrt Liselotte, die mit dem Stein im Schuh nur mühsam gehen kann, hinter sich her. Sie bedenkt Marcus mit einem weinerlichen Blick, und als Marcus nickt, bleibt sie mit verblüffender Abruptheit stehen, tritt einen Schritt zurück, streicht sich mit der Hand über die Stirn und spricht zu Oskar. «Meine Füße –» wird ihre Stimme auf dem Soundtrack sagen, ein Kind, den Tränen nahe. «Gut, Lise, gut! Nein, nicht zu mir schauen!» ruft Marcus. Hervorragend, denkt er, und plump: eine Frau ohne Vorstellungskraft. Hölzern beugt Oskar seinen Kopf über Liselotte, versucht, seine Verwirrung über den Charakter des Mannes, den er spielen soll, zu verbergen und auch seine Wut auf ihren Dilettantismus. Die Neigung seines Kopfes und die Art, wie seine Hand ihre Schulter berührt, sind übertrieben – Oskar will die Szene hinter sich bringen und nichts mehr mit Liselotte zu schaffen haben. Der Anteilnahme, die er vorschützt, haften Unerbittlichkeit, Gedankenkälte und eine Anmut an, deren sich Oskar in seinem Versuch, als Gentleman zu erscheinen, nicht erwehren kann. In einer gebieterischen Geste verschmelzen der Mann und der Schauspieler; er hebt den Arm und schnalzt mit den Fingern. Ein Taxi kommt quietschend vor Oskar und Liselotte zum Stehen; Oskar hilft Liselotte hinein, und das Taxi wendet mit aufheulendem Motor, während Marcus dem Kameraassistenten *«Allez oop!»* zuruft und der Kran hochfliegt und nachschwingt, um Oskars Gefühl der Befreiung und Erlösung zu zeigen, als schwebte er hoch über der Viale Trinità dei Monti, während das Taxi mit Liselotte verschwindet.

Im Film wird dieser Einstellung die Nahaufnahme folgen, die Oskar oben an der Balustrade der Spanischen Treppe zeigt, wie er über Marcus' Witzelei mit der Statue und Goethe lächelt. Dem Publikum wird sein Lächeln erwartungsvoll erscheinen – Oskar ist gespannt, was die Stadt des Absoluten für ihn bereithält.

Als die Einstellung abgedreht ist, kommt Oskar zu Marcus gelaufen, der neben dem Kran steht. «Dieses Weibsstück», ruft Oskar, «diese Nutte! Sie ist strohdumm – eine Dilettantin.» Sein Mund verzieht sich zu einem schiefen, paranoiden Lächeln. «Du hast sie engagiert, um mich zum Narren zu machen. Es ist ein Komplott!»

«Oskar, ich brauche sie», beschwichtigt Marcus. «Ich brauche sie für den Film.»

«Warum?»

Marcus zuckt die Achseln. «Um einen Hauch von Unschuld ins Spiel zu bringen. Von Seele. Sie ist ein Symbol deiner Seele, Oskar, mein Lieber.» Oskar lockert sich ein wenig. «Ein Symbol», sagt er. «Ja, ich verstehe. Und ich befreie mich von ihr. Ja, ich verstehe.» Marcus wendet sich ab und geht, um das Gespräch zu beenden. Er schwitzt in der Sonne. Er denkt: Nun ist sie also tot. Wie konnte eine Frau so alt sein und so wenig wissen? Die Elritzenaugen sind erstarrt – wie seltsam. Sein Herzschlag stört einen Nebel in seiner Brust auf. Whitehart steht auf dem ersten Absatz der Treppe, eine Skizze in der Hand, und bringt Statisten für die nächste Einstellung in Position, erklärt ihnen, wie sie stehen oder was sie tun sollen. «Ich muß hinunter», sagt Marcus zu sich selbst. Aber er weiß, was es für Whiteharts Selbstsicherheit bedeutet, daß er sich unentbehrlich fühlen kann. «Er braucht noch einen Augenblick, um sich wichtig zu fühlen», sagt er zu sich.

Er dreht sich um und steigt hinunter – nicht über die Spanische Treppe, sondern über die steile Treppenflucht, die zur Via delle Carozze führt. Sein Herz schlägt schwer. Er schätzt, daß es noch fünfundvierzig Minuten dauern wird, bis die Sonne richtig steht für Jehanes Aufstieg. Er will keine Schatten, wenn Jehane die Spanische Treppe hinaufgeht. Er tritt aus der Via delle Carozze auf die Piazza di Spagna, ein mittelalter, stämmiger Mann mit langsamen Bewegungen. «Es ist die Arbeit», sagt er zu sich selbst; «ich nehme alles zu ernst. Die Szenen haben funktioniert; wenn es Probleme gegeben hätte, dann würde ich nicht um sie trauern.»

Ungeschickt stößt er die Tür des Garderobenwagens auf und tritt ein. Jehane liegt auf einer Couch; ihr Kostüm, ein Kaufhauskleid, zu knapp um die Taille und zu eng an den Schultern, spannt sich im Liegen über ihre Hüften. Jehane setzt sich auf, die bleichen Augen wie zwei ausradierte Stellen im Gesicht, ruft unvermittelt und lebhaft *«Mon amour!»* und bittet ihn, ihm ihr Make-up herüberzureichen – und schweigt verblüfft, denn seit Monaten hat er keine Leidenschaft gezeigt, als er sein Gesicht in die Höhlung zwischen ihrem Hals und ihrer Schulter preßt und *«Tu es belle… tu es belle, belle, belle»* murmelt. Dann hebt er den Kopf; er schämt sich. *«Ton maquillage?»* fragt er und studiert mit ernster Miene das Gesicht, das sie ihm leicht vorgeneigt zur Inspektion hinhält. Ihm ist, als würde das Licht auf ihrer Haut flüstern und weinen, und er erinnert sich, daß er früher, vor langer Zeit, Noreen leichter verzeihen konnte als seinem Vater, daß er bei Frauen immer nachsichtiger war als bei Männern, daß er es auch bei der Frau in ihm selbst mehr war als bei dem Mann. Jetzt kümmert es ihn nicht mehr. Mit Jehane bespricht er ihr Make-up. Sie steckt tief in ihrer Rolle, mehr als zur Hälfte in der Illusion.

Marcus geht hinaus. Whitehart steht mit Alliat am Blumenstand, und als Marcus zu ihnen gehen will, wird er von einem Reporter und einem Fotografen von *Réalités* abgefangen, die an einem Bericht über ihn arbeiten. Whitehart signalisiert, daß die Statisten noch nicht ganz soweit sind. «Ich habe einen Augenblick für Sie übrig», sagt Marcus. Ein Geschenk.

Sie bitten ihn um ein Foto, und während er mit ausdruckslosem Gesicht in der Sonne posiert, die Spanische Treppe im Rücken, fragt der Reporter, ein junger Mann, schlank, große Nase, mit respektvollem Lächeln: «Was empfinden Sie, wenn Sie mit einem Film anfangen?»

«Daß er den Tod näherbringt», platzt Marcus heraus, dann spricht er schnell weiter: «Als ich noch jung war, war das anders. *J'ai chanté.* Ich hatte so lange auf die Chance gewartet, etwas zu sagen. Es war wie bei der ersten Frau, die ich hatte – man ist nicht behutsam –, man fühlt, und dann leidet man, wenn es schiefgeht. Junge Menschen sind nicht *ausgebildet*, verstehen Sie? Ich hatte keine Technik. Ich fühlte nur. Obwohl ich, Gott ist mein Zeuge, die Technik des Fühlens ernst genug genommen habe. Nachdenken war ein Weg, der zur Verlogenheit führte. Aber ich habe mich geirrt. Junge Menschen irren sich ständig. Sie sind Schwachsinnige. Sie haben zu viele Lügen zu verteidigen. Sie müssen blind vorwärtsstürmen oder überhaupt nicht.» Er fühlt sich plötzlich verlegen und verstummt, bis er Bewunderung im Blick des Reporters entdeckt. Er fährt fort. «Heute plane ich alles im vorhinein. Ich bin nicht mehr unschuldig. Ich bin korrumpiert von lauter Absichten. Manchmal werde ich grob, wenn ich arbeite. Ich werde grob, weil die Idee es fordert, weil ich mich in einer Phase des Ehrgeizes befinde – verstehen Sie das?»

Als er korrumpiert aus Europa zurückkehrte, stellte er fest, daß der verdorbene Teil von ihm in Nannas Gesellschaft, die nichts davon wußte, unbedeutend wurde. Doch als sie Kleidung für ihn kaufte, ihm ein teures Zimmer im College besorgte, ein beträchtliches Taschengeld aussetzte, den Wagen anschaffte, da protestierte er: «Ich brauche das alles nicht. Ich hab's nicht verdient.»

«Ich möchte, daß du diese Dinge hast», sagte sie. Er sagte zu sich selbst: «Ich bin jemand, der diese Dinge hat.» Der Wagen und das Geld, das er zur Verfügung hatte, machten ihn beliebt – mit der Ausnahme, daß er an manchen Orten und von manchen Mädchen nicht mehr gern gesehen wurde, sobald er seinen Namen genannt hatte. Seine Studienkollegen mochten ihn, weil er seine Launen kultivierte und weil er im Laster beschlagen war. Er schloß sich der Theatergruppe an und überzeugte seine Mitspieler, daß sie am besten zu Geld kämen, wenn sie einen Film machten. «Einen Stummfilm. Einen Scherz. Eine Parodie eines Films. Die Leute wollen betrogen werden.» Als Nebenfiguren kamen Buster Keaton und Charlie Chaplin in dem Film vor, Chaplin als kleiner Gauner, Keaton als Taschendieb; der Held war ein Kriminaler in Zivil, verkleidet als Penner in Räuberzivil; die Heldin, die von einem Jungen gespielt wurde, war laut Untertiteln eine Erzkriminelle, Totschlägerin und Linksabweichlerin und entpuppte sich am Ende als Prinzessin Margaret, die vom Palastleben gelangweilt war. Das Collegepublikum lachte, und die Einnahmen aus dem Film genügten, um eine Produktion von Shakespeares *Richard II.* zu finanzieren, in der Marcus den Bolingbroke spielte. Nanna kam zu einer Aufführung und bemerkte eifersüchtig: «Möchtest du etwa die Schauspielerei zu deinem Lebensinhalt machen?» Verschwitzt und noch nicht abgschminkt rief Marcus: «Ich weiß es nicht. Nun sei kein Snob, Nanna.» Sie sagte: «Du hast noch Lippenstift im Gesicht.» Sie sagte: «Du fehlst mir, seit ein paar Wochen.» Sie berührte seinen Arm.

Marcus verlor das Interesse daran, einer in einer Truppe von Schauspielern zu sein. Er machte die Bekanntschaft eines jungen Mannes mit selbstbewußten Hängeschultern und einer wilden Hakennase, der Rappaport hieß und ein intelligenter, streitbarer Jude war.

«Weill? Ah!» sagte Rappaport und lächelte, als sie einander vorgestellt wurden.

«Halb und halb», sagte Marcus und lächelte auch, sarkastisch.

«Halb und halb? Ein halber Jude ist ein Jude, der sich schämt, einer zu sein», sagte Rappaport. «Immer wieder werden uns unsere besten Leute abspenstig gemacht – Einstein, Marx, Freud. Verräter. Aber was haben sie gewonnen? Nichts. Zweimal nichts. Sie wurden ja nicht wie Juden behandelt. Haben sie am Ende geglaubt, sie hätten mit den Gojim gleichgezogen? Mein Gott, sind sie denn nicht schon als Gleiche an den Start gegangen? Aber wozu mit dir darüber reden – du bist ja kein Jude. Du bist halb und halb.»

«Mein Gott, weshalb so ein Theater darum machen», sagte Marcus.

«Die anderen machen das Theater», sagte Rappaport. «Nun gut, um ehrlich zu sein, wir machen auch Theater.»

«Was ist ein Jude?» fragte Marcus.

«Ein Jude? Ein Jude ist ein Mensch, der an Gott glaubt und daran, daß *alles* mit der Religion zu tun hat. Du kannst dich nicht verstecken oder dir in die Tasche lügen. Keine Heiligen. Keine göttlichen Propheten. Nur normale Seher, die nicht immer das Richtige sehen. Du hast die Zehn Gebote. Das Geld kann nicht Gott sein. Die Kunst kann nicht Gott sein. Nur Gott ist Gott.»

Marcus zuckte die Achseln. «Was soll's?»

«Ah!» sagte Rappaport. «Es ist die Wahrheit, das soll's. Glaubst du etwa, daß ein Goi die Wahrheit je zu fassen kriegt? Glaubst du, daß Jesus der Sohn Gottes ist? Daß Maria eine Jungfrau war? Hör zu, so was geht dir ein, wenn du ein Kind bist und deinem Hirn solche Dinge antust. Ein Christ hätte den Ödipuskomplex entdecken können? Daß ich nicht lache. Sie wollen doch Juden sein, die Christen. Dahin geht die Entwicklung, vom Katholizismus über den Protestantismus zu den Unitariern. Was ist ein Unitarier? Ein Jude, der im Golfclub zugelassen wird. Was ist ein Kommunist? Ein Mann, der handeln will wie ein Jude, ohne sich auf Gott einzulassen. Hör zu», sagte Rappaport, «ein Jude kann leiden, und ein Jude kann denken – findest du nicht, daß das Vorzüge sind?» Er weihte Marcus in die jüdische Hagiologie ein.

Marcus beschloß, Rappaport nach Scantuate mitzunehmen, um Nanna die Augen zu öffnen. Rappaport redete über die Lüsternheit der Künste. «Alles Sinnliche ist eine Reklame für den Sex, das müssen wir einfach sehen. Nehmen Sie zum Beispiel diese Bronzen da drüben. Sie erregen die Sinne.» Zum Thema Religionsvergleich: «Das Christentum ist eine heruntergekommene Form des Judaismus; die frühen Christen waren völlig ungebildete Leute und haben ihm eine Menge Aberglauben hinzugefügt. Deswegen machen wir sie auch so nervös. Sie stehen da und halten eine Fälschung in der Hand.» Marcus wandte sich erklärend an Nanna: «Rappaport liebt dieses *épater les gojim.*» Er fand, daß Rappaport die intellektuelle Erregung gut stand, ihm eine Art von Schönheit verlieh, und so ermutigte er ihn beim Abendessen, über den jüdischen Gott zu sprechen. Nanna fiel Rappaport ins Wort. «Ich bin nicht gläubig.» Rappaport sagte: «Glauben Sie denn nicht, daß Gottes Gewicht auf der Welt lastet?» «Ich bezweifle es ganz entschieden.» «Aber stellen Sie sich Gott als die Grundgesetze der Physik vor.» «Versuch es, Nanna», drängte Marcus. «Als ich ein junges Mädchen war», sagte Nanna, «galt man als schlecht erzogen, wenn man über Religion redete. Heute mag das ganz anders sein, aber ich für meinen Teil habe mich noch nicht daran gewöhnt.»

«Deine Großmutter mag mich nicht», sagte Rappaport. «Keiner ist so antisemitisch wie manche von diesen alten jüdischen Damen.»

Als Marcus am nächsten Wochenende wieder in Scantuate war, fragte ihn Nanna: «Bist du mir böse, weil ich mich mit deinem Freund nicht vertragen habe?»

«Er ist ein komischer Kauz», sagte Marcus. «Aber du mußt zugeben, daß es ihm freisteht zu denken, was er will – er hat nichts zu verlieren.»

«Was er denkt, scheint mir generell zu seinen Gunsten auszuschlagen», sagte Nanna trocken.

«Das ist sein Ich – aber das Über-Ich ...»

«Tut mir leid, aber das verstehe ich nicht», sagte Nanna. «Ich bin eben eine alte Frau und ein bißchen hinter der Zeit zurück.»

Sie sagte, er sähe unwohl aus. Er sagte, daß ihm seine Ideen zu schaffen machten, daß er anscheinend nicht mehr wisse, was nun was war. Nanna fragte, ob er einen Psychologen aufsuchen wolle. Nein, sagte Marcus, er würde lieber mit einem Philosophen sprechen. Er sagte: «Mit Modigliani ist ein größerer Jude gestorben als mit Jesus.»

Beim Abendessen in Scantuate erzählte er: «Die Muschel lebt geschützt in ihrer Schale, und dann kommt eine Seemöwe und findet sie. Seemöwen sind wunderbar; sie haben kompakte, kräftige Körper, wie kleine Kanonen, und kräftige rote Schnäbel. Sie picken die Muschel aus dem Sand und tragen sie hoch in die Luft. Die Muschel begreift nicht, was sie da heimgesucht hat, welche höhere

Macht sie gepackt hat. Mein Gott, denkt die Muschel, seht mich an, wie toll ich bin, ich bin unterwegs zum Olymp, seht nur, wie hoch ich schon bin – und dann läßt die Möwe die Muschel fallen, meistens auf Beton oder auf Steine, aber manchmal auch auf Holz, damit die Schale aufplatzt und sie das Fleisch fressen kann.»

«Marcus!» schrie Nanna.

«Ich beschreibe nicht die Natur, Nanna. Ich beschreibe Gefühle und benutze die Natur –»

«Marcus ...»

«Ich versuche zu lernen, wie man denkt», sagte Marcus. «Ich muß lernen, wie man denkt. Wo kann ich üben, wenn nicht bei dir?»

Nanna sagte: «Marcus, bitte! Geh zu einem Psychologen!» Marcus sagte: «Das ist keine Neurose, Nanna. Ich bin einfach nur dumm.»

Er brauchte keinen Psychologen. Wozu war ein Psychologe gut? Wußte ein Psychologe, wie man ein Genie wurde? Ein Psychologe würde nicht verstehen, welche große Wahrheit darin lag, Jude zu sein. Was wußte ein Psychologe von der Sehnsucht und dem Neid, die die Wahrheit in ihm erweckten, oder davon, wie man lernte, sich Gehör zu verschaffen? Wovon verstand ein Psychologe überhaupt etwas, abgesehen von Psychologie? Er würde die Stirn kraus ziehen, wenn es um Alkohol und Huren und Ruhelosigkeit und Launen ging, und niemals begreifen, daß dies pädagogische Hilfsmittel waren, die das Gehirn aus seinem Gleichgewicht brachten, in eine Schräglage, in der es sich nicht mehr an das klammern konnte, was es bisher geglaubt hatte, und endlich so frei war, hinter die Gedanken zu blicken.

Er überredete die Theatergruppe, einen weiteren Stummfilm zu drehen, *Oedipus Rex*. «Versetzt», erklärte er, «ins Rußland des vergangenen Jahrhunderts. Mit Juden.»

In diesem Film wurde Ödipus als Säugling entführt und im russisch-orthodoxen Glauben aufgezogen. Der dramatische Höhepunkt, als Ödipus erfährt, daß er Jokastes Sohn und Jude ist, zeigte einen aufrecht stehenden Ödipus, dessen Nase mit Hilfe eines Stop-motion-Tricks immer länger und immer krummer wurde. Der Untertitel verkündete: «Ödipus unterwirft sich seinem Gott.» Das Publikum lachte.

Marcus bekam einen Brief von einem Rabbi: «Ihr Film ist äußerst interessant, wenn er mir auch den wahren Kern der jüdischen Erfahrung zu verfehlen scheint, die überwiegend eine freudige ist.»

Rappaport sagte: «Du bist ein gefährlicher Bursche. Bei dir kommt alles falsch heraus. Dieser Kerl ist ein gottloser Rowdy. Glaubst du wirklich, er konnte aufwachsen, ohne ein paar jüdische Charakterzüge zu entwickeln?»

«Er spürte die Anziehung», sagte Marcus. «Er hat eine Jüdin geheiratet. Er war antisemitisch.»

«Das nennst du jüdische Charakterzüge? Dein Ödipus ist ein Snob!» brüllte Rappaport. «Rex, noch immer!»

«Was weißt denn du davon? Wer hat dich zum Oberjuden ernannt?»

«Geh und kehr vor deiner eigenen Tür, jüdischer Trittbrettfahrer», höhnte Rappaport und fügte hinzu: «Schlußendlich bist du nichts weiter als ein abgebrühter Geldsack.»

Nanna sagte: «Mir scheint, daß Obsessionen und Theorien nur von Nutzen sind, wenn sie einem Werk, das schon eine Form hat, Leidenschaft hinzufügen.»

Marcus sagte: «Ich bin ganz gewöhnlich.»

Nanna sagte: «Ich glaube nicht, daß irgend etwas passiert ist, was wir nicht philosophisch nehmen könnten. Es ist schließlich nicht so, als ob wir unser ganzes Geld verloren hätten.» Und sie lachte. Marcus sagte, er wünsche sich, sie würde Camus und Martin Buber lesen und mit ihm darüber diskutieren. Nanna meinte, sie habe in ihrem Leben nicht mehr genug Zeit übrig für neue Philosophen. Sie hatte ihr Pensum hinter sich: «Ich bin keine Intellektuelle. Du mußt mich so nehmen, wie ich bin.» Sie sagte auch: «Sukie ist so ein nettes Mädchen. Warum triffst du dich nicht mehr mit ihr?» Sie sagte, Marcus sei viel fröhlicher gewesen, als er sich mit Sukie getroffen habe. Sie sagte: «Marcus, hättest du gern einen Sportwagen?»

Die folgenden Wochenenden blieb Marcus im College. Er legte sich mit Rappaport an. Er fühlte sich in Rappaports Gegenwart nicht mehr herabgesetzt. «Ich hasse mich selbst», sagte Marcus. Es fiel ihm schwer, dem Unterricht zu folgen. «Mr. Weill», sagte der Dozent, «ich investiere einen Cent in Ihre Gedanken.» Marcus erwiderte nicht: «Ich habe daran gedacht, wie groß die Welt ist, und an den Tod.» Er sagte: «Ich habe mir überlegt, wie dumm ich bin», und erntete einen Lacher.

Nanna rief an und fragte: «Wie lange soll ich deine Gesellschaft entbehren, nur weil du so damit beschäftigt bist, unglücklich zu sein?» Sie sagte, es gehe ihr nicht gut. Sie sagte, sie habe von Gamma Foster gehört, daß Sukie übers Wochenende nach Scantuate kommen würde. «Kann ich dich am Freitag erwarten?» fragte sie. Ihr Tonfall war ironisch-flehend; sie war eine alte Frau, der nichts anderes übrigblieb, als mit den Reizen eines jungen Mädchens zu winken, um Marcus nach Scantuate zu locken.

Marcus sagte: «Ich werde dich besuchen, nicht Sukie.» Zum erstenmal sagte er zu ihr – und das am Telefon: «Ich liebe dich, Nanna.»

Aber Sukie war zur Stelle. Es war April und windig, und die Schnüre an den Fahnenstangen schlugen und peitschten gegen das Metall der Masten. Marcus und Sukie machten einen Spaziergang; sie verkrochen sich vor dem Wind unter dem Vordach von Nannas Strandkabine. Sukie sagte: «Robin möchte nicht, daß die Familie von ihm und mir erfährt. Gamma geht es nicht gut. Er hat Angst, daß sie ihr Testament ändert. Robin ist so ein Schwächling.» Sie sagte: «Pony, eigentlich finde ich Robin schrecklich . . .» Er erinnerte sich an Sukie in Paris und küßte sie. «Du bist sehr attraktiv, Pony. Sieht aus, als wärst du mal nicht in einer deiner Moses-Phasen.»

Nachher dachte er: Das ist ein Irrtum. Ich mag sie gar nicht. Dennoch, die Höflichkeit schien zu gebieten, daß er am Samstagnachmittag wieder mit ihr schlief.

Am Sonntag sagte er: «Ich bitte dich, um Himmels willen, versteh doch – es tut mir leid.»

Sukies Gesicht wurde grau und faltig; sie fragte angsterfüllt: «Willst du mich nicht mehr sehen, Marcus?»

«Mein Leben ist so ein Durcheinander. Mein Gott, Sukie, laß uns von etwas anderem reden. Mich friert.» Auf der Rückfahrt zur Schule sagte er sich: «Wenigstens war ich freundlich.»

Vier Wochen später rief ihn Sukie aus New York an: «Marcus, ich war beim Arzt.»

«Beim Arzt?»

«Ich – ich bin . . .» Sie sagte es mit einem kleinen Lachen: «Könnte sein, daß du Vater bist.»

«Von wo rufst du an?» sagte Marcus. «Von welcher Nummer rufst du an? Ich rufe in fünfzehn Minuten zurück.» Er legte auf, griff nach einer Jacke, stürmte türenknallend aus dem Zimmer. Er konnte nicht denken; er ging in eine Bar und betrank sich. Er verbrachte die Nacht im Zimmer eines Freundes, aus Angst, Sukie würde ihn in seinem Zimmer anrufen, und am Morgen telefonierte er mit Robin und erkundigte sich vorsichtig – seine Hand zitterte, er saugte heftig an einer Zigarette –, ob Robin in letzter Zeit etwas von Sukie gehört hätte.

«Oh», sagte Robin, «hat sie dich um Geld angepumpt? Ich hab ihr schon gesagt, daß ich keins habe. Verdammt, schließlich hat sie selber Geld. Meine Eltern kann ich nicht fragen – sie ist schließlich meine Cousine. Gamma würde an die Decke gehen. Überhaupt nicht auszudenken, was für ein Schlamassel das nach allen Seiten gäbe. Herr im Himmel, ich bin mit den Nerven am Ende. Wirst du ihr das Geld geben?»

«Ich weiß nicht. Ich werde es von Nanna borgen müssen», sagte Marcus. «Glaubst du, es ist dein Kind?»

«Was sonst», sagte Robin gereizt. «Ach zum Teufel!»

Marcus legte auf. Er gestand sich ein, daß er das Schlimmste befürchtet hatte. «Stark, stark, stark», sagte er zu sich selbst. «Ein starkes Stück.» Dann ging er zurück in sein Zimmer und rasierte sich und duschte. Das Telefon klingelte. Es war Nannas Gesellschafterin mit einer Botschaft: «Ihre Großmutter möchte sich vergewissern, daß Sie heute nachmittag herüberkommen.»

«Ja», sagte er. «Ich werde g-gegen fünf Uhr nachmittags d-da sein.» Seine Stimme klang ihm fremd; er hatte lange nicht mehr gestottert. «Immer mit der Ruhe», sagte er sich. Nanna konnte nichts wissen.

Nanna erwartete ihn in der Bibliothek. Die Lampen waren eingeschaltet. Die Elritzenaugen wichen ihm aus. Sie sagte: «Meine Freundin Gamma Foster hat mich angerufen. Aus Boston. Es hat den Anschein, daß ihre Enkeltochter – daß sie ... *enceinte* ist ... Von dir!»

Marcus stand der Schweiß auf der Stirn. Er versuchte, lässig dazustehen, einen Fuß ausgestellt. Plötzlich legte er eine Hand über die Augen. «Stark!» sagte er. «Einfach stark.»

«Marcus!» rief Nanna.

«Zum Teufel, es ist wahrscheinlich nicht mein Kind. Du hast keine Ahnung von Sukie. Sie ist nichts weiter als –»

«Marcus!» sagte Nanna. «Sei nicht gemein.»

Dann dämmerte Marcus, was Nanna von ihm erwartete. Daß er das Mädchen heiratete.

«Nanna! Sie ist – es stimmt w-wirklich!» Nanna hielt den Blick abgewandt. Er machte einen langen Hals, reckte sich ihr entgegen, um seinen Worten Nachdruck zu verleihen. «Nanna», sagte er, «du kennst sie nicht. Sie will sich auf die billige Tour – auf die b-billige – sie w-will –» Er brachte den Satz nicht heraus.

«Ich habe nicht erwartet, daß du dich so verhalten würdest», sagte Nanna. Sie sagte, daß die Weills keine leichtfertigen Menschen seien. Sie sagte, daß Gamma Foster das Ehrgefühl der Weills kenne und darauf vertraue. Ihre Stimme wurde dunkler, als sie sagte: «Deine Begierden sind nichts, was du nicht auch beherrschen könntest.» Sie sagte, daß sie und Gamma Foster eine kleine Unterhaltszahlung für Marcus und Sukie aussetzen könnten, «und eure Sommerferien könntet ihr hier bei mir verbringen.»

Als sie verstummte, sagte Marcus, sehr bewußt, ohne grausam sein zu wollen, vielmehr um sie wieder zu klarem Verstand zu bringen, damit sie zuhören konnte und er sich nicht so wütend und so einsam fühlte: «Nanna, das ist verrückt. Du bist verrückt – das alles ist einfach verrückt.»

Zugleich mit ihm sprach Nanna weiter: «Ein Ehrenmann würde sich nicht weigern, mit dem Mädchen zu sprechen, das er ... Gamma Foster hat gesagt ... Unter einem Ehrenmann stelle ich mir etwas anderes –»

«S-so etwas wie du und mein V-vater bei N-noreen!» rief er. (Nicht «Nanna, sei fair», oder «Nanna, du bist ungerecht».) Der anklagende Tonfall in ihrer Stimme regte ihn auf. Er versuchte, höflich und ironisch zu sein, überlegen zu wirken, zu zeigen, daß er gute Manieren hatte und ein Ehrenmann war. «Einer von uns scheint zu t-träumen», sagte er. Nannas Gesicht durchzuckte ein Schrecken, es wurde starr vor Widerwillen, Bestürzung und der Sehnsucht, taub zu sein. Er starrte sie an, um ihren Blick festzuhalten, solange er mit ihr sprach. «Hör m-mir zu», sagte er. «Gebrauch deinen Kopf. Wa-warum hat sich Gamma Foster wohl an dich gewandt? S-sie haben s-selbst genug Geld, um eine A-abtreibung zu b-bezahlen, auch ohne deine Hilfe. Wie kommt sie darauf, d-daß ich daran interessiert sein könnte, Sukie zu heiraten? Ich habe nie die geringsten Anstalten dazu gemacht. Sie behandeln dich wie eine dumme Kuh. Wie eine dumme jüdische Kuh.»

«Das ist einfach widerwärtig», sagte Nanna.

Marcus blinzelte. Er atmete geräuschvoll aus. Er sagte: «Wie du willst», drehte sich auf dem Absatz um und ging.

Er hinterließ in der Küche, daß er nicht zum Abendessen erscheinen würde, und fuhr zurück ins College. Er saß in seinem Zimmer und trank. In Abständen läutete das Telefon, er hob nicht ab. Gegen Mitternacht zog er sich aus und legte sich aufs Bett und heulte. Dann zog er sich einen Bademantel an. Er saß am Fenster und grübelte. Der Hausvorsteher kam an die Zimmertür. «Dein Vater macht sich große Sorgen», sagte er. «Du solltest ihn besser anrufen.» Marcus bedeckte seine Augen mit der Hand, um die geröteten Lider zu verbergen. «Schon gut», sagte er. «Ich ruf ihn gleich an. Keine Sorge, ich bin in Ordnung.»

Der Hausvorsteher wartete, während Marcus mit der Fernvermittlung sprach, und erst als Marcus sagte: «Hallo. Ich bin dran», verließ er den Raum.

«Bitte, laß es uns k-kurz machen», sagte Marcus. «Ich rufe nur an, um dir zu sagen, daß ich mich entschlossen habe, zur Armee zu gehen.»

«O Marcus», sagte sein Vater.

Marcus sagte: «Wenn du v-versuchst, mich davon abzubringen, dann werde ich w-wahnsinnig – okay?»

Sein Vater sagte: «Marcus, es ist an der Zeit, daß du dir

über deine Verantwortlichkeiten klar wirst. Nanna regt sich furchtbar auf.»

«Nanna k-kann sich selber trösten – sie k-kann sich zu einem netten langen Schwatz mit G-gamma Foster zusammensetzen. Wirklich, ich bin n-nicht in der Stimmung zu reden.»

Sein Vater sagte: «Ist dir eigentlich klar, wieviel du Nanna verdankst?»

«Nun gut, w-warum zahlst du es nicht für mich zurück?» sagte Marcus. Er schrie: «Es ist nicht mein Kind! Ihr könnt euch zum Teufel scheren!»

Es folgte ein Schweigen. Dann sagte sein Vater: «Ich verstehe. In Ordnung, Marcus. Vielleicht ist die Armee jetzt wirklich das beste. Lassen wir's dabei.»

«Ja, Sir», sagte Marcus. «Und schöne G-grüße an meine Familie.»

In seiner ersten Zeit beim Militär quälten ihn Augenblicke der Verwirrung, des Trotzes und der Reue. Dann begann er zu vergessen. Manchmal hatte er das Gefühl, daß sich sein Schädel in ein verdunkeltes, totenstilles Kino verwandelt hatte; seine Gedanken und Sinneseindrücke wurden in das Zentrum seiner Aufmerksamkeit projiziert, scharf und leicht zu entziffern. Nanna schickte ihm eine Weihnachtskarte und einen Scheck – keinen Brief –, und er schickte ihr den Scheck zurück.

Die Armee steckte ihn in die Nachrichtentruppe und stationierte ihn auf einem Luftwaffenstützpunkt in Frankreich. Er wurde sehr beliebt bei den Männern seiner Einheit. Sie übernahmen seine Gewohnheit, bestimmte Vorgesetzte und die Armee selbst als «Großmutter» zu bezeichnen: «Ein Formular für Großmutter, bitte in dreifacher Ausfertigung...»

Als die Armee ihn entließ, übersiedelte er nach Paris. Seine Sexualität erwies sich als nützlich; Paris nahm ihn auf und schenkte ihm Abenteuer. Nach einiger Zeit kehrte er diesem Leben den Rücken und wurde zum Hüter und Vormund seines Werkes. Er drehte einen kleinen, ernsthaften Film und legte den Grundstein zu seiner Laufbahn und seinem Ruhm. Als er, nach elf Jahren, Nanna wiedersah und eine Woche in Paris mit ihr verbrachte, dachte er: Wie euklidisch – sie weiß nicht, wie sie sich mir gegenüber verhalten soll. Er selbst war hilflos vor Ironie. Ich kann den Tod nicht von ihr fernhalten, dachte er. Ich habe nicht die Zeit. So sah Marcus die ganze Geschichte.

Er sagt zu dem Reporter: «Wissen Sie, als ich ein junger Mann war, da hielt ich das Leben für – für etwas Feuchtes, etwas Flüssiges wie der Ozean. Mir war nicht klar, daß ich nicht das Leben meinte, sondern die Kindheit. Ich dachte, es gäbe keinerlei festen Ansatzpunkt, man müßte sein ganzes Leben lang schwimmen, durch Strömungen und Gezeiten; man schwebte im Wasser und würde hierhin und dorthin gespült. Aber dann stößt man auf festes Land. Man weiß, was man tut. Man fällt Entscheidungen.» Er unterbricht sich. Es ist fast genau Mittag. Er hat den Lauf der Sonne und die Veränderungen des Lichts verfolgt. Jetzt scheint die Sonne fast senkrecht auf die Mauern der Gebäude. In den Schaufensterscheiben kräuseln sich die Spiegelungen des Straßenverkehrs. Über den Köpfen rascheln die Palmen wie Flaggen im Wind, und das strahlende römische Licht, das so anders ist als das Licht von Scantuate, strömt mächtig über Mauern und Glas und die Vögel, die wie Fische durch die Luft gleiten. «Festes Land», sagt Marcus. «Ich werde Ihnen etwas Erschreckendes über das Leben verraten – es hat einen Sinn.» Er hat den Sonnenstand verfolgt. Er sagt: «Entschuldigen Sie mich. Es ist Zeit für die nächste Einstellung.» Er sagt es kategorisch, wie jemand, der nicht auf einer Woge von Gefühlen davongetragen worden ist, und dreht sich um und geht.

Er ruft Whitehart und Alliat zu sich, sagt zu ihnen: «Die Sonne steht richtig. Ab dafür, Jungs und Mädels.» Er weint.

«Was ist los?» fragt Alliat auf französisch.

«Meine Großmutter. Sie war so eine dumme Frau. Fangen wir an...» Alle werden auf ihre Positionen geschickt.

Marcus und Alliat nehmen auf dem Ausleger Platz, und der Kran schwingt nach oben. «Jehane kommt aus der Sixtinischen Kapelle wie aus dem Mutterleib», sagt Marcus. Alliat nickt und visiert durch den Sucher der Kamera. Ein Ausblick auf die Straßen eröffnet sich vor Marcus' Augen, als der Kran seine größte Höhe erreicht. Unten auf der Via Condotti, in mittlerer Entfernung, setzt sich Jehane in Bewegung. Mit weißem Kopftuch und Sonnenbrille spaziert sie durch die römische Sonne. Zwei junge Männer, Statisten – ungewaschen, tiefe Augenhöhlen, großes Mundwerk –, röhren auf einem Motorroller hinter ihr her, rufen *«Ciao! Bella!»*, dann eine Obszönität. Jehane zuckt zusammen und geht weiter. Sie erreicht die Bordsteinkante und wagt sich hinaus in den Strom des Verkehrs. Sie beschleunigt den Schritt, nähert sich der Kamera, beginnt den Aufstieg auf der Spanischen Treppe – dem steinernen Wasserfall. Sie steigt an den Statisten vorbei, die die eingeübten Bewegungen machen, und erreicht den Teppenabschnitt, der menschenleer gehalten wurde und verlassen in der Sonne auf sie wartet. Sie entfernt sich von der Straße, von der Kamera, von Rom; allein auf dem weiten barocken Aufschwung der Treppen, steigt sie höher. Sie wirkt ungehalten, von Einsamkeit umgeben. Die Zuschauer verstummen. Sie stehen schweigend, nehmen Anteil. Marcus seufzt. Sie steigt hinauf, und es ist der Geist des Menschlichen, der aufsteigt. Er preßt die Hände gegeneinander. Stille umgibt ihren Aufstieg. Kann Jehane ein Schweigen als Applaus genießen? Sie steigt weiter – ah, die erfolgreiche Luftakrobatin – und erreicht den Treppenabsatz, auf dem sie Oskar begegnen wird, der auf dem Weg nach unten ist.

Auf den Wellen

Elegant tänzelte die Gondel über die schäumende Kielwelle eines Motorbootes von einem der Luxushotels. Der große, dünne, gutaussehende Mann, der in der Gondel saß, packte die Dollborde des kleinen hölzernen Bootes und sagte zu seiner siebenjährigen Tochter: «Halt dich fest.» Gondeln sind atavistisch, dachte er.

Er trug ein weißes Polohemd. Einst hatte er auf der amerikanischen Tennisrangliste an sechster Stelle gestanden und eine reiche Tochter geheiratet; an Turnieren nahm er seit fünf Jahren nicht mehr teil, und die Ehe war vor zwölf Monaten geschieden worden. Jetzt unterrichtete er an einer amerikanischen Schule in Rom amerikanische Geschichte und spielte mit verschiedenen Leuten aus Diplomatenkreisen Tennis. Bei der Auswahl seiner Lektüre orientierte er sich immer noch an der Bücherliste, die er einmal zusammengestellt hatte und von der er sich Intelligenz oder, sollte es damit nicht klappen, wenigstens Bildung erhoffte. Er war von Natur aus mit einem robusten Körper und guten Nerven ausgestattet, und seine Unwissenheit hatte ihm nie so zugesetzt, daß ihm sein Selbstwertgefühl nicht mehr zu Hilfe eilen konnte; dann, im vierten Jahr seiner Ehe, als es sowohl mit dem Tennis als auch mit der Ehe bergab ging, hatte ihn das verzweifelte Verlangen überkommen, über alles mehr wissen zu wollen. Er hatte sich hingesetzt und angefangen, die Philosophen, die Psychologen, die Historiker, die Dichter und die Kritiker zu lesen. Er wußte nicht genau, was er als gebildeter Mann, als intellektueller Autodidakt, machen sollte, und so entschloß er sich, Lehrer zu werden. Er hatte seine Frau verlassen, weil er nicht mit ihr streiten wollte und ihre Unruhe über die Veränderungen in ihm nicht ertragen konnte. Er war nach Europa gegangen. Die Scheidung hatte ihn deprimiert. Seine Tochter hatte ihm unglaublich gefehlt. Er hatte seiner geschiedenen Frau geschrieben und sie gefragt, ob Melinda ihn besuchen könne. Er werde das Flugticket nach Europa zahlen. Seine geschiedene Frau hatte sich einverstanden erklärt. Melinda hatte ihm einen Zettel geschrieben, auf dem in Blockschrift stand: «KÖNNEN WIR UNS VENEDIG ANSEHEN, PAPA?»

Sie saß neben ihm in der Gondel, blaß, mit zarten Knochen, Augenbrauen so gerade wie die seinen und Augen so grün wie die ihrer Mutter. Das rötlichblonde Haar steuerte sie allein bei, ebenso wie die dumpfe Hartnäckigkeit, mit der sie Henry gegenüber an ihrer teilnahmslosen Höflichkeit festhielt. Es war der vierte Tag ihres Besuches, ihr zweiter Tag in Venedig.

Er hatte Kopfschmerzen. Er saß zusammengesunken da, die Hände zwischen den Knien. Er fragte sich verärgert, wie die Venezianer es fertigbrachten, tagaus, tagein mit diesem trügerischen, wäßrigen Dunst zu leben, mit der Hitze, der verwirrenden Fülle der Reflexionen, der Gerüche, der verspielten architektonischen Details, mit der beunruhigenden Mischung aus Verwahrlosung und Prunk, mit der stillen, silbrigen Luft, dem Verfall, der Geschichte und der Atmosphäre der Verderbtheit. Aber er fühlte sich gezwungen, ehrlich zu sein. In Wirklichkeit, dachte er beschämt, langweilte er sich. Es war sterbenslangweilig, soviel Zeit mit einem Kind zuzubringen.

Morgens waren sie in der Ca' d'Oro gewesen. «Ist das nicht schön?» hatte Henry gesagt. «Es heißt, es sei eins der schönsten Häuser in Europa.»

«Es ist schön», hatte das Kind gesagt.

Als er den Mantegna lange betrachtet hatte, war es zappelig geworden. «Erzähl mir die Geschichte von dem Bild, Papa», hatte es gesagt.

«Der Mann, der da von Pfeilen durchbohrt wird, ist ein Heiliger», hatte er gesagt.

So vieles in Venedig war nichts für Kinder.

Diese Reise war vielleicht ein Fehler gewesen: Den halben Zauber von Kindern machte die Bewegung aus. Kinder, die stillsitzen mußten – im Zug, bei Tisch, in einer Gondel –, wirkten reduziert: die Beschränktheit ihres Intellekts und die Härte ihrer Stimme waren nervtötend.

Nach der Ca' d'Oro hatten sie eine Gondel gemietet und waren auf den Canal Grande hinausgefahren. Beim Anblick der glanzlosen Augen und der schlaffen Lippen des Kindes hatte Henry gefragt: «Du bist doch nicht seekrank oder so?» Er hatte einen Vorschlag gemacht: «Manche Leute mögen keine Gondeln. Wenn die Gondel dich nervt, können wir auch an Land gehen.»

«Wie wäre es denn mit etwas zu essen?»

«Das hab ich ganz vergessen», hatte Henry gesagt. «Jetzt ist ja deine Essenszeit. Kannst du es noch bis San Marco aushalten? Da kenne ich mich mit den Restaurants aus.»

Während der Gondoliere seine stetigen Ruderschläge wiederaufnahm, wandte Melinda sich Henry zu – die Art, wie sie den Kopf auf die Schulter neigte, deutete auf Melancholie hin – und fragte mit dünner Stimme: «Warum haben sie Venedig auf dem Wasser erbaut?»

Ohne nachzudenken antwortete Henry: «Um sicher zu sein.»

«Und auf dem Wasser ist es sicher?»

Henry, dessen Elftkläßler ihren Geschichtslehrer verehrten und seinen Ansichten vertrauten, sagte: «Na ja, Kinder können hineinfallen. Aber die Leute hier wollten vor feindlichen Armeen sicher sein.»

Das Kind wartete. Es war nicht zufriedengestellt.

Henry dachte, daß Gondeln untaugliche Wasserfahrzeuge seien, kiellos (eine gebogene Sechzehntelnote, eine Notation der Musik des Wassers). Er schreckte aus seiner Betrachtung hoch. «Armeen können nicht zugleich schwimmen und kämpfen.»

«Sie könnten doch in kleinen Booten kommen», sagte das Kind.

Henry klopfte sich die Knie seiner Hosen ab. «Die Venezianer hätten hinausschwimmen und sie umkippen können, mit kleinen Booten hätten sie alles mögliche machen können. Die Venezianer hatten tausend Jahre lang keinen Ärger mit feindlichen Armeen.» Er lächelte, um etwaige Lücken in seiner Erklärung zu überdecken – seines körperlichen Charmes war er sich schon immer außerordentlich sicher gewesen.

«Tausend Jahre?» fragte das Kind.

«Ja», versicherte er, «tausend Jahre.»

Das Kind kniff ein Auge zu und sah ihn mit dem anderen an. «Ist das lange, Papa?»

Henry unterdrückte einen Seufzer. «Ich erklär's dir», sagte er. «Nehmen wir zum Beispiel Oma Beecher. Die ist doch ganz schön alt, nicht?» Sein Blick bewirkte, daß sie ihm aufmerksam zuhörte. «Und jetzt stell dir *ihre* Großmutter vor. Und dann geh weiter zurück bis zur *zwanzigsten* Großmutter. Eine ganze Menge Großmütter, was?»

Keiner von beiden schien die Augen vom anderen abwenden zu können. Schließlich merkte er, daß der Blick des Kindes langsam durch ihn hindurch ins Leere ging.

Langsam streckte es die Hand über das Wasser; es beobachtete, wie der Schatten seiner Hand auf den von der Sonne vergoldeten Wellen seine Gestalt veränderte. Es war so leblos wie ein Mosaik, und doch sprach es. «Sind diese Paläste so schief und krumm, weil sie so alt sind?»

Henry sagte: «Na ja, ja und nein.» Er hielt inne und fuhr dann beherzt fort: «Die Gebäude sind alt, ja, aber das ist noch nicht alles. Die Inseln, auf denen sie stehen, waren bloß Sandbänke – sie ragten so eben aus dem Wasser, und die Venezianer erhöhten sie mit Steinen, Holz und Abfall ...»

«Abfall – igitt!» Das Kind hielt sich die Nase zu. «Tja», sagte sein Vater, «sie erhöhten die Inseln. Aber im Lauf der Zeit leckten die Wellen daran. Wellen sind wie kleine Zungen», sagte er, jäh poetisch werdend. «Sie lecken die Inseln Stück für Stück ab, die Inseln senken sich, und die Häuser werden schief.» Es war traurig, dachte Henry, daß sie zu jung war, um zu verstehen, daß Sonnen, Sterne, Menschen, die Intelligenz und alles Erschaffene notwendig aus dem Chaos entstanden und im Chaos vergingen.

Blinzelnd sah Melinda zu Henry auf. «Stürzt Venedig ein, Papa?» fragte sie.

«Na ja – ja und nein», sagte Henry. «Es *versinkt*, wenn auch nur ganz langsam.»

«Mensch, Papa, du weißt aber eine ganze Menge», sagte sie mit verzweifelter Begeisterung.

Henry spürte, daß ihm die Röte heiß ins Gesicht stieg. «In jedem Reiseführer kannst du nachlesen ...» sagte er. Er sprach den Satz nicht zu Ende. Er betrachtete die Barock-Paläste an diesem neueren Abschnitt des Canal Grande, Paläste, die gesprenkelt waren mit Mittagsschatten, eingehüllt in Simse, Pfeiler und Balustraden, traurig.

«Es wird also nicht einstürzen, solange wir hier sind?» fragte das Kind. Es lachte zaghaft.

Wollte sie denn, daß Venedig einstürzte? «Nein», sagte Henry, «es wird nicht einstürzen.» In ihrem Gesicht sah er Enttäuschung. Er sagte: «Du kennst doch den großen Turm an der Piazza – den roten Turm. Der ist mal eingestürzt... zu Henry James' Zeiten. Vor ungefähr sechzig Jahren.» Melinda sah ihn, wie er fand, erwartungsvoll an. Sie wollte mehr über den Untergang Venedigs hören. Du lieber Himmel, warum wünschte das Kind dieser phantastischen, auf Schlamm und Abfall gebauten Stadt Böses? Lag es daran, daß es sich verraten fühlte, daß es wütend war auf die Welt der Erwachsenen und deshalb auf ihre Zerstörung hoffte? Henrys Herz bebte: Melinda war eine verratene Idealistin. Schmerzerfüllt sah er sie an.

Sie hatte ein verständnisloses Stirnrunzeln aufgesetzt, das den Eindruck vermittelte, als ränge sie mit einem nur halb ausformulierten weiblichen Gedanken.

«Was ist?» fragte Henry. «Denkst du etwas? Was denkst du?»

Das Kind schreckte auf, schüttelte den Kopf und zog die Schultern hoch.

«Sag es mir ruhig», sagte Henry aufmunternd.

«Dann wirst du wütend», sagte sie.

«Ich?» Er hielt inne. Langsam fuhr er fort: «Und selbst wenn ich wütend werde – das macht doch nichts. Väter und Töchter dürfen ruhig wütend aufeinander werden, wenn sie wollen. Das macht überhaupt nichts. Wir können doch nicht unser Leben lang Angst voreinander haben.» Melinda musterte ihren Daumen. «Oje, und wenn ich wütend werde, fange ich womöglich noch an zu schreien und mit den Armen zu fuchteln und falle in den Canal Grande – wäre das nicht komisch?»

Melinda schwieg.

«Na, komm schon», sagte Henry. Er beugte sich zu ihr. «Versuch doch, mich wütend zu machen. Probier es aus.»

«Ich hab zuviel Angst.»

«Vor mir?»

«Ich weiß nicht», sagte sie taktvoll. Sie steckte ihren Zeigefinger ins Wasser. Henry konnte nur ihren Hinterkopf sehen.

Ihn überkam jenes Gefühl der Schuldlosigkeit, das man hat, wenn man meint, mißverstanden worden zu sein. «Das Wasser ist schmutzig!» rief er.

Melinda hob den Finger und umfaßte ihn mit der anderen Hand in ihrem Schoß; Wassertropfen färbten ihren blaßblauen Rock dunkel.

Henry sagte: «Ich kann mir nicht vorstellen, daß du mir etwas sagen könntest, das mich wütender machen würde als die Tatsache, daß du es mir *nicht* sagst.»

«Na gut...» flüsterte Melinda. Die Gondel schwankte. Ein Motorboot, das aussah wie ein Rettungsboot und mit gestapelten Coca-Cola-Kästen beladen war, tuckerte vorbei. «Eigentlich gefällt es mir gar nicht in Venedig.»

Er hatte erwartet – und seit dem Augenblick, in dem er erkannt hatte, daß sie Venedig einstürzen sehen wollte, waren seine diesbezüglichen Hoffnungen gewachsen –, daß sie etwas Aufschlußreicheres von sich geben würde, irgendein Eingeständnis vielleicht, daß diese Distanz, die seit der Scheidung zwischen ihr und Henry entstanden war, sie traurig machte, etwas in der Art wie: «Ich finde es schrecklich, daß Mama und du nicht mehr zusammenlebt», eben etwas Aufrichtiges.

«Du wolltest nach Venedig fahren!» sagte er. «Das war deine Idee!»

«Es ist aber nicht so, wie ich gedacht habe», sagte sie. «Hier ist nichts echt, außer dem Wasser.»

Henrys Mund öffnete sich, und dann drang Gelächter heraus. Er lachte ziemlich lange. Er wurde wieder ernst: Würde es Melinda etwas ausmachen, daß eine Stadt unecht war, wenn die Tatsache, daß Henry von zu Hause fortgegangen war, sie nicht gelehrt hätte, daß es überall Falschheit gab? Mitleidig, zärtlich blinzelte er sie an.

«Warum hast du gelacht?» Ihr Gesicht war rot, so gekränkt fühlte sie sich.

«Weil ich fand, daß das eben geistreich war.» Er sah sie an. «Weißt du, was ‹geistreich› bedeutet?»

«Nein.»

«Etwas, das mehr oder weniger wahr ist und überraschend kommt, bringt die Leute zum Lachen. Das nennt man geistreich.»

«Und das war ich?» sagte sie.

«Ja. Das warst du ... Aber, Melinda – die meisten Leute finden Venedig schön, auch wenn es unecht ist», sagte Henry.

Das Gesicht des Kindes verdüsterte sich, als hätte er ihr damit sein Mißfallen kundgetan.

Mit jenem Gefühl der Ungeschicklichkeit, das ihn jedesmal überfiel, wenn sie ihn bat, ihr mit einem dieser kleinen Knöpfe zu helfen, versuchte Henry, die Sache wieder geradezubiegen. «Aber das Wasser magst du doch, oder?»

«Und die Tauben», sagte das Kind, bemüht, es ihm recht zu machen.

«Warum? Sind die echt?»

«Ja», sagte das Kind und nickte energisch.

Warum sah es so erwartungsvoll aus? *Ich geb's auf*, dachte Henry und lachte vor Wut und Müdigkeit. Langsam färbte sich Melindas Gesicht wieder rot. Sie strich ihren Rock glatt. Eine sanfte Glut schien Besitz von ihr ergriffen zu haben. Er sagte: «Wenn es dir hier nicht gefällt, bleiben wir natürlich nicht. Wir können nach Paris fahren.»

«Paris?» Die Glut nahm zu und wurde dann schwächer. «Wenn du willst», sagte sie und starrte in ihren Schoß.

Henry hatte angefangen, ihre wohlerzogene Unverbindlichkeit widerwärtig zu finden. Während der ersten Tage ihres Besuches hatte er gedacht, sie sei noch immer erschrocken darüber, daß Mama-und-Papa nicht mehr ein einziges, mit Bindestrich geschriebenes warmes Tier war; er hatte sich gesagt: «Sie muß sich erst daran gewöhnen, daß ich eine Einzelperson bin.» Er hatte nicht damit gerechnet, daß sie dieser Einzelperson gegenüber so lange wohlerzogen und verängstigt bleiben würde. Er begann, Sätze abzuspulen wie ein Verkäufer, der einen Kunden beschwatzen will. «Heute nachmittag gehen wir schwimmen – am Lido. Wir setzen mit dem Ausflugsboot über. Wir werden im ‹echten› Wasser schwimmen, und heute abend essen wir, und dann packen wir und leisten uns ein Eis, und morgen fliegen wir nach Paris. Wir werden über die Alpen fliegen. Du wirst die Alpen sehen – die hast du noch nie gesehen. Wir werden rechtzeitig zum Mittagessen in Paris sein. Und wir werden vor dem Restaurant essen, auf der Straße –»

«Ich weiß. Das hab ich im Fernsehen gesehen.»

«Aber wird es dir gefallen?»

Besorgt fragte das Kind: «Hast du denn genug Geld?»

Ach du liebe Zeit, dachte Henry, *sie hat diese Streitereien mitgekriegt.* «Nein», sagte er, «ich kann's mir nicht leisten. Aber wir tun's trotzdem.»

Melinda machte große Augen. Es war, als weitete sich ihr Gesicht vor Vergnügen. Sie hielt sich die Hand vor den Mund und lachte.

«Was ist daran so komisch?» sagte Henry.

«Du bist komisch, Papa. Du bist so toll.» Sie schob ihre Hand in seine und knetete mit eifrigem, gummiartigem Druck seine Finger – eine aktive Inbesitznahme. Das Licht hüpfte und tanzte über den Schwanenhals des phantastisch geformten Bugs der Gondel. Sie seufzte. «Papa», sagte sie nach einer Weile. «Du kennst doch den Jungen, der gegenüber wohnt?» Sie meinte gegenüber der Wohnung in den Staaten, wo sie mit ihrer Mutter wohnte. «Also, der will immer so schmutzige Spiele machen.»

Henry fuhr sich mit der Zunge über die Unterlippe. Wie seltsam rührend das ist, daß dieses Kind mir vertraut, dachte er. «So?» sagte er.

«Ja», sagte sie.

«Was meinst du denn mit ‹schmutzige Spiele›?» Seine Augen musterten forschend ein Stückchen des Himmels über Venedig; seine Stimme war so ruhig wie die eines Psychiaters.

«Du weißt schon.»

«Gib mir mal ein Beispiel.»

«Ach, er will, daß ich mit ihm in die Besenkammer gehe und mich ausziehe.»

Die Gondel glitt unter dem Ponte dell'Accademia hindurch. «Tatsächlich?»

«Ja», sagte Melinda und nickte.

Henry nahm sich ein anderes Stückchen Himmel vor. «Ist das alles?» fragte er.

«Er ist wirklich blöd», sagte sie ungerührt. «... Er spielt gern Bäuche-aneinander-reiben.»

Henry hörte das gedämpfte Poltern von Schritten auf der Holzbrücke. «Magst du das auch?»

«Manchmal», sagte Melinda. Sie strich sich das Ende einer Haarsträhne von der Wange. «Aber eigentlich stehe ich nicht drauf, mit ihm solche Spiele zu machen.» Sie sah mit gerunzelter Stirn zu ihrem Vater auf. «Er wird wütend, wenn ich nicht mitmache.»

«Was kümmert dich das? Macht es dir was aus, wenn er wütend wird?»

«Na ja, ich möchte nicht, daß er allzu wütend wird. Ich will ja, daß er mit mir spielt, wenn ich mich langweile.»

«Ist es so schlimm, wenn man sich langweilt?» sagte Henry. Seine Stimme war lauter geworden.

«Kommt drauf an.»

Sie will mich dafür bestrafen, daß ich sie verlassen habe, dachte Henry. *Du lieber Himmel.* Er nahm sich vor, etwas über verhaltensgestörte Kinder zu lesen. Er beschattete mit der Hand die Augen und sagte: «Du gehst nicht mehr in die Besenkammer!»

Melinda stieß ein verblüfftes, unwillkürliches kleines Lachen aus. Sie starrte ihn mit rosiger Verwunderung an.

«Was ist daran so komisch?» fragte Henry.

«Du!» rief das Kind. «Was du denkst! Du willst mich küssen!» Auf ihrer Stirn hüpften Haarsträhnen im silbrigen Licht. Sie versteckte Mund und Wangen hinter ihren Händen.

Das sonnenbeschienene Panorama wurde zu einem prächtigen Oval zusammengepreßt, in dessen Zentrum das zum Teil von ihren Fingern verdeckte Gesicht seiner Tochter schwebte. «Du hast recht», sagte Henry erstaunt.

Ein Schauer lief über die Schultern des Kindes; ein Ton, halb erstickter Schrei und halb Gelächter, drang zwischen den Fingern hervor.

Rechts und links der Kanäle, am Rand seines Blickfeldes, erhob sich die Stadt Venedig bebend auf ihren unsicheren Inseln, bestürmt von den gierigen, beschützenden, herb riechenden Wellen des Meeres. Er küßte Melindas Hände, und als sie sie wegnahm, küßte er ihre Wange, ihre Nase, ihr Kinn.

Die Gondel trieb auf das seewärts gelegene Ende der Piazetta zu. In jener Erschöpfung, die dem Lachen folgt, ruhte Melindas Kopf an Henrys Brust. Ihr Arm lag auf seinem Bauch. «Wir sind an der Piazza», sagte Henry.

Melinda setzte sich auf und fuhr sich mit der Hand über

das Haar. Benommen betrachtete sie den nahenden Anleger, die steinernen Linien der Perspektive, die sich hinter dem geflügelten Löwen weitete, den Palast mit seinem Rautenmuster, das hübsche Durcheinander aus byzantinischem Krimskrams, die bronzenen Pferde, goldenen Kuppeln, Spitztürmchen, Fahnenstangen und Tauben. «*Ciao*, Piazza», sagte das Kind freundlich. «*Ciao*, Mittagessen. *Ciao*, Tauben.»

Buchführung

«Ich glaube, ich werde verrückt, meschugge nennst du's ... Ich will dich ja nicht stören ... aber du wohnst so nah ...» Annetjes Stimme übers Telefon, faszinierend, fremd, wie Perlen zwischen Pausen schweren Atems, rührte Avram Olensky über die Maßen. Er war ein lokkenköpfiger, attraktiver, aber unglücklich und nervös aussehender Jude. Er stand mit dem Rücken zu seinen Gästen, Louise Kimball, jetzt Louise von Kunnel, und dem Mann, mit dem sie seit acht Monaten verheiratet war, Graf Ulrich von Kunnel.

Avram, der wie üblich wünschte, er könnte geradlinige, einfache Gefühle haben, war peinlich berührt, weil er dachte, es sei eine schreckliche Fügung, daß er ausgerechnet Louise im Stich lassen müsse, um Annetje zu helfen: Louise war so furchtbar schnell beleidigt. In ihrer nachsichtigen, ziemlich bewundernswerten Yankee-Direktheit (sie kam aus Ridgefield, Connecticut), hatte sie Avram schon vorher wissen lassen, daß sie befürchte, er werde sich Ulrich gegenüber deutschenfeindlich verhalten.

Louise war eine sehr alte Freundin und vorübergehende Geliebte und hatte Avram einmal das Geld geliehen, das er brauchte, um eine literarische Zeitschrift zu gründen.

Rasch die ethischen Aspekte der Lage gegeneinander aufrechnend, sagte Avram zu sich, »Mitleid geht über

Dankbarkeit«, und dann ins Telefon: «Annetje, ich bin *froh*, daß du mich angerufen hast.»

«Du bist ein netter Mensch!» rief Annetje mit ihrer aufregenden, fremdländischen Telefonstimme.

«Nein, nein», sagte Avram wahrheitsgemäß. «Ich wünschte, ich wäre es. Ich –»

Annetje sagte: «Ich habe LSD genommen. Ich habe einen Flash. Ich kann nicht essen, ich kann nicht schlafen. Ich bin wahnsinnig paranoid.»

Avrams Laune hob sich; jedenfalls um einen gewissen Prozentsatz. LSD. Aha, dachte er, bloß ein bißchen Hilfe wird verlangt. «Talmudist», zischte ein Teil seines Gewissens.

Aber er mied Annetje seit Jahren. Mit Mitte Dreißig war er nervös geworden; Annetje machte ihm angst; ihre Schönheit war so extrem – weißblondes Haar, riesige sandgraue Augen –, ihre unlogische, stürmische, leidenschaftliche Art zu reden so aufreibend. Sie sagte: «Meine Lebensgeschichte ist einfach unerträglich. Ich bin in einem Schloß auf die Welt gekommen, einem Schloß in Holland. Mein Vater war Bankier. Er hatte keine Angst vor den Nazis. Später dann wohl doch. Wir schafften es bis Vichy, und eines Tages ging mein Vater aus, um Zigarren zu kaufen, und kam nie wieder. Nie. Die Nonnen sagten meiner Mutter, sie würden mich retten. Ich wurde als Nonne verkleidet, und ich ging nach Italien. Ich sah meine Mutter nie wieder. Nach dem Krieg erzählte man mir, sie sei an Lungenentzündung gestorben. Aber ich glaube, sie wollten mich nur schonen. Den Krieg über war ich in Italien. Wir wurden oft bombardiert. Ich konnte nie in die Kapelle oder den Keller gehen. Ich wollte nicht lebendig begraben werden. Ich lief immer nach draußen und schrie zu den Flugzeugen hinauf.»

Sobald der Krieg zu Ende war, kam sie nach Amerika.

«Ich wollte nie wieder verängstigte Gesichter sehen... Mein erster Mann war schrecklich reich – er kam aus Chicago. Er hatte ein winzig kleines Flugzeug – er war sehr komisch, dieser Mann–, mit dem er überall hinfliegen wollte. Selbst zu Pferderennen. Eines Tages beschloß er, nach Rio de Janeiro zu fliegen. Wir flogen von Chicago nach Tennessee, von Tennessee nach Florida, von Florida auf die Bahamas. Ich wollte nie wieder Angst haben, und da saß ich in diesem winzig kleinen Flugzeug mit diesem Mann, der ständig Angst haben wollte. Es machte ihm *Spaß*! Mein Gott. Als wir über den Dschungel flogen, beschloß ich, daß Schluß war. In Rio verließ ich ihn. Er war nämlich außerdem langweilig.»

Wenn sie solche Angst vor Gefahren hatte – hatte Avram sie gefragt –, warum hatte sie dann Allan geheiratet? Allan war ihr zweiter Mann, und während ihrer Ehe mit ihm hatte Avram sie kennengelernt. Allan war Tiefseetaucher von Beruf. Ein versierter Flaschentaucher mit sehr wenig Geld.

«Er hat mich nie aufgefordert, mit ihm tauchen zu gehen«, sagte Annetje mit aufgerissenen Augen. «Mir war nicht klar, daß ich Angst um ihn haben würde.» Sie hatte ihn verlassen, nachdem er ihr das Ultimatum stellte, sich entweder zu beruhigen und Vernunft anzunehmen oder zu gehen. Er hatte nicht damit gerechnet, daß sie gehen würde.

Sie hatte ein drittes Mal geheiratet, während eines Besuchs bei Freunden in der Schweiz. Avram erzählte sie davon, als sie ihn eines Tages auf der Lexington Avenue traf, wo sie beide einkaufen gingen; sie lebten nur zwei Blocks voneinander entfernt, stellten sie fest. Avram war frisch geschieden – von seiner zweiten Frau.

«Ich wollte nicht wieder heiraten», sagte Annetje, das unglaublich blonde Haar beiseite streichend, das ihr über die linke Stirnhälfte fiel. «*Er* bestand darauf. Er ist sehr,

sehr gebildet und erfahren. Er sagte, wir würden einander verrückt machen, wenn wir nicht heirateten. Er sagte, wenn wir verheiratet wären, würden wir uns weniger lieben und ein bißchen Frieden haben.»

Ihr dritter Mann, ein leichenblasser, über einen Meter achtzig großer, halbwegs ernsthafter Schriftsteller aus Montana, so attraktiv wie Gary Cooper, im Trinken allerdings genauso ernsthaft wie Scott Fitzgerald, schrieb zwischen seinen Romanen Drehbücher fürs Kino und verschwendete und verspielte seine enormen Honorare. Annetje war seine vierte Frau. Avram kannte den Mann flüchtig – John Herbert Thompson war sein Name. John Herbert hatte etwas, was Avram eine besonders anrührende emotionale Eleganz zu sein schien; er liebte und litt mit einer Unbeirrtheit, die Avram an die geschwungenen schlanken Beine antiker französischer Möbel erinnerte.

Eine von Avrams einschneidendsten Erfahrungen hatte mit John Herbert zu tun gehabt – Avram hatte sich vorübergehend kopflos in eine italienische Dichterin verliebt, die zu der Zeit John Herberts Geliebte war. Die italienische Dichterin war Pessimistin, sehr groß und knochig für eine Italienerin; gewöhnlich trug ihr Gesicht einen Ausdruck melancholischer, dunkeläugiger, hoffnungsloser Erkenntnis. Sie hatte sich für Avram als Liebhaber entschieden und John Herbert den Laufpaß gegeben, weil, so sagte sie, Avram mit seiner Empfindungslosigkeit, seiner unendlich berechnenden Art eher der Hilfe bedurfte als John Herbert mit seiner Verzweiflung. «Ich brauche einen Mann, der ohne mich nicht leben kann», hatte sie gesagt. «Wenn ich liebe, bin ich eine Kapitalistin. Wenn ich liebe, besitze ich.» Sonst war sie selbstverständlich Kommunistin.

Avram hatte John Herbert immer bewundert. «Im Vergleich zu ihm bin ich im Geiste beinahe wirklich ein Buchhalter», hatte er zu Annetje gesagt, als sie ihm von ihrer

Heirat erzählte. «Große Trinker besitzen geistige Größe. Ich, ich bin berechnend. Immer, ohne es zu wollen, im Grunde *berechnend.*»

Aber, dachte er, Annetje war erneut eine komische Ehe eingegangen. John Herbert war auf geistige und körperliche Abenteuer aus. Er hatte zwei Nervenzusammenbrüche gehabt, hervorgerufen durch übermäßiges Nachdenken und Erschöpfung, und da ihn wie viele amerikanische Schriftsteller das plagte, was Avram «das Männlichkeitssyndrom» nannte – er wollte der vollkommene Mann sein –, betrieb er ausgesuchte Sportarten wie Kunstfallschirmspringen und hatte einmal eine viermonatige Expedition in die Anden unternommen, wo er einen Stamm entdeckt hatte, der als Grundnahrung halluzinogene Süßkartoffeln aß. Dennoch fand Avram die Ehe eines Mannes von solch emotionaler Eleganz mit einer von Natur aus feigen Frau wie Annetje stilvoll. Annetje würde John Herbert Lebenswillen geben. Mit ihrer Schönheit würde sie zwischen John Herbert und seine leidenschaftliche Unbekümmertheit treten.

«Wo ist John Herbert?» fragte Avram am Telefon.

«Er hat mich verlassen», sagte Annetje. «Ich habe ihm gesagt, er soll machen, daß er wegkommt. Es war die Droge. Er wollte kein Mitgefühl mit mir haben. Ich verdiene kein Mitgefühl, aber er ist schließlich mein Mann, der Schweinehund. Außerdem, glaube ich, hat er ein Mädchen. Es ist mir egal. Mein Gott, mein Gott. Es ist alles schrecklich. Sie sollten mich im Fernsehen zeigen. Alle Welt sollte mich so sehen. Kein Mensch würde je wieder LSD nehmen. Haha. Ha. Hör mal, du wohnst doch in der Nähe, ich möchte jemanden sehen. Meine Freunde hassen mich. Ich sage dir, ich bin paranoid. Hör mal, kannst du herkommen? Die Wände hier benehmen sich so komisch. Ich sollte mich aus dem Fenster stürzen.»

«Annetje!»

«Nein, ich stürze mich schon nicht aus dem Fenster. Die Fenster sehen sehr böse aus. Ich versuche, dich zu überreden. John Herbert sagt, das tue ich immer. Ich bin unfair.»

In Avram wallte eine Woge brüderlicher Verbundenheit mit John Herbert auf. Annetje klang ihm wie jemand, der einen kleinen Zusammenbruch genoß, nicht wie jemand, der sofortige Hilfe brauchte. Aber konnte er dieses Risiko eingehen?

In New York kein Mitgefühl zu kennen hieß, zum Ausgestoßenen zu werden. Avram wußte von keinen Kreisen, außer vielleicht denen von Rechtsanwälten (und selbst da war er sich nicht sicher), wo mangelnde Bereitschaft, Mitgefühl zu zeigen, nicht ein Grund war, ausgestoßen zu werden. Avram hatte oft gesagt, in New York sei Intelligenz weniger gefragt als ein mitfühlendes Herz.

Andererseits fürchtete er Louise. Sie war eine ziemlich unnachgiebige Person. Sie konnte in Maßen flexibel sein, aber die Grenzen waren sehr eng gesteckt. Sie war Republikanerin, Alkoholikerin und vergaß nie, wenn sie einmal beleidigt worden war. Wenn er sie verließ, um zu Annetje zu gehen, würde sie sich beleidigt fühlen; was Fragen der Ehre anging, war sie unerbittlich. Ganz gleich, wie vorsichtig er darlegte, daß er moralisch verpflichtet sei, zu Annetje zu gehen, Louise würde einfach das Gefühl haben, daß er Annetje ihr vorzog. Wenn er log und sagte, Annetje sei eine enge Freundin, würde Louise sich, vernehmlich, fragen – Louise hielt nie mit etwas hinter dem Damm –, warum er sie Louise nie vorgestellt habe. Louise würde sagen: «Du meinst wohl, ich bin zu langweilig für deine interessanten Freunde.»

Avram haschte nach einem Kompromiß. «Ich habe Besuch», sagte er zu Annetje und wandte den Kopf, um Louise warmherzig anzulächeln. Sie erwiderte den Blick mißtrauisch; sie spürte, daß eine Beleidigung in der Luft lag.

«Oh», sagte Annetje schnell, «ich bin schrecklich, ich habe dich gestört, es tut mir sehr leid, geh, geh sofort, es wird schon alles in Ordnung kommen, es geht mir gut, ich bin sehr stark, ich –»

«Nein, nein. Hör zu. Warum kommst du nicht zu uns? Bitte! Ich möchte dich zum Essen ausführen. Ja, bitte?»

«Ich kann nicht. Ich werde verrückt. Ich –»

«Bitte. Ich möchte, daß du herkommst.» Avram sah, daß Louise sehr böse dreinschaute.

Annetje sagte: «Ich kann nicht. Ich habe Angst. Ich kann nicht aus der Wohnung gehen. Ich habe sie seit fünf Tagen nicht verlassen. Ich weiß nicht, was vor meiner Tür ist.»

«Ich komme und hole dich», sagte Avram. Er legte die Hand über die Muschel und sagte zu Louise und Ulrich: «Es sind nur zwei Blocks. Es dauert nur einen Augenblick.» Louise schloß die Augen und sagte mit geschlossenen Augen: «Mach dir über uns keine Gedanken. Laß dich nicht stören von uns.»

Gott, dachte Avram, warum bin ich solch ein Feigling?

«Ich sehe so schrecklich aus», sagte Annetje.

«Tun wir auch. In drei Minuten bin ich da», sagte Avram und legte auf.

Er lehnte sich beim Telefontisch gegen die Wand und lächelte Louise noch warmherziger an. Louises großflächiges Gesicht war unerbittlich. Ihr Haar war von einem berühmten Haarkünstler zurechtgemacht, blieb aber unauffällig. Sie trug Perlen und ein Kleid, von dem Avram annahm, daß es teuer war. Liebe reiche Louise, dachte Avram. Er fragte sich zum fünfzigtausendstenmal seit er sie kannte, was in ihrem Kopf vor sich ging – sie war sehr familienbewußt; sie glaubte, daß die Persönlichkeit des Menschen von der Familie hervorgebracht und ausgebildet wurde. Aber Avram hatte nie erlebt, daß sie log, sie war selten oder nie intrigant, und oft amüsierte sie ihn.

Avram begann hastig zu reden. «Seht her, ich weiß, es ist schrecklich. Hier sitzen wir, unser erstes Treffen seit Gott weiß wann, und ich möchte eine Fremde dazubringen. Aber sie hat Probleme. Sie ist mit einem ziemlich guten Freund von mir verheiratet–» Avram hoffte, er müßte das nicht erklären oder den Namen des Freundes nennen; Louise würde wütend sein, daß er ihr eine so berühmte Persönlichkeit wie John Herbert nie vorgestellt hatte – «und der ist zufällig in Kalifornien. Dummerweise hat das Mädchen LSD genommen, und jetzt ist sie auf einem schlechten Trip. Sie sollte wirklich nicht allein bleiben. Ihr Mann würde es mir nie verzeihen. Und ihr werdet sie mögen. Sie ist ein faszinierender Mensch. Sie war mit Langwell Eggles verheiratet – ihr wißt schon, Chicago?» Avram versuchte Louise ein verbindliches Lächeln abzuringen, indem er ihr den Kopf zuneigte, ihren Blick auffing und die Augenbrauen hochzog, um anzudeuten, was sie mit dem Mund tun solle.

«Natürlich, natürlich», sagte Ulrich. Louise hat sich einen großen, gutaussehenden Deutschen ausgesucht, dachte Avram; Avram dachte oft in ganzen Sätzen. Wenn er älter ist, wird er teigig werden. Er ist sehr huldvoll. Er mag mich nicht.

Louise sagte: «Ich glaube, wir gehen besser.» Um ihren Mund lag der verkniffene Zug, den Avram so gut kannte: sie fühlte sich beleidigt.

«Nein, nein», sagte Avram. «Ihr müßt bleiben. Ich habe mich so darauf gefreut, euch zu sehen.» Er seufzte; das tat er immer, wie ein Theaterjude, wenn er sich zur Doppelzüngigkeit gezwungen fühlte. *Hört mich an, der ich wie ein Goi klinge,* sagte sein Seufzer. Er verdrehte leicht die Augen nach oben. Er sagte: «Ich kann nichts dafür, daß das

Mädchen angerufen hat. Ich wünschte, sie hätte nicht mich angerufen. Aber ich kann sie nicht sitzenlassen. Bitte bestraft mich nicht, indem ihr weggeht. Und sie ist ehrlich faszinierend.»

Louise lehnte sich im Sessel zurück; Avram nahm das als Antwort. Er stürzte in die Küche, holte ein Tablett, belud es schnell mit Flaschen und Eiskübel und redete dabei die ganze Zeit laut vor sich hin. «Ihr wißt doch, wie das in New York ist. In unseren Kreisen haben wir ein ausgeprägtes Nachbarschaftsgefühl. Es ist etwas Emotionales, nichts Geographisches; ich meine, ich weiß nicht, wer nebenan wohnt. Aber Annetje ist eine Nachbarin, habe ich das Gefühl. Ich –» Er kam wieder ins Wohnzimmer. «Bitte macht mir keine Vorwürfe. Ihr dürft mich nicht im Stich lassen. Wir sind uns diesen Abend schuldig.» Er stellte das Tablett auf den polierten Couchtisch aus Walnuß. «Ich bin höchstens zehn Minuten weg, und dann bringe ich dieses faszinierende Mädchen mit, das ihr wirklich kennenlernen solltet. Wirklich!» Avram hatte Gewissensbisse; sicherlich verging man sich gleichermaßen gegen Nächstenliebe und Zuneigung, wenn man versuchte, zwei Fliegen mit einer egoistischen Klappe zu schlagen: zum einen würde Annetje ihm gleichsam eine Show liefern, den Abend zu etwas Besonderem machen und es ihm erleichtern, mit Ulrich bekannt zu werden, zum andern würden Louise und Ulrich ihn vor Annetje beschützen.

Er schloß die Augen. Er führte Buch, wie üblich.

Er schlug die Augen auf, schnappte sich einen Regenmantel aus dem Schrank, hielt inne, um zu sagen: «Bitte wartet auf mich», und stürzte dramatisch aus der Tür.

Avram schoß die Treppe seines Brownstone-Hauses mit jener jungenhaften Eile hinunter, die viele der für seine Zeitschrift schreibenden Intellektuellen bespöttelten.

Die Straße war von Fußgängern leergefegt und von geparkten Autos gesäumt, die alle mit dem Gemisch aus Nebel und Nieselregen getüpfelt waren, das die Luft mit winzigen Tropfen lichtverwischenden Wassers erfüllte – es roch scharf und ätzend nach Luftverschmutzung.

Als er in kleinen Sprüngen über den Bürgersteig setzte, merkte er, wie seine Laune sich hob. In seinem Leben – er hatte gerade keine Liebesaffäre, und die Zeitschrift erschien bloß zweimal im Jahr – verspürte er in letzter Zeit eine Öde, einen Mangel an Gefühl und Interesse. Die Stadt kam ihm in letzter Zeit so vor, als bestände sie bloß aus Ziegel- und Glaswänden, aus Rußabzügen. Aber nun freute er sich auf den Abend. Er versuchte, jemandem zu helfen; dies war eine Oase.

Wie leid es ihm tat, daß Annetje ein Acidfreak war. Avram billigte die Einnahme von LSD nicht und hatte auch nie welches genommen. Bei einem Fest, das ein paar Jahre zuvor für zwei Männer gegeben worden war, die Geld für eine quasiutopische, auf der Basis von Liebe und LSD beruhende Siedlung auftreiben wollten, hatten diese Männer ausführlich und zusammenhanglos von den Übeln des Ehrgeizes, des Erfolgs und Versagens gesprochen – auffällig uncharmante Versager in einem Raum voller erfolgreicher Leute, die auf dem besten Wege waren, noch erfolgreicher zu werden. Seit damals hielt Avram eigensinnig daran fest, daß LSD eine Droge für Versager ohne Verstand sei. Das mit Annetje überraschte ihn. Ja, ihre Ehen hielten nicht, aber warum entschloß sie sich verdammt noch mal nicht einfach, eine bessere Ehefrau zu werden? Annetje hatte doch Charme.

Annetje und John Herbert wohnten in einem Haus ganz in der Nähe der Lexington Avenue, mit Pförtner und Aufzugführer. Annetje befürchtete, vergewaltigt zu werden. Männer auf der Straße begehrten sie ungeheuerlich; das hatte Avram selbst beobachtet. Einmal hatte er sie über die Lexington Avenue kommen sehen, ziemlich verängstigt, gefolgt von vier Männern, vier Männern, die ihr in lockerer Formation nachstreunten, und als sie die Straße überquert hatte, um Avram zu begrüßen, waren die vier Männer stehengeblieben wie Geheimagenten und hatten gestarrt, während sie mit Avram sprach, der sie dann wie ein Bewacher zu Bloomingdale's begleitete.

Einmal war es einem Mann – es hatte in der Zeitung gestanden – irgendwie gelungen, in ihr Haus einzudringen; er hatte sich im Flur auf sie gestürzt; sie war freigekommen und sieben Stockwerke ins Foyer hinuntergerannt. Ein vorbeikommendes Polizeiauto hatte auf den Ruf des Pförtners reagiert. Die beiden Polizisten fanden den Beinahe-Vergewaltiger auf dem Dach, wo er schluchzend kauerte. Es war ein fünfundvierzigjähriger Lastwagenfahrer, der wegen diverser sexueller Vergehen vorbestraft war, zu Avrams Überraschung meistens homosexuelle Belästigungen der einen oder anderen Art. Annetje hatte gesagt: «Ich wirke außerordentlich anziehend auf Homosexuelle. Ich erinnere sie nicht an ihre Mutter.» Annetje war zierlich und hatte natürlich diesen außergewöhnlichen Teint und erstaunlich viel Sex-Appeal. Sie hatte düster gesagt: «In dem Augenblick, in dem er mich packte, wußte ich, daß er schwul war. Ich dachte, typisch für mich, ich werde von einem Homosexuellen vergewaltigt.»

Arme Annetje. Letzten Endes ist kein Mann Manns genug für eine wirklich schöne Frau, dachte Avram.

Er klopfte an die Tür. Sie antwortete nicht, und Avram begann sich Sorgen zu machen; er rechnete sich aus, was er zu tun haben würde, wenn sie nicht antwortete – die Polizei rufen, sie in ein Sanatorium bringen, sich mit John Herbert in Verbindung setzen –, als er Schritte hörte. Winzige, ängstliche Schritte.

«Wer ist da?» flüsterte Annetje.

«Avram.»

«Gott sei Dank», sagte sie.

Er hörte eine Reihe mechanischer Geräusche, Klicken und Kratzen; sie schloß die Tür auf. Sekunden vergingen; die Geräusche hielten an.

«Es sind so viele», sagte sie durch die Tür. «Ich werde nicht damit fertig. Ich bin gefangen.»

«Laß dir Zeit. Reg dich nicht auf», sagte Avram geduldig.

Plötzlich ging die Tür auf, und da stand Annetje. Schmuddelig, ungekämmt, bleich, in einem verschlissenen Pullover und einem schweren Rock, der schief hing und ihr über die Hüften rutschte. Annetje war eine dieser unglaublich verführerischen Frauen, die sich für die Straße schick anziehen und sich dann zu Hause in formlosen Kleidern entspannen, in Kleidern, die sie vielleicht seit dem College oder ihrer ersten Ehe haben – Erinnerungsstücke an verlorene Jahre, entschwundene Moden und die Gefühle, die mit den Moden gingen.

Annetje hatte eine sehr schmale Taille, kleine, kissenähnliche Hüften und magere, eckige Schultern, ziemlich breit, und Avram war sich immer ihres verlängerten Rükkens bewußt; ihre Schultern und Hüften drängten sich in den Vordergrund; ihr verlängerter Rücken blieb im Verborgenen, und dort lag in Wirklichkeit ihre Verletzlichkeit. Seine Hände zuckten, begierig, sie dort zu berühren. So zerbrechlich, dachte er. So hilfsbedürftig. Seine Augen begannen sich zu verschleiern. Dann fing er sich; er beugte sich vor, fast wie ein Arzt, um ihre Augen zu betrachten, damit er sah, ob die Pupillen geweitet waren oder dergleichen. Doch das war ein Fehler. Avram hatte eine Schwäche für Annetje; das Sandgrau ihrer Augen rüttelte seine Emotionen wach. Schmuddelig oder nicht, sie sandte einen heftigen Stromstoß sexueller Spannung aus. Sie ließ Avram an schwedische Filme denken, in denen der Sommer die Nordländer sinnlich machte.

«Du bist es», sagte sie, zarte, langknochige Arme vor die Brust pressend. «Ich habe nicht geglaubt, daß du kommst.» Dann schlang sie ihm mit dieser Heftigkeit, die Avram an ihr fürchtete, die schmalen zarten Arme um den Hals.

Avrams Hände flatterten und ließen sich dann hilflos auf ihrem verlängerten Rücken nieder; er fühlte sich unglaublich klein an; Avram konnte das Leben durch sie pulsieren spüren. Er murmelte: «Ich habe doch gesagt, daß ich komme», aber er war beinahe von Sinnen. Er besaß gerade noch genug Selbstbeherrschung, sich auszurechnen, daß es schändlich wäre, wenn er versuchte, sie aufs Kreuz zu legen. Es liefe darauf hinaus, sie auszunutzen. Blöde Ehre, dachte er, sanft ihren verlängerten Rücken massierend: Ich werde wahrscheinlich ein Magengeschwür bekommen und jung sterben. Er hörte sich sagen: «Ich habe doch gesagt, ich würde gleich hier sein.» Die Tonlage war tiefer als die, in der er gewöhnlich sprach. Er hat bereits begonnen, dachte er, der Paarungstanz. Er fragte sich, ob Annetje je ein männliches Wesen gesehen hatte, das nicht vor Begierde entflammt war, ein männliches Wesen in einem normaleren Zustand.

«Aber ich bin doch paranoid. Ich habe dir doch gesagt, daß ich paranoid bin. Ich dachte, du belügst mich am Telefon, um mich abzuwimmeln. Ich dachte, du bist wütend, weil ich angerufen habe.» Sie riß sich los, weg von ihm, drehte sich halb um sich selbst und blieb stehen, einen Arm über der Brust, den anderen umklammernd. «Hast du Zigaretten? Ich hatte Angst zu rauchen. Ich hatte Angst, ich würde mich in Brand setzen.»

Ihn durchfuhr der erste Impuls ehrlichen Mitgefühls seit ihrem Anruf. «Warum hast du das getan? Niemand sollte solche unnötigen ...» Er wußte nicht, welches Wort er benutzen sollte: Qualen, Sorgen.

«Ich bin blöd», sagte Annetje. «Ich dachte, es würde mir helfen – ich wollte John Herbert verstehen. Es gibt aber nichts zu verstehen. Das habe ich erkannt. Er ist ein Kind, ein boshaftes Kind. Ich bin ein Kind.» Sie sah Avram an.

Avram dachte, sie hat recht. Er selbst war weit in die trockene Hochebene des Älterwerdens vorgestoßen, auf dieser langsamen Einbahnstraße in die Ödnis.

«Das hätte ich auch ohne Droge erkennen können», sagte Annetje mit einem kleinen Lachen. Plötzlich schlug sie die Hand vor den Mund. «Ich darf nicht lachen», sagte sie durch die Finger. «Sonst fallen mir die Zähne aus.»

In der Wohnung hing ein abgestandener, nervöser Geruch. Avram machte eine Bemerkung darüber, und Annetje sagte: «Ich habe alle Fenster dichtgemacht. Sonst kommt die schmutzige Luft herein. Oder ich stürze mich hinaus. Nein, tue ich nicht.»

Avram sagte: «Laß uns gehen. Diese Wohnung ist nicht gut für dich. Hol dir einen Regenmantel.»

«Bleib einen Augenblick bei mir sitzen», sagte Annetje. «Bloß einen Augenblick. Wir beide allein.» Sie sprach einschmeichelnd, in einem beinahe kindlichen Ton. Avram war beeindruckt von ihren Lippen – vollen holländischen Lippen, die leise zuckten; ihr zartes Beben bezauberte ihn.

«Was ist mit John Herbert?» fragte er. Er folgte Annetje in das stickige grün-weiße Wohnzimmer.

«Ich habe ihm gesagt, er soll machen, daß er wegkommt, der Schweinehund», sagte sie. «‹Hau ab›, hab ich gesagt. Er hat mich geschlagen. Er war wütend, weil ich LSD genommen hatte. Er hat gesagt, ich sei ein Schwein. Oh, es war so entsetzlich.» Sie setzte sich auf eine makellose moosgrüne Couch, die Knie geschlossen, die Hände neben den Schläfen schwebend, ohne sie wirklich zu berühren. «Es ist Zeit zu sterben. Das ist das einzige Entsetzliche, das ich noch nicht getan habe», sagte sie.

«Warum kommst du nicht zur Ruhe, Annetje?» sagte Avram altväterlich.

«Zur Ruhe?» Annetje zog ein Gesicht. «Es gibt schnellere Arten zu sterben. Ich halte das nicht aus. Ich habe genug von diesen Schweinehunden», sagte sie. «Ich will keine Gemeinheiten mehr von diesen Schweinehunden. Ich bin fertig mit ihnen. Den Typen. Warum fressen sie einen auf? Es sind solche Babies. Sie wollen bemuttert werden. Ich bin keine Mutter.» Sie warf Avram einen glühenden Blick aus ihren grauen Augen zu, als wollte sie zeigen, inwiefern sie nicht mütterlich war. Sie sagte: «Warum kann er nicht handeln wie ein Mann? Immer lasse *ich* ihn im Stich, sagt er. Und ich denke, jetzt bin ich mal an der Reihe zusammenzubrechen. Soll er sich doch um mich kümmern, soll er sich doch Sorgen um mich machen. Letzten Monat war er auf einer Zechtour, zwei Wochen lang – Saufen, Frauen, Spielen. Er kommt nach Hause, zerlumpt, zerschlagen, blaue Flecke im Gesicht. ‹Hilf mir, Annetje›, sagt er. Ich nehme ihn in die Arme. Ich wasche ihm das Gesicht. Ich sitze die ganze Nacht bei ihm. Am nächsten Tag ist er erholt und setzt seine Zechtour fort. Er kommt nach Hause, er hat Alpträume, ich halte die ganze Nacht seinen Kopf im Schoß. Seine Alpträume machen sogar mir angst. Selbst jetzt geht es mir nicht so schlecht wie ihm damals. Er sagt, er verliert den Verstand. Ich schaffe ihn zum Arzt. Nach zwei Tagen weigert er sich, den Arzt noch einmal aufzusuchen. Er sagt, der Arzt ist doof. Also gut, soll er doch den Verstand verlieren. Um so besser. Ist mir egal. Ich bin müde. Ich weiß, daß ich unvernünftig bin. Ich habe diese Droge genommen. Ich bin verrückt – ich weiß es. Ich bin paranoid. Ich sage ihm, er will mich fertigmachen. Ich sage ihm, er soll verschwinden. Weißt du, was er tut? Er geht. Aber ich bin froh. Ich will allein sein.»

Avrams Gewissen hieß ihn sagen: «Aber er liebt dich doch, Annetje ... Und du bist, glaube ich, immer noch verliebt ihn ihn.»

«Natürlich», sagte Annetje. «Ich bin ständig in Schweinehunde verliebt. Es ist nicht leicht, mit dem Lieben aufzuhören. Aber wenn ich ihn nicht sehe, geht es mir gut. Ich würde lieber sterben als ihn sehen.»

«Das glaube ich dir nicht.»

«Ah», sagte Annetje, «du verstehst mich.»

Avram rutschte in seinem Sessel hin und her, geblendet von ihrer Hochachtung.

Sie sagte: «Ich bin sehr robust. Ich bin robuster als er. Er ist schwach!» Sie sprach mit allumfassender Verachtung.

Avram dachte: Ich habe Angst vor ihr. Er sagte: «Du bist nicht wirklich robust.»

«Nein. Du hast recht», sagte sie fügsam, angespannt. «Das stimmt. Bin ich nicht. Aber sie denken immer, daß ich es bin. Ich brauche einen Mann. Ich *brauche* einen. Ich will einen Mann, der sich um mich kümmert – einen starken Mann.» Sie warf Avram einen Blick zu. «Ich glaube, du bist stark.»

«Nicht stark genug», sagte Avram düster.

Annetje sagte: «Warum glauben Männer immer, Frauen nähmen ihnen die Kraft?»

«Na ja, das tun Frauen in gewisser Hinsicht ja auch», sagte Avram leicht amüsiert. «Ich meine, ich fühle mich manchmal sehr geschwächt von dir.»

Annetjes Mundwinkel verzogen sich traurig nach unten. «Du findest mich langweilig.»

«Nein, nein. Ich glaube, du hast Angst davor, geliebt zu werden. Du bist es leid.» Er fuhr sich mit der Hand über die Augen. «Du hast es nicht gern, wenn Leute sich auf dich stützen. Du magst es nicht, und außerdem hast du Angst, daß du nicht stark bist.»

Annetje begann zu lächeln; ihre Augen weiteten sich. Sie sagte: «Du verstehst mich. Du bist mir sehr ähnlich – du bist mir viel ähnlicher als John Herbert.»

Sie saß auf der Couch, zerbrechlich und schutzlos. Sie schien seine Hochachtung an die Brust, an die Wange zu drücken. Zum Trost. Wenn er sie umarmte, würde sie ihr Gefühl, ihm ähnlich zu sein, durch Küsse erforschen, die wie Wellen wären – erstickend, weich, intim, undurchdringlich. Und dann?

Avram dachte voller Selbstekel, daß er trotz seiner Geilheit zu viele Skrupel hatte. Sie hatte LSD genommen, sie kam nicht in Frage. Aber er wollte sich sowieso nicht in Annetje verlieben; das kann ich mir nicht leisten, so faßte er es innerlich in Worte.

«Ja», sagte er. «Wir sind uns sehr ähnlich, wie Bruder und Schwester.»

«Du würdest gut zu mir sein», sagte Annetje.

«Nein», sagte Avram. «Ich wäre eher noch ungeduldiger als John Herbert. Ich bin sehr fordernd.»

«Wie Allan!» rief Annetje in jäher Einsicht aus. Allan war der Tiefseetaucher, ihr zweiter Mann. «Ach Gott, ging es mir bei dem *elend*!» sagte Annetje. «Die sanftmütigen Männer sind die schlimmsten. Wie er nörgelte! Und er war eifersüchtig! Mein Gott, war er eifersüchtig. Da kochte und nähte ich den ganzen Tag, und er war eifersüchtig.»

«Er dachte wahrscheinlich, du mochtest ihn als Ruhepol anstatt um seiner selbst willen», sagte Avram mit einem Anflug von mutwilligem Identifizierungsdrang.

Annetje sagte: «Aber nein.»

«Vielleicht dachte er es aber», beharrte Avram.

«Aber nein», sagte Annetje. «Du weißt nicht alles, das sehe ich. Ich will dir mal was sagen. Du hast die Geschichte nicht kapiert. Ich liebte ihn mehr als er mich. Verstehst du, als ich jünger war, habe ich, wenn ich einen Mann bewunderte, mit ihm geschlafen, aber das war nicht wichtig für mich. Du verstehst, daß ich die andere Sache meine, wenn ich schlafen sage?»

«Ja», sagte Avram.

«Ich liebte den Mann, wer immer es war. Aber ich gehörte mir selbst. Verstehst du? Aber bei Allan änderte sich das. Mein Gott! Ich war verrückt danach», gestand Annetje. Sie wandte die Augen ab, entzog sich ihm geistig und sagte: «Heute ist es gefährlich für mich, mit einem Mann ins Bett zu gehen. Ich empfinde zu stark.»

Avram sagte, als läse er es von einer Stichwortkarte ab: «Also liebst du John Herbert doch!» Es gefiel ihm nicht, daß Annetjes Rückzug sein Verlangen verstärkte.

«Ja», sagte sie. «Nein. Es spielt keine Rolle. Ich bin fertig mit dem Schweinehund. Vielleicht sollte ich den Kopf in den Ofen stecken. Es ist ein Gasofen.»

«Mach keine Dummheiten, Annetje», sagte Avram.

«Ja, es ist dumm, aber ich bin eine dumme Frau. Das war kein Leben, was ich da führte. Ich habe den ganzen Tag Tranquilizer eingeworfen – sechs, zehn, zwölf.»

«Du Idiotin!» schrie Avram. «Wir müssen einen Arzt rufen.»

«Hab ich getan. Er hat gesagt, ich sei eine Idiotin. Er ist gekommen. Er hat mein Herz untersucht.»

Avram war froh, daß er sie nicht geküßt hatte. Er stand auf. «Komm», sagte er, durch und durch vernünftig; selbst seine Handflächen wurden trocken. «Hol deinen Regenmantel. Wir müssen gehen. Es wird dir guttun, aus dieser Wohnung rauszukommen. Meine Freunde sind sehr solide, bürgerliche Leute. Genau das, was du zur Zeit brauchst.»

«Nein. Laß uns hierbleiben und –» begann Annetje.

«Bitte», sagte Avram standhaft.

«O ja. Ich verstehe. Du willst ihnen gegenüber nicht unhöflich sein. Also, wo ist mein Mantel? Ich will mich nur noch schnell kämmen.»

Er nickte. Sie verließ das Wohnzimmer. Das Problem mit Frauen wie Annetje, dachte er, war, daß sie nicht wollten, daß ein Mann sein Leben in ihre Hände legte; sie wollten ihr Leben in seine legen. Wenn er dann nicht damit fertig wurde, konnten sie zu Recht behaupten, daß sie sich ihre Freiheit verdient hätten. Das Unrecht ihrer Männer gab ihnen das bißchen Freiheit, das ihre Schuld ihnen zugestand.

«Beeil dich», rief er. Er wollte nicht, daß sie zu lange im Badezimmer blieb. Zwölf Tranquilizer! «Komm.»

Er stand in der Tür zum Wohnzimmer. Annetje trat aus einem Badezimmer ein Stück weiter den Flur hinunter. «Ich sollte mich umziehen», sagte sie trübsinnig.

«Nein», sagte Avram. «Du siehst gut aus. Hol dir bloß einen Mantel.»

«Verdammt noch mal. Ich habe Angst», sagte sie aus dem begehbaren Wandschrank heraus. «Diese Scheiß-Droge. Ich nehme sie nie wieder!» Sie war den Tränen nahe.

«Wie bist du überhaupt darangekommen?» fragte er, als er ihr aus dem Wandschrank und in den Mantel half.

«Durch John Herbert. Wen sonst? Er liebt Drogen. Alles, was zum Tode führt.» Ihre Abscheu trug sie bis zur Tür; dort blieb sie stehen und starrte hilflos die Schlösser an. Avram zählte sechs. «Sie funktionieren nicht alle», sagte Annetje. Sie begann, sich daran zu schaffen zu machen. «Ein paar habe ich gekauft. Ein paar hat John Herbert gekauft. Immer wenn wir glücklich waren, brachten wir ein weiteres Schloß an der Tür an.» Plötzlich ging die Tür auf. «Da», sagte sie überrascht. «Ich habe es geschafft.»

Im Aufzug hängte sie sich an Avrams Arm. Sie sprachen

nicht, sondern schauten einander an. Der Pförtner in der Eingangshalle hielt ihnen die Tür auf. «Ich habe Angst vor ihm», flüsterte Annetje Avram zu. Er drückte beruhigend ihre Hand.

Die Luft war grau, wie leichter Flanell; die Straßenlampen waren an. Avram sagte zu Annetje, sie habe auf den schlechten Trip kommen wollen, um John Herbert auf die Probe zu stellen, aber es sei eine unfaire Probe. «Menschen, die lieben, steigern sich zu sehr in eine Erregung hinein», sagte Avram. «Niemand von uns» – und er meinte rastlose Innenstadtbewohner – «ist in der Liebe klug oder stark oder verzeihend genug. Wir sind unmöglich, wenn wir lieben. Wir brauchen Humor und Geduld, doch wir sind zu gierig, um geduldig zu sein. Wir wollen die vollkommene Liebe. Wir sollten vielleicht völlig auf die Liebe verzichten – gute, beständige, geile Freundschaften wären vielleicht angebrachter.»

Annetje lachte plötzlich. Ihr Lachen wurde lauter. Es war weder ganz normal noch ganz verrückt. Der Kopf war zurückgeworfen; das Haar fiel gerade, schwer und hellblond herab, merkwürdig lebendig und verführerisch. Die vorstehenden Knochen ihres zarten Gesichts schienen Avram in der grauen Luft mit einem gedämpften Licht zu leuchten. «Mein Gott, eine geile Freundschaft würde mich umbringen, glaube ich.»

Avram sagte verärgert: «Ich glaube, wir könnten alle ein bißchen mehr Unterdrückung vertragen. Ich mag Unterdrückung.» Er hielt Annetjes Arm, er führte sie über den Bürgersteig. Sie ging unsicher; sie lehnte sich zurück, als kippele der Bürgersteig mit ihr. Sie bewegte sich auch nicht geradlinig vorwärts – immer wieder korrigierte Avram ihren Kurs. «Hier entlang», murmelte er, als sie zur Ecke kamen. «Wo es um Gefühle geht, sage ich: Vorsicht! Und noch einmal Vorsicht!»

Annetje begann wieder zu lachen. «Du bist ein Clown», sagte sie. «Du bist ein großer Lügner! Du bist überhaupt nicht so!»

«O doch, bin ich wohl», sagte Avram.

Annetje raffte den Mantel zusammen und zog ihn sich fest um den Hals. Sie schüttelte den Kopf; ihr hellblondes Haar flog von einer Seite zur anderen – eine erotische Kappe, dachte Avram. Sie war ein aufblitzendes Ausrufezeichen in der dämmerigen, nieseligen Stadtlandschaft. Er hielt den Druck auf ihren Arm aufrecht, er hielt sie am Laufen. Er machte sich Gedanken um Louise und Ulrich – aber das war seine geringste Sorge neben der wachsenden Ungeduld, Annetje zum Laufen zu bringen, sie den Klauen der Droge zu entreißen, sie sozusagen wieder zu den Lebenden zurückzuholen. Er versuchte, ein Gleichgewicht zwischen dem Wunsch, ihr zu helfen und sie nicht zu drängen, zwischen einem beruhigenden Druck und einem Gefühl des Gehetztseins zu halten.

«Werden sie Verständnis dafür haben, daß ich verrückt bin?« Annetje kauerte sich gegen die Wand mit den Briefkästen im Hausflur des Brownstone-Hauses, in dem Avram wohnte. Avram hielt es für ein gutes Zeichen, daß sie im nachhinein an das Gesellschaftliche dachte; sie hatte letzten Endes doch nicht völlig den Kontakt mit der Realität verloren.

«Ja, ja», sagte er. «Sie sind spießig, aber nicht doof – nicht wirklich doof. Die Frau ist eine uralte Freundin von mir. Sie hat sich mir immer von ihrer besten Seite gezeigt, wenn ich unglücklich war oder Probleme hatte. Sie hilft gern Leuten – sie hat irgendwo Quäker unter ihren Vorfahren.»

«Quäker?» sagte Annetje. «Diese komischen reichen Leute aus Pennsylvania?»

«Es gibt ein paar aus Connecticut, die nicht ganz so reich sind.»

«Quäker in Connecticut?» Annetje legte die Hand über den Mund und kicherte. «Ja?» sagte sie. Sie nickte. «Das ist ja interessant.»

«Ja», sagte er. «Jetzt laß uns hinaufgehen.» Er lächelte Annetje an. Er nahm ihren Arm. «Wir trinken ein Glas, aber du solltest vielleicht besser nichts trinken. Dann essen wir...»

Er hatte die Wohnungstür offengelassen. «Wir sind's!» rief er und stieß sie auf. Louise und Ulrich hatten die Plätze gewechselt; sie saßen steif auf der Couch, nebeneinander, aufrecht, förmlich. Louise sah rosiger aus, als er sie in Erinnerung hatte. Avram fragte sich, ob Louise und Ulrich geknutscht hatten. Ulrich wirkte sehr hölzern. «Louise», sagte er munter, «das ist Annetje Thompson. Annetje, das ist Louise – Louise – und...» Er konnte sich nicht im mindesten an Louises Familiennamen oder an den Namen Ulrich erinnern.

«Mein Mann, Ulrich von Kunnel», sagte Louise kühl.

«Guten Tag, sehr erfreut», sagte Annetje, die Worte mit einem unbekümmerten, sprudelnden Charme herunterhaspelnd. Sie sah ziemlich verloren aus, abgesehen von ihrem eindrucksvollen Gesicht natürlich und ihrem Haar und den Schultern und auch den kleinen, kissenähnlichen Hüften. «Ich bin in einer schrecklichen Verfassung», gestand Annetje. «Avram hat Ihnen sicher gesagt, daß ich komisch bin. Ich bin nicht ich selbst. Ich bin nicht immer so. Nein», sagte sie kläglich. «Nicht so. Avram hat gesagt, ich soll mitkommen, aber eigentlich war ich nicht dazu in der Lage. Ich werde Sie deprimieren. Ich bin völlig verrückt.»

Avram nahm Annetje den Mantel von den Schultern. «Mach dir keine Gedanken darum», sagte er. «Wir sind alle ein bißchen verrückt.»

«Nicht von Drogen!» sagte Louise, der die Röte ins Gesicht stieg.

Ungläubige Verblüffung machte Avram leichtsinnig. Er sagte: «Louise. Das kannst du nicht. Sagen, meine ich.»

«Ich habe lediglich die Wahrheit gesagt.»

Avram starrte sie an. *Was* ging in ihrem Kopf eigentlich vor? Wie konnte sie sich nicht dafür interessieren, jemanden kennenzulernen, der LSD genommen hatte? Wie konnte sie nicht beeindruckt sein von Annetje – ungekämmt, exotisch, hinreißend, elektrisierend gegenwärtig und in Bedrängnis? Er fragte sich, ob Louise sauer war, weil sie ihre Perlen, ihr Kleid, ihren sorgfältig aufgetragenen Lippenstift für einen Abend spontanen Mitgefühls verschwendete.

Verwirrt dachte er, daß es an ihrer Ehe liegen mußte; sie war verkrampft. Mit einem nervösen Lachen sagte er: «Wahrheit? Rede keinen Nonsens, Darling.» Es war ein altes Spiel, daß er in einer komischen altmodischen Sprache mit Louise redete, eines, dessen er überdrüssig geworden war und das er schon lange nicht mehr mit ihr gespielt hatte, jetzt aber eilfertig hervorkramte; er wartete darauf, daß sie lächelte.

Kampflinien gruben sich in ihr Gesicht. «Ich mag keine Drogen!» sagte sie mit einer Stimme, die Avram übertrieben schulmeisterlich, aber wundervoll gepflegt fand.

Er sagte: «Louise, zufällig mag ich keine Betrunkenen, und ich habe dich schon betrunken gesehen.»

Ulrich sagte: «Wie kommt es bloß, daß die Amerikaner immer ihre Umwelt ausblenden müssen – finden sie ihr Land und ihr Leben so schrecklich?» Er zog die Augenbrauen hoch; er lächelte.

«Annetje ist Holländerin», sagte Avram. Er wunderte sich wieder einmal über dieses Selbstvertrauen der Deutschen, das ihnen gestattete zu glauben, sie machten einen guten Eindruck, wenn alles andere als das der Fall war. Beim Klang ihres Namens drehte Annetje sich um und lächelte. «Ja. Holländerin», sagte sie. Sie glitt federleicht über den Boden, als erwartete sie, daß er ihr einen Streich spielen würde. «Holländisch, doppelt holländisch», sagte sie und ließ sich in einen Sessel in der dunkelsten Ecke des Zimmers fallen. Ihr Haar und ihr bleiches Gesicht schimmerten. «Oh, ich bin in einer schrecklichen Verfassung», sagte sie, blind für alles um sich herum. «Wenn Sie LSD nehmen», sagte sie zu Louise, «geben Sie gut acht.»

«Ich würde nie Drogen nehmen!» rief Louise aus.

«Louise, du bist intolerant!» schrie Avram, vor Verblüffung leicht quengelnd.

Louise sagte: «Ich habe dieses ganze moderne Zeug zum Erbrechen über – es verwandelt kräftige Menschen in Kindermädchen.»

«Niemand verlangt, daß du Kindermädchen spielst», sagte Avram. Jetzt verstand er sie: Es fuchste sie, daß Annetje in den Mittelpunkt der Aufmerksamkeit rückte. «Aber ich habe dich immer für eine Frau gehalten, die ihre Grenzen überschreiten kann.»

«Ich bin zivilisiert», sagte Louise majestätisch. «Wenn es deiner Freundin nicht gutgeht, sollte sie dann nicht lieber ins Krankenhaus? Dort sind sie besser ausgerüstet, um mit so etwas fertig zu werden.»

Avram sagte: «Stell dich nicht dümmer, als du bist, Louise. Gegen die Nachwirkungen von LSD kann man nichts machen. Im Augenblick ist Annetje konfus und braucht Gesellschaft – das ist alles.»

«Ich bin sehr konfus», sagte Annetje, «aber ich kann nicht in Gesellschaft sein. Ich –»

«Sie hat eine Drogenvergiftung!» sagte Louise.

«Es ist keine Drogenvergiftung. Was weißt *du* überhaupt über LSD?»

«Alle Drogen sind gleich», sagte Louise. Avram hatte schon oft vermutet, Louises Neigung, sich über die Moral hinwegzusetzen, sei so stark, daß sie für sich selbst sehr strikte Privatgesetze aufstellen mußte. Und simple.

«Sie sind nicht alle gleich!» schrie er. «Manche wirken auf die Nerven, manche auf die Muskeln, manche –»

«Du weißt schon, was ich meine», sagte Louise.

«Drogen sind nicht alle gleich», sagte Annetje kopfschüttelnd. «Ich habe viele genommen. Das ist die schlimmste, die je –»

«Siehst du!» sagte Louise. Sie wandte sich an Annetje. «Sie sind immer auf Nervenkitzel erpicht, nicht?»

Annetje sagte ernst: «Ich langweile mich ungern.» Sie legte die zartknochigen Hände an den Kopf. «Aber das hier ist schrecklich. Seit fünf Tagen kann ich nicht essen, kann ich nicht schlafen, die Wände schauen mich an –»

«Müßten Sie damit nicht rechnen, wenn Sie zu Drogen greifen?» fragte Louise.

«Louise!» brüllte Avram.

«Nun, es stimmt doch», sagte Louise.

«Warum können wir nicht sagen, daß Leute, die Drogen nehmen, mutiger sind als wir?» verlangte Avram zu wissen. «Sie haben weniger Angst vor den Nachwirkungen – vor dem Tod.»

«Sie reden Unsinn», sagte Ulrich feierlich.

«Warum», sagte Avram, «glauben die Leute bloß, daß ein rüde ausgedrücktes Diktum als überzeugendes Argument durchgeht?»

«Was hat er gesagt?» fragte Ulrich Louise. Er wandte sich wieder an Avram. «Mein Englisch ist nicht vollkommen.» Er lächelte höflich und wandte sich Louise zu.

Avram sagte: «Mag sein, daß ich mich in dieser Frage irre, mag sein, daß ich unter dem Einfluß der Mode stehe, mag sein, daß meine Meinung unsinnig ist, aber trotzdem würde ich es vorziehen, Sie drückten *Ihre* Meinung, zumindest in meinem Haus, mit mehr Respekt für die Vorstellung aus, daß ich selbst meine Meinungen nicht für Unsinn halte.»

Ulrich sah verständnislos drein. Louise sagte: «Dummes Zeug.»

«Machen Sie einen Witz?» fragte Ulrich Avram.

«Nein, ganz und gar nicht. Ich glaube, zum Sterben im Leben gehört geistige Kühnheit. Zum Herumexperimentieren mit dem Geist. Ich bin unfähig, sie aufzubringen, aber ich bin überzeugt, daß Leute das *Recht* haben, ihr Leben mit Drogen oder sonstwas zu zerstören oder zu intensivieren. Ich meine ganz gewiß nicht, daß ich Unsinn rede. Dazu gehört eine ganz besondere Art von Begabung – Mathematiker haben sie, siehe Lewis Carroll.» Avram kam sich töricht vor. «Ich habe keinerlei Sinn für Unsinn. Ich meine, was ich sage.»

«Du meinst, Drogen sollten *legalisiert* werden?» fragte Louise.

«Ja.»

«Ich vermute, du ließest auch Werbung für Drogen zu», sagte sie.

«Vielleicht.»

«Du bist ein *Phantast*», sagte Louise verächtlich. «Du hast schon immer das Gefühl gehabt, du wüßtest alles besser.»

«Er ist sehr intelligent», sagte Annetje.

«Danke, Annetje.»

Annetje wandte sich an Louise. «Haben Sie das Gefühl, er versteht Frauen?»

«Nein», sagte Louise.

«Ich denke, er ist sehr verständnisvoll», beharrte Annetje eisern.

Louise lächelte Avram ironisch an. Avram kam ihr Gesicht vor wie ein planer, mit Lippenstift bemalter Radarschirm. Er sagte: «Du darfst Spießbürgerlichkeit nicht mit Pragmatismus verwechseln, Louise.»

«Werde mir nicht unverschämt», sagte Louise. «Daß ich keine Drogen nehme, heißt doch nicht, daß ich spießbürgerlich bin.» Sie setzte einen durchdringenden Blick auf. «Wann bist du eigentlich in die Avantgarde eingetreten?»

«Ich spreche nicht als Angehöriger der Avantgarde. Ich spreche als Mensch mit Mitgefühl und Verstand.»

Annetje sagte: «Avram ist Jude.»

«Ach, Sie sind Jude?» fragte Ulrich.

«Das hat Louise Ihnen nicht gesagt?» fragte Avram.

Ulrich sagte: «Sie hat mir gesagt, Sie seien ein Mann der Literatur.»

«Verrückt», sagte Avram. Er wandte sich an Louise. «Du Scharlatan», sagte er. «Hast du versucht, mich als Christen und Gentleman durchzumogeln?»

«Ich interessiere mich sehr für Literatur», sagte Ulrich.

«Natürlich nicht», sagte Louise.

«Ich bin nie konservativ gewesen. Ich habe das Gefühl, daß deine Klasse dieses Land zu Unrecht besitzt und langweilt», sagte Avram bitter.

«Ach, dummes Zeug», sagte Louise.

«Es ist eine heuchlerische Klasse. Du bist eine Frau, die seit ihrer Mädchenzeit gern trinkt. Wie kannst du jemanden verdammen, der mit seinen Sinnen herumspielt?»

Annetje sagte: «Ich hasse Betrunkene. Sie sind sehr abstoßend.»

«Alkohol tötet und verstümmelt viel mehr Menschen als Drogen», sagte Avram. «Warum gehst du so in die Defensive?» fuhr er fort, durch den Streit in Fahrt geraten; er reckte grimmig den Finger in die Luft. «Wovor hast du Angst? Warum bist du eifersüchtig, weil Annetje mit Selbsterkenntnis experimentiert?»

«Ich bin nicht eifersüchtig!»

«Oh, auf die Erfahrung können Sie gut verzichten», sagte Annetje. «Sie ist schrecklich. Meine Zähne brennen wie kleine Feuer.»

«Ich bin weder eifersüchtig, noch gehe ich in die Defensive!» sagte Louise. «Ich protestiere dagegen, daß hier auf allem herumgetrampelt wird, was einen verantwortungsbewußten Menschen ausmacht.»

«Außer im betrunkenen Zustand», sagte Avram verschlagen und schonungslos.

«Außer was im betrunkenen Zustand, bitte?» fragte Ulrich. Annetje starrte in die Luft.

«Verantwortungsbewußt, Schatz», sagte Louise zu ihm.

«Ja. Daran glaube ich», sagte Ulrich.

«Selbst für die Verbrechen während des Krieges?» fragte Avram, nun über ihn herfallend.

«Und was ist mit Vietnam?» entgegnete Ulrich auf der Stelle.

«Sie können Vietnam, so bedauerlich es ist, mit den KZs vergleichen?»

«Die KZs?» sagte Annetje erschrocken.

«Ich habe die KZs über», sagte Louise.

«Schlechtes Gewissen», sagte Avram. «Wenn ich auch nur etwas Rückgrat hätte, würde ich mich weigern, überhaupt mit dir zu sprechen.»

«Sie sehen gar nicht aus wie ein Jude», sagte Ulrich.

Was für ein wirklich infamer Abend, dachte Avram. Er sagte: «Ist es nicht wunderbar? Aber daß ich Jude bin, können Sie schon daran erkennen, daß ich so brillant bin.»

«O ja», sagte Ulrich liebenswürdig.

«Bitte redet nicht über Juden», sagte Annetje mit schwacher, verängstigter Stimme und preßte die Hände an die Schläfen. Mit einer merkwürdigen Überspanntheit und ganz reizend, als versuche sie, normal gesellig und umgänglich zu sein, wie bei gesellschaftlichen Ereignissen üblich, sagte sie: «Ich bin die Juden leid.»

«Leid?» fragte Avram. «Warum bist du sie leid? Soviel ich weiß, warst du noch nie mit einem verheiratet.»

Plötzlich lächelte Ulrich Annetje an.

Louise sagte: «Sind Sie verheiratet?»

«Ja», sagte Annetje.

«Ist es Ihrem Mann gleich, wenn Sie LSD nehmen?»

«Es ist mir gleich, ob es ihm gleich ist oder nicht. Außerdem habe ich es wegen ihm getan. Eine Freundin hat mir gesagt, sie hätte so ihre Ehe gerettet – sie sagte, du nimmst diese Droge, und du bekommst Einsicht, du lernst, Verständnis zu haben. Aber es war schrecklich. Das Verständnis war wie der Tod. Nun kann ich nicht essen, ich kann nicht schlafen, ich glaube, ich möchte sterben.»

Avram sagte: «Es gibt eine Theorie, daß LSD das Ego beeinflußt – manchmal führt das zu einer Einsicht, aber manchmal führt es auch dazu, daß man sich selbst als nicht erhaltenswert ansieht.»

«Diese Gefühle haben wir doch auch alle ohne Drogen, dessen bin ich mir sicher», sagte Louise bissig.

«Du nicht, Louise», sagte Avram. «Dein Ego ist zu *gesund.*»

«Ich lasse mich nicht mehr beleidigen!» sagte Louise.

«Louise ist sehr – wie sagt man – reif», sagte Ulrich.

«Ich habe gelernt, mit mir zu leben», sagte Louise.

«Aber wir anderen haben nicht gelernt, mit *dir* zu leben», sagte Avram.

«Komm, Ulrich.» Louise stand auf. «Wir müssen gehen.»

Annetje sagte: «Ich will nicht mit mir leben.»

«Na, dann nehmen Sie doch einfach weiter Drogen, und Avram wird größtes Mitgefühl haben», sagte Louise.

«Ach, setz dich», sagte Avram. «Wir kennen uns doch

viel zu lange, um uns durch irgend etwas beleidigen zu lassen.»

Annetje warf Louise einen mißbilligenden Blick zu. «Ich glaube, Sie sind ganz schön engstirnig. Ich glaube, es ist schrecklich, so engstirnig zu sein.»

Avram hatte nicht gedacht, daß Annetje dem Gespräch folgte. Er freute sich; sie kehrte in die reale Welt zurück.

Louise sagte: «Ich glaube zufällig nicht, daß Engstirnigkeit ein Laster ist.»

«Louise», sagte Avram. «Laß gut sein.»

«Ich falle nicht auf all die Propaganda herein, die einem aufgetischt wird. Ich glaube nicht an diese Art von erweitertem Horizont. Ich glaube nun einmal, daß *sie* die Engstirnige ist – eine Droge hat sie so werden lassen.»

«Und ich hatte gehofft, ihr ein bißchen zu helfen, während ihr Horizont sich wieder erweitert», sagte Avram.

Louise setzte sich. «Ich halte überhaupt nichts von Drogen.» Sie hob das Glas und trank einen anständigen, großen Schluck – den Schluck einer Trinkerin. Sie setzte das Glas ab.

«Und erzähl mir nichts von Alkohol!» Sie saß ganz still, als der Alkohol in ihren Blutkreislauf drang.

Ulrich sagte zu Annetje: «Warum wollen Amerikaner sich immer ändern?»

«Alkohol ist unseren Vorfahren gut zustatten gekommen», bemerkte Louise. «Avram, du bist ein sehr alter Freund. Aber ich mag wirklich keine Intellektuellen.»

Annetje sagte zu Ulrich und Louise: «Ihr seid wie Deutsche.» Sie sagte es warnend: «Sie hören nie zu. Sie dachten, sie wüßten alles. Manchmal dachte ich, sie wüßten wirklich alles, sie müßten recht haben, weil sie so mächtig waren, daß sie den Krieg gewannen. Ich hatte ständig Angst. Aber sie gewannen nicht. Einmal gingen wir eine Straße entlang, ich war sehr klein, und ihre Flugzeuge kamen und beschossen uns. Warum? Weil wir unwichtig waren. Ich hasse Leute, die so *realistisch* sind ...»

«Sie halten es für realistisch, eine ganze Nation zu hassen?» rief Louise.

Avram dachte, Drogen, Rasse *und* Politik. Er begann zu lachen. Niemand beachtete ihn.

«Ja», sagte Annetje.

«Wenn Sie den Deutschen nicht vergeben, warum sollte jemand Ihnen vergeben?» wollte Louise wissen.

«Ihr vergeben? Für *was?*» fragte Avram aggressiv. «Sie hat keine zwanzig Millionen Menschen umgebracht.»

«Man hätte die Deutschen hängen sollen, allesamt», sagte Annetje. «Sie waren gemein, gemein –» Sie schien den Tränen nahe.

«Da hast du deinen Verstand und dein Mitgefühl», sagte Louise zu Avram und zuckte die Achseln.

«Ich finde es bedauerlich, daß Sie so viele Menschen hassen», sagte Ulrich steif, «die Unschuldigen samt den Schuldigen.»

«Sie haben es zuerst getan!» schrie Annetje.

Avram stand auf und zeigte mit dem Finger auf Louise. «Siehst du! Da haben wir's. Du hast sie gehört. Diese Schönheit, diese Schlichtheit – *sie haben es zuerst getan.* Verstehst du nicht? Ich *stütze* mich auf Menschen wie dich, Louise, ich *verlasse* mich auf dich, aber wenn wir Erleuchtung suchen, müssen wir uns an die wenden, die Drogen nehmen, die leiden, an die feinfühligen Seelen, die Recht und Falsch *sehen.*»

«Ist das nicht herrlich», sagte Louise und schenkte sich noch ein Glas ein.

«Es war nur eine sehr kleine Minderheit, die –» Ulrichs Blick ruhte auf der blassen Annetje.

«Bitte, kommen Sie uns nicht mit diesem Minderheitenunsinn!» rief Avram.

«Es ist kein Unsinn. Ich war in Deutschland, und ich –»

«Wußte nichts von den Lagern», sagte Avram angewidert.

«Richtig.»

«Ich war in Holland, in Frankreich und in Italien, und ich wußte davon», sagte Annetje.

Louise sagte: «Ja, natürlich tut es uns sehr leid, was Sie alles mitgemacht haben, aber Ulrich hat auch viel mitgemacht.»

Ulrich sagte: «Sie können sich nicht vorstellen, wie es war, als die Russen kamen – wie wilde Tiere.»

«Also, um Himmels willen, wieso auch nicht?» sagte Avram. «Sehen Sie sich doch an, was Ihr Militär Rußland angetan hat.»

«Das war nicht Ulrichs Militär. Er war noch ein Kind.»

«Annetje war auch ein Kind, und die Deutschen hätten sie umgebracht.»

Louise sagte: «Was an dieser Unterhaltung so krankhaft ist, ist, daß wir sie nicht beenden.»

«Sie wissen nicht, wie es ist, gejagt zu werden», sagte Annetje mit einer tieferen Stimme, einer erbebenden Stimme. «Sie wollten einen finden und töten, und es gab keinen *Grund*, es gab keinen –»

Ulrich klappte die Augenlider zu: «Ich glaube, wir alle wären ohne Erinnerung glücklicher. Ich versuche, mich nicht zu erinnern.» Er schlug die Augen auf und starrte Annetje an. Dieser Deutsche begehrt sie, dachte Avram mit einem Anflug von Eifersucht. Ulrich sagte: «Deshalb bin ich in die Neue Welt gekommen.» Zu einer reichen Frau, dachte Avram kühl. «Wir müssen lernen, zusammenzuleben. Wir –»

«Als ich die Droge nahm, sah es zuerst so aus», sagte Annetje. «Es sah aus, als wäre es vorüber, als müßte ich mich nicht erinnern, als könnte ich den Deutschen vergeben. Es war, als würde es plötzlich hell. Ich konnte aufhören, Angst zu haben. Aber dann verwandelte sich alles in einen Alptraum. Es gab immer noch Schlechtigkeit – das Böse nimmt nie ein Ende – mein Mann ist ein Schweinehund – ich halte es nicht aus!« Sie hob die Hände an die Schläfen; dann, so schien es Avram, verschwamm ihr das Zimmer vor Augen. Sie sagte: «Entschuldigen Sie mich. Ich bin verrückt. Ich bin nicht ich selbst. Ich möchte das niemandem wünschen!»

«Außer den Deutschen», sagte Louise sotto voce.

«Ja, den Deutschen schon!» schrie Annetje. «Ich wünschte, sie würden alle ins Irrenhaus gesteckt –»

«Ah», sagte Ulrich traurig. «Sie redet von vielen unschuldigen Menschen!»

«Ja, in der Tat, Sie Tölpel!» rief Avram.

«Hier scheint eine unüberwindliche Meinungsverschiedenheit vorzuliegen», sagte Louise.

Avram fuhr sich mit der Hand über die Augen. «Ja. Ich schäme mich. Für uns alle außer Annetje.»

«Für mich brauchst du dich nicht zu schämen», sagte Louise und trank ihr Glas leer. «Ich schäme mich nicht im geringsten für das, was ich gesagt habe. Ich gehöre nicht zur Avantgarde. Ich habe nichts Weltkluges gesagt.»

Avram umklammerte seine rechte Hand mit der linken. Er sagte: «Unglaublich. Es hat noch niemand mit etwas geworfen.»

Ulrich sagte: «Sie hat mich gewarnt. Sie hat gesagt, bei Ihnen müßte man tolerant sein. Sie würden mit jedem furchtbaren Streit anfangen.»

«So, hat sie das?» Avram fuhr sich wieder mit der Hand über die Augen. «Hat jemand Hunger?» sagte er. «Ich dachte, wir könnten vielleicht chinesisch essen gehen.»

«Ach du lieber Gott, nein», sagte Annetje. «Ich kann nicht. Ich kann nichts essen. Ich gehe nach Hause.»

Ulrich fragte sie: «Lehnen Sie es ab, mit einem Deutschen zu essen? Sind Sie böse?»

«Ich habe schon mit Deutschen gegessen», sagte Annetje. «Ich bin nicht böse. Ich bin nicht ich selbst. Es –»

Louise sagte zu Avram: «Du hast mich nicht gefragt, ob ich böse bin.»

Avram sagte: «Wir haben uns über all die Jahre soviel voneinander gefallen lassen! Ich rede mir ein, daß du mir, wenn die Zeit kommt, Carepakete ins KZ schicken wirst.»

«Ach, dummes Zeug», sagte Louise.

Annetje redete immer noch. «... die Vorstellung zu kauen, und in einem Restaurant mit all den Menschen, die kauen, kauen...»

«Aber du solltest etwas essen!» rief Avram streitlustig. «Es wird dir *helfen.*»

«Ich mache mir zu Hause Spaghetti», sagte Annetje pathetisch. «Bitte zwing mich nicht, in ein Restaurant zu gehen.» Sie war den Tränen nahe.

«Annetje, du kannst nicht nach Hause gehen», sagte Avram. «Was willst du machen? Die Wände anstarren?»

«Ja, aber das macht nichts. Mehr kann ich nicht tun.»

Louise sagte zu Avram: «Vielleicht wäre es besser, wenn Ulrich und ich gingen. Dann könntest du bei deiner Freundin bleiben.»

«Nein!» sagte Avram.

«Nein, nein», sagte Annetje. «So ein Mensch will ich nicht sein. Ich habe schon zuviel von Avram verlangt.»

Avram wand sich; er rechnete sich seine Schuftigkeit aus, befand, daß sie beträchtlich, aber nicht verhängnisvoll war und daß er auf keinen Fall mit Annetje allein bleiben wollte. Er wollte auf gar keinen Fall allein die Verantwortung übernehmen.

«Ich begleite dich nach Hause», sagte er. Zu Louise und

Ulrich sagte er: «Ich bin gleich zurück. Bitte wartet auf mich.» Er stand auf.

Annetje begann zu schwafeln: «Es ist besser so. Ich fühle mich viel besser. Ich möchte nicht stören. Ich bin im Augenblick sehr seltsam. Ich kann mich selbst nicht ertragen, wenn ich so seltsam bin. Ich weiß, daß es besser werden wird, ich muß bloß meine Strafe durchstehen – das fällt mir nur schwer, wenn ich denke, daß sie nie enden wird. Wissen Sie, ich kann im Augenblick einfach das Gefühl von Kleidern am Leibe nicht ertragen. Diese hier trage ich schon seit fünf Tagen. Ich habe Angst, sie zu berühren, diese Kleider.»

Avram fand, daß Louise resigniert dreinsah; er fand, daß Ulrich zunächst mit bloßer Höflichkeit und dann mit Interesse und sogar Geilheit zuhörte. Doch Annetje redete immer weiter, und nach einer Weile begann Ulrich, patzige kleine Spitzen von sich zu geben: «Sehr interessant, gewiß ... Sie scheinen sich ja sehr für Ihre Symptome zu interessieren ...» Doch Annetje schaute ihn nicht an.

Avram sagte: «Annetje, willst du vielleicht hier auf mich warten?»

«Nein, nein. Ich habe das Gefühl, diese Wohnung hat Lippen.» Sie lachte.

«Sie sind sehr sensibel», murmelte Ulrich.

«Ja», sagte Annetje. «Ich kann Gespräche durch die Luft hören, ich kann Radiowellen hören, ich bin ziemlich daneben.»

Avram sagte: «Du solltest nicht allein sein.»

«Aber es ist besser für mich», sagte Annetje. Sie stand auf. «Ich kann nicht mit Menschen zusammensein. Ich bin so unmöglich.» Sie wandte sich an Ulrich und Louise. «Tut mir leid, daß ich so verrückt bin. Vielleicht treffen wir uns ein andermal, wenn ich mehr ich selbst bin.»

Ulrich lächelte höflich; Louise zog ihre geschlossenen

Lippen ein wenig in die Breite. Annetje steckte die Arme in den Mantel, den Avram ihr hinhielt. Er fand, daß sie in ihrer Blindheit gegenüber der Unhöflichkeit und Verachtung der beiden auf der Couch beinahe wie eine Heilige wirkte. Obwohl Louise schon wütend gewesen war, ehe sie es überhaupt wissen konnte, war ihr Zorn teilweise dadurch gerechtfertigt, daß Annetje sie für so unwichtig hielt – für unwichtig, unwirklich, uninteressant.

Auf der Treppe im Flur blieb Annetje zweimal stehen. «Die Treppe macht mir angst beim Hinuntergehen», sagte sie. «Es ist dumm – ich bin dumm, nicht? Es ist alles in Ordnung mit der Treppe, sie bricht nicht unter mir zusammen?»

«Ich glaube nicht», sagte Avram. Er sagte: «Hältst du es wirklich allein aus? Kannst du nicht jemanden anrufen, damit er bei dir bleibt?»

«Alle haben mich satt», sagte Annetje munter. «Alle, die ich mag, habe ich angerufen, und sie sind zu mir gekommen, und sie sind es leid geworden und weggegangen und böse auf mich gewesen. Fünf Tage ... Sie begannen sich so zu langweilen.»

Daß er der letzte Strohhalm gewesen war, machte Avram weniger aus, als er gedacht hätte.

«Ich bin so launisch», sagte Annetje. «Sie werden es leid.» Sie trat in den Hausflur unten und blinzelte, erleichtert, von der Treppe erlöst zu sein. Sie sagte: «Sie schulden mir nichts. Niemand schuldet mir etwas. John Herbert, der Schweinehund, sollte mich nicht allein lassen. Ich habe oft bei ihm gewacht.»

Draußen hingen immer noch schwebende Tröpfchen in der Luft, sichtbare Perlen aus Feuchtigkeit, fast zinngrau von dem darin gefangenen Licht und sehr schön, dachte Avram. Der Bürgersteig war ziemlich naß und spiegelte die schwachen, feuchten, gestaltlosen Lichter aus Fenstern, Hauseingängen und Straßenlampen wider. Avram dachte, daß Louise und Ulrich wahrscheinlich netter und vertrauter miteinander umgingen als Annetje und John Herbert. Um ihm Abbitte dafür zu leisten, daß er seine Frau begehrt hatte, sagte er: «Du solltest ihm keine Vorwürfe machen. Du hast das LSD genommen, um ihm weh zu tun.»

«Ich wollte helfen, ich wollte lernen, gut zu sein», jammerte Annetje und verrenkte den Kopf.

«Aber du hast ihn ausgeschlossen», sagte Avram. «Du bist allein auf die Reise gegangen. Du hast gesagt, er sei in letzter Zeit in schlechter Verfassung gewesen. Es ist genauso, als hättest du ihn verlassen, ihn von dir gestoßen ...»

«Ja, ja, das begreife ich. Vielleicht ist er doch kein Schweinehund. Ich bin so paranoid, ich denke mir so viele schreckliche Dinge aus. Ich –» Sie verstummte.

In dem Wohnblock an der Ecke stand der Pförtner hinter der Glastür und starrte ins Freie. Avram sagte: «Ich habe nicht gesagt, er sei kein Schweinehund. Ich habe nur gesagt, du hättest ihn ausgeschlossen.»

«Ja, ja. Wie klug du bist», sagte sie und drängte sich enger an ihn, wie um Trost zu suchen.

Avrams Herz begann zu schwellen wie, dachte er, eine reifende Frucht. An der Ecke führte er Annetje, damit sie die Kurve bekam. Zu viele Schuldposten, dachte er. Er platzte mit Entschuldigungen heraus. «Ich bin *nicht* klug», sagte er. «Was habe ich bloß angestellt, als ich dich bat, zu uns zu kommen? Ich hätte es wissen sollen! Woran habe ich bloß gedacht?»

Annetje sagte in demütigem Ton: «Es tut mir nur leid, daß ich so schrecklich zu deinen Freunden war.»

Avram blieb auf dem Bürgersteig, im Nebel, stehen. «Du warst schrecklich? Nein, nein.» Avram sagte: «*Sie* waren schrecklich.»

«Sie?»

«Sie waren unverzeihlich grob. Sie haben auf dir herumgehackt.»

«Wirklich?»

Avram spähte ihr ins Gesicht. «Mein Gott», sagte er. «Du bist wirklich durcheinander!» Er lachte, machte einen Schritt vorwärts. Annetje hing wie ein Gewicht an seinem Arm. «Du hast überhaupt keine Urteilskraft mehr. Du bist wirklich absolut wunderbar.»

Annetje sagte: «Ich fand sie ziemlich engstirnig, aber ich bin so paranoid, daß ich dachte, ich bilde es mir bloß ein.»

Autos zogen riesige rote Ausrufezeichen über den nassen Asphalt. Häuser erhoben sich und verschwanden hinter Dunstschleiern, luden sie mit geheimnisvollem, silbrigem Glanz auf. Zwischen den Gebäuden zeigten sich am Himmel verlaufene rote und wäßrigorange Flecken. Avram sagte: «Daran besteht überhaupt kein Zweifel. Sie sind auf dich losgegangen, sowie du zur Tür hereinkamst. Annetje, ich möchte dich nicht in einer Neurose bestärken, aber nicht alle paranoiden Ängste sind unbegründet.»

«Ist das wahr? Oh», sagte Annetje mit einem kleinen, erstaunten Lachen. «Ja, es muß wahr sein. Das sehe ich ein.» Sie blieb stehen; sie atmete durch. «Da bin ich aber froh.» Sie drückte Avrams Arm. Sie drehten sich um und betraten Annetjes Haus. «Ich habe gedacht, alles, was ich empfinde, kommt daher, daß ich so verrückt bin.»

«Also, jetzt kannst du mehr Selbstvertrauen haben», sagte Avram mit Nachdruck. Im Aufzug schwieg er. Als der Aufzug weg war, sagte er zu Annetje: «Da hast du mal eine echte Ironie – die Feindseligkeit hat dazu beigetragen, daß du dich besser fühlst. Der Abend war kein Fehlschlag.» Nun, da er wußte, daß er der letzte in ihrem Adreßbuch war, den sie angerufen hatte, kam es ihm ungefährlicher vor, ihr gegenüber gefühlvoll zu sein. «Manchmal bin ich entsetzt darüber», sagte er, «daß wir uns trauen, über ernsthafte Themen zu reden – Konzentrationslager, Liebe, alles mögliche. Wir sollten die ernsten Themen den Dichtern überlassen, die uns sagen, wie man darüber spricht, ohne sie herabzusetzen; wir sollten uns wie vernünftige Menschen auf das Wetter und die Börsenkurse beschränken.» Annetje versuchte mit vor Angst zitternden Händen die Schlösser an der Tür aufzubekommen. Avram sagte: «Annetje, es tut mir leid, daß ich zurückgehen muß. Ich würde lieber bei dir bleiben.»

Annetje drehte sich um und schaute auf, überrascht, erfreut, ungläubig, demütig. «Würdest du gern bei mir bleiben?»

«Sicher. Aber Louise ist eine sehr alte Freundin. Du siehst ja, daß sie ein äußerst merkwürdiger Kauz ist – sie würde es nicht begreifen, wenn ich bei dir bliebe. Ich will dir etwas über sie erzählen: sie bricht nie ein Versprechen, sie kommt nie zu spät zu einer Verabredung, sie ist absolut zuverlässig.»

«Das ist wunderbar», sagte Annetje. «Ich würde auch gern solche Leute kennen. Manchmal kommt es mir vor, als lebte ich in einem Teller Suppe; nichts ist fest.»

«Ich glaube, du hast Hunger», sagte Avram. «Versprich mir, daß du etwas ißt, daß du dir ein paar Spaghetti oder so etwas machst.»

«Ja. Vielleicht.»

«Nicht vielleicht. Einfach ja.»

Annetje zuckte mit den zarten Schultern. Sie sagte: «Deine Freunde kamen mir sehr deutsch vor.» Sie runzelte mißbilligend die Stirn.

«Ulrich *ist* Deutscher», sagte Avram.

«Aha», sagte Annetje. «So ist das also. Tut mir leid für dich, daß du einen Abend mit so einem verbringen mußt.»

Avram lächelte sie verschämt an. Sie war noch nicht

ganz klar im Kopf. «Soll ich dich anrufen, wenn sie weg sind?» fragte er.

Sie sah schnell auf, wissend; sie durchschaute ihn, dessen war er sich sicher. «Nein, nein», sagte sie. Sie schämte sich, dachte er, weil sie ihn angerufen hatte, weil sie so tief gesunken war. «Ich glaube, heute nacht kann ich schlafen.»

«Paßt du auch auf dich auf? Keine Tranquilizer mehr? Du tust dir nichts an?»

«Nein, nein», sagte Annetje. «Ich bin der Typ, der überlebt.»

Avram lauschte, während sie die Schlösser an der Tür einschnappen ließ. *Überlebt.* Im Aufzug warfen ein älterer Mann und eine ältere Frau ihm verstohlene Blicke zu, als seien sie überzeugt, daß er nichts Gutes im Sinn haben könne.

Er stürzte aus dem Aufzug; er erreichte den Bürgersteig; als er auf die Lexington Avenue zuschritt, kam es ihm vor, als wirbele er die Luft auf. Er dachte nach. Er erwartete nicht mehr einfach Güte oder sonst irgend etwas Einfaches von sich, aber ein bißchen Integrität wäre nett gewesen.

An der Ecke blieb er stehen; er sog die nasse, zinngesprenkelte Dunkelheit in sich auf. Louise. Annetje. Für die beiden war jeder Augenblick des Lebens mit Regen aus toten Landschaften besprengt. Sie empfingen gespenstische Instruktionen von Friedhöfen. Aber für ihn fiel kein Regen von diesem wohlgeprüften Himmel. Er senkte den Kopf und dachte, er müßte deprimiert sein. Es nützte nichts – er war amüsiert.

Er dachte, ich bin ein geistiger Rohling. Er beschloß: Ich werde Louise und Ulrich anschnauzen; ich werde sagen: «Ein bißchen Freundlichkeit gegenüber Leuten, die anders sind als wir, wird der Welt guttun. Wir dürfen nicht alle Türen verrammeln.» Louise wird das ganze Geld im Raum gehören und mir das ganze Mitgefühl und die ganze Nettigkeit.

Er lächelte, er kapitulierte. Dann bog er um die Ecke und verfiel in einen lockeren, jungenhaften Trab die Straße hinauf. Er lief mit resignierter Selbstgefälligkeit.

Hofstedt und Jean – und andere

I

Dies ist die Geschichte eines fünfundvierzigjährigen (Anglistik-)Professors, der sich auf eine Affäre mit einer zwanzigjährigen Studentin einließ. Die zu lieben ihm nicht ganz und gar gelang. Ich will versuchen, diese Geschichte erbaulich zu machen.

Sie wird bunt wie eine Landkarte und mithin den geographischen Gegebenheiten meines Geistes gemäß sein, der Reizbarkeit meines Temperaments, den abartigen Neigungen, die ich, wie man mir versichert, in geradezu unerträglichem Maße besitze, meinen plötzlichen Ausfällen auf jene gepanzerte und todbringende Echse namens Intelligenz sowie ihrer gelegentlichen Gefangennahme – und auch die anderen Elemente meiner Wüste werden darauf abfärben: Sand, Felsen, von der Sonne gebackene Steine, die die Oase, den Nerv des Zahns, die verwertbaren Flöze meines Geistes umgeben und beschützen. Kann man ein Bild seiner inneren Geographie anfertigen, ohne sie zu rechtfertigen? Meine schon lange tote Mutter in der Museumsvitrine meiner Erinnerung spricht noch immer voller Bitterkeit mit mir, wie sie es oft tat, als ich noch klein war: «Warum bist du so ein Dummkopf, Leo? Warum läßt du dich ausnutzen? Warum gebrauchst du nicht deinen

Kopf?» Ich gebrauche meinen Kopf, Mama. Sie glaubte, das Zentrum meiner Persönlichkeit sei ein Ort, an dem ich zum Opfer würde, zum einfältigen Dienstboten, zu einem Tölpel, der nie imstande wäre, aus einem Geschäft das Beste herauszuholen.

II

An einem Sonntag im April, ein paar Wochen nachdem ich mich von meiner zweiten Frau getrennt hatte, radelte ich mit meinem Freund Ettringhelm und dessen Frau durch den Central Park. New York würde sich erst später im Jahr an den Wochenenden leeren: Kann es sein, daß an jenem Tag eine Million Menschen im Park waren? Im diesigen Licht der Aprilsonne schob sich gelegentlich ein Polizeiwagen oder ein Jeep wachsam durch die bunten Schwärme der Radfahrer, die gerötet, feucht und mit offenen Mündern über zügellos pumpenden Beinen, seltsam körperlosen, hüpfenden Knien und dem durchsichtigen Flirren der Räder dahinschwebten. Während auf den Lichtungen, Senken und Wegen, die man von der Straße aus einsehen konnte, ganz andere Menschen umhergingen und man überall den zarten, stumpfen Glanz von Haut sah – an Radfahrern und Fußgängern, in den gelbgrünen Büschen und auf den schwarzen Pfaden und Wegen: Brustkörbe und Schultern bildeten breite Blöcke, zwischen denen ein wenig verstohlener Hälse und Beine aufblitzten. Dieser Hauch von Nacktheit belebte das Sammelsurium von Rassen, Lebensstilen, Haarlängen, von Halbwüchsigen in unbeschreiblichen Kostümen, dieses Abbild städtischen Gewimmels – zynisch, sinnlich, Stände und Klassen gemischt, und das Ganze angespannt und argwöhnisch festlich. Vielleicht war unser Leben als Nation wie vor vierzig Jahren, in den zwanziger Jahren, eine einzige Party; das Geld ließ Gesichter und schimmernde Beine aufleuchten und verwandelte sie zur Feier unseres Wohlstandes in japanische Lampions. Gott segne die Technik! Das Cliquenwesen, die neuen Ängste, das zaghaft und zögerlich geäußerte Verlangen nach brüderlicher Verbundenheit erinnerte mich an High-School-Tanzabende. So vieles war in der Schwebe, die Zukunft drehte vor uns Pirouetten, die Vergangenheit war schief- oder verlorengegangen, und in der gegenwärtigen, fragwürdig unbekümmerten Unordnung konnte jedes Gefühl entstehen, jede Mutmaßung geäußert werden.

«Wenn du so ein Wort gebrauchst...» sagte Ett. Ich hatte nicht «Mutmaßung» gesagt, sondern ein anderes Wort gebraucht, so etwas wie «überkommen» oder «pittoresk». Ett ist Molekulargenetiker, der drittbeste im ganzen Land – «der beste in Amerika geborene», hat er einmal mit einem Ernst zu mir gesagt, der die Prahlerei milderte und die Enttäuschung deutlicher sichtbar machte; wir waren, wie gesagt, mit dem Fahrrad unterwegs. «Wenn du so ein Wort gebrauchst», fragte Ett, «machst du das dann, um dir etwas Gestelzt-Altmodisches zu geben?»

«Du meinst also, daß ich dieses Wort nicht normal gebrauchen kann? Daß es sich nicht mehr wirklich auf etwas Reales bezieht?»

«Wieso?» beharrte Ett. «Wieso gebrauchst du solche Wörter?»

Seine Frau Inez, die rechts von ihm fuhr, Inez, die halb spanischer, halb dänischer Abstammung ist (Etts Familie stammt von schwedisch-amerikanischen Vorfahren ab, und hinter seiner hellen, frischen Gesichtsfarbe verbirgt sich ein erstaunlich schwermütiger Geist), Inez, die große Brüste hat, die klein, fast untersetzt und Ett unbedingt ergeben ist, die ihn rückwärts und seitwärts mit Wärme umfängt, während er in die kalten molekularen Weiten seines Fachgebietes hinausstarrt – Inez sagte: «Leo fühlt sich alt.»

Die ungewohnte Anstrengung hatte sie bereits ein bißchen ins Schnaufen gebracht, obwohl wir noch nicht lange unterwegs waren; ihr Gesicht hatte sich gerötet; sie trat zwar emsig in die Pedale, blieb aber ein wenig zurück. Ett wurde nicht etwa langsamer, um seine Geschwindigkeit der ihren anzupassen – sie war seine Magd –, und durch meinen Kopf, der ohnehin oft ein bißchen außer Kontrolle gerät, und ganz besonders, wenn er sich mit einer Scheidung beschäftigen muß, huschte beim Anblick ihrer pflichtschuldig pumpenden Beine der Gedanke: Sie strampelt sich eben gern ab.

«Ja. Leo fühlt sich alt», sagte ich und wurde etwas schneller; wir fuhren eine leichte Steigung hinauf, nicht weit von dort, wo die Seventy-second Street den Park quert, Richtung Norden, glaube ich. Ich legte ein bißchen zu, weil ich meinem Wesen nach ein Schulmeister bin, und bei diesem anstrengenderen Tempo würden sie vielleicht bald merken, daß die Zeit uns zu Vettern und Cousinen gemacht hatte: auch sie sollten sich alt fühlen.

Ett und ich sind wirklich schon sehr lange befreundet. Wenn man aber mit ihm und Inez zusammen ist, muß man auf der Hut sein. Ett ist ein Science-fiction-Typ, einer von denen, die die Weltherrschaft herbeisehnen; er ist sowohl für die Neue Linke als auch ein Neoviktorianer – achtbar, von sich eingenommen, blind für seine Vergangenheit, schnell mit dem verdammenden Urteil «überholt» bei der Hand, immer darauf bedacht, jedwede pragmatische Vorgehensweise durch seine geliebte und verehrte Wissenschaft zu ersetzen – denn die Wissenschaft ist eine Mutter mit schwellenden Brüsten, ein Vater, dessen scharfer Verstand uns zur richtigen Politik und zu einem heiteren Gemüt verhelfen und uns nützliche und akkurate Methoden zum Erfassen der Realität und zur Abwehr des Todes lehren wird: Etts Wissenschaft gemahnt an das Rosenkreuzertum. Inez gehört zu der Sorte von Ehefrauen, die alle Albernheiten ihres Mannes blind unterstützt. «Albernheiten» ist hier durchaus liebevoll gemeint.

Wir haben uns in Harvard kennengelernt, Ett und ich – er war fünfzehn und ein Genie, ich sechzehn und ein weniger geniales Genie; wir, die rosenwangigen Erstsemester mit den verwirrend neuen Gehirnen, jünger als alle anderen, fühlten uns mit einem fast hörbaren dumpfen Schlag zueinander hingezogen. Aber ich war von einem halben Dutzend Jungen in meiner Verbindung als Maskottchen adoptiert worden, während Ett im November, als er und ich schließlich anfingen, miteinander zu sprechen – er war mir vorher schon oft genug aufgefallen; er war so klein, so blond, so steif, so jung und so adrett –, noch immer niemanden mit Vornamen kannte, ausgenommen seine beiden Zimmergenossen, die er verachtete, und einen Jungen aus Minnesota, mit dem er in die Schule gegangen war und an dem ihm ebenfalls nicht viel lag. Womit ich sagen will, daß meine Einsamkeit transzendental war – ich wollte ein energischer Mann sein, kein Maskottchen –, und die seine real. Bei unseren ersten Gesprächen redeten wir voller Leidenschaft aneinander vorbei; Ett beklagte sich im trockenen Ton des Logikers über die Rückständigkeit von Harvard, über die Nutzlosigkeit der meisten Studiengänge, über die altersschwache Sinnlosigkeit der Ideen, die die Professoren so stolz, so ironisch und mit der in Massachusetts verbreiteten unbeholfenen Anglophilie zu Markte trugen, während ich über gewisse Leeren sprach, die mich bedrückten, über die mörderische Atmosphäre herzlosen Ehrgeizes. Ich wollte keinen Ruhm mehr, der etwas mit Ehrgeiz zu tun hatte, keine Helden, nur noch aufgeschlossene und tatkräftige Herzen, während Ett ein Superheld sein wollte, der superste aller Superhelden – er war ein Skandinavier mit einem Hang zu orientalischer Opulenz, ein Junge, der mit Absolutheit über Relativität sprach –, und als mir das bewußt wurde (denn nachdem sich der anfängliche nervöse, brennende Eifer des Sich-Anfreundens gelegt hatte, hörte ich ihm tatsächlich zu), war es zu spät, ihn zu ignorieren. Er war mein Freund; der Zug war abgefahren.

Ich habe einen ziemlich schrecklichen Hang zur Teamarbeit, was gut zu meiner Auffassung von Freundschaft paßt, und in jenem Jahr war ich eine Zeitlang Etts Team und Anhängerschaft: Für mich war er Trainer, Vaterfigur, Bruderfigur, *Beau Ideal* und vielleicht sogar die Jungfrau aus dem See. Ich ging soweit, Chemiekurse zu belegen, nur um in seiner Nähe sein zu können, und glaubte ziemlich befangen, als trüge ich das zerknitterte Hemd eines Bruders, an die Idee einer Elite; auch in meinen Augen war Harvard eine reaktionäre Bastion der Tagträume, im Kern bereits tot. Aber es gibt in meinem Wesen nicht viel, das immer präsent ist – tatsächlich läßt sich mein Leben weitgehend als eine Folge von Pausen und Rebellionen definieren: kein Zustand ist von Dauer. Es stellte sich heraus, daß Ett und ich die Jahrgangsbesten waren, und Ett beharrte darauf, daß wir Rivalen seien; er glaubte mir nicht, als ich sagte, er habe es verdient, der Beste zu sein, und daß ich bloß oberflächlich sei und wolle, daß er der Beste sei. Er glaubte mir nicht! Er hielt mich für ehrgeizig! Ich war mit einer mütterlichen und übergewichtigen Radcliffe-Studentin gegangen, aber zu diesem Zeitpunkt wandte ich mich einem dünnen Mädchen aus Yonkers zu, das etwas hatte, was wie ein unheilbares Fieberbläschen aussah: wir küßten um es *herum*, wie um ein externalisiertes Gewissen. Sie stachelte mich gegen Ett auf und sagte mit der aufgebrachten, Erstsemestern eigenen Scharfsicht, ich stünde unter seinem Einfluß. Unter ihrem Einfluß bearbeitete ich Ett mit sarkastischen Enthüllungen: er sei schlecht angepaßt; ich wäre in jeder Elite ein nützlicheres Mitglied als er, weil ich wenigstens in der Lage sein würde, mit den anderen Mitgliedern auszukommen. «Auftritt Lionel Coldheart», pflegte ich zu sagen, wenn er ins Zimmer kam; das war der übliche Kampf zwischen Männern, unterlegt allerdings mit jenem leisen frühjugendlichen Schluchzer, der so oft in unseren Romanen erklingt, denn ich war aus Utopia verbannt, und das erfüllte mich mit Bitterkeit.

Er glaubte mir meinen Sarkasmus, seine Selbstsicherheit bekam Risse, und er nahm sich Abhandlungen über Psychologie vor, besonders als meine Noten sich langsam an seinen vorbeischoben, und das taten sie, weil ich mit jedem sprach und «jeder» mich mit kleinen Stückchen überlieferten scholastischen Wissens versorgte: beispielsweise welche Professoren fremdsprachige Zitate in Hausarbeiten gern sahen und welche das für affektiert hielten. Außerdem hörte ich den Professoren zu, und das tat Ett nicht. Ich bewunderte seine Integrität, seine Gedanken gehörten allein ihm; ich war intellektuell korrupt, und meine Position als Jahrgangsbester war ungefährdet. Ett konnte mich nicht mehr als Ersten unter seinen Anhängern behandeln, und für den Umgang mit einem Gleichgestellten war er nicht gerüstet; seine Lösung bestand darin, daß er kurz zu mir auf- und dann auf mich herabsah, um mich schließlich – mit abgewendetem Blick – wie ein Maskottchen zu behandeln. Das war der Punkt, an dem ich mein früheres Faible für die Idee einer Elite restlos ablegte.

Wir richteten uns in einem Muster ein, das – mit parenthetischen Unterbrechungen durch einfache und starke Zuneigung – bis zum heutigen Tag bestimmend geblieben ist, ein Muster, in dem – aha! – viele Fäden verwoben sind.

Er sagt zum Beispiel: «Belletristik ist überholt. Mich interessieren nur Fakten. Wenn ich einen Roman lese, dann nur die scharfen Stellen; den Rest überschlage ich.»

«Ach», antworte ich, «ich beschäftige mich nie mit Mathematik ... Weißt du, für einen zeitgenössischen Schriftsteller ist Sex das, was die ethischen Grundsätze der Gesellschaft für Dickens waren. Wir studieren den Sex, das ist der Bereich, in dem wir kompetent sind ...» Ich rede weiter, bis Ett kapiert hat, was ich meine, nämlich daß ich behaupte, auf sexuellem Gebiet größere Erfahrung und Sachkenntnis zu besitzen als er. Inez sagt, ich tue ihm gut, ich rüttele ihn wach. Ein Hieb, den ihm ein verhältnismäßig ausgeprägter Realist meines Schlages versetzt, hat dieselbe Wirkung wie ein Tritt in die Kniekehle; man kann es ihm *ansehen*, wie überwältigt er ist – von der neuen Gestalt, die die Realität in seinen Augen annimmt, denn alle Realitäten sind gestaltet, und ein neuer Gedanke, ein neuer Anstoß im Lebensgefüge eines Mannes, den er kennt, der Gedanke an das Leben, das dieser Mann leben könnte, schüttelt ihn durch.

Umgekehrt macht er mit mir dasselbe, mit wissenschaftlichen Feststellungen wie: «Es ist erwiesen, daß das Leben ein elektrochemischer Ausrutscher ist.» Er stutzt mich zurecht und belehrt mich, und ich brauche das. In mir lebt die eigenartige Verehrung für Ett, die vor fast dreißig Jahren begann, mit der Leidenschaft des Erwachsenen fort, in einem schwebenden Park außerhalb der Zeit, frei von zeitlichen Abläufen; sie ist so glühend wie das Licht der Sonne, wie Eigenliebe. Ett *ist* jemand. Zum Teil ist das ein Witz: Sein Vater saß in Minneapolis im Getreidegeschäft und brannte vor Ehrgeiz, und einmal, als er Ett in der Dämmerung einen Softball zuwarf, sagte er zu ihm: «Du kannst für die Wissenschaft sein, was Charles A. Lindbergh für die Fliegerei war.» Sein Vater schaffte es, sich in ihm einzunisten wie eine Wespe, die ein Ei in einer Spinne ablegt, oder wie ein Bildhauer, der mit formbarer Bronze arbeitet, oder wie einer, der einen Gedanken an eine Zeit abschickt, die erst noch kommen wird; es sind Geister in Ett, und sie machen ihn irgendwie größer. Vielleicht wird er uns alle retten. Oder ein paar von uns. Aber ich mag das Gefühl, das ich habe, wenn ich mich von ihm verabschiede; ich kriege ein bißchen von dem Staub ab, von dem Staub der Reise, der sich auf Ett legt, während er auf seine krebsartige – und krause – Weise durch sein Erwachsenenleben auf eine vielleicht fehlgeleitete, aber noch immer lebendige Hoffnung zukriecht (wenn seine Experimente klappen, wird es keine Mißgeburten mehr geben). Ich fühle mich nicht abgewertet, wenn ich an seinen Gefühlen teilhabe: er hat nur einmal geheiratet und ist immer treu gewesen. Wenn er arbeitet, läßt er die schöneren Aspekte dieser Welt – Felder, Gesichter, Verführungen – hinter sich und steigt hinab in eine Finsternis, wo er seine Intelligenz antreibt, sich immer weiter hineinzuzwängen, und wo er, während er auf einen Mikrogedanken zuschleicht, auf den noch nie zuvor jemand gekommen ist, immer einsamer und eingeengter wird. Das ist ganz und gar nicht das, was ich mache.

Ich trat kräftiger in die Pedale; er holte auf und hielt mit; Inez blieb ein bißchen weiter zurück. Ett und ich tun viel für unsere Fitness; Inez ebenfalls, allerdings hauptsächlich in Gedanken. Ich drehte mich um und sagte über meine Schulter: «Inez, ich glaube, dein Mann und ich machen ein Rennen. Wir warten weiter vorne auf dich.»

Beim Umdrehen sah ich am Wegesrand ein Mädchen, das mir nicht unbekannt vorkam – sein Gesicht war von kräftigem, welligem, braunblondem Haar eingerahmt.

Ett sagte: «Wir machen kein Rennen.» In seiner Ehrlichkeit gibt es von wolkigen Interferenzen überlagerte Bereiche.

«Ich hab nur einen Witz gemacht», sagte ich, ohne noch recht zu wissen warum, setzte mich wieder zurecht und fuhr neben ihm her; wir waren an einer Steigung, und als er langsamer wurde, behielt ich mein Tempo bei und holte einen kleinen Vorsprung heraus, worauf er hinterherkam. Ich legte noch etwas zu; er hielt mit. «Du hast mit deinen isometrischen Übungen aufgehört», brummte er.

Wie in allem anderen auch, folge ich bei meinen sportlichen Übungen der Mode, und als ich meine isometrische Phase hatte, war meine Kondition viel schlechter als Etts; inzwischen hatte ich jedoch mit Aerobic angefangen, und meine Lunge und mein Herz waren entsprechend besser trainiert. Ett hatte sich daran gewöhnt, daß er mir beim Radfahren deutlich überlegen war – und darum hatte er, um mich in dieser Phase meiner Scheidung ein bißchen aufzumuntern, auch vorgeschlagen, eine Radtour zu machen.

Er ist klein und noch sehr muskulös; einmal erschien er mir im Traum als General und Nachtisch: als Crème Napoléon. Er legte mehr Kraft in seine Tritte, wurde schneller, zog vorbei; ich hielt mit, überholte ihn kurz vor der Kuppe, sagte dabei: «Puh, ich bin ganz außer Atem!» (das war gelogen) und schnurrte im Leerlauf den Hügel hinunter. Auf halbem Weg nach unten überholte er mich; er ließ sich nicht rollen, sondern trat heimlich in die Pedale: ich sah es aus dem Augenwinkel.

Es war immer so, daß seine Entschlossenheit in bezug auf langfristige Dinge – *eine* Ehe! – größer ist als meine, während meine Willenskraft und erfolgreiche Taktik mich ihm in bezug auf kurzfristige überlegen machen; es war also am besten, ihm so lange kein offenes Rennen zu liefern – *er* war es ja gewesen, der geleugnet hatte, daß wir ein Rennen machten –, bis wir beide erschöpft waren, und dann einen kleinen Sprint einzulegen. In Extremsituationen bringe ich meine besten Leistungen, wozu meine zweite Frau einmal bemerkte, das sei für alle sehr anstrengend und werfe ein völlig neues Licht auf die Frage, ob es sich lohne, nach hervorragenden Leistungen zu streben.

Ich eigne mich nicht für Wettstreite; wie die meisten mit dem Wort befaßten Männer, aus denen schließlich Richter oder Zeitungsredakteure oder eine bestimmte Sorte von Politikern werden, vermeide ich jeden Streit, indem ich sage: «Aber es liegt doch auf der Hand» – will heißen: Darüber kann man nicht streiten. Ich stelle wenn möglich alles als gegeben hin. Darum ist ein Rennen für mich ein bißchen schwierig. Meine Gedanken schweifen ab. Als Konzentrationshilfe stellte ich mir vor, ich führe ein Fahrradrennen um Inez' Hand. Es war ein Gedankenspiel. Ich schraubte unsere Durchschnittsgeschwindigkeit hoch, sagte aber mehrmals: «Du lieber Gott, laß uns langsamer fahren! Ich will keinen Herzinfarkt kriegen.»

Unsere Seelen vermischen sich; einer denkt die Gedanken des anderen.

Ich begann mit Yoga-Atmung; das hatte ich im Winter gelernt. In der Nähe von Harlem – oder vielmehr dort, wo man abbiegt und Harlem den Rücken kehrt – wird der Fahrweg in passender Symbolik steiler. Dort sagte ich: «Wer zuerst am Bootsteich ist.»

Das Tempo, mit dem ich die lange Steigung hinaufpumpte, die Tatsache, daß mir die Puste nicht ausging, die wilde Entschlossenheit, mit der ich davonzog, ohne mich umzusehen, legen, glaube ich, Zeugnis davon ab, wie neidisch ich war, daß Ett sich nicht scheiden ließ. Und auch von meinem Wunsch, er möge mich lieben, da er, wie die meisten von uns, am ehesten jemanden liebt, zu dem er aufsehen kann. Sein Herz ist bei den Sternen. Indem ich Ett schlug, stellte ich praktisch sicher, daß ich ein- oder sogar zweimal pro Woche zum Abendessen eingeladen wurde. Ich konnte hören, daß er ganz dicht hinter mir war – sein Schnaufen ist unverkennbar. Wieder sah ich, diesmal irgendwo zu meiner Linken, das Mädchen, das mir irgendwie bekannt vorkam – ihr Gesicht.

Ich schlug Ett um etliche Meter und wurde gegen Ende langsamer, weil ich fürchtete, die Sache übertrieben zu haben. An der Betonbrücke hielt ich an. Die Bäume rings um mich her trugen schüchtern pointillistische, zarte Blätter, aber ich bemerkte es kaum. Auf dem Teich, einer sorgsam angelegten, teilweise von malerischen Miniaturklippen eingefaßten Pfütze, war eine gewaltige Regatta im Gange: Ein da Vinci umschloß einen Guardi, eine Menge von Schiffsbugen und Gestalten auf grauem, tanzendem Wasser, eine demokratisch verkommene Scheinregatta, überfüllt, schmutzig und schön.

Ich warf einen kurzen Blick auf die außergewöhnliche Szene und beachtete sie nicht weiter.

Wird jemand demnächst ein Modell der Persönlichkeit eines Menschen bauen – Seele, Herz, Geist, Verstand, Macken, faszinierende Verschrobenheiten, perverse Verbindungen? So wie sie Modelle von Molekülen bauen? Würde ein solches Modell zeigen, wie ein Sieg zur Übernahme bestimmter Eigenarten des Besiegten führt, zu einem Akt des spirituellen Schlachtens und Verspeisens? Schlachten, ausschlachten – können Sie sich ein solches Wort vorstellen? «Ich werde zwei meiner Essays über Rilke ausschlachten und eine Monographie daraus machen», sagte Malcolm Glick neulich zu mir. Na ja, Schwamm drüber.

Ett lernte Inez auf irgendeinem internationalen Wissenschaftlerkongreß in Kopenhagen kennen, und als er wieder in New York war, kam er in meine Höhle (ich war damals wissenschaftlicher Assistent) und sagte: «Ich hab jemanden kennengelernt.»

Ich hatte gerade eine Scheidung hinter mir – meine erste. Es schmerzt mich jetzt, wenn mir plötzlich wieder einfällt, wie jung ich war. Meine Hände, mein Gott, meine Hände – damals legte ich meine Hände andauernd gefaltet vor mich auf den Schreibtisch –, meine Hände waren nicht *dünn.* Wie dumm ich war; wie klumpig, zuckrig, nährwertarm und zum Untergang verurteilt dieser letzte Rest der Jugend doch ist. Er sagte: «Leo, ich glaube, ich habe die richtige Frau gefunden», und in seinem gutaussehenden Wikingergesicht glomm klumpige Befriedigung. Ich hatte mich natürlich gerade von einer *falschen* Frau getrennt. Pseudowissenschaftlich sagte Ett über seinen Fund: «Sie macht einen vernünftigen Eindruck.» Meine erste Frau war nicht vernünftig gewesen. Ich sagte: «Du armes Schwein», und begann ihn auszufragen, wobei ich so tat, als sei ich ein eiskalter, emotionsloser Professor: Aus was für einer Familie kam sie, was für eine Bildung hatte sie genossen, wie sah ihre Einstellung zur Religion aus, war sie flatterhaft, sexuell auf dem laufenden, hatte er ihr irgendwas versprochen?

Er sagte: «Die Sache ist schon halb beschlossen. Sie ist bereit, zugunsten meiner Karriere zurückzustehen. Sie ist sehr intelligent.»

«Ich nehme an, sie sieht gut aus.»

«Sie hat einen phantastischen Körper», sagte er mit einer Selbstzufriedenheit, die in mir, nicht zum erstenmal übrigens, den Verdacht weckte, daß er gar nicht fähig war zu lieben.

«Tatsächlich?»

«Phantastische Bammeldinger», sagte er. «Ihre Beine sind toll.»

Irgendwann ließ seine Selbstzufriedenheit dann nach; wie ein vierschrötiger Wikinger saß er da, in meinem absurd kleinen Arbeitszimmer, und sagte halb anklagend, halb neidisch: «Ich weiß ja nicht, ob du auch finden wirst, daß sie so toll aussieht.»

«Wenn sie dir eine gute Frau ist, werde *ich* es finden», sagte ich in sentimentaler Treue.

Er sagte: «Weißt du, Leo, das Wunderbare an ihr ist, daß sie nicht nur leidenschaftlich ist, sondern auch was im Kopf hat.»

Ich glaubte ihm nicht, aber ich beneidete ihn darum, daß er, für den Fall, daß es doch stimmte, eine solche Frau gefunden und zugleich mich zum Freund hatte; ich hatte nur ihn.

Er sagte: «Was Frauen betrifft, bist du immer unbeständig gewesen.» Ich dachte: Ah, er und ich sind Vaterfiguren füreinander.

Wir flogen nach Kopenhagen – ich sollte natürlich Trauzeuge sein –, und ich lerne Inez kennen. Ich sah eine junge Frau, zweiundzwanzig, mit schweren schwarzen, aufgesteckten Haaren, blauen Augen, schlanken Beinen und einer Hühnchenbrust; sie wirkte ein bißchen schlampig und ziemlich tugendhaft. Ihr Vater war Regierungsbeamter und befaßte sich mit naturwissenschaftlichem Unterricht oder so. Aber sie hatte erstaunlich viel Sex. Sie war monomanisch und zugleich farblos – sie war und ist der Bürokratentraum von einer Carmen.

Sie hat etwas im Kopf, sie hat ein großes Herz, und ihre Bindungen sind stark. Trotz seiner Neurosen und allem anderen ist Ett immer ziemlich robust gewesen, aber Inez' monomanischen Angriffen hatte er nichts entgegenzusetzen. Ihre Ausgelassenheit kann so ernst sein und einen so übel zurichten wie ein Überfall. Ett hat seine Augenblicke robuster Fröhlichkeit, bevorzugt aber eine lächelnde, bewußt zurückhaltende Schwermut. Innerhalb von zwei Jahren hatte Inez die Selbstzweifel in ihm wieder geweckt. Sie war eine fanatische Mutter; nach ihrem ersten Kind kam Ett mich besuchen und sagte in verteidigendem, herzhaftem Ton: «Ich bin eifersüchtig auf mein Kind. Ich werde zu einem Analytiker gehen.»

Ich stand kurz davor, ein zweites Mal zu heiraten, und mein Himmel hing oft voller Geigen. Ich sagte: «Ett, sieh das mal von der funktionalen Seite: Du hast die aphrodisischen Qualen einer proustschen Eifersucht, ohne daß deine Frau mit einem anderen Mann herumturtelt.»

Aber Inez *wollte*, daß er zu einem Analytiker ging. Man schaut zu und wundert sich über das Zusammenspiel von Urteilen, Wünschen, Rachegelüsten; die Jugend bleibt zurück, die Daumennägel werden hart, die moralische Skrofulose, die Jugendliche an ihren Eltern so verabscheuen, macht sich bemerkbar, jene halb dauerhafte, auf feinsinnige Weise machtgierige und kühle Doppeldeutigkeit. Das Alter! Das Alter! Wenn man achtundzwanzig oder so ist, hört der Körper auf, ein Verbündeter zu sein; in der nächsten Phase geht man verdrießlich und korrupt auf die Fünfunddreißig zu, ein Alter, in dem oft der Idealismus zurückkehrt – entweder das oder ein Nervenzusammenbruch – und das Schicksal beginnt, deutlich vorgezeichnet zu sein. Ett wurde bekannt, sein Analytiker hingegen nur wenig mehr als ein Kriecher, Etts Selbstgefälligkeit stieg wie ein Adler immer höher und sah hinab auf alle Königreiche der Erde, ausgenommen die der beiden Molekulargenetiker, die bessere Mg.s waren als er. Und wenn er nicht großsprecherisch daherredete, dann quengelte Ett – seine Schlaflosigkeit, seine Diätkuren, seine intriganten Kollegen machten ihn mürrisch, als sähe er sich als lebendiges

Denkmal eines herausragenden, ritterlichen, nützlichen Mannes, der ständig gezwungen wurde, unvorteilhafte Posen einzunehmen, und den der Neid seiner Mitarbeiter und seine angegriffene Gesundheit immer wieder vom Sockel stießen.

Aber immer wieder kletterte er zurück auf den Sockel und leistete gute Arbeit. Es ist nicht leicht, ihn zu bewundern: Er ist zerstreut und selbstsüchtig und heißt seine Selbstsüchtigkeit gut, vielleicht zu Recht; er und sein Analytiker sind zu dem Schluß gekommen, daß Inez – man stelle sich vor! – eine emotionale Masochistin ist, aber man kann sehen, wie das analysierte Ungeheuer und der ritterliche Ett miteinander im Streit liegen, denn immer wenn er aus seiner Beschäftigung mit sich selbst aufgeschreckt wird, fürchtet er, daß er Inez vielleicht schlecht behandelt. Er liebt sie und will nicht, daß sie verletzt oder entweder von der Zeit oder von ihm selbst allzu übel zugerichtet wird.

Sie ist nicht viel klüger als er. Sie hat sich ebenfalls analysieren lassen; wenn überhaupt etwas dabei herausgekommen ist, dann eine eher noch gesteigerte Monomanie: «Ich muß Sinn für Humor entwickeln», sagt sie zum Beispiel und runzelt die Stirn. «Ich bin von meinen beiden Eltern her humorlos, von der spanischen wie von der dänischen Seite.» Mit einem mißbilligenden, leicht tragischen Lachen tadelt sie sich selbst; allerdings kann ich nicht sagen, ob sie nach nordischer oder iberischer Manier lacht.

Wie Wandfarbe bekommen sie Risse und vergilben, diese beiden, aber sie kleben aneinander. Vielleicht sind sie schwach und haben zuviel Angst vor einer Veränderung, vielleicht sind sie träge; für Abenteuer sind sie gewiß nicht gut gerüstet; aber vielleicht sind sie auch gute Menschen und auf irgendeine geheimnisvolle Art gesund: sie haben nicht bloß an der Ehe, sondern vielmehr aneinander festgehalten. Wenn sie erzählen, warum sie nicht miteinander zurechtkommen, werden sie elegisch. Inez sagt stolz: «Wir haben sehr ernste Probleme, Ett und ich.» Ett, der sich in der Rolle des Großen Alten Mannes übt und anfängt, mit groben Manieren zu experimentieren, sagt: «Logik ist nichts für Frauen, und das ist auch gut so. Wenn sie logisch denken würden, warum sollten sie sich dann damit zufriedengeben, mit einem Mann wie mir verheiratet zu sein?»

III

Das Gesicht, das ich einen Augenblick lang im Park gesehen habe, das Mädchen, das ich noch nicht angesprochen habe, hat inzwischen zu mir gesagt: «Dein Freund Ett ist entsetzlich – seine Einstellung zu seiner Frau. Er hat deformierte Gefühle.» (Sie hat auch gesagt: «Du bist genauso mit Inez verheiratet wie Ett.»)

Ich sagte: «Ich mag Einsichten. Was meinst du damit: Ett hat deformierte Gefühle?»

«Ach, wenn du es nicht selbst siehst!» sagte sie verzweifelnd. «Warum magst du ihn?» – ebenfalls verzweifelnd.

«Warum sollte ich ihn nicht mögen?»

»Er gehört nicht zu der Sorte von Männern, die ein Mann wie du zu Freunden haben sollte.»

«Was für Freunde sollte ich deiner Meinung nach denn haben?»

«Männer, die so sind wie du – einfühlsam und modern und sexy . . .» Während sie das sagte, sah sie mich nicht an.

Sie glaubt, daß ich Güte besitze; sie hat diese Güte in einem älteren Mann gesucht – eine erfahrene Güte, was vielleicht nur die widergespiegelte Sicherheit eines Geschäftes mit jemandem ist, der es sich nicht ohne weiteres leisten kann, sie zu verletzen.

Ich hatte nach der Regel gelebt, mich niemals an eine Studentin heranzumachen, und als ich von einem Kollegen hörte, der sich nicht an diese Regel hielt, dachte ich, wie passend es doch wäre, wenn er dem Zorn und der Eifersucht der empörten Eltern ausgeliefert wäre. Ich gebe den jungen Leuten keine Schuld. Sie können unmöglich ihre Begierden im Zaum halten und gleichzeitig jung sein; sie können ihre Jugend anbieten, und das tun sie. Manchmal ist Liebe im Spiel; darauf wollen wir nicht weiter eingehen. Aber wenn eine Studentin auf einen Professor zuschwebt und ihn mit großen braunen Augen ansieht, darf er nicht als Mann reagieren; man hat ihn schließlich zum Professor ernannt, nicht zum Mann. Aber warum grausam sein und der jungen Frau das Glück vorenthalten, nach dem sie sich sehnt? Weil sie nicht weiß, was sie tut. Es ist weder gütig noch vernünftig, jemanden in die Konsequenzen einer einseitigen Begierde einzusperren. Aber sie wird so viel lernen. Zuviel. Warum können wir nicht glückliche Tiere sein? Weil Glück nicht so funktioniert – nicht ganz so.

Wenn ein Mädchen von seinem Vater enttäuscht worden ist und seine Stärke bei einem anderen finden muß, oder wenn es so glücklich war, daß es dieses Glück wiederholen will, warum dann diese übertriebene Sittenstrenge?

Tja, warum?

Der Vater des einen Augenblick lang gesehenen Gesichts, Mr. Macardling, arbeitet für die Continental Electric, ist beigeordnetes Mitglied des Vorstandes, ist ein vom Wasser abgeschliffener Bachkiesel von einem Mann, hart, austauschbar gegen andere seines Schlages, und besitzt eine zarte Tönung, die man am besten erkennen kann, wenn er sich in dem Wasser befindet, das ihn geformt hat.

Ein paarmal sagte er zu mir: «Die Sache ist ganz einfach.» Meine Beziehung zu seiner Tochter.

Ich antwortete: «Ja. Natürlich. Aber es *fühlt* sich komplex *an.*»

«Würden Sie sagen, daß Sie ein unentschlossener Mann sind?»

«Ich fürchte, ich würde fast alles sagen.»

«Ich habe nichts dagegen einzuwenden», sagte er. Gegen die Beziehung.

«Ich schon.»

«Haha», sagte er und nahm meinen Arm. «Ich mag Sie, Leo.»

«Ich finde Sie annehmbar», antworte ich vorsichtig.

«Sagen Sie mal, Leo, sind Sie eigentlich ungefähr das, was ein New Yorker Intellektueller ist?»

«Du lieber Himmel, nein!»

«Hab ich auch nicht angenommen. Was mich so beeindruckt, ist Ihre phantastische Aufrichtigkeit.»

«Tja, ich bin kein Geschäftsmann», sage ich und tätschele seinen Arm. Er fängt an, sich zu verkrampfen. «Ich stehe nicht so sehr unter Druck», fahre ich fort. Er beginnt zu lächeln. Ich lächele auch und sage: «Ich habe andere Tricks parat.» Wir lachen beide. Dann sieht er mich mit einem gespielt – ist das wirklich gespielt? – finsteren Gesicht an.

Ich weiß nicht, wie wir zueinander stehen, er und ich.

Er ist ordentlich, und Kinder bewundern Ordnung, er ist ein fröhlicher Mensch, und Kinder mögen einen Vater, der lächelt, er ist offen und nicht schwach, und er muß immer ins Geschäft. Wenn er mein Vater wäre, würde ich ihn bewundern – ja ich würde ihn wahnsinnig lieben –, ich würde ihn in mir oder einem anderen, der viel Zeit und Geduld hätte oder mir irgendwie verpflichtet wäre, neu erschaffen, und dann, wenn ich ihn dort hätte, wo ich mir seiner Aufmerksamkeit sicher sein und seine Zeit gierig verzehren könnte, würde ich ihn bedauern und ihn trösten, mich nach Herzenslust mit ihm streiten, schmerzerfüllt oder mit primitivem Entzücken, ich würde gegen ihn rebellieren, ihn verlassen, wieder zu ihm zurückkehren ... Kein junger Mann, findet Jeanie Macardling, ist so schwer faßbar, so ordentlich, so fähig, ihre Phantasie in Gang zu setzen wie ihr Vater. Der Teufel soll ihren Vater holen!

Ich bin ein großer Liebhaber. Der Respektabilität. Ich habe Respektabilität nie als Lüge oder als rücksichtsloses Geschäftsgebaren – rücksichtsloser als alle anderen – oder als Falle betrachtet: sie kann mißbraucht werden, aber was kann denn nicht mißbraucht werden? Was wird denn nicht alles mißbraucht? Als Gegenleistung dafür, daß man auf den äußeren Schein achtet, wird man belohnt – das eben bedeutet ja Respektabilität –, und der äußere Schein kann natürlich nicht vollständig gewahrt werden, wenn nicht ein Stück Realität dahintersteckt, daher müssen Opfer gebracht werden. Im Mittleren Westen, als ich noch ein Kind war, gab es alle paar hundert Meilen kleine Zentren der Sünde, und Männer, die ihre Respektabilität nicht mehr ertragen konnten, machten eine Geschäftsreise nach Hot Springs, nach Cairo (Illinois) oder Chicago. Respektabilität hat nie auf die Sünde verzichtet, sondern ihr vielmehr einen Platz zugewiesen – und warum schließlich auch nicht? Die schlimmsten Skandale gab es, wenn Erwachsene sich auf Sex mit Jugendlichen einließen.

Nach jenem Sonntag im Park fragte ich mich oft, wenn ich in dem riesigen Vorlesungssaal auf dem Podium stand, meinen Blick über die Reihen von blassen, ungeformten Gesichtern schweifen ließ und das von Jeanie sah, ob sie robust oder neurotisch war, ob sie Erfahrung darin besaß, Zuneigung zu geben und zu empfangen und eine anheimelnde Atmosphäre zu schaffen, ob sie aufrichtig oder leichtfertig oder hohl war. Anfangs suchte ich ihr Gesicht bloß voller Neugier, um zu sehen, ob sie tatsächlich meine Vorlesung besuchte – das war keine einfache Paranoia, sondern eine Reflexion von etwas in ihrem Verhalten an jenem Sonntag, das vage und zweideutig gewesen war, oder vielleicht war ich auch einfach froh, daß ich mit einem aus der riesigen Menge dieser durcheinanderwimmelnden jungen Leute einen menschlichen Kontakt gehabt hatte.

Lehren hat etwas Berauschendes und auch etwas Korrumpierendes – über dieses Thema habe ich bei der National Conference of English Instructors auch einen Vortrag gehalten. Es liegt darin eine Art verdammende Mythifizierung, ein überwältigendes Empfinden der eigenen relativen Wahrheit im Gegensatz zu ihrem relativen Irrtum, zu ihnen, die da sitzen, den Unwissenden, den Babbits, den Antichristen, den Blindgängern.

Manchmal ist es bloß ein Gefühl für die eigene Schönheit, für die eigene Stimme, die in einem fast endlosen Schwall tiefschürfende Worte, bildliche Vorstellungen, Kernpunkte, Argumente hervorbringt. Meine zweite Frau warf mir vor, ein «Verbalnarzißt» zu sein. Ich setze meine Stimme ein. In einer Diskussion mit ihr sagte ich einmal: «Es gibt nur drei Dinge, die die Leute fesseln: Geld, die Frage, wie man Überlegenheit über andere gewinnt oder behält, und Sex.» Also baue ich – ach, was für ein Realist ich doch bin – jede Vorlesung so auf, daß sie mit einem dieser drei Dinge zu tun hat: mit dem Geld, das sich bei Klarheit des Denkens möglicherweise einstellt, mit der Überlegenheit, dieser sanften, aber bestimmten Begleiterin des Wissens, und mit Sex. Ich greife Sex auf, wo immer ich ihn finde; manchmal bringe ich ihn durch einen allgemeinen Flirt mit allen Teilnehmern der Vorlesung ins Spiel – das ist ein Gelehrten-Trick.

Ich habe nie über ihr Gesicht nachgedacht; ich habe

mich nur gefragt, was ich dadurch, daß ich sie nicht kannte, verpaßt habe; ich habe mich gefragt, ob ich wohl so stabil wie Ett werden würde, wäre ich in der Obhut einer Frau von der Art, wie er sie mag. Eine gute Frau, die mir Halt gibt.

Und jetzt lassen Sie die Gesichter im Hörsaal verschwimmen, lassen Sie sie herumwirbeln wie eine Montage, die sich in Räder verwandelt, in das Fahrwerk eines Flugzeugs; und da bin ich schon, in Paris, in dem Sommer nach jenem Semester, und stöbere in Dokumenten in der Bibliothèque Nationale, mache Spaziergänge im Luxembourg, um meinen Kopf wieder klar zu bekommen oder um zu lesen. In jenem Frühling, nach dem Tag im Park, hatte ich eine Affäre mit einer aufrechten Philosophin, deren stinkende Selbstsicherheit und Selbstgerechtigkeit meine zaghafte Lust gefrieren ließ – nein, nicht meine Lust, sondern mein Herz. Man mußte mit seinen Gedanken an ihr vorbeischleichen, mit seinen geschmuggelten Ansichten über dies und das. Sie war eine Relativistin und hätte Untreue leicht vergeben können, niemals aber ungenaues Denken. Mein Problem ist nicht die Untreue. Mein Problem ist, daß ich zu jemandem gehören will und dennoch den Wunsch habe, eigene Gedanken zu denken. Wie jeder weiß, hinterläßt eine Affäre oder eine Ehe lauter blaue Flecken auf der Seele und den Träumen, und man möchte in Ruhe gelassen werden. Als Mann mit einem offenen und dummen Herzen erhob ich meinen seelischen Zustand zu einem moralischen Stil – ich war keusch, und ich war glücklich, und ich schrieb mein Glück meiner Keuschheit zu: man muß moralisch sein oder leiden. Aber eines Tages, als ich mich tief in französische Prosa versenkt hatte und die französische Sonne und die Schreie spielender, innerlich irgendwie sanft erstarrter französischer Kinder mich zwickten und stachen – Schreie, die durch den vorsichtigen Pessimismus, der in der intelligenten Steifheit ihrer Knochen zu sitzen schien, etwas Quälendes bekamen –, tauchte ich in eine andere Stimmung ein. Es war gegen drei Uhr. Auch wenn ich ein Tourist war, und ein Tourist ist ein schlichterer Mensch als jemand, der zu Hause ist, sah ich in meiner Stimmung nicht mehr als eine Rastlosigkeit – als hätte die französische Prosodie mir einen muskulären Juckreiz verursacht. Um halb vier schoben sich dann Wolken vor die Sonne; Paris wurde neblig, wurde eindeutig zu der Waldstadt, die es ist, dominiert von druidischen Initiationsritualen (die Gebäude sind wie Baumreihen aus Stein, die Luft ist warm und kühl zugleich, erfüllt von Sterblichkeit und Feuchtigkeit und feinen Temperaturunterschieden, die die Nervenenden in der Haut stimulieren), und ich fand, daß ich in gewisser Weise lüstern war. Ich weiß nicht, wie es anderen Männern geht, aber für mich ist eine Stimmung bloß ein Klima unter der Schädeldecke, eine Eigenschaft des Lichts, etwas, das real ist, aber unbenannt bleibt. Sensibilität ist nicht bloß Wahrnehmung; sie ist auch Benennen. Als ich meiner Stimmung, während ich durch die lange Allee in Richtung Montparnasse ging, das Etikett «Touristenlust» verpaßte, tat ich das zögernd. Erst zu Beginn eines innerlichen Streitgespräches – «Das Christentum erscheint in Paris so fehl am Platz», fing ich an – merkte ich, was für ein mächtiger Krampf mich überfallen hatte; andere Männer bewegen sich vielleicht rascher und sicherer unter ihren Instinkten.

Gelüste stupsen einen am Knöchel und lenken die Sinne ab, bis man sie von der Leine läßt; beunruhigt, Widerstand leistend saß ich im «Coupole» und trank Pernod; langsam sank das moralische Niveau, auf dem ich glaubte leben zu müssen, bis ich gegen sechs meine Gedanken so umarrangiert hatte, daß sie zu meiner Einsamkeit und meiner körperlichen Lust paßten. Es war kurz nach sechs, als Jeanie erschien, angetan mit einer Art Barett und einem fast eleganten Regenmantel aus schimmerndem Vinyl und mit dicken Haaren, die durch die feuchte Abendluft leicht abstanden. Sie war offensichtlich allein und sagte mit einem komischen, kurzatmigen Lachen: «Sie sind Professor Hofstedt. Wahrscheinlich erinnern Sie sich nicht an mich. Ich war letztes Jahr in Ihrer Vorlesung über englische Prosa und Poesie.»

Vor Paris und nach jenem Tag im Park brachte mir ein Kollege eine Auswahl von Hausarbeiten von Teilnehmern seines Seminars, darunter auch die von Jeanie; sie hatte geschrieben: «Die Poesie verfolgt das Ziel, zu erregen und zu belehren. Manchmal belehrt sie, indem sie schockiert.» Sie führte zwei Zitate an:

> Die Poesie vermählt den Geist mit der Sinnlichkeit und verführt die Sinne, sich mit dem Verstand einzulassen.

> Die Poesie ist ebensowenig eine «Kritik des Lebens», wie ein rotglühendes Eisen eine Kritik des Feuers ist.

In Paris, als ich vorschlug, etwas trinken zu gehen, falls sie nichts zu tun habe oder nicht gleich weiter müsse, um sich mit ihren Eltern oder Freunden oder einem jungen Mann zu treffen, erinnerte ich mich an ihre Seminararbeit und daran, daß ich beim Lesen gedacht hatte, dieses Mädchen sei zwar nicht übermäßig intelligent, aber leidenschaftlich veranlagt.

Die Achtsamkeit erwacht zum Leben: die Tapete in meinem Zimmer, und nach dem Kuß die unvermittelte innere Überzeugung, daß ich diese junge Frau hätte lieben oder aber nicht berühren sollen, denn ihre Seele war so nackt, ihre Küsse waren so lebendig, so offen, so wehrlos, aber nicht ohne Finesse; dann verwandelt sich die innere Überzeugung in eine wolkige französische Sinnlichkeit, ein vorweggenommenes Bedauern über den bevorstehenden Verlust ihrer Unschuld (nicht ihrer Jungfräulichkeit – ihrer Unschuld), und mit diesem Verlust auch über den Verlust jener Eigenschaft in ihr, die mich dazu gebracht hat, etwas zu tun, was gegen meine gewohnten Regeln ist. Als ich sie auszog, sagte ich mit vor Erregung tiefer Stimme: «Du mußt wissen, daß ich nie mit meinen Studentinnen ins Bett gehe.» Sie seufzte, sie erschauerte, sie sah mich mit großen Augen an. «Du darfst nie mehr eine Veranstaltung bei mir belegen», sagte ich. In sinnlichen Momenten ist selbst gute Laune nicht von Albernheit und dummen Bemerkungen zu unterscheiden. Es ist weise zu schweigen; die Nerven sprechen. Ich war ihr ungeheuer dankbar dafür, daß sie so empfänglich für mich war. Ich hatte das Gefühl, daß ich sie sehr bald lieben würde: sie brauchte nur in ihrem Wesen zu sein, was sie der Erscheinung nach war – frisch, jung, einfach, gut –, und ich würde sie innig lieben. Ja. Wirklich.

Als das Wichtigste erwies sich bald, sie nicht zuviel reden zu lassen, *bevor* wir miteinander ins Bett gingen, denn sonst verließ mich manchmal die Lust; sie begriff das und schwieg, während ich redete und redete und sie gewann. Danach war sie an der Reihe: «Ich finde es schrecklich in Glencoe – in so einem Vorort kriegt man den Kampf der Geschlechter wirklich hautnah mit … Alle geben sich regelrecht *Mühe*, nichts zu merken. Zum Beispiel hab ich Mama in der Küche geholfen, und da stand so eine Pakkung mit einer Fertigmischung für Kuchen mit irgendeinem grauenhaften Bild auf der Vorderseite, und ich hab gesagt: ‹Igitt, wie häßlich›, und Mama hat gesagt: ‹Ach, Jeanie.› Oder: ‹Auf solche Sachen achte ich gar nicht›, aber ich wußte, daß ich es war, auf die sie nicht achten wollte …»

Manchmal im Wald, im Licht der Sonne, bei Fontainebleau oder im Bois de Boulogne kam eine Süße über sie, eine liebevolle Sanftheit, die schließlich in gräßlicher Besorgnis endete: «Die Zukunft muß schrecklich für dich sein. Vielleicht kann ich dir helfen, die Schatten abzuwehren.» Sie meinte, weil ich alt sei. Und sie sagte Sachen wie: «Ich tue dir gut, ich gebe dir das Gefühl, jung zu sein», wenn ich über etwas lachte – beispielsweise über zwei Hunde, die sich im Kreis herumjagten, Körper, Hälse, Beine gestreckt wie gehaltene Töne in einer Komposition von Mozart: Die Ausgelassenheit von Tieren belustigt mich sehr.

Gelegentlich war sie gelangweilt; sie wartete auf mich, während ich arbeitete, kam dann plötzlich in das Zimmer, in dem ich saß und schrieb, und sagte: «Ich gehe jetzt raus.» – «Und was machst du dann?» – «Ich weiß nicht. Irgendwas.» Und sie konnte mir nicht in die Augen sehen. *Sag mir, was ich machen soll, sag mir irgendwas Interessantes, das ich machen soll.*

Als ich jung war, betrachtete ich andere als pure Manifestationen von Gelüsten, als Fische, die nach Fliegen springen – glatt, schön und hungrig. Aber vielleicht steckte ich damals selbst voller Gelüste. Jetzt bin ich älter und sehe die Menschen als komplexe Dinge, gebändigt und mysteriös, durchwachsen von Tugenden und durch ihre Laster der Lächerlichkeit preisgegeben; ich sehe, wie sie auf der Zeit hocken, jeder auf einem abbrechenden Ast, dessen Knospen klebrig und immer neu sind, bereit, sich zu grünen Momenten zu entfalten.

Eines Tages, als ich vor mich hin kritzelte, schrieb ich: «Die Zeit und Energie, die es braucht, ihr etwas beizubringen …»

Ich wollte sie nicht zurück nach New York mitnehmen oder sie meinen Freunden erklären oder mit ihr gesehen werden: Hofstedts Mieze, Hofstedts fleischgewordene Lust, all meine Geheimnisse durch ihre vernünftige, süße Durchschnittlichkeit enthüllt.

Und dann das, was sie sagte, die Worte, die sie gebrauchte: «Das war ein geiler Film.» Manche Leute gehen mit dem Schweigen sparsam um, andere nicht, aber ich meine, daß die Sprache es uns ebenso wie den Urmenschen ermöglicht, uns in Harmonie mit anderen zu bewegen, und ich wollte nicht mit Jeanie herumstolpern.

Aber ich mochte ihren Körper.

Villon hat geschrieben:

Je congnois mort qui nous consomme,
Je cognois tout, fors que moy mesme.

Ich kenne den Tod, der uns alle verschlingt, ich kenne alles – aber mich kenne ich nicht. Ich begehrte sie; ich wollte sie befreien; ich wollte frei sein von ihr. Vor allem wollte ich mich nicht irgendeines Verbrechens an ihr schuldig machen. Ausgestattet mit Intelligenz, geleitet durch das Denken, schreiten wir voran auf dem Weg der Torheit.

«Jeanie, ich schaffe es nicht, mir einzureden, daß das, was geschieht, gut für dich ist oder daß irgend etwas richtig ist, es sei denn, daß wir uns für eine Weile trennen und unsere Gefühle erforschen ...»

Wenig später Hofstedt am Fenster, den Rücken dem Mädchen zugekehrt, von dem er in diesem Augenblick nicht wußte, ob er es liebte oder nicht, ein Mädchen mit widerborstigem Haar, mit weißen Verbänden an den Handgelenken; Hofstedt, der den Nachhall jener schrillen, nicht überzeugenden und dennoch durch und durch schrecklichen Szene im Badezimmer hört, einer Szene, die von Spiegeln, von den glänzenden weißen Kacheln und selbst von der Rasierklinge, die sie hielt, zurückgeworfen wurde; sie hatte gesagt: «Du liebst mich nicht, ich werde mich umbringen» – dort am Fenster stand Hofstedt, nachdem die Szene vorbei war, und antwortete ihr (aber er sagte es nicht; er dachte es): *Du bist ein verzogenes, leidenschaftliches, möglicherweise liebesunfähiges Kind.*

Der Schock hallte in ihm nach, löste Besorgnis und Wut aus; seine Gefühle und Nerven waren aufgeschreckt. Das Mädchen war monomanisch – Inez-artig.

«Weiß Gott», sagte er laut, mit dem Rücken zu ihr, und sah hinaus auf Platanen, auf etwas, das ihm, nach der Szene im Badezimmer, so vorkommen mußte wie Blätter, die hervorbrachen, als wären die Zweige mit einer Rasierklinge aufgeschlitzt worden, «ich bin ein unbeholfener Trampel und ein Schwein und so weiter, aber könnten wir nicht auf die melodramatischen Einlagen verzichten?»

Das Mädchen mit dem kindlichen Haar und den stumpf gewordenen Augen sagte einfach: «Nein.»

Die Weisheit der herkömmlichen Regeln war mir nie unbestreitbarer, die Macht meines Geistes nie problematischer erschienen. «Leo», fragte ich mich, «was willst du machen?»

Ich hatte keine Ahnung.

Damals kam gerade ein französischer Freund von mir, Charles N., nach Paris; wir redeten; eine Woche später kam er bei einem Autounfall ums Leben. Aber an dem Tag, an dem wir miteinander redeten, sagte er ziemlich verärgert – ich hatte einige unschöne Dinge über Sartres Prosa gesagt –, er sagte: «Leo, ich finde nicht, daß dein grundsätzlicher Optimismus beweist, daß du ein Dummkopf bist; er deutet nur darauf hin, daß du in deiner eigenen Welt lebst.»

Ich sagte: «Aber ich weiß es genau. Keiner von uns wird sterben.»

Ich nahm sie mit zurück nach New York; Ett war vor Eifersucht ganz aus dem Häuschen; er sagte: «Womit hast du ein so hübsches Mädchen verdient?» Ich gab unsere Verlobung bekannt; die Universität zeigte sich äußerst nachsichtig; ich lernte Jeanies Eltern kennen – sie schienen normale, unbeholfene, kinderverderbende Leute zu sein. Ich fing an, Essays zu schreiben, um Geld für Möbel zu verdienen; meine zweite Frau hatte alles mitgenommen, «um dir eine Lehre zu erteilen, Leo», sagte sie. «Du weißt nicht zu schätzen, was die Leute für dich tun. Juristisch betrachtet, vor dem Gesetz, habe ich eine ganze Menge für dich getan, und darum habe ich das Recht auf diese Sachen.»

Meine zweite Frau lernte Jeanie auf einer Party kennen, und später kam sie zu mir und sagte: «Du stehst jetzt mehr auf einfache Mädchen, was? Na, wenigstens ist sie keine Tahitianerin.» Ich habe keine Ahnung, was sie damit meinte.

Jean beschloß, daß Jeanie eine zu kindische Anrede sei, und so wurde sie zu Jean und kicherte: «Wird ja auch Zeit. Vielleicht wird jetzt endlich *keiner* mehr eine Bemerkung über mein hellbraunes Haar machen.» Sie erzählte mir, sie habe angefangen, einen Roman zu schreiben.

Ich schrieb:

> Seit vielen Jahren habe ich keine kurze oder lange Beziehung mit einer Amerikanerin mehr gehabt, ohne daß sie mir früher oder später ein Manuskript zu lesen gegeben hätte.

Eines Abends bei Inez und Ett ließ Jean sich über die Großartigkeit und die Bedeutung von Filmen aus, und ich sagte, Filme seien für sie dasselbe, was Predigten für ihre presbyterianische Großmutter gewesen seien – inspirierend, Bestandteil der sonntäglichen Erbauung, kaum je intelligent oder eine Quelle der Erkenntnis, sondern vielmehr Quelle großer Heuchelei, und so weiter.

«Fang nicht an zu streiten», sagte sie.

«Das hatte ich nicht vor – ich habe nur etwas festgestellt.»

Ett hatte einen besonderen, friedvollen Blick – ohne Stirnrunzeln –, mit dem er Jeanie betrachtete. Ich glaube, daß er sich jedesmal, wenn er sie sah, ohne ein schlechtes Gewissen Tagträumen über sie hingab.

«Du bist mich leid», sagte Jeanie.

Inez sagte geheimnisvoll: «Leo ist ein intellektuell sehr verfeinerter Mensch.»

«Schätzchen», sagte ich, «wenn du dich mit mir streiten willst, dann laß uns nach Hause gehen und uns betrinken und uns in Ruhe streiten und nicht unseren Freunden auf die Nerven gehen.»

«Wir müssen darüber reden!» sagte Jeanie mit einer irgendwie zarten Verzweiflung.

«Hier?»

«Du kannst besser reden als ich. Wenn wir allein sind, gewinnst du immer. Aber Inez und Ett kennen dich. Sie wissen, wie unvernünftig du bist.»

«Wie unvernünftig bin ich?« fragte ich, an Ett gewandt.

«Du lieber Himmel», sagte er und warf die Hände in die Luft.

«Sehr», sagte Inez. Ich lächelte sie an.

«Du brauchst mich, damit ich dich wieder auf die Erde zurückhole», sagte Jeanie.

Plötzlich war mir sehr unbehaglich zumute. Gereizt sagte ich: «Das wird das Leben schon selbst tun, meinst du nicht? Zu Erde oder zu Asche. Das Leben ist belehrend.»

«Mach dich nicht über mich lustig», sagte Jeanie.

«Schätzchen, wie sollen wir uns fair streiten, wenn du diejenige bist, die die Regeln aufstellt?»

«Bitte», sagte Jeanie. «Du bist immer noch sauer wegen gestern abend. Jetzt sag mir doch, warum du so wütend warst über das, was ich gesagt habe.»

Ich wandte mich an Inez und Ett; ich sagte: «Gestern abend waren wir bei Simmy Watts, und Alice Mary Ott sagte, ich sei die mißlungene Kreuzung zwischen einem Getto-Juden und George Bernard Shaw – nein, zwischen George Bernard Shaw und dem Reformjudentum. Ist auch egal, ich kann mir ihre Sottisen nie merken, aber Jeanie – Jean – schrie sie an: ‹Unterstehen Sie sich nicht, Leo zu kastrieren›, und ...»

«Aber sie *wollte* dich ja kastrieren!» rief Jean.

«Ja. Natürlich. Aber ich brauche niemanden, der mich auf diese Weise verteidigt. Ich will keinen öffentlichen Auftritt einer Verbündeten, die sich aufführt wie eine Xanthippe.»

«Wißt ihr, was er zu ihr gesagt hat?» wollte Jean wissen. «Er hat gesagt: ‹Ich fürchte, du hast mich mal wieder ans Kreuz genagelt, Alice Mary – du schaffst es jedesmal.› Ich finde, das war Wischiwaschi und einfach *schrecklich.*»

Inez sagte zu Jeanie: «Deinen Mut möchte ich haben.»

Jeanie besitzt ein paar hundert Tugenden und Vorzüge und ist nicht so sehr langweilig als vielmehr nur jung, aber wenn ich daran denke, daß mir vor allem daran gelegen ist, sie möge erwachsen und wie Inez werden, dann denke ich, daß ich einen Weg finden muß, diese Beziehung zu beenden.

Ich ermuntere sie, mit jüngeren Männern zu flirten. Ich glaube, sie interessiert sich für Max Rankin, der Ende Dreißig ist und sehr gefeiert wird; er ist derjenige, der einen seiner Romane so anfangen ließ:

Hallo. Ich heiße Max Rankin. Ich wäre zu gern ein Dichter. Was ist ein Dichter? Ein Dichter ist einer, dessen Worte ... unverfälscht klingen.

Aber ich bin intellektuell nicht verfeinert genug, es wirklich zu wollen oder zu forcieren, jedenfalls nicht so, wie ich das Fahrradrennen an jenem Tag gewann.

IV

Jener Tag. Lassen Sie uns zu jenem Tag zurückkehren.

Anonymität ist eine Huldigung an die jungfräuliche Geburt, wird als seelische und körperliche Eigenschaft von religiösen Orden und manchen der Heiligkeit vermählten Asketen angestrebt und gilt als Dilemma der demokratischen Staatsform. Unbeugsame Gemüter empfinden sie als verfrühtes Begräbnis, als trügen nur besondere Stimmen besonders weit oder als sei eine Existenz als Unbekannter ein so ernstzunehmendes Anzeichen für Ungerechtigkeit, daß dies einer Form des berkeleyanischen Mordes, einer Verbannung in die Nichtexistenz gleichkommt.

Seit Ett sie geheiratet hat, ist Inez für mich nicht mehr anonym: ich konnte sie unter den verschwimmenden Radfahrern, die in einiger Entfernung fuhren, ausmachen. «Da kommt deine bessere Hälfte», sagte ich zu Ett, aber er hielt nicht nach ihr Ausschau.

Er sagte: «Wie lange machst du schon Aerobic?» Für ihn war sie zum Teil anonym. Ist das nicht eigenartig? Er war ein pokergesichtiges Publikum, für das Inez nicht mehr ein Star, sondern beinahe eine Mutter darstellte, der man entkommen mußte, jemand, den man nicht als menschliches

Wesen betrachtete. Meine Mutter – ich habe sie ausgelassen. Ungefähr ein Jahr bevor sie starb, sagte sie zu mir: «Du wirst die Leute leid, aber wenn sie dann gehen, fehlen sie dir.» Sie fehlt mir. Ist sie erforderlich, um zu erklären, warum ich einen kalten Blick habe und hartherzig bin? Soll ich sagen, daß meine Mutter nur selten ihre Hand nach meinem Herzen ausstreckte, oder daß es mir, wenn sie es doch einmal tat, gelang, mich ihr mit einem Beduinen-Trick zu entziehen. Daß wir uns andererseits aber nie zum Weinen gebracht haben?

Ich verderbe Jeanie. Ich verführe sie zu schlechten emotionalen Angewohnheiten, ich bin so leicht erpreßbar. Bin ich das im Andenken an meine Mutter? Ich ermuntere zum Masochismus – ach, dieses unpassende Wort. Ich glaube nicht, daß Jeanie *mich* liebt; ich bin bloß der Rahmen, in den sie die gewaltige holländische Landschaft – lauter reetgedeckte Dörfer und tanzende Bauern – ihrer großen mädchenhaften Liebe zwängt; je schwieriger ich erscheine – und sie setzt mir so zu, daß ich sehr schwierig werde –, desto deutlicher wird ihr Gefühl, daß *sie* liebevoll ist, daß es ihre Liebe ist, die geschieht: und ihre Persönlichkeit erstrahlt in einem idealen Licht.

Andererseits, und obgleich ich, wohlgemerkt, an die Scheidung glaube – allerdings finde ich, die Leute, die sich scheiden lassen, zeigen damit, daß sie ein anderes Spiel als diejenigen spielen, die sich nicht scheiden lassen –: ist das nicht ein ausgezeichnetes Geschäft für einen Mann wie mich, der vielleicht eine besondere Beleuchtung oder die eine oder andere Art von transponierter Liebe *braucht*? Ich verspüre kein großes Unbehagen in Jeanies Gegenwart – noch nicht. Ich finde sie immer noch attraktiv, wenn auch nicht so sehr, daß es mir gelänge, mein starkes Verlangen nach anderen Frauen niederzukämpfen. Man will dieses Mädchen nicht verletzen; wie man sich bettet, so liegt und so lügt man. Es ist nicht erwiesen, daß wir ein schlechtes Geschäft gemacht haben (und sie behauptet, daß es überhaupt kein Geschäft ist, sondern Liebe). Mir fehlt die Härte, den Endspurt einzulegen, bevor sie darauf vorbereitet ist.

Ich warte ab. Was warte ich ab? Ob Jeanie es bald leid ist, mit einem Mann zusammenzusein, der sie nicht ganz und gar liebt? Ob Ett oder Rankin in Aktion treten werden. Ett? Rankin? Rankin beneidet mich, und Ett ist ein Freund: es ist unmöglich, jemanden zu beneiden oder seinen Wert anzuerkennen, ohne seine Frau zu begehren.

Unsere Verbindungen machen uns zu einem einzigen Gefühlsbündel, gleich Rasenmähern, die wie Mähdrescher in einer versetzten Reihe angeordnet sind, um etwas zu mähen – aber was? Das amerikanische Leben?

Inez: Wie lange kenne ich sie nun schon? Vierzehn Jahre? Es spielt keine Rolle, ob ich mit ihr spreche oder sie ignoriere, ob ich höflich oder nachlässig bin, ob ich sie vor Ett in Schutz nehme oder Zwietracht zwischen ihnen säe; alles, was ich je getan oder unterlassen habe, alles, was sie je getan oder unterlassen hat, ist ein Beitrag zu einer Vertrautheit gewesen, in der es so viele Verflechtungen des Bewußtseins, Verwandtschaften des Geistes, des Gesprächsverhaltens und der Neurosen gibt, daß sie wie ein verwildernder Garten ist, eine wilde, unberührte Süße, ein Gewirr von Stengeln und Blättern: es ist, als hätten wir bereits miteinander geschlafen. Schon ein sehr kleiner Zwischenfall und ein sehr großer Aussetzer des Gewissens könnten das Wirklichkeit werden lassen. Einmal pro Jahr beklagt sich Inez, betrunken: «Ich weiß, daß Leo mich nicht attraktiv findet», und dann schmollt sie. Ich antworte: «Aber das stimmt doch gar nicht», und lache. Gefährlich wird es, wenn wir zulassen, daß wir uns in die Augen sehen. Dann kommt der Witz ins Trudeln.

In Etts Gefühlen für sie steckt ein männliches Element der Überraschung; er ist erstaunt, daß sie da ist, daß er verheiratet ist, daß es ihre Stimme ist, die er hört. Man könnte sich leicht davon überzeugen lassen, daß er ihr ein schlechter Ehemann ist, daß Inez es verdient hat, getröstet zu werden – aber bislang hat mich die Ehre, diese ermüdende Vorstellung, zu träge gemacht, um mich der elenden Last einer so anstrengenden Einsicht hinzugeben.

Die Unzufriedenheit ist da, in ihren Augen, selbst während sie Fahrrad fährt, selbst während sie dahingleitet, mit rosig erhitzten Wangen, nicht jung, aber herrlich, gutherzig, auch böse, und zwar so wie Leute, die nicht berufsmäßig böse sind – also unabsichtlich, mit geschlossenen Augen, und blindlings dreinschlagend. Es ist leicht zu erahnen, was sie sagen wird; sie ist nicht schlau – oder liebevoll – genug, um überraschend zu sein. Sie bedient, beruhigt und bestraft gleichzeitig alle, die ihr nahestehen, mit ihrer strapazierfähigen Monotonie.

Sie stellte zunächst jene Bewunderung zur Schau, die sie Ett regelmäßig zuteil werden läßt, und sagte: «Ihr Männer seid so stark. Ihr fahrt so schnell – wie der Wind.» Sie sagte: «Puh, ich bin ganz außer Atem, das ist bestimmt sehr gut für mich, ich glaube, ich bewege mich zuwenig.» Sie sah Ett an: «Hast du gewonnen?»

Das war keine so furchtbar böse Frage, und es war auch nicht so gemein von Ett, daß er ohne jeden Edelmut sagte: «Nein. Er hat sein Trainingsprogramm umgestellt.»

Aber an jenem Tag, in jenem Augenblick, verwandelte sich meine Zuneigung zu ihr, zu Ett, in eine Art kleineren Wutanfall – ich hatte damals das *Gefühl*, als wäre mein Geist müde *(je cognois tout)*, als langweilte mich *ihr* kindisches Gehabe; sie, Inez und Ett, kamen mir so jämmerlich und verkrampft vor, so kleinlich und konkurrenzorientiert; wie mit Hammerschlägen fielen sie mir und einander auf die Nerven, gleich Eltern, die Kinder an leblose Dringlichkeiten fesseln. Ich hatte die Schäbigkeit in Etts Herz (eigentlich hat er, wenn man es vergleicht, ein ganz gutes Herz: er ist loyal) ebenso satt wie Inez' Blindheit (alles in allem ist sie nicht ganz und gar uneinsichtig). So daß ich zurücklächelte, als das Mädchen mit dem beinah unscheinbaren, netten, von einer Kappe aus kräftigen, nicht modisch geschnittenen welligen Haaren eingerahmten Gesicht, dieses Mädchen, das mit von der Anstrengung geröteten Wangen, einer ziemlich blassen Nase und einem bescheidenen Kinn zwischen zwei Freundinnen vorbeiradelte, lächelte und mir schüchtern zuwinkte – dieses Mädchen, das höchstwahrscheinlich eine meiner Studentinnen war, denn es hatte diesen beflissenen Vorlesungs-Gesichtsausdruck, und sein Lächeln und das Winken waren so ausgeprägt zart, daß es mir schien, als wüßte es um meinen Ruf, in der Öffentlichkeit zu Studenten extrem unfreundlich zu sein. Ich kann es nicht ertragen, wenn Studentinnen einem Vaterersatz oder zusätzlicher Aufmerksamkeit nachschleichen, wenn sie sich an echten oder Quasi-Verführungen versuchen – ich kann die Art nicht ertragen, wie sie mit einemmal menschlich werden. Ich kann es nicht ertragen, ich bin zu leicht zu erschüttern; ich mag das Formelle und die langsame Annäherung und ein Lächeln, das so sorgsam bedacht ist wie ein Blumenarrangement. Ich lächelte lediglich, um meiner Zuneigung zu der Frische, die dieses mir kaum bekannte Mädchen verkörperte, Ausdruck zu verleihen. Ich lächelte nicht *ihr* zu. Ich lächelte, um meine Loslösung von Inez und Ett und den schalen und komplizierten Verästelungen ihrer noch lebendigen, aber dürren und oft uneleganten Liebe füreinander zu dokumentieren. Das Gesicht des Mädchens geriet aus der Fassung. Die Intensität meiner Reaktion war so unerwartet, daß sie an seiner Fassung zerrte, dem Gesicht einen heftigen Ruck gab: der Zusammenbruch eines Vorurteils. Ich bin kein gutaussehender Mann, aber ich lehre englische Lyrik und Prosa. Ich verströme einen leichten Geruch nach Romanze. Zu spät wünschte ich mir, mein Lächeln zurücknehmen zu können.

Die drei Mädchen sahen einander an und hielten am Wegesrand – ich hatte keines von ihnen richtig angesehen. Ich glaube, eine der drei wartete, bis ich in ihre Richtung sah: sie hatte die Hand erhoben – und wartete. Als mein Blick auf sie fiel, lächelte ich wie gewöhnlich gereizt und redete weiter mit Inez; ich schlug vor, wir sollten weiterfahren, aber Inez sagte: «Augenblick noch – ich muß erst mal verschnaufen.» Jeanies Freundinnen sagten zu ihr (wie sie mir später verriet): «Er hat nur dich erkannt.» Jeanie sagte: «Er hat uns allen zugelächelt.» «Nein», sagten die anderen, «er hat wirklich nur dich angelächelt. Er mag dich.»

Später sagte Jeanïe zu mir: «Sie haben mir so lange zugesetzt, bis ich dich angesprochen habe.»

Ich glaube, Jeanie sieht in mir noch immer Yeats' Vikar auf Erden; sie war ein junges Mädchen. An jenem Tag im Park trafen sich nicht zwei Seelen – es begegneten sich zwei Typen.

Sie schiebt ihr Fahrrad, die Hände am Lenker, die Brüste diagonal verzogen, das Gesicht naiv und mutig und dumm und lieb von dem darin aufsteigenden Schwall Sinnlichkeit, ein gesprenkeltes Viereck mit einem runden Kinn über den schrägen Linien ihrer schiefen Brust – Kopf und Brust, Kopf und Brust –, und so bewegt sie sich im Strom der Radfahrer an jenem Tag der leichthin angestellten Mutmaßung. Glaubt sie, das Leben sei etwas Sicheres oder Gütiges? Wird sie nackt in meinen Armen erwachen, wird sie sehen, wie ich drohend über ihr aufrage, wird sie mich und meine Denkweisen fürchten und innerlich voller Verzweiflung aufschreien: «Wie ist mir das nur passiert?»

An jenem Tag bemerkten Ett und ich sie gleichzeitig. Es ist ganz kurz nach einer Scheidung, und hauptsächlich fühle ich gar nichts. Das Mädchen schluckt tapfer; auf dem schwer zu beschreibenden Gesicht hat sich eine Röte ausgebreitet; sie hält sich aufrecht. Jugendliche Torheit läßt ihre Stimme quäkend klingen, rührend. Aber ich habe meine Augen vor ihr verschlossen; ich bin verärgert, entsetzt über ihre Mutmaßung. Sie ist ein Eindringling. Mutig sagt sie: «Hallo, Professor Hofstedt, gehen Sie oft Fahrrad fahren?»

Ich fühle mich überhaupt nicht zu ihr hingezogen, aber Ett sieht sie an. Ich bemerke, daß er sie so ansieht, als unterstriche jemand eine Passage in einem Buch.

«Ach», sagt Jeanie von Zeit zu Zeit wütend, «warum machst du alles so kompliziert?» Ich zucke die Achseln und werde doch irgendwann antworten müssen: «Ich kenne keine einfachen Geschichten.»

Etts Blick umgab sie mit einer Art Kontur aus Licht – ich dachte: *Er sieht in ihr eine jüngere Inez.* Von diesem Augenblick an sollte dieses Mädchen für mich nie mehr anonym sein.

Der Schießstand

I

Ann Kampfel fuhr im Sommer 1934 nach Millburg, Illinois, um in der Axel-Lambwell-Handfeuerwaffenfabrik eine Bewegungs-Zeit-Analyse der Herstellung von Kleinkalibergewehren zu machen. Sie fuhr als heimliches Mitglied der Kommunistischen Partei. Sie war zwanzig Jahre alt, ein großes, dünnes, bleichgesichtiges Mädchen mit breiten Handgelenken und großen, nervösen Händen.

Sie glaubte an die Partei, aber noch mehr glaubte sie an das, was sie für kommunistische Ideale hielt – die Bruderschaft der Menschen und ihre Befreiung von ökonomischen Zwängen, die sie sich und ihrem Leben entfremdeten.

Schlau war sie nicht. In ihrem ersten Jahr am College hatte ein junger Mann, kleiner als sie und blond, sie verführt und dazu gebracht, der Partei beizutreten. Sie langweilte ihn bald, und er ließ sich einen Schnurrbart wachsen und wechselte das College. Ann blieb in der Partei und wurde bleicher und dünner und dachte oft an das Glück, das sie verloren hatte. Sie war mathematisch begabt, und sie war genau und gewissenhaft, deshalb studierte sie Ingenieurswissenschaften und spezialisierte sich auf statistische Untersuchung von Massenproduktionstechniken. Die

Bewegungs-Zeit-Analyse der Herstellung von Kleinkalibergewehren sollte ihre Abschlußarbeit sein.

Es kostete sie fünf Dollar die Woche, zwei Zimmer mit Bad in der Innenstadt von Millburg zu mieten. Jeden Morgen fuhr sie mit der Straßenbahn – der Elektrischen – in die Fabrik. Der Besitzer der Fabrik trug auf die Wahrscheinlichkeit hin, daß ihre Bewegungs-Zeit-Analyse ihm nützen könnte, seinem Werkmeister auf, ihr jede Hilfe, Information oder Instruktion zu geben, die sie brauchte.

Der Werkmeister war Ende Dreißig, ein netter, ordentlicher Mann. Er hatte ganz hellbraune Haare. Er hieß Walter Campbell; er hatte die High-School nicht abgeschlossen; er war verheiratet und hatte drei Kinder; er rauchte nicht und trank nicht.

Ann erwies er jene unablässige Hochachtung, die darauf schließen läßt, daß ein Mensch von seiner Minderwertigkeit gegenüber jemandem überzeugt ist, der einer besseren Schicht angehört, würdiger, wertvoller, feiner ist.

Als ihm auffiel, daß Ann mit der Elektrischen fuhr, traute er sich vorzuschlagen, sie möge ihm erlauben, sie abends nach Hause zu fahren. Er war überzeugt, es müsse einer Studentin, einer «Dame», einer «Rationalisierungsexpertin» unangenehm sein, mit Arbeitern in einer überfüllten Elektrischen zu fahren. Ann versuchte zu erklären, daß es ihr nichts ausmache, die Straßenbahn zu nehmen, doch gemessen an seiner Bescheidenheit und Ehrerbietung erwies Walter sich als unerwartet hartnäckig.

Ann fragte sich, ob man etwas tun könne, um einen Mann, der so offenkundig ein Werkzeug der Bosse war, wachzurütteln.

Als er sie eines Abends nach Hause fuhr, sagte Walter besorgt: «Was denken Ihre Eltern sich eigentlich dabei, ein Mädchen wie Sie einen Sommer lang allein leben zu lassen?» Ann wollte lachen, verschluckte sich aber am Rauch ihrer Zigarette und würgte und hustete. Walter klopfte ihr auf den Rücken. Dazu hielt er das Auto an. Er wandte sich ihr zu und bemühte sich eifrig um sie. Ann bemerkte seinen Körpergeruch – trocken, gesund, warm. Sie hielt die Luft an und sagte: «Sie sollten sich keine Gedanken um mich machen. Ich – ich bin keine Jungfrau mehr.» Walter sagte nichts. Als sie am Bordstein vor dem Haus hielten, in dem Anns Wohnung für fünf Dollar die Woche sich im dritten Stock nach hinten hinaus befand, dankte sie ihm fürs Mitnehmen und ging hinein.

Am nächsten Tag ging sie nicht in die Fabrik, sondern blieb zu Hause, rechnete und lief im, wie die Vermieterin von Anns «Suite» es nannte, «Wohnzimmer» auf und ab, rauchte und hielt sich Vorträge darüber, wie kindisch sie war. Trotzdem war das, was sie gesagt hatte, ihr peinlich.

Abends rief Walter an, um zu fragen, ob es ihr gutgehe. Sie sagte ja. Sie sagte, sie werde am nächsten Tag in der Fabrik sein.

Als sie die Fabrik betrat, sah sie Walter über einen der Arbeiter gebeugt, der einen Gewehrlauf polierte. Er sah sie nicht hereinkommen, aber er drehte sich um, als habe er ihr Eintreten gespürt. Ann war sich sicher, daß er begonnen hatte, *Gefühle* für sie zu hegen. Um sich zu beweisen, daß sie keine Klassenunterschiede kannte, aber auch in der Hoffnung, Walter für ihre marxistischen Ideale zu gewinnen, erlaubte sie sich den Gedanken, daß sie ihn ermutigen wollte. Sie war aufgeklärt, dachte sie; sie konnte seine körperliche Intimität und Gesellschaft wollen, ohne *ihn* zu wollen. Aber sie würde ihn akzeptieren. Als sie sich an dem Abend verabschiedete, sagte sie, über seinen Kopf hinwegstarrend, sie würde zu Hause sein und das Material aufarbeiten, das sie bereits gesammelt habe. «Kommen Sie doch vorbei und besuchen Sie mich», sagte sie.

Er war schüchtern, und Anns Kühnheit war mehr eine Sache des Prinzips und beim Reden leichter durchzuhalten als in ihrem Zimmer in die Tat umgesetzt. Bei seinem ersten Besuch unterhielten sie sich bloß. Er sagte, seine Frau und die Kinder seien den Sommer über in Indiana, in einer gemieteten Hütte an einem See. An den Wochenenden fuhr er dorthin. Er sagte, es sei sehr schön, abends «ein bißchen harmlose weibliche Gesellschaft» zu genießen. Er werde oft einsam, sagte er. Bei seinem zweiten Besuch gab es lange Schweigepausen. Beim dritten merkte Ann, sowie er ihr Wohnzimmer betrat, daß er, was sie betraf, zu einem Entschluß gekommen war. Doch er schien unfähig, den ersten Schritt zu tun. Ann sagte: «Ich fühle mich ein bißchen komisch. Ich glaube, ich habe zuviel geraucht», und sie legte sich auf die Couch. Nach einer Weile kam Walter auf Zehenspitzen herüber und begann ihr die Stirn zu massieren. Dann küßte Ann ihn.

Sie hatte nicht damit gerechnet, daß Walter ein so schneller und lauter Liebhaber sein würde, und auch nicht damit, daß er danach halb unter Tränen «Ich liebe dich» flüstern würde. Sie dachte, er scherze oder sei dankbar für die sexuelle Erleichterung. Sie erwiderte nichts.

Er hatte ein gleichmäßiges, langweiliges Gesicht – die Augen schienen auf dem Rückzug, auf der Flucht zu sein, dann innezuhalten, einen Blick zurückzuwerfen und erneut zu fliehen. Doch sein Körper, von ansehnlicher Größe, kräftig, etwas knochig und weiß auf der Brust, weil er auch beim Schwimmen mit seiner Familie in Indiana ein Hemd trug, kam ihr schön und sonderbar lebendig vor, immer auf dem Sprung, übereifrig, hochsensibel. Ihr Körper war dem Aussehen nach eine weibliche Version des seinen, aber langsam und zögerlich im Empfinden und stets kühl anzufassen. Die wiederholte Berührung von Walters Körper war ihr tröstlich, doch Ann hatte nie kennengelernt, was ein älteres Mädchen in der Partei als «Recht einer Frau» (oder manchmal als «das Recht *der* Frau») beschrieben hatte, und sie erwartete auch nicht, es bei Walter zu finden, der vielleicht nie davon gehört hatte. Sie hatte keine Lust, es ihm zu erklären oder von ihm zu verlangen.

Gewöhnlich trafen sie sich in Casperia, der nächsten Stadt an der Eisenbahn Richtung Süden. Dort gab es einen staatlichen Waldpark und einen See hinter einem WPA-Damm. Der Liebesakt mit Walter schien merkwürdig sauber und unschuldig. Sie zogen sich selten völlig aus, sondern lagen mit Zitronenöl auf Hals und Stirn und Armen, um die Mücken abzuhalten, auf einer Decke im Wald. Walter sagte, er habe noch nie zuvor eine andere Frau als seine berührt. Er sei Frauen gegenüber immer schüchtern gewesen, sagte er, «unbeholfen in dieser Sache» – Ann nahm an, er meinte Sex. Er sagte, als Liebhaber sei er wahrscheinlich nicht so gut wie ein Student. Ann stieß sich daran, daß er nicht den Mut und Stolz jener Arbeiter hatte, die sich jedem gleich und sogar überlegen fühlten. Sie stieß sich daran, daß er sie für überlegen hielt, daß er sie für erfahren und weltläufig hielt. Sie sagte ihm, daß sie erst einen Liebhaber und nur eine weitere Erfahrung gehabt habe, daß er, Walter, genausogut sei wie die Studenten, die sie gekannt habe, und daß sie bei ihm mehr fühle als bei ihnen. Noch während sie es sagte, merkte sie, daß es stimmte. Sie spürte im tiefsten Herzen, daß er ein so guter Liebhaber war, wie ein Mann es nur sein konnte; damit entbrannte zwischen ihnen die Leidenschaft, und sie erlebte zum erstenmal die Lust, die sie vorher nicht gekannt hatte. Nun war sie an der Reihe zu weinen; sie weinte und sagte: «Ich liebe dich», und küßte ihm in einem melodramatischen Ausbruch beide Hände.

Ein Sommer in der Ebene von Illinois hat seine Eigenheiten: Die Nächte sind drückend und still vor Hitze, der Himmel wird ständig von Hitzeblitzen gespalten; oft steigt nach Mitternacht Nebel vom Boden auf. Ann und Walter warteten manchmal auf den Nebel; sie saßen gern im Nebel, hielten einander an den Händen oder umarmten sich fester. Gewöhnlich allerdings trennten sie sich vor Mitternacht, Walter fuhr zurück nach Millburg, Ann nahm den Zug. Walter war es zuwider, daß Ann den Zug nahm, aber sie bestand darauf, und er sah ein, daß Gerede (Klatsch) schlecht für ein unverheiratetes Mädchen war, doch hoffte er, Ann tue es nicht um seiner Frau willen. «Ich würde dich nicht um ihretwillen verletzen», sagte er. Dennoch besuchte er sie sonntags in der Hütte in Indiana. Ann sagte, sie verstehe. Sie beklagte sich nie. Sie sagte, sie werde Millburg verlassen, ehe seine Familie zurückkomme. «Ich möchte dir nie Probleme machen oder zur Last fallen», sagte sie.

Sie träumte mit offenen Augen davon, mit Walter verheiratet zu sein und in einem kleinen Haus zu leben und ihm das Mittagessen, das er mit in die Fabrik nahm, einzupacken: doch es war nur ein Tagtraum.

Wenn sie auf der Decke in dem Waldpark in Casperia saßen, redete Walter über Gott, über die Republikanische und die Demokratische Partei, über Gewehre. Er war kein guter Redner. Er wiederholte sich, und er ließ Dinge aus. Manchmal sagte er, Ann sei «schön, wirklich schön» und «das Beste, was ihm je zugestoßen» sei. Ann erkannte, daß seine Schüchternheit und die Tatsache, daß sie ihn beeindruckte, ihm die Zunge lähmten, denn in der Fabrik hörte sie ihn manchmal reden, und da sprach er vernünftig und sogar mit einem Hauch von Poesie: «Wir möchten, daß der Lauf glänzt wie ein blauer Spiegel», belehrte er einmal einen jungen Arbeiter. Ann war es warm und behaglich zumute, auch aufgeregt war sie, glücklich, ein wenig außer

Atem und traurig und begierig zugleich, daß der Sommer endete. Doch in ihrer Art würde die Affäre vollkommen sein, und sie würde enden, ehe sie Walter langweilte.

Unterdessen wurde die Vertrautheit mit jeder Woche wie von allein größer. Sie fanden mehr über einander heraus. Walter bestand darauf, daß sie aus der Kommunistischen Partei austrat, und Ann tat es. Daraufhin kam ein vage drohender Brief, doch sie war der Partei nicht wichtig gewesen; sie hatten sie nicht hoch eingestuft; sie hörte nie wieder von ihnen.

Sie beschrieb Walter ihre Professoren am College, und er sagte: «Der klingt aber eingebildet», und Ann entgegnete: «Ja, das ist er. Genau.» Walter diskutierte mit ihr über die Fabrik. «Sie ist im Grunde ein Handwerksbetrieb», sagte Ann weise. «Es wäre ein Fehler, sie zu sehr durchzurationalisieren.» Walter nickte. «Ja. Ich glaube, das stimmt.»

Sie lernten ihre Kleider kennen, sogar ihre Unterwäsche, und ihr körperliches Befinden; Anns Kopfschmerzen und Walters nervöser Magen wurden Gemeinbesitz.

Schließlich, als die rückwärtsgerichteten Verbindungen von Zeit und Gefühl sie immer tiefer in die Schatten des eigenen Ichs führten, sagte Walter, er würde sich gern von seiner Frau scheiden lassen. Er sagte: «Ich wünschte, ich könnte mich scheiden lassen und ewig mit dir leben, Ann.»

«O nein», sagte Ann. «Doch nicht wirklich.» Sie lachte merkwürdig verzerrt. «Du bist nicht der Typ dazu. Die Leute würden reden. Du könntest sogar deine Stelle verlieren.» Seine Stelle würde er nie aufgeben, das wußte sie. Er hatte nicht genug Selbstvertrauen. Er würde auch nicht seine Kinder ernähren und zugleich eine neue Familie unterhalten können. Und ohnehin hatte er in einem hilflosen Ton gesprochen. «Laß uns dankbar für das sein, was wir haben», sagte Ann, errötend und ernst.

Walter redete weiter von Scheidung und Wiederverheiratung, aber nicht hoffnungsvoll oder insistierend. Er machte verschreckte Andeutungen über ihre Überlegenheit, seine Nichtswürdigkeit, seine halb erahnten Mankos und die Mankos des Lebens, das er ihr bieten konnte. Ann verlor den Orientierungssinn; sie erinnerte sich nicht mehr, weshalb Scheidung und Wiederverheiratung außer Frage standen. Sie dachte bloß verzweifelnd, daß sie bald fort müßte (wenn er ihr folgte, wenn er so stark wäre, würde sie mit ihm leben, ob verheiratet oder nicht).

II

In der letzten Augustwoche fuhr Walter eines Morgens mit seinem zweitürigen Chevrolet-Sedan in der baumgesäumten Straße vor, in der Ann wohnte, und parkte vor dem in Wohnungen aufgeteilten Haus, das Ann mit ihrer Vermieterin und zwei anderen Frauen, alle drei verwitwet, bewohnte. Walter schlug sorgfältig parallel zum Bordstein ein, schaltete in den Leerlauf und zog die Handbremse an. Unter Mühen schluckend, stieg er aus, schaute rasch und verstohlen die Straße auf und ab und trottete die paar Meter bis zum Eingang des Gebäudes. Er stieg zwei Treppen hoch und klopfte an Anns Tür. «Ich bin's – Walter», sagte er.

Ann machte auf.

«Ich konnte nicht zur Arbeit gehen», sagte Walter kläglich. «Ich wollte, aber ich konnte nicht. Ich bin ganz krank, weil du bald weggehst. Ich denke schon daran, mich zu erschießen.»

«Oh, Walter», sagte Ann und umarmte ihn.

Walter streichelte ihren Rücken. «Dich zu sehen, bedeutet mir viel», sagte er beinahe tonlos. Er schien unverhüllt er selbst zu sein – gewöhnlich, ungebildet, erfolgreich im kleinen Stil, ein Muttersöhnchen, egozentrisch, einsam, verletzt, schüchtern, zärtlich, verwirrt, verliebt, verloren.

Es gab nichts anderes zu tun: sie liebten sich.

Ann war angespannt, war nicht befriedigt, war überempfindlich. Walter sagte nichts, kein Wort; er schien zu sehr in seinen Gefühlen gefangen, um zu sprechen. Ann zündete sich eine Zigarette an, während Walter sich anzog. Zuerst dachte sie, sein Hals sei mit Röte überzogen; als sie merkte, daß diese roten Spuren Abdrücke ihrer Finger waren, bekam sie Angst. Mit jeder Sekunde wurde sie gereizter und gerührter: Sie sah eine unerwartete Schönheit darin, wie Walter sich ankleidete, und zugleich machte es sie verrückt, daß er schwieg, sich mit sich selbst beschäftigte, sich ankleidete, um nun doch noch zur Arbeit zu gehen, mit der dumpfen, öden Gewissenhaftigkeit eines Mannes ohne Phantasie. Sie liebte ihn, weil er keine Phantasie hatte. Als er angezogen war, drehte er sich zu ihr um, und sie sah, daß er Tränen in den Augen hatte.

Sie rief: «Ich will dich nicht unglücklich machen!»

«Ann.» Er schluckte. Er sah steif, elend, blöd aus.

«Du mußt dich beeilen. Du kommst sowieso zu spät», sagte sie, ungeduldig, mütterlich. Als er weg war, stand sie am Fenster; sie sah ihn ins Auto steigen; sie sah das Auto wegfahren. Er schaute nicht zurück.

Ann setzte sich in einen Sessel am Fenster und hielt ihren Bademantel über der Brust zusammen. Die Idee eines Opfers, des Weggehens, ohne sich zu verabschieden, zog sie immer mehr an. Walter würde sie hassen; er würde sie verachten, weil sie feige war. Er würde zu seiner Frau zurückkehren. Damit würde sie ihm ein großes Geschenk machen. Wenn sie heimlich ginge, ohne ihn noch einmal wiederzusehen, würde er sich nicht so weit erniedrigen müssen, zwischen ihr und seiner Frau zu wählen, wenn er in Wirklichkeit überhaupt keine Wahl hatte. Es war nicht ihre eigene mögliche Erniedrigung, vor der sie floh.

Sie packte überstürzt, ineffizient, von einem Gefühl der Zusammenhanglosigkeit verwirrt, als gäbe es zwei Anns, und eine habe gerade einen Koller; und dann ging sie zum Bahnhof. Sie löste eine Fahrkarte nach Milwaukee und schleppte stolpernd ihren Koffer auf den Bahnsteig, der ein Holzdach hatte wie ein Baldachin, mit einer Randverzierung aus Schnörkeln und gedrechselten Eiszapfen; von den Eisenbahngeleisen stieg ein herber metallischer Geruch auf, so stark schien die Sonne darauf. Dahinter waren ein schmiedeeiserner Zaun und Maisfelder zu sehen; niemand bewegte sich in ihrem Blickfeld. Noch nicht einmal eine Fliege summte in der Nähe. Es schien ihr, als läge im Herzen des Universums eine ausgedörrte kleinstädtische Stille. Ich freue mich nicht auf die Universität, dachte sie.

Im College fand sie die Jungen, die sie kennenlernte, heuchlerisch und langweilig, jung und unvertraut mit der Realität, anders als Walter. Sie hatte Lust zu sagen: «Warum lernt ihr nicht alle, einfach und wahrhaftig zu sein?»

Der Kummer zeichnete Gesicht und Gemüt. Sie sagte zu sich: «Du siehst allmählich aus wie Quark – nein, wie Daisy Duck», und lachte laut auf. Sie war in der Collegebibliothek und sah ihr verschwommenes Spiegelbild auf der polierten Platte des Lesetischs. Die anderen Leute am Tisch sahen sie komisch an.

Wenn sie jetzt an Walter dachte, hielt sie seine Schüchternheit für die Voraussicht der Leidenschaft: er hatte Bescheid gewußt. Sie sah sein (gebräuntes) Gesicht mit den ebenmäßigen Zügen, und darin sah sie, daß er sie verstand: niemand sonst hatte sie je verstanden.

Sie rief sich in Erinnerung, daß sie emanzipiert war. Sie wollte mit jemandem schlafen. Sie landete zweimal mit jemandem im Bett, aber es war sehr langweilig.

Dann lernte sie auf einer Party einen großen, lauten, fröhlichen, schwergewichtigen Doktoranden kennen; er hatte etwas von Walters großartigem Frohsinn, dachte Ann. Sie gingen in seine Wohnung, und es schien Ann, als hätte es schlimmer sein können.

Ihr Liebhaber tätschelte sein Bäuchlein und sagte: «Casanova war auch dick.» Er sagte: «Ich habe eben einen ungeheuren Appetit, wie Walt Whitman.»

Das ist bloß ein Jüngelchen, dachte Ann.

Dann sagte er, Ann solle am nächsten Tag nach dem Seminar bei ihm vorbeischauen: «Es muß einmal anständig saubergemacht werden.»

Der macht Witze, dachte Ann. Ich verliere wohl den Verstand. «Nein, nein, nein, nein, nein», sagte sie.

Er starrte Ann an. «Du würdest mir nicht helfen, mein Zimmer zu putzen?» fragte er mit zitternder Stimme.

«So etwas tue ich nicht», sagte sie nervös.

Er sagte: «Ich will dir mal sagen, was du tust – du schummelst in der Liebe. Ich dachte, du wolltest mich glücklich machen!»

In dem Herbst regnete es oft. In ihrer Pension lebte ein Student, der Frauen mit «Ma'am» ansprach. Er kam von einer Farm. Er war jünger als Ann; er war etwa achtzehn. Er verließ den Tisch immer unmittelbar nach dem Essen, um zu seinen Büchern zurückzukommen, und er stand um fünf Uhr morgens auf und ging in die Innenstadt zu einem Warenhaus, wo er bis acht Lastwagen be- und entlud, dann kehrte er zum Frühstück in die Pension zurück und hatte um Viertel nach neun sein erstes Seminar. Er war so diszipliniert und breitschultrig wie Walter.

Sie lud ihn in ihr Zimmer ein; sie servierte ihm abgeschnitzelten Schweizer Käse auf Salzgebäck und gab ihm Roggenwhiskey ohne Eis zu trinken. Sie wurden ein Liebespaar. Ann legte sich auf ihr Bett, bedeckte die Augen mit dem Arm und sagte: «Ich bin zu betrunken, um noch zu wissen, was ich tue.»

Es kam Ann so vor, als wären die Ann, die Walter kennengelernt hatte, und die Ann, die den gegenwärtigen Augenblick durchlebte, nicht dieselben: sie hatte sich verändert; sie war auf entscheidende Weise (es hatte mit Unschuld zu tun) nicht mehr jung; die Veränderung war wie eine Verkrüppelung. Aber sie hatte auch das Gefühl, mehr Intelligenz, mehr Bewußtsein, mehr Persönlichkeit entwickelt zu haben – eine Persönlichkeit in Nöten zwar, aber doch eher eine Persönlichkeit. Halb ungläubig und mit aufkeimender Bitterkeit – sie stellte sich die Außenhäute einer Zwiebel vor, die abgeschält wurden – sagte sie sich: «Jetzt kommen wir der Zwiebel schon viel näher.»

Es stimmte sie traurig, daß er mit ihr schlafen und sich doch nichts aus ihr machen konnte, daß ihr nicht mehr zugestanden werden sollte – sie hatte gedacht, das Leben wäre vernünftiger arrangiert.

«Es ist alles so lächerlich, das ganze Leben, meinst du nicht?» fragte sie den Jungen.

«Ich philosophiere nicht viel», sagte er.

«Du bist jung für dein Alter», sagte sie.

Er schaute seine Hände an – sie waren groß und sehr rot – und seine Schnürsenkel, als überprüfe er sein Aussehen, um sicherzustellen, daß er nicht ausgelacht würde. Er sagte: «Ich vermute, davon verstehe ich nichts.» Er sprach mit unwahrscheinlicher Höflichkeit.

Manchmal dachte sie, sie würde aufhören, mit ihm zu schlafen, aber dann gaukelte der Gedanke an seine ausgeprägte Höflichkeit und Persönlichkeit Bilder von Ruhe und Rast vor, als wäre er ein Film oder ein Urlaub.

Ann kam sogar der Gedanke, daß sie sich gerne verletzen ließ, weil sie sich wegen Walter so schrecklich fühlte. Den Namen erwähnte sie bei sich nie mehr; sie nannte ihn nur *den anderen*.

Sie hatte Probleme mit den Zähnen. Sie ging zum Zahnarzt – er sagte, sie mahle mit den Zähnen, vielleicht im Schlaf. Sie machte lange Spaziergänge allein über mit krustigem Schnee bedeckte Felder. Sie bemühte sich, sich in ihren Begierden zu bescheiden.

Es war ihr gleichgültig, ob sie lebte oder starb. Sie dachte, sie könne genausogut in den Osterferien nach Hause fahren und ihre Eltern besuchen.

Es war komisch, als ihre Mutter sagte: «Alle meine Kinder sind musikalisch, außer Ann – die ist fortschrittlich.» Ann in ihrer dunklen, schwermütigen germanischen Stimmung machte es Spaß, sich ein Kleid anzuziehen, ein lose fallendes modernistisches Kattunkleid, sich eine lange Kette um den Hals zu hängen und auf eine Tanzveranstaltung zu gehen, um das gutbürgerliche Paarungsritual zu beobachten. Es machte ihr Spaß, daß viele Männer mit ihr, einem «fortschrittlichen» Mädchen, flirteten (weil – dachte sie – ihre Kleidung Hoffnungen in ihnen weckte und weil sie oder ihre Väter mit ihrem Vater Geschäfte machten). Und dann gab es die Dummköpfe, die als ihre Rendezvouspartner in die Pflicht genommen wurden; sie verbrachten die meiste Zeit mit dem Versuch, sie davon zu überzeugen, daß Roosevelt ein Schurke sei. Eine Weile kam es ihr in jenem fliederdurchdrungenen Frühjahr schrecklich vor, eine Frau zu sein.

Ständig hatte sie in Gesicht und Haltung etwas vom Aussehen einer Schnulzensängerin – sie sah gefühlsbetont, melancholisch und stolz auf ihre fehlende Unschuld aus.

Bei einem Tanz im Country-Club starrte ein Mann, den sie nicht kannte, sie über die Tanzfläche hinweg an; ein ziemlich kleiner, jungenhaft alter Mann; er trug den einzigen braunen Zweireiher – noch dazu einen zerknitterten – zwischen den weißen Smokingjacketts. Er näherte sich ihr und stieß die Worte hervor: «Fi fo fum fin! Ich riech das Blut einer Bilderstürmerin!» Er stellte sich vor: «Joseph Lord Fennimore – der Mädchenname meiner Mutter war Lord», mit Spitznamen Fennie, bemerkte er mit hoffnungsvoller Griesgrämigkeit, «Rechtsanwalt und allseits für völlig plemplem gehalten, weil ich zu einem Psychoanalytiker gehe, zu dem ich, sagen meine sogenannten Freunde, wie zu einem Gott aufsehe.»

«Na ja», sagte Ann mit einem Seufzer, «ich schätze, das ist nicht viel schlimmer, als zu denken, Alf Landon wäre plemplem.»

«Oh! *Touché*», rief Fennie und sah sie dankbar an.

Sie gingen auf die Terrasse hinaus, jeder mit einem Becher von dem, wie Fennie es nannte, «Depressionspunsch – hauptsächlich Rum und Magenverstimmung. Die Orangenschalen sind aus Kleenextüchern.»

Er sagte: «Ich bin nicht verrückt; ich bin, was man innerlich verkrampft nennt.» Er war acht Jahre älter als Ann; deshalb hätten sie sich nie kennengelernt, sagte er; er sei mit den «älteren Semestern» zusammengewesen. Er sagte: «Ich will Ihnen eine absolut typische Geschichte über mich erzählen.»

Als er zwanzig war, sagte er, habe er einen Tagtraum über Sex gehabt, «wie die meisten amerikanischen Jungens»; er träumte, daß er eine Frau traf, deren Begierden genau seinen entsprachen, «und alles war einfach – ein ganz typischer Wachtraum». Er hatte von einem Mädchen gehört, das eine echte Nymphomanin war. «Ich lernte sie an einem College-Football-Wochenende kennen. Sie ermutigte mich, und Gott, als ich dachte, jetzt wäre ich am Ziel, ausersehen für ihre Nymphomanie, na ja, da war ich ziemlich aus dem Häuschen. Es gab eine Party im Verbindungshaus – ich brachte sie in den Clubraum – ich schloß die Tür ab... Also, Sie müssen sich das vorstellen. Der Clubraum hängt voller Tierköpfe – Wasserbüffel, Rentier, Antilope: Totems... Bei dieser Geschichte gerät mein Analytiker immer ganz aus dem Häuschen, so bezeichnend ist sie, denkt er. Ich wollte, daß dieses Mädchen glaubte, ich sei lässig – ich war blau. Ich, äh, warf ihren Schlüpfer über die Hörner des Wasserbüffels. Es war einfach Thorne Smith – wissen Sie –, aber sie setzte sich aufs hohe Roß. Danach wollte sie nichts mehr mit mir zu tun haben. Sie war eine Nymphomanin, aber sie wollte respektvoll behandelt werden. Mit dieser Art von Unaufrichtigkeit bin ich nie zurechtgekommen. Ich bin nie ein wahrer Bourgeois gewesen. Ich bin so etwas wie ein Radikaler, aber das sehen Sie vermutlich schon an meiner Kleidung... Träumen Sie viel?» fragte Fennie.

«Nein», sagte Ann. Ein schiefer Mond schwebte über den sanften Hügeln des Golfplatzes. *«Au clair de la lune»*, sagte sie. Sie war ein bißchen betrunken. Sie begann, die Steintreppe hinunterzugehen. «Ich möchte gern übers Gras laufen», sagte sie.

Als Fennie in einem Hain die Arme um sie schlang, lächelte Ann milde.

Die Komödie, die Bemühtheit des Witzes störten sie nicht. Sie war nicht auf Sex aus. Sie dachte, es wäre nett, Fennies Traum wahr zu machen.

Fennie sagte: «Vielen Dank fürs Paradies.»

«Oh», sagte Ann welterfahren, mütterlich. «Sie haben es noch nie draußen getrieben?»

Ann dachte, daß die Nacht neulich für Fennie noch immer nicht zu Ende sei. Er wollte ab und zu mit ihr darüber reden, aber sie weigerte sich. Fennie sagte: «Du hast solch ein Gespür dafür, wie man leben muß!» Er erzählte ihr, daß er für sein schwermütiges Naturell bekannt sei. «Aber das liegt daran, daß ich *au fond* ein sehr unbefriedigter Mensch bin», teilte er Ann mit. Sein Vater war Richter gewesen. «Ich bin kein Geächteter», sagte Fennie. «Auf die größeren Parties werde ich eingeladen... Ich mag die Leute entweder zu sehr oder zuwenig und zeige es. Ich werde für unzuverlässig gehalten.» Er redete endlos weiter; er mochte Milwaukee nicht; er entschuldigte sich bei Ann: «Ich bin nicht romantisch. Enttäusche ich dich sehr?»

«Ich bin auch nicht romantisch», sagte Ann. «Ich habe einmal einen Mann geliebt – *das* will ich nicht noch einmal durchmachen.»

«Ja, ich auch!» sagte Fennie. «Der Sturm und Drang mit meiner Mutter hat mir gereicht.»

Sie waren ein sehr entspanntes Liebespaar.

Fennie sagte: «Ich habe darüber nachgedacht: wenn du aufs College zurückgehst, könnte ich am Wochenende mit dem Auto kommen und dich besuchen – manchmal.»

Anns Blick wurde ausdruckslos. «Fennie, da gibt es jemanden.» Sie war ein bißchen verärgert; es war alles so schwierig und kompliziert.

«Jemand, den du liebst?» fragte Fennie und schnaubte wie ein kopfscheues Pferd.

«Nein. Ich habe dir doch gesagt, ich liebe niemanden.»

«Liebt er dich?»

«Nein, nein, nein, nein!»

«Ah», sagte Fennie. Mit niedergeschlagenen Augen sagte er: «Ich vermute, es – knistert zwischen euch.»

«Ich weiß nicht, was da zwischen uns vorgeht», sagte Ann, in Gedanken vertieft.

Fennie war demütig. «Ich bin eifersüchtig», sagte er.

Ann sagte beiläufig: «Besuch mich ruhig, wenn du willst. Aber mach keine Szene.»

Fennie besuchte sie jedes zweite Wochenende im College. Ann bewunderte seine Hartnäckigkeit; er kam ihr vor wie ein zu klein geratener Footballspieler, der wußte, daß er verletzt werden konnte, aber trotzdem weitermachte.

Er hielt sie für sehr beschlagen, und er ließ sich von ihr führen und befolgte ihre Hinweise, wie man am besten Liebe macht. Er hatte Ehrfurcht vor ihren Stimmungen; er bewunderte sie.

Sie entdeckte eine poetische Ader in sich – der nahende Sommer war, dachte sie verwegen, eine gewalttätige Zeit; die gelbe Sonne hieb auf das braune, gepflügte Ackerland und hinterließ eine grüne Prellung: sie schwebte auf einer rhetorischen Poesie der Sinne.

Fennie, der fünfunddreißig Dollar für ein Exemplar von *Lady Chatterley's Liebhaber* bezahlt hatte, versuchte mit Wonne, ein einfacher, unkomplizierter Mann zu sein; auf komplizierte Weise ahmte er die Einfachheit eines solchen Mannes nach. Eines Arbeiters, hätte Ann gesagt. Eines Wildhüters, hätte Fennie gesagt.

Eines warmen Nachmittags nahm Ann Fennie mit zu einer Wiese außerhalb der Universitätsstadt; Birken und Eichen umringten sie, in der Mitte stand eine tote Eiche, und Ann und Fennie stimmten darin überein, daß die Wiese aussähe, als imitiere die Natur Fotos von der Place Vendôme. Ann und Fennie gingen auf der Wiese spazieren, und die Kräuter und der Klee, die sie unter den Füßen zertraten, verströmten einen süßen pflanzlichen Duft. Fennie sagte, er sei so glücklich, daß er nichts dagegen habe, an Ort und Stelle zu sterben. Dann fügte er überrascht hinzu: «Ich meine es ehrlich.»

Ann hatte nicht aufgehört, mit dem Jungen aus der Pension zu schlafen, und zog ihn, ohne darüber nachzudenken, Fennie vor, weil sie ihn länger kannte; er hatte Vorrang. Doch an dem Tag auf der Wiese sagte Fennie, als sie sich von ihrer nachmittäglichen Rast erhoben und er Anns Rücken abklopfte und Grashalme aus ihrem Haar zupfte, bitter: «Hier, jetzt siehst du aus, als wäre nichts geschehen.» Ann hörte plötzlich die Berechtigung der schrecklichen Beschwerde in seiner Stimme; sie war immun gegen Fennie gewesen. Sie erzitterte, riß sich los und rannte wie ein erschrecktes Fohlen zur Straße.

Sie konnte es nicht ertragen – einen einfachen, unkomplizierten Mann, der sie bewunderte, unglücklich zu machen... Fennie freute sich zu sehen, daß er diese Macht über sie hatte. Sonst hatte er überhaupt keine Macht über sie – nur diese, sein Unglücklichsein.

Eines Abends nahm Fennie Ann mit in ein Hotel; auf dem Teppich in ihrem Zimmer prangten riesige rote Rosen. Ann lag auf dem Bett, hatte die Schuhe ausgezogen, ein elektrischer Ventilator blies über ihre Schultern. Fennie, der mit dem Rücken zu ihr Drinks mixte, sagte spaßhaft: «Ann, du bist goldrichtig, das muß mal laut gesagt werden.» Dann, mit dem Rücken zu ihr, sagte er, er wolle ihr eine Frage stellen. «Die Frage hat», sagte er, mit dem Rücken zu ihr, «mit Heiraten zu tun.» «Oh!» rief Ann.

Fennies Selbstvertrauen wuchs im gleichen Maße wie Anns Bestürzung, als mache jedes Anzeichen von Schwäche in ihr ihn stärker. Er sagte, beinahe wie von Sinnen: «Warum sollten wir nicht heiraten? Mach dir keine Gedanken um meine Mutter oder meinen Analytiker!» sagte er, die ganze Zeit mit dem Rücken zu ihr. «Mit *denen* werde ich schon fertig.»

Ann begann zu weinen. Sie dachte, was ich getan habe, war vollkommen egal, bei dem mußte ich schließlich landen. Der wird mich heiraten.

III

Sieben Tage später gingen sie und Fennie aufs Standesamt. Ann hatte darauf bestanden, nur standesamtlich getraut zu werden, ohne Familie; in der Tat wußte noch keine der beiden Familien etwas von der Heirat. «*Deren* Gefühle haben mir noch gefehlt», sagte Ann. «Das hier ist etwas Privates, Fennie. Es ist schon so peinlich genug.»

Nach der Trauung saßen sie und Fennie in dem gebrauchten Plymouth, Jahrgang 32, den er gekauft hatte, damit er ein eigenes Auto hatte, um sie am Wochenende besuchen zu können. Ihre Hände zitterten und seine auch. Die frühmorgendliche Sonnenhitze und die Sonntagsstille umschlossen das Auto mit einer dünnen, zerbrechlichen Hülle. Die Hitze und die Stille bargen eine verschwommene, beschämende Erinnerung; Ann starrte bleich aus dem Fenster – vielleicht lauschte sie auf einen näher kommenden Zug. Plötzlich beugte Fennie sich vor und legte den Kopf in ihren Schoß. «Du machst mich so glücklich», sagte er, wie um sich dafür zu entschuldigen, daß er sie geheiratet hatte.

Ann küßte mit aufrichtiger Zärtlichkeit seinen Hinterkopf: «Ich werde dir eine gute Frau sein, Fennie.» Sie dachte, 16. Juni 1935, und ich bin verheiratet.

Ann betrat ihr Elternhaus in Milwaukee, während Fennie im Auto wartete. Anns Mutter rief aus: «Ostern habe ich noch zu deinem Bruder gesagt: ‹Das Mädchen ist soweit, es muß heiraten.›» Dann rief Ann Fennie herein. Sie dachte, das Triumphgehabe ihrer Mutter stieße ihn ab, doch später, als sie zu seinem Haus fuhren, erzählte er Ann, daß er ihre Mutter sehr gern mochte. Ann sagte: «Vielleicht magst du einfach Mütter gern – Punkt.»

In Fennies Haus ließ ein Dienstmädchen sie ein; Fennies Mutter saß im oberen Salon. Fennie sagte im Türbogen: «Mutter, dies ist Ann Kampfel Fennimore. Ich habe sie heute morgen geheiratet. Du hast vielleicht die Schlacht verloren, aber eine wunderbare Tochter gewonnen.»

Fennies Mutter, eine große, unscheinbare Frau, sagte: «Oh, Fennie! Können wir nicht noch einmal darüber reden?»

Ann schlug die Hände vors Gesicht.

Sie wollte Fennie vor seiner Mutter beschützen, für ihn sorgen, aber er ließ sie nicht; in den nächsten Wochen hatte er sehr viel zu tun; er führte Krieg wie in Trance, kämpfte mit seiner Mutter, kämpfte mit seinem Analytiker – «Ich bin über die Analyse hinausgewachsen, Ann. Du hast mir Reife gegeben» –, redete mit Ann in Babysprache, nannte sie «Frauchen» und war beleidigt, wenn sie vergaß, daß sie Mrs. Fennimore hieß. Fennie sagte: «Meine Mutter ist eine hysterische alte *Kuh*! Ich habe Kopfschmerzen.» Seine Mutter rief des öfteren spätabends an – in der Hoffnung, behauptete Fennie, ihn und Ann beim Liebesakt zu stören –, um zu sagen, sie habe jemanden ums Haus schleichen hören und wünschte, sie hätte einen treuen Wachhund; um zu sagen, sie habe vergessen, Fennie nach ihrem verpachteten Besitz in Waukegan zu fragen; oder einfach um gute Nacht zu sagen. Sie war höflich. Sie sagte: «Vielleicht sollte ich nicht so spät anrufen, aber ich brauche nicht viel Schlaf.» Ann meinte, Fennie verhalte sich neurotisch gegenüber seiner Mutter. Ann und Fennie stritten sich; Fennie brüllte: «Ich verlange doch bloß, daß du meine Stirn streichelst!» Ann brüllte: «Streichel du doch meine Stirn! Ich habe auch Kopfschmerzen.» Anns Mutter erhöhte den Stress noch, indem sie Ann hinterbrachte: «Diese schreckliche Frau erzählt überall in der Stadt schreckliche Dinge über dich.» Ann, die sich nicht aufregen wollte, brach in Tränen aus, als sie es Fennie erzählte.

(Und die Frau von Anns Bruder war schwierig; und Fennies Cousinen und die jungen Frauen, die Einladungen zum Tee gaben, waren neidisch: nun, wo er verheiratet war, war Fennie eine gute Partie; und neugierig: wie hatte Ann ihn sich geschnappt; und sie ließen keine Ruhe, bohrten und bohrten.) Fennie sagte: «Diese Frau macht vor nichts halt, um ihren Kopf durchzusetzen.» «Welche Frau?» fragte Ann unter Tränen. «Fennie, welche Frau?»

Fennie hatte sie in seine Welt verschleppt; Ann wachte manchmal aus merkwürdig gesichtslosen Tagträumen auf, in denen sie ein Rendezvous mit einem Mann in einem Wald auf dem Lande hatte, bloß um festzustellen, daß Fennie sie anstarrte. «Ann», sagte er, «ich glaube, der Sex, den du und ich haben, ist sehr interessant. Meinst du, er ist gut?»

Eines Abends, als die Fenster in der Wohnung offenstanden und elektrische Ventilatoren surrten, das weinfarbene Zwielicht draußen verwischend, dachte Ann an Selbstmord oder Scheidung. Sie kämpfte gegen ihre Stimmung an. Schließlich sagte sie: «Fennie, ich glaube, wir sollten aus Milwaukee weggehen.»

Fennie, naß, halb in ein Handtuch gewickelt, erschien in der Zimmertür. «Was hast du gesagt?» Sie wiederholte es. Fennie hielt die Luft an. Die Schwierigkeiten seien immens, legte er dar; es sei vieles zu befürchten, beispielsweise, enterbt zu werden. Er hielt inne. «Ich wollte immer weg aus Milwaukee», sagte er. «Ich hatte nie den Nerv dazu.» Er sagte: «Dafür werde ich dir, glaube ich, mein Leben lang dankbar sein.»

Durch einen Kommilitonen vom College fand Fennie einen Job. Er würde für die Regierung in Washington arbeiten.

Ann und Fennie brauchten eine Woche, um zu packen; Fennie hatte ein Spezialsystem, um ihre Bücher in alphabetischer Reihenfolge einzupacken, damit sie in Washington leicht in die Regale gestellt werden konnten. Ann sagte: «Ich habe das Gefühl, daß mir eine große Last abgenommen wurde. Ich glaube, ich habe die ganze Zeit, die wir hier waren, Angst gehabt. Jetzt habe ich keine mehr. Wir müssen uns immer daran erinnern, Fennie, daß die Vergangenheit tot ist.»

Sie fand es merkwürdig, daß am Anfang einer Ehe so viele Anfänge lagen.

Ann sagte über Washington: «Es hat die Atmosphäre einer Stadt in den Südstaaten.»

Sie arbeitete als Statistikerin und verdiente elfhundertfünfundfünfzig Dollar im Jahr. Fennie verdiente als untergeordnetes Mitglied des beratenden Rechtsausschusses im Handelsministerium dreitausend. Fennie hatte neunhundertfünfzig Dollar jährlich an Mündelgeldern. Seine Mutter hatte gesagt, sie würde ihm fünfzig Dollar im Monat schicken, aber manchmal vergaß sie es. Anns Ertragsanteil aus dem Familienunternehmen betrug elfhundert Dollar im Jahr. Ann und Fennie waren sich bewußt, daß sie wohlhabend waren.

Sie mieteten eine Dreizimmerwohnung in der Nähe des Dupont Circle. Ann fand die Wohnung wunderschön; sie träumte nachts davon und wachte auf, um sich darin zu finden. Manchmal sagte Fennie morgens zu ihr: «Du bist mein Schmüsli, mein Frühstück der Champions.»

Ann war der Überzeugung, daß Fennie seinen Anteil an Hausarbeit übernehmen solle. «Männer und Frauen sind gleich», sagte Ann; Fennie stimmte zu. «In diesen Dingen müssen noch viele Steine ins Rollen gebracht werden», sagte er.

In den ersten Monaten trafen sie sich nach der Arbeit, fuhren zusammen nach Hause und gingen zusammen einkaufen. Beim Lebensmittelhändler war Fennie aufgeregt und unzuverlässig. Er eilte zu ihr, wenn sie zwei Büchsen grüne Erbsen verglich und das komplizierte Preis-Leistungs-Verhältnis ausrechnete, um entscheiden zu können, was man am besten kaufte – Ann meinte, die amerikanische Industrie solle durch intelligente Konsumenten gelenkt werden –, und flüsterte: «Honey» (er hatte sich angewöhnt, südliche Redewendungen zu benutzen), «der Metzger sagt, er hat geräucherten Virginiaschinken, echte Spitzenklasse.»

«Wieviel kostet er?» fragte Ann.

Fennie neigte dazu, Anns Hausfrauenart als Kritik an seiner Männlichkeit zu deuten.

Manchmal waren Ann und Fennie nach den Schwierigkeiten des gemeinsamen Einkaufs steif und hölzern im Umgang miteinander, deprimiert über die Unterschiede zwischen ihnen. Gewöhnlich brach Ann das Schweigen: «Warum sind die Lichter in den Fenstern so gelb, Fennie? Liegt das am Staub in der Atmosphäre?» Er hatte ihr einmal erklärt, daß der Staub in der Luft den Glanz der Sonnenuntergänge verursache. Das war ihre Art, Frieden zu schließen.

Erleichtert sagte Fennie etwas Blödsinniges wie: «Weil Hühner die Straße überqueren.» Ann hielt Fennies Humor für surrealistisch; noch die blödsinnigste seiner Bemerkungen konnte sie aufheitern. Sie lachte. Fennie lachte, wenn er sie lachen sah. Kichernd, lachend und seufzend fuhren sie weiter nach Hause, und ihr Lachen folgte ihnen wie zahme Vögel.

Fennie half ihr nicht sehr lange beim Einkaufen. Er half ihr auch nicht in der Wohnung. Abends war er erschöpft davon, den lieben langen Tag der Neue im Büro zu sein, ließ sich in einen Sessel fallen und bat Ann, ihm einen Drink zu machen. «Du verwöhnst mich doch gern», sagte

Fennie. «Du machst es gern, weil du mich liebst», sagte er zu ihr.

Sie widersprach ihm nicht.

Ann fiel es schwer, sich daran zu gewöhnen, daß Leute dachten, sie sei vom Schicksal gesegnet, jung und glücklich. Und interessant. Sie wollte in Ruhe gelassen werden und konnte es nicht leiden, wenn Männer anzügliche Bemerkungen machten oder ihr Flausen in den Kopf setzten, und sie steckte ihr Haar zu einem Knoten auf und trug lose fallende Kleider, um ihre Figur zu verbergen, die in Washington für sehr attraktiv gehalten wurde – langgliedrig und schlank.

Fennie drängte ihr Havelock Ellis zum Lesen auf und *Ulysses* und *Liebende Frauen* und populärwissenschaftliche Fassungen von Freudschen Theorien; Ann wurde böse und sagte, er sei blöd und sie würde sie nicht lesen. Sie wisse mehr über Sex als jedes Buch, sagte sie.

Wenn Fennie bei diesen Gelegenheiten dann sagte, er wisse, daß sie ihn nicht so sehr liebe wie er sie, sagte Ann wütend: «Das ist Quatsch, Fennie. Quatsch, Quatsch, Quatsch.»

In mancher Hinsicht – so kam es Ann vor – war Fennie einfach ein überzüchteter, überredseliger Bourgeois, der alles überkompliziert machte. Sie fühlte sich durch etwas bedroht, was sie für ein zerstörerisches männliches Element in ihm hielt: «Denk nicht zuviel», sagte sie zu ihm. Sie liebte ihn, aber sie wollte nicht, daß ihre Gefühle erforscht wurden. Manchmal dachte sie an Walter. Dann war sie bleich und zerschlagen und saß hingestreckt in einem Sessel. «Du bist müde», sagte Fennie.

«Nein, bin ich nicht», schrie Ann, sprang auf und begann, Aschenbecher auszuleeren. Er wußte nicht alles.

Manchmal brachte es sie an den Rand des schieren Entsetzens, wenn er von ihren Stimmungen sprach, als hätte er sie in einem dunklen Flur angesprungen und mit schallender Stimme «Buh!» gerufen. Ihr Herz brauchte dann mehrere Minuten, bis es sich wieder beruhigte.

Anns und Fennies neue Freunde, Männer und Frauen gleichermaßen, verdammten Unaufrichtigkeit – Unaufrichtigkeit, was Gefühle, Tatsachen, Sex und Politik betraf. Sie lehnten auch Snobismus ab, kamen aber nicht umhin zu denken, daß Leute, die anders waren als sie, unglückselig, töricht oder gierig waren. Die Paare gaben ihr Geld für humanitäre Hilfe im spanischen, äthiopischen oder chinesischen Krieg aus, für Bücher, Whiskey, gute Zahnärzte und Putzfrauen; sie bezahlten ihren Putzfrauen drei Dollar die Woche. Sie stimmten darin überein, daß die Welt kein Ort für Kinder sei, und daß die Männer nicht durch noch mehr Verantwortung abgelenkt werden sollten. Und doch wurde eine alarmierende Anzahl von Anns Freundinnen schwanger, als die Monate vergingen und besonders, als die Börsenkurse stiegen. Ann las die Börsenberichte und gab nicht zu, daß sie schwanger werden wollte. Fennie wollte im Augenblick keine Kinder. Ann sagte mit einem kleinen Lachen: «Du willst das einzige Baby in der Familie sein.» Fennie sagte: «Sei vernünftig», und Ann biß sich auf die Unterlippe und versuchte vernünftig zu sein.

Es wurde Ehrensache, nicht mehr an Walter und seine Aufrichtigkeit und seine Würde zu denken. Sie war Fennie gegenüber nicht unloyal.

Sie fand es beinahe komisch, wie schnell Fennie nach der Heirat aufhörte, ihre geistigen Fähigkeiten zu achten. Manchmal fragte er sie, woran sie denke, wenn sie sich liebten; in letzter Zeit beschwerte er sich. Er sagte: «Konzentriere dich mehr auf mich.» Er hatte nicht mehr so großes Interesse daran, Ann glücklich zu machen. Es war, als sei die Liebe ein langes Brett, und er könne es an seinem Ende nicht tragen und wolle es ablegen, obwohl er ihre

Traurigkeit liebte – nur er konnte sie lindern. Plötzlich interessierte er sich wieder für sein eigenes Leben, jenen Teil, der nichts mit Ann zu tun hatte.

«Im Büro gibt es einen intelligenten Mann», sagte Fennie. Er sagte, Clerkenwall Franklyn komme aus einer vornehmen Quäkerfamilie, sei brillant, ein typischer Rechtsanwalt aus Philadelphia. «Franklyn», verkündete Fennie, «sagt, wir müssen uns mit der Bourgeoisie arrangieren. Wir können sie benutzen und ihr gleichzeitig wieder das Land stehlen! Wir können es genauso machen, wie sie es uns gestohlen hat – *legal*!»

«Oh», sagte Ann, die Lippen mißbilligend verzogen, «wie kommst du darauf, daß du mit der *Bourgeoisie* einen Kompromiß schließen kannst!»

«Wir müssen!» sagte Fennie begeistert. «Wer sonst kann lokale Unternehmen führen?»

«Die aufgeweckteren Arbeiter», sagte Ann schwer atmend.

«Mein liebes Frauchen, die aufgeweckteren Arbeiter *sind* bourgeois, nur fehlt ihnen der umfassende unternehmerische Überblick», sagte Fennie.

«Nein, nein, nein, nein, nein», sagte Ann.

«Na ja, laß uns ein andermal darüber reden», sagte Fennie.

Als Ann sich sicher war, daß sie schwanger war, ging sie zu Fennie und sagte zu ihm, wenn er meine, es sei eine schlechte Zeit, ein Kind zu bekommen, werde sie natürlich wie drei ihrer Freundinnen abtreiben. Fennie erinnerte sich an ihren Traum, zum Wohle des Landes zu arbeiten. «Alles der Reihe nach», sagte er. «Habe ich recht?» fragte er und vergaß zu fragen, ob sie das Kind haben wollte.

Ann nahm sich einen Nachmittag von der Arbeit frei und fuhr mit dem Zug nach Baltimore, um dort abtreiben zu lassen. Sehr geschwächt nahm sie einen Zug zurück nach

Washington. Fennie erschrak, als er nach Hause kam und sie so bleich vorfand; sie war auf den Beinen, der Mund zu einem unwirklichen Lächeln erstarrt; Fennie hatte den Eindruck, Ann haßte ihn.

Lange Zeit weigerte sie sich, über das Vorgefallene zu sprechen; manchmal kroch ihre Hand zum Magen und blieb dort liegen, wie um ihn zu wärmen. Sie und Fennie stritten sich. Fennie beschwerte sich plötzlich, daß Ann einen durchdringenden Wisconsin-Akzent habe.

«Früher hast du dich nie darüber beschwert!» sagte Ann mit genau dieser durchdringenden Stimme.

«Früher ist er mir nie aufgefallen.»

Ann sagte: «Ich will dir was sagen, Fennie. Ich bringe mich um. Würde dich das glücklich machen?»

Fennie sagte: «Ach, halt den Mund.» Dann sah er verblüfft drein. Er sagte gefühlvoll: «Du kannst dich nicht von den Dingen auffressen lassen ... Ich glaube, du bist immer noch aufgeregt über die Geschichte mit der – äh – Abtreibung. Was ist denn aus unseren Idealen geworden, Annielein? Du weißt doch, daß wir nicht auf die gewöhnlichen Dinge des Lebens aus sind. Wir wollen das Ganze.»

Es war etwas Sexuelles und Hurenhaftes an Ann, wie sie in ihrer Verzweiflung da stand; Fennie fühlte sich wieder von ihr angezogen.

Zwei Monate später hatte sie eine Fehlgeburt. Der Arzt sagte, ihre inneren Organe seien durch die Abtreibung geschwächt. Ann sagte: «Ich habe dir nicht gesagt, daß ich schwanger war, Fennie, weil ich wußte, es würde sich von selbst regeln.» Sie redete, als wäre sie stolz auf sich, aber dann verfiel sie plötzlich in Monologe voller Selbstanklagen: «Ich bin eine schreckliche Idiotin – dumm, dumm ...» Oft entschuldigte sie sich: «Ich weiß nicht, ob ich komme oder gehe. Ich würde den Kopf verlieren, wenn er nicht auf den Schultern festsäße.» Wenn sie trank, griff sie Fennie an. Sie verzog das Gesicht und sagte: «Du bist eine Ratte, Fennie. Du bist eine richtige Ratte.»

Fennie, ziemlich bleich und geduldig, sagte: «Ich weiß, daß du nicht du selbst bist.»

Ann erwiderte: «Nein, ich bin nicht ich selbst. Ich bin deine Mutter, Fennie, du Ratte.»

Fennie sagte: «Seit dieser Kindergeschichte bist du nicht mehr du selbst.»

«Red nicht so mit mir, du Kryptofaschist!» Ann weinte. «Na ja, die Flitterwochen sind vorüber», sagte sie an Stelle einer Entschuldigung. «Es tut mir leid. Ich habe viele wahre Dinge gesagt, die ich nicht hätte sagen sollen.»

Tagelang war sie schweigsam und schicksalsergeben. «Die Ehe ist nicht leicht», sagte sie zu Freundinnen. «Fennie und ich haben ein gutes Arrangement.» Für sie war Fennie die Gesamtheit der Männer. «Ihr wißt doch, wie Männer sind», sagte sie. Sie war seit vier Jahren verheiratet. Einen Steckbrief von Fennie geben zu müssen, hätte sie zum Weinen gebracht: *Er ist ein ziemlich kleiner Mann, der eine böse Mutter hatte. Er trinkt zuviel, weil er völlig ichbezogen ist. Er regt sich zu sehr auf. Er ist nicht immer gelassen im Umgang mit mir. Er neigt dazu, an den Nägeln zu knabbern, aber er möchte glauben, die Analyse habe ihn geheilt, und deshalb hört er auf, sowie er anfängt, an einem Nagel zu kauen. Doch alle paar Monate gibt er nach und knabbert einen oder zwei Nägel ab. Er ist nicht sehr gut im Umgang mit Menschen. Die Haut auf seiner Brust ist beinahe blau, und auf seinem Bauch ist ein rotblauer Fleck, wo sein Gürtel kneift. Seine Schlüsselbeine stehen vor.* Hätte man sie aufgefordert, seine Fehler aufzulisten, hätte sie gerufen: «Wir haben doch Werte! So schauen wir Menschen doch nicht an!»

Hätte man sie aufgefordert, sich selbst zu beschreiben, hätte sie gesagt: «Ich bin so etwas wie eine Intellektuelle.

Meine Gedankenwelt ist sehr erratisch, aber ich schäme mich nicht, eine Frau zu sein.» Hätte man sie bedrängt, hätte sie vielleicht hinzugefügt: «Ich bin meinem Mann eine gute Frau. Ich belästige ihn nicht mit meinen Stimmungen. Ich weiß, wann ich mich verabschieden muß.» Sie hätte gesagt, daß sie und Fennie sich abmühten, bessere «Lebensbedingungen» für das Land zu «schaffen». Fennies und ihr Leben war alles andere als bedeutungslos.

Fennies Mutter wurde krank. Fennie fuhr nach Milwaukee. Als er nach Washington zurückkehrte, sagte er zu Ann, seine Mutter sähe gern ein Enkelkind. «Warum haben wir kein Kind?» sagte Fennie, als hätte Ann keins haben wollen.

«Fennie, ein Kind?» Ann fuhr mit dem Finger über einen unsichtbaren Schleier vor den Augen. Sie lächelte zögernd, eine Hand über dem Mundwinkel. «Ist es fair, gerade jetzt ein Kind in die Welt zu setzen, Fennie?» Sie ließ die Hände in den Schoß sinken. «Ich hätte nichts gegen ein Kind», sagte sie.

Sie trug das Kind aus und gebar eine Tochter, die Louise genannt wurde, nach Fennies Mutter.

Ann nannte das Kind Baby. Sie spürte die Stimmungen des Babies, seine Wutanfälle, seinen Appetit, seine Schläfrigkeit und sein Wohlbehagen in sich; diese Gefühle waren in Ann wie ein Modell eines ungewöhnlichen Sonnensystems: inhaltslos und primitiv, sehr unvernünftig und privat, ein riesiges All und eine Sonne und ein Mond. Licht sprang von der Sonne zum Mond. Sie spielte – sie wußte gar nicht genau, was sie mit diesem Ausdruck meinte – das Sonne-Mond-Spiel mit dem Baby, wobei sie abwechselnd die Rolle der Sonne und des Mondes übernahm.

Sie war ständig mit dem Baby zusammen; nie verabschiedete sie sich von dem Baby. Tagsüber kam ein farbiges Dienstmädchen; das Dienstmädchen war auf eine falsche und distanzierte Art lieb, war stolz, dachte, die Leute intrigierten gegen sie. Ann merkte kaum, daß das Dienstmädchen da war.

Fennie war selten zu Hause; er machte Überstunden im Büro; er kam Ann nicht in die Quere. Er sagte, es stehe Krieg bevor; in letzter Zeit bewunderte er Harold Ickes und ahmte die sprachlichen Eigenheiten des Innenministers nach. Er sagte: «Der Krieg kommt so sicher wie das Amen in der Kirche.»

Das Baby hatte oft Koliken und weinte nachts; Fennie wachte auf – er war nicht so müde wie Ann und schlief nicht mit ihrer verzweifelten Bewußtlosigkeit – und stupste Ann, bis sie wach wurde; auf dem schmalen Grat, auf dem ihr Bewußtsein die Nachtwelt traf, war das Weinen des Babies zu vernehmen. Ann sprang aus dem Bett – manchmal lachte Fennie – und schoß durchs Zimmer, prallte gegen Stühle, sogar gegen die Wand, bis sie zum Bettchen des Babies kam, die Sinne abgestumpft, ihr Stolz in der Beschäftigung mit Verdauung und Kinderscheiße untergegangen.

Es machte ihr angst und Freude, daß die Mutterschaft schwierig war. Sie betrachtete ihr gequältes Gesicht, ihr ungekämmtes Haar im Spiegel: sie tat, was sie konnte.

Fennie und Ann konnten nicht mehr miteinander reden, wie sie es früher getan hatten. Sie schliefen dreieinhalb Monate lang nicht miteinander. Fennie war blaß, sein Magen rebellierte. Seine beste Zärtlichkeit hatte einen Unterton von Sarkasmus. In einem Anfall von Mitgefühl gab Ann sich ihm eines Abends hin, halb schlafend, darum bemüht, wach zu bleiben. Seit das Baby da war, hielt sie Fennie oft für schwierig – wenn nicht für kindisch; er bemühte sich kein bißchen, zu begreifen, wie wichtig es für sie war, daß sie sich darauf konzentrierte, eine gute Mutter zu sein.

Sie fragte sich, ob Fennie aufhören würde, über das «Männliche» und «Weibliche» und D. H. Lawrence zu sprechen. Er sagte: «Es ist nicht gut, gegen das Leben der Instinkte anzukämpfen ... Ich glaube, du liest nicht mehr genug, Ann.» Er meinte, sie sei kein guter Kumpel. Ann hörte nicht mehr zu, wenn Fennie redete. Er sagte: «Ich habe von einem Buch mit dem Titel *Das weibliche Glück: neu besehen* gehört. Soll ich es dir besorgen? Wirst du es lesen?»

Sie gab zur Antwort: «Ich glaube, ich hole Efeu für den Blumenkasten.»

Sie kam Fennie geheimnisvoll und ausweichend vor. Sie wurde wieder schwanger, teilte Fennie die Neuigkeit mit und setzte mit großen Augen und in ruhigem Ton hinzu: «Wir müssen ein Haus kaufen.»

Fennie sagte: «Ann, es ist zu früh für dich. Du weißt doch, daß der Arzt gesagt hat, es sei zu früh.»

«Diesem Baby tue ich nichts an!»

Fennie sagte: «Das Baby, das Baby. Den Frauen liegt nichts an ihren Ehemännern. Nur an ihrem Spielzeug, ihren Puppen ... Genau das nämlich, sagt Lawrence, ist ein Baby für eine Frau.»

«In der Ehe geht es nicht ohne Leiden», sagte Ann merkwürdig leichthin. «Das gilt für jeden, Fennie», sagte sie. «Wir müssen ein Haus kaufen.»

Sie wählte eins auf der anderen Flußseite in Alexandria. Es kostete dreizehntausend Dollar und war aus pfirsichfarbenen Ziegeln; es hatte Fenstersimse aus weißem Stein. Eine alte Frau hatte ihre letzten Jahre darin verbracht, es war heruntergekommen. Ann putzte es Zimmer um Zimmer. Das Haus war, dachte Ann, zweifelsohne ansehnlich.

Ann versuchte, Fennie eine bessere Gefährtin zu sein. Sie las die Zeitungen. «Hitler ist wahnsinnig», sagte sie; «man sieht es seinem Gesicht an»; und sie setzte sich hin, wenn Fennie nach Hause kam, und trank ein Glas mit ihm und versuchte, ihn dazu zu bewegen, vom Büro zu erzählen. Er konnte nicht darüber hinwegkommen, wie sehr das Kinderkriegen Ann verändert hatte. Er traute ihr nicht. «Zerbrich dir nicht dein kleines Köpfchen übers Büro», sagte er.

«Die Deutschen bombardieren Zivilisten, weißt du das», sagte Ann vage und ließ den Blick über den Hinterhof schweifen. «Die Häuser von Leuten ...»

Sie kaufte so gut wie keine Möbel; viele Zimmer in ihrem Haus blieben leer, tagsüber vom Sonnenlicht erfüllt, aber leer. «Dies ist nicht die Zeit, sich an materielle Besitztümer zu hängen», sagte Ann. Ihr Haus und ihre Kinder, das Geborene und das Ungeborene, mußten gehegt und gepflegt werden, auch wenn sie in die Irre führen konnten. «Die Leute verlieren ihre moralische Urteilskraft und lassen sich um ihrer Besitztümer willen alles gefallen», sagte sie mit einer Art Trauer.

Der Arzt sagte, sie mache zuviel im Haushalt, gehe zu oft die Treppen hinauf und herunter.

Sie sagte: «Ich sehe aus wie eine Rauschgiftsüchtige. Alles entgleitet mir.»

Frankreich fiel. Ann war im siebten Monat. Fennie kam eines Nachmittags früher nach Hause und erzählte ihr, daß die Deutschen in Paris einmarschiert seien. «Die Franzosen haben sie diesmal also nicht an der Marne aufgehalten?» fragte Ann. Sie sagte: «Dann müssen wir jetzt kämpfen, nicht wahr, Fennie? Bombardieren sie Flüchtlinge?»

Sie wollte in einer Zeit der Not nicht klagen oder larmoyant sein. Es war eine schwierige Frühgeburt. Das Baby, ein Mädchen, war gesund, aber sehr klein. Ann erholte sich nicht richtig, und der Arzt sagte, sie müsse sich operieren lassen. «Sie werden nie wieder Kinder haben können.»

Ann weigerte sich, ihre Einwilligung zur Operation zu geben. «Ich bin stark wie ein Pferd», sagte sie zu Fennie. «Es wird mir schon wieder bessergehen. Sei kein Schwarzseher.»

Fennie erzählte Ann, ihre ältere Tochter frage in einem fort nach ihr. Er hatte Tränen in den Augen, und er war auch wütend. «Warum bist du so eigensinnig? Du bist die eigensinnigste Person, die ich kenne.» Er sagte: «Kinder sind nicht alles.»

Der Arzt sagte zu ihr: «Sie sind eine hochnervöse, unvernünftige Frau.»

«Doktor, schauen Sie sich die Bauersfrauen an», sagte Ann. «Sie –»

Der Arzt sagte: «Wissen Sie, wie hoch die Sterblichkeitsrate bei Bäuerinnen ist?»

«Ist sie hoch», fragte Ann, die Statistikerin, «wenn die Frauen nicht überarbeitet sind?»

«Alle Frauen sind überarbeitet», bemerkte der Arzt trokken. «Wenn sie es nicht sind, werden sie hypochondrisch. Ich kann Sie nicht nach Hause gehen lassen», sagte der Arzt. «Sie können jederzeit einen Blutsturz bekommen.»

Ann sagte zum Arzt: «Mein Mann wollte immer einen Sohn haben.» Der Arzt zuckte die Achseln.

Ann dachte an ihr Haus und die beiden wartenden Kinder. Sie sagte: «Dann wird er wohl ohne auskommen müssen.»

Der Arzt sagte: «Solange Sie Ihren Sinn für Humor behalten, Ann, wird alles gut.»

Fünf Tage nach der Operation wurde Ann nach Hause entlassen.

Es schien Ann, als wäre Fennie durch die Aufregungen des Krieges so aufgewühlt und beflügelt, wie er es früher durch sie gewesen war. Er blähte sich vor Erregung: «Die Leute merken einfach nicht, daß *dies* die Götterdämmerung ist», sagte er. Er trank im Büro, um sich aufzuputschen. Es langweilte sie, daß Fennie sich wichtig vorkam, weil er hinter den Kulissen mit der Sache zu tun hatte. Sie wollte ihm sagen, er müsse aufpassen, was er sage; sie mußte aus ihm – sie konnte es nicht genau benennen – ein Gefühl ziehen, daß sie etwas wert war, weil sie es aus sich selbst nicht mehr ziehen konnte.

Oft ergab es keinen Sinn, wenn sie redete. Sie sagte taktvoll: «Weißt du, die Kinder sehen dich, wenn du so redest, als hättest du den Krieg *gern* ...» Sie unterbrach sich. Er ist ein guter Mann, dachte sie. Es kam ihr blöde vor, ihm plötzlich Vorwürfe zu machen, genauso wie es blöde war, Kindern Vorwürfe zu machen – jeder wußte, wie Kinder waren. Über Gutes redeten die Leute nicht, und sie hatte ohnehin den moralischen Orientierungssinn verloren. In der Ehe wurde nie etwas abgeklärt. Die Ehe war kein abgeschlossener Zustand.

Fennie brach das Schweigen. Er sagte: «Liebste, was willst du mir sagen?» Sie wandte sich ab; er hatte Geduld mit ihr. Er war ein erfolgreicherer Mensch als sie; er war ein guter Bürokrat. Sie war sich nicht sicher, ob sie ihn noch mochte. Sie zog einen Schmollmund. Fennie sagte noch einmal: «Liebste, was willst du mir sagen?»

«Ich habe es vergessen», sagte Ann und stieß ein kleines, besänftigendes Lachen aus.

Ihre Gefühle erwähnte sie selten, aber wenn sie es tat – «Ich bin traurig» oder «Fennie, ich weiß nicht, warum ich überhaupt lebe» –, sprach sie beinahe leichthin, damit es keinen Streit gab. Fennie sagte: «Du solltest mehr ausgehen. Du denkst zuviel über dich nach.»

Es war, als hätte ein langer, langer Kampf zwischen ihnen stattgefunden und Fennie hätte ihn gewonnen und ihr wäre es gleich.

Sie folgte ihrem schwarzen Dienstmädchen von Zimmer zu Zimmer. Sie sagte: «Vergangene Nacht hatte ich einen sehr merkwürdigen Traum. Ich war in China. Ich war eine kleine, winzige, puppengleiche, *perfekte* Chinesin –» Sie meinte eine, die nie eine Operation mitgemacht hatte, die hübsch, hoffnungsvoll und beherzt war. «Ich glaube, du hast eine Staubmaus unter dem Stuhl liegengelassen, Mary Lou», sagte Ann.

Mary Lou warf Ann einen traurigen, verschlagenen, halb irren Blick zu, fixierte sie irgendwo rechts über dem Ohr, so daß Ann eine nicht wahrgenommene, verblaßte Erscheinung blieb. «Noch nie hat einer gesagt, ich bin keine gute Putzfrau. Ich lüge nicht, ich stehle nicht, ich schulde keiner lebenden Seele einen Dollar –»

«Ich mache es schon. Gib mir den Besen. Ich will dir von meinem Traum erzählen», sagte Ann beim Fegen. «Ich hatte einen schrecklichen Mann. Ich war eine Sklavin. Ich war von Kopf bis Fuß grün und blau geschlagen, alle meine Kinder außer einem starben an Impetigo oder Beriberi, deshalb lief ich weg. Ich nahm mein Baby mit. Ich ließ es auf einem Bahnhof, bloß für einen Augenblick. Dann fiel eine Bombe – ich sah sie wie eine Träne fallen. Sie explodierte; die Luft war erfüllt von einem Ton, wie wenn man gegen Kristallglas schnippt. Ein Mann warf sich auf mich, aber es war kein Mann, es war ein Stück Holz – du weißt, wie Träume sind. Und mein Baby weinte in den Trümmern des Bahnhofs – hast du das berühmte Foto gesehen –» Mary Lou leugnete, irgendein Foto gestohlen zu haben. «Nein, nein», sagte Ann, «ich rede von einem Foto, das vor Jahren durch alle Zeitungen ging.»

«Ich würde überhaupt keins von Ihren Fotos wollen», sagte Mary Lou, breit lächelnd. «Ich habe selber Fotos.»

«Mary Lou», sagte Ann. «Verstehst du denn nicht, ich würde *dich* doch nie beschuldigen.» Ann zitterte vor Mitgefühl mit Mary Lou, deren Sorgen sie beschränkt gemacht hatten. «Hör dir doch meinen Traum an: Der Bahnhof brannte, aber die *Panay* kam uns zu Hilfe, und Wallace Beery war der Kapitän, nur daß es nicht Wallace Beery war, sondern Mussolini ... Mary Lou», sagte Ann, «du erzählst mir nie deine Träume.»

«Ich habe nur religiöse Träume», erwiderte Mary Lou.

Mary Lous Haut war rauh, schwarz, exotisch; sie roch fremdländisch, süß, nach Seife. Ann folgte Mary Lou mit den Augen. Eines Tages stieß Ann sich den Zeh an; sie schrie auf, hob den verletzten Fuß, stand mit geschlossenen Augen, das Bein angezogen wie ein Reiher. Mary Lou sagte: «Haben Sie sich weh getan?» Sie stieß ein tiefes, schnalzendes Geräusch aus: «Uuu-lee-doo, uu-lee-doo, haben Sie sich weh getan», und legte den Arm um Ann. Ann lehnte sich gegen sie, doch dann sagte sie: «Ich will nicht eine der Frauen sein, die zu Schmarotzern ihrer Dienstmädchen werden. Du hast ein eigenes Leben, Mary Lou.» Sie machte sich von Mary Lou frei. «Oh, wir in Amerika schulden dem Neger so viel!» sagte sie.

Danach wurde Mary Lou achtloser; innerhalb eines Tages zerbrach sie eine Schale, ein Glas, eine Sprosse eines Eßzimmerstuhls. Sie war unhöflich und brüllte die Kinder an; sie klaute Anns Laken. Ann erzählte es Fennie, und Fennie feuerte das Dienstmädchen. Er sagte: «Wir tun das für *deine* Selbstachtung, Mary Lou.»

Manchmal sah Ann in Washington auf der Straße die frisch eingezogenen Rekruten, darunter sommersprossige Bauernjungen, einige mit rötlichblondem Haar; sie konnte sich vorstellen, wie der Körper eines solchen Jungen röche, wie naiv seine Art zu reden wäre.

Ann und Fennie gingen auf Parties, ungezwungene Parties, die gewöhnlich im Freien, in jemandes Hinterhof gefeiert wurden. Oft versammelten sich bei diesen Gesellschaften die Männer am früheren, nüchterneren Teil des Abends in einer Ecke des Hofes, um über den Krieg und die Regierung zu diskutieren. Die Frauen plauderten über Personal und Preise.

Ann trank viel, weil sie betrunken werden wollte. Dann, wenn es spät geworden und der Mond aufgegangen war und die Männer sich wieder den Frauen anschlossen und beschwipste Spielarten von Freundschaft, Sehnsucht, Unschuld und Verführung zu beobachten waren, spielte sie bei jedem, der sich ihr näherte, auf ihre Verzweiflung an. Oft saß sie allein, trüben Auges und gerade aufgerichtet.

Ein Mann, sein Gesicht ein schiefer, in der durchbrochenen Dunkelheit schwimmender Teller, legte Ann die Hand aufs Knie. Ann sah, daß es Fennie war, und auch er war betrunken. Mit seiner Harold Ickes-Stimme sagte er: «Und wie behandelt dich das Leben, Schätzchen?»

Rechts von Ann sagte eine Stimme: «Ich wette darauf, daß der weitaus beste rechtshändige Werfer in der Oberliga heute Bucky *Walters* ist...» Ann sagte: «Das Leben ist düster. Die Faschisten kommen. Ich wünschte, ich wäre tot.»

«Oh, du bist schlecht gelaunt», murmelte Fennie und machte sich davon in das schwankende Geflatter, die fedrigen, schlagenden Gänseflügel der Stimmen auf der Party.

Nach Pearl Harbor arbeitete Fennie bis so spät abends im Büro, daß er sich ein Bett hineinstellen ließ und manchmal dort schlief. Untreue zog Ann nie in Betracht; das würde Fennie unglücklich machen. An einem kalten Donnerstagabend rief er sie an und sagte, er habe sich in seine Sekretärin verliebt.

IV

Anne fand es bürokratisch von Fennie, daß er ihr die Nachricht am Telefon beibrachte, und sie wollte gemein sein. Sie sagte – Fennie teilte für die Diktate seine Sekretärin mit einem Mann namens Aswell –: «Stört das Aswell nicht?»

Fennie sagte: «Dir ist es egal. Dir war es immer egal.»

«Mir?» sagte Ann, aber er hatte bereits eingehängt.

Er rief noch einmal an, um zu brüllen, daß er beinahe vierzig Jahre alt sei und hohen Blutdruck habe und vor seinem Tod ein wenig Glück verdiene.

Er rief ein drittes Mal an: Er wollte das Mädchen mit nach Hause bringen; es gebe keinen Grund, weshalb er, Ann und das Mädchen die Situation nicht wie zivilisierte Menschen erörtern sollten, sagte er. Ann sagte: «Meinetwegen, Fennie. Alles, um dir vor deinem Tod ein wenig Glück zu schenken.»

Ann war nicht klargewesen, in welchem Ausmaß die Verzweiflung sich ihr auf die Seele gelegt hatte, bis das Mädchen an dem Abend mit Fennie nach Hause kam. Sie stammte aus dem Süden, war jung und scheu, und Ann störte es schrecklich, daß das Mädchen dumm war und teigige, pummelige Beine hatte – «Ihre Beine sind ja weder hier noch da», sagte Ann zu sich –, und die Komplimente des Mädchens über das Haus und die Möbel störten sie auch. «Was für ein wirklich schönes altes Haus das ist», sagte das Mädchen verkrampft. «Dies ist das Mädchen, das ich liebe», sagte Fennie. Ann sagte, sie sei gern bereit, sich von Fennie scheiden zu lassen. Er sagte – vor dem Mädchen –, daß Ann nicht in der Lage sei, eine Entscheidung zu fällen. Ann sagte: «Worüber reden wir dann? Warum hast du das Mädchen hergebracht?» Fennie sagte, Ann mache eine Szene, und die Beschuldigungen begannen.

Die Praxis des Psychoanalytikers war nicht weit vom Einkaufszentrum. Ann sagte, mit der Hand die Augen beschirmend: «Mein Leben liegt in Scherben. Ich bin mit einem Schweinehund verheiratet. Ich weiß nicht, warum sich für mich alles so zum Schlechten gewendet hat. Ich war einmal glücklich. Es gab da einen Mann mit goldenem Haar – einen Arbeiter in Illinois ... Er war meine einzige Liebe.» Sie redete weiter von Walter.

Der Analytiker sagte: «Ich denke, wir können sagen, daß Sie Probleme haben, die der Behandlung *bedürfen*, ja ihrer *würdig sind.*» Er war ein wohlhabend aussehender Mann, nicht sehr groß, mit einem stämmigen Körper, nicht sehr dick, mit grauem Haar, nicht sehr dicht. Irgendwie erinnerte er an Kindheit; er strahlte etwas von ihrer Atmosphäre aus – das verdunkelte Zimmer, die Ledercouch, die Intimität ließen an die geheimen Plätze unter Betten, in Garagen, in Schränken denken, wo Kinder sich trafen. Er sprach langsam und herzlich: «Ich denke, wir können sagen, daß niemand so allein sein sollte wie Sie.»

Als sie ihn das zweite Mal aufsuchte, war ihr unwohl zumute, und er sagte: «Die Analyse ist nicht leicht; sie ist nicht für jedermann geeignet.»

Ann begann zu weinen. «Die Liebe auch nicht», sagte sie.

In den ersten zwölf Wochen weinte sie bei jeder Sitzung. Sie entschuldigte sich, weil sie soviel weinte.

«Es macht nichts, wenn Sie hier weinen», sagte der Arzt immer wieder, mit dem gleichen leichten Lächeln.

Eines Tages weinte Ann: «Aber ich war *einmal* glücklich!»

Der Arzt sagte: «Sie waren glücklich – das Glück, das Sie erwähnen, war das mehr im Körper oder im Kopf?»

«Also – im Kopf war es nicht!» rief Ann. «Im Kopf wußte ich, daß es nicht von Dauer sein konnte!»

Am nächsten Tag sagte sie zu dem Arzt: «Sie sind sehr, sehr feinfühlig.»

Der Arzt sagte: «Es gibt einen Gleichklang zwischen uns. Wir sind geistesverwandt.»

Er kleidete sich wie ein gesellschaftlicher Aufsteiger, doch Ann mochte ihn und sagte es ihm auch.

Der Arzt sagte ihr, er hoffe, sie mache eine Übertragung durch. «Ihre Gefühle für mich sind wichtig für die Analyse – denn *die* stammen nicht aus der Vergangenheit.»

Sie sagte, ihre Gefühle ihm gegenüber seien liebevoll. Er sagte, ja, das sei ein Schritt auf eine Übertragung hin, und lächelte.

Ann sprach nicht mehr von Walter. Sie schlief nicht mehr mit Fennie. Als der Arzt sie fragte, ob sie je daran denke, sich einen Liebhaber zuzulegen, sagte sie: «Wo soll ich die Zeit hernehmen?»

Der Arzt fragte sie, ob es denn niemanden gebe, von dem sie sich angezogen fühle, und Ann sagte, es gebe einen Mann, der eine Tankstelle in Alexandria betreibe: «Aber ich möchte mir das mit der Arbeiterklasse nicht zur Gewohnheit machen.» Sie sagte: «Auch Sie ziehen mich an – in Maßen. Um die Wahrheit zu sagen», setzte sie hinzu, «*mich* verführt nie jemand.» Sie verstummte. «Ich bin nicht die Art Frau, die für ihren Arzt schwärmt.» Sie sagte: «Warum sind Sie kein berühmter Psychoanalytiker? Stimmt etwas nicht mit Ihnen?» flüsterte sie.

Der Arzt sagte stolz: «Ich gehöre keiner organisierten Clique an. Ich gehe meinen eigenen Weg. Es gibt keinen Öffentlichkeitsapparat, der meinen Ruf aufbläht. Meinen Sie, ich bekomme nicht genügend Anerkennung? Wären Sie gern stolzer auf mich?»

«Ja», flüsterte Ann.

Noch lange nachdem sie an dem Tag die Praxis verlassen hatte, sprach sie weiter mit ihm – bis zwei oder drei Uhr morgens. Sie hielt kaum inne, als sie hörte, wie Fennie die Tür aufschloß und sich im ersten Stock zum Schlafengehen fertigmachte; Ann schlief im zweiten Stock, oder besser, lag im zweiten wach, zu gefesselt von dem, was sie dem Arzt zu sagen hatte, um zu schlafen.

Sie sagte zu ihm: «Vergangene Nacht träumte ich, Sie und ich lebten allein in einem schönen Haus auf einem Hügel. Es war auf dem Land. Wir waren sehr gute Freunde. Es war ein glücklicher Traum.» Sie kicherte. «Können Sie sich das vorstellen?» Sie brach in Tränen aus: «Ich bin überspannt.»

Er erzählte ihr vom kollektiven Unbewußten, von der Introversion, der Libido, dem Über-Ich. Sie erörterten ihre Träume. Sie erörterten ihre Übertragung. Sie erörterten ihr leidenschaftliches Naturell.

Anfangs konnte sie nicht glauben, daß sie begann, den Arzt zu begehren. Sie fühlte – auf das Symbol brachte er sie bei der Erörterung eines Traumes – die schweren Wurzeln von Flügeln in ihren Rücken eindringen. Sie redete von Walter, von dem Bauernjungen und von Fennie, und es kam ihr so vor, als flatterten die Flügel rastlos und schlügen ihr um den Kopf. Sie erlitt eine erotische Gehirnerschütterung.

Der Arzt sagte zu ihr, sie begreife die Übertragung nicht, sie übertrage Gefühle auf den Arzt, die eigentlich für ihren Vater bestimmt seien: «Das Inzest-Tabu verwirrt Sie.» Er sagte, es sei völlig in Ordnung, daß sie ihn begehre. Begierde sei nicht schädlich. Der Arzt sagte: «Sie leben ein in ihrem Leben angelegtes archetypisches Muster aus.»

Wenn sie schlief, schlief sie schlecht. Sie träumte. Selbst wenn sie den Arzt in ihren Träumen nicht erkannte, machte er ihr klar, daß er gegenwärtig war: die Fenster in ihrem Traum, aus denen sie sich stürzte, die sie zu öffnen versuchte, waren er.

«Es wäre schön», sagte Ann, zur Decke starrend, «eine Affäre mit einem wirklich einsichtsvollen Mann zu haben, einem Mann, mit dem ich reden könnte.»

«Sie experimentieren mit einer der Erscheinungsformen, die Patienten benutzen, um die Übertragung störend zu beeinflussen.»

Ann fragte: «Bin ich häßlich?»

Der Arzt sagte, sie habe auffallend viel Charme.

Ann holte tief Luft. «Wie häßlich bin ich?»

«Sie sind nicht häßlich.»

«Wie weit entfernt bin ich davon, schön zu sein?»

Der Arzt sagte, sie stelle eine bedeutungslose Frage.

Ann begann zu weinen. «Ich glaube, ich bin zu alt für Anstandsfloskeln», sagte sie. «Kein Mann will eine Frau so, wie sie wirklich ist. Männer wollen, daß Frauen ihrer Vorstellung entsprechen.»

Der Arzt sagte: «Sie stehen unter schwerer Anspannung. Die Lebensmitte ist eben schwierig. Die Ehen halten zu lange. Nun, unsere Zeit ist um. Trocknen Sie sich die Tränen. Ich sehe Sie am Donnerstag.»

Sie sagte: «Diese Analyse ist verlogen. Sie nehmen mein Geld. Sie zwingen mich, schreckliche Dinge zu empfinden. Es ist wie in schrecklichen Liebesaffären.»

Der Arzt sagte: «Ihre Analogie stimmt nicht. Sie wollen nicht mit mir ins Bett gehen. Sie wollen mit Ihrem *Vater* ins Bett gehen.» Ann stieß ein zischendes Geräusch aus. «Wir Analytiker wissen, daß Übertragung nicht Liebe ist.»

Ann sagte: «Sie hätten sich nie mit mir einlassen sollen. Sie hatten nie vor, aufrichtig zu sein.»

Ein andermal sagte sie: «Wenn es eine Hölle gibt, dann gibt es darin einen Platz für Frauen wie mich.»

«Nun, nun», sagte der Arzt, «wir wollen nicht übertreiben.»

Ann sagte: «Kein anderes Gesicht ist wirklich für mich.

Wenn Sie mich liebten, würde ich nie eine Szene machen. Ich würde Sie nicht belästigen. Ich würde Ihnen nicht in die Quere kommen ...»

Der Arzt sagte: «Wir wollen einmal untersuchen, was Sie da gesagt haben. *Sie versprechen, brav zu sein.* Hier haben wir den psychologischen Kern des Christentums: die Libido im Zustand des Verlangens ist bereit, alles zu versprechen. Das Christentum stellt einen großen psychologischen Fortschritt gegenüber dem Heidentum dar. Es reproduziert die *Familie.* Es hat die romantische Liebe erfunden. Ist das nicht der Grund?»

«Vermutlich», sagte Ann dumpf.

«Das Heidentum gesteht der Frau nur die *animalische* Präsenz des Gottes zu. Frauen verdienen mehr als das.»

Ann sagte mit Tränen in den Augen: «Ich war glücklich mit Walter.»

Der Arzt sagte: «Aber was heißt es, wenn eine Frau *nur* die animalische Präsenz will. *Es heißt, daß sie sich haßt und danach strebt, ihrem Analytiker überlegen zu sein.*»

Ann lachte; dann weinte sie. Sie sagte: «Ich bin mir nicht sicher, daß ich das mit dem Christentum verstehe. Erzählen Sie mir mehr vom Christentum. Sie sind so ein moralischer Mann. Sie sind ein *guter* Mann.»

Der Arzt schloß die Augen und sagte: «Ich bin so froh, daß Sie mir endlich entgegenkommen wollen.» Am nächsten Tag sagte er: «Gestern haben wir einen Durchbruch geschafft – wir haben den kindischen Egoismus überwunden.»

Der Arzt sagte ihr, sie sei immer gehemmt, weil es für sie als weibliches Kind gefährlich gewesen sei, Gefühle zu haben. «Doch nun sind Sie befreit. Sie sind bereit, mehr zu geben. Sie haben die Beschäftigung mit der eigenen Person zum großen Teil hinter sich. Sie können Ihr frauliches

Ich sein – warmherzig und mitfühlend ... Sagen Sie mir», sagte der Arzt streng, «Sie fühlen sich doch wohl? Sie fühlen sich doch glücklich?»

Ann konnte es nie über sich bringen, ihn zu enttäuschen. Sie sagte: «Ja. Es geht mir *viel* besser. Sie sind ein *wunderbarer* Arzt.»

Fennie kam an zwei Abenden die Woche nach Hause, um die Kinder zu besuchen. Ann bemerkte seine Erschöpfung und sagte mit einer Stimme wie der des Arztes: «Fennie, quält dich im Augenblick etwas?»

Fennie sagte, im Ministerium gehe es drunter und drüber, zwei seiner Memos in der Woche seien unbeachtet geblieben; die Russen und die Engländer, der rechte und linke Flügel und das Außenministerium hätten Fraktionen im Ministerium. «Es ist ein einziger Schlamassel», sagte Fennie niedergeschlagen.

«Fennie», sagte Ann, «das hast du doch schon immer übers Ministerium gesagt. Dann müssen wir wohl tiefer schürfen. Laß uns mal versuchen herauszufinden, was du zu verbergen suchst.»

«Das Ministerium wird sich von diesem Schlamassel nie mehr erholen», sagte Fennie. «Das Ende des Krieges naht, und niemand im Ministerium ist mehr loyal. Franklyn hat alle hereingelegt. Er ist ein enttäuschter Mann. Er hat es nicht zum Staatssekretär gebracht; er grollt. Es gibt niemanden, an den man sich halten kann. Er hat alle hinter sich. Sie flirten mit dem rechten Flügel. Die Zukunft wird untergraben, und man kann nichts dagegen machen.»

Ann saß ganz still. Langsam hob sie die Augen zu Fennies Gesicht. Sie war, wenn nicht vom Geist, dann vom Stil des Arztes beseelt. «Es muß doch viele Männer geben, die Franklyn nicht mögen», sagte sie. «Sag mal, Fennie, warum zettelst du nicht deine eigene Verschwörung an?»

Zu dem Arzt sagte sie: «Es ist besser, wenn Fennie und ich nett zueinander sind. Es ist viel besser für die Kinder.» Sie fragte sich, ob der Analytiker zuhöre. Wenn er in Gedanken mit etwas anderem beschäftigt war, wollte sie nicht aufdringlich sein. Sie verstummte. Sie sagte: «Ich weiß nicht, worüber ich reden soll.»

Der Arzt sagte: «Wie macht Ihr Roman sich?»

«Mein Roman?»

«Ich spreche metaphorisch», sagte der Arzt.

«Eine Metapher? Was für eine Metapher?»

«Ich drücke mich wohl zu unklar aus», sagte der Arzt – von oben herab, dachte Ann.

«Vielleicht verwechseln Sie mich mit einer anderen Patientin», sagte Ann.

«Wir dürfen nicht übertrieben reagieren», sagte der Arzt sanft.

«Sie haben so ein gesundes Ego», sagte Ann und drehte den Kopf zur Wand.

An dem Abend rief Fennie an und sagte, er wolle zu Hause vorbeischauen, um mit ihr zu reden. «Zwei Tage hintereinander?» sagte sie ironisch.

Sie saß im ersten Stock, im Wohnzimmer, als Fennie mit seiner Aktentasche hereinkam, Platz nahm und sagte, der Vorschlag, den sie ihm gemacht hätte, habe zu Komplikationen geführt. «Das Interesse daran ist groß, aber wir müssen einen sicheren Ort zum Reden haben. Du weißt ja, wie das im Büro ist...» Ja, das wisse sie, sagte Ann, die Sekretärinnen lauschten, sagte sie boshaft. Fennie wollte die Männer ins Haus einladen.

Ann sagte: «Warum nicht?»

Fennie sagte, er mache sich Sorgen, daß etwas von dem, was er plane, durchsickern könne und daß dann der Teufel los sei.

«Na und?» sagte Ann. «Das ist doch eine *aufrichtige* Verschwörung.» Sie sagte: «Öffentlichkeit könnte sogar hilfreich sein – die Unentschlossenen werden sich um euch scharen, wenn sie wissen, daß es ein kleineres Übel gibt. Die Leute halten immer Ausschau nach einem wirklich kleineren Übel.»

«Die Analyse scheint deinen Verstand geschärft zu haben», sagte Fennie.

Ann sah Fennie an. Ein Ehemann war im großen und ganzen ein kleineres Übel als ein Psychoanalytiker; sie hoffte nicht mehr ernstlich, irgendwo eine glückliche Liebe zu finden.

Als sie den Arzt wiedersah, überfielen ihre Gefühle für ihn sie erneut, sie waren noch immer so stark, so unbeugsam. Sie sagte: «Man muß mit den Seelen der Menschen spielen, es ist alles Propaganda, Liebe ist nur Einbildung.» Sie sagte: «So ist es. Fennie hat kein Geheimnis.»

Sie sagte: «Es nützt nicht viel, einem Mann seine tönernen Füße vorzuwerfen. Eine liebende Frau kann nicht auf die Suche nach einem kleineren Übel gehen – sie würde es nicht erkennen, selbst wenn sie eins fände ... Ich versuche immer, einen Apfelgarten in einem Blumentopf zu züchten.» Ihrer Liebe zu dem Arzt haftete nun ein Hauch von Hoffnungslosigkeit, Ergebenheit und Resignation an.

Sie lag still, als der Arzt sagte, sie habe Probleme damit, für Fennie die Gastgeberin zu spielen. «Das Inzest-Tabu ist in Ihrem Fall ein Flirt-Tabu geworden. Deshalb sind Ihnen soziale Kontakte unmöglich.»

Um fünf Uhr nachmittags war sie zu Hause und hörte ein Auto vorfahren: es war Fennie mit einem Kollegen. Ann gab ihm verträumt die Hand, als er ins Wohnzimmer trat; sie ließ ihren Blick über ihn schweifen; die Augen verschleiert vor Sexualität. Seit eineinhalb Jahren hatte sie mit niemandem mehr geschlafen. Fennies Kollege lächelte, erfreut über den Empfang, der ihm widerfuhr.

Am nächsten Tag sagte Ann zu dem Arzt: «Gestern abend waren fünf Männer im Haus. Ich habe mit allen geflirtet. Ich meinte, ich bildete mir bloß ein, daß ich ihnen ungeheuer gut gefiele, doch zwei von ihnen folgten mir in die Küche und machten mir Anträge. Nicht gleichzeitig. Fennie hat es bemerkt. Er hat nichts gesagt. Er war betrunken. Nachdem ich zu Bett gegangen war, dachte ich an Sie, ich dachte über die Analyse nach. Ich wollte – ich wünschte, ich würde gleich eine – ich –» Sie wollte sagen, daß Begierde nicht das richtige Wort sei, um ihr Verlangen zu beschreiben; sie sagte: «Ich war nicht – ich war nicht – ich war in der *Stimmung.*» Sie weinte: «Ich wünschte, Sie würden es mir erklären! Das Verlangen der Frauen ist soviel schlimmer als das der Männer!»

«Was meinen Sie damit?» fragte der Arzt.

«Ich weiß es nicht. Ich dachte, Sie würden es mir erklären.»

Der Arzt sagte: «Freud bemerkte gegen Ende seines Lebens, daß er nie in der Lage gewesen sei, herauszubekommen, was die Frauen wirklich wollten.»

Ann lachte pflichtbewußt, weil es den Arzt freuen würde. Sie sagte: «Ich habe mit Fennie geschlafen.»

«Haben Sie das getan, um mich zu bestrafen?» fragte der Arzt.

Sie sagte: «Ich weiß es nicht. Vielleicht. Alle Türen im Haus standen offen, damit ein Luftzug hereinkam. Ich hörte die Kinder; ich hörte, wie Fennie sich herumwarf – er machte Geräusche im Schlaf. Er rief meinen Namen. Wenigstens glaube ich, daß es mein Name war. Es hätte auch ein Schnarchen sein können – ‹Ann› oder –» Sie machte ein Geräusch, röchelnde, langgedehnte *n*s. «Ich weiß, daß Körper und Geist eins sind», sagte sie brav, «aber das war es nicht. Es war etwas – etwas Körperliches.»

Sie stieg aus dem Bett. Sie ging auf Zehenspitzen in den

ersten Stock; sie flüsterte: «Fennie, was ist?» Zu dem Arzt sagte sie: «Er gab keine Antwort. Er schlief wirklich tief.» Sie sagte: «Mir war nach Kichern zumute, aber dann analysierte ich meine Gefühle und entschied, daß ich nervös war und nicht wirklich kichern wollte – ich zwang mich, aufzuhören und über meine Motive nachzudenken. Sie schienen in Ordnung zu sein. Ich dachte, alle anderen tun, was sie wollen. Er verstand es nicht falsch. Erst schlief er, und dann wurde er halb wach, und als er wirklich wach wurde, sagte er nichts. Ich weiß nicht, ob er überhaupt wirklich wach wurde. Doch. Wurde er. Danach sagte er: ‹Was verdanke ich –› nein. Er sprach grammatikalisch korrekt. Er sagte: ‹Wem habe ich dies –›» Sie dachte nach, bemühte sich, sich seiner genauen Redewendung zu erinnern. «‹– dieses Zeichen der Zuneigung zu verdanken?› Und dann kicherte ich ein bißchen.» Sie lachte einschmeichelnd. Schnell sagte sie: «Ich bin sicher, ich habe es ein bißchen getan, um mit Ihnen quitt zu sein. Und außerdem war ich ausgehungert nach – *danach.*» Sie sagte: «Ich weiß nicht, warum ich Ihnen gegenüber immer Euphemismen benutze. Das habe ich früher nie getan.»

Der Arzt sagte: «Sie rebellieren nicht mehr.»

Sie sagte: «Ich will nicht mit Fremden schlafen – in meinem Leben ist kein Platz für Fremde.»

Am nächsten Tag sagte sie: «Wissen Sie, wie ich mich fühle? Ich fühle mich wie eine Möwe. Jahrelang mußte ich durch Stürme fliegen, doch nun kann ich mich ausruhen. Ich habe Hilfe gefunden. Ich habe Sie gefunden. Die hohen Wellen werden mich nicht ertränken.»

Der Arzt sagte: «Was für ein schönes Bild für das Analysestadium, das Sie erreicht haben! Es illustriert sehr schön Ihren Wunsch, Ihre wiedererstarkten Flügel auszubreiten und in die Reife zu fliegen.»

Ann schwieg. Dieser Hundesohn fand kein Ende mit

seinen Erwartungen; nun wollte er sie auch noch heilen, dieser Hundesohn.

Eines Abends sagte Fennie: «Kommst du mich denn noch einmal besuchen, wenn ich eingeschlafen bin?» Ann sagte: «Warum reden wir nicht einmal über alles, Fennie?» Doch Fennie sagte, sie solle sich ihre Worte für den Analytiker aufsparen. Er war schroff, aber nicht sehr verbittert. Er und Ann gingen zusammen ins Bett. Ann sagte: «Mein eigener, mein ureigener Fennie.» Er versteifte sich; er schien verstimmt. Ann sagte in kameradschaftlichem Ton: «Mein Kumpel Fennie», und er entspannte sich.

Zu dem Arzt sagte sie: «Was ich habe, ist ein Haufen Nichts!»

Der Arzt gab keinen Kommentar ab. Sie konnte ihn nicht sehen. Er war bloß eine Erscheinung.

In der Straßenbahn nach Hause weinte sie.

Sie spielte eine Weile mit ihren Kindern und schickte sie dann mit dem Dienstmädchen, einem norwegischen Flüchtlingsmädchen, nach oben. Fennie brachte erneut Männer mit nach Hause. Er war in einer seiner ekelhaftesten Stimmungen. Er kam in die Küche hinunter, um Eis zu holen. Ann machte Sandwiches. Sie sagte: «Reg dich nicht zu sehr auf. Niemand möchte mit einem übernervösen Verschwörer zu tun haben.»

«Laß mich in Ruhe», sagte Fennie.

Er ging nach oben. Ann schnitt die Tomaten für die Sandwiches auf; die Tomaten sahen aus wie fette, mißgestaltete Herzen. Es würde Regen geben. Draußen blies und rauschte der Wind, legte sich, fing von neuem an. Ann stürzte in den Hof hinaus; sie stieß einen gedämpften Wildgänseschrei aus, ein *onk, onk, onk,* ein Geräusch, das zum Wind paßte, halb scherzhaft, halb atemlos. Sie sammelte zwei Puppen, ein paar Blechtassen und Untertassen auf – Spielzeug aus dem Ramschladen, mit dem ihre Töchter spielten. Das Licht war seltsam und rein; Ann verglich es mit einem mystischen Aufstrich auf dem Brot der Erde. Aus dem Haus konnte man Fennie brüllen hören. Ann hastete hinein, warf das Spielzeug in eine Kiste; sie hastete in die Küche; sie raffte die bereits geschmierten Sandwiches zusammen und häufte sie auf eine Platte. Sie hastete den dunklen Flur hinunter und die Treppe hinauf ins Wohnzimmer. Fennie brüllte immer noch. Um ihrer Furcht Herr zu werden, tat sie so, als wäre das ganze Wohnzimmer voller Psychoanalytiker.

Sie sagte: «Ich habe belegte Sandwiches. Zwei Arten. Schweizer Käse», sagte sie, «und Kopfsalat mit Tomate.» Sie spürte, wie die Spannung im Raum sich auf sie richtete – dann löste sie sich.

«Der Gedanke ans Essen entspannt aufgeregte Männer», erzählte Ann ihrem Arzt. «Ich helfe Fennie jetzt auf eine Weise, die er versteht.»

Der Arzt sagte: «Es ist ein wunderbarer Augenblick, wenn eine Patientin in ihrer Selbsteinschätzung zu Objektivität findet.»

Ann sagte: «Fennie sieht das Mädchen noch ab und zu.» Was Fennies Motive anging, kam sie zu dem Schluß: «Er will nicht zu leicht nachgeben . . . Er will seine Mutter dafür bestrafen, daß sie ihn braucht . . .» Sie sprach mit Triumph in der Stimme, wie ein erfolgreicher Detektiv in einem Kriminalroman, und in psychoanalytischen Begriffen, wie der Arzt: «Fennie ist hochgradig ödipal –»

«Eine ausgezeichnete Einsicht», sagte der Arzt.

Ann sagte mit gutmütiger Häme: «Ich durchschaue Fennie, aber es stört mich nicht.» Sie sagte zu dem Arzt: «Meine neue Reife verdanke ich Ihnen.» Da das Leben nun mal so war, wie es war, dämpfte mittlerweile offene Ironie ihre Warmherzigkeit.

Anfang November erzählte sie dem Arzt: «Er sieht das

Mädchen nicht mehr, aber er hat es noch nicht eingestanden. Er schläft zwei Nächte die Woche außer Haus. Er möchte, daß ich denke, er trifft sie noch.»

«Woher wissen Sie, daß er es nicht tut?»

«Ich merke es im Bett», sagte Ann triumphierend.

Ann sagte: «Fennie und ich könnten unsere Libido konkreter einordnen, wenn es eine große Versöhnungsszene gäbe, bei der wir uns alles von der Seele redeten, aber ich habe Angst, wenn Fennie mir erzählt, was er für das Mädchen empfunden hat, könnte ich eine heftige Ego-Reaktion haben.»

Sie war begeistert von der Psychoanalyse, als wäre sie das Evangelium. Aber sie dachte ungern an ihre Analyse zurück, sie wollte sich nicht an die Qual erinnern. «Sie haben mich von einem Tod bei lebendigem Leibe auferweckt.» Sie sagte: «Meine Hauptfreude beziehe ich aus meinem Leben daheim. Meine Kinder bedeuten mir mehr als alles andere.» Sie sagte: «Fennie ist der Grundstein des heimischen Herdes.» Sie sagte: «Ich kann jetzt in realen Situationen leben und damit fertig werden.»

Ann sagte zu dem Arzt: «Die Analyse ist die erste Beziehung, die ich je zu Ende geführt habe.» Sie sagte: «Wie ich mich an Sie herangeschmissen habe – ich habe das mit der Übertragung völlig falsch verstanden.» Sie lachte. Sie sagte: «Das hier ist ein bißchen so, wie es nach Walter war, außer daß all die neurotischen Muster zertrümmert sind.» Sie sagte: «Sie waren für mich immer ebensosehr eine Walter-Figur wie eine Vaterfigur. Mir ist natürlich klar, daß Walter eine Vaterfigur war.» Sie sagte: «Das Leben ist ein Kampf, scheint mir. Zuneigung macht es erträglich.» Sie sagte, die Zuneigung selbst sei eine der Grausamkeiten, wie der Tod – eine der Gefahren neben den Egos anderer Menschen. Sie sagte: «Ich sollte einen Roman über die Männer schreiben.»

Der Arzt sagte: «Keine Patientin vergißt, was sie für die Schnitzer ihres Arztes hält.»

«Die Realität ist eben so», sagte Ann.

Der Arzt seufzte. «Sie gehen sehr gut mit sich um», sagte er.

Ann sagte: «Auf die Perspektive kommt es an ... Ich versuche, objektiv zu sein und meinen Spaß zu haben ... Ich mag meinen Mann sehr gern. Darauf läuft die Analyse letzten Endes doch hinaus, nicht – wenn man seinen Analytiker gern haben kann, kann man jeden gern haben?»

Der Arzt sagte: «Wenn ich mit Ihnen spreche und Sie so *fraulich* sehe, frage ich mich, wie manche Leute denken können, Freud habe sich geirrt.»

In einem Ton, in dem gleichermaßen väterliche Beruhigung und mangelnder Glauben an sie mitschwangen, sagte er: «Sie können immer zurückkommen und mich aufsuchen, wenn Sie Probleme haben.» Er sagte: «Ich möchte Ihnen ein kleines Geschenk machen: Ich werde für diese Stunde nichts berechnen.»

«Sie bringen mich zum Weinen», sagte Ann – sie hatte keine Angst vor Zweideutigkeit.

Später stellte sie fest, daß sie sowohl den Arzt als auch Walter vermißte.

V

Noch lange nach der Analyse glaubte Ann, Aufrichtigkeit sei die Fähigkeit, zuzugeben, daß die Reinlichkeitserziehung bei der Charakterbildung von höchster Wichtigkeit sei. Sie glaubte, sie selbst habe eine «Beziehung» mit Fennie und – notwendigerweise «ambivalente» – «Beziehungen» mit ihren Töchtern. Sie sagte bei sich: «Ich denke die

Dinge durch.» Ann fand nicht, daß die Analyse sie aufs Leben vorbereitet habe – sie war ein Tunnel aus den Schatten ins Hier und Jetzt gewesen. Sie war durchsetzungsfähig. Sie ahmte eine Frau aus Philadelphia nach, die mit ihr in drei Wohltätigkeitskomitees arbeitete und eine Art hatte, anderen ihren Willen aufzuzwingen. «Hopp-hopp-hopp, los!» sagte diese Frau mit Nachdruck. Ann übernahm es: «Hopp-hopp-hopp!» rief sie.

Sie vermied jegliche geistige Intimität. Sie war schnell gelangweilt und rastlos und dann böse, wenn Fennie zuviel über Ideen oder ihren Geist redete. Sie sprach nicht gern über Ideen; sie und Fennie waren Bohemiens und Liberale. Sie, die in jungen Jahren kaum getratscht hatte, tat es jetzt. Sie sprach gern über Leute. Sie war entzückt über Anekdoten. Sie wollte, daß ihre Töchter «sich frei entwikkelten» – «gesund», sagte sie. Sie versuchte, nicht zu viele Gefühle in sie zu investieren.

Fennie arbeitete im Garten und spielte zweimal die Woche mit Männern aus dem Ministerium Bridge. Ann schloß sich einer Vogelbeobachtungsgruppe an. «Ann ist ein Heuler, was Singvögel angeht», sagte Fennie; je älter er wurde, desto mehr redete er wie ein Absolvent einer Elite-Universität, und es war nie klar, ob er damit Ironie bezweckte und wieviel. «Fennie hat einen grünen Daumen, wenn es um Rittersporn geht», sagte Ann; sie behielt ihren Mittelwesten-Akzent bei; die Leute brauchten eine Weile, bis sie merkten, daß auch sie ironisch war.

Fennie redete nie über Liebe. Ann sagte: «Wir sind nicht wie Leute, die eine Analyse gemacht haben und dann von nichts anderem mehr reden.» Sie sagte: «Fennie und ich genügen einander.»

Sie war ehrgeizig um Fennies willen. Sie legte es darauf an, seine Interessen und die Interessen der Familie durchzusetzen. Sie setzte ihre Unauffälligkeit ein; die Leute vertrauten ihr. Sie sprach nüchtern von «den Kämpfen des Lebens – Blut auf den Zähnen». Sie war eine nüchterne Frau – so sah sie sich selbst. Sie hatte keine Tagträume mehr.

Ständig maßen sie und Fennie nun sich und ihre Lebensart an den Methoden anderer Paare; ein großer Teil des Lebens bestand darin, sich zu überzeugen, daß sie es verdienten, bei jedem Vergleich gut abzuschneiden. Sie sagte: «Ich bin so glücklich, wie jede Frau es von Rechts wegen sein sollte.»

Als Ann fünfundvierzig Jahre alt war, begann sie sich unwohl zu fühlen, aufgebracht und unterdrückt. «Ich bin mein Leben lang ein Dienstbote gewesen», sagte sie. Sie haderte: «Frauen sind die wahre Unterschicht.» Sie konsultierte einen Gynäkologen. Ann hatte gehofft, wegen der Operation, der sie sich vor dem Krieg unterzogen hatte, ohne Schwierigkeiten ins Alter zu gelangen, doch der Gynäkologe teilte ihr mit, da irre sie sich. «Sie meinen, ich muß das ganze Affentheater mitmachen?» sagte Ann wütend.

Fennie sagte den Töchtern, sie sollten sich vor Ann in acht nehmen: «Eure Mutter ist nicht sie selbst.»

Eines Morgens, als Herbstlicht die Küche erfüllte und das Dienstmädchen, eine österreichische Einwanderin (ein Mann vom Telefon-Stördienst hatte ihr das Herz oder, wie Ann glaubte, das Ego gebrochen), kummervoll zwischen Herd und hinterer Veranda hin und her schlurfte – die hintere Veranda war, wie Ann es ausdrückte, «als Speisezimmer hergerichtet: es ist nicht bloß eine Frühstücksecke», erklärte sie; «wir essen dort auch zu Mittag und zu Abend»; das war in dem Jahr ihre Art zu scherzen –, während ihre Töchter sich zankten, dachte Ann, sie könne es nicht ertragen, noch einmal verzweifelt zu sein.

Ann sagte zu dem Dienstmädchen, zu ihren Töchtern, zu Fennie: «Seid groß und stark! Groß und stark! Groß und stark!»

Sie ging aus der Küche, aus der Tür und die Straße hinunter. Fennie befahl dem Dienstmädchen und den Mädchen zu bleiben, wo sie waren, und lief Ann nach. Er holte sie ein, ehe sie die Ecke erreichte. Er sagte: «Bist du nervös heute?»

«Es ist nicht alles bloß in meinem Kopf, Fennie!» rief Ann.

Fennie ließ einen Hauch von Besorgnis in seine Beschwerde einfließen. «Fühlst du dich etwa nicht wohl?»

Verächtlich sagte Ann: «Es ist auch nicht alles bloß im Körper, Fennie!»

Fennie murmelte: «Die Nachbarn.»

Ann sagte: «Es ist mir Ernst, Fennie. Ich bin es leid, klein und mickrig zu sein. Die Nachbarn sind mir egal.»

Fennie nagte an der Lippe. «Keiner von uns hat gefrühstückt», sagte er.

«Sei groß und stark», sagte Ann. «Faste. Fasten ist gut für dich.»

Fennie lächelte. «Komm wieder ins Haus. Wir werden alle groß und stark sein.»

Er scherzte, versuchte aber, um Ann zu besänftigen, kühner und großmütiger zu sein; die Mädchen ebenfalls. Edelmut wurde Familienstil; Ann machte sich Sorgen, daß ihre Familie dumm und verpönt dastehen könnte. «Warum könnt ihr nicht realistisch sein?» rief sie oft. Wenn es nicht das jüngere Mädchen war, das sich weigerte, die Bauchschmerzen zur Sprache zu bringen, die sich als Blinddarmentzündung entpuppten, dann war es das ältere, das im Jahr darauf beichtete, keine Jungfrau mehr zu sein: «Mutter, er war so traurig.» Dann rief Ann: «Warum könnt ihr nicht realistisch sein?» Die Kinder stritten sich weiterhin: «Mummie», sagte die Jüngere, «Louise ist ein Kleingeist und will mir nicht ihre Bluse leihen.» Der Edelmut der Seele, nach dem Ann sich sehnte, tauchte auf, geriet ins Visier, verschwamm, wurde durchsichtig – war er da oder nicht? Sie wußte es nicht. Sie dachte, ich war einmal eine Frau; jetzt bin ich objektiv und habe meinen Spaß. Doch in gewissen Augenblicken schienen die Seelen ihrer Töchter und ihres Mannes im Großmut der Gefühle zu erblühen.

Ann brach in Lachen aus, scheinbar grundlos.

«Was ist so komisch?» fragte Fennie.

«Wir», sagte Ann. «Ich. Alles und jedes.» Anfangs lachte sie allein, doch nach einer Weile lachte Fennie mit.

Sie tranken, beide, gemeinsam, viel. Ann trank zwei Martinis vor dem Essen und dann bis zum Schlafengehen einen Highball nach dem anderen. Sie wurde entweder richtig nett oder zänkisch – Fennie konnte ihre Stimmung nicht voraussagen.

Ann suchte einen Endokrinologen auf. Sie sagte: «Eigentlich ist mein Zustand nicht schlimm, doch in letzter Zeit habe ich ein Symptom entwickelt, das mir zu denken gibt. Ich habe – äh – Verlangen nach Männern des öffentlichen Lebens.» Sie sprach schnell: «Früher war es besonders Anthony Eden, aber jetzt ist es Nehru.» Sie sagte: «Ich möchte meinen Mann nicht beunruhigen.» Der Arzt gab ihr eine Spritze. Ann sagte: «Es ist so dumm.» Nach der Spritze fühlte sie sich schwach. «Eine Frau zu sein, ist nicht leicht», teilte sie dem Arzt mit. Er sah nicht schlecht aus.

Auf dem Höhepunkt der antikommunistischen Raserei in Washington sagte Ann: «Fennie, werden sie meine Mitgliedschaft in der Partei ausgraben? Werden sie dir etwas anlasten?»

Fennie sagte: «Es ist schon lange her, und du hast deinen Namen geändert – als du geheiratet hast; es ist unwahrscheinlich, daß sie sich an ein solch unbedeutendes Mitglied erinnern, wie du es warst –»

Ann sagte: «Ich bin froh, daß ich Kommunistin war! Ich

habe nicht bloß geredet. Ich habe versucht, etwas für die Menschheit zu tun!»

Fennie sagte verärgert: «Du warst damals eine Idiotin, du bist heute eine Idiotin, du wirst immer eine Idiotin sein, und du verträgst keinen Tropfen.»

Wenn sie dann des Streitens und Haderns müde waren, gingen sie – sicher beieinander aufgehoben – ins Bett und schliefen verschreckt, händchenhaltend ein.

Nach den Armee-Anhörungen McCarthys, bei denen Anns Jugendsünde nicht entdeckt wurde, fuhr Fennie mit Ann für einen viertägigen Urlaub nach New York. Sie stiegen im Biltmore ab und gingen ins Theater und einige Museen. Fennie lachte über sich selbst; er sagte: «Wir machen eine richtige Spritztour.»

Er sagte, sie sei ihm eine ganz gute Frau.

Sie gingen immer zu Fuß ins Theater. Ann machte viel Aufhebens darum, daß Fennie sich erkälten würde. Sie war eine unprätentiöse, merkwürdig aussehende, häßlichschöne Frau. Sie schwärmte von New York; es kam ihr so vor, als sei es eine Stadt, wo die Leute alles zum Spaß machten.

Als sie und Fennie nach Alexandria zurückkehrten, in das leere Haus – die Mädchen waren auf dem College –, und Ann allein war und nachzudenken begann, empfand sie eine milde Unbekümmertheit; sie war nicht mehr jung, nicht mehr auf der Hut. Ihre Gedanken kreisten mehr und mehr um Fennie. Anfangs war Fennie von der neuen Wärme – nicht ganz indiskret, aber auch nicht diskret – ihres Interesses an ihm verblüfft. Er sagte, sie überrasche ihn.

Ann sagte, sich über sich selbst lustig machend: «Ich will dir sagen, was ich über das Thema denke, Fennie. In unserem Alter sind wir sowieso obszön. Dann können wir uns auch amüsieren.»

Im Bett wurde Ann manchmal abwechselnd von Lach- und Weinkrämpfen geschüttelt.

Eines Abends waren sie und Fennie zum Essen eingeladen. Danach beschuldigte Fennie sie, zuviel getrunken und mit dem Rock oben über den Knien dagesessen zu haben. «Eine Frau in deinem Alter mit hochgezogenem Rock», sagte er.

Ann sagte nichts. Ihr Blick war leer, und sie wollte nicht mit ihm sprechen. Am nächsten Tag kam Fennie früh aus dem Büro nach Hause; er war fasziniert von ihrer Stimmung. Er berührte sie in einem fort, nicht sanft, sondern unruhig, aggressiv; Ann reagierte mit gespannten, widerstrebenden Blicken. Das Dienstmädchen hatte frei. Ann spülte. Fennie sagte: «Laß mich dir helfen.» Er und Ann arbeiteten mit schweigender Effizienz und einer Vertrautheit, die sich langsam als erotisch erwies.

Ann hatte das Gefühl, daß sie ihre Tage und die Nächte mit Fennie hegte und pflegte – ein kleines Holland.

Sie wünschte, sie hätte ein gutes Gedächtnis für Witze. Sie wollte Fennie zum Lachen bringen. Sie dachte, eigentlich ist er ein sehr maskuliner Mann.

Sie wollte nicht aufrichtig sein; sie wollte mitfühlend sein. Sie wollte, daß er das Leben genoß; sie bewunderte ihn. Auf seine gedrungene Weise sah er gut aus; seine Meinung war wichtig für die Geschäfte des Ministeriums.

Fennie sagte: «Ann, was hast du vor? Eine kleine Romanze für die Lebensmitte?»

Charlotte, die jüngere Tochter, die zu Thanksgiving nach Hause kam – Louise besuchte die Familie ihrer Zimmergenossin in Vermont –, erzählte ihren Freunden von Ann und Fennie: «Sie sind einander sehr nah. Als Eltern klammern sie nicht.»

Wenn Ann oder Fennie etwas vergaßen und egoistisch oder zu nachlässig waren, haßten Fennie, für den jetzt eine

Phase des Zweifels kam, und Ann, die wieder sensibel war, einander. Doch dann schlug die Stimmung zwischen ihnen wieder in eine vertraute Behaglichkeit um, beinahe entschuldigend im Ton – als mache eine Ahnung der Kompromisse, von denen jeder wußte, daß der andere sie schloß, sie demütig.

Wenn Fennie erschöpft oder nervös war, konnte Ann entweder eingeschnappt oder geduldig sein. Fennie ärgerte sich, wenn Ann ihm zuviel Aufmerksamkeit schenkte oder wenn sie sich, wenn er zu Hause war, zu sehr mit ihrer Lektüre beschäftigte. Es war ein Roulettespiel.

In Augenblicken, in denen ihre Empfänglichkeit für Fennie oder, widerstrebend, seine für sie intensiv wurden, verspürte Ann ein unendlich betäubendes, sogar beschämendes Glück; sie dachte, mein Gott, sie kommt immer noch.

Sie erwartete nicht wirklich, daß sie käme, die Erregung, die etwas nüchterne, kantige Leidenschaft des Streits, der Gemeinschaft und der Sinnlichkeit. Wenn sie kam, durchfuhr ihr Wiederauftauchen sie wie ein Trommelwirbel. Die Leidenschaften der Leute in der Lebensmitte waren so heftig, dachte sie, weil die Leute in der Lebensmitte einen leeren Raum in sich hatten; innerlich war sie so leer wie ein Exerzierplatz, über dem der schmetternde Wirbel ungehindert erschallen konnte.

Fennie waren, anfangs nur ein ganz klein wenig, wieder Spuren seines Akzents anzuhören, der den Mittleren Westen verriet. Er gewöhnte sich an, ein- oder zweimal täglich vom Büro aus zu Hause anzurufen, nie zur gleichen Zeit; dann fragte er Ann, was sie tue, und sie erzählte es ihm. Abends fragte er sie noch einmal, was sie tagsüber getan habe, und kontrollierte sie so.

Sie machte eine Szene, wenn er zu spät zum Essen kam: «Wenn du weißt, daß du später kommst, ruf mich an. Sonst mache ich mir Sorgen!»

Sie wollte nicht, daß er ihre Gefühle durchschauen konnte. Wenn er sich ihrer Gefühle sicher wäre, könnte er sich langweilen; er könnte sie sich anders wünschen; am besten war es, ausweichend, scheinheilig zu tun, scheinbar so viele Stimmungen wie möglich zu haben, sie aus dem Hut zu zaubern.

Es verblüffte sie, daß die emotionalen Aspekte einer Liebesgeschichte die körperlichen so schnell überwogen, sie überrundeten, sie lenkten, sie wenn nicht an Zahl, so doch an Bedeutung geringer machten.

Sie war oft müde und ruhte sich nachmittags eine Stunde aus. Manchmal dachte sie nach, wenn sie ruhte. Es schien ihr, daß das Einsiedlerdasein eines Menschen, der Selbstgespräche führte und sich Übertreibungen und ein bißchen irre Träumerei gestattete, dem glich, was zwischen Ehemann und Ehefrau vorging: Ehefrau und Ehemann redeten mit sich, allein miteinander, die Welt war ausgeschlossen.

Sie war in ein Alter gekommen, in dem sie sich und ihre Zeit nicht mehr so hoch einschätzte, daß sie etwas Besseres oder anderes wollte als das, was sie hatte. Sie meinte, sie durchlebe nicht so sehr die Ehe wie eine durch die Ehe kompliziert gewordene Liebesgeschichte.

Fennie wollte mit Ann wegfahren, verreisen, von allem und jedem wegkommen, allein mit Ann sein. Er hielt sie für eine feinsinnige und schlaue Gefährtin, für alles andere als enttäuschend.

Zuerst fuhren sie nach England. Als sie vor der steinernen Anmut der Elgin Marbles standen, sagte sie: «Oh, Fennie, du bist so gut zu mir.» An dem Abend sagte sie: «Fennie, mach nicht zu lange in der Dusche.»

«Nörgele nicht», sagte er.

(Je schlauer sie war, desto glücklicher waren sie, desto mehr erwartete er von ihr.)

In Brüssel kam es Ann so vor, als gäbe es im Verlauf eines mit Fennie verbrachten Tages so viele Stadien zu durcheilen – Verlangen und Überraschung, Neugierde, Verdrießlichkeit (verklärt), gereifte Leidenschaft und unerwartetes Leid –, daß kein Platz und kein Frieden umfassend genug waren, um sie und ihn in sich bergen zu können.

Ann wußte nun – weg von zu Hause und dankbar gegen Fennie –, daß sie ihn liebte. In Paris prägte sie sich die Form seiner Hände ein. In Rom heftete sie den Blick seiner Augen ab, wie er in der Sonne auf dem Palatin blinzelte. »Ein Mann im Sonnenlicht», etikettierte sie seinen Anblick, als er ihr im Kolosseum von einem der oberen Ränge aus zuwinkte. Die Abenteuer des Reisens und ihre und Fennies Gefühlsmuster erregten in Ann eine Spannung und Wachsamkeit, die ihr nun die äußerlichen Symptome der Liebe zu sein schienen.

Auf den griechischen Inseln ritten sie und Fennie auf Eseln über einen sich windenden Pfad zu einem honigfarbenen, in Trümmern liegenden Tempel auf einem Hügel. Ann beobachtete, wie das Sonnenlicht sich gleich schmelzendem Porzellan über Fennies weißes Hemd ergoß. Weit draußen, in der Ägäis, verdrängte ein großes weißes Schiff mit einem einzelnen Schornstein blaues Wasser, und Ann dachte, man kann den Frieden in der Luft fühlen; man meint, wenn er die Haut berührt, kann man ihn innerlich fühlen, aber das tut man nicht; man errät ihn, wie ein Tourist, der Ruinen betrachtet. Näher kommt man an ihn nicht heran, nicht auf dieser Seite des Todes, nicht als Tourist.

Sie wollte nach Hause, nach Washington, in das Haus in Alexandria, auf der Stelle und ohne die letzten fünf Tage der Reise abzuwarten. Schließlich schien es ihr doch nur sehr wenige Gefühle, aber viele Grade von Intensität zu geben.

Sie war der Spannung und Wachsamkeit so müde.

Fennie führte sie zum Parthenon. «Bist du müde?» fragte er sie.

«O nein», sagte Ann. Sie gelobte sich, morgen sage ich ihm, daß ich müde bin. Sie konnte ihre eigenen Gefühle nicht finden. Sie wußte nicht, ob sie glücklich oder unglücklich war. Sie wußte, daß ihr Tun von Fennies Gefühlen diktiert war.

Sie sprach ihn in Gedanken an: Ich kann es nicht ertragen – du bringst mich soweit, daß ich wünsche, du wärst tot. Ich habe mein Gefühl für Verhältnismäßigkeit verloren, dachte sie. Und das in Griechenland, dem Land der goldenen Mitte. Sie dachte, die Griechen haben darüber gesprochen, aber sie haben nie so gelebt. Sie wollte nach Hause. Sie dachte, das ist zuviel für mich. Ich kann nicht mehr. Sie war der Liebe müde. Warum bist du so überrascht? fragte sie sich. Sie meinte, daß sie für dieses Leben nicht ausgebildet war oder sich selbst nicht dafür ausgebildet hatte. Sie war keine romantische Frau.

Dann sagte sie sich, es ist schon richtig, wenn ich so denke. Dann muß Fennie es nicht tun.

Das Sonnenlicht war sehr hell. Von der Vorhalle des Parthenons aus konnten Ann und Fennie das Meer sehen. Als sie und Fennie da standen, sagte Ann, daß sie vielleicht anfangen würde zu sticken. «Sticken kann sehr kreativ sein», sagte sie. «Die Leute nehmen so etwas gern als Geschenk. Ich werde die Sachen, die ich mache, verschenken», sagte sie. «Ich habe nicht vor, etwas zu behalten.»

Fennie sagte: «Die Akropolis ist genauso schön, wie die Leute sagen.»

Ann sah sie durch seine Augen. Sie fragte sich, wieviel Fennie wußte. Vielleicht theoretisierte er insgeheim ausschließlich über Politik. Vielleicht waren die Frauen diejenigen, die letzten Endes das gesamte Wissen besaßen. Sie dachte, jetzt weiß ich, was Leute mit Liebe und Tod meinen.

Im Flugzeug nach New York sagte Fennie: «Es ist irgendwie weiblich, wie der Parthenon so dahockt. Er ist voller Magie.» Er beschirmte die Augen mit der Hand. «Er ist irgendwie bedrohlich. Er ist überhaupt nicht ausgeglichen. Er kommt mir sehr geheimnisvoll vor. Ich frage mich, warum die Leute sagen, er sei klassisch.» Er sagte: «Er ist eins der Weltwunder.»

VI

Sie waren zu Hause. Ann war zu müde und zu durcheinander, um schlafen zu können. Sie versuchte, ihre Gedanken zu ordnen.

Sie war nicht gerade beeindruckt von ihren Töchtern, beschloß sie. Charakter überspringt eine Generation. Sie und Fennie hatten Charakter.

Ihre Gedanken mäanderten immer weiter: Leben und Sex sollten von oben herab betrachtet werden – deshalb sahen die Jungen so dumm aus. Charakter, dachte sie, Charakter zählte. Gefühle waren zu unzuverlässig.

Plötzlich fuhr Ann zusammen, als habe sie gedöst. Sie schrie: «O Gott, uns treffen immer wieder Schüsse – an derselben Stelle!»

Fennie sagte: «Was! Was!» und wurde langsam wach. »Ann, was ist?»

«Ich habe geträumt», sagte sie. «Ich war eine Zielscheibe auf einem Kirmesplatz, an einem Schießstand. Du hattest blondes Haar, du warst ein Arbeiter, und du sagtest, es mache nichts, wenn ich weine . . .» Der aufsteigende Mond tauchte im Fenster auf, groß und voll und rötlich, irre. «Es hat so weh getan. Es war ein dummer Traum.» Sie sagte: «Mir liegt an klarem Verstand. Ich habe keinen Respekt vor der menschlichen Natur. Ich habe es gern, wenn die Dinge Bestand haben.» Sie sagte: «Fennie, ich werde bürgerlich.» Sie sagte: «Jeder, der kriegt, was er will, wird bürgerlich.» Sie wandte den Kopf und schaute ihn an: «Warum ist das so, Fennie?» fragte sie ihn. «Sag mir, warum das so ist.»

Unschuld

I Orra in Harvard

Orra Perkins war Studentin im letzten Semester. Ihre Blicke waren wie eine Gewalt, die einen jäh traf. Wahrhaftig, Leute, die sie kennenlernten, hoben oft unwillkürlich die Arme, als müßten sie sich abschirmen gegen den Glanz ihrer Erscheinung. Sie war ein etwas mageres, tulpengleiches Mädchen von mittlerer Größe. Sah man sie im Sonnenlicht, sah man den Marxismus sterben. Ich bin nicht der einzige, der das sagte. Es lag einfach daran, daß man, wenn man eine Wertarbeit von derart hoher Qualität plötzlich leibhaftig vor sich sah, eine Entscheidung zu treffen hatte, ob eine solche Qualität Recht auf persönliches Existieren besaß oder ob sie dem Staat gehörte und unter Bewachung gestellt werden sollte, im Maßstab verkleinert, überhaupt kleiner gemacht, ausgelacht.

Hinzu kam noch faktisch, daß man reich sein mußte und berühmt, wenn man Hand an sie legen wollte; sie stellte ja fraglos eine Trophäe dar, und die Frage erhob sich, ob diese Trophäe nun unbedingt nur aus ökonomischen und politischen Gründen zu verleihen war oder ob auch der Zufall dabei mitspielen konnte.

Ich war ebenfalls Student im letzten Semester und ein Spötter. Ich hatte kein Geld. Ich war ohne Stammbaum.

Orra kam mir vor wie der leibhaftige Beweis dafür, daß das Leben ein erschreckendes Phänomen der Bewußtseinsoberflächlichkeit war. An ihr wurde jeder Begriff, den ich von psychologischer Normalität oder von Gerechtigkeit hatte, zuschanden, weil die Normalität nicht so bewunderns- oder begehrenswert war wie Orra; oder vielmehr war sie die Normalität selbst, und alles andere fiel dagegen ab, war Abweichung, Ausnahme; und Gerechtigkeit war unvorstellbar, wenn sie, oder jemand ihresgleichen, sofern es überhaupt noch ihresgleichen geben konnte, wenn man sie einmal gesehen hatte, nicht mit einem schlafen wollte. Ich rief in meinem Zimmer regelmäßig allgemeine Heiterkeit dadurch hervor, daß ich in Gegenwart meiner Freunde laut ihren Namen brüllte, dann in Gelächter ausbrach und schließlich seufzte: «Mein Gott, wir haben ja so wenig Gelegenheit!» Es war bitter, daß es sie gab und ich sie nicht gehabt hatte. Man konnte immer noch einem gewöhnlichen Mädchen den Vorzug geben, aber nicht aus einfachen Gründen.

Sehr viele Leute mieden sie, liefen vor ihr weg. Sie war, bis zu einem bestimmten Grad, wissender als wir andern alle, weil die Erfahrungen, die sich ihr geboten hatten, so extrem gewesen waren und so extreme Reaktionen bei ihr hervorgerufen hatten – Szenen auf dem Harvard Square mit einem englischen Marquis, der auf einer Party im Lowell House den Sohn eines Milliardärs so heftig geschlagen hatte, daß er rücklings zu Boden ging, worauf sie sagte und später wiederholte: «Ich schlafe grundsätzlich mit keinem, der einen fetten Arsch hat.» Extrem in den Demütigungen, die sie erlitten und zugefügt hatte, in der krassen Derbheit der Publizität ihres Lebens, das mit solchen Abenteuern definiert wurde, extrem in den Gefahren, die sie heil oder auch nicht vollkommen heil überstanden hatte, in der ganzen erlebten Billigkeit, so daß sie sich jetzt auf einer Höhe befand, die einem angst machen konnte, einer Höhe der Erfahrung und des Andersseins, die sie über jedermann sonst erhob. Sie hatte an allem teilgenommen und alles ausgekostet, Intrigen, größere und kleinere, die Dramen der im Rampenlicht der Politik stehenden Familien, Leidenschaft, Betrug und Torheiten großen und teuren Stils, Versprechungen, Gewalttätigkeit, den echten Schmerz der Niederlage, wenn Niederlagen bis zu einem gewissen Grad das Ergebnis von Eigenschaften und nicht von Defekten sind, und sie wußte, wie faul ein Sieg war, den man nicht endgültig errungen hatte. Sie war derb und schönheitsgeschädigt. Sie war wie ein riesiger Vogel, sie war so exzentrisch wie ein Straußenweibchen, wenn sie auf dem Yard herumschritt, in ihrer absurden Pracht, sie war so anders in ihrer Art als wir, als sei sie einer anderen Form der Fortbewegung fähig durch das willfährige Medium der Luft, durch die fremdartigen Räume unserer Minuten auf dieser Erde, durch die düsteren Umstände unseres Lebens in jenen Jahren.

Die Leute sagten, es lohne sich, dies oder das zu tun, bloß um sie zu sehen – der bloße Umstand, daß man sie sah, gab einem so etwas wie Antrieb, war so etwas wie ein Zeugnis dafür, daß das Leben interessant war. Aber nicht vielen lag derart viel daran, sie zu kennen. Die meisten zogen es vor, auf Distanz zu bleiben. Ich weiß nicht, ob die Tatsache, daß sie sich selbst zu dem gemacht hatte, was sie darstellte, ihr dienlich gewesen war. Sie hätte ganz gewöhnlich sein können, wäre das ihr Wunsch gewesen.

Sie hatte unauffälliges Haar, eine ganz und gar nicht eindrucksvolle Stirn und außerordentliche Augen, tiefliegend, sehnsüchtig, hoffnungsvoll, ärgerlich gelangweilt hinter weichen, schweren Lidern, die flatterten, wenn sie interessiert war und wenn sie überhaupt nicht interessiert war. Sie hatte ein starkes Verlangen, Randfiguren und

Fremde nicht zu behelligen und auch von ihnen nicht behelligt zu werden. Sie hat eine stolze, zu große Nase, die ihr das Aussehen eines edlen, störrischen Hundes gibt. Ihr Mund ist von bestürzend schöner Harmonie – er zeigt viel mehr unmittelbaren Ausdruck als ihre Augen, und er zeigt ihre Unerbittlichkeit: es ist die Unerbittlichkeit der Lebenserfahrung, die sie in sich trägt. Die Leute starrten sie unentwegt an. Manche kicherten nervös. *Magst du mich, Orra? Magst du mich ein bißchen?* Sie starrten die großen Hände der Aztekenpriesterin an, die sie alle dem Fühlen und dem Grauen erschloß, die ihre Herzen freilegte, die furchtbare Ängstlichkeit ihres Lebens. Sie starrten in die unglaublichen Symmetrien ihres manchmal qualvoll leidenschaftlichen Gesichts, in den regellosen Schmerz der Schönheit, der sich darauf abzeichnete, in die gelegentlich unbändige Fröhlichkeit, die sie empfand, weil sie schön war. Ich mag schöne Menschen. Die Symmetrien ihres Gesichts wurden oft durchkreuzt von ihren tastenden Versuchen nach Ausdruckskraft – die Schönheit war ein Stein, unter dem sie sich hervorkämpfte. Eine komische Schönheit. Ein grausamer Clown von einem Mädchen. Manchmal war ihr Gesicht absolut teilnahmslos, wie maskiert von Dumpfheit, und sie versuchte, inkognito unter uns zu wandeln. Ich stellte fest, daß jeder ihrer Zusammenbrüche sie näher in den Bereich des Möglichen für mich rückte. Ich hatte nie einen Zweifel daran, daß sie privat eine ganz prosaische, scheißende und pissende Person war. Sooft ich Gelegenheit fand, sie längere Zeit zu beobachten, in einem Klassenzimmer zum Beispiel, kam mir der Gedanke, *ich verstehe sie.* Sooft ich mich ihr näherte, kam sie mir bis zu einem gewissen Punkt entgegen, und dann passierte es plötzlich, daß ich, oft sogar mitten im Gespräch mit ihr, als Persönlichkeit, als sexuelle Gegenwärtigkeit, als jemand, der greifbar für sie war und ein wichtiges Gegenüber, zu immer größerer Unsichtbarkeit verblaßte. Das war so, als sie aufs College kam, als sie einige Semester hinter sich hatte, als das Examen näher rückte. Als wir ins letzte Semester gingen, hatte ich mittlerweile gelernt, wie ich es umgehen konnte, unsichtbar zu sein, sogar in Orras Gegenwart. Orra war, das war mir aufgegangen, im Grunde nicht mehr als eben ein tolles College-Mädchen, vielumschwärmt und vielgepriesen, aber doch nicht mehr als das. Aber mein Gott, mein Gott, vor meinem Blick, in meinen Gedanken schritt sie wie eine *Nike*, trat sie auf wie ein Sturm aus Licht, und das Denken an sie war so grenzenlos weit wie die Wüste. Manchmal, in früher Winterdämmerung auf dem Yard, sah ich sie in ihrem Mantel, aufgeknöpft sogar bei kaltem Wetter, ganz als glühe sie immerfort irgendwie, sah sie unförmig einen Weg entlangstapfen, wie eine dürre Hockeyspielerin, eine große Sportlerin, die nach dem Abpfiff halb stolpernd, in sich zusammengesackt vom Rasen geht, doch immer noch Kraftreserven hat, verstehn Sie? Und ihr Gesicht konnte, während sie so dahinging, rucken und zucken wie das eines Hundes im Schlaf, je nachdem, was in ihrem Kopf vorging, ein Gespräch oder ein Abenteuer oder ein Tagtraum. Oder sie konnte durch die frühe Dunkelheit schreiten, mit eisigem Gesicht, hochmütig, wütend, sämtliche Körbe, die man je bekommen würde, gebündelt in einem einzigen lächerlich schönen Mädchen. Man sagte ständig: *Ich möchte wohl wissen, was einmal aus ihr wird.* Daß sie mich ignorierte, brandmarkte mich als ein sexuelles Nichts. Sie war der Beweis für ein Niveau des sexuellen Abenteuers, das ich trotz aller Anstrengung bisher noch nicht erreicht hatte: dieses Niveau gab es, weil es Orra gab.

Was hat man nur davon, derart verliebt zu sein?

II Orra bei mir

Ich mißtraue allen Zusammenfassungen, jedem raffenden Durchgleiten der Zeit, jedem zu hochgegriffenen Anspruch, unter Kontrolle zu haben, was man erzählt; ich glaube, wer zu verstehen behauptet, dabei aber ersichtlich gelassen bleibt, wer mit Emotion zu schreiben behauptet, diese Emotion aber nur gemächlich aus der Erinnerung holt, der ist einfach ein Narr und ein Lügner. Verstehen heißt zittern. Sich wirklich erinnern heißt wiedereintauchen und zerrissen werden. Ein Akrobat, der mit spöttischer Eleganz durch die Luft geflogen ist, steht anschließend aufrecht auf seiner Plattform und macht seine spöttische Verbeugung, als wäre das, wofür er Applaus erhält, ganz leicht für ihn und koste ihn rein nichts, obwohl er mittlerweile mit Schweiß bedeckt und sein Lächeln geschliffen ist von einer Erleichterung, die ihn nicht weiter darüber nachdenken läßt; er hat sich dem Stil des Showbusiness ergeben; er tut so, als wäre er ein Übermensch. Mich ödet das an, wie alles, wohin es uns gebracht hat. Ich bewundere die Glaubwürdigkeit der Kraft, die erforderlich ist, um vor einem Ereignis in die Knie zu gehen.

Im letzten Frühjahr vor unserem Examen bekam ich sie schließlich. Wir hatten vereinbart, uns zum Essen zu treffen und uns vorher auf meinem Zimmer noch einen kleinen billigen Schwips anzutrinken, bevor wir dann zum Essen ausgingen. Ich ließ die Tür unverschlossen; und ich lag nackt auf meinem Bett unter einem Laken. Als sie an die Tür klopfte, sagte ich «Herein!», und sie kam herein. Sie fing sofort an zu schnattern, beschwerte sich, daß ich noch im Bett lag; sie schien zu glauben, ich hätte ein Nickerchen gemacht und nur vergessen, rechtzeitig aufzustehen und mich für ihre Ankunft herzurichten. Ich sagte: «Ich bin nackt unter diesem Laken, Orra. Ich habe auf dich gewartet. Ich hab nicht geschlafen.»

Ihr Gesicht wurde leer. Sie sagte: «Du verdammter – warum konntest du nicht warten?» Aber noch während sie das sagte, legte sie schon ihre Bluse ab.

Ich war ziemlich perplex darüber, daß sie so fügsam war; und dann sah ich, es lag vielleicht zum Teil daran, daß sie nicht das Risiko eingehen wollte, nein zu mir zu sagen – sie wollte nicht, daß ich verletzt war und schwierig wurde, sie wollte nicht, daß ich explodierte; sie hatte irgendwie die Hoffnung, mich glücklich zu machen, damit ich wirklich Gefallen an ihr fand und glücklich mit ihr wurde und mich ihr aufschloß: ich drücke das alles ziemlich schlecht aus. Doch daß sie nicht imstande war, nein zu sagen, bewahrte mich davor, so große Angst vor sexuellem Versagen zu haben, daß ich meinerseits nicht mehr imstande gewesen wäre, auf ihr Vergnügen bedacht zu sein oder mir überhaupt darüber Gedanken zu machen, wie sie im Bett reagierte. Sie reagierte nämlich sehr dilettantisch und unerfahren im Bett, und irgendwie rührte mich das. Sexuell war das Ganze eine ziemlich armselige Angelegenheit; sie konnte nicht kommen, ja sie spürte nicht einmal besonders viel, soweit ich sah. Hinterher, als ich neben ihr lag, dachte ich an ihre acht oder zehn oder fünfzehn Liebhaber, die alle Angst vor ihr hatten, Angst, sie könnten etwas falsch machen, wenn sie ihr etwas über Sex erzählten. Ich stellte sie mir bildlich vor, wie sie alle ihr eigenes Ego schützten, wie sie die Arme um ihr Ego schlangen und Orra nicht an sich heranließen. Es war wie eine Zärtlichkeit, eingebettet in das Ergebnis, daß sie, in ganz augenfälliger Weise, bei nur ein bißchen kritischer Interpretation Jungfrau war. Und beeinträchtigt, ja verkrüppelt dadurch, daß sie schön war, ganz wie ich gedacht hatte. Natürlich, sagte ich mir, mußte ich damit rechnen, daß ich mir lauter Illusionen machte. Aber was ich für den Rest dieser Nacht tat – wir blieben die ganze Nacht wach; wir redeten, wir stritten eine Weile, wir gestanden uns verschiedene Sachen, wir diskutierten über Sex, wir fickten wieder (das zweite Mal war ein bißchen besser) –, ich behandelte sie mit der Gerechtigkeit, mit der ich einen Jungen meines Alters behandeln würde, einen jungen Mann, und mit einer ziemlich exakt eingesetzten beziehungsweise bemessenen Geduld und Toleranz, so als wäre sie querschnittsgelähmt und hätte ihr Leben im Rollstuhl verbracht und wäre allen Gefühls müde. Ich zeigte ihr überhaupt kein Gefühl. Ich hatte den Eindruck, sie war erstickt unter den Gefühlen und der Gefühlsseligkeit von Leuten, auf die ihr Äußeres Eindruck gemacht hatte. Sie war schön und verängstigt und leer und scheu und allein und unverwundet und verwundbar (wie ein Krüppel: was kann man einem Krüppel noch weiter antun?). Sie war Cäsar und beherrschte die ganze bekannte Welt und war zugleich auch Cäsar wieder nicht und überhaupt niemand.

Was ich zu tun hatte, war eine ziemlich komplizierte, zum Teil amüsante Geschichte. Ich durfte nicht empfänglich sein für ihre Schönheit, sondern mußte ihre Schönheit ignorieren. Sie war eine sonderbare Sorte von Mädchen; sie war innerlich schon isoliert, isoliert als Frau. Das bedeutete: wenn sie mir mit Sachen kam wie etwa: «Du bist sehr defensiv», dann mußte ich debattieren, auf gleicher Ebene mit ihr, mußte sie ernst nehmen und sagen: «Wie meinst du das?», und dann darüber reden und wechselweise einen Schlag austeilen («Über Defensivität kannst du gar nicht urteilen, in dir steckt die verrückte Unzurechnungsfähigkeit der Frauen, diese ganze irre Zusammenhanglosigkeit: Ich *muß* einfach defensiv sein!») und mich ihr beugen: «Du hast ja recht: du denkst sehr klar. Na schön, ich werde das als Prämisse annehmen.» Natürlich war vieles von dem, was wir redeten, zusammenhanglos und unsinnig, wenn man es näher betrachtete, aber wir arbeiteten im Gespräch sozusagen aus, was wir meinten oder zu meinen glaubten. Ich reagierte nicht emotional auf sie. Sie war gar kein richtiges Mädchen, ja eigentlich gar kein menschliches Wesen: wie konnte sie das auch sein? Sie war eine Position, ein Pracht- und Prunkstück völlig eigener Art, eine Trophäe, die Pseudo-Kleopatra unserer hiesigen oberen Mittelschicht. Oder auch nicht Pseudo. Ich konnte nicht schwelgen in meinem Glück oder ganz unwillkürlich eitel sein. Ich konnte nicht mit stolzgeschwellter Brust wie auf Wolken gehen oder liegen, ein Halbgott mit einer Göttin, obwohl es keinen Zweifel gab, daß wir sehr glücklich waren, trotz allem, trotz der Armseligkeit des Sexuellen, trotz der Unterschiede unserer Einstellung, die alles waren, was wir gemeinsam zu haben schienen, trotz der Spannungen und Mißgriffe. Wenn ich mehr Freude von ihr empfing, als sie an mir hatte, wenn ich sie auch nur für einen Augenblick aus dem Bewußtsein verlor, würde sie sofort wieder in ihre Isolation eingeschlossen sein. Ich konnte sie nicht lieben und zugleich besitzen. Ich konnte sie lieben und besitzen, wenn ich mir weder Liebe noch die Symptome des Gefühls, sie besessen zu haben, anmerken ließ. Es war Lüge, eine Hochglanz-Lüge gewissermaßen, wenn ich ihr die Möglichkeit des Fühlens erschloß, indem ich es ihr in den gelassenen Lügen meines Verhaltens bequem machte, ihr die Minuten mit falschen Botschaften beschriftete. Es war wie die Erfüllung einer Forderung im griechischen Mythos, etwa sich nicht nach Eurydike umzusehen. Die Nacht kroch dahin, schlich dahin, späte Minuten, bestäubt von Dunkelheit, inmitten einer schlafenden Stadt, unter einem Frühling, der kribbelte und krabbelte wie eine Plage von grünen Schlangen, Bissen von Wärme in der Luft, früh um vier dann Blätterdüfte, als der

Gestank der Autos erstarb. Die Dämmerung kam, so rosig, pastellen, so absolut irre: Wir redeten über die Möglichkeit angeborener grammatischer Strukturen; ich sagte, es wäre eine unwahrscheinliche Vorstellung, daß die Juden wirklich «von Gott heimgesucht» seien (der Gedanke war von einem Juden zur Sprache gebracht worden), und die große Schwierigkeit wäre eben gewesen, einen gerechten Gott zu erfinden, und wenn Gott zu einem bestimmten Zeitpunkt selbst erschienen sei oder sich auf Propheten verlassen habe, dann habe es Gradunterschiede in der Möglichkeit seiner Erkenntnis geben müssen, weshalb er bereits per definitionem ungerecht gewesen sei; gerecht wäre ein Gott überhaupt nur dann, wenn er aus dem bestünde, was jedermann zu allen Zeiten bewußt und bekannt war; und man könne einen im Grunde messianischen, einen tiefreligiösen, betrügerischen Denker am besten daran erkennen, inwieweit er versuche, seine Lehre in der Aussage zu verankern, sie sei schon immer wahr gewesen, sei selbst dem Wilden eingeboren, während ein ehrlicher Denker, ein Nicht-Lügner, durchdrungen sei von der Wahrheitserkenntnis des Fortschritts und Wechsels und begriffen habe, daß es im tiefsten Grunde keine Gerechtigkeit gibt, es sei denn als Erfindung, als Versuchskonstruktion des Willens, mit einem anderen zusammenzuleben, oder mit vielen anderen, ohne sie zu zerstören. In diesem Augenblick sagte Orra: «Ich glaube, wir sind dabei, uns ineinander zu verlieben.»

Ich dachte, ich hätte sie davor bewahrt, allzu deprimiert zu sein nach dem Ficken – es ist ja doch bitter für ein Mädchen, das auch nur ein bißchen Kraft und Grips besitzt, den ganzen Vorgang zu akzeptieren, sich ficken zu lassen, ohne zu versuchen, sozusagen den Spieß am Ende herumzudrehen, das heißt, selber ein bißchen zu ficken, oder die Sache zu verderben; ich meine, die bloße Kraft, einen Mann hochzubringen, ist einfach nicht genug: Das Mädchen will ihn so weit haben, daß er bereit ist zu sterben, um zu ficken. Es gibt so etwas wie eine Kraftanstrengung oder Leistungsfähigkeit, zu der Frauen geboren sind, wie Tiere, zum Kindergebären, wo doch die Geburt ihnen den Tod bringen könnte, zur Aufzucht des Kindes, wo doch das Kind jeden Augenblick sterben kann: Es liegt in der Natur der Frauen, daß sie unter dieser Gefahr leben, mit diesem Risiko, mit dieser Nähe zur Tragödie, mit diesem gleichbleibend angespannten oder zwanglosen Mut. Sie brauchen Tod und Adel des Handelns zugleich. Sich ficken lassen, wenn nicht unzertrennlich ein Drama dazu gehört, wenn man das Männliche dabei nicht auf ein ewig geleugnetes Niveau des Adels und des Mutes erheben kann, heißt abgeschnitten werden von dem, was unzertrennlich weiblich ist, brutal gesprochen. Ich wollte ihr ein halbwegs anständiger Partner sein. Ich wußte nicht, daß mir das lag. Ich bin psychologisch, dem Wesen nach, eine flüchtige Übergangsnatur. Durchaus so etwas wie ein Lump. Ich bin unfähig zu jeglicher beständigen Treue und jeglichem Stillhalten; ich bin ein Gestalter, Belehrer. Aber ich machte alles richtig bei ihr.

Es dämmerte, wie ich schon sagte. Wir standen nackt am Fenster und sahen still zu, wie das Licht sich veränderte. Endlich sagte sie: «Hast du Hunger? Willst du was zum Frühstück?»

«Klar. Ziehn wir uns an und gehn wir –»

Sie schnitt mir das Wort ab; sie sagte mit einer lustigen Art von Bestimmtheit: «Nein! Laß mich allein gehen und uns was zu essen holen.»

«Orra, du sollst mich nicht bedienen. Warum machst du das? Sei nicht so.»

Aber sie hatte es furchtbar eilig, verliebt zu sein. Nach diesen paar Stunden, nach derart kurzer Zeit.

Sie sagte: «Ich bin nicht so schlau und munter wie du, Wiley. Laß mich dich bedienen. Dann ist alles im Lot.»

«Es ist doch alles im Lot, Orra.»

«Nein. Ich bin schal und langweilig. Du glaubst das bloß nicht, weil du in mich verliebt bist. Laß mich gehen.»

Ich kniff die Augen halb zu. Nach einer Weile sagte ich: «Also gut.»

Sie zog sich an und ging und kam wieder. Während wir aßen, war sie still; ich sagte ein paar Sachen, aber sie hatte keinen Kommentar abzugeben; sie aß sehr wenig; sie faltete die Hände und lächelte mild wie das Porträt einer hübschen jungen Mutter aus dem neunzehnten Jahrhundert. Jedesmal wenn ich sie ansah und sie merkte, daß ich sie ansah, wechselte der Ausdruck auf ihrem Gesicht, und ich blickte in Augen, die auf eine absolute und stetige Weise alles willkommen hießen, was ich war und sagen mochte.

So, es hatte begonnen.

III Orra

Sie war nicht gekommen. Sie sagte, sie sei noch nie gekommen, bei niemandem. Sie sagte, es mache ihr nichts aus.

Nach unserem ersten Mal beklagte sie sich: «Bei dir geht das zack, zick, zack – wie bei einer Heuschrecke.» Also hatte sie mehr Lust erwartet, als sie gehabt hatte. Aber nach dem zweiten Fick und nach Anbruch der Dämmerung beklagte sie sich nie wieder – höchstens wenn ich versuchte, sie zum Kommen zu bringen, und dann beklagte sie sich *da*rüber. Sie zeigte beim Sex keinerlei Abneigung gegen irgendwelche meiner sexuellen Eigenheiten oder gegen die Rhythmen und Stellungen, in die ich verfiel, wenn ich fickte. Aber es brachte keine Freude oder Befriedigung; es ärgerte, beunruhigte mich, daß sie nicht kam. Die Freude oder Befriedigung blieb auch im Hinblick auf mich selber aus. Den Grund dafür sah ich darin, daß sie mich stärker anzog, als sie mich befriedigen konnte, stärker vielleicht, als Ficken mich überhaupt je befriedigen konnte, daß um so mehr Sog entstand, je mehr man achtgab, so daß das Sexuelle selbst darin versank und ertrank – ich meine, die schärfsten Nervensensationen, und doch auch die dumpfesten, ödesten zugleich, hat man beim Masturbieren –, aber wenn man auf niedrige, schmutzige Weise mit jemandem verbunden ist, gibt es Geräusche, Ablenkungen, die alle Sensationen des Fickens ersticken. Lange Zeit war die Art, wie sie ihren Wunsch äußerte, sich ficken zu lassen, wie sie sich auszog, war das sanfte horizontale Hüpfen ihrer Brüste, wenn sie dalag, und das sanfte Beben, das sozusagen sehnenlose Hingestrecktsein ihrer Beine und ihres Unterleibs, mit dem sie mir mehr oder weniger zeigte, daß sie bereit war, für mich bewegender, unendlich viel wichtiger als jede bloße Ejakulation später, jeder Zielstoß in ihre Dunkelheit, jedes Hineinwirbeln künftiger Generationen in das geballte Universum, in die so strenge Verweigerung in ihrem Innern: Ich klammerte mich an sie, ich grunzte, ich verankerte mich in der denkbar flüchtigsten Erleichterung von dem Verlangen, das ich nach ihr empfand; ich war jedesmal nach zwanzig Minuten wieder hungrig und wieder fickwütig; es war schon ein rechtes Elend, dieses Durcheinander. Es kam mir so vor, als könnten wir in den riesigen Räumen der erregten Erwartung, willkommen geheißen zu werden voneinander, nur blind und bestenfalls halb unsere Körper organisieren. Aber was sollte das? Wir würden vermutlich sterben in diesen untergründigen Höhlen; ein Teil von unser beider Leben würde sterben; eine gewisse Unschuld und Hoffnung würde das nie und nimmer überleben: wir waren zu offen, zu unbeholfen, und wir waren die falschen Leute: was also sollte ein Fick schon bedeuten? Es machte mir nichts aus, wenn Sex immer ein bißchen kratzig war, ein bißchen Fehlschlag mit enthielt, wenn er nur zugleich Vorbereitung war für weiteren Sex in einer halben Stunde, wenn das Kommen nur weiteres Vorspiel war. Wenn dies alles war, was uns ins Haus stand, na schön. Aber allmählich kam es mir wie Betrug an ihr vor, daß sie so viel für mich empfand, daß sie abhängig war und großzügig war und daß sie doch nicht kam, wenn wir fickten.

Sie sagte, sie sei noch nie gekommen, nicht ein einziges Mal, und sie brauche das auch nicht. Und ich dürfe mir darüber keine Gedanken machen. «Ich bin eine Tigerin im Bett», erklärte sie, «und ich vögle gern, aber ich habe zuviel Sex, um zu kommen: ich bin nicht zimperlich genug dazu. In *der* Beziehung bin ich nicht selbstsüchtig.»

Ich konnte sehen, wie es mit ihr stand: Sie hatte sich gewissermaßen umgetan, sie hatte sich Männer ausgesucht und sie aufgefordert, ihre Liebhaber zu werden, wie sie es bei mir getan hatte, statt auf sie zu warten oder sich einen Plan zu machen, wie sie ihre Aufmerksamkeit in irgendeiner subtilen Weise auf sich ziehen könnte; und im Bett war sie sexuell sehr aufgekratzt und ein bißchen draufgängerischer und weniger ängstlich als die meisten Mädchen; aber nur aus der Perspektive der oberen Mittelschicht war sie *eine Tigerin im Bett.*

Ich hatte den Eindruck – und mein ganzes Selbst war darauf ausgerichtet –, daß ihr Nicht-Kommen etwas aussagte über das, was zwischen uns war, daß ihr Nicht-Kommen eine unleugbare Tatsache war, ein Grenzmaß dessen, was zwischen uns war. Ich war nicht der Ansicht, daß wir uns einbilden sollten, wir wären großartige Liebende, wenn wir es nicht waren.

Orra sagte, wir seien es durchaus, und ich hätte keine

Ahnung, wie lausig schlecht der Sex bei andern Leuten sei. Ich teilte ihr mit, das entspreche nicht meiner Erfahrung. Wir waren, so kam es mir vor, zwei Einundzwanzigjährige, verbildet und verzogen, unwiderruflich schüchtern unter der glatten Politur unserer sexuellen Zielstrebigkeit und unseres sexuellen Hungers, und psychologisch sozusagen etwas abgerissen und nur dazu fähig, einander auf Teilgebieten nützlich zu sein. Wir waren noch nicht König und Königin von Schwanzundfotzenland.

Orra sagte, die Frage, ob man kommen könnte, sei für Frauen beim Sex von geringerer Bedeutung und ein entwürdigender Maßstab der Sexualität. Sie sagte, als Maßstab sei das von Leuten gesetzt worden, die nichts von Sex verstünden und Frauen einfach kindisch beurteilten.

Mir kam es vor, als verwandle sie da etwas Faktisches, das Kommen, in eine Public Relations-Angelegenheit. Aber Mädchen standen in diesen Dingen unter schrecklichem öffentlichem Druck.

Wenn sie darüber sprach, über diese Dinge, stellte sie einen ganz eigenartigen Gesichtsausdruck zur Schau, verächtlich, überlegen, verkniffen, einen Paß-auf-daß-ich-nicht-Hackfleisch-aus-dir-mache-Blick – in meinen Gedanken war es der Orra-wie-sie-ist-Blick, Orra allein, Orra-ohne-Wiley, ohne mich, Orra isoliert und deprimiert, eine Orra, die einschüchternde Männer haßte.

Sie verwies auf Romane, auf Romane von weiblichen Autoren, auf spezielle Szenen und Bemerkungen über Sex und das Kommen für Frauen, aber ich hatte ein paar von diesen Büchern gelesen, aus reiner Neugier, und keins von ihnen war Literatur, und die Heldinnen darin waren unterschiedslos unschuldig in jeder Beziehung; aber sehr stark und sehr erfahren, und sie hatten ein beängstigend gutes Urteil; und die Männer, die sie liebten, wurden in einer Weise beschrieben, daß sie einem eher wie Demonstrationsbeispiele der sexuellen oder intellektuellen Bandbreite ihrer Partnerinnen vorkamen als wie echte Sexualpartner oder Sexualobjekte; die Frauen verkehrten sehr reichlich mit Männern, die ihnen physisch offenbar langweilig waren; ich hielt die Bücher und ihre Charaktere wie ihre Verfasserinnen einfach für sexuell naiv.

Sehr wenige Frauen nur, so kam es mir vor, hatten wirkliches Verständnis, wirkliche Verständnisfähigkeit für die physische Realität. Immerhin, oft waren sehr sonderbare Sachen wahr, und die Vorstellung des Mannes vom Orgasmus blieb notwendigerweise auf ein spezielles Gebiet beschränkt.

Wenn ich irgend etwas im Bett machte, um sie zu erregen, mit dem Ziel, sie damit vielleicht zum Orgasmus zu bringen, bat sie mich, es nicht zu tun, und das irritierte mich auf die Dauer höllisch. Aber egal, was sie sagte, es mußte in jedem Fall schlimm für sie sein, nach sechs Jahren Fickpraxis noch immer nicht zum Höhepunkt zu kommen. Es mußte daran liegen, daß es ein Ansturm auf ihr nervliches Durchhaltevermögen war. Wie stark konnte sie sein?

Ich überlegte mir, ob Frauen, die kommen konnten, sich vielleicht derartig gehenließen, daß sie grundsätzlich einen sturen Bock als Liebhaber vorzogen, also jemanden, der ganz anders war als ich: Ich hatte den Typ des starken, stummen Schwachkopfs schon oft gespielt. Manche Mädchen wurden die reinsten Schmeichelkätzchen, wenn sie gekommen waren, sogar Schwachköpfen gegenüber. Andere sprangen auf und gaben sich jäh wieder stark und robust, stolz auf sich selbst, als ob das Kommen samt und sonders *ihr* Verdienst wäre und ich mich eigentlich geschmeichelt fühlen müßte. Gott, es war schon eine seltsame Welt für sich. Mädchen mit Grips hatten die Tendenz, ihren Orgasmus zu kontrollieren und immer nur einen pro Fick zu spendieren, ganz wie ein Mann; und oft versuchten sie auch noch diesen einen unter Kontrolle zu behalten, sie begrenzten ihn auf einen einzelnen naserümpfenden Spritzer Erregung. Und selbst das machte sie dann manchmal noch restlos fertig, machte sie leer und sonderbar schwach und zerbrechlich und verwirrt und anfällig und faul. Oder sie gaben sich forsch und frech und sagten: «Gott, das hab ich aber nötig gehabt!»

Ich fragte mich, wie Orra wohl aussehen würde dabei, wie sie es machen würde, so ein Mädchen wie sie, wenn es losging, wie sie sich halten würde, ihre Augen, wie sie sich mir gegenüber verhalten würde hinterher, wenn es vorbei war.

Um sie überhaupt dazu zu bringen, daß sie über Sex sprach, über ihren Sex, kam ich ihr mit dem Argument, die Analyse einer Sache sei natürlich deren Zerstörung, aber Blätter faulten auf dem Boden und bereiteten dort den Weg für das, was als nächstes darauf wachsen würde. So fing sie an zu reden.

Sie sagte, ich hätte unrecht mit dem, was ich ihr als meine Beobachtung mitgeteilt hatte, und es sei kein Unterschied bei ihr zwischen geistiger und physischer Erregung; es sei nicht wahr, daß ihr Geist schnell zu erregen sei und ihr Körper nur langsam, wenn überhaupt. Ich konnte nicht sicher sein, daß ich recht hatte, aber wenn ich auf einen Augenblick hinwies, in dem ein tiefes körperliches Gefühl in ihr gewesen zu sein schien, dann stimmte sie manchmal zu, das sei ein guter Moment gewesen nach ihren Begriffen; aber manchmal sagte sie auch, nein, es sei nur ein bißchen irritierend gewesen, wie ein besonders lästiges Kitzeln. Obwohl sie meinen Verstand durchaus schätzte, gestand sie mir doch keinerlei Autorität über das zu, was ich wußte – ich meine, wenn sich herausstellte, daß ich recht hatte. Sie behielt die Autorität über ihre Reaktionen in den eigenen Händen. Ihre Selbstverleugnung war ihr eigenes Werk. Mir gefiel das: manche Leute geben sich einem ganz einfach vollständig in die Hände, und dann steht man da und kann sie nicht halten, weil das zuviel für diese Hände ist: die eigenen Fähigkeiten reichen nicht aus dafür. Ich beschloß, mich an das zu halten, was ich beobachtete, und von ihr schlicht anzunehmen, daß sie im Irrtum war, und im übrigen kein Wort mehr über Sex mit ihr zu reden.

Ich beobachtete sie im Bett; ihr Körper war unschlüssig, widerwillig, träge, unduldsam – und unerträglich hungrig, fand ich. In ihrem Stolz, ihrem Selbstbewußtsein und ihrer Unwissenheit haßte sie das alles an sich selbst. Sie zog es vor, sich für lebhaft und gefühlsstark zu halten, Lust zu empfinden, wenn sie selbst es bestimmte und nicht wenn ihr tatsächlich Lust bereitet wurde, Lust nach eigenem Wollen, nach eigenem Rezept, und sich mir, so kam es mir vor, eigentlich fast nur aus Höflichkeit hinzugeben, mir Lust zu schenken, nicht an sich selbst zu denken, ein braves Mädchen zu sein, weil sie verliebt war. Sie bestand darauf, aber das war zu sentimental, und so bestand sie zugleich auch darauf, überredete sich dazu, gab sich den Anschein, eine feurige Liebhaberin zu sein.

Sie war in gewisser Hinsicht, sexuell, eine zwanghafte Lügnerin. Ich nahm mir vor, jede noch so kleine Fehleinschätzung auszuräumen, die ich hinsichtlich Orras im Bett hatte, jedes romantische Gedusel, jede rosig gefärbte Hoffnung. Ich hatte den Eindruck, daß sie mit anderen Jungen immer das gleiche erlebt hatte: Sie war gehemmt, den Anfang zu machen, und sie hatten sie überschätzt, und sie waren übererregt gewesen und aus dem Gleichgewicht und beklommen bei dem Gedanken, wie sie wohl von ihr beurteilt würden, und sie hatten sich ihr Vergnügen geholt und das Weite gesucht.

Und dann war sie in ihrer Entschlossenheit, Sex zu haben, mehr und mehr zu einer sexuellen Närrin geworden. (Ich war in jeder nur möglichen Beziehung ein Narr: es machte mir nichts aus, daß sie eine sexuelle Närrin war.) Das erste Mal, als ich mit ihr ins Bett gegangen war, hatte sie geschrien und sich herumgeworfen, gut einen halben Meter nach jeder Seite, ganz wie sie meinte, daß es sich für eine Tigerin im Bett gehörte, nahm ich an. Ich hatte ihr hinterher entgegengehalten, daß kein Mensch derart erregt wäre, schon gar nicht, wenn er nicht kommen könnte; sie sagte aber, sie sei ja gekommen, in gewissem Sinne jedenfalls. Sie sagte, sie sei einfach zu sexuell für die meisten Männer. Sie sagte, ihre Reaktionen seien nicht gespielt, sondern stellten wirkliche Sexualität dar, wirklich und wahrhaftig. So ein stolzes, störrisches, dummes Mädchen!

Aber ich wies sie darauf hin, daß ein Mann, mit dem sie Geschlechtsverkehr hatte, nur mit Verwirrung reagieren werde, wenn sie sich dabei derart aufführte und sich herumwarf, nach rechts oder links oder womöglich auch noch hochauf nach vorn; und wenn ihr Verhalten derart unberechenbar und regellos sei, könne man ganz leicht seine Erektion verlieren; wenn sie sich derart herumwürfe, bestünde die beste Aussicht, daß sie damit den Verkehr überhaupt unterbräche, es sei denn, der Mann wäre sehr agil und balgte entsprechend mit, aber dieses Mitbalgen wäre dann kaum ein sexuelles Agieren für ihn: es wäre eher eine Art Fangspiel. Der Mann würde in einer Art Belagerungszustand ficken müssen, fortwährend bestürmt und zermürbt; ohne jede Ahnung, was wohl als nächstes von ihr käme, würde er ficken und sich beeilen, damit über die Runden zu kommen und wieder aus ihr raus.

Orra hatte bei dieser ersten Gelegenheit gesagt: «Das klingt alles einleuchtend. Kein Mensch hat mir das bis jetzt erklärt. Kein Mensch hat mir das bis jetzt richtig klargemacht. Ich werd es mal ein Weilchen auf deine Art versuchen.»

Danach war sie meist schüchtern und ehrlich gewesen und echt geil im Bett, aber unfähig, sich selbst zu erregen oder mehr für mich zu tun, als sie eben dadurch tat, daß sie da war und bereit für mich. Wie wenn ihre Hände in einem Netz gefangen wären und ihre Geisteskräfte wie verleimt und gelähmt, wie wenn ich einfach nicht mehr verdiente, oder wie wenn sie eine glatte Anfängerin wäre und so schüchtern, daß sie einfach nicht damit anfangen konnte, irgend etwas *Sexuelles* zu tun. Ich verstand das nicht: ich hatte immer gefunden, daß jemand, der Lust geben *wollte*, das auch konnte: man brauchte dazu keine besondere Geschicklichkeit, nur eben das Verlangen danach und so etwas wie eine, ich weiß nicht, blinde Fähigkeit, sich bis zu einem gewissen Grad seinen Weg zu erfühlen, zu ertasten im lichtlosen Labyrinth der Lust. Aber Mädchen aus der oberen Mittelschicht mochten mehr Angst davor haben, Männer mit den Banden exzessiver Lust an sich zu binden; solche Mädchen waren verhalten und schüchtern.

Ich stellte mich darauf ein, daß sie schroff und schwierig sein würde, obwohl sie beides mir gegenüber lange nicht gewesen war; aber diese Züge waren in ihr wie ein Schatten, und sie eigentlich gaben ihr die Dimensionalität, die sie mir wertvoll machte, die ihrer Freundlichkeit mir gegenüber erst Gewicht verlieh. Sie hatte das rührseligste und unsicherste, das einfältigste und doch tapferste und freigebigste Ego, das ich je bei einem Menschen kennengelernt hatte; und ihr Verhalten wechselte denkbar stupide zwischen dem Vornehmen, Sensitiven, Intelligenten, verbunden mit einer kläglichen, sicheren, fast hochnäsigen Zartheit, Freundlichkeit und Fürsorge dem Partner gegenüber, und dem ausgesprochen Selbstsüchtigen und Verletzenden. Der wichtige Punkt war, sie daran zu hindern, falsch zu reagieren, etwa wie in einem Film beziehungsweise in Nachahmung der Filme, die sie gesehen, und der Bücher, die sie gelesen hatte – sie hatte ein ganz sonderbares Vertrauen zu Filmen und Büchern; sie bewunderte alles, was Gefühl in ihr wachrief und trotzdem keine Verantwortung von ihr forderte, weil sie dann für sich und andere Glück produzierte wie Seide. Sie mochte ausgesprochen dunkle Philosophen, wie zum Beispiel Hegel, wo sie den Gedanken bewundern konnte, der Gedanke aber nichts von ihr verlangte. Trotzdem war sie Realistin und würde vermutlich alles erlernen, was auch ich wußte, und mich womöglich noch übertreffen. Sie hatte große Möglichkeiten. Aber sie war auch bloß ein gutaussehendes, pseudoreiches Mädchen, eine Paranoikerin, eine Perkins. Andererseits war sie über große Zeitstrecken wieder ein schlechthin phantastisches Mädchen, ein Glanzstück, eine Augenweide, und ein einziges leicht bebendes, anerkennendes, geistreiches, romantisches Heldinnenlächeln genügte, um mir das Herz aufgehen zu lassen. Der romantische Schimmer ihres Gesichts. Bis jetzt hatte sie in ihrem Leben noch jedermann enttäuscht. Ich mußte all dies im Gedächtnis behalten, überlegte ich mir. Sie war phantastisch lebendig und unheimlich tot zugleich. Ich hatte aus meinen verschiedenen Beweggründen den Wunsch, sie von den Toten zu erwecken.

IV Orra: Dieselbe Welt, eine andere Zeitebene

Eines Nachmittags lief es gut für uns. Wir machten einen Spaziergang, die Luft war erfüllt von Geräuschen, in uns war diese verwunderte und höfliche Freude, die wir manchmal einfach darüber empfanden, daß wir zusammen waren. Orra paßte ihren Gang hin und wieder meinem an; die meiste Zeit über paßte ich meinen ihrem an. Wenn wir einander ansahen, erhoben sich kleine, weiche Gefühlswölkchen, wie Spielzeugexplosionen oder Spatzen, die ein Staubbad nehmen. Ihre gewollte Sanftheit, ihre innere Ernstheit oder Ernsthaftigkeit, ihre Stärke, ihre Schönheit, die nun, in ihrer Angst, sie könnte mich jetzt schon verlieren, gedämpft und vorsichtig war, verlieh dem Vergnügen, mit ihr zusammenzusein, etwas Edles, Kontrapunktisches und Schwieriges, und zwar insofern, als man seiner würdig sein und es verstehen und vor meiner Unbeholfenheit und ihrer Falschheit, so wohlmeinend diese Falschheit auch sein mochte, beschützen mußte; andernfalls führte dieser Tag lediglich zur Ausnutzung einer starken Frau, die das früher oder später durchschauen und Rache nehmen würde. Aber es lief gut; und eingehüllt in diese sorgfältige und sorglose Lauterkeit gingen wir nach Hause; wir fickten; ich kam – um meine Erregung aus dem Weg zu schaffen; sie wußte nicht, daß ich das tat; sie war enorm höflich; angespannt; und sehr bewundernd. «Wie schön du bist», sagte sie. Es standen Tränen in ihren Augen. Ich hatte kühl und ohne viel Mätzchen gefickt, damit uns ein großes Reservoir sexueller Unruhe blieb, das Summen der unmittelbaren körperlichen Unruhe in mir dagegen zum Schweigen gebracht wurde: Ich begehrte sie noch immer; ich begehrte Orra dauernd; und mein Orgasmus war lasch gewesen; aber mein Körper drängte sich nicht in den Vordergrund, war mehr wie ein Handschuh für meinen Verstand, für meinen Willen, für meine Liebe zu ihr, für meinen Wunsch, sie solle mehr fühlen.

Sie war, wie gesagt, den Tränen nahe und zärtlich, und nachdem ich gekommen war, hielt sie mich in ihren Armen, und ich sagte so etwas wie: «Entspann dich nicht. Ich will noch mal kommen», und sie stieß einen Laut aus, der halb Lachen, halb Seufzen war, und war geschmeichelt und sagte: «Noch mal? Das ist nett.« Zwischen uns bestand eine phantastische Nähe, fast wie die zwischen einem Mann und seiner Sekretärin – ich war frei und mächtig, und sie war mir ergeben; die Wahrscheinlichkeit, daß Orra jemals eine Sekretärin sein würde, war gering – man hatte ihr bereits Positionen als leitende Angestellte angeboten, sie brauchte nur noch ihren Abschluß zu machen –, aber Orra fand es romantisch, so zu tun, als sei sie eine Sekretärin, die kein eigenes Leben hatte. Ich spürte eine gewisse Spannung, wie vor einem Tennisspiel, das ich gewinnen wollte, oder wie in dem Augenblick, bevor ich in einem Laden etwas direkt von der Theke klaute: Es war einerseits eine zerrende Verzagtheit, eine Angst und Stille, und andererseits ein erhebendes Gefühl, eine Vorbereitung, eine gewollte und dann nicht gewollte, in sich geschlossene Zielgerichtetheit; es war eine klare Sache; es würde geschehen.

Nach etwa zehn Minuten, es können auch zwanzig gewesen sein, bewegte ich mich in ihr. Ich sollte noch sagen, daß ich, während ich ausruhte, in ihr geblieben war (und sie mich dort gehalten hatte). Wie ich erwartet hatte – und mit Befriedigung und Stolz darüber, daß alles klappte, daß meine Talente einander ergänzten –, spürte ich, daß mein Schwanz hochkam, und zwar sofort, mit einer komischen Hurtigkeit, aber er war wund – Herrgott, war er wund. Er, das heißt die Spitze, tat höllisch weh, und es war ein trockener, brennender, rötlicher Schmerz.

Der Schmerz machte mich vorsichtig und bewahrte mich davor, in Erregung zu geraten, es sei denn auf eine abstrakte Art; mein Kopf war klar; ich lächelte vor mich hin, als ich anfing, und bewegte mich ganz langsam, bewegte mich kaum, ich war wund vom Zustoßen in ihr, ich schlenderte, bummelte dahin, erkundete tastend das Terrain da drinnen, ich gliederte den Raum in ihr, wie um ihre inneren, geschmeidig weichen Schatten zu ordnen; oder wie wenn man im Dunkeln den Arm ausstreckt und so lange über die Wölbung einer Bettdecke streicht, bis sie einem vertraut ist; oder wie man sich im Halbschlaf, mit geschlossenen Augen, zu orientieren sucht. Und wirklich schloß ich die Augen und lauschte sorgfältig ihren Atemzügen, konzentrierte mich auf sie, versuchte aber zugleich, Orra nicht merken zu lassen, daß ich das tat, denn das hätte sie befangen gemacht.

Ihre Reaktion war so minimal, daß ich daran zweifelte, ob Ficken dazu geeignet war, sie in Schwung zu bringen, und zu dem Schluß kam, es sei besser, mich mit der Zunge über sie herzumachen; ich zog meinen Schwanz raus, was nicht besonders schlau war, aber meine Gedanken folgten nicht so logisch aufeinander; bei anderen Gelegenheiten hatte sie mir gesagt, sie möge «dieses exotische Zeug» nicht, es mache sie nicht an, aber ich hatte immer angenommen, das liege daran, daß sie sich schämte, weil sie nicht kam, und deshalb sei es für sie so problematisch, sich lecken zu lassen. Ich machte mich ans Werk; sie protestierte; ich achtete nicht weiter auf ihre Einwände und tat es trotzdem; ich war angespannt vor Erregung, vor unterdrückter Belustigung über all diese Lügen und Spannungen. Ich sagte ihr, daß ich sie zu meinem eigenen Vergnügen lecken wolle; ich war so angespannt, daß es mich durchfuhr, als ich sie mit der Zunge berührte, aber das zeigte ich ihr nicht. Es kam mir so vor, als wären ihre sexuelle Unerfülltheit und Bereitschaft in ihrer Haut zu spüren – Lippen und Zunge trugen mir die Strömungen einer zerklüfteten Unerfülltheit und Bereitschaft zu; Echos ihrer Verspanntheit und Unzufriedenheit hallten in meinem Mund, meinem Kopf, meinen Füßen wider; mein ganzer müder Körper war ein Stethoskop. Ich war zu einem Stethoskop geworden; ich lauschte ihr mit meinen *Knochen*; das schwache Glimmen ihrer Erregung wanderte bis in mein *Rückgrat*; ich spürte ihre knirschende sexuelle Gehemmtheit, die wie ein kaputter Anlasser in ihr mahlte, in meinem *Magen*, in meinen *Knien*. Alles in mir lauschte auf sie; auf jedes verdammte Muskelzucken, das ich registrierte oder das sie hätte spüren sollen, weil ich ja schließlich an ihrer Klitoris leckte, das sie aber nicht spürte, auf jedes Anzeichen von Erregung oder Nicht-Erregung; ich lauschte so angestrengt, daß es ein Wunder war, daß sie nicht vor lauter Befangenheit aus dem Bett sprang; aber vermutlich merkte sie nicht, was ich tat, denn sie konnte mich nicht sehen, ich war unten, in den Schatten, im Keller ihres Blickfelds, im Keller, bei ihren sexuellen Gefühlen, die dort verstreut herumlagen.

Als sie sagte: «Nein... Nein, Wiley... Bitte nicht. Nein...», und sich wand, obwohl das nicht das übliche gezierte Gehabe war, mit dem einem manche Mädchen kamen – ihr Widerstreben war echt, sie wollte wirklich, daß ich es bleiben ließ –, hörte ich gar nicht hin, denn ich spürte, daß sie auf meine Zunge besser ansprach als eben noch auf das Ficken. Ich spürte, wie in ihr Perlen glitten und flüsterten und klickend aufgefädelt wurden; die Unordnung, die verstreuten oder versprengten sexuellen Teilchen wurden, jedenfalls in ganz geringem Umfang, geordnet. Sie erschauerte. Vor Widerwillen. Sie erzeugte unberechenbare Resonanzen, denen sie aber zugleich unterworfen war. Und sie stieß eigenartige kleine Schreie aus, hauptsächlich Protestschreie, leise Ausrufe, die geheimnisvollerweise Proteste waren, obwohl sie auch wieder keine Proteste waren – Schreie, die irgendwie den Verdacht nahelegten, daß sich die Gründe für ihren Widerwillen ständig veränderten.

Ich versuchte, ein paar von diesen Schreien aneinanderzureihen, sie in immer schnellerer Folge ertönen zu lassen. Es war ein eigenartiger Versuch; es hatte den Anschein, als bewegten wir uns, als bewegte ich mich mit ihr auf dunklem Wasser, zwischen zwei Reihen von Bojen – auf der einen Seite war es finster, dort war ein Nichts, und auf der anderen waren Lichter, rote und grüne, die Lichter des Körpers, der sich der sexuellen Erhitzung näherte, oder jedenfalls die Anzeichen dafür: Brustwarzen wie erhitzte Kieselsteine, leicht zuckende Beine, leise *Ohs* – eine körperliche Sache; man macht weiter: man kommt voran.

Wenn wir zu weit vom Weg abkamen, tauchten wir ins Nichts; es blieb nur ein entferntes Flackern, nur ein ganz schwach erkennbarer Orientierungspunkt. Manchmal waren wir umgeben von den Lichtern ihrer Reaktionen, die weit auseinanderlagen und wild auf irgendeiner Finsternis auf und ab hüpften, auf einer Unwissenheit über die Reaktionen ihres Körpers, deren Opfer wir beide, Orra und ich, waren. Sie reagierte auf das, was ich mit ihrem Körper tat, und auf die Atmosphäre, in der ich es tat, auf meine Autorität, auf mein Argument, dies sei für sie etwas Sexuelles, und auf die Art, wie ich sie berührte und mich auf sie und dieses teilweise traumgesättigte dunkle Wasser- oder Unterwasserding konzentrierte; sie ruhte sich darauf aus, sie warf sich schwer darauf hin und her. Alles, was ich tat, war Sprache; es waren Hieroglyphen, Bilder, die ich auf ihre Nervenenden projizierte; es war das, wofür männliche Autorität da ist, es war die Qualität, von der Mut und bestimmtes Auftreten und starke Muskeln angeblich vermuten lassen, daß ein Mann sie mit ins Bett bringt. Oder hervorragendes Tanzen oder Musikalität oder melancholische Klugheit. Ich leckte sie, ich hielt ihren Bauch, ich streichelte ihren Bauch mit ziemlich planlosen Bewegungen: Manchmal legte ich bloß die Finger aneinander und spreizte sie wieder, um ihr zu zeigen, wieviel Spaß mir das machte, wie befriedigend ich das fand; ich berührte nicht ihre Brüste, ich tat nichts, das so intensiv war, daß sie hätte argwöhnen können, ich sei darauf aus, sie kommen zu lassen – ich tat das alles, aber es schien, als ließe ich sie in Ruhe und sei mit meiner Lust allein. Sie fühlte sich unbeobachtet in ihren Empfindungen, sie erfuhr sie, ohne für sie verantwortlich zu sein, sie griff nach ihnen wie nach etwas Rundem und Schlüpfrigem, das im Wasser herumschwimmt, und sie rutschte ab und keuchte gelegentlich über den Verlust ihres inneren Gleichgewichts und auch über den Verlust ihrer Selbstbeherrschung.

Ich stupste mit der Zunge fast beiläufig ihre kleine Nudel an, dann noch einmal, doppelt so beiläufig, dann drei-, vier- oder fünfmal hintereinander, dann rieb ich sie oder ließ sie immer gewissenhafter zwischen Lippe und Zunge hin- und hergleiten, bis mein Kopf, mein Denken und Empfinden, meine Lippen und meine Zunge im Dunkel eines sich steigernden und konzentrierten Rhythmus begraben waren, so wie ein bekiffter Tänzer sich von der Bewegung packen und herumwirbeln läßt und sich ihr ganz hingibt, bis sie zu einer Reise wird und nicht mehr eine Ansammlung von Wiederholungen ist.

Dann fing ein lästiges, fadenähnliches Ding, eine Sehne an der Zungenwurzel, an zu schmerzen, und ich brach diese Bewegung ab und leckte sie verträumt oder spielte, wenn das für die Zunge zu unbequem war, mit ihrer Klitoris herum und saugte mit gespitzten Lippen an ihr, bis auch die Muskeln, die meine Lippen gespitzt hielten, ermüdeten; und ich begann wieder von vorn und stupste ihre winzige Klitoris mit der Zunge an und machte weiter wie zuvor, bis die Dunkelheit sich herabsenkte; sie spürte die Dunkelheit, die Ungestörtheit, die sie ihr bot, und sie schien wie jemand, der unbeobachtet in einem Flur steht und die Arme bewegt, und sie erlaubte ihren Gedanken, sie zu streicheln, und machte einen Schritt in diese Dunkelheit hinein.

Aber alles, was sie fühlte, war kurz und stockend; und wenn es schien, als hinge sie fest oder als wären ihre Empfindungen abgestorben oder zerrissen, vermittelte ich ihr durch mein Verhalten mit meiner ganzen Autorität, daß dies ein Teil dessen sei, was mir Lust brachte, und ließ es nicht als Anzeichen oder Vorgeschmack eines Fehlschlags stehen; ich stieß Lustseufzer, ja sogar kleine Lustschreie aus – und nicht alle davon waren unecht – und wühlte mich in ihre Wärme und liebkoste sie, um ihr zu zeigen, wie dankbar ich war. Ich streichelte sie dankbar; ich verwandelte Momente, die asexuell waren und in denen man hätte meinen können, die sexuelle Spannung sei erloschen, in sexuelle Lust.

Und sie konnte mir nicht widersprechen, denn sie dachte, daß ich auf meinen eigenen Orgasmus hinarbeitete, und sie liebte mich und wollte mir dabei helfen.

Was ich tat, erforderte Mut, denn dadurch gab ich ihr die gewaltige, die unumschränkte Macht, mich auszulachen, auch wenn unser Werben um einander bislang dazu gedient hatte zu zeigen, daß sie kein Feind war, daß sie die Hysterie der Angst oder der Eifersucht ebenso im Griff hatte wie die kalten Urteile, die sie innerlich über mich fällen könnte und die sie dazu verleiten könnten, Dinge zu sagen oder zu tun, die mich dazu bringen könnten, sie zu hassen oder zu fürchten; auf dem Spiel stand unter anderem, daß ich in meinen eigenen Augen wie ein Idiot dastünde – und ihr dann vorwürfe, daß sie nicht kam –, und daß sie dann nicht imstande wäre, der inneren Überzeugung zu widerstehen, daß ich tatsächlich ein Idiot war. Jeder Versuch macht einen verletzlich, aber etwas, das ihrer Lust dienen sollte, barg eine doppelte Möglichkeit der Verletzung, da nur sie beurteilen konnte, ob es auch wirklich ihrer Lust diente; ich war nur sicher, solange ich nicht offen, nicht empfänglich für sie war; aber wenn ich nicht offen und empfänglich für sie war, konnte ich nicht hoffen, ihr dabei zu helfen, daß sie kam; indem ich mich verletzbar machte, war ich in gewisser Weise ein Schlappschwanz, denn Orra war nicht bereit, nicht darauf vorbereitet, nicht in der Lage, Verantwortung dafür zu übernehmen, wie ich mich fühlte: Sie war eine Frau, die in Ruhe gelassen werden wollte; sie hatte ständig Angst vor den Übergriffen auf ihr Leben, die sich die Männer in ihrer Ich-Bezogenheit leisteten: In dem, was ich tat, lag ein gefährlicher Masochismus, eine gefährliche Hybris, ein gefährlicher Optimismus und eine Art von Liebe: Ich vergrub mich nackt in der Möse der Tigerin im Bett; die kleinste Schwäche ihres Egos oder ihrer Urteilskraft, und sie ginge auf *mich* los; und bei dem, was ich tat, war der Grat zwischen Liebe und Übergriff, Ausnutzung und idiotischer Angeberei sehr schmal. Ich konnte mir nicht einmal annähernd vorstellen, welche seelischen – oder auch körperlichen – Schmerzen sie erleiden würde, wenn ich versagte und mich obendrein wegen meines Versagens und ihrer und unserer Schmerzen auch noch emotional von ihr zurückzöge – oder auch bloß deshalb, weil mein Versagen mir so unerträglich wäre, daß ich nicht weiter mit ihr zusammensein könnte, es sei denn, sie richtete mein Ego wieder auf, und das konnte sie nicht – sie wußte gar nicht, wie sie das hätte machen sollen, und war wahrscheinlich zu gehemmt dazu.

Manchmal umfaßte ich mit meinen Fingern ihre Schenkel, und zwar nicht nur mit den Spitzen, sondern mit der ganzen Innenseite der Finger und mit den Handflächen, oder ich ertastete die Wölbung ihres Bauches, oder meine Finger streichelten ihre Lippen, die Schamlippen oder wie das heißt, oder drangen sogar ein bißchen in sie ein oder strichen mit den Nägeln oder den Fingerspitzen leicht über ihre Klitoris, allerdings immer innerhalb jenes fiktionalen Rahmens: daß dies meiner eigenen absoluten Lust diente, daß ich diese Art von Sex genoß und daß darin keine Gefahr für uns beide lag. Ich meinte: Keine Zungen, keine Gehirne waren zur Stelle, um etwas Unschönes zu sagen. Herrje, wie nackt und bloß und edel ich mich fühlte. Es war eine große Anstrengung, die ich ihretwegen unternahm.

Vielleicht deutet das nur auf das Ausmaß meines Egoismus hin. Es machte mir nichts aus, mich weiblich zu machen, nur hatte ich das Gefühl, Orra würde nie verstehen, was ich da tat, sondern es der Kraft meiner oder unserer Sexualität zuschreiben. Es machte mir etwas aus, meiner und ihrer so bewußt zu sein; ich war von meiner eigenen, von jeder echten Sexualität abgeschnitten; eine minderwertige sexuelle Erfahrung, selbst wenn sie sich auf Liebe gründete, würde die Selbstverständlichkeit, mit der sich meine Männlichkeit bei ihr entfaltete, zumindest für eine Weile untergraben; und Orra würde das nicht verstehen. Vielleicht würde sie auf sexuellem Gebiet erheblich subtiler und trickreicher werden und wissen, wie sie mich behandeln mußte, aber das war unwahrscheinlich. Und wenn ich mich in jener problematischen Zukunft entschuldigte oder mich beklagte oder erklärte, warum ich im Bett mit ihr ein bißchen langsam oder widerwillig war, dann würde sie die Schuld darauf schieben, daß ich versucht hatte, ihr zu einem Orgasmus zu verhelfen, und sie würde darauf bestehen, daß ich nie mehr gelangweilt sein dürfe, so daß ich, wenn ich in dieser problematischen Zukunft wollte, daß sie käme, würde lügen müssen, indem ich sagte, ich empfände mehr Lust, als ich in Wirklichkeit empfand, und auch das würde meine Lust vermindern. Selbst die Möglichkeit, ehrlich zu sein, würde mir verwehrt sein. All dies ging mir durch den Kopf, während ich mich mit der Zunge über sie hermachte. Ich kleidete das nicht in

Worte, sondern dachte es in jenen großen, nebligen Blökken, in denen das verpackt ist, was man weiß oder fühlt. Ich machte weiter, trotz der inneren Müdigkeit, die ich spürte. Diese Außerachtlassung meiner selbst erfüllte mich mit einem eigenartigen Gefühl des Ausgehungertseins, einer Mischung aus Qual und Hilflosigkeit. Ich wollte mich nicht so fühlen. Plötzlich fragte ich mich, warum die Lichtgeschwindigkeit in der Relativitätstheorie als Konstante vorausgesetzt wird: war das ein weiterer jüdischer Absolutismus? Angesichts der Mannigfaltigkeit der Erfahrungen mußte die Lichtgeschwindigkeit in einem so wandelbaren und seltsamen Universum wie diesem doch gewiß variieren; es mußte einen Ort geben, an dem man sehen konnte, wie ein Lichtstrahl sich abmühte, in Bewegung zu kommen. Ich fühlte mich albern und egoistisch; es war nicht zu vermeiden, daß ich mich so fühlte – ich meine: *Ich* konnte es nicht vermeiden.

Wenn sie sich, als ich sie leckte, überhaupt bewegte, wenn in ihrem Schenkel ein Muskel zuckte, dann zuckte auch in meinem Schenkel ein Muskel: mein Körper imitierte ihren, als wollte ich ermessen, was sie fühlte, oder vielleicht geschah das auch nur, weil die Sympathie so groß war. Jeder von uns erlebte dieselben Dinge, allerdings in einem erstaunlich unterschiedlichen Zusammenhang: als stünden wir an zwei gegenüberliegenden Enden des Raums und streckten die Arme aus, um uns zu berühren und identische Botschaften zu empfangen, die dann, beim Eindringen in zwei so weit entfernte Gefühlswelten und so unterschiedliche und unvollständige Ekstasen, voneinander abwichen. Der Film, den wir uns ansahen, handelte davon, daß sie entdeckte, wie ihre sexuellen Reaktionen funktionierten: wir saßen weit voneinander entfernt. Meine Zunge glitt stoßend über die ausradierte Stelle an ihr, über ihre geschändete und bislang kaum vorhandene

Fähigkeit zur Sexualität. Ich weckte sie mit Küssen, die weit von ihrem Gesicht entfernt waren. Ein seltsamer Strom floß langsam dahin, trug uns davon, Schilf verbarg die Ufer, Weiden umarmten sich und lösten sich wieder voneinander, stöhnten und flüsterten, verwirrten sich und schnalzten leise. Orra stöhnte, seufzte, erschauerte, erschauerte hart oder fließend; manchmal zuckte sie zusammen, wenn ich den Druck oder die Lage meiner Hände veränderte oder wenn ich kurz innehielt und dann fortfuhr. Es war interessant, wie ihr Körper zuckte und sich hin und her warf, aber es war nicht sehr ausgeprägt, und wenn es einem Muster folgte, so verstand ich es nicht. Mein Geist wurde müde. Die Erfindungsgabe, meine jedenfalls, hat Grenzen: Ich sah mich (idiotischerweise) als eine römische Trireme, meine Zunge war der Rammdorn, ein *bronzener*, der nach ihr stieß; sie war das Mittelmeer. Reihen von Sklaven – mein Gott, wie ohnmächtig sie waren – zogen an den Rudern, an diesen langen Stangen, die an der Wasseroberfläche metaphorisch und rhythmisch fließende Büschel kurzlebiger Lilien erblühen ließen. Das pompöse und überproportionierte Schiff, mein ganzer Körper, der sich über Orras kleinem Meer krümmte – nein, eigentlich nicht krümmte; ich lag flach auf dem Bauch, das Fußende des Bettes war an meiner Taille oder ungefähr da, meine Beine hingen hinaus, meine Füße stemmten sich irgendwo weit entfernt gegen den Fußboden, alles in mir konzentrierte sich auf die weiche, bebende, pelzige Köstlichkeit von Orras Möse –, dieses pompöse Schiff näherte sich lekkend und hinterließ eine plitschende, gurgelnde Spur halbherziger Reaktion, und mein stockendes Wollen und Tun versank im dunklen Wasser der Passivität, der gefesselten Leidenschaft und der Unwissenheit dieser Frau.

Das weißliche Blubbern, das Platschen ihrer unregelmäßigen körperlichen Reaktion: diese Wellen, nein, diese

Kielwelle hob sich, schäumte auswärts, warf Blasen und fiel in sich zusammen. Die weiße Haut einer Najade. In der gewaltigen, sich herabsenkenden Dunkelheit und Stille des Meeres. Es gab nur noch diese Kielwelle. Als der Rhythmus mich erfaßte (so daß ich aus meinem Bewußtsein verschwand, so daß ich aufgesaugt wurde, so daß ich ein Tintenfleck war, ein verborgener Tintenfisch, der Orra streichelte), ließ mich die Finsternis meiner Sinne in Dämmerung oder Nacht versinken; und mein Horchen auf ihre Lust, auf unsere Spur in jenem weglosen Ozean, gab mir das Gefühl, daß wir uns in einem erleuchteten, großen, unscharf umrissenen Oval aus Nachtluft und Meer und opalisierendem Nebel befanden, der sich dort, wo das Licht aus den Bullaugen eines riesigen Schiffes von den Nebeltröpfchen prismatisch gebrochen wurde, in einen Regenbogen auflöste – wie in einem Film aus den dreißiger Jahren, wie in einem Traum. Ich war oft außer Atem; ich sah Flecken, Farben, ozeanische Tiefen. Und ihre Proteste, ihre Zweifel! Ach Gott, ihre Zweifel! Ihr *Nein, Wiley, nicht*, und ihr *Ich mag das nicht*, und ihr *Nein, Wiley*, und ihr *Wiley, ich kann nicht kommen – laß das – ich mag das nicht.* Die meiste Zeit hörte ich gar nicht hin. Manchmal brachte ich sie zum Schweigen, indem ich meine Wange auf ihren Bauch legte und meiner Hand zusah, die ihren Bauch streichelte, und mit vor Erregung tiefer Stimme sagte: «Mir gefällt das, Orra – ich tue das nur für mich.»

Und dann machte ich mich wieder mit schwungvoller, echter Lust über sie her, als errege und erfrische es mich, an meine eigene Lust zu denken, und es wartete noch mehr Lust auf mich, als sie – beruhigt oder gestärkt durch meinen putativen Egoismus, durch die Überzeugung, daß dies alles nur für mich geschah, daß von ihr nichts erwartet wurde – aufschrie. Eine Sekunde später *grunzte* sie. Ein Beben lief durch ihren ganzen Körper. Lieber Himmel, es war herrlich, wie sie auf mich reagierte. Es war, als hätte ich einen ganzen Kontinent – Asien, Südamerika – dazu gebracht, sich lustvoll zu winden. Ich fühlte mich gewaltig und unermüdlich.

In ihrer Erregung warf sie sich in die Luft, aber meine Hände lagen gerade auf ihrem Bauch; ich drückte sie aufs Bett, mein Mund klebte an ihrer Möse, und ich zwang diesen Teil von ihr, einigermaßen stillzuhalten, und leckte sie, während sie sich aufbäumte; und sie schrie; ich ließ meinen Mund, wo er war, als tränke ich aus ihr; ich machte weiter, bis ihr Oberkörper auf das Bett zurückfiel und hochfederte und das ganze Bett wackelte; dann schnellte mein Kopf zurück; aber mit den Händen hielt ich sie immer noch fest; ich drückte mich, meinen Kopf, wieder an diese Möse; und sie schrie mit tiefer Stimme: *«Wiley, was tust du da?»*

Ihre Stimme war tief, als wären ihre Impulse in diesem Augenblick maskuliner Natur gewesen – nicht aus einer Neurose heraus, sondern aus Hochherzigkeit, in einem Versuch, der Kränklichkeit, derer sie Frauen beschuldigte, entgegenzuwirken; sie wollte mir auf halbem Weg entgegenkommen, mit mir teilen; sie wollte meine Männlichkeit teilen: Sie fand Männer schön. Sie rief: *«Ich will nicht, daß du dich um mich bemühst! Ich will, daß du einen guten Fick hast!»*

Ihre Stimme war tief und verzweifelt – vielleicht war das die Verzweiflung, die mit dem Aufwallen der Sexualität einhergeht, aber vielleicht dachte sie auch, ich würde mich dafür an ihr rächen. Ich sagte: «Orra, ich mag das so, das macht mich sehr an.» Sie wehrte sich, kaum spürbar, einen unendlich kleinen Teil einer Sekunde lang, und dann begann ihr Körper zu beben; er zitterte, als wären in ihm die Saiten eines Musikinstrumentes verborgen, die man zum Schwingen gebracht hatte. Sie sagte – etwas dumm, aber so lieb: «Wie peinlich, Wiley, das ist mir so peinlich ... Bitte hör auf ... Nein ... Nein ... Nein ... Oh ... Oh ... Oh ... Ich bin sehr sinnlich, ich bin viel zu sinnlich, um einen Orgasmus zu haben, Wiley, bitte, hör auf ... Oh ... Oh ... Oh ...» Und dann durchlief sie ein stärkeres Beben; sie keuchte; es trat eine Stille ein; dann keuchte sie wieder; sie rief mit einer außergewöhnlichen Stimme: «ICH SPÜRE ETWAS!» Die Haare auf meinem Hinterkopf richteten sich auf; ich konnte nicht aufhören; ich beeilte mich weiterzumachen; ich hörte sie leise stöhnen. Was hatte sie vorher gespürt? Eilig leckte ich weiter. Wie unangenehm, wie unwirklich und lästig waren die Gefühle gewesen, die ich sie vorher hatte spüren lassen? Inwiefern waren sie jetzt anders? Ich fragte mich, ob sie ein plötzliches Strömen in ihren Nerven verspürte, eine warme Überzeugung, daß sexuelle Lust eine Realität ist. Sie hob und senkte sich wie ein Wal – nein, nicht so stark. Aber es war, als strömte ein halber Ozean von ihren jungen Flanken; irgendein Element der Finsternis floh aus dem Raum; irgendeine leichte Tönung körperlicher Erfülltheit legte sich über ihren Körper und den dünnen Schweißfilm; ich spürte, wie es mich durchpulste; sie trieb auf einem hellblauen, einem rosigen und blauen Meer; sie war dunkel und glänzend und riesig und naß. Und warm.

Sie rief: *«Wiley, ich spüre so viel!»*

Mein Gott, war sie glücklich.

Ich sagte: «Warum auch nicht?» Ich wollte die Dramatik herausnehmen; ich hielt dieses Übermaß an Dramatik für falsch und glaubte, daß es sie zu sehr belasten würde. Aber ich wollte auch, daß sie sich mir unterwarf, ich wollte jetzt die Befehlsgewalt über ihren Körper, ich wollte sie dazu bringen, einen Orgasmus zu haben.

Aber ihre Erregung steigerte sich nicht mehr: Nach ein paar Sekunden wurde sie steif, fast wie ein Brett. Ich leckte sie so gut ich konnte, aber das Meer war ausgetrocknet; das Brett brach. Ich tat, als wäre ich sehr erregt; in Wirklichkeit war ich so damit beschäftigt, Sicherheit auszustrahlen, daß ich gar nicht wußte, was ich wirklich fühlte. Als sei ich viel jünger, als ich tatsächlich war, dachte ich: Mein lieber Mann, wenn das hier nicht hinhaut, bin ich am Arsch. Als sie, weil ihr Gefühl nachgelassen und sich die Empfindung, die ihr so angenehm gewesen war, verflüchtigt hatte, sagte: «Wiley, ich kann nicht ... Das ist alles so blöd», antwortete ich aus purer Angeberei und um das Risiko zu vergrößern und anstatt einfach so zu handeln, als sei ich meiner selbst sicher – und beim Sex ist alles, was unausgesprochen bleibt und statt dessen durch Gesten ausgedrückt wird, doppelt so wirkungsvoll –: «Halt den Mund, Orra, ich weiß, was ich tue.» Aber ich wußte es eben nicht.

Und für ein sexuelles Zwischenspiel gefiel mir auch der Ton nicht, es sei denn als Witz oder als Rollenspiel, denn Autorität in Reinform hat Unterwürfigkeit in Reinform zur Folge, und eine solche Unterwürfigkeit kann nur überleben, wer sklavisch, besitzergreifend, rachlüstern liebt. Die, die so lieben, können einem nichts anderes *geben* als Auflehnung und Unterwürfigkeit, Zickigkeit und Unterwürfigkeit; die Beziehung ist durch und durch verfault: Außerhalb des Bettes kriegt man von ihnen nichts, was von irgendwelchem Wert wäre; im Bett kriegt man eine zähneknirschende Unterwürfigkeit, denn eine Sklavin muß unablässig beaufsichtigt werden, sonst fängt sie an, es einem heimzuzahlen; ich würde sagen, das Vorbild für diese Versklavung ist die Kindheit. Wie auch immer, mir gefällt das nicht. Bei Orra aber spielte ich damit, es war ein Glücksspiel.

Alles war ein Glücksspiel. Ich wußte nicht, was ich tat; ich legte es mir zurecht, während ich es tat; und wieviel Zeit hatte ich da, mir etwas zurechtzulegen? Ich war angespannt wie beim Poker oder beim Roulette, verschwitzt und ein bißchen benebelt, ich machte Einsätze – mit meiner Zunge – und wartete, wie das Rad entscheiden würde, ich riskierte mein Geld, obwohl mich niemand dazu zwang, und hoffte, daß es gut laufen würde und ich, wenn das hier vorbei war, nicht als einer dastehen würde, der ein Idiot gewesen ist.

Außerdem überfielen mich jetzt plötzliche, flüchtige Zuckungen der Lust, im Anklang an ihre stärkeren, aber weiter verstreuten Impulse, eine Art unmittelbarer und automatischer Erregung – innerlich stellte ich mich der Erregung in ihr und konnte nicht anders, konnte sie nicht zurückhalten und den Enttäuschungen ausweichen, der körperlichen Ungeduld, der Ungeduld meiner Haut und meines Schwanzes, der Ungeduld des gewaltigen Verlangens, das die Liebe unmißverständlich begleitet, einer primitiven Sehnsucht nach dem, was ihr als Glück erschien, nach einer Nähe zu ihr als jemandem, den ich erforscht hatte und immer noch erforschte und in dem ich einen immer größeren Schatz entdeckt hatte – der Schatz bestand darin, daß sie mich schätzte, in einer tiefen und zweifellos begrenzten Freizügigkeit, die sie mir gewährte (die im Sexuellen allerdings unbegrenzt schien), in einem Risiko, das sie einging, einer Einwilligung, die sie mir gab, als wäre sie einverstanden, wenn ich sie verletzte und gemein zu ihr wäre.

Was mich weitermachen ließ, war zum Teil Hartnäckigkeit, denn ich hatte mir, bevor wir angefangen hatten, in den Kopf gesetzt, daß ich nicht aufgeben würde; zum Teil war es aber auch ein Gefühl, das sie in mir weckte, ein Gefühl, das, um ehrlich zu sein, aus Zärtlichkeit und Anteilnahme und einer Art bloßer Zuneigung bestand, einer Brüderlichkeit, als wäre sie mein Bruder und gar nicht so anders als ich.

Eigentlich wurde das, während wir weitermachten, durch das zunehmende Verschwinden einer bestimmten Art von Raffinement – eines weltlichen Raffinements – ausgelöst, indes in mir gleichzeitig eine andere Art von Raffinement, ein kindliches Raffinement, eine Unschuld wuchs: Orra klammerte sich beglückt an mich und sagte oder vielmehr rief voller Bewunderung und Dankbarkeit mit halb gebrochener, halb erstaunter Stimme: «Wiley, so etwas hab ich noch nie gefühlt!»

Wissen Sie, wie es ist, der erste zu sein, der solche Gefühle auslöst? Es ist, als wäre man ein Sammler, der etwas sehr Wertvolles entdeckt hat, und zwar an einem Ort, wo es versteckt gewesen ist und wo man es nicht vermutet hätte, oder als würde man mit einer Ehrung ausgezeichnet; dieser Teilerfolg, diese Ermutigung ließen jenen Stolz, jene innere Unschuld wachsen.

Natürlich verringerte das für diesmal das Risiko; auch wenn ich jetzt versagte, konnte ich sagen: *Es hat sich gelohnt*, und sie würde mir zustimmen; auf etwas längere Sicht aber vergrößerte es das Risiko, denn eines Tages würde ich mir vielleicht wie ein dreifacher Idiot vorkommen. Außerdem bedeutete es, daß unser Sex vielleicht noch monatelang so aussehen konnte – ich würde impotent werden, wenn auch vielleicht nicht in bezug auf meine Erektion, aber jedenfalls würde ich mich nicht darauf freuen, mit ihr ins Bett zu gehen –, und dennoch fand ich es in gewisser Weise auch schön und erregend. Ich wußte wirklich nicht, was ich dachte: Was es auch war, es war Teil des Sex.

Ich machte weiter; ich wollte jetzt alles. Und dann rief Orra: «*Da!* Es ist DA!» Ich hielt inne, denn ich dachte, sie meinte einen bestimmten Punkt, eine bestimmte Bewegung, die ich gerade mit meiner erschöpften Zunge und meinem Unterkiefer gemacht hatte; ich hob den Kopf – ich konnte nichts sagen: Irgendwie war der Druck der Erregung so groß, daß ich kein Wort herausbrachte; wie auch immer, ich brauchte gar nichts zu sagen; sie hatte, in einer Art offenkundiger Zwillingsschaft, ebenfalls den Kopf gehoben und blickte mich an ihrem ausgestreckten Körper hinab an; ihr Gesicht war schief und jungenhaft – alle Gesichtszüge hatten Falten; sie sah wütend und doch naiv und arglos aus; wütend, naiv sagte sie: *«Wiley, es ist da!»*

Aber noch bevor sie diesmal etwas sagte, wußte ich, daß sie meinte, es sei in ihr; der Fuchs war wieder aus seinem Versteck aufgescheucht worden; sie hatte ihn gesehen, hatte gespürt, daß er wieder in ihr rannte. Sie hatte sich überzeugen lassen, daß er für immer in ihr bleiben würde.

Ich begann sie sanft mit der Hand zu streicheln; und in meiner Erregung und weil ich dachte, sie sei bereit, schob ich mich wieder hoch und deckte sie mit meinem Körper zu, und während ich weiter mit ihr spielte, führte ich mein anderes Selbst, mein unteres Bewußtsein, in sie ein. Herrgott, war sie warm und ruhelos; es war heiß da drinnen und weich, irrwitzig weich, und cremig und voller Bewegung. Aber ich wußte gleich, daß ich einen Fehler gemacht hatte. Ich hätte sie weiter lecken sollen; sie hatte keine regelmäßigen Kontraktionen; sie war gierig auf meinen Schwanz, sie bog sich ihm entgegen, umschloß ihn, aber auf eine steife, dumpfe, entrückte Weise; und ihre Zuckungen spielten auf ihm, durchdrangen ihn, drangen durch seine Haut und in mich ein; und sie waren unkontrolliert und nicht erregend, sondern leer: Sie wußte nicht, was sie tun sollte, wie sie sich ficken lassen und kommen sollte. Ich konnte meinen Schwanz nicht rausziehen, ich wollte, ich konnte meinen Schwanz nicht rausziehen; aber wenn es keine Kontraktionen gab, auf die ich reagieren konnte, wie zum Teufel sollte ich dann den richtigen Rhythmus für sie finden? Ich fing langsam an, mit einer, wie mir schien, unendlichen Schlüpfrigkeit, mit einer gewaltigen Unanständigkeit, einer wirklich erwachsenen Art zu ficken – nur für den Fall, daß sie soweit mitkam –, und sie stieß einen abgrundtiefen, bebenden, endlos langen Seufzer aus und rief meinen Namen und sagte dann mit schluchzender, erschöpfter Stimme: «Es ist weg ... Oh, Wiley, es ist weg ... Laß uns aufhören ...» Mein Gesicht war über ihrem; ihr Gesicht war naß von Tränen; warum weinte sie? Sie hatte ihre Meinung geändert; jetzt wollte sie kommen; sie warf den Kopf hin und her; sie sagte: «Ich tauge nichts ... Ich tauge einfach nichts ... Mach dir um mich keine Gedanken ... Hauptsache, du kommst ...»

Ganz gleich, was ich murmelte – «Psst» und «Sei nicht albern» und flüsternd: «Orra, ich liebe dich» –, sie hörte nicht auf, diese Sachen zu sagen, bis ich sie schließlich leicht ins Gesicht schlug und sagte: *«Halt den Mund, Orra.»*

Da war sie wieder still.

Der springende Punkt war offenbar, daß sie arhythmisch war: jedenfalls dachte ich das; und das bedeutete, daß sie keine regelmäßigen Kontraktionen haben würde; es würde keinen Rhythmus geben, dem ich mich hingeben konnte; und jeden Rhythmus, den ich vorgab, durchbrach sie mit ihren Bewegungen, so daß sie, wenn sie sich bewegte, ihre Erregung vertrieb. Am besten wäre es gewesen, wenn sie nur ganz kleine Bewegungen gemacht hätte, aber ich wollte ihr das nicht sagen oder gar versuchen, ihre Hüften festzuhalten und zu führen und ihr auf diese Art etwas zu zeigen, und zwar aus Angst, daß sie dann befangen werden und den Schwung, den sie hatte, verlieren würde. Und außerdem schämte ich mich, daß ich aufgehört hatte, sie zu lecken. Um das, was ich getan hatte, wiedergutzumachen, experimentierte ich verbissen und verschwitzt damit, auf verschiedene Arten zu ficken, und stellte mir vor, wir wären in Mexiko, an einem warmen Ort mit satten Farben, wo wir leicht und schmutzig und lebhaft vögeln konnten. Diese Vorstellung hielt mich bei der Stange. Das heißt, sie erhielt mir meine Erektion. Ich spiegelte ihr eine Atmosphäre sexueller Lust vor – ich meine: die Atmosphäre meiner sexuellen Lust –, damit sie sich darauf ausruhen, damit sie sich darauf verlassen konnte. Ich entdeckte, daß nicht besonders langsame Eins-eins-eins-Stöße oder Fick-fick-fick-Orra-jetzt-jetzt-jetzt-Sachen sie mächtig anmachten; sie wurde hitziger; und sie schaffte es, mit mir in einen Eins-zwei-eins-zwei-eins-zwei-Rhythmus einzusteigen, wobei ihre Erregung zunahm; aber wenn sie oder ich dann versuchte, einen Schritt weiter in einen Eins-zwei-drei-Rhythmus zu machen, war sie wieder draußen. Das war zu kompliziert für sie, mein Liebchen, meine weißhäutige Amerikanerin. Aber ihre Gefühle waren, wenn sie da waren, sehr stark; sie kamen in Stößen, wie gewaltige Hitzewellen aus einem Brennofen, dessen Tür achtlos auf- und zuschwingt, und sie erregten und lockten uns beide. Diese Erregung und das Pick-pick-pick drangen schließlich zu ihr durch; sie begann, ganz und gar und dauerhaft erregt zu sein. Der Vergleich zwischen sexueller und religiöser Erregung ist fast ein Gemeinplatz; also: Nach einer Weile kam religiöse Erregung über sie; sie sprach in Zungen, sie legte Zeugnis ab. Sie zitterte am ganzen Körper; sie war zeitweise und sporadisch errettet, soll heißen: Die Erregung entglitt ihr immer wieder. Aber sie kam wieder. Orras Hände flatterten, ihr Gesicht war erst bleich, dann rot und dann sehr, sehr rot; sie starrte ins Nichts und rief meinen Namen. Ich stieß eins-eins-eins, dann eins-zwei, eins-zwei und dann wieder eins-eins-eins; wie zuvor. In der gewaltigen Lust, die ich trotz all dieser Mühe spürte, konnte ich sehen, warum eine Frau stolz auf das war, was sie empfand, und warum ein Mann so weit gehen könnte, sie umzubringen, um diese Zeichen der Lust in ihr zu stimulieren (auch wenn er wahrscheinlich nicht wüßte, daß dies der Grund wäre, warum er es täte). Die Orra, die ich kannte, war verschwunden; sie sagte: «Gottogottogott»; es war eine Zeit für Sünde und Erlösung und Heiligkeit und Visionen. Ihr pulsierendes Erbeben war sehr unmittelbar und leicht zu verstehen, aber ohne jedes Muster; es gab keine regelmäßigen Sequenzen; dennoch erregte es mich, vielleicht um so mehr, weil es mitleiderregend war, daß sie es nicht steuern konnte, und weil es schien, als stammte es von den Schlägen eines inneren Feindes, den sie nicht einmal halbwegs zu zähmen oder sich gewogen zu machen vermochte und mit dem sie nicht sprechen konnte. Von allen Frauen, mit denen ich ins Bett gegangen bin, war sie diejenige, die sich am wenigsten unter Kontrolle hatte. Manchmal stieß sie zu wie eine Frau, die ihre Sexualität parat hat und sich letztlich gut damit auskennt, und dann fing ich an, mit riesiger Vorfreude und Stolz und Erleichterung darauf einzusteigen; aber nach zwei – oder vier oder sechs – Stößen war sie dann zu erregt und zitterte und stieß linkisch und ohne Rhythmus, und die Bewegung brach in sich zusammen; oder sie zuckte plötzlich ohne jede Vorwarnung mitten in der Bewegung zusammen und warf sich mit so großer und sinnloser Gewalt herum, daß sie das Gefühl für die Sache verlor; und dann fing sie an zu weinen. Sie flüsterte unter Tränen: «Jetzt ist es weg», also sagte ich: «Nein, ist es nicht», und dann begann ich wieder von vorn, eins-eins-eins; und natürlich kehrte die Erregung zurück; manchmal kehrte sie sofort zurück; aber Orra bekam immer mehr Angst vor sich selbst, bekam Angst, ihren Unterleib zu bewegen; sie versuchte, stillzuhalten und die Erregung einfach nur zu *empfangen*; sie ließ sie sich in ihr sammeln, aber auch dann begann sie immer stärker zu zittern; sie schwappte über in krampfartige und eigenartig traurige, zu große Bewegungen, und sie wimmerte, weil sie, wie ich annehme, wußte, daß diese Bewegungen ihr den Schwung nahmen; immer wieder rannen ihr Tränen über die Wangen; sie sagte mit einer nicht wirklich heiseren, eher mit einer zarten, nur beinahe heiseren Flüsterstimme: «Ich will ja gar nicht kommen, Wiley – nimm keine Rücksicht auf mich. Hauptsache, du wirst fertig.»

Mein Kopf hatte ziemlich abgeschaltet; er war erschöpft; und ich sah keine Möglichkeit, wie wir diese Sache zum Erfolg führen könnten; sie sagte: «Ist schon gut, Wiley, ist schon gut – macht nichts – ich will gar nicht kommen.»

Ich fragte mich, ob ich etwas sagen oder versuchen sollte, irgendeine Phantasie in ihr zu wecken, aber ich wollte nicht das Risiko eingehen, etwas zu sagen, das sie unangenehm fände oder hinter dem sie einen Tadel oder eine Andeutung, sie könne ruhig etwas sexier sein, vermutete. Ich dachte, wenn ich einfach weitermachte mit meinem Pick-pick-pick, würde sie früher oder später schon darauf kommen, wie sie sich von ihren Gefühlen tragen lassen konnte, wie sie sie veranlassen konnte, sich aufzuschwingen, hinabzuschießen und zuzuschlagen. Ich hielt sie fest, aus Mitgefühl und Zuneigung, und vielleicht auch aus Angst und Bewunderung: sie war so unhysterisch; sie hatte mich nicht angeschrien oder irgend etwas zerbrochen; sie hatte mich nicht herumkommandiert: sie lag einfach zitternd und allein inmitten eines neuralen Sturms, der in ihr tobte und den zu beherrschen ihr das Talent zu fehlen schien. Ich sagte: «Mach dir keine Gedanken, Orra – mir sind lange Ficks sowieso lieber», machte weiter – pick-pick-pick – und wechselte dann über zu pick-pock, pick-pock, pick-pock ... Der Rücken tat mir weh, in den Beinen hatte ich bald keine Kraft mehr; wenn Schweiß Sperma gewesen wäre, hätten wir ausgesehen wie schmelzende Schneefelder.

Orra machte Geräusche, immer schneller und immer

lauter; dann ließen die Geräusche nach. Dann kam ich nach und nach, mit immer kürzeren Stößen, schließlich unbeholfen und ohne bewußte Kontrolle, zur Ruhe – ich richtete mich lediglich in diesem neuen Denkansatz ein – und fickte langsamer. Mein Schwanz steckte tief in ihr; ich regte mich kaum; die Dramatik der sexuellen Bewegung erstarb, der Vorhang schwang aus; auf der Bühne war nur noch Empfindung.

Ich stolperte gegen die Steinblöcke und versteckten Haken, die mich zwickend und schubsend in die faulige Weichheit, die eigenartige, glühende, zerbrechliche Härte des Orgasmus trieben, in die Empfindungen, die den Orgasmus ankündigen.

Ich keuchte und drehte ihn halb hinein, ich stieß und schob, und dann zog ich ihn verschwitzt wieder zurück – ich war ein halber Experte, ich war zielgerichtet, zielstrebig. Sex kann eine Wildnis sein, die einem zum Sklaven macht: Die Geister dieser Örtlichkeit schwingen sich zu Herren auf. Schmerzhafte Empfindungen setzten mir zu; mein Schwanz war eben noch ein bißchen schlaffer gewesen, aber jetzt schwoll er zu einer an der Spitze wunden, aber kraftvollen Härte an; Orra erschauerte und hielt mich hilfsbereit in sich fest; ich begann sie zu vergessen.

Ich dachte, sie brächte sich mit diesem langsamen Fick zum Kommen, mit diesem Schwanz, der, wenn er so wie jetzt in ihr steckte und ich ihn kaum bewegte, ihr ebenso zu gehören schien wie mir; er schien auch *in mir* zu stecken: Es fühlte sich an, als glitten wir beide an ihm auf und ab. Das war das Gefühl, aber es kam der Augenblick, da ich mir ihrer, des Fleisches, des Blutes, der Knochen in meinen Armen und unter mir plötzlich wieder bewußt wurde. Ich hatte das Gefühl, daß wir uns knirschend aneinander rieben. Zunächst merkte ich gar nicht, daß das unangenehm war. Ich weiß nicht, wie lange das so ging, aber dann spürte ich, daß das ein Rückzug von ihr war, ein Rückzug, den sie gemacht hatte, ein geduldiger und beherrschter Horror in ihr und eine Ungeduld in mir: wir standen vor einem sexuellen Scherbenhaufen.

Mit einemmal füllte sich mein Herz – es füllte sich, und dann lief alles Gefühl heraus: es lief aus.

Ich fuhr fort, mich langsam, stumpf in ihr zu bewegen, mit einem armseligen Tumult aus ausdruckslosem Erschauern und Verschiebungen des Unterleibs und Bewegungen, die halb Stoßen, halb Zucken waren; wir hielten uns immer noch schweigend in den Armen, ohne daß die Intensität, mit der wir uns umarmten, nachließ; unsere Bewegungen, dieses Auf-der-Stelle-Hüpfen, dieses knirschende Reiben, gingen weiter; keiner von uns wehrte sich in irgendeiner Weise dagegen. Schlechter Sex kann manchmal vehementer und mitreißender sein als guter Sex. Sie gab schluchzende Laute von sich – und hielt mich umarmt. Nach einer Weile schien Sex ganz normal und vertraut und unromantisch zu sein. Ich fing wieder an, pick-pick-pick zu machen.

Ihre Hüften stießen ein halbes Dutzend Mal hoch, bevor ich wieder auf den Gedanken kam, daß es ihr vielleicht gefiel, zuzustoßen wie ein Mann, daß sie zustoßen wollte; und dann kam ich auf den Gedanken, daß sie wollte, daß ich zustieß.

Ich hob meinen Hintern ein bißchen und schob mich tastend vor, oder vielmehr: Ich schob meinen Schwanz gebieterisch, aber nicht sehr weit hinein – es war eher eine Erkundung; Orra seufzte, vor Erleichterung, schien mir, und stieß ermunternd zu – zu spät, denn ich zog schon wieder zurück. Als ich mit einem zweiten Stoß eindrang, mit einem etwas offensichtlicheren, einem amüsierteren, fast jungenhaften Stoß – ich war wie ein Junge, der beim Baseball einen ziemlich schnellen Ball in Richtung des Fängers an der First Base wirft –, zuckte sie so gierig wie eine Wölfin und verschlang die extravagante Kraft dieser Geste, dieses Stoßes; mit einem seltsamen Schauer der Lust, der Verantwortungslosigkeit, der Jungenhaftigkeit, wurde mir plötzlich bewußt, wie stark Orra war, wie gut sie gebaut und wie groß die Kraft, die Ausdauer ihres Körpers war; ein Ausdruck – ein absurder und gemeiner Ausdruck, den ich damals aber erregend fand – schoß mir durch den Kopf: *einen Fick hinlegen.* Ich ließ mich auf sie sinken, stützte mich mit Zehen und Knien, mit Ellbogen und Händen auf das Bett und schob *ihn* – *er* war ganz klar meiner, aber er gehörte Orra – halb kriechend mit einem leidenschaftlichen, gebogenen Stoß, der etwa ein Drittel so lang war wie ein ganzer, hinein; aber dieser Stoß war sanft und amateurhaft, das heißt: immer noch tastend; und Orra schrie; ja, wie sie schrie: Sie verkündete ihre Bereitschaft; beim nächstenmal grunzte sie: «Ohhhhjaahh . . .» – ein Laut, der anfangs klobig war und dann in Feinheit, in Sanftheit, in einer nachklingenden Sanftheit ausklang.

Mit schien, daß ich in Wirklichkeit schon immer so hatte ficken wollen, daß *ich* derjenige gewesen war, der sein ganzes Leben lang darauf gewartet hatte. Aber eigentlich entsprach diese Art von Vögeln nicht so ganz meinem Geschmack: Ich legte lieber einen Fick hin, der weniger ein echter Kraftakt war und eher Abstufungen von Kraftanwendung sowie Anspielungen darauf beinhaltete als ihre tatsächliche Anwendung, mehr unmittelbaren Kontakt zwischen den beiden Lüsten und mehr Eingeständnisse von Niederlage und Triumph; meine Lust lag darin, die Lust der Frau zu reflektieren und ihren Geist in mich aufzunehmen; vielleicht war ich auch im Irrtum, wenn ich das dachte, aber es schien schändlich und automatisch, naiv und tierhaft, meinen Schwanz einfach so in sie hineinzustecken.

Sie nahm meinen Stoß in sich auf, sie wand sich ein bißchen, sie zitterte am ganzen Körper: es zuckte in ihr, in dem Aufruhr, der das phallische Eindringen in ihr begleitete. Nach zwei Stößen ließ sie los und wurde schlaff, nahm dann wieder ihre Kraft zusammen und machte sich bereit, bog sich ein Stück vom Bett hoch, zielte mit dem abgeflachten, mysteriöserweise trichterförmigen Behälter in ihrem Unterleib auf mich, zu hoch, so daß ich sie mit den Händen an ihrem Hintern oder auf ihren Hüften nach unten drükken mußte; und wenn ich mit halbgeschlossenen Lidern ihr Gesicht betrachtete, war es phantastisch schön anzusehen: entschlossen, konzentriert, in Anspruch genommen, gequält; ihr Körper war stark, war aus Stein, aus glattem Stein und Papiertüten mit nassem Satin und sich schlängelnden, dünnen und lebendigen Netzen aus lebenden, miteinander verwobenen Schlangen, die über den Stein geworfen worden waren; sie streckte mir die große Steinkonstruktion mit der durchschlängelten Haut entgegen, dieses knochige Wunderwerk, diese von Knochen gebildete flache Schüssel mit ihrem versteckten, klebrig-glatten Eingang, *den Ort, an dem ich war* – er war nicht weiter definiert, es sei denn durch dies: es war *der Ort, an dem ich war;* sie nahm jeden Stoß in sich auf, entgegnete ihn und erschauerte und ließ los und kam wieder hoch: sie schien sich darum zu bemühen; ich dachte, sie befinde sich ein wenig in einem kindischen Irrtum, wenn sie meinte, die Hauptsache beim Sex sei es, sich dem Schwanz jetzt, da sie erregt war, entgegenzuwerfen und ihn so hart wie nur irgendwie möglich in sich hineinstoßen zu lassen; aber es war eine verrückte Wildheit, eine wilde Freiheit – wie die von Kindern, die unbeaufsichtigt, befreit umhertollen –, doch sie war nicht hysterisch, sondern bloß hemmungslos; der seltsame, dicke, knotige Stab sprang vor und zurück, als wäre er an einem Netz langer Gummibänder befestigt:

Es war eine naive und vollständige Befreiung. Ich jagte ihn hinein, und sie machte: «OHHH!», und eine Millisekunde später, als ich ganz in ihr drin war, ruckte ich ihn noch ein winziges Stück weiter hinein und machte ebenfalls: «OHHH!» Sie zitterte am ganzen Körper. Sie machte: «OHH!« Ich machte: «OHH!»

Als mir dann ihr lauter werdendes Stöhnen und ihre schnelleren und heftigeren Bewegungen das Gefühl gaben, sie nähere sich dem Rand des Orgasmus, begann ich die Stöße geordneter und entschlossener zu machen, in einem erkennbareren Rhythmus, sachlicher, verlockender, mit einer Pause am Ende eines jeden Stoßes; und das erregte sie bis zu einem gewissen Grad, aber dann ließ diese Erregung wieder nach und schwappte nicht über den Rand. Also wurde ich schneller: Ich stieß stärker und noch stärker und dann stärker und schneller; sie stöhnte und stieß schwach zurück. Sie biß sich auf die Unterlippe; sie grub ihre Zähne in die Unterlippe; es erschien Blut. Ich wurde noch schneller, aber mit kürzeren Stößen, ich trommelte fast auf ihr und schob meinen Unterleib vor in der Hoffnung, mit jedem Trommelschlag auch ihre Klitoris zu treffen; manchmal wurde ihr Körper schlaff; aber ihre Schreie kamen immer schneller, ein Vogel nach dem anderen flog aus ihrem Mund, während sie so reglos dalag, als wäre ich ein Boxer, der sie besinnungslos geschlagen hatte; als die Schreie über einen bestimmten Punkt nicht hinausgingen, als sie nicht kam, wurde ich langsamer und fing von vorn an. Ich wünschte mir, ein berühmter Sportler zu sein, ein Meister der Bewegung, eine Frau, eine Lesbierin, ein Mann mit einem gigantischen Schwanz, der in ihren Orgasmus hinein explodieren würde. Ich schob die Hände bis zu den Ecken der Matratze hoch und spreizte die Beine; ich stemmte mich mit Händen und Füßen fest, und so, gewissermaßen freihändig, schob ich mich in sie hinein; und die neue Stellung, das Gefühl des Zugedecktseins, das sie gehabt haben muß, und vielleicht die Andersartigkeit des Stoßens packten sie; ihr Körper verfiel in ein Gebrabbel, ein Gebrabbel von Reaktionen – ich glaube, die Stellung brachte sie auf erregende Gedanken.

Aber sie kam nicht.

Ich legte meine Hände auf die Schüssel ihrer Hüften, so daß sie nicht wegzucken oder den Stoß ablenken oder sich ihm entziehen konnte; sie begann wieder zu stöhnen: «Ahhh!», aber dazwischen stieß sie kleine Schreie aus: Wir waren wie Kinder, die Fangen spielten (ihre arme, übel zugerichtete Klitoris), wie Kinder, die sich auf die Hände schlugen: So, glaubte sie, mußte Sex sein; es war erregend, so wie es erregend ist, einen Ball schwungvoll zu werfen; irgendwie waren wir auch wie Akrobaten, die aufeinander zustürzen, sich in der Luft treffen und umschlungen ins Netz fallen. So war es.

Ihr Mund stand offen, ihre Augen waren zur Seite gerollt und blieben starr – ich hatte ein Gefühl, als bräche die Dämmerung herein. Ich wußte, wie weit sie war, jedenfalls glaubte ich es zu wissen. Sie drängte, sie trieb uns an. Es bestand keine Gefahr, sie auf diese Weise zu zerbrechen. Orra. Ich fragte mich, ob sie wußte – das gefiel mir an ihr –, wie naiv das war, dieser amerikanische Fick, dieser Teen ager-albern-in-der-Dämmerung-auf-der-Straße-herum-Fick. Nachdem ich meinen Schwanz zurechtgerückt und ein bißchen hin und her bewegt und den Unterleib auf ihre Klitoris gepreßt hatte, zog ich ihn ein Stück heraus, allerdings nicht gerade, sondern in einem Bogen, so daß er gegen die Wand ihrer Möse drückte und sie verfolgen konnte, wo er gerade war; und dann hielt ich ganz kurz inne, bevor ich wieder zustieß, damit sie sich auf den Stoß gefaßt machen und ihn erwarten konnte; ich hämmerte ihn hinein und verstand sie, während ich auf absurde und wahrscheinlich ganz unbegründete Weise meine sexuelle Virtuosität genoß; und sie wurde plötzlich still und begann dann laut zu atmen, und dann stürzte etwas in ihr ein oder brach. Mit einemmal erschauerte sie anders. Es war wirklich, als läge sie auf einem Bett aus Flügeln, als hätte sie unter sich ein halbes Dutzend zusammengelegter Flügel, sechs gewaltige Schwingen, große, geäderte, pulsierende, lebendige Schwingen, echte Schwingen mit fleischigen Rändern, aus deren Rückseite schimmernde Federn wuchsen; und sie alle regten sich unter ihr.

Sie richtete sich halb auf, und ich hielt sie, damit sie sich nicht herumwarf und ihren Halt oder ihre gerade erst gewonnene Höhe verlor auf diesem unzugänglichen Glasberg, den sie begonnen hatte zu ersteigen, auf dieser zerbrechlichen Durchsichtigkeit, die unter ihr entstand und größer wurde und für mich von Licht und Dunkelheit zu schäumen schien, als glitten wir über einer Landschaft aus Hecken und Mondlicht und Schatten durch die Luft: ein Berg, ein Meer, das entstand und größer wurde; es wurde größer und größer; und sie sagte: «OH!» und «OHHH!», fast als hätte sie Höhenangst, als hätte sie sich in die Luft geschwungen und fühlte sich noch immer unsicher auf ihren Schwingen und als wäre ich dabei, zwar ohne Flügel, aber dank irgendeines Zauberwortes und einer Gnade der Verbundenheit; ich hämmerte weiter, und sie sah hinunter und bekam Angst: Die Spannung in ihrem Körper nahm gewaltig zu; und plötzlich durchlief sie eine große, eine wirklich massive Welle der Gewalt, aber jetzt war es, als begänne, aus Angst vor der Höhe oder infolge irgendeines Automatismus, das erste ihrer drei Flügelpaare zu schlagen: große Fächer wedelten durch die Luft, große Schwingen aus Fleisch und Blut, aus denen Federn wuchsen, bewegten sich auf und nieder, gaben ihr Halt und hoben sie noch weiter hinauf – sie zischte und raschelte, sie war still und zugleich heftig; die großen Schwingen und ihre Bewegungen erzeugten Muster aus angespannten und sich überkreuzenden Muskeln: ihre Arme, Beine und Brüste waren ein Echo dieser Anstrengung oder unterwarfen sich der Anstrengung oder mühten sich, die Last der schlagenden, peitschenden Flügel zu bewegen. Ihre Atemzüge waren wild, aber nicht laut, und kippten in alle möglichen Richtungen; unregelmäßig waren sie und neu in diesem besonderen Traum, und sie erzeugten den Eindruck, als sähe sie auf einen großen Luftraum hinab; sie packte mich bei den Schultern, aber sie hatte vergessen, wie sie die Hände zu bewegen hatte, denn diese führten nur die Geste des Zupackens aus, die Geste eines wohlmeinenden, dunklen, aber immer heller leuchtenden, verrückten, an Gedächtnisschwund leidenden Engels. Sie rief: «Wiley! Wiley!», aber sie rief es *flüsternd*, im Flüsterton eines Menschen, der an einem Nachthimmel dahinglitt, der sich wahnwitzig in die Luft schwang, eines Menschen, der verrückt wurde, der die verrückte Reinheit und Gemütsart eines Engels annahm, eines Menschen, für den dies alles eine unerträgliche Qual darstellte und der eine unerträgliche Angst litt, dessen Lust gewaltig, nur zur Hälfte menschlich, wahnsinnig war. Dann rief sie zurechtweisend: «Wiley!» Sie schrie meinen Namen: *«Wiley!»* – es war lediglich ein Ausruf, sie schrie ihn heiser und irr, sie bat um Hilfe, gab aber mir die Schuld; es war ein häßliches Geräusch, das ein wenig wie aus der Gosse klang; die Häßlichkeit zerstörte nichts, vielleicht besaß sie auch einen eigenen Impetus, aber sie zerriß eine andere Hülle, eine Membran der Gewöhnlichkeit – ich weiß es nicht –, und Orras zweites Flügelpaar begann zu schlagen; ihr ganzer Körper flatterte auf dem Bett. Ich war so naß wie ... ein Fisch und stampfte weiter, verschwitzt, mahlend. Ich sagte: «Das ist gut, Orra, das ist gut.» Und stieß weiter zu. Hing in der Luft. Sie rief: *«Was ist das?»* Sie schrie es, wie eine riesige Frau, die sich ihrer Haut zu wehren weiß, jemanden anschreien könnte, der sie unklugerweise mit Schlägen traktiert. Sie schrie – wütend, es schien wie eine Ankündigung eines Wutausbruchs zu sein: *«Oh, mein Gott!»* Wie: *«Wer hat diese Tasse kaputtgemacht?»* Ich machte weiter. Sie richtete sich auf, hob den Kopf und sah mir gerade in die Augen; ihre Augen waren riesig, sie quollen vor. Sie sagte: *«Wiley, es passiert!»* Dann ließ sich sich zurückfallen und schrie ein paar Sekunden lang. Ich mahlte und sagte ein bißchen dumpf: «Das ist gut, Orra, das ist gut.» Ich wollte nicht *Laß los* oder irgend etwas Eindeutiges sagen, denn schließlich hatte ich keinen blassen Dunst vom weiblichen Orgasmus und wollte ihr nicht einen Ratschlag geben und damit alles verderben; außerdem wollte ich mich nicht festlegen, denn es war ja möglich, daß das hier blinder Alarm war und wir weitermachen mußten. Ich stieß zu, hielt inne und zog ihn wieder raus und stieß wieder zu, allerdings nicht ganz im Takt – eins-bums-eins-bums, und dann eins-eins-eins –, und sagte: «Das ist scharf, das macht mich an, Orra, das macht mich sehr an», und dann: «Gut, Orra», und darauf zitterte sie auf eine ganz neue Art. «*Gut*, Orra», sagte ich, *«gut... Orra»*, und dann, mit einemmal, geschah es. Irgend etwas zog sie über den Rand, und irgend etwas gab nach; und alle drei Flügelpaare begannen zu schlagen: Sie war das Zentrum und der Ursprung und das Opfer eines Sturms von Flügelschlägen; wir schwebten über der Welt; Gottes Körper in uns glitt als riesiger Vogel dahin; das große Wunder peitschte ihren Rücken, peitschte rings um uns her auf das Bett; es zerrte an ihr, sie war gequält und außer sich, sie war sich fremd in diesem körperlich-unkörperlichen Ding, in dieser engelsgleichen anderen Verkörperung Gottes, diesem anderen Element ihrer selbst: Die Flügel waren ausgebreitet; sie donnerten und galoppierten keuchend mit ihr davon; fast rissen sie sie auseinander; und sie schrie: «*Wiley!*» und «*Meingottmeingottmeingott!*» und «ES HÖRT GAR NICHT MEHR AUF, WILEY, ES HÖRT GAR NICHT MEHR AUF!» Sie war bleich und gerötet zugleich; die Haare hingen ihr ins Gesicht; sie war schweißnaß und schlug um sich. Es war, als würde sie von einer unglaublich seltsamen und wilden Kraft – etwas wie ein heiliger Zorn – in eine Höhe gehoben, in der sie nicht atmen oder gehen konnte: Der Äther würgte sie, sie war ein kriechender Seraph – taumelnd und flammend und fremd, mit einer Kraft, die das Vorstellungsvermögen überstieg, schrecklich und beängstigend und schöner, als ein Mensch je sein kann. Ein schreiendes Kind, ein heulender Engel in göttlichen Gefilden: Sie schüttelte sich, ohne an sich zu halten, wie ein Engel, der Drohungen ausstößt; ihr Körper bäumte sich auf, fiel zurück, bäumte sich abermals auf; ihre Hände schlugen auf das Bett; sie stieß sehr laute, heisere, zerrissene Laute aus – ich hatte Angst um sie: Es war ihr erster Orgasmus in den sechs Jahren, in denen sie mit ihrem Körper herumgespielt hatte. Es tat ihr weh; ihr Gesicht sah aus wie ein Stein, wie eine monströse Schnitzerei; nur ihr Körper war lebendig; ihre Arme und Beine waren ausgestreckt und angespannt und schlugen um sich oder waren schwach und zuckten kraftlos. Sie war ein Engel, so funkelnd wie ein wunderschönes, zigmal vergrößertes und unwiderruflich exotisches Insekt: Sie war nicht wie ich – sie war eine Frau, die rasselnde, erstaunte, unkontrollierte, unglückliche Laute ausstieß, eine Frau, die aussah, als sei sie erschreckt und vertieft und von der Vielfalt und der Bösartigkeit der Empfindungen – einschließlich ihrer Erleichterung – zermürbt, die auf sie einstürzten. Ich kniete mich hin und bewegte mich ein bißchen in ihr und streichelte ihre Brüste mit sanften, flügelartigen Auswärtsbewegungen. Und sie schrie: *«Wiley, ich komme!»* und stürzte mit einer gewissen Dumpfheit in ihren zweiten oder vielleicht auch dritten Orgasmus, seit sie vor ein paar Minuten angefangen hatte zu kommen; wir hätten noch stundenlang weitermachen können, aber sie sagte: «Es tut weh, Wiley, es tut weh, mach, daß es aufhört...» Also bewegte ich mich nicht; ich hielt bloß ihre Oberschenkel mit den Händen fest; und ihre Zuckungen begannen auszulaufen und vertröpfelten in kleinen Schauern; der versteinerte Ausdruck wich aus ihrem Gesicht; sie beruhigte sich, bis sie nur noch ein wenig zitterte, und dann sagte sie – sie wollte es voll Verwunderung sagen, aber es wurde ein Ausruf daraus, der mit einem Nachklang endete, einer Einleitung zu einem kleinen Schrei –, sie sagte: «Es ist *passiert*...» Oder: «Es ist passieeeert...» Bei dem Gedanken an den ersten Orgasmus ihres Lebens hatte sie gleich noch einen gehabt.

Dieser hier glich mehr drei kleinen Orgasmen, die an Intensität nachließen. Als sie ruhiger geworden war, sagte sie keuchend: «Oh, du *liebst* mich...»

Auch das erregte sie, und als diese Erregung abgeklungen war, sagte sie – wütend –: «Ich hab immer schon gewußt, daß sie etwas falsch gemacht haben. Ich hab immer schon gewußt, daß mit mir alles in Ordnung war...» Und das wiederum bewirkte, daß leichte Schauer sie überliefen. Etwas früher hatte ich, ohne es zu bemerken, angefangen zu weinen. Als ich mich an ihr hinaufschob, um mich auf sie zu legen, fielen meine Tränen auf ihre Oberschenkel, ihren Bauch, ihre Brüste. Ich wollte sie umarmen, mein Gesicht an das ihre schmiegen. Ich wollte sie in den Armen halten. Ich schob die Arme unter ihr hindurch, und sie sagte: «Oh, Wiley», und wollte ihre Arme heben, aber wieder begann sie zu zittern; und dann, obwohl sie zitterte, hob sie die Arme und drückte mich mit bebender, unverkennbarer Strenge an sich; dann fing auch sie an zu weinen.

Spiel

Manchmal, wenn ich aufwache, bin ich elf Jahre alt; und die Unterseite des Bettrostes, die Reihen von durchhängenden Spiralen über meinem Gesicht quietschen, klappern gegen den hölzernen Bettrahmen – schlaff entweicht die Luft, ein träger Laut –, wenn ich mit Händen und bloßen Füßen in die gebogenen, emaillierten Drähte der Spiralen greife und mich Hand um Hand, Fuß um Fuß horizontal fortbewege. Mit keinem Körperteil berühre ich den Fußboden. Ich kann seitwärts klettern oder auf das Fuß- oder Kopfende des Bettes zu, den Kopf in beliebiger Richtung. Ich bin in Unterhosen und sonst nackt. Und verschwitzt. Die bloßen Füße dieses Kindes sind ungeschlacht groß, ein Vorgriff des Körpers auf das nächste Jahr. Die gewichtige Ausstattung der Zukunft drängt und stößt unvorstellbar an das Bewußtsein, das sich weigert, sie vor der Zeit zu benennen oder zu beschreiben, drängt und stößt auch an die kindlichen Knochen, die kindliche Haut; seine Handgelenke sind so derb und schwer wie kein anderer Teil seiner Arme. Eine zeitbesessene Kraft ohne angemessene Proportion gärt und schwärmt in ihm, läßt ihn hier und da anschwellen, verdickt seine Lippen; sein Mund ist lustlos und abweisend, die Lippen – abgeplattete Flächen – wirken unkindlich in dem geröteten Gesicht; seine Augen sind kalt, schwer ergründbar, die verletzten und rachsüchtigen Augen eines Elfjährigen; was auch in ihm gären mag, es sondert einen Honig ab, und er hat bleiche Sommerhaut, aber es sondert auch ein Gift ab, und er ist mürrisch; er ist grob veranlagt, unzärtlich und zynisch, gebläht von Ungeduld. Bei aller verzweifelten Müdigkeit und Unlust ist er ein durchtriebener Junge. Er ist nicht allein unter dem Bett; er hat ein anderes Kind bei sich, ein erheblich kleineres, vielleicht sieben Jahre alt. Das andere Kind ist in Unterhosen und barfuß und liegt auf ihm, während er hängend an der Unterseite des Bettes hin und her klettert. Das andere Kind klammert sich mit den Armen an meinen Hals, seine Beine rutschen zwischen den Geländern meiner mickrigen Schenkel hin und her; ich verschiebe meinen Bauch oft, um die Schräge auszugleichen, auf der es rutscht, um sein Abrutschen zu verlangsamen oder zu verhindern, um der lockeren, knochigen Schlüpfrigkeit seines schlaksigen Gestells auf mir etwas entgegenzusetzen: das Kind prallt und bumst auf meinen Bauch und meine Brust, es rutscht herum. Ich bewege mich innerhalb der erlaubten Grenzen eines Tarzan-Spiels. Wenn seine Mutter oder Großmutter hereinkommt, wird sie vielleicht Einspruch erheben, das ist mir egal. Die Sprungfedern sind ein verfilztes Gewirr von Dschungelgewächsen; schweißig, angestrengt störe ich den Wohnstaub in dem halben Grab unter dem Bett aus dem Schlaf.

Jede Erinnerung an privates Spielen in jenem Jahr riefe das Spielen in kaum erhellten Garagen oder Kellerräumen mit schmalen Fenstern ins Gedächtnis, in den entlegensten, unkrautigsten Ecken der Felder, in den Winkeln oder versteckten Ecken von Dachböden halbfertiger Häuser oder in den verborgenen Tunneln dichten Buschwerks, zwischen den scharfkantigen Blättern und bohrenden Stacheln wintergrüner Sträucher oder im dichten Laub von Baumästen oder auch in fensterlosen, verfallenen Schuppen, mittags bei Kerzenlicht, überall, wo man außer Sicht war – vielleicht trifft das nur auf mich zu. Ich wollte unbeobachtet sein. Pubertierende Jungen und Mädchen weckten schon dadurch eine geheimnisvolle Scham in mir, daß sie mich bemerkten, oder auch nur durch ihre Gegenwart, Erwachsene ermüdeten und demütigten mich, kleinere Kinder spionierten und klatschten, waren von einer anderen Welt zugefügte Stiche; in allen Gesichtern stand drohende oder handfest nahende Demütigung; elf Jahre alt zu sein war demütigend, die Machtlosigkeit, die Lüge, noch wie ein Kind auszusehen; vor wenigen Jahren waren wir liebenswerter gewesen; jetzt fielen wir jedermann auf die Nerven. Unserer Ansicht nach waren wir die einzigen richtigen Menschen, die einzigen vollkommenen, vernünftigen Wesen, verständiger als Engel – kein Erwachsener begriff das. Sie glaubten, wir stotterten aus Verlegenheit; wir taten es aus Verachtung. Wir glaubten nicht, daß wir etwas Vorübergehendes seien; wir waren zu rational für Wunder, für die Pubertät; unterhalb meiner Augenwimpern war kein Haar an meinem Körper, außer kindlichem Flaum – wir warteten. Ich hatte fast das kalte Herz, den Willen und die strenge Besessenheit eines Mannes. Nicht ganz. Der Augenblick vor der Pubertät ist vielleicht der klarsichtigste von allen, aber er ist voller Irrtümer: dennoch waren wir ganz Gehirn, Augen, Logik, Wille und eine wirksame Kälte. Ich glaubte nicht an Zeit und Veränderung, an irgend jemandes Ehrlichkeit oder Versprechen – mein Zynismus war absolut. Was für leidenschaftliche, schonungslose Spötter wir doch waren! Wir waren wie Schauspieler in einem Film, die wissen, daß sie in Kürze ermordet werden, und all ihre Einzelteile, Arme, Beine und Seele, werden fortgekarrt werden, werden vom Schauplatz der Handlung verschwinden, und weder unsere Eltern noch unsere Freunde, nicht einmal die Erinnerung würden *uns* wiederfinden. Wir waren ebenso kalt und durchtrieben und provisorisch, wie wir erfüllt waren von Wohlgefühl und Gift, und wir hatten eine eigentümliche, tückische, kalte, irritierende Schönheit wie Schlangen.

Es war dunkel unter dem Bett, ein grauheller Dschungel – kein grüngetönter –, und der Staubgeruch ersetzte den Laubgeruch. Randolph war hübsch, und er war langweilig. Wir hatten keine nützlichen Schimpfwörter parat; alles geschah durch Tonmodulation: *Der?* Wie ich die Sache sah, ging ein Spiel allem anderen vor, auch den Ängsten der Mutter und den eigenen. Da gab es keine Sicherheit, keine vorgeschriebenen Regeln, keine feste Ordnung, an die man sich halten konnte: alles wurde täglich neu erschaffen; alles Gestrige starb, während man schlief, im Feuerofen der Träume; was die Träume bestehen ließ, verbrannte der Zufall: die Freunde waren beschäftigt oder hatten sich mit jemand anderem verbündet oder waren in eine andere Einflußsphäre geraten, oder man selbst stand unter anderem Einfluß. An die Logik oder an irgendein außerhalb des unmittelbar Vorangegangenen liegendes Gesetz zu appellieren, an ein Gesetz außerhalb der Kindheit und eines Spielraums von zwei Tagen, das überstieg unsere Fähigkeit, in Worten auszudrücken, was für ein Mensch jemand war und warum es keinen Zweck hatte, mit ihm zu spielen. Die einzig annehmbare Geisteshaltung war die eines zutiefst unversöhnlichen Anarchisten. Ich weiß nicht, wieviel davon Lüge war, wie sehr wir schließlich doch an Logik und Sicherheit hingen – ich glaube, nicht sehr. Die reale Welt blieb uns in widerlichem Ausmaß verhüllt: Wir versuchten unsere Welt real zu machen; wir waren verlottert, wir waren kleine Militaristen, Soldaten in einer Garnisonsstadt. Würden wir über einsachtzig groß werden? Würden wir andern unheimlich sein? Was würde das Schicksal aus uns machen? Während wir warteten, hielten wir es für schmählich, uns irgendwie zu organisieren. Zur Little League zu gehören war etwas Schreckliches. Wir erforschten gern Kloakenabflüsse und die Kloaken selbst; wir jagten gern Ratten; wir legten Rattenleichen auf Straßenbahnschienen und studierten die Teile der zerplatzten Kadaver: «Sieh mal das hier, wie eine Bohne.» Wir saßen gern an verwahrlosten, verlassenen Plätzen, in menschenleeren Ecken des Parks, und fluchten über unsere Lehrer. Wir hatten Augenblicke der Überempfindlichkeit und Zartheit, der Konzentration und der Erschaffung. Wir schwärmten für Gewalt; wir waren sexuell unzulänglich; unser Zorn lief über: wir liebten Räuberei, Diebstahl, Verrat. Wir spuckten gern in die Garagen katholischer Familien. Wir waren sporadische Wandalen. Man konnte verrückt und häßlich sein, aber solange man merkte, daß andere Leute auch lebten, und keine Vorschriften kannte, war man als Kamerad akzeptabel. Aber keine Vorschriften – keine derartigen Druckmittel. Wir hatten die Unschuld satt bis obenhin.

Randolph war ein miserabler Spielgefährte; er dachte, die Sprungfedern quietschten, und merkte nicht, daß es das Schnattern der Affen war. Als ich es ihm sagte, fragte er: «Affen?» Dann sagte er: «Erzähl mir's noch mal.» Am liebsten hatte er's, wenn man ihm was erzählte. Seine Mutter stand sehr gut mit meiner Mutter, und Randolph war in eine Kleinkinderschwärmerei für mich verfallen, darum mußte ich mit ihm spielen. Aber ich schämte mich deswegen und wählte dieses Nacktspiel, damit etwas nicht allzu Langweiliges für mich dabei heraussprang, und vielleicht auch um seine Mutter zu schockieren und die Sache hinter mich zu bringen. Man konnte verächtlich schnauben und sich weigern zu spielen, in scharfem Ton sagen: «Ach, du kannst das ja gar nicht», und davonstolzieren, aber dann steckte die Mutter des betreffenden Jungen sich vielleicht hinter die Schulpsychologin, die verdammt launenhaft war und einen womöglich für labil erklärte; dann gab's Krieg zwischen zu Hause und den Lehrern in der Schule, von denen manche einen für verrückt hielten und andere einen gern hatten. Der gängige Ausdruck war: *Es ist hoffnungslos.* Eine unwahre Behauptung, ausgesprochen im leidenschaftlichen Glauben an ihre Nützlichkeit für ein vergnügliches Vorhaben oder auch nur um ihrer selbst willen, versetzt Randolph in helle Begeisterung; sein Entzücken gründet nicht in der Logik, die von einem Spiel und dem Festhalten an diesem Spiel ausgeht; ihn begeisterte das bewußte Aussprechen von selbsterfundenen Blasphemien, als wären es Wahrheiten. Er wird Rechtsanwalt werden oder Werbefachmann oder ein betrunkener, Regeln befolgender, liebloser Dichter, ein Witzbold, der niemanden amüsiert. Die Vorstellung eines willentlichen Vergnügens wird ihn stets entzücken wegen des Kniffs, den zu beherrschen er immer nur behaupten wird. In vertraulichen Augenblicken wird er sich verplappern. Sein Unglücklichsein langweilt mich – nicht jedes Unglück ist der Achtung wert. Er wird vielleicht nie merken, daß er langweilig und ein schlechter Spielgefährte ist. Er erwartete, gern gehabt zu werden wie ein Spielzeug; seine Mutter und Großmutter hatten ihn als Spielzeug für sich großgezogen; er war zurechtgestutzt und vernachlässigt, ein Harems-Männchen. Was ich auch sagte, es erzeugte in ihm ein abhängiges, verkrampftes, stets kurzes und bald bezweifeltes Vergnügen. Seine Arme sind noch immer um meinen Hals geschlungen, sein Körper liegt auf meinem, und er wartet darauf, von neuem verblüfft zu werden. Inzwischen manövriere ich in dem fauligen, heißen Dschungelstaub unter dem Bett und verwirkliche meine Vorstellungen von Abenteuer und physischen Glanzleistungen; im großen und ganzen ignoriere ich ihn.

Mein Vater ist krank; er hat eine Reihe von Herzanfällen gehabt; manchmal bittet er mich, neben ihm zu sitzen, dann hält er meine Hand und sagt bittere Dinge zu mir; manchmal fast mit gedämpfter Belustigung wie aus großer Entfernung, als schwömme er auf einem inneren Meer hinaus und fort von uns allen; er lehnt es ab, sich für etwas zu interessieren, was ich ihn frage; er sagt dann: «Ich brauche dir nicht zu sagen, was du tun sollst – du weißt von allein, wie man sich zum Narren macht.» Er sagt es oft liebevoll, einigermaßen liebevoll; stets macht er Witze von dieser Art; ich verstehe nicht, warum er sich nicht um mich sorgt.

Meine Mutter ist eine sehr hübsche, übergewichtige, etwas verkrampfte Frau, die früher ein ausgedehntes Gesellschaftsleben geführt hat, mit dem es vorläufig vorbei ist. Sie sagt von meinem Vater: «Er bemitleidet niemanden außer sich selbst.» Sie nörgelte dauernd an ihm herum, er müsse mehr Lebenswillen haben; und er sagte zu ihr, sie müsse gütiger werden, lächeln, nett sein; sie sagte: «Ich kann nicht den Narren spielen, bloß um dir eine Freude zu machen – nimm doch Vernunft an.» Mein Vater war zu dem Schluß gekommen, daß er sie haßte, und sein Haß war schwerfällig und abweisend und gnadenlos; er nannte sie Madame Die Große Gehörnte Kröte und Ihre Hoheit Unser Hauseigenes Mordluder und Mrs. Höllenmaul. Sie hielt nicht viel vom Empfindungsvermögen der Männer; mein Vater und ich, fand sie, hätten durch unsere Gefühle für sie zu großen Taten angespornt werden müssen; aber mein Vater wollte nicht nur Vater, Brotverdiener und Ehegatte sein, ein von der Liebe geadelter Mann, und sie wollte sich nicht mit ihm als Mensch befassen. Sie war bereit, eine Zeitlang ihre Rollen für ihn zu spielen – sie erwartete und wünschte vielleicht gar nicht, daß er sie als Menschen sah, sondern daß er sie statt dessen liebte. Damit nahm sie es nicht so genau. Meine Mutter zwang mich, mit Randolph zu spielen. Sie zwang mich gern zu allem möglichen. Sie sagte zum Beispiel: «Zieh mir die Schuhe aus – ich bin ganz erledigt.» Aber ich wollte nicht; doch wenn ich mich weigerte, gab es vielleicht kein Abendessen. Sie nimmt mir übel, daß ich jung bin, daß sie für mich sorgen soll, daß ich ein Junge bin und nie so wie sie als Pflegerin von jemandem sitzenbleiben werde. Auf eine faule, schreckliche Weise haßt sie es, Pflegerin zu sein, und läßt ihrer Grausamkeit freien Lauf. Sie sagt zu meinem Vater, daß es sie anekele, für ihn zu sorgen – sie könne mehr als Hausmädchen und Köchin sein. Oft versucht sie, mich zu überreden, oder befiehlt mir in ihrer Verrücktheit, den Haushalt zu führen: «Mach das Essen für deinen Vater; wenn es nicht gut gekocht ist, wird er dich nicht umbringen; dich hat er gern.» Sie sagte: «Erwartest du etwa, daß ich dir eine glückliche Kindheit bereite?» Sie waren alle verrückt.

Sie hatte mich irgendwie lieb, aber jetzt, da mein Vater krank war, sorgten die Leute sich um mich und nicht um sie; sie erwarteten von ihr, daß sie sich aufopferte. Sie entschädigt sich dafür, sie bringt mich so ganz nebenbei in Gefahr; so ganz nebenbei gibt sie sich ihren Launen, ihren Eingebungen hin. Sie ist eine gutaussehende Frau, gefährlich und alternd. Andere Leute sagen das von ihr, daß sie gefährlich ist und alt wird. Ich weiß, daß sie gegen mich Feindseligkeit empfindet, und sie läßt es sich selbst fühlen, und ich bin elend und verängstigt, aber was soll ich tun? Mein Vater sagt, ich solle zusehen, daß ich nichts mit ihr zu tun habe. Wenn ich ihr aus dem Weg gehe, weint sie und sagt: «Auch du, auch du wendest dich gegen mich?» Davon kommt zum Teil meine Wildheit, von ihren Tränen, erst die Feindseligkeit und dann die Tränen.

Ich versuchte nicht mehr zu Randolph zum Spielen zu

gehen. Das heißt, ich machte mich unsichtbar, ich vergaß Einladungen, aber meine Mutter hatte den längeren Atem. Sie sagte: «Denk nicht immer nur an dich. Sei öfter bereit, jemandem einen Gefallen zu tun. Vielleicht wird derjenige dir eines Tages helfen. Du weißt nie, wie alles kommt – du könntest dich gut amüsieren. Es sollte dir schmeicheln, daß er dich gern hat. Glaub mir, bei deinem Charakter ist es nicht leicht, dich gern zu haben.»

Sie begann zu keifen: «Geh hin und spiel mit ihm! Blamier mich doch nicht vor seiner Mutter! Ich schulde ihr Dank für einen Gefallen! Sei doch zur Abwechslung mal freundlich zu jemanden! Es wird dir nichts schaden!»

In dieser Vorstadt spielten die Jungen meines Alters Gewinn- und Glücksspiele: Murmeln, Austausch von Baseballkarten, Messer- oder Pennywerfen, und Spiele, bei denen richtige oder gespielte Gewalt eingesetzt wurde: Duelle mit Erbsenpistolen, Räuber und Gendarm (mit gespielter Rauferei, gespielter Qual und oft ausgefeilter Handlung); Robin Hood, Tarzan, Raumfahrt und Folter waren beliebter als Sport. Wir spielten alle möglichen Abarten von Baseball, denn wenn man noch sehr jung ist, ist es schwer, ein richtiges Baseballspiel zu organisieren; wir bekamen nicht leicht Zutritt zu einem Sportplatz, und wenn wir den Platz hatten, konnte es passieren, daß ältere Jungen oder Erwachsene uns vertrieben und ihn für sich beanspruchten; und im übrigen: Woher sollten wir achtzehn Kinder kriegen? Unsere Eltern versuchten dann und wann, ihren Einfluß geltend zu machen oder durch finanziellen Einsatz irgendeinen Sport zu fördern, um uns von den glückseligen Unarten der Kinder, unseren anderen Spielen, abzuhalten, aber meine Eltern interessierten sich nicht für Sport, und mir waren die Unarten vielleicht vertrauter und lieber als anderen Kindern. Ich weiß nicht, ob das wirklich so war. Unsere Machtlosigkeit, die Realität dieser physischen Tatsache, wurde uns immer wieder vor die Nase gehalten: Vielleicht wurde man gebeten, bei einer Baseball-Mannschaft älterer Jungen einzuspringen, aber unsere Schlagweite, unsere Kraft am Schlagmal waren so begrenzt, daß jeder auftauchende ältere Junge willkommen war und unsereiner weggejagt wurde.

Von den Spielen, bei denen wir bestimmen konnten, war Folter vom sechsten bis etwa zum zehnten Lebensjahr, nämlich als wir anfingen, uns das Koordinationsvermögen und die Freiheit für großangelegte Unternehmungen und die Unterdrückung Schwächerer anzueignen, das verbreitetste. Meist wurde es von drei Kindern gespielt, aber das dritte war eigentlich mehr ein Schiedsrichter, ein zaubermächtiger Kamerad, ein Sicherheitsfaktor. Dann und wann kam es plötzlich in Mode, und nicht alle spielten es immerzu, aber jeder spielte es irgendwann einmal, das heißt jeder *richtige* Spieler – es gab Kinder, mit denen wir nicht spielten, weil sie so waren, wie ihre Eltern sie haben wollten, und die fanden wir widerlich (und vielleicht gehörte ihnen die Zukunft – das wußten wir nicht). Nicht alle Kinder haben einen freien Willen; unter denen, die ihn haben, haben manche ihn mehr als andere. Anpassungsunfähige Kinder, die keinen Sinn für das Erforschen der exotischen Möglichkeiten und Perversitäten des Augenblicks hatten, waren ausgeschlossen. Folter war ein unkompliziertes Spiel: einer war Gefangener und zur Hilflosigkeit verurteilt; die Möglichkeit der Flucht war selten vorgesehen. Der Mittelpunkt des Dramas war für gewöhnlich das Verhör; man konnte rebellieren und versuchen, den Befragenden zu schlagen, oder ihn wirklich schlagen, aber dann ließ er oder sie eine imaginäre Peitsche sausen, und man mußte heulen, als litte man heftige Schmerzen. Mädchen spielten auch mit, aber sie waren sehr sonderbar, nicht leicht zu lenken. In den meisten Fällen war richtiger Schmerz nicht das Wesentliche: es gab andere Spiele, bei denen es um wirklichen Schmerz ging, aber der war dann gemeinsam oder gegenseitig. Bei der Folter kam es im Grunde auf die Hilflosigkeit, die Glaubhaftigkeit der Gewalt und das Starkbleiben oder Gebrochenwerden des Willens an. Als man noch sehr jung war, hatte man lauter Phantasiespielzeuge – Phantasieketten, -peitschen und -brandeisen –, höchstens benutzte man vielleicht einen alten Schnürsenkel oder ein Stück Bindfaden als Peitschenschnur – Sie wissen ja, wie Kinder sind. Unter den Kindern, mit denen ich spielte, waren die Mädchen die ersten, die realistisch vorgingen: Nagelhautscheren zum Stechen (nicht tief) oder zum Abschneiden der Pölsterchen an den Fingerspitzen. Es war sonderbar und komisch, daß an diesem Punkt die Folter oft in eine Maniküre umschlug; die Spannung des Spiels war zu vieldeutig, zu gefährlich, es schwang zuviel darin mit, so daß wir oft gleichsam vergaßen, was wir taten, und in etwas anderes hineinglitten.

Mädchen bestanden darauf, daß man gefesselt wurde. Wir spielten vielleicht an drei Tagen hintereinander je eine Stunde lang Folter, und dann möglicherweise im ganzen Jahr nur noch viermal; ich würde nicht sagen, daß es das beliebteste Spiel war, aber es war doch das gängigste. Wenn man sich in ein anderes Viertel begab, war dies das Spiel, auf das man sich höchstwahrscheinlich einigte. Jedenfalls verwendeten wir zum Fesseln aufgebogene Kleiderbügel oder Enden von Wäscheleinen. Oft waren die Vorbereitungen zu diesem Spiel das einzige, wo wir mit Leib und Seele dabei waren. Nur wenige Mädchen oder Jungen konnten überzeugend sagen: «Ich steche dir das Auge aus, wenn du nicht redest.» Ich will damit sagen, daß das Grauen sich schnell verflüchtigte – das eigentlich Beängstigende lag in der Erwartung.

Manchmal verflüchtigte sich das Grauen nicht. In einer Nachbarschaft, wo reichere Kinder wohnten, fand ich mich einmal in einem Keller an einen Stuhl gefesselt. Zwei andere Jungen waren dabei, und ein Mädchen sollte hinzukommen, aber es tauchte nie auf. Einer der Jungen hieß Lewis: seine Mutter war Witwe, und Lewis war sehr hübsch, sehr schüchtern und still in der Schule und hatte gute Manieren; eine solche Neigung hätte ich von ihm nicht erwartet. Er sprach nicht viel, und bei den meisten Folterspielen wurde gesprochen, daher dachte ich zunächst, es würde langweilig werden. Er und andere Jungen erhitzten einen Lötkolben und versengten mir trotz meines Protestes das Haar; dann wollten sie mir die Augenwimpern absengen – Lewis war sehr stolz auf seine ruhige Hand. Ich sagte: «Du Wichser.» (Ich wußte nicht, was wichsen bedeutet, aber ich wußte, daß es ein bedenklicher Ausdruck war.) Er sagte, ich sei gefesselt, und er werde tun, was er wolle – mir gefror das Blut in den Adern, und ich wand mich hin und her, so daß er Angst hatte, mir nahe zu kommen; aber dann hielt er den Lötkolben nahe an mein *Kinn* und drohte, mich zu verbrennen, wenn ich nicht mit der Zappelei aufhörte. Es galt als Schande, sich an einen Erwachsenen zu wenden oder zu petzen, aber ich sagte ihm, er solle sich zum Teufel scheren, sonst würde ich schreien und alles verraten. Daraufhin ließ er von mir ab. Murrend band der andere Junge mich los, und dann schlug ich Lewis – auf die Wange, aber nicht sehr fest, gerade fest genug, daß er mein Mißfallen merkte, nicht etwa Wut. Lewis sagte, er verstehe mich nicht; er und der andere Junge zeigten mir, wie sie spielten; der andere Junge legte seinen Finger in einen Schraubstock (wir waren in einer Kellerwerkstatt), und Lewis drehte die Spannschraube, so daß der Finger des anderen Jungen immer fester eingeklemmt wurde. Der Junge begann zu schwitzen und sich ein bißchen zu winden, und er starrte Lewis mit vorquellenden Augen an. Lewis zog die Spannschraube noch fester an.

Man hörte von ziemlich schweren Verletzungen – aber meist unter ganz reichen Kindern (in unserer Gegend, dem Hang eines langgestreckten Hügels, verliefen die Straßen parallel; oben standen die hochherrschaftlichen Villen, und dann wurden die Häuser von Straße zu Straße kleiner, je weiter man herunterkam, bis hin zu den ganz kleinen unten im Tal).

Wir waren sexuell noch unerweckt – ich kannte niemanden in meinem Alter, der über sexuelle Dinge Bescheid wußte; wir redeten oft drumherum, aber wir waren merkwürdig unwissend. Wir erlebten heftige Ausbrüche von Zuneigung füreinander, fühlten uns zuweilen zu einem anderen Kind besonders hingezogen: und so hatte es mich auch zu Lewis hingezogen. Lewis und ich besuchten ein Mädchen namens Myrna, das ein weißes Schlafzimmer hatte – Lewis und Myrna waren Episkopalier, aber es war ein so irrsinnig überladenes, kitschiges Filmprinzessinnenzimmer; und hinterher spielten Lewis und ich in einem Wald (dicht bei der Schule) Folter auf meine Weise, das heißt, wir benutzten unsere Phantasie und ein oder zwei dürre Zweige, um einander leicht die Beine zu peitschen. Ich dachte, Lewis würde von meiner Version des Spiels beeindruckt sein, und war höchst erstaunt – und gekränkt –, als er sagte, ihm gefalle seine Version – Lötkolben und Finger im Schraubstock – besser.

Die Spiele wurden *real*, sobald es um Geld – oder Murmeln – ging, sobald Verlust oder Schmerz möglich war. Sonst nicht. Ein Mädchen, das keine Qualen litt, wenn wir mit seiner Puppe Fangeball spielten, bekam die Puppe sehr schnell zurück. Ein anderes Spiel, das man aus Langeweile, aber manchmal mit großer Hingabe spielte, war das Springen mit beiden Füßen zugleich oder das Hüpfen auf einem Bein oder das Einander-auf-die-Füße-treten, wobei man auszuweichen versuchte und Ellbogen oder Hände als Puffer benutzte oder den Gegner mit ausgestreckten Armen abwehrte. Die sonderbarste Abart von Fußtretspielen erfand ein Junge, der ein bißchen wie Tom Sawyer aussah und den ich sehr gern mochte: Wir standen einander gegenüber, und zuerst ließ er etwa aus Kniehöhe einen Ziegelstein auf meine Zehen fallen, dann ließ ich einen auf seine Zehen fallen; wir hatten beide Schuhe an. Dann ließ er seinen Ziegelstein von höher oben auf meine Füße fallen, so daß ich aufjaulte; und ich ließ meinen Ziegelstein aus derselben Höhe auf seine Füße fallen. Zwischendrin wurde viel darüber palavert, ob man den Ziegelstein aus der richtigen Höhe hatte fallen lassen. Wer sich zuerst vor Schmerzen krümmte und nicht damit aufhören konnte, hatte verloren. Ich erinnere mich, daß wir unsere Schuhe mit Lumpen und Pappe umwickelten, damit die Steine sie nicht zu sehr aufschrammten und unsere Eltern nicht dahinterkamen, was wir machten.

Alles, womit wir uns beschäftigten, drehte sich ums Vergnügen und um eine Art Spiel oder Wettkampf, der Demütigung, Flucht oder eine sehr ehrenhafte Flucht vor der Demütigung beinhaltete. Einmal schlug mein Tom Sawyer-Freund ein Spiel vor, bei dem man aus einem Fenster im ersten Obergeschoß eines Neubaus auf einen Sandhaufen springen mußte. Und ich hatte Angst. Wir waren zu fünft, darunter zwei Mädchen; die anderen vier segelten mit ausgebreiteten Armen durch die Luft; ich brachte es nicht über mich. Nein. Ich tat es einmal und brachte es dann kein zweites Mal mehr über mich.

Sofort stürzte ich mich vor aller Augen in einen Ringkampf mit meinem Tom Sawyer-Freund; die anderen zogen mich von ihm weg; ich war stärker als Tom Sawyer, darum war es kein fairer Kampf; aber außerdem hatte ich vielleicht das Heft zu lange fest in der Hand behalten; kam es mir für eine Weile nicht mehr zu, an der Spitze zu sein, und meine Freunde wollten mich einmal richtig im Nachteil sehen. Ich litt.

Bei allem, was wir taten, gab es Gelegenheit, unsere Feigheit, Geschicklichkeit oder Kraft zu messen; als eine katholische Kirche mit einem hohen Turm gebaut wurde, kletterten wir an dem Baugerüst hoch, nicht über die Rampen, sondern am Gerüst selbst, und die Kinder, die kniffen, wurden mit einer vollendeten Freundlichkeit behandelt, aus der ihre Unwichtigkeit zu erkennen war, bis sie ihren Platz zurückeroberten, sei es beim Murmelspielen oder indem sie auf dem Fahrrad freihändig mit ausgestreckten Armen und Beinen die Straße hinunterfuhren.

Dieses Kräftemessen war manchmal ein gemeinschaftliches – das heißt, jeder wurde auf die Probe gestellt – und manchmal ein eingeschränktes, das heißt jeder von uns gegen einen anderen; und die Augenblicke des Triumphes oder der Demütigung waren so hitzig, so elektrisiert vom Pulsieren der Nerven oder vom Herzklopfen, daß es schien, als veranstalteten unsere Körper neurologisches Feuerwerk mit ausgelassenem Lärm und Zeremoniell – auch mit Erröten, Schweigen oder Bescheidenheit, mit plötzlichen Ausbrüchen von Grausamkeit oder Zärtlichkeit –, wie wenn der Doge Venedig mit dem Meer vermählt; so daß zuweilen der Geruch von Leben, dieser ranzige Gestank, diese Kraft, dieser Druck von außen nahezu die Persönlichkeit überschwemmte: Der Körper schien am Rande des Überlaufens oder Schmelzens zu sein. Das Gerüst, das wir erkletterten, hinterließ Druckstellen in meinen Händen, tiefe, gerötete Rillen, kleine Schwielen, eine Blase; ein Teil meines Bewußtseins strömte in das Gefühl, Hände zu haben, als ich von dem Gerüst herunterkam; ich war am höchsten von allen gestiegen, bis zur Spitze. Ich brauchte nicht zu lächeln. Ich brauchte nicht zu erwähnen, was ich getan hatte. Ich fand es nur schwer, meinen Blick zu fixieren; ich starrte in die Ferne, und ein merkwürdiges Gefühl – ich würde es Befriedigung nennen, aber es krümmte sich und stieg und veränderte Gestalt und Geschmack (manchmal war es trocken, manchmal feucht und halbsüß) – erfüllte mich bis oben hin, erfüllte mich seltsamerweise mit Bewunderung und Liebe für meine Gefährten, die für mich, den Gewinner in diesem Fall, nicht notwendig das gleiche empfanden.

Gewinnen war so, als stände man am Rande einer wirklich hübschen Aussicht auf Schilf und Wasser und einen hübsch beleuchteten Himmel. Eine schöne Welt. Gefährlicher war es, auf eine bestimmte Weise zu gewinnen, rücksichtslos, zu gewollt; alle protestierten, wenn man auf diese Art gewann; nicht daß sie einem direkt aus dem Weg gingen, aber man wurde als ein Wolf unter Kindern betrachtet; Charakter und Ausdauer waren okay; aber dieses andere war so ungehörig wie Hinterlist; trotzdem war fast jeder einmal hinterlistig. Ich nicht. Ich war zu sehr Olympionike, um hinterlistig zu sein, außer wenn andere mich baten, ihnen einen Schwindel zu erfinden. Aber der konzentrierte Wille und die nackte Begierde, im Gegensatz zum verborgenen Willen, zur versteckten Begierde, waren schockierend, schockierend, selbst wenn man diesen konzentrierten Willen an sich selbst erfuhr, die keuchende, glotzäugige Konzentration (als säßen die Augen auf Stielen und nicht im Schädel) und die brutale Gewalt, jemanden zu etwas zu zwingen: ihn zu drücken, bis er bettelte, ihn loszulassen; oder einem den Arm zu verdrehen oder einen in den Schwitzkasten zu nehmen oder mit jemandem zu boxen, bis er unterlag, bis er tat, was man von ihm wollte.

Manchmal sprangen sie auf, oder man sprang auf, oder

ich sprang auf, wenn mich jemand zu Boden gezwungen hatte und ich hatte zugeben müssen, daß ich, sagen wir, ein Schweinsarsch sei, und dann nahm ich es zurück und rannte weg. Oder man vergalt es auf andere Weise. Mädchen waren besonders rachsüchtig, sogar große Mädchen; manchmal hatte ich den Eindruck, daß Mädchen überhaupt alles nur aus Rache oder Liebe taten; sonst saßen sie einfach auf ihrem Arsch; aber wenn sie mit einem Jungen oder einem Mädchen oder ihren Eltern oder wer weiß wem abrechnen mußten, standen sie auf. Kleine Jungen waren auch so. Wenn die Mutter meines Tom Sawyer-Freundes nett zu mir gewesen war, schlug er unweigerlich vor zu knobeln; er hatte kräftige Finger, von denen mein Handgelenk mehr brannte als das seine von meinen Fingern. Gewalt, ein kleines bißchen Gewalt lauerte überall; manchmal war es, als wären wir von einem Indianerdämon besessen, der unser Spiel überwachte, uns besonders amerikanisch machte. Oder wir waren Pionierkinder, halb Indianer, halb religiöse Fanatiker. Aber so lebenshungrig. Die Vorstadt lag kahl auf wilder Erde; unter unseren Füßen, unter dem Rasen bestand der eigentliche Boden aus dichtem, hohem Gras, lag in sonnenbeschienener Stille. Etwas leitete uns – Jungen wie Mädchen – mehr als alles andere bei unseren Spielen, und das war die Affinität zu unseren Vätern und die sonderbare Feindseligkeit gegen unsere Mütter, eine Feindseligkeit, die nichts mit unserer wütenden Loyalität zu tun hatte: es gab einen ganz sicheren Weg, eine Prügelei anzustiften, nämlich jemandes Mutter zu beleidigen; trotzdem leitete uns bei unseren Spielen nicht nur der Indianerdämon, sondern noch ein anderer, blasserer Geist, ein intellektueller, deduktiver Geist: Wir verfielen fasziniert auf die Spiele, von denen wir wußten, daß unsere Mütter, hätten sie Wind davon bekommen, sich am meisten darüber aufgeregt hätten; wir mußten, ja, wir *mußten* das tun, was sie verboten oder mißbilligten; als gäbe es ein Gesetz, dem zufolge hinter allem, was uns Vergnügen machte, der Gedanke steckte, daß es unseren Müttern peinlich und zuwider sein würde.

Meine Mutter sagte oft, es sei keine Freude, Mutter zu sein, Kinder fänden ihren Spaß darin, einen zu quälen. Und auf eine komplizierte Weise stimmte das. Was sie quälte, machte uns Spaß.

Manchmal suchten ältere Jungen Streit – dann trabten sie zu viert oder fünft, nicht unbedingt ärmer, aber robuster als wir, durch die Straßen und stifteten Unruhe; manchmal kam auch eine Horde älterer Jungen per Fahrrad aus einem anderen Vorort, manchmal aus einem reicheren, manchmal aus einem ärmeren wie Vikings, die quälten jeden, den sie in die Finger kriegten; sie sahen hungrig aus und waren jämmerlich unglücklich – und gewalttätig: irgendwie unbegreiflich. Wenn sie einen erwischten, banden sie einen vielleicht mit dem Gürtel hinten ans Fahrrad, und man mußte hinterherlaufen, während der Junge auf dem Rad sich von Zeit zu Zeit mit beschämtem, verschlossenem Gesicht nach einem umsah. Das hatten sie aus Filmen. Oder sie zogen einem die Hose aus, oder sie schubsten einen von einem zum anderen, bis man schrie. Manchmal verdrehten sie einem den Arm, oder sie ließen einen niederknien und sagen, ihre Nachbarschaft sei besser als die eigene. Oder sie zwangen einen vielleicht zu sagen, man habe eine dreckige Mutter. Oder sie sei eine Hure. Manchmal beschuldigte man die Eindringlinge sexueller Belästigungen, sie hätten sich in Torwegen oder vor Frauen, die sich fürchteten, aus dem Wagen zu steigen, entblößt oder kleine Jungen zu mäßig unanständigen Handlungen veranlaßt. Aber es war eine anständige Nachbarschaft, und dergleichen wurde gern vertuscht.

Als relativ kleine Jungen bewunderten wir das magnetische Feld der Gefühlsstärke und -ausstrahlung der Frauen – eine Frau konnte auf ihrer Veranda stehen und einen strengen oder netten Eindruck machen, oder eine Frau, die in die Schule kam, konnte so selbstsicher aussehen, daß man Scheu vor ihr hatte. Wir bewunderten die Wut der Frauen – allerdings nicht ihre Hysterie. Ganz sicher bin ich mir nicht, aber bei einer Menge Frauen und Mädchen erschien uns alles albern oder berechnet außer ihrer Wut. Sie waren gefährlich und unerreichbar, während ihre Wut vertraut war und eine Art Wirklichkeit zuließ und mithin ein Wohlbefinden.

Bei Männern bewunderten wir hauptsächlich Muskeln und große Hände. Ein richtig muskulöser Mann flößte uns Ehrfurcht ein, auch wenn er bösartig war. Ich kannte niemanden (obwohl es solche gab), der die hemdlosen Helden in Comics und die schmalhüftigen, maskierten Edelinge in gewissen Filmschnulzen nicht bewunderte. Auf körperliche Vollkommenheit wurde nur nebenbei Wert gelegt, aber unsere Augen waren großzügig und sahen vielleicht mehr Vollkommenheit, als da war. Ein mürrischer älterer Junge namens Stanley mit einem pickeligen Gesicht, der als übellauniger Tunichtgut bekannt war, wurde eines Tages dabei beobachtet, wie er auf seinem Hinterhof Gymnastik machte, und es stellte sich heraus, daß er einen bemerkenswerten Körper mit zwei Zentimeter dicken Boxermuskeln auf der Brust und überall hatte. Sein Körper war (obwohl im ganzen klein) viel beeindruckender als der jedes anderen Jungen in unserer Nachbarschaft in jenem Jahr, und oft, wenn er auf dem Hof trainierte, spionierte ein Junge ihn aus und rief eine Bande zusammen, und wir gingen hin und sahen Stanley zu und beobachteten seine Muskeln, während er alles mögliche tat, damit sie noch größer wurden.

Meine Freunde stifteten mich dazu an, ihn zu fragen,

wie er seine Brustmuskeln bekommen habe, und Stanley sagte, das habe er mit Liegestützen geschafft. Etwa neun von uns begannen prompt, ihn nachzuahmen und – wie eine neue Spezies keuchender Heuschrecken – Liegestütz zu üben. Ein Schwarm Heuschrecken.

Unter dem Vorwand, gestolpert zu sein, ließen wir uns neben älteren Mädchen zu Boden fallen und wälzten uns, um ihnen unter den Rock zu sehen – dann berichteten wir einander: «Hast du was gesehen?» Wir sahen nie etwas; wir wußten gar nicht, wonach wir suchen sollten; aber aufregend war es auf alle Fälle. Und notwendig. Ich glaubte, ich würde erkennen, was immer unter einem Mädchenrock interessant sein mochte, wenn ich es sah, aber der einzige Eindruck war die düster-stumme Pracht der Schatten und die Andeutung von etwas schaler, eingeschlossener Luft. Und Heimlichkeit. Wir spionierten oft Mädchen nach, die von Jungen besucht wurden. Wir rannten zum Haus eines älteren Mädchens, von dem wir wußten, daß es zum Tanzen gehen würde; wir sahen zu gern so richtig aufgetakelte Mädchen. Es ist schwer zu glauben, wie uns der Festtagsstaat einer Frau bewegte: Pelze, Schmuck, teure Kleider, elegante Schuhe. Und alles war verheißungsvoll: wirbelnde Blätter, eine aufsteigende Gewitterwolke, der Geruch eines Kellers. Auf dem Fahrrad bergab zu rollen versetzte uns in einen leichten Taumel des Vergnügens (kein Abhang war lang genug). Dinge berührten die Handflächen – Beton, das Holz des Verandabodens, rauher Ziegelstein, die rostnarbigen Handgriffe eines Fahrrades. Wir stromerten hier- und dorthin und waren meistens hinter etwas Unanständigem her. Wut bei Männern ängstigte uns halb zu Tode; bei Frauen versuchten wir sie hervorzulokken; nur die ängstlichsten Kinder neckten nie eine Frau. Wir schlichen etwa einem Mädchen nach, einem älteren Mädchen, warfen Steine nach ihm, liefen wie die Wilden davon und lachten, wenn es uns über ein unkrautüberwuchertes Grundstück jagte, ein seltsames, schwächliches, schleppendes, vielleicht übererregtes Lachen. Wir waren oft brave Kinder, passiv und steif, aber das hielt nie lange an. Das Unanständige lockte. Wir Jungen und ein paar Mädchen kamen oft zusammen, um über die Bedeutung der schmutzigen Wörter zu sprechen, die wir in unserer sexuellen Latenz nicht verstanden: was ficken bedeutete, wurde mir mindestens fünfzigmal von älteren Jungen erklärt, aber ich hatte nicht die geringste Vorstellung davon. Ich blendete das alles aus. Als ich sechs war (damals hatte ich komischerweise überhaupt keine Definition für das Wort ficken, und ich sah gar nicht, wie komisch das war), stimmte ich mit einem anderen Jungen darin überein, daß ficken so etwas Ähnliches sein müsse wie auf seine Mutter Pipi machen, weil die Mütter sich so darüber aufregten. Wir lebten in einer sinnlichen und leidenschaftlichen Unmittelbarkeit, als wäre unser Vorort ein von Mauern und Toren eingeschlossener Garten; erst als ich schon ziemlich groß war, kam mir die Ahnung, daß er nicht schön gewesen war. Unsere Welt war umschattet, gewalttätig und unsauber. Aber anständig wegen unserer Machtlosigkeit. Wir wußten sogar, daß elterliche Liebe eine physische Bindung war: wurden wir nicht geliebt und gestreichelt, angefaßt und gebadet und aufgefordert, unsere Eltern zu umarmen? Wir wußten, daß unsere Eltern sich im Hinblick auf uns belogen; manchmal versuchten wir so brav zu sein, wie sie glaubten, wir wären es; aber meistens war es nicht so wichtig – nur manchmal war es schrecklich. Wir waren es gewohnt, Leuten weh zu tun. Aber nicht immer. In manchen von uns gab es zusätzlich ein Fünkchen Befangenheit – mehr war Tugend damals nicht. Oder in mehr wurzelte sie nicht. Irgendwie konnten wir manches, was wir taten, nicht in den Wassern der Kindheit abwaschen. Irgendwie konnten wir unser Leben nur zeitweise leben; vor Erwachsenen fand ich es notwendig, kein eigenes Leben zu führen, sondern ein Außenstehender zu sein – ein Beobachter von Träumen, von Erwartungen. Unterdessen war ich ein Kind. Die Kinder, die ich kannte, herzten und verführten Tausende. Nach einem Spiel im Schnee oder in der Hitze konnten wir auf der Erde oder im Schnee liegen und uns um und um wälzen und dann übereinander, bis unsere Wangen sich berührten, bis unsere Augen ineinander sahen; wir handelten mit unseren Umarmungen oder ließen andere damit handeln; wir kreiselten und ließen uns fallen und kletterten in Wipfel und Winkel, hinein in Geheimnisse und heraus. Unsere Geheimnisse. Wir verstanden noch nichts. Nur ein paar eigensinnigen, vielleicht unzuverlässigen Kindern blieb die Priorität des Körperlichen erspart; sie lebten im Reich der Entbehrung und Einsamkeit und warteten auf das Eintreten in ihre intellektuellen und spirituellen Königreiche. Wir übrigen lebten in einem Garten, und wir wußten, daß niemand Mitgefühl mit uns haben würde, wenn wir ihn nicht erst körperlich bezauberten. Wir waren Kinder, kleine Huren – der ganze Vorort war ein Bordell. Wie hätte es anders sein können, wie kann es je anders sein? Blut floß in uns; das Licht kam durch den gebrochenen Jaspis der Bäume. Hitze stieg vom Schotter der Straßen auf. Der Schnee löste Munterkeit aus, zwang uns zu tanzen, als wäre er Musik, zu hüpfen, zu springen. Zwischen den Bäumen und den lebenden, erhitzten Menschen muß es dasselbe sein, wieviel sie auch lügen, wieviel sie auch vergessen. Es ist ein sinnliches Wunder, jung zu sein. Wir sind von sehr frühem Alter an lebendig.

Die Bluejeans liegen auf der Erde, die leicht stinkigen, fleckigen Tennisschuhe und Socken, die fortgeworfenen abgetragenen Hemden, verdreht, ausgebreitet, wehrlos mit Knöpfen wie Fischaugen. Andere Jungen und ich zogen uns oft aus, das gehörte zum Tarzan-Spiel wie zum Folterspiel (aber wir zogen uns nicht immer aus). Randolphs Mutter ist nicht zu Hause; zum Teil bin ich hier als Babysitter. Randolphs Großmutter, eine strenge, etwas verrückte Frau, ist auf Patrouille im Untergeschoß; ich kann es nicht leiden, wenn sie uns stört, egal, was ich mit Randolph mache – sie macht gern die Tür auf, kommt herein und kontrolliert; dabei habe ich ihr gesagt, sie soll das nicht tun. Manchmal späht sie von der Tür aus herein. Jetzt nicht: Randolph hat beredt protestiert (er mag es nicht, wenn ich sauer oder gelangweilt bin), sie solle nicht hereinkommen, wenn seine Tür geschlossen ist. So hat sie ein- oder zweimal durch die geschlossene Tür gerufen: «Was macht ihr zwei? Ist alles in Ordnung?» «Wir spielen. Geh weg, Oma.» Die alte Frau denkt schlecht von mir, von allen, die Randolph gern hat, und zum Teil aus leichtsinnigem Trotz gegen sie habe ich fast alles ausgezogen. Vor der Tür liegen Spielsachen, und wenn die Alte die Tür zu öffnen versucht, wird es Lärm machen. Wirklich, sie kann mir gestohlen bleiben.

Ich dachte, was ich hier machte, wäre Gymnastik, so ähnlich wie der Liegestütz, den Stanley empfohlen hat, also würde ich vielleicht eines Tages auch so muskulös werden. Vieles von dem, was wir als Kinder machten, taten wir aus Ärger, oder es diente zur Flucht – Ärger über die Erwachsenen, Flucht vor ihnen. Sie können nicht Tarzan spielen. Die große, drückende, dräuende, wartende Sinnlichkeit des Vorortes ist nicht offenkundig gegenwärtig. Ich war vielleicht wie ein Fohlen, das sich mit dem Maul, mit dem ganzen bloßen Körper an den Bauch der Welt kuschelt. Das Kind lag auf meinem Leib, und während ich an der Unterseite des Bettrostes entlangkletterte, hopste Randolph ein bißchen auf mir herum; seine glatte Haut rieb die meine. Immer wenn ich einen Arm ausstreckte oder mein Gewicht verlagerte, verschob sich die Ebene, auf der er lag; er war schlaksig; und er rutschte; er war fast ständig im Begriff zu fallen; so war es ein Teil meiner Anstrengung beim Klettern, daß ich ihn festhielt – mit der Innenseite meiner Oberarme, wenn ich die Arme bewegte, und mit den Schenkeln, wenn ich die Schenkel bewegte. Ich zappelte ununterbrochen, um meinen Bauch in die richtige Lage zu bringen und die Schräge auszugleichen, auf der er lag, um ihn so gut wie möglich im Gleichgewicht zu halten, während ich kletterte.

Die eigentümliche Schalheit der Luft unter dem Bett, die trübe Verstaubtheit, die leichte Verschwitztheit bei diesem Spiel waren akzeptabel, das Ganze war nicht direkt verschwendete Zeit (wie es Stillsitzen bei Tisch sein konnte oder Damespielen oft war), aber es war gerade noch ein nicht völlig nutzloses Spiel, und dann fühlte ich eine ganz kurze, schwache Regung in mir, die ich noch nie gespürt hatte, und nach einer ganz kurzen Zeitspanne, etwa einer halben Sekunde des kindlichen Staunens über dieses Fremdartige, fand ich das Phänomen von erheblichem Interesse. Es war ganz schwach gewesen; und es war so, als könnte es mich vielleicht, wenn ich genug davon fände, eines Tages süchtig machen – etwa wie das Radfahren.

Ich hatte keine Ahnung, was diese Erregung verursacht hatte, und ich fuhr fort, das zu tun, was Randolph und ich gemacht hatten, aber ich war innerlich wachsamer, und die Regung kam wieder, auch beim zweitenmal ganz schwach. Es schien mir plötzlich irgendwie logisch, daß dieses Gefühl vielleicht einfach eine Begleiterscheinung des *Trainings* der Muskelbildung sei, und daß größere Jungen deshalb so lange und konzentriert und so klaglos trainieren konnten; und vielleicht käme die Tatsache, daß muskulöse

Jungen so etwas von Wohlbefinden an sich hatten, als hätten sie gerade etwas Wohltuendes erlebt, auch daher. Aber als ich dann energischer an der Unterseite des Bettes entlangkletterte, als ich sozusagen härter trainierte, so daß Randolph auf meinem Bauch herumhopste und mir den Atem nahm, kam das Gefühl erst wieder, als ich, von der Anstrengung ermüdet, meinen Hintern auf den Boden hinabließ, Luft holte und meinen Bauch so verlagerte, daß er Randolphs Gewicht trug, und Randolph sich hilfreich abstützte, um geschickter entlang der Mittelachse meines Körpers zu balancieren. Als er sich bewegte und die Arme wieder um meinen Hals schlang, in dieser relativen Stille kam das Gefühl wieder. Es konnte also keine Begleiterscheinung des Trainings sein.

Zu jener Zeit fand ich es völlig vernünftig und nicht anders als bei allem übrigen im Leben, daß ein so interessantes Gefühl geheimnisvoll und nicht so ohne weiteres hervorzurufen sein sollte. Und es war okay, daß ich mich auf die Jagd nach diesem Gefühl machte. Das alles war typisch, überhaupt nicht befremdlich. Es war fast ein dreieckiges Gefühl, hauptsächlich blau und weiß und sehr klein, aber irgendwie heiß, fast wie eine Flamme, und drumherum verdunkelte sich das Bewußtsein. Das heißt, das Gefühl erschien in der Dunkelheit blau und weiß, dreieckig wie ein Segel oder ein Wimpel (ein umgekehrter Wimpel) und sehr interessant und anscheinend der Mühe wert. Das Gute an dem Gefühl war zum Teil die Schwere und das sanft Erregende und die neuartige Süße dieser Dunkelheit, die sozusagen einfach da war, aber vielleicht war sie ein Teil dessen, was sich vollzog, und ein großer Teil dessen, was man fühlte. Das kleine Dreieck war mehr wie eine Mutmaßung eines inneren Auges in Form von etwas, das keine Form hatte. Das nur Dauer und Erstaunen kannte. Ein Staunen der Nerven, des Körpers, des halberstaunten Bewußtseins, dieser überraschende Teil des Tarzan-Spiels.

Wenn ich still lag, kam es nicht wieder, obgleich es dazusein schien, aber es wollte nicht ganz Form annehmen, wie ein Geist, der sich weigert, sich zu materialisieren. Wenn ich mich ganz, ganz langsam bewegte, nahm das Gefühl Form an, aber manchmal so undeutlich, daß es mich nervös machte. Wenn ich mich heftig herumwarf, erschien das Gefühl, aber es war beengt, eingeengt von anderen Gefühlen, dem Sichherumwerfen und der Atemlosigkeit, und es war nicht so befriedigend. Ich wußte nicht, vermutete auch nicht, daß Randolph notwendig war. In gewisser Weise war die Jagd ein Vorhang zwischen ihm und mir, aber in anderer Weise verband sie uns, da von Augenblick zu Augenblick etwas Herrlicheres in das Spiel kam, in die nun mächtig erhitzte, schweißige *Qual* der kindlichen Tarzan-Version, die wir spielten, die ich in gewissem Maße noch immer spielte in dem Glauben, das Spiel enthielte das Vergnügen wie eine Tasse den Tee. Die Taten Tarzans und des afrikanischen Häuptlings, den er auf seinem Leib trug, gebaren das Herrliche; es entsprang dem Zusammenkleben unserer Brüste und Bäuche, das immer übertriebener, befriedigender und pausenloser wurde. Wir waren durch das Spiel wie zusammengenäht, obwohl wir es auf verschiedene Art spielten und auf ganz unterschiedliche Art erlebten, und dazu kam eine wachsende Ungeduld in mir, ein plötzlicher Gefallen an dem Spiel mit ihm. Und eine zunehmend seltsame und seltsam angenehme Mattigkeit in ihm: er wurde schläfrig, ruhiger, schwer, schlaff. Passiv.

Ich kletterte auf und ab an der Unterseite des Bettes.

Je öfter dieses Gefühl kam, desto liebenswerter erschien mir Randolph. Aber diese Gefühlsregungen waren ebenfalls liebenswert, nur daß sie so unnennbar und so schwer faßbar waren, daß es schien, als fühlte ich mich zu einem

Jungen hingezogen, der meilenweit weg von mir wohnte, den ich nicht oft zu sehen bekam und dem zu begegnen ich gar nicht hoffen durfte: teilweise hielt ich mich zurück; ich empfand eine Art trügerisches, *gelassenes* Interesse an dem, was ich tat, um die verletzte, preisgegebene, enttäuschte Zuneigung und die scheue, halb entschlossene, halb leichtfertige Besessenheit nicht zu spüren, die zuweilen die Freunde vertrieb. Und die sie manchmal mit stählernen Reifen, mit plötzlicher, leidenschaftlicher Komplizenschaft an mich band. Wenn das Gefühl tatsächlich zu spüren war, konnte ich mich nicht immer daran erinnern, was ich gerade getan hatte. Und selbst wenn ich mich erinnerte und eine Bewegung wiederholte, kehrte das Gefühl nicht immer zurück. Ich war richtig verblüfft – wenn auch halb abwesend, ich schien nur halb bei der Sache zu sein – von der Entdeckung, daß das Gefühl, wenn es mehrmals hintereinander kam, für mich von doppeltem oder gar vierfachem Interesse war. Manchmal war das Gefühl dann erschreckend, so stark war es, und es ließ mich frösteln und brachte gleichsam etwas in mir zum Klirren.

Es war unerträglich seltsam ... aber es war erträglich. Es war so quälend, als hätte man einen neuen Wald entdeckt, den man erforschte, und vielleicht wurde man von einem furchterregenden Mann mit einem Schießgewehr getötet oder verjagt, oder vielleicht begegnete einem wer weiß was. Man bewegte sich in bald schattigen, bald sonnigen Bereichen – es erschien wie Bereiche –, wo man nie zuvor gewesen war. Es hatte nichts so Neues in meinem Leben gegeben, seit ich lesen gelernt hatte. Es war ein bißchen so, als suchte man sich im Dunkeln seinen Weg, um ein erleuchtetes großes Haus, ein Herrenhaus, auszuspionieren, um zu sehen, was sehr reiche Leute taten. Oder wie das Landen auf einer Insel. Es war, als befände man sich an einem fremden Ort, wo alle Körperhaltungen fremd erschienen und man sich nicht auf vertraute Weise bewegen konnte; man wußte nicht, ob Augen einem nachspähten oder wohin die Füße treten würden oder ob man Gefahr lief zu stolpern: balancieren und sich ducken war notwendigerweise ganz anders als zu jeder anderen Zeit; oder es war, als baute man ein Baumhaus: man saß hoch oben auf einem Ast, umklammerte ihn mit den Beinen, umklammerte mit einer Hand einen anderen Ast und hämmerte mit der anderen Hand, ohne richtig ausholen zu können. So war es.

Es war enorm seltsam, aber damals war fast alles im Leben seltsam für mich, und das Seltsame war mir mehr oder weniger vertraut, und darum war ich auch in gewisser Weise so gelassen, verhielt mich entsprechend und machte weiter.

Ich begann auf eigentümliche Art zu schwitzen, oder vielmehr erschien der Schweiß auf mir und auf Randolph merkwürdig schwer und ölig; er schien mit wahrhaft unglaublicher Empfindlichkeit Druck und Bewegung von Randolphs Torso zu registrieren, wenn dieser über meinen glitt, oder wenn seine Ellbogen sich in mich hineinbohrten: es war sehr seltsam und wirkte lange nach.

Nach einer Weile nahm das, was in mir vorging, meine arglose Aufmerksamkeit so in Anspruch, daß die Außenwelt sich fast völlig verdunkelte. Ich achtete auf die Bewegungen meiner Arme und Beine und paßte mich durchaus bewußt der jetzt stummen Mimikry des merkwürdig rhythmischen Spiels an; aber Randolph war für mich nicht mehr wirklich: meine eigenen spielerischen Bewegungen waren nicht ganz wirklich – ein Teil jeder Bewegung zerfaserte zu einem kurzen, kantigen Zittern oder Zucken (wie bei einem dünnen Stück Holz, das durchgebogen wird und dann auf einen Schlag in dünne Späne zerbricht), zu für mich unwirklicher, unerklärlicher Bewegung, auf die ich nicht achten konnte und wollte. Wirklich war nur dieses Suchen eines fühlenden Ichs in mir nach etwas zunehmend Notwendigem, aber Unbekanntem, und nach etwas zunehmend Qualvollem, aber fast unendlich Begehrenswertem. In gewissem Sinne verlor ich das Bewußtsein für die Welt wie ein Christ, der Zugang zu Gott findet. Mein Bewußtsein bewegte sich in Katakomben, in Tunneln.

Ich liebkoste Randolph in keiner Weise – mir kam nicht einmal der Gedanke. Ich brachte das Gefühl mit keinem Teil meines Körpers in Verbindung. Es war einfach ein Gefühl in *mir.* Mein Bewußtsein bewegte sich in dunklen, manchmal kühlen und manchmal heißen Tunneln, die sich, dieweil ich meinen Körper bewegte, plötzlich in weite, luftige Gemächer öffneten, aus denen ebenso plötzlich die Luft entwich, während Gefühlsregungen darin widerhallten: es waren ganz besondere Räume, Kapellen fast, Räume, die ein ganz besonderes Gefühl hervorriefen. Manchmal waren sie erfüllt von sprühendem Strahlenglanz, den Donner begleitete oder eine Nachwirkung, die etwas Klopfendes oder Pulsierendes hatte wie von sich immer weiter fortpflanzenden Echos. Manchmal war da nur Geflüster oder ein so schwach pulsierendes Gefühl, daß die Regung der kleinste vorstellbare Rest von etwas war, das, an einem Ort gefunden, dessen Hauptkennzeichen zu sein schien, daß man dort verloren und enttäuscht war, gleichwohl stets eine Spur zu hinterlassen schien, ein dünnes bißchen von etwas, einen Rückstand, der auf seltsame Weise Gewicht hatte; und dieses Geflüster sammelte sich an, bis sein Gewicht ungeheuer erschien: es kam ein plötzlicher Ansturm, ein langer, schwerer, eigenartig weißgeäderter Erguß von etwas, von *Gefühl,* sehr seltsam und unendlich willkommen. Noch während es geschah und ich mir darüber klar wurde, daß es ein angenehmes Gefühl war, ging es schon vorüber; und ich verkrampfte mich innerlich und äußerlich – innerlich und äußerlich kindisch – wie eine Faust, ja machte aus mir eine Faust, einen Knoten aus Willen und Muskeln, um es festzuhalten; aber es gehörte nicht zu der Sorte von Dingen, die sich anhalten lassen; es war nicht Atem oder Willenskraft. Sonderbar, wie unwissend der Körper sein konnte. Das Gefühl war seinem Wesen nach unabhängig von mir, und doch gehörte es zu mir; es war zum Wahnsinnigwerden in seiner Paradoxie, aber trotz des Wahnsinns okay. Es war wie ein Muttergefühl, es weckte Gefühle wie die Mutter, ähnliche Gefühle. Und doch nicht ganz. Es war fast zum Weinen, wenn einer der schweren Stöße kam und wieder verebbte, und es war fast zum Weinen, wenn das Gefühl, nachdem ich es mehrere Sekunden lang nicht wiedergefunden hatte, zurückkehrte.

Manchmal erschien das Gefühl grausam und plump wie ein Ereignis in einem komischen Film, der seine Komik aus Zerstreutheit, Dummheit und anhaltend erfolgloser Hast bezieht.

Es wollte mir lange nicht gelingen, das Gefühl in Abständen von einiger Regelmäßigkeit hervorzurufen. Als ich es schließlich schaffte, kamen die aufeinanderfolgenden Regungen in Begleitung von Wind (vielleicht mein ausgestoßener Atem), von Tönen, von Kühle und Hitze zugleich, von taktilen Empfindungen, als glitte ich auf einem Kinderspielplatz eine Rutsche hinunter, die aus Pelz, aus zarten Federn, aus Seide gemacht war; und es gab Lichterscheinungen, zumeist aus silbrigem Licht, oft wie ein Aufblitzen von Silberfolie oder wie eine Abfolge von Blitzen, die mir mystische oder idiotische Chiffren signalisierten, eine Botschaft, die ich nicht entschlüsseln konnte, aber ungeheuer genoß, wenn auch anders, als ich je zuvor einen Genuß erlebt hatte. Noch nie war Genuß so mit Schmerz vermischt gewesen, so traurig, so körperlich. Oder vielmehr doch, bei Neckspielen und dergleichen, aber niemals so. Mein Körper war noch nie so gewesen.

Randolph beklagte sich schläfrig; er bewegte sich; er sagte, er wolle etwas anderes spielen. Ein kaum merklicher Protest. Anfangs schien es nur Einbildung zu sein, ein Teil des Spiels, dieses schläfrige Gewimmer, das mich erstarren ließ vor Verlustangst, vor Gereiztheit, der Gereiztheit der angekratzten Autorität; dabei entglitt mir das Gefühl und kam dann manchmal stärker wieder. Aber ich hatte mich geirrt: es war nicht Teil des Tarzan-Spiels. Er sagte: «Es passiert ja gar nichts. Du sprichst nicht mit mir. Du beachtest mich gar nicht – du sollst doch mit mir spielen.»

Sein Beisein war wirklich nicht erforderlich bei dieser Gefühlsjagd, außer in einer ganz speziellen Hinsicht.

Nun sprach ich mit ihm. Meine Lippen waren ein bißchen dick und ließen sich schwer bewegen, aber ich konnte sprechen, und abgesehen von einer Unlust zu sprechen sah ich keinen Grund, nicht zu sprechen. Ich erzählte ihm, Tarzan und der Häuptling führten einen Kampf bis aufs Messer. Ich konnte nicht gleichzeitig sprechen und klettern; aber als ich langsamer wurde, fing Randolph an, hinunterzuklettern. Ich ließ meine Beine auf die Erde fallen und unsere Oberkörper dann sanfter hinterhersinken. Einen Kampf bis aufs Messer mimend, wälzte ich mich mit ihm auf dem Fußboden bis in die Mitte des Zimmers. Ich war in Schweiß gebadet; mein Bewußtsein war mit sanftem Grau gefüttert wie Maulwurfsfell. Ich sagte zu ihm: «Ich kann dich nicht loslassen, du würdest mich töten, wenn ich dich losließe.»

Er sagte: «Ich will nicht der Häuptling sein.»

«Okay, dann bist du Tarzan. Ich bin der Häuptling. Ich kann dich nicht loslassen. Wenn ich es tue, wirst du mich töten.» Ich nahm Randolph fest in die Schere meiner Beine. «Versuch zu fliehen», sagte ich zu ihm; er versuchte es; ich sagte, er solle sich mehr Mühe geben, er solle sich beim Losstrampeln hauptsächlich auf die Körpermitte konzentrieren. Er beklagte sich, ich hielte ihn zu fest. «Na ja, dann mußt du dir eben mehr Mühe geben», sagte ich, arglos hinsichtlich dessen, was ich tat, und doch wiederum nicht arglos, denn ich wußte, daß ich etwas anderes spielte als er und daß ich ihn gewissermaßen benutzte; doch schließlich benutzte er mich auch – aber er bemühte sich auch zu tun, was ich ihm sagte. Das Gefühl schien sich des Inneren der gewöhnlichen Sinne zu bedienen, so daß ich mit geschlossenen Augen ein Licht *sah*, das ich mit aufgeschlagenen Augen nicht hätte sehen können, und meine Ohren hörten ein Geräusch, das nicht von außen kam. Ich hatte keine Ahnung, daß die Jagd nach diesem Gefühl ein anderes Ende nehmen könnte, als daß Randolph und ich müde wurden und ich nach Hause ging. Ich wußte, daß ich, sobald ich Randolph losließ, was ich zweimal tat, plötzlich gelangweilt, verletzt und fast ängstlich war; ich nahm ihn also wieder zwischen die Beine; und er wehrte sich. Es ärgerte mich, daß das Gefühl beim Zerfallen keinen Hinweis auf seine Wiederherstellung hinterließ. Ich mußte alles lernen. «Gib dir mehr Mühe», sagte ich plötzlich voller Ekel zu Randolph; alles in mir war so verworren, daß es nicht auszuhalten war; und zugleich war es interessanter, als es je gewesen war; und doch war es beklemmend. Ich nahm Randolph so fest in die Zange, daß er sich wirklich wehrte und heftig zappelte. Plötzlich war ich ganz Interesse: ich starrte, aber nicht mit meinen wirklichen Augen; ich lauschte; hinter einem Vorhang begann eine Welt über den Holzfußboden zu rollen. Fünf eng verkettete Regungen stiegen in mir auf und trennten mich von der Wirklichkeit; die Vorhänge flogen auseinander: Ich stand am Rande einer weiten schwarzen Leere; das runde Ding rollte heraus und spie Blitz und Donner, aber nicht so laut wie zuvor, nicht so grell, beinahe artig. Aber ich fürchtete mich. Doch die Furcht war nicht so schlimm. Und ich flog über ... über etwas, purzelte über die runde Kugel und fort in die Dunkelheit, warme, seltsam schmelzende Funken sprühend, farblos, aber glutheiß; etwas versengte mich; etwas wie ein Draht peitschte durch mich hindurch; er wurde durch mich hindurch- und dann von mir fortgezogen und weidete mich aus; ich wurde in Trauer, in Erstaunen gestürzt, in ein seltsames Nichts, eine Gefühlsleere, wie ich noch nie eine erlebt hatte. In der Haltung eines Toten am Fußboden horchend, rollte ich zur Seite. Da war noch ein schwächeres, kurzes Pfeifen in mir, ein Gefühl wie von einem sanfteren Licht, das aufging und etwas wie eine Gewitterwolke mit seinem Glanz erfüllte, und dann drang eine Hand, eine Hand durch die Zimmerdecke, packte mich und schüttelte mich und drückte mich, so daß ich glaubte, ich müßte sterben. Ich konnte weder atmen noch verhindern, daß ich die Luft und was da sonst noch in mir war – ich wußte nicht was – ausstieß. Sie drückte mich, bis ich tot war, und dann war ich knochenlos und erschlafft und ohne Begriffsvermögen. Ich rollte mich auf die Seite, die Hand unter der Wange, einen Finger seitlich an den Lippen, während Randolph als Tarzan so tat, als erwürgte er mich. Ich merkte kaum, was er tat. Ich fürchtete mich sehr und glaubte, ich hätte mir innerlich etwas gebrochen – ich wartete, ob ich wie mein Vater einen Herzanfall bekommen und sterben oder noch einmal davonkommen würde. Der Schrecken war da, und doch fühlte ich ihn nicht. Ich fühlte nichts. Schleier der Betäubung umgaben mich. In meiner Unterhose war ein kleiner Fleck. Ich sah ihn, er hatte ungefähr die Größe eines Zehncentstücks, ich wußte nicht, was es war, ich beschloß, später darüber nachzudenken. Es fiel mir nicht leicht zu denken. Als mein Bewußtsein sich wieder ein wenig zu regen begann, sagte Randolph, ich sei tot, er habe gewonnen, was Tarzan jetzt machen solle? Ah, ah, dachte ich, zunächst seltsam benebelt, was war das? Es hatte keinen Namen. Ich versuchte gar nicht erst zu raten, was es war. Ich dachte: Ich bin gespannt, was das war. Die Welt, meine Zeit auf ihr, schien mir anders; ich fühlte, daß ich in einem Augenblick den Unterschied würde festnageln können. Ich lag zusammengerollt auf der Erde, und Randolph saß auf meiner Schulter, ein Kind, das ich kaum kannte und das mich mochte und Zugang zu mir hatte, ob ich es nun mochte oder nicht. Nach einer Weile stellte ich mit einer gewissen gesunden Selbsteinschätzung fest, daß es mir gefallen hatte, was es auch gewesen sein mochte, und daß ich nicht tot war. Ich sagte zu Randolph: «Ich spiele gern Tarzan – wir müssen mal wieder Tarzan spielen.»

Nachdem ich gegangen und auf dem Heimweg zu meinen Eltern, zu jenem Haus war, bemerkte ich, daß ich nicht so traurig und furchterfüllt war wie sonst auf dem Heimweg (ich wußte nie, ob es meinem Vater schlechter ging oder ob er gar tot war, und wie meine Mutter sich aufführen würde); und in einer Vorstadtstraße, auf der sich außer mir niemand herumtrieb, unter Bäumen, deren Blätter in einer matten Frühlingsbrise leise raschelten, kam mir die Vermutung, daß ich etwas ganz Besonderes entdeckt hatte!

Etwas Besänftigendes – unfehlbar, heiß.

Eine nahezu klassische Story

Meine Protagonisten sind die Stimme meiner Mutter und der Verstand, den ich mit dreizehn besaß.

Man nahm an, ich hätte beachtlichen Verstand – eine recht rätselhafte und sogar unwahrscheinliche Annahme. Ich war körperlich zäh und aktiv, anderen lästig, zuzeiten in Schwierigkeiten und nahe daran, straffällig zu werden, dazu eingebildet und dies und jenes (oft jedoch überhaupt nicht lästig); ich komponierte auch keine Symphonien, schrieb keine Gedichte und tat mich nicht mit mathematischen Wundertaten hervor. Meinem Gedächtnis traute schon gar keiner, denn jeder erinnerte sich anders, oder gar nicht, an Ereignisse, die meine Erinnerung, selbst wo sie Fakten, Handlungen aneinanderreihte, längst interpretiert hatte; dann sagte oft jemand: «Das ist unmöglich – so kann es nicht abgelaufen sein – so etwas tue ich nicht – du mußt dich irren.»

Aber ich war gut in der Schule und offenbar ungewöhnlich fähig zu lernen, was der Lehrer sagte – beherrschte aber nie wirklich ein Fach –, und dann gab es noch die idiotischen Aussagen jener sonderbaren Zeugen, der Intelligenztests: ihre Ergebnisse erfanden mich.

Diese Zahlen waren ein entscheidendes Schicksalselement, indem sie Einfluß darauf hatten, wie die Leute einen behandelten und betrachteten; sie bestimmten über die

Autorität, die einem zukam; und wenn man merkwürdige Sachen sagte, sprachen die Zahlen dafür, daß man bei Sinnen war. Doch es war ebenso leicht zu sagen, und ebensoviel sprach dafür, daß ich dumm war, in jeder oder in mancher Hinsicht oder, wie meine Mutter im Zorn sagte, «in allem, was zählt».

Es ist zweifelhaft, ob ich wirklich Harold Brodkey bin. Ich wurde, als ich zwei war, in dem auf den Tod meiner richtigen Mutter folgenden Monat adoptiert, und den Namen Harold wählte Joseph Brodkey beiläufig, weil er wie Aaron klang, der Name, den ich bei meiner richtigen Mutter gehabt hatte. Man hat mir auf verschiedene Weisen über die Jahre hin erzählt, und es ist wohl wahr, daß mein richtiger Vater mir Vorwürfe machte, weil ich beim Tod meiner Mutter krank geworden war und geweint und ihm nicht vertraut hatte: Ich war der Liebling meiner Mutter gewesen; er behielt meinen Bruder, der älter war als ich, und verkaufte mich mehr oder weniger an die Brodkeys für dreihundertfünfzig Dollar und das Versprechen eines Jobs in einer anderen Stadt. Ich sah meinen Bruder einmal im Jahr, und er sagte mir, ich hätte Glück, adoptiert worden zu sein. Weder ihm noch sonst jemandem erzählte ich jemals, was bei den Brodkeys vor sich ging.

Die Brodkeys nannten mich nie Harold – bei ihnen hieß ich Buddy. Brodkey selbst ist zweifelhaft genug, denn es ist die Verballhornung eines russischen Namens, Bezborodko. Inwiefern Harold Brodkey ein richtiger Name ist, habe ich nie zu entscheiden gewußt. Keine Entscheidung in der Angelegenheit gefällt zu haben tut mir gut. Es ist der Name, der an mir hängenblieb.

1943, mitten im Zweiten Weltkrieg, war ich dreizehn. Mit dreizehn ist man in einem Alter, in dem Dramen aufziehen: es ist eine Gefängniszelle von einem Alter, in dem man durch das Einsetzen der sexuellen Kräfte von der

Kindheit abgeschnitten ist und durch einen Rest von Unschuld getrennt von dem Leben, das einem noch bevorsteht. Natürlich hält sich dieser Rest nicht lange. Verantwortlichkeit und Gewissen treten, ob falsch oder nicht, in Erscheinung und tun kund, daß man uns fortan mit dem identifizieren wird, was wir anderen Leuten zufügen: Sie befreien uns aus Beschränkungen – und von der Unschuld – und binden uns in eine neue Bedingtheit ein.

Ich glaube, es sollte nicht von einem verlangt werden, daß man Mitgefühl aufbringt. In der Rhetorik und in dem schönen Zustand extremer Empfindungen schenken wir stets Mitgefühl, aber die meiste Zeit im Leben verhalten wir uns ganz anders, und das möchte ich im Blick behalten. Die Brodkeys waren eine von Katastrophen ziemlich gründlich gebrochene Familie. Mein Vater hatte mit Anfang Vierzig einen so hohen Blutdruck, daß die Ärzte sagten, es sei ein Wunder, daß er noch lebe. Er horchte ständig in sich hinein, auf die physiologischen Gezeiten in seinem Innern; jeden Augenblick konnte er einen Schlaganfall bekommen, ein Blutgerinnsel, und ins Koma fallen: das war ihm bislang sechsmal widerfahren; die Leute sagten: «Joe Brodkey hat eine Pferdenatur.» Er war nicht glücklich über ein so vorläufiges Wunder. Und meine Mutter hatte Krebsoperationen hinter sich, Brustkrebsoperationen: das heißt, es hatte eine Operation gegeben, gefolgt von vorsichtigem Optimismus, und dann eine zweite Operation, und es war nichts Entfernbares mehr übriggeblieben und nicht der geringste Optimismus. Sie war etwa fünfundvierzig. Meine Mutter und mein Vater waren beide am Sterben. Fast ununterbrochen herrschten bei uns schwierigste Verhältnisse. Es war Geld vorhanden gewesen, aber nun war kein Geld mehr da. Wir lebten von milden Gaben der Verwandtschaft, die es nicht über sich brachte, uns zu besuchen. Ich pflegte mit meinen Eltern über das Geschehen zu witzeln, um ihnen zu zeigen, daß es mich nicht entsetzte, und eine Zeitlang waren meine Eltern dankbar dafür, doch dann fanden sie meine Witze irritierend angesichts dessen, was sie erleiden mußten, und ich bekam verspätet ein Gespür dafür, wie schäbig meine Haltung war. Meine Mutter war zu Hause, nicht ans Bett, aber ans Haus gefesselt; sie sagte zu meinem Vater Dinge wie: «Ob du nun krank bist oder nicht, Joe, ich brauche Geld; ich werde medizinisch nicht optimal versorgt; Joe, du bist mein Mann: es ist deine Pflicht, dafür zu sorgen, daß ich Geld habe.» Joe ließ sich in ein Veteranen-Krankenhaus aufnehmen, wo die Behandlung kostenlos war, damit ihr alles vorhandene Geld blieb und damit er von ihr fortkonnte. Ich ging in die neunte Klasse der Ward Junior High School.

Wir wohnten in University City, auch U. City oder Jew City genannt – die Bevölkerung dort war zu etwa fünfunddreißig Prozent jüdisch; jetzt ist der Anteil höher. St. Louis dehnt sich am Mississippi wie eine Wucherung aus. Am westlichen Stadtrand liegt, neben Clayton, Kirkwood, Normandy und Webster Groves auch U. City. Der Atlantik ist vielleicht tausend Meilen entfernt, der Pazifik weiter. Zum Golf von Mexiko sind es rund siebenhundert Meilen, zum Nordpolarmeer einige mehr. St. Louis ist eine Inselmetropole in einem Meer von Land. Wie Moskau. Doch in einem Meer von protestantischen Farmern. Republikanischen Kleinstädten. Damals in einem Meer von verpfändeten Farmen.

Früher beschlich mich leicht das Gefühl, es sei insgeheim etwas zutiefst Richtiges daran, daß weder Joe noch Doris Brodkey im zwanzigsten Jahrhundert geboren waren. Sie waren in mir numerisch weit entfernten und historisch unvertrauten Jahren geboren worden. In Geschichte waren wir nie bis zum Jahr 1898 gelangt. Joe war in Texas geboren, Doris in Illinois, beide in Kleinstädten. Joe sprach ein paarmal von ungepflasterten Straßen und den bitteren Sorgen, die seine Mutter sich um den Staub und ihre Möbel, ihre Vorhänge machte; ich hatte den Eindruck, seine Mutter machte in ihrem Haus nie die Fenster auf: derartig versiegelte jüdische Häuser gab es. Doris sagte in geselliger Runde (bevor sie krank wurde): «Ich erinnere mich noch an die Zeit, als es kein Telefon gab. Ich habe noch Erinnerungen daran, daß alle Pferde hatten; es hörte sich hübsch an, wenn sie auf der Straße vorbeitrabten.»

Joe wie Doris hatten Einwanderer zu Eltern, die es zu etwas gebracht hatten, aber nicht reich geworden waren. Joe wie Doris waren vorzeitig vom College abgegangen, Joe in der ersten Woche oder am ersten Tag, Doris im zweiten Jahr; beide Mütter waren berüchtigt dafür, einschüchternd gewesen zu sein wie Streitäxte; Joe wie Doris glaubten, amerikanischer zu sein als jedermann sonst; beide verachteten die meisten Protestanten (als naiv religiös, von mörderischem Wettbewerbsgeist getrieben und unfähig, es sich gutgehen zu lassen) und alle Katholiken (als abergläubisch, buchstäblich verrückt und proletarisch). Sie waren gutaussehende Kleinstädter, auf provinzielle Weise hervorstechend, von Vaudeville und vom Kino gebildet, in gewissem Maße ohne Bewußtsein, ohne kulturelles Bewußtsein, befreite Getto-Juden ohne Einbindung und Schutz in den verschiedenen amerikanischen Dekaden und Milieus, in denen sie nacheinander lebten – ich weiß nicht, ob ich genug weiß, um all dies über sie zu sagen.

Ich liebte meine Mutter. Aber damit weiche ich aus. Ich liebte meine Mutter: wie sehr liebte ich Doris Marie Rubenstein? Doris Brodkey, so ihr Name als verheiratete Frau. Ich glaube nicht, daß ich sie sehr liebte – aber ich meine das Ich, das ein dreizehnjähriger Junge war und nicht bewußt ihr Sohn. Alle Jungen, die ich kannte, waren auf solche Weise gespalten. Für uns gab es zwei Kategorien von Wissen – das Bekannte und das Unbekannte – und zwei Kategorien der Drangsal.

Joe und Doris waren im wesentlichen nicht freundlich zu mir gewesen – sie waren vielleicht zu egoistisch, um freundlich zu irgend jemandem zu sein, selbst zueinander. Manchmal fand ich sie gar nicht so übel. Manchmal doch. Mein Denken war weitgehend von U. City geprägt, mein Verhalten von den sechs oder sieben herrschaftlichen Häusern auf einer Anhöhe, von den drei oder vier durch Mauern und Toreinfahrten abgegrenzten Wohnbezirken mit ein wenig gestreng vornehmen Häusern, von den Wohngegenden mit schmucken, gepflegten kleinen Häusern fast jeder Sorte, darunter sogar ganz kleine mit spitzen Giebeln und phantastischem steinernem Zierat, nur eine Tür und zwei Fenster breit, mit kleinen, adretten Rasenflächen davor, und von Bezirken mit Zweifamilienhäusern, Straßen mit mehrstöckigen Wohnhäusern – wir wohnten in einer Etagenwohnung –, von Baumreihen, deren Äste sich über den Straßen begegneten, von den verstreuten leeren Grundstücken, den noch unbebauten Feldern, den Waldstücken und den riesigen, architektonisch imposanten Schulen.

Ohne mich mit Gesprächen aufzuhalten, verließ ich jeden Nachmittag im Laufschritt die Schule, sprintete manchmal sogar die Kingsland Avenue hinauf. Die Spannung, die Niedergeschlagenheit waren am schlimmsten an Regentagen. Ich versuchte ständig, die richtigen Gefühle aufzubringen. Gewöhnlich gelang es mir nur, vorzeitige Trauer zu empfinden, willentlich herbeigeführte Sorge und einen amateurhaften Wunsch zu helfen, wie ich nur konnte.

Meine Eltern und andere Leute fanden es erstaunlich, daß ich noch keinen Nervenzusammenbruch gehabt hatte.

Stundenlang saß ich allein mit meiner Mutter zu Hause

herum. Zu jener Zeit rief niemand sie an oder kam sie besuchen. Die Frauen, die sie als Freundinnen betrachtet hatte, waren eine Zeitlang nett gewesen, aber es herrschte Krieg, und die Situation meiner Mutter erweckte nicht das Mitleid, das sie vielleicht in Friedenszeiten ausgelöst hätte. Vielleicht war meine Mutter für die Frauen, die sie nicht besuchten, in Wirklichkeit nie eine Freundin gewesen: Meine Mutter hatte die Angewohnheit gehabt, ihre Besuchsliste nach gesellschaftlichen Gesichtspunkten zu revidieren. Aber sie sagte, sie habe jenen anderen Frauen «nahegestanden», und sie sollten ihr als der ehemaligen Schatzmeisterin des jüdischen Tuberkulose-Hilfsvereins gefälligst Respekt erweisen. Sie wollte, daß diese Frauen anriefen und kamen und ihre Tragödie miterlebten. Von Zeit zu Zeit machte sie Ärger; dann rief sie eine von ihnen an und erinnerte sie daran, daß sie bei dieser oder jener Club-Wahl für sie gestimmt oder sie in die Stadt mitgenommen hatte, als sie selbst schon einen Wagen besaß und die andere Frau nicht. Sie erklärte den Frauen, sie wisse, daß sie hartherzig und egoistisch seien und eines Tages erfahren würden, wie es ist, krank zu sein und zu entdekken, was für Freunde man hat. Noch bösere Dinge sagte sie zu ihrer Schwester und ihrer eigenen Tochter (ihre leibliche Tochter war zehn Jahre älter als ich) und zu ihren Brüdern. Sie war die Gutaussehende gewesen und in mancher Hinsicht der Mittelpunkt der Familie, und an ihrer körperlichen Eitelkeit hatte sich nichts geändert; halbherzige Bewunderung konnte sie nicht gebrauchen. Sie zog gar keine vor. Sie war eine leidenschaftliche Spielerin gewesen, eine Zockerin: Wenn sie am Spieltisch Platz nahm, hatte sie stets gesagt: «Laßt uns um so viel spielen, daß es interessant wird.»

Man sagte ihr nach, sie schreie ständig, aber in Wirklichkeit schrie sie nicht sehr laut; sie hatte nicht die körperliche

Kraft dazu. Beachtung zu finden gelang ihr allerdings; sie stellte einem mit ein wenig erhöhter, drängelnder Stimme Fragen, womit sie einen fast zum Lachen brachte, aber wenn man dann zum Zuhören bewegt worden war, wenn man sie erst einmal beachtete und ihr das auch zeigte, dann verlor ihre Stimme alle Anzeichen von Umgänglichkeit, sie wurde angestrengt, und nichts daran deutete mehr auf den Versuch hin, zu gefallen oder sich als annehmbar zu erweisen; sie wurde ganz und gar abstoßend; und was sie sagte, bohrte sich ins Zentrum der Aufmerksamkeit des anderen und blieb die Wahrheit, mit der man leben mußte, bis man sich zu der Überzeugung durchringen konnte, daß sie verrückt war: das heißt unzurechnungsfähig und auf ihre Weise vielleicht verbrecherisch.

Meinen Vater im Krankenhaus zu besuchen bedeutete eine dreistündige Fahrt mit Bussen und Straßenbahnen, bevor man ankam; man fuhr mit zwei Straßenbahnen zu deren jeweiligen Endstationen; und bei der letzten Haltestelle der zweiten nahm man einen städtischen Bus bis zu *dessen* Endstation und dann einen grauen Armeebus, der durch einen Wald zum Krankenhaus fuhr, das am Mississippi stand. Mein Vater fand es absurd, daß ich das tat. Er sagte: «Ich brauche nichts – das Kranksein verdient es nicht, daß du ihm Beachtung schenkst – geh und hab deinen Spaß.» Um mich zu zwingen, mit dem Höflichsein aufzuhören, trat er gewissermaßen in Streik und ließ mich keine Konversation machen; er sagte nur: «Du solltest an der frischen Luft sein.» Meine Mutter sagte über meinen Vater: «Wir können ihn nicht einfach sterben lassen.» Manchmal dachte ich, wir könnten es. Und manchmal dachte ich, wir könnten es nicht. Wenn es meinem Vater wichtiger gewesen wäre und nicht so sehr eine Frage dessen, was ich tun zu sollen glaubte, hätte es anders ausgesehen. Es war großzügig von ihm, daß er bereit war, allein zu sterben und keinen Wind darum zu machen, aber ich hätte es vorgezogen, wenn er eine Menge Wind darum gemacht hätte. Wenn er sich weigerte zu reden, ging ich nach draußen; ich stand da und starrte auf den rasch strömenden Mississippi, auf die Wirbel, Strudel und Stromschnellen, auf die Strömungen, die sich manchmal übereinander kringelten und doch getrennt blieben, obwohl sie aus Wasser bestanden; und ich empfand tiefe Zufriedenheit darüber, daß irgend etwas so gewaltig, so stark, so heftig war. Ich liebte auch laute Musik. Ich hatte oft das Gefühl, ich hätte bereits begonnen zu sterben. Ich hatte das Gefühl, ich könnte den Mississippi durchschwimmen – das war purer Größenwahn: niemand angelte auch nur an den flachen Stellen, wegen der Baumstämme im Fluß, der vollständigen, entwurzelten, wirbelnden Bäume, die einen umhauen, unter Wasser drücken konnten; man würde ertrinken. Aber ich dachte, ich könnte es hinüberschaffen. Ich wollte, daß mein Vater die Kraft in mir anerkannte und guthieß. Doch er war in dem Stadium angelangt, wo er die Menschen und das, was sie taten und was sie wollten, dumm und böse fand und meinte, je früher wir alle stürben, desto besser – darin war er Schopenhauer oder den christlichen Apologeten nicht unähnlich. Ich behaupte, daß sein Defätismus ein Element der Gnade enthielt. Er sagte, wir seien alle Toren, von allem getäuscht und betrogen; was immer uns wichtig sei, stelle sich am Ende als Betrug heraus, sagte er. Ich konnte ihn mir nicht, wie von ihm verlangt, tot wünschen, aber wenn ich wünschte, er möge leben, kam ich mir kindlich und egoistisch vor.

Manchmal kam mein Vater am Wochenende nach Hause – das Krankenhaus drängte ihn dazu, nehme ich an (ihn im Bett liegenbleiben zu lassen hieß, ihn Selbstmord begehen zu lassen), aber manchmal tat er es, um mich zu sehen, um mich vor Doris zu retten. Weder Joe noch Doris mochten es, wenn Licht brannte; sie bewegten sich im Dunkeln durch die Wohnung und beschuldigten einander, alt und krank und egoistisch zu sein, unzurechnungsfähig zu sein, häßlich zu sein.

Es kam mir falsch vor zu behaupten, ich hätte ein glücklicheres Zuhause und Eltern haben sollen, die nicht am Sterben waren; ich hatte kein glücklicheres Zuhause und keine Eltern, die nicht starben; und es wäre Joe und Doris gegenüber maßlos grausam gewesen, fand ich, und emotional unerträglich für mich, wenn ich angefangen hätte, mein Schicksal oder das ihre zu beklagen. Die Kluft zwischen dem, was das Leben nach Aussage der Leute war, und dem, wie ich es kannte, zermürbte mich manchmal, aber ich schwor, nichts würde mich je dazu bewegen zu sagen, das Leben solle irgend etwas sein... Und doch schien mir, daß ich übers Ohr gehauen wurde in diesem Haushalt, durch diese Umstände.

Wer war ich? Ich stammte – dem Geblüt nach, meine ich – von einer langen Reihe von Wunderrabbis ab, von Männern, die angeblich Flüche auferlegen und von Flüchen befreien konnten, von Rabbis, die für ihre Körpergröße und ihr Temperament bekannt waren: leicht in Wut geratende, oft ekstatische Männer.

Auf der anderen Seite waren angeblich seit über tausend Jahren oder länger Talmudgelehrte meine Vorfahren – Männer, die niemals arbeiteten, sondern nur studierten. Ihre Familien, auch ihre Kinder, hatten ihnen aufzuwarten und sie zu unterstützen. Sie waren bekannt für ihre unbeugsame Verachtung gegen die Menschheit und ihren Dünkel; sie strebten nach einer Anhäufung von Wissen über das Unsagbare – das heißt über Gott.

Auch sie klangen mir nicht sympathisch. Auf beiden Seiten der Familie waren die Kinder oft aufsässig und liefen davon, und man hörte nichts mehr von ihnen: Mein richtiger Vater hatte sich geweigert, lesen und schreiben zu lernen; er war ein halbprofessioneller Spieler gewesen, ein Krakeeler, Säufer, Boxer, bevor er als Trödler seßhaft wurde. Er brüllte, wenn er sprach; er war nicht sehr sauber. Nur einer oder zwei in jeder Generation waren jemals gottesfürchtig gewesen und hatten die Rabbiner- oder Gelehrtentradition weitergeführt, die Tradition von Überlegenheit und Würde. Dies war Doris wichtiger als mir; sie nahm es wahr; es hatte Bedeutung für sie. Doris sagte: «Wenn wir gut sind und nicht lügen, wenn du für mich betest, vielleicht macht Gott Joe und mich dann gesund – es kann nicht schaden, es zu versuchen.»

Im Grunde wußten wir nicht, was wir tun und wie wir uns verhalten sollten. Manche Leute, eifrigere Juden als wir, sagten, Gott strafe Joe und Doris, weil sie keine besseren Juden seien. Meine richtigen Verwandten sagten, Joe und Doris würden dafür bestraft, daß sie mich nicht zum Rabbi erzögen oder zum jüdischen Gelehrten, zu einer Säule des Judentums. «Ich glaube nicht, daß die Juden das auserwählte Volk sind», pflegte Joe zu sagen, «und wenn sie es sind, dann sieht es nicht so aus, als wären sie wegen irgend etwas Gutem auserwählt worden.» Er sagte: «Was die Welt schon gar nicht braucht, ist ein weiterer Rabbi.» In der Schule forderte der Schulpsychologe meine Klassenkameraden und mich auf, einen kurzen Aufsatz über unser häusliches Leben zu schreiben, und ich schrieb: *Es ist unsere Gepflogenheit, nach dem Abendessen intelligente Diskussionen über ernste Tagesfragen zu führen.* Der Psychologe beglückwünschte Doris, weil sie vom Krankenbett aus ein wundervolles Haus führe, und Doris sagte zu mir: «Danke für das, was du für mich getan hast – danke fürs Lügen.» Vielleicht tat ich es nicht für sie, sondern um zu sehen, mit was ich alles ungeschoren durchkommen konnte, für was ich mich unertappt ausgeben konnte. Aber in gewisser Hinsicht war ich aufrichtig. Das Leben zu Hause hatte mit ernsten Fragen zu tun. In anderer Hinsicht war ich hingegen niemals aufrichtig. Da war ich zu jeder Hochstapelei bereit. Nie sprach ich von Doris als von meiner *Adoptiv*mutter, immer nur von meiner Mutter. Ich hatte ein Gesicht, das alles leicht preisgab. Ich bemühte mich sehr um eine ausdruckslose Miene, außer wenn es darum ging, Besorgnis um Doris und Joe zu mimen. Ich verzieh allen alles, was sie taten. Ich begriff, daß alle das Recht hatten, zu handeln und zu denken, wie sie es taten, selbst wenn es mir Schaden zufügte oder mich dazu brachte, sie zu hassen. Ich war gelegentlich gut in Sport – dann mittelmäßig, dann wieder gut, je nachdem, wie ich mich sah oder unter wieviel Druck ich zu Hause stand. Zwischen dramatischen Momenten lebte ich in meiner neugewonnenen Adoleszenz, verwundert darüber, daß meine Füße so weit von meinem Kopf entfernt waren; ich ruhte in einem trägen Narzißmus; ich berührte immer wieder das einzelne, ziemlich lange blonde Haar, das an meiner Kinnspitze wuchs, ich zog daran, strich darüber. Ich betrachtete immer wieder den neuen Muskel an meinem rechten Unterarm und die Ader, die sich darüber hinwand. Es schien, als kämen mir Anblicke nicht vor die Augen, sondern als schleuderte ich meinen Blick wie ein geflochtenes Seil hinaus und zerrte die Dinge visuell zu mir heran; mein Blick reiste über unvorstellbare Entfernungen, hinauf ins Universum oder in die Motive und Wünsche eines Freundes hinein, nur um in sich zusammenzufallen vor Langweile; vor versagendem Willen, bis auf den Grund zu sehen; vor Scheu; er fiel zusammen und wieder in mich zurück. Ich schnellte vom Himmel ins Innere meiner eigenen Brust. Ich hatte Freunde, gute Freunde, aber keiner verstand mich oder hatte das Bedürfnis danach; wenn ich darüber sprach, wie die Dinge zu Hause standen, oder über meinen richtigen Vater, glaubten sie mir nicht und vertrauten mir hinterher nicht; oder wenn ich sie dazu brachte, mir zu glauben, wurde ihnen übel, und oft behandelten sie mich als einen Glücklosen, als ein Objekt des Mitleids, und ich wußte, daß ich etwas Besseres war. Also bemitleidete ich sie zuerst. Und bekam bessere Noten als sie, und dann ließ ich mich zu ihnen herab. Doris sagte einige Male zu mir: «Erzähl nie jemandem, was in diesem Haus vorgeht: sie werden kein Mitgefühl mit dir haben; sie wissen nicht, wie das geht – *sie* wissen nur, wie man davonläuft... Nimm meinen Rat an und lüge, sag, wir sind alle glücklich, lüge eine Menge, wenn du überhaupt irgendein Leben führen willst.» Ich verstand nicht, wie es möglich war, daß solche Dinge wie Flüche existierten, aber es kam mir seltsam vor, daß ich nicht krank oder halb verrückt war, wo doch meine Eltern es waren: Es schien mir nicht plausibel, daß irgend etwas anderes als der Zusammenbruch ihres eigenen Lebens sie hatte so handeln lassen, wie sie es taten, oder daß meine Adoption das Mittel gewesen war, die Existenz der Brodkeys mit einem Fluch zu belegen; aber es kam mir unverschämt vor, da sicher zu sein. Ich gab mir nicht gerade Schuld; doch da war all dieses Leid und Elend, mit dem gelebt werden mußte, und es stand in Beziehung zu mir, zu meinem Leben; und ich kam nicht umhin, eine gewisse Verantwortung dafür zu übernehmen. Ich glaube nicht, daß ich diesbezüglich neurotisch reagierte.

Es schien mir nur zwei soziale Befindlichkeiten zu geben, Takt und Verrücktheit; und Verrücktheit war egoistisch. Ich fiel einmal von einer Felswand, fuhr zweimal mit dem Fahrrad in einen Lastwagen, wurde in einem Boxkampf k. o. geschlagen, weil ich mich zu langweilen begann und mit allen Mitleid hatte und die Deckung aufmachte und einfach stehenblieb. Ich wollte tapfer und anständig sein – es erschien mir tapferer, feige zu sein, und anständiger, die Liste der Brodkeyschen Katastrophen nicht noch zu verlängern, indem ich eigene erlebte oder auch nur, indem ich Aufhebens um Kummer oder Unbehagen machte, aber vielleicht war ich kein sehr liebevoller Mensch. Vielleicht war ich ein Heuchler und ichbezogen, ein Mensch, von dem man sich fernhalten sollte, jemand wie die fiesen Bastardsöhne bei Shakespeare. Vielleicht wollte ich nur mit heiler Haut davonkommen. Ich glaubte, ich hielte um Doris' und Joes willen durch, aber vielleicht war das eine beschönigende Ausrede. Ich wußte nicht recht. Ich neigte dazu, mich auf jedwedes Publikum zu verlassen, das gerade vorhanden war; ich dachte mir, wenn sie staunend den Mund aufsperrten und sagten: «Ein wirklich guter Sohn», dann sei ich menschlichem Anstand näher. Ich zielte in allem, was ich tat, klar darauf ab, daß das Publikum begriff und eine günstige Entscheidung über mein Handeln und mich fällen konnte. Ich war in meinem eigenen Leben nur sicher, wenn es keinen gab, vor dem ich mich aufspielen mußte.

Doris bestand darauf, daß ich ihr alles Geld gab, das ich verdiente. Und gewöhnlich tat ich es, damit ich mir nicht ihr selbstgerechtes Betteln und ihre wütenden Überredungsversuche anhören mußte. Die Summen, um die es ging, waren klein – fünf Dollar, zehn; einmal waren es neunundachtzig Cent. Sie hatte sich als gutaussehende Frau immer auf die Probe gestellt, indem sie bei andern soviel lockermachte wie möglich; die Hysterie hatte ihre alten Gewohnheiten verbogen und grotesk gemacht, hatte sie selbst grotesk gemacht. Kein anderer Mann war mehr übrig. Niemand sonst war mehr übrig. Nicht ihre Mutter, nicht ihre eigene leibliche Tochter, nicht ihre Schwester; sie liefen vor ihr davon, zogen fort aus der Stadt, legten auf, wenn sie anrief. Ihre Isolation war vollständig, bis auf mich. Als mir ein Neffe von Joe zum Geburtstag zehn Dollar schickte, sagte Doris: «Ich brauche es, ich bin krank, ich habe entsetzliche Ausgaben. Möchtest du mir das Geld nicht schenken? Möchtest du nicht, daß ich ein bißchen Vergnügen habe? Ich könnte ein Abonnement auf eine gute Zeitschrift gebrauchen.» Ich pflegte Geld vor ihr zu verstecken, in Socken, hinter Fotos in Bilderrahmen, aber es verschwand immer. Während ich in der Schule war, spürte sie es auf; sie war krank und ans Haus gefesselt, wie ich schon sagte, und sie hatte nicht viel zu tun.

Doris sagte nie, sie sei meine Mutter; sie bestand nie darauf, daß ich sie lieben müßte; sie verlangte Dinge von mir mit der Begründung, daß ich von Natur aus egoistisch, kalt und menschlichen Gefühlen verschlossen sei und andere zu sehr verachtete, und sie sagte: «Sei mannhaft – mehr verlange ich nicht.» Sie sagte: «Ich verlange von dir nichts, was nicht gut für dich ist – es ist zu deinem eigenen Nutzen, wenn du lieb zu mir bist.» Sie schrie mich oft an: «Es schadet dir nicht, mir zu helfen! Jetzt hast du noch die Gelegenheit!» Doris schrie: «Was glaubst du wohl, wie es mir geht, wenn ich dich in deinem Zimmer Gymnastik machen sehe – während ich sterben muß?»

Ich sagte: «Ich weiß nicht. Stört es dich sehr?»

«Du bist ein Idiot!» kreischte sie. «Bring mich nicht so weit, daß ich dir Krebs wünsche, damit du weißt, was ich durchmache!»

Wenn ich sie ignorierte oder mit ihr zu diskutieren versuchte, wurde sie gewalttätig, und dann störten Erregung und Furcht – selbst ihre Atemzüge – das Gleichgewicht von Schmerzen und Morphium in ihr; manchmal jammerte sie dann laut. Wenn ich zu ihr hinging, schrie sie: «Geh weg, faß mich nicht an – du tust mir nur weh!» Es war wie irgendwo zu stehen und zuzuschauen, während jemand von wilden Hunden gefressen wird. Ich konnte nicht glauben, daß ich solche Schmerzen mit ansah. Ich hörte auf zu sehen: Ich stand da und sah nicht; der Magen sackte mir weg; es gibt einen erschreckenden Kälteschock, der einen überfällt, wenn man die Schmerzen eines anderen als wirklich akzeptiert. Zweimal wurde mir schlecht, ich übergab mich. Doch Doris benutzte mein Bedauern über ihre Schmerzen, als wäre es Liebe.

Manchmal begann sie mich anzuschreien, und dann hob ich den Arm, die Hand, hielt sie ihr starr entgegen und sagte: «Mama, nicht, nicht...» Und sie sagte: «Dann bring mich nicht dazu, daß ich dich anschreie. Verursache mir nicht solche Schmerzen.»

Es erschien mir als das mindeste an menschlichem Anstand, nicht daran mitzuwirken, daß sie noch mehr Schmerzen erleiden mußte. Doch die Liste von Dingen, die ihr, wie sie sagte, Schmerzen bereiteten, wuchs und wuchs: Es brachte sie auf, mich heiter zu sehen oder mit einem langen Gesicht; und eine neutrale Miene ließ sie denken, ich hätte ihren schlimmen Zustand vergessen; sie haßte jeden Hinweis auf Sport, aber sie haßte es auch, wenn ich nicht sportlich war – es warf ein schlechtes Licht auf sie, wenn ich ein Muttersöhnchen war. Sie haßte es, mit mir zu reden – ich war ein Kind –, aber sie hatte sonst keinen, mit dem sie reden konnte; das war eine Demütigung für sie. Und sie haßte es, wenn mich jemand anrief – das war ein Indiz dafür, daß jemand für mich schwärmte. Sie glaubte, es würde ihr helfen, wenn ich niemanden liebte, von niemandem geliebt wurde, von niemandem Hilfe annahm. «Was glaubst du wohl, was ich dabei fühle? Mir wollen sie nicht helfen, und ich bin diejenige, die stirbt.» Sie konnte kein Wort über die Zukunft ertragen, vor allem kein Wort über meine Zukunft. *«Verstehst du denn nicht! Dann bin ich nicht mehr da!»*

Manchmal entschuldigte sie sich; sie sagte zum Beispiel: «Das bin nicht ich, die solche Dinge sagt, es sind die Schmerzen. Es ist nicht fair, daß ich diese Schmerzen habe; du weißt nicht, wie das ist. Ich kann es nicht ertragen, Buddy. Ich bin eine Kämpferin.»

Sie sagte: «Warum weißt du dich nicht so zu benehmen, daß ich nicht die Beherrschung verliere? Du bringst mich auf, und dann schreie ich dich an, und das ist nicht gut für mich. Warum verstehst du das nicht? Was ist mit dir bloß nicht in Ordnung? Angeblich bist du so schlau, aber ich schwöre bei Gott, daß du überhaupt nichts verstehst – du bist mir keine Hilfe. Warum versetzt du dich nicht an meine Stelle? Warum bist du mir nicht behilflich?»

Sie hatte jeglichen Trost – oder Vorwurf – verschmäht, den ihre Familie ihr angeboten hatte; sie sagte, er tauge nichts; und sie verschmähte auch den Trost, den der Rabbiner ihr anbot, der, wie sie sagte, «kein *Mann*» war – «er ist lächerlich»; und sie verdächtigte die Ärzte, sie zu belügen, und die Behandlung, die ihr zuteil wurde, hielt sie für miserabel, fahrlässig und achtlos. «Sie haben mich verbrannt», wimmerte Doris, «sie haben mich *verbrannt.*» Ihr Brustkorb war mit Radium-Brandwunden überzogen, mit einem unelastischen, verfärbten Panzer. Sie wurde zwangsweise von einer erbitterten, angsterfüllten, steifen Hülle aufrecht gehalten. Sie konnte nicht tief einatmen. Sie konnte nur flüstern. Ihre Flügelspanne war so weit, daß ich ihr nicht nahekommen konnte. Immer wieder kam ich von der Schule nach Hause, und sie lag auf der Couch im Wohnzimmer, wimmernd und niedergeschlagen, mit großer Vorsicht weinend, aber wütend: Sie beschimpfte mich flüsternd: «Ich hasse es, dir das zu sagen, aber du bist egoistisch, und das ist ein Problem, das du dein ganzes Leben lang haben wirst, glaub mir. Ob einer lebt oder stirbt, ist dir egal. Keiner ist dir wichtig – nur du. Lieber würde ich durchmachen, was ich jetzt durchmache, als so zu sein wie du.» Um zwei Uhr morgens kam sie in mein Zimmer, schaltete das Deckenlicht an und sagte: «Wach auf! Hilf mir. Buddy, wach auf.» Ich öffnete die Augen. Innerlich fühlte ich mich jeder Bewegungsmöglichkeit beraubt, wie jemand, der sich halb auf der einen Seite eines hohen Zauns befindet, halb auf der anderen, zwischen Wachsein und Schlaf. Manchmal mußten wir mitten in der Nacht ins Krankenhaus fahren. In meinem Kopf purzelten die Worte durcheinander: *Notfall*, *Totfall*, *Falle*, *überfällig*. Ich gab keinen Laut von mir.

Sie sagte: «Schau, was sie mir angetan haben. Mein Gott, schau doch, was sie mir angetan haben.» Sie ließ ihr Nachthemd bis zur Taille hinuntergleiten. Die gespenstischen Farben ihres Panzers und das Gewirr von Narben drang in mein Bewußtsein wie etwas, das im Film auf die Kamera zukommt, die Leinwand füllt und über sie hinauswächst. Dieser monströse Torso. Sie sprach erst kläglich, dann wutentbrannt. Ihre Augen waren abgewandt, dann fixierten sie mich. Sie befand sich auf einem Flug der Gefühle, auf einer Drogenreise, doch daran dachte ich nicht: Ich spürte ihre Gefühle wie Fledermausschwingen, ledrig und fremdartig, raumfüllend; und ich spürte ihre Feindseligkeit. Sie galt mir, aber momentweise auch nicht, und dann war ich lediglich das einzige verfügbare Bewußtsein, zu dem sie sich Zutritt erzwingen konnte. Sie sagte: «Ich habe mich im Schlaf gekratzt – schau, da ist Blut.»

Sie hatte mich nicht mehr zum Weinen gebracht, seit ich ein Kind war; ich hatte es ihr nicht gestattet, nichts hatte mich je zum Schreien gebracht außer Träumen, in denen meine richtige Mutter nicht tot war, sondern zurückkam. Gewisse Redewendungen sind durch Gebrauch abgenutzt, aber genau: Ich war auf die Folter gespannt; alles ging in Stücke; ich war dabei, in Stücke zu gehen.

Ich brüllte: «Hör auf damit.»

Sie sagte, wütend: «Belästige ich dich? Beklagst du dich über mich? Weißt du, wie ich leide?»

Ich sagte: «Nein.» Dann sagte ich – mir fiel nichts Vernünftiges ein: «So schlimm sieht das nicht aus, Mama.»

Sie sagte: «Was ist los mit dir? Warum redest du so dummes Zeug?» Locken ihres Haars schlängelten sich über ihr Gesicht. Sie sagte: «Niemand will mich berühren.»

Ich zog die Augenbrauen hoch, schob den Kopf vor und nickte ruckhaft ein einziges Mal, eine Geste, mit der Jungen damals «Okay» signalisierten, wenn sie nicht sonderlich erfreut waren, und ich stieg aus dem Bett. Am nächsten Morgen sagte meine Mutter beim Frühstück zu mir, ich solle mir nichts aus dem machen, was sie getan habe, es sei die Droge in ihr gewesen, die sie dazu gebracht habe; als ich jetzt aufstand, schienen sich die Fledermausschwingen ihres Drogenflugs zusammenzufalten, sich in sie zurückzuziehen; sie war gar nicht so furchterregend. Nur unleidlich. Und widerlich. Ich legte die Arme um sie und sagte: «Siehst du. Ich kann dich umarmen.»

Sie schrie leise auf. «Du tust mir weh.»

«Okay, aber jetzt geh wieder ins Bett, Mama. Du brauchst deinen Schlaf.»

«Ich kann nicht schlafen. Warum willst du den Arzt nicht umbringen für das, was er mir angetan hat . . .?»

Wochenlang sagte sie, wann immer sie unter Drogen stand: «Wenn ich ein Mann wäre, ich wäre bereit, mich dafür aufhängen zu lassen, daß ich den Mann umbringe, der einer Frau, die ich liebe, das angetan hat.»

Sie hatte fünf Jahre lang diverse Krankheiten gehabt und nun Krebs, und sie war noch immer nicht tot.

So kam ich aus der Schule in das düstere Haus zurück, in dem die Vorhänge zugezogen waren und kein Licht brannte, oder vielleicht eines, und sie irrte barfuß umher mit sich sträubenden Haarsträhnen und im schief hängenden, klaffenden Morgenrock; wenn ich dastand, noch gerötet von der Eile, und fragte, «Mama, ist es schlimmer?» oder sonst etwas, dann sah sie mich mit Wahnsinn im verzerrten Gesicht an, und mich schauderte. Dann brüllte sie: «Was meinst du damit – ist es schlimmer? Weißt du denn immer noch nicht, was mit mir los ist? Was kann es denn schon anders werden als schlimmer! Was ist mit dir? Du bist eine zusätzliche Strafe, du hilfst, mich umzubringen, denkst du, ich bin aus Eisen? Du kommst hier rein und möchtest, daß ich mich aufführe wie dein St.-Valentins-Schatz! Ich hab deine Ich-weiß-nicht-Phrasen satt! Du machst mich wahnsinnig, hörst du? Zu allem Überfluß bringst du mich noch um den Verstand.»

Manche Gefühle werden, während sie sich einstellen, erlebt, als wären sie Kafka-Episoden, überladen mit Hinweisen auf tiefere Bedeutung, die nach Ewigkeit und dem Unerklärlichen riechen und nahelegen, daß einen ein mörderisches, den Ereignissen innewohnendes Element – immer geht es ums Sterben – töten wird, wenn man nicht unverzüglich beruhigt wird, wenn nicht alles sofort erklärt wird. Der Mörder ist der eigene Egoismus oder die eigene Schändlichkeit, oder die von jemand anderem oder vielleicht etwas, das zum Schicksal selbst gehört; oder aber das Tödliche besteht in dem Beweis, daß das eigene Leid unerheblich und von jemandem zu verantworten ist, der sich nicht darum schert. Ich wußte nicht, warum ich das, was sie tat und sagte, nicht mit einem Achselzucken abtun konnte; ich machte ihr keine Vorwürfe; ich bewunderte sie sogar, wenn ich ihr nicht gegenübertreten mußte; aber ich sah nicht ein, warum diese Dinge geschehen mußten, warum sie diese Dinge sagen mußte. Ich glaube, was ich empfand, bedeutete ihr etwas. Das heißt, wenn ich ins Haus kam und sagte: «Hallo, Mama», fragte sie: «Hast du sonst nichts zu sagen? Ich habe *Schmerzen*. Ist dir das gleichgültig? Mein Gott, mein Gott, was bist du nur für ein egoistischer Mensch! Ich kann das nicht ertragen.»

Wenn ich sagte: «Hallo, Mama, wie geht's mit deinen Schmerzen?», dann schrie sie: «Du Idiot, ich will nicht daran denken! Einen Augenblick lang ging es gerade! Schau, was du angestellt hast – wegen dir sind sie jetzt wieder da ... *Ich will nicht ständig an meine Schmerzen erinnert werden*!»

Sie kreischte: «Was ist los mit dir? Warum weißt du nicht, wie man mit mir reden muß! Mein Gott, glaubst du, sterben ist leicht? O mein Gott, mir gefällt es auch nicht. Mir gefällt überhaupt nicht, was mit mir geschieht! So schlechte Karten kann ich doch nicht haben.» Und dann ging sie auf mich los: «Was stehst du da herum? Warum hörst du mir bloß zu! Es nützt mir gar nichts, wenn du bloß da bist und mir zuhörst! Du tust nichts, um mir zu helfen – was ist los mit dir? Denkst du, ich bin wie ein Tier? Wie ein Wurm? Angeblich bist du so schlau, aber du verstehst nichts, du nützt mir nichts, du hast mir nie genützt. Ich würde dich glatt auslachen, so nutzlos bist du für mich, aber das Lachen tut mir weh: Was nützt du mir eigentlich? Tu etwas für mich! Versetz dich an meine Stelle! Hilf mir! Warum hilfst du mir nicht?»

Manchmal sagte sie mit einer grauenvollen Stimme: «Ich werd dir sagen, was du bist – ich werd dir sagen, was alle sind! Dreck sind sie! Alle sind Dreck! Mein Gott, mein Gott, wie kann mein Leben nur so aussehen? Ich wußte nicht, daß es so sein würde ...»

Ich redete wirklich mit keinem über das, was zu Hause vorging, aber einer der Lehrer in der Schule schlug vor, ich solle mich um ein Stipendium in Exeter bewerben, damit ich von der «Tragödie bei dir zu Hause» fortkäme. Und obendrein eine gute Ausbildung erhielte. Ich hegte insgeheim Hoffnungen bei der Aussicht, in ein Internat zu gehen, das tausend Meilen entfernt lag. Die Vorstellung, daß ich ärmer und weniger gebildet sein würde als die Jungen dort, machte mir überhaupt nichts aus. Ich nahm an, dort könnte ich ungehobelt, aufsässig und ekelhaft sein, ohne meine Mutter aufzubringen, und ich würde versuchen, mich auf diese Weise durchzumogeln.

Ich kann mich noch an uns beide, Doris und mich, im düsteren Wohnzimmer erinnern: Ich umklammere ein paar Bücher, Schulbücher. Sie trägt eine kurze Wickelschürze, sehr groß bedruckt mit abscheulichen gelben und roten Blumen und grünen Blättern auf schwarzem Grund. Ich habe ihr gerade beiläufig erzählt, daß ich aufs Internat gehen kann; ich habe es so ausgedrückt, daß ich ihr nicht mehr zur Last fallen oder auf die Nerven gehen würde; ich sagte, ich wolle keine Last für sie sein – etwas in der Art; das war mein Versuch, taktvoll zu sein. Sie sagte: «Na schön – verlaß du mich auch – du bist genau wie alle anderen. Du liebst niemanden, du hast nie jemanden geliebt. Du hast nicht einmal getrauert, als deine richtige Mutter starb, du denkst nie an sie. Ich werd dir sagen, was du bist: Dreck bist du. Geh. Verschwinde hier. Zieh noch heute hier aus. Pack deine Sachen und geh. Ich brauche dich nicht. Keiner wird dich je brauchen. Du bist ein Streber, ein Dummkopf, du hast nur Bücherwissen im Kopf, du weißt nichts über die Menschen – wenn ich dir nichts über die Menschen beibrächte, würden die Leute dich ständig auslachen, hörst du?»

Ich ging in ein anderes Zimmer, und ich glaube, ich saß dort herum, oder vielleicht suchte ich auch die zehn oder fünfzehn Bücher zusammen, die mir gehörten – denn mit jungenhafter Unehrlichkeit hatte ich wohl Doris' Tirade als Erlaubnis aufgefaßt, sie zu verlassen, als ihre Art und Weise, ja dazu zu sagen, daß ich fortging, daß ich mich rettete –, als sie hereinkam. Sie hatte Lippenstift aufgelegt und trug ein Band im Haar; und ihr Gesicht, das verzerrt gewesen war, wirkte halbwegs normal: die Linien verliefen ziemlich waagrecht und senkrecht und nicht schief; und mein Herz begann in Trauer um mich zu pochen – sie würde versuchen, ein Weilchen nett zu sein; sie würde mich bitten zu bleiben.

Danach schien sie das Gefühl zu haben, ich hätte bewiesen, daß ich zu ihr gehörte; oder es wäre bewiesen, daß ich ein Mann war, den sie noch in ihrer Nähe halten konnte. Jeden Tag, wenn ich aus der Schule kam, flatterte Doris aus ihrem schmutzigen Horst gräßlicher Einsamkeit und Schmerzen herab: In einer Wolke von Staub und zum Schlag ledriger Schwingen stellte sie mir eine Rätselfrage. Manchmal drohte sie mir: sie sagte etwa: «Auch du wirst erbärmlich sterben – hilf mir jetzt, dann ist Gott vielleicht gut zu dir.» Oder sie sagte: «Du wirst enden wie ich, wenn du mir nicht hilfst.» Sie sagte es mit wutverzerrtem Gesicht. Sie sagte: «Warum versetzt du dich nicht an meine Stelle und verstehst, was ich durchmache?» Mir kam der Gedanke, daß sie tatsächlich nicht wußte, was sie sagte – sie äußerte Wörter, die für sie so ähnlich klangen wie etwas, das sie eigentlich sagen wollte; aber was sie sagte, war nicht das, was sie meinte. Vielleicht ließ sich das, was sie meinte, nicht sagen. Oder sie war aus Gier hinterhältig und bediente sich eines Bluffs oder verschlungener Wege, und zum Teil lag es an ihrer geistigen Beschränktheit und Albernheit: das heißt, sie konnte nicht sagen, was sie nicht zu Ende gedacht hatte.

Es reichte nicht, daß ich bei ihr blieb und nicht nach Exeter ging. Sie beschimpfte mich: «Du bist nicht gut zu mir – warum ziehst du nicht ins Waisenhaus: da gehören herzlose Leute hin, die keine Familie verdient haben.» Wir wußten beide, daß ich nicht ins Waisenhaus zu ziehen brauchte, aber vielleicht wußten weder sie noch ich, was sie meinte, wenn sie verlangte, ich solle ihr helfen. Sie waren merkwürdig, diese täglichen Konfrontationen, bei denen Doris und ich weder wußten, was sie von mir wollte, noch wie die Rätselfrage, die sie stellte, eigentlich lautete. Da kauerte sie, so schien es in jenen Momenten, im Engpaß der Zeit zwischen Nachmittag und Abend, zwischen dem metaphorischen Nachmittag ihres Todgeweihtseins und dem Abend ihres tatsächlichen Sterbens, und sie gab mir ein thebanisches Rätsel auf, von Drogen und Wut benebelt, wie sie war, und ich sah sie an und wußte nicht, was tun.

Doch nach einer Weile wußte ich ungefähr, was sie fragte; ich wußte ungefähr, was das Rätsel war; aber sicher war ich mir nicht. Ich wußte, es lag zum Teil darin, daß sie meine Liebe auf eine Weise gezeigt bekommen wollte, die für sie von Belang war, die nützlich wäre; und es war unrecht von ihr, daß sie danach verlangte, das wußte ich, weil sie sich schämte oder fürchtete, wenn sie zu mir sprach, und sie wandte den Blick ab, oder er nahm, vom Morphium verschwommen, nichts wahr. In gewisser Weise konnte mich weder das Mitleid dazu bewegen, etwas zu tun, noch die Liebe. Die letzten Gründe sind stets dürr oder rational und nichtig: Ich wollte etwas absolut Ehrliches und letztlich Loyales tun, etwas, das mein Leben mit ihr so prägen würde, daß es sie beruhigte und mich befähigte, künftig zuversichtlich, weniger beschämt und mehr wie andere Leute zu sein. Und außerdem mußte sich etwas ändern, wenn ich noch eine Weile mit ihr leben sollte; ich wollte Gewißheit darüber, daß das Leben für mich nicht *so* sein *mußte*. Die Lage mußte für uns beide erträglich gemacht werden.

Es klingt nicht vernünftig – ihr Sterben und mein Zusammensein mit ihr erträglich machen zu wollen. Aber es sind Sprache und Gewohnheit, die das Sinnvolle seltsam machen. Es war mir klar, daß nach einer Folge von unglaublichen Abstrichen ich das einzige war, was ihr noch blieb. Und für mich war sie, nach diesem und jenem Abstrich, die einzige Elterngestalt, die mir blieb; sie war meine Mutter.

Mit der schwerfälligen, verstümmelten Denkweise, die meinem dreizehnjährigen Verstand zugänglich war, erkannte ich verschwommen, daß die einzige sichere Ausgangsbasis darin bestand, sie beim Wort zu nehmen: Sie hatte mich aufgefordert, mich an ihre Stelle zu versetzen. Okay. Aber was bedeutete das? Wie konnte ich eine sterbende Frau mittleren Alters sein, die in einer Kittelschürze herumlief?

Ich wußte, daß ich nicht zu denken verstand; ich vermutete, daß ich die Fähigkeit – nur die Fähigkeit – zum Denken besaß: diese Fähigkeit war ein ungeheueres Mysterium für mich, wie es ein Uterus vielleicht für eine Frau ist. Wenn ich zu denken versuchte, wanderte ich in meinem Kopf umher, aber nicht bloß im Kopf; ich konnte mich nicht körperlich still hinsetzen und denken: ich mußte mich bewegen und etwas anderes tun; und meine Aufmerksamkeit flatterte, schoß davon, machte kehrt, kam zurück. Fast jeder, den ich kannte, konnte besser *denken* als ich. Wann immer ich etwas durchdachte, wurde ich ein wenig ärgerlich, weil ich das Gefühl hatte, ich hätte es bis zum Ende durchdenken müssen, um an einen Punkt zu gelangen, über den jemand mit besseren Eltern sich von Anfang an klar gewesen wäre. Das heißt, wenn ich heftig nachdachte, kam ich mir dumm und unterprivilegiert vor. Ich zog es bei weitem vor zu fühlen. Denken ging für mich immer mit Groll einher und bestand zum Teil darin, daß ich das, worüber ich gerade nachzudenken versuchte, abwehrend, frech und brüskiert anstarrte; und das tat ich stur und tölpelhaft – und es demütigte mich.

Tod, Tod, sagte ich mir vor. Ich erinnerte mich, daß Doris gesagt hatte: «Ich will nicht in einen Sarg eingesperrt sein.» Das war Furcht und Theatralik; es erklärte nichts. Oder doch, wenn sie noch nicht tot war: Ich meine, ich dachte, vielleicht war die eigentliche Frage *das Sterben. Sterben.* Auf einen Sarg zugehen. Einmal, als ich klein war, hatte ich im Gras neben einem Haus eine waagrecht angebrachte Tür liegen sehen; ich war noch so klein gewesen, daß es sehr schwer war, die Tür anzuheben und wieder hinzulegen, weil meine Arme so kurz waren; als die Tür offenstand, sah man Treppenstufen, unerwartet mitten im Gras, und es roch feucht, und unten war es dunkel, und man ging hinunter in einen ordentlichen Raum mit Sachen auf Regalen, und das Licht, die Geräusche, ja der Tag selbst, die Hitze der Sonne waren weit weg; man wurde auf kühle Weise geschmolzen; die Haut, der eigene Name lösten sich auf; man wurde in etwas Offenes verwandelt, in etwas, das nur aus Horchen und Fühlen bestand; die Stille, die Feuchtigkeit, das Alleinsein, die Wände aus Erde, aus feuchtem, weißgekalktem Gips, saugten einen auf, weichten einen auf; man brauchte nicht zu antworten, wenn jemand nach einem rief.

Und wenn man vom Fahrrad fiel, während man fiel – wie da alles aussetzte außer dem Wissen, daß Schmerzen bevorstanden. Wie da Stimmen ausgeblendet waren, wie fern alles plötzlich war, die Hoffnung, beinahe die Überzeugung, dies sei ein Traum, in dem die Zeit sich dehnte, ätherisch war, und nichts geschehen würde, und dann wurde wieder alles zu Stein; es würde doch geschehen, das Scheppern des aufschlagenden Rades, das eigene Stürzen; und dann setzte man sich schließlich auf, ungläubig und doch wissend; man sah seine zerrissene Hose, man pulte an dem blutenden, aufgeschürften Ellbogen, den man nur sehen konnte, indem man den Arm verrenkte. Man fühlte sich entsetzlich, aber man wußte noch nicht, man konnte noch nicht alles wissen, was einem zugestoßen war.

Ich erinnerte mich in Bildern, manche davon ganz still, manche voller Bewegung, keines rechtwinklig; und was ich meinte, wurde, obwohl es mir zunächst recht klar war, verschwommen und nebelhaft, als ich in Worte zu fassen versuchte, was es bedeutete, was ich denn nun wußte; es entglitt mir und ging in dem Gefühl unter, kindisch zu sein, mich zu irren, letztendlich doch nichts zu wissen.

Doris würde diese Gefühle nicht haben, was das Sterben anging. Und meine Gefühle waren abwegig und wahrscheinlich sogar im Hinblick auf mich falsch. Dann war mein Kopf leer, und ich war wütend und der Verzweiflung nah; doch plötzlich kräuselte sich mir die Haut auf Kopf und Hals. Ich hatte meinen ersten Gedanken über Doris. Sie dachte nicht in jenen Bildern, und sie galten nicht für sie, weil sie nie auf diese Weise in Bildern dachte, vor allem nicht ans Sterben; das Sterben war eine Tatsache. Doris ging mit Tatsachen um und nicht mit Bildern.

Und daraufhin bildete ich das, was ich eine Gleichung nannte: Doris-war-Doris. Ich meinte damit, daß Doris nicht ich war und daß sie tatsächlich am Leben war.

Das machte mich traurig und müde, und ich kam mir betrogen vor – ich stieß mich daran, daß sie wirklich war und weder ich noch ein Teil von mir, daß ihr Tod nicht so etwas wie eine Variante des meinen war. Auf diese Weise würde es verflucht schwer werden, zuviel Arbeit.

Ich warf mich aufs «Denken», auf eine ungeübte intellektuelle Aktivität, ich begann mit x und y-Gleichungen und lateinischen Sätzen. Ich fragte mich, was ein Mensch sei, und ich bekam heraus: ein Verstand, ein Körper und ein *Ich*. Das *Ich* befand sich nicht im Hirn, wenigstens nicht so wie der Verstand. Das Ich ist das an einem, was andere am meisten verletzt – es macht sie einsam. Aber der Verstand und der Körper entschädigen andere für dieses *Ich*. Das *Ich* war jener Teil, der gleich war in: alle Menschen sind gleich geschaffen und haben das gleiche Recht auf Leben, Freiheit und Trachten nach Glück. Die Emotionen des *Ich* waren sehr verschieden von den Emotionen des Körpers und Verstands. Wenn sich alle drei Teile in einem überlappten, hatte man das, was die Leute mit «Seele» meinten.

Doris' Seele, Doris' Verstand, Doris' Körper, Doris' *Ich*.

Innerhalb einer Familie haben Menschen so einfache Charaktere wie mythische Gestalten – es gibt die Wütende, den Bücherwurm und so weiter, als würde sich jeder bereit machen, im nächsten Augenblick hochgehoben und in eine allegorische Figur verwandelt zu werden. Die Vorstellungen von einem Charakter waren gewöhnlich weit weniger mythologisch, sobald man aus einer Familie hinauskam. Doris war in ihrer Familie für ihre Wut berühmt, aber sie hatte auch einige Male von sich gesagt, daß sie mehr Leben in sich habe als ihr Mann oder ihre Mutter, ihre Schwester, ihre Tochter und ihre Brüder. Das hatte mich immer neugierig gemacht. Was hieß das, mehr Leben in sich haben? Sie hatte nie gesagt, ich hätte viel – oder wenig – Leben in mir. Bei näherer Überlegung schien mir Doris damit ihre Gereiztheit gemeint zu haben. Zum großen Teil kam ihre Gereiztheit von ihrer Unrast und davon, daß sie die Dinge und Leute so betrachtete, wie sie es tat. Sie hatte gemeint, daß sie nicht still zu Hause sitzen und nicht an Dinge glauben konnte, die nicht real waren. Oder daß sie nicht heucheln konnte. Sie hatte gemeint, daß sie eine Kämpferin war: aktiv – trotzdem trieb sie nie Sport, welcher Art auch immer; sie war die untrainierteste Frau, von der ich wußte; sie machte nie Hausarbeit, ging nie mehr tanzen (bevor sie krank geworden war, meine ich), schwamm nie und spielte nie Tennis, gärtnerte und wanderte nie, schleppte nie Lebensmittel – wenn sie einkaufen ging, bezahlte sie einen Lieferjungen dafür, daß er ihr die Lebensmittel ins Haus brachte. Sie war nachts nie schlaflos, obwohl sie über schlechten Schlaf klagte – sie hatte nicht so viel Leben in sich, daß sie nicht hätte schlafen können. Sie träumte viel, sie mochte es, wenn etwas passierte, wenn jeden Tag viel passierte. Sie ging gern aus, zog sich gern an, zog sich gern aus und war gern schlampig: sie spielte ständig eine Rolle, war ständig damit beschäftigt, jemand zu sein, irgendwie etwas darzustellen. War dies das Leben in ihr? Sie bestand darauf, die Leute sollten ihren Verstand zügeln und nicht zuviel denken, und sie billigte es nicht, daß Körper allzu aktiv waren – in Wirklichkeit interessierte sie sich vor allem für das *Ich: Ich lebe gern, ich will ein gutes Leben führen, du verstehst nicht zu leben, ich weiß, was Leben heißt, ich weiß zu leben, es steckt eine Menge Leben in mir, ich hab eine Menge Leben in mir.*

Ich dachte diese Dinge zu verschiedenen Zeiten; sie fielen mir im Verlauf einer Reihe von Tagen ein. Meine Gedanken gingen in dem Thema ein und aus. Damit beschäftigt, ließ ich manchmal etwas fallen und zerbrach es, oder ich stieg an der falschen Haltestelle aus dem Bus oder stolperte über den Bordstein, meine Schulbücher in einer Hand, sie mit den Rücken nach oben an den Oberschenkel drückend, wie es ein schicker High-School-Schüler tat. In der Schule sagten mir Mädchen, ich sähe «viel reifer» aus.

Von Zeit zu Zeit fiel mir wieder etwas ein, was Doris voll Wut gesagt hatte: «Ich habe meine Brüder angetrieben, jede Idee, die sie im Kopf hatten, stammte von mir, ich war jemand in dieser Kleinstadt» – in Illinois –, «die hielten mich für was Besonderes, ich war's, die meinen Brüdern einen Namen gemacht hat, mehr braucht einer nicht, um eine Wahl zu gewinnen, nur einen Namen. J. J. war Bürgermeister, Mose Polizeichef – du glaubst nicht, daß ihnen das was genützt hat? Und ich hab sie durchgesetzt. Sie sahen *jüdisch* aus – mein Aussehen hat ihnen geholfen, ich und Joe haben ihnen geholfen; Joe war in der American Legion: glaub mir, das hat geholfen. Und das Ganze war meine Idee. Mama wollte nie, daß wir etwas unternahmen, Mama dachte, die Christen würden uns umbringen, wenn wir zu sehr auffielen. Innerlich war sie immer in Rußland geblieben. Ich war die Gescheiteste – Mama und meine Brüder waren nicht so gescheit wie ich. Ich konnte die Leute immer dazu kriegen, daß sie machten, was ich wollte. Wer glaubst du wohl hat J. J. gesagt, wie er sich anziehen soll? Ich hab ihm beigebracht, wie ein Geschäftsmann auszusehen hatte, damit er nach St. Louis fahren konnte, ohne daß die Leute über ihn lachten. Ich hab ihm seine Frau gefunden, er verdankt mir viel. Aber eins muß ich ihm lassen, er ist der einzige, der Köpfchen hatte, der einzige, der etwas gemacht hat aus dem, was ich ihm gesagt habe. Wenn du mich fragst, Mose kann nicht bis fünfzehn zählen, ohne Kopfweh zu kriegen, und Joe war auch nicht gewitzt. Joe war eitel: als er kahl wurde, mußte ich mich mit ihm anlegen, damit er im Haus den Hut abnahm. Er hatte hübsches Haar; zu blond für einen Juden. Aber alles an ihm war Pose, er tat nie etwas, weil es schlau war; Joe ging's immer nur darum, die Hand in die Tasche zu schieben und den großen Hecht zu markieren – glaub mir, eine Menge Frauen fanden ihn attraktiv. Aber mit Joe konntest du nicht reden, keiner konnte mit Joe jemals reden, er hörte nicht auf einen, er hatte seine eigenen Ideen – Ideen! Ich weiß, was ich sage, ich hab ihn geheiratet, ich hab mich gebettet – er war blöd: Ich mußte Köpfchen für uns beide haben. Aber gutaussehend, mein Gott. Als ich ihn das erste

Mal sah, konnt ich's nicht glauben, wie gut er aussah: ich hab ihn nicht für einen Juden gehalten. Er war in Offiziersuniform. Stell dir vor. Ich war nie fotogen, aber ich machte auch was her. Joe warf einen Blick auf mich und wußte nicht mehr, wo er war. Er hat mich abgeklatscht, denn ich tanzte mit einem anderen, und mich aus dem Stand gebeten, ihn zu heiraten. Und er meinte es ernst. Er meinte es gut. Ich sah wirklich nicht übel aus: die Leute haben mir immer alles erzählt. Ich war zu hübsch, als ich jung war, um in St. Louis Erfolg zu haben – in St. Louis zogen ältere Frauen die Fäden –, meinst du, ich hätte das nicht kapiert? St. Louis ist eine gute Stadt für eine Frau, wenn man älter wird: Ich weiß, wovon ich rede. Ich wußte, wann es an der Zeit war, hierherzuziehen. Wenn Joe Geschäftsmann gewesen wäre, hätten wir mit J. J. gleichziehen können – wir hatten gute Chancen, die Leute mochten mich, aber Joe zog nicht, er freundete sich nicht mit gewitzten Leuten an, er wollte meinen Rat nicht annehmen. Ich hätte der Typ sein sollen, der sich scheiden läßt, aber ich hab nie an Scheidung geglaubt: das wäre nichts anderes, als vom Regen in die Traufe zu geraten: eine Ehe ist nie einfach. Weißt du, ich bin gescheit: Ich hätte gern mein Glück in Chicago versucht, ich war immer etwas Besonderes, ich habe die Leute immer beeindruckt...»

Aus den wenigen Erinnerungen an sie aus der Zeit, als ich klein gewesen und Joe noch nicht krank war, schloß ich, daß sie die Leute um sie herum sehr wohl interessiert hatte. Wo sie auch hinging, hatten alle sie angesehen, und die Leute warteten darauf, daß sie kam und es spannend wurde. Und sie hatten auch Angst vor ihr gehabt. In großer Aufmachung – und selbst ohne – sah sie oft blendend und interessant aus: Sie hatte Sachen getragen wie ein schwarzes Kostüm mit breitem Revers, schwarze Schuhe mit sehr hohen Absätzen, recht lange schwarze Handschuhe, ein

Brillantarmband über dem einen Handschuh, einen Pelz, dessen Fuchsköpfe sich in die Schwänze bissen, um den Hals, einen eng anliegenden Hut, an dem mit einem roten Schmuckstück eine lange Feder befestigt war, einen Schleier über dem Gesicht; und hinter dem Schleier ein sehr rot geschminkter Mund.

Ich hatte als Kind nicht deutlich verstanden, was wir füreinander waren. Sie war so verschieden gewesen in ihren Stimmungen, sie hatte nie wie eine einzige Person gewirkt, nie lange wie dieselbe Person, wie überhaupt dieselbe Person. Als ich klein gewesen war, hatte ich auf ihrem Bett sitzen und ihr beim Anziehen zuschauen dürfen – das war eine Gunst gewesen, die mir zuteil wurde, und eine Art Scherz und eine Sache der Zuneigung. Sie war eine etwas rundliche, nervöse Frau gewesen, mit schlaffer Haut, verzerrtem Mund und vor Gereiztheit getrübten Augen. Sie pflegte sich ein Handtuch um Schultern und Busen zu legen, während sie sich an die Frisierkommode setzte, und dann bürstete sie sich das Haar; sie schlug mit der Bürste auf ihr Haar ein; sie reckte das Kinn vor und versteifte sich gegen die Gewalt ihrer Bürstenstriche. Das Wunderbare daran war, daß beim Bürsten leise Leben in ihr Gesicht sickerte, als ginge die Sonne auf – eine gewisse Glätte; sie war dann weniger verknittert, weniger verkrampft vor Wut oder Ungeduld, vor Bitterkeit oder Erschöpfung; ein rosiger Hauch breitete sich ganz schwach um ihren Haaransatz herum aus; ihr Gesicht wirkte nicht mehr so fahl. Zum Teil lag es daran, daß ihr Haar zu glänzen begann, zum anderen daran, daß ihr Gesicht eine zunehmende magische Symmetrie zu offenbaren begann, zu einem weiteren Teil lag es am Leben in ihren Augen: jedenfalls wurde sie schön. Ich starrte auf ihr Spiegelbild. Ich durfte nicht aufhören, sie anzusehen, denn wenn ich die Augen schloß oder aus dem Zimmer lief, würde die Schönheit aus meinem Kopf verschwinden, und dann müßte ich zurücklaufen und sie erneut ansehen. Vor der Frisierkommode sagte sie Dinge, die mir fremd, erwachsen (meinte ich) und intim vorkamen. »Ich hatte einen guten Teint, als ich jung war, aber du kennst ja die Redensart: Man bleibt nicht ewig jung.» Oder: «Ich sehe aus wie ein Gespenst.» Von einem Augenblick zum anderen veränderte sie den Bogen ihrer Augenbrauen und die Form ihrer Lippen oder verwendete Puder und Lippenstift in einem anderen Ton: Ihr Gesicht war sehr angespannt, während sie das tat, sie war konzentriert und kühn und eigensinnig, wie ein Spieler. O Gott, dieses gedämpft nette Äußere, diese romantische, flüsternde, sanfte Nettigkeit, die am Ende dabei herauskam! Manchmal versuchte sie ein aufrüttelnd dramatisches Aussehen zu erzeugen und schaffte es auch, oder schaffte es teilweise; manchmal mißlang es ihr, und sie mußte das Gesicht sauberwischen und sich neu frisieren und von vorn beginnen. Sie wurde an diesem Punkt, wenn alles zu klappen schien, zu einem derben, dreisten weiblichen Wesen, und eine sarkastische Erregung, eine wissende Fröhlichkeit, ein zähfaseriges, wütendes Vergnügen und eine Verzweiflung überkamen sie, die mich rührten. Wenn ich sagte: «Du bist hübsch, Mama», sagte sie in der neuen, zu ihrer neuen Stimmung gehörenden Stimme: «Meinst du denn, nach mir kräht kein Hahn mehr?» Manchmal wiederholte sie das, aber in wechselnder, weicher werdender Stimmlage, bis sie bei einer sanften, neckenden Stimme anlangte, so lieblich wie ein Wiegenlied, mit angenehmen, duldsamen Untertönen. Sie war durch und durch Taktikerin. Manchmal sang sie «Yes, Sir, That's My Baby». Als wäre sie ein Mann und bewunderte sich selbst. Manchmal bebte ihre Stimme von halberstickter, wirklicher Lust, unumwunden erotisch oder flirtend. Ich glaube, sie war stets die erste, die sich von ihrem Aussehen beeindrucken ließ.

Soweit ich mich erinnern kann, linste ich dreimal, als ich allein zu Hause war, heimlich in die Kommode meiner Mutter, betrachtete ihre Unterwäsche ... aber auch ihren Schmuck und ihre Taschentücher und Pullover: Ich wollte sehen, was verborgen war. Über andere Motive gehe ich hinweg. Einmal, vielleicht auch zweimal, probierte ich ein Nachthemd von ihr an und tanzte auf dem Bett herum und betrachtete mich im Frisierspiegel. Ich erinnere mich nicht, daß ich mich in irgendeiner Weise wie eine Frau gefühlt hätte. Ich kann mich an Momente erinnern, als ich noch ziemlich klein war, in denen ich mir wünschte, eine zu sein – einen Turban tragen und starrsinnig sein und alles im Haus bestimmen und mich nie beweisen müssen –, aber soviel ich weiß, war der Wunsch weder sexuell noch inbrünstig oder langlebig. Es war der Neid darauf, daß Frauen Macht besitzen, ohne dafür in die Lehre gehen zu müssen. Und es war auch ein Tagtraum darüber, wie es wäre, in Sicherheit und versorgt zu sein und einige der Fehler rückgängig zu machen, die sich ergeben, weil man sieben oder acht Jahre alt geworden ist: Eine Frau war, wie ein kleiner Junge, Spezialistin im Geliebtwerden.

Meine Unwissenheit, was Frauen anging, war beträchtlich – warum waren Frauen solche Heimlichtuer? Ich wußte, daß meine Mutter und meine Schwester in so gut wie allem, was sie Männern gegenüber taten, etwas vortäuschten, aber warum? Ihre Gereiztheit, ihre Gutwilligkeit, ihr Unglück, ihr Glück waren fast immer vorgetäuscht – aber warum? Ich verstand nicht, woher das Bedürfnis nach so viel Täuschung kam.

Keinem Mann oder Jungen war es erlaubt, in der Nähe einer Frau jemals freimütig zu sein. In U. City gab es nicht allzu viele gefügige, unterdrückte Frauen oder Mädchen; ich kannte keine. In U. City strebten die Frauen danach, jeden in allem zu lenken; mehr oder weniger versuchten sie, die Staatsordnung, den Instinkt, die Tradition zu ersetzen, zu korrigieren und neue Regeln aufzustellen, von denen sie behaupteten, es seien die besten. Fast alles, was sie von uns wollten – daß wir höflich waren, rücksichtsvoll waren, stillsaßen, sie beschützten –, glich einem dumpfen Trommeln dafür, daß sie uns haben wollten wie Frauen. Das Seltenste bei einer Frau war ein minimales Verständnis für den Mann. Und es wurde auch nicht verlangt. Frauen waren hoch geachtet, und in U. City galt es als zutiefst niederträchtig, zu einer von ihnen grob zu sein. Man floh einfach vor ihnen, mied sie. Ihre ungerechten Ansprüche. Ich meine, wir achteten Frauen als Frauen, wie immer sie als Menschen sein mochten.

Ich dachte darüber nach, wie es für mich wäre, zu heißen wie meine Mutter, Doris Marie Rubenstein Brodkey. Es kam mir überaus albern vor, Doris zu heißen. Dann stellte ich mir eines Tages vor, eine Frau namens Doris zu sein, die fein zurechtgemacht war und dann kopfüber in ein Faß Öl gestoßen wurde. Es war unerträglich. Und widerwärtig. Ich glaubte, ich hätte mir vorgestellt, wie es wäre, Doris als Sterbende zu sein, eine sterbende Frau zu sein. Ich wachte am nächsten Tag nach einer durchschlafenen Nacht auf und hatte im Schlaf erkannt, daß ich mir keineswegs das Sterben meiner Mutter vorgestellt hatte.

Sie war Mitte Vierzig, und sie hatte Krebs und irgendeine charakterliche Macke, mit der sie die Leute vertrieb. Die Leute sagten, sie habe «ein böses Mundwerk» – sie war schneidend und schrill, anspruchsvoll, sie sagte voller Gehässigkeit wahre Dinge. Je mehr ich darüber nachdachte, wie es wäre, sie zu sein, desto maskuliner tat ich: sogar mein Denken hatte Baritonlage.

Sie hatte die merkwürdige Eigenschaft, nie sich selbst Vorwürfe zu machen, und nichts, was einer je sagte, beeinflußte sie so, daß sie sich geändert hätte. Sie hörte nie im geringsten auf meinen Vater, auch nicht auf ihre Mutter, ihre Tochter oder ihre Freundinnen. Dies gärte einige Tage in meinem Kopf, bevor es eine andere Form annahm. Das war beim Football-Training. Wie befohlen rannten wir auf dem Football-Feld auf und ab und zogen dabei die Knie hoch. Ich hatte Angst vor dem Trainer. Plötzlich ging mir auf, daß meine Mutter undisziplinierbar, unerziehbar und unabhängig war: Sie weigerte sich, soviel ich sehen konnte, sich vom sexuellen Verlangen beherrschen zu lassen oder von konventionellen Vorstellungen von Mütterlichkeit oder von dem, was die Leute dachten, oder von ihren emotionalen Bedürfnissen. Aber es war eine kuriose Unabhängigkeit, eine des Verstands oder des Stolzes: sie empfand sie mit dem Verstand: und doch war es nicht das, was ich Unabhängigkeit genannt hätte: sie hing an ihrer Familie; sie konnte sich nicht vorstellen, weit fortzuziehen; sie konnte es nicht ertragen, allein zu sein; sie brauchte jemanden, der in sie verliebt war: sie war unabhängig von den Ansprüchen der in sie verliebten Person, aber sie brauchte die auf sie gerichteten Gefühle, um von etwas unabhängig sein zu können. Immer wieder sagte sie, wenn sie Streit mit gewissen Freundinnen oder mit ihrer Familie gehabt hatte: «Es ist mir egal, ich brauche sie nicht», aber sie war seltsam wehrlos und ließ Leute *immer* wieder zurückkommen, selbst wenn das nur Zeitverschwendung bedeutete und ihr Kraft raubte. Sie konnte es nicht ertragen, irgend jemanden zu verlieren. Sie war wie ein Geschöpf ohne Panzer, ohne Krallen und so fort – sie war eine ziemlich weiche Person – und bildete gleichsam mit ihrem Verstand oder Mutterwitz einen Panzer und Krallen, und sie brauchte und wollte und verfolgte Leute, Männer und Frauen, damit sie zu einem Teil von ihr würden – zu einem Teil ihrer Ausrüstung –, damit sie ihr Beachtung schenkten, sie ausstaffierten und ihr halfen. Sie umschmeichelte solche Leute, um sie so weit zu bekommen, daß sie sie schätzten, bis sie das zutreffende oder paranoide Gefühl hatte, sie hätten nichts für sie übrig, sie hätten sie fallengelassen; dann begann sie übungshalber mit Angriffen hinter ihrem Rücken, und wenn das Furnier der Scherzhaftigkeit abgeschliffen war, attackierte sie die Leute frontal.

Es schien mir ein heißes, stickiges Unterfangen, mir auch nur ungefähr vorzustellen, wie es wäre, meine Mutter zu sein.

Eins wußte ich damals nicht, weiß es jedoch heute halbwegs genau: daß ich nicht unabhängig von ihr war. Ich dachte damals, ich würde sie nicht gerade lieben: sie schien mir auffällig unfähig zum Glücklichsein, und somit war es sinnlos, mich an sie zu binden oder starke Gefühle für sie zu empfinden – sie hätte sie nur gegen mich eingesetzt. Ich wußte, daß sie keine Mutter in irgendeinem konventionellen Sinn war; sie deutete es oft selbst an; aber die Tatsache, daß sie eine so entsetzliche Mutter war, gab mir ein aristokratisches, amüsiertes Gefühl, wenn es mich auch ermüdete: Ich sah andere Mütter um sich schlagen, ihre Kinder halb vernichten, sie verkrüppeln, sie blenden, und ich fühlte mich als Beschützer meiner Mutter – es war ein trokkenes, vom Sarkasmus Heranwachsender geprägtes, hilfloses Gefühl, fast Bestandteil meines Sinns für Humor, meiner aristokratischen Einstellung, wenn ich meine beschützende Haltung ihr gegenüber so nennen kann. Außerdem nahm ich an, daß jemand zu mir als Kleinkind freundlich gewesen war: Ich war körperlich vergleichsweise kräftig und erstaunlich unerschrocken, und das hielt ich Doris zugute.

Doch jetzt weiß ich, daß viele Dinge mich erschreckten; ich schenkte der Angst nur keine große Beachtung. Meine Unwissenheit, mein Charakter ängstigten mich. Ich konnte mich dahinter verstecken, daß ich mich um Doris kümmerte. Ich stützte mich auf den Umstand, daß ich sie in meiner Nähe hatte; ihre Gegenwart, die Notwendigkeit, mich um sie zu kümmern, lieferten eine Antwort auf viele Fragen, sorgten für eine Form. Ich brauchte nicht zu wissen, wer ich war. Mädchen drangsalierten mich oft sehr: deswegen gab es eine dunkle, vage Hysterie in mir. Ich spürte es nicht oft, aber ich brauchte Doris und stieß mich an ihr. Ich glaubte, ich wäre objektiv und emotionslos und so fort, aber ich war es nicht: Sie war mir wichtig.

Ich hatte festgestellt, daß sie sich nie selbst Vorwürfe machte, aber dann sah ich, daß sie keiner Frau je viel Vorwürfe machte, nicht einmal Frauen, auf die sie wütend war; sie sagte wohl, diese oder jene Frau sei egoistisch und eine miese Freundin und sie wolle sie nie wiedersehen, aber im Grunde galten die Haßtiraden meiner Mutter nur Männern. Sie hatte einen Bruder, der reich geworden war, und sie sagte, er werde von seiner Frau beherrscht, seine Frau halte diesen Bruder davon ab, zu Doris nett zu sein; doch die Folge war, daß Mama nicht mehr mit ihrem Bruder sprach, aber weiter mit ihrer Schwägerin befreundet blieb.

Ich konnte nicht verstehen, wie Mama es schaffte, an dieser Annahme, Frauen seien sündenfrei, festzuhalten. Schließlich fand ich heraus, daß sie meinte, Frauen lebten unter unfairen Bedingungen und müßten das tun, was sie taten. Sie glaubte nie, daß Frauen durch Ehre gebunden seien oder durch irgend etwas von dem, wodurch Männer gebunden waren. Von meiner Kühnheit hingerissen, fragte ich mich an einem gewissen Punkt, ob meine Mutter nicht eigentlich lesbisch sei. Aber dann kam es mir so vor, als hätte sie viel mehr Angst vor Frauen als vor Männern, also versuchte sie vielleicht nur, mit anderen Frauen auszukommen, weil sie die eigentliche Gefahr darstellten und so weiter.

Niemals vergab sie, niemals vergaß sie etwas, das ich im Zorn zu ihr gesagt hatte – sie erinnerte sich noch an Grobheiten, die ich mit vier Jahren geäußert hatte. Und doch sagte sie, was *sie* sage, sei unwichtig und bedeute nichts. Genauso war es mit Klagen – sie beschwerte sich unaufhörlich, wie grausam das Leben und wie furchtbar die meisten Leute seien, aber wenn ich auch nur sagte, die Schule sei langweilig, sagte sie: «Sei ein Mann – klage nicht.»

Ich konnte mir diese Einseitigkeit nicht erklären: wieso setzte sie voraus, daß sie mich nicht reizte, nicht langweilte? Dann plötzlich kam mir eine Erleuchtung, die vielleicht nichts mit der Wahrheit zu tun hatte, aber ich konnte mir vorstellen, daß sie von absolut allem unabhängig sein wollte, sogar davon, in den nebensächlichsten Dingen fair sein zu müssen ...

Meine arme Mutter und ihre Freiheit. Es ging ihr miserabel, und in dieser Phase ihres Lebens schrie sie meist mehr, als daß sie sprach. «Ich habe nichts vom Leben ... Warum das alles mir ...» Und: «Meine Brüder sind der letzte Dreck ...» Und so fort.

Eines Tages zog sie über einen ihrer Brüder her: «Früher war er in mich verliebt, aber jetzt hält er auf Abstand, weil ich häßlich und krank bin», und mir kam der Gedanke, daß es sie wütend machte – und erstaunte –, wenn sie auch bei anderen Egoismus vorfand. Niemand außer Doris hatte das Recht, egoistisch zu sein.

In ihrer Erinnerung war alles, was sie je getan hatte, eine Gefälligkeit für jemanden gewesen. Und das war nicht einfach nur verrückt, obwohl es mir zunächst so vorkam; es war ihr kühles Urteil darüber, wie das Leben funktioniert; es war ihre Einschätzung des eigenen Werts. Oder ein Bluff. Sie dachte oder hoffte, daß sie gescheiter, hübscher und realistischer wäre als alle anderen.

Jemanden zu beobachten und über ihn nachzudenken

heißt in gewisser Weise, daß man sich der Möglichkeit nähert, so zu werden wie er.

Ich meinte, Eigenschaften bemerken zu können, in denen wir uns bereits gleichen und die mir noch nie aufgefallen waren. Es war mir noch nie aufgefallen, daß ich kaum Mitleid mit Männern hatte, die litten – in einem Krieg zum Beispiel; es kümmerte mich nicht, ob Männer dabei verletzt wurden oder ob ich Jungen in einem Kampf weh tat, und daher fühlte ich mich unter Männern immer wohler als unter Frauen. Und ich machte etwas in mir ausfindig, was ich nicht in mein Bewußtsein hatte vordringen lassen, nämlich daß ich laufend beurteilte, wie gut ich versorgt wurde, selbst wenn ich meinte, ich würde überhaupt nicht verlangen, versorgt zu werden. Und sie war genauso. Sie glaubte, Schmerzen wären Frauensache; Männer, die litten, mochte sie nicht; Leiden an Männern fand sie weibisch. Sie glaubte nicht, daß Männer Hilfe verdienten: sie war eine Frau und zu gefährdet; sie mußte zuerst versorgt werden. Ich versuchte mir ein Bewußtsein vorzustellen, dem all dies vernünftig und offenkundig schien.

Ich hörte eine Frau sagen: «Für mich ist es leicht, nett zu sein – ich habe einen Mann, der gut zu mir ist...»

Es machte einem angst, über die mißliche Lage nachzudenken, auf die eine solche Rede anspielte.

Ich war imstande zu glauben, daß vieles, was meine Mutter war, von dem herrührte, was ihr angetan worden war.

Sie sagte einmal zu mir: «In der Ehe mit einem Gangster wäre ich glücklich gewesen.» Ich wußte, daß die Leute nicht immer sagten, was sie meinten: Sie äußerten Wörter, die scheinbar die Idee in ihrem Kopf hörbar machten, doch oft sagte der Satz nichts aus, oder er besagte für jeden, der nicht in ihrem Kopf steckte und nicht sämtliche Bezüge kannte, das Gegenteil. Zum Teil, weil die Idee an sich schon unzulänglich war, öfter jedoch, weil man sich hinstellen und egoistisch und töricht sagen konnte, zumal als Frau: «Warum verstehst du mich nicht?» und nie über das Problem nachdenken mußte, daß man die Pflicht hatte, sich klar auszudrücken. Männer mußten sich klar ausdrücken, um Geschäfte führen und als Richter tätig sein zu können, aber der Klarheit wegen sagten sie immer weniger: Sie normierten ihre Aussagen. Oder waren durchtrieben oder ... Aber wie auch immer, wenn meine Mutter etwas sagte, schien es das einfachste zu sein, sie wörtlich zu nehmen, weil die wörtliche Bedeutung mehr von ihrer Absicht abdeckte als jede mögliche Interpretation. Sie wurde oft sehr wütend auf mich, weil ich sie wörtlich nahm, aber da keiner sie überhaupt jemals verstand, hielt ich mein System für das bestmögliche, und außerdem konnte ich sie, indem ich sie beim Wort nahm, ein wenig steuern.

Als sie sagte, mit einem Gangster wäre sie glücklich gewesen, ließ sich schwer entscheiden, was sie meinte: brauchte sie Gewalt, wollte sie einen Mann, der gewalttätig sein konnte ihr gegenüber oder anderen Menschen gegenüber? Ich vermutete, daß sie jemanden haben wollte, der stark war gegenüber der Welt, der ihre Fäuste vertrat, der kein Idiot war und der, da mit seinem eigenen Leben beschäftigt, ihr eine gewisse Freiheit ließ. Meine Mutter brauchte nicht gern jemanden – «Wenn du keinen brauchst, tut dir keiner weh» –, aber sie brauchte ständig Leute. Über meine richtige Mutter sagte sie: «Sie war mutig – ging hin, wohin sie wollte, ging allein, brauchte keinen, ich weiß nicht, woher sie die Kraft nahm, aber sie konnte auf den eigenen Beinen stehen. Ich habe sie beneidet, ich wollte sein wie sie. Ich wollte dich adoptieren, weil ich dachte, du würdest sein wie sie.»

Ich glaubte, ohne sonderlich darauf zu bauen, daß Frauen mehr den Zwängen des gesellschaftlich Üblichen unterlägen als Männer: fast alles an der *Zivilisation* hatte mit dem Schutz von Frauen und ihrer Zügelung zu tun; aber *das* schien für Männer ebenso zu stimmen. Meine Mutter führte ein halbes Phantasieleben, in dem sie stark war; sie war im Reden stark: eine gescheiterte Abenteurerin. Sie wollte ihre Seele selbst besitzen und außerhalb des Gesetzes stehen: sie glaubte, sie könnte unabhängig sein, wenn sie nur ein bißchen Hilfe fände. Meine Mutter war bis zu einem gewissen Punkt bereit, Gott zu lästern, zu versuchen, ihn zu betrügen.

Dann kam es mir mehr und mehr so vor, als hasse meine Mutter jegliche Verbindung; selbst ihre Knochen schienen nicht fest miteinander verbunden zu sein, fiel mir auf; meine Mutter war weich, fließend, meerig, ein Meergeschöpf. Was sie am meisten quälte, war das Scheitern ihrer Manöver, ihrer Anpassungsversuche, ihr Mangel an Erfolg. *Mir* erschien ihre Krankheit als eine Erfahrung, als ein Akt des Schicksals jenseits des Gefüges von Dingen, das jenen Teil des Lebens bildete, in dem man erfolgreich war oder versagte. Wille, Charme und Taktik konnten nur soundso viel bewirken – von da an mußte man an Gott oder an das Glück oder an beide glauben, was einen theologisch auf sehr widerwärtige Weise korrumpierte (ich konnte nicht glauben, daß Gott einem helfen würde, es zu Geld zu bringen). Es gab zwei verschiedene Kategorien von Erfahrung, aber meine Mutter meinte, sie wären ein und dasselbe. Sie meinte, das Glück, gut auszusehen, wäre Teil des anderen Glücks, obwohl sie sagte: «Jeder kann gut aussehen – man muß sich Mühe geben, man muß sich richtig halten; manchmal sind häßliche Leute diejenigen, die am besten aussehen . . .» Sie war großzügig genug, um im Hinblick auf gewisse Frauen zuzugeben: «Ich war einmal viel hübscher als sie, aber sie hat mich überrundet: sie versteht sich anzuziehen, sie hat sich gepflegt . . .»

Bei einer Fahrt mit dem Bus versuchte ich – kurz –, mich mir als weich aussehende Frau mit lockerem Fleisch und locker gefügten Knochen vorzustellen, wie meine Mutter mit ihrem plumpen Ehrgeiz, ihren seelenvollen Manieren in der Öffentlichkeit (wenn sie einmal nicht schrill auftrat) und der bedrängenden Furcht vor Niederlagen, die sie überallhin begleitete... Ich stellte es mir irgendwie geistesabwesend, fast im Halbschlaf vor. Und ich fand es so – nun, langweilig, so wenig erhellend. Doch plötzlich befielen mich heftiger Schwindel und Übelkeit, und ich hörte schnell damit auf.

Ich wußte nicht, ob mir übel geworden war, weil ich etwas tat, was ich nicht durfte – ich meine, mit diesem Eindruck fing ich an, und erst ungefähr einen Tag später dachte ich, die Übelkeit sei vielleicht damit einhergegangen, daß ich mir Niederlagen vorgestellt hatte. Soviel ich wußte, machten mir Niederlagen nichts aus – eine Niederlage tat weh, aber sie verschaffte einem einen Vorwand, sich zu verwöhnen oder seinen sexuellen Impulsen zu folgen und so fort.

Eine totale Niederlage konnte ich mir nicht einmal vorstellen. Landstreicher zu sein wäre Schicksal, Gehirnhautentzündung zu bekommen und zu sterben, homosexuell, ein Säufer oder sein Leben lang Schuhverkäufer zu sein, all das wäre Schicksal, vielleicht sogar vergnüglich. Nichts davon erschreckte mich wirklich. Ich fragte mich, ob sich der Krieg so auf mich ausgewirkt hatte oder ob ich um eine gewisse Mittelschicht-Einstellung geprellt worden war. Vielleicht lag es daran, daß ich, weil ich von Doris nie viel bekommen hatte, allmählich ganz allgemein nicht mehr viel erwartete, vielleicht hatte ich auch einfach nicht die rechte Furcht vor dem Versagen, oder es hatte etwas mit dem Männlichsein zu tun.

Also mußte ich mir *vorstellen*, wie es wäre, das Versagen

wirklich zu hassen. Ich entwickelte die blödsinnige Idee, Doris brauche eine Familie, gesellschaftliche Stellung, Charme, gutes Aussehen und Kleider, weil sie sonst keine Aussicht auf Abenteuer habe; etwas, was diese Dinge nicht erforderte, war kein echtes Abenteuer. Sie brauchte diese Dinge vielleicht so, wie jemand anders ein Hörgerät oder eine Brille, einen Traktor oder ein Auto brauchte: ihrer beraubt, war eine Frau taub, blind, dazu gezwungen, sich ohne Hoffnung dahinzuschleppen.

Ich war nicht besessen von dem Bedürfnis, meine Mutter zu verstehen; ich arbeitete daran, wenn ich Zeit hatte.

Manchmal stellte ich mir mich unter Frontbedingungen vor, versuchte mir auszumalen, daß ich Demütigungen, Entbehrungen erlitt. Es war eine Frage des Stolzes, vor schmerzhaften Gedanken nicht fortzulaufen.

Ich wußte, daß meine Mutter nie in ihrer Phantasie einen Sprung in mein Leben oder in dasjenige irgendeines Mannes getan hatte; das hatte sie selbst gesagt: «Ich weiß nichts darüber, was es heißt, ein Junge zu sein ...» Zu meinem Vater hatte sie gesagt: «Ich weiß nichts darüber, was es heißt, ein Mann zu sein ...» Sie mochte keine Filme, die von Männern handelten. Sie bat mich nie, ihr von mir zu erzählen. Vielleicht war das Trotz, denn von jüdischen Frauen wurde Respekt vor Männern erwartet – mit diesem Gedanken kam ich nicht zurecht –, aber es schien mir *sehr* klar zu sein, daß sie sich nur für ihr eigenes Geschick als Frau interessierte. Sie glaubte, alle setzten List und Tücke ein, aber sie täte es am besten. Ihre Welt verwirrte mich. Ich nahm an, sie liebe mich nicht. Ich wußte nicht, in welchem Maße ich sie liebte. Ich sah, daß meine Unempfindlichkeit ihr gegenüber, solange sie sich verhielt, wie sie es tat, das einzige war, was es mir ermöglichte, halbwegs anständig zu ihr zu sein. Wenn ich direkt auf sie einginge, würde ich zu einer Hauptgestalt in ihrem Drama werden, und es würde sich vollends herausstellen, daß sie ein entsetzlicher Klotz am Bein war, ein Kind, eine Närrin. Sie glaubte, wenn ich sensibel für sie würde, müßte mich Bewunderung für sie erfüllen angesichts dessen, was sie durchmachte, so wie sich einst Männer auf den ersten Blick in sie verliebt hatten. Ich wußte jedoch, daß das nicht geschehen würde. Die abgründigen Schmerzen, die sie erlitt, machten sie nicht schön, konnten sie nicht schön machen; schön machen konnte sie nur, was sie tat, wie sie sich verhielt. Vielleicht hatte bloße physische Pracht sie einst ehrfurchtgebietend wirken lassen, aber ich vermutete, daß sie an ihrem Aussehen hatte arbeiten müssen. Es gab nichts, was man ohne Mühe sein konnte, außer katatonisch. Wenn ich für sie empfänglich würde und ihr gleichgültig bliebe, würde es mir egal sein, ob sie starb oder nicht.

Offenkundig waren in ihr und mir zwei verschiedene Denkweisen, Sensibilitäten und Arten zu urteilen am Wirken; sie wollte Kontrolle über mein Denken – doch ohne Verantwortung dafür zu übernehmen. Sie wollte meinem Mitgefühl angesichts ihrer Schmerzen nicht einen generellen Wert zuschreiben, sondern einen spezifisch männlichen Wert. Mir schien, sie habe dazu nicht das Recht, weil sie keine spezifisch weibliche Seite unserer Beziehung hervorgebracht hatte, keinen Tauschwert. Ich meine, sie war auf Betrug aus. Zudem versuchte sie mir zu helfen. Sie wollte ihren Zustand als heroische, ernste Begebenheit betrachtet wissen, aber ich war in meiner Kindheit zweimal beinahe gestorben, und beide Male hatte sie gesagt: «Sei tapfer.» Sie hatte keine Sorge verspürt, nur «Ärger», als ich krank war – «Mit Krankheit kann ich nicht gut umgehen», hatte sie gesagt. Man konnte Leuten Vergangenes nicht übelnehmen, doch andererseits, welchen Vertrag hatte man mit einem Menschen sonst, wenn nicht jene Vergangenheit?

Meine Mutter erwartete im großen und ganzen keine Güte von Leuten, aber wenn sie verzweifelt war, weinte sie, weil es nirgendwo in ihrer Nähe Güte gab. Sie zog es vor, in katholische Krankenhäuser zu gehen, wenn sie krank war, wegen der Nonnen: sie verziehen ihr immer wieder. Sie belog sie und erzählte ihnen, sie würde konvertieren, und dann nahm sie es zurück und sagte, Gott würde sie strafen, wenn sie aufhörte, Jüdin zu sein. Sie schrie Leute an und beschimpfte sie, aber die Nonnen verziehen ihr immer. «Sie sind gut – sie verstehen die Frauen», sagte sie. Sie flüsterte: «Ich bin ein entsetzlicher Mensch, aber es macht ihnen nichts aus.»

Sie sagte, sie könne es nicht ertragen, wenn Leute in ihre Nähe kämen und an sich selbst dächten.

Ich tat nichts lediglich, um gut zu ihr zu sein. Ich beschloß, ein wenig herumzuspielen mit – damit, daß ich ausgenutzt wurde. Ich tat es zur Herabsetzung, als Geste der Verachtung für den Vorort und für Leute, die Doris bemitleideten; ich tat es als Übung in unzulässigem, verderbtem Handeln, als Übung in riskantem Vorgehen und allgemeiner Perversität. Ich dachte mir, ach was, zum Teufel, warum denn nicht, was habe ich zu verlieren? Wahrscheinlich war ich bereits kaputt, und außerdem würde ich wahrscheinlich im Krieg getötet werden.

Ich trainierte mich darauf zuzuhören, wenn sie darüber sprach, wie sie sich fühlte; ich zuckte nicht zusammen oder verlor den Appetit, wenn sie endlos davon redete, was sie durchmachte. Tatsache ist, daß ich an Gewicht verlor und Alpträume hatte, aber ich stand oft mitten in der Nacht auf und machte Liegestütze, um schlafen zu können und am nächsten Tag gesund auszusehen. Ich wollte sie wissen lassen, daß ich als «normal» hinnahm, was sie durchmachte.

Sie konnte ihre Schmerzen natürlich nur mit begrenztem Geschick schildern, Gott sei Dank.

«Etwas brennt in mir; es beginnt hier» – Tränen traten ihr in die Augen – «und zieht dann *hier*hin!» Und sie fing an zu beben. «Ich möchte alle umbringen», flüsterte sie, «ich bin ein entsetzlicher Mensch geworden –» (Sie war freilich schon vorher entsetzlich gewesen.) «Ich weiß nicht, was tun. Warum passiert das mir?»

Sie sagte: «Wenn ich an den Himmel glauben würde, wenn ich glauben würde, ich könnte dort hinkommen und meinen Vater und meine Schwester Sarah wiedersehen – die waren immer gut zu mir –, dann hätte ich nicht solche Angst.» Sie sagte: «Es kam mir immer so vor, als würden die Guten früh sterben, aber ich war nicht gut und sterbe trotzdem früh.»

Ich war viel zu scheu, um mir körperlich vorzustellen, eine Frau zu sein, in allen Details, gespalten und mit Brüsten.

Das Zimmer meiner Mutter hatte eine mit Rosen bedruckte Tapete, mit großen Rosen, fünfzehn bis zwanzig Zentimeter im Durchmesser und in sehr geringem Abstand voneinander angeordnet. Als ich eines Tages auf einem Stuhl neben ihrem Bett saß, kam mir der Gedanke, daß sie keine Situation ertragen konnte, in der sie nicht betrügen konnte. Sie sagte das Folgende: «Ich weiß nicht, wozu Morphium gut ist! Es hilft nicht genügend – ich komme einfach mit nichts davon.» Sie mag *vor nichts* gemeint haben, aber ich verstand sie auf die andere Weise. Sie sagte auch: «Wenn ich bete, hilft es nichts, die Schmerzen hören nicht auf.»

«Glaubst du an Gott, Mama?»

«Ich weiß nicht – warum hilft er mir nicht?»

«Man soll ihn loben, ob man Schmerzen hat oder nicht.»

«Das ist ungerecht.»

«Na ja, wir sollen uns kein Urteil über ihn erlauben.»

«So einen Gott will ich nicht», sagte sie.

«Wenn du an das glauben würdest, woran die Katholiken glauben, könntest du zur Jungfrau Maria beten.»

«Keine Frau hat diese Welt gemacht. Zu einer Frau könnte ich nicht beten.»

Zum Großteil rührte ihre Rastlosigkeit und Pein daher, daß sie das, was die Filme als Leben und Tod und Frauenleid beschrieben, mit dem verglich, womit sie in ihrem Leben tatsächlich kämpfen mußte. Sie glaubte nicht, daß Filme lögen – wie viele Lügner sah sie überall Wahrheit.

Eines Tages hörte ich ihr zu und wurde traurig. Sie sagte ärgerlich: «Warum siehst du so traurig aus?»

Ich sagte: «Aus Mitleid.»

Sie sagte: «Diese Art Mitleid will ich nicht – ich möchte aufgemuntert werden.» Es war viel schlimmer, weitaus hysterischer und schriller, als ich es jetzt darstelle.

«Wie möchtest du aufgemuntert werden?»

«Weiß ich nicht – da du so schlau bist, kannst du dir wohl was ausdenken.» Aber wenn ich sie aufzumuntern versuchte, sagte sie: «Du redest wie ein Idiot.»

Die goldene Regel kam mir unzulänglich vor; sie wollte etwas geschenkt bekommen, was nichts mit dem zu tun hatte, was ich für mich selbst wünschte.

Schließlich blickte ich durch; sie sehnte sich nach einem bestimmten hochtrabenden Kino-Dialog: «Mutter, haben die Schmerzen heute zumindest eine *Spur* nachgelassen?» «Nein! ... Nein! Sie sind unerträglich.» «Ist denn die Krankenschwester heute nicht gekommen, um dir deine Morphiumspritze zu geben?» sagte ich dann, im Ton eines Arztes, gelassen, väterlich. «Kein Wort über das Morphium! An Morphium möchte ich nicht einmal denken!» antwortete sie wie ein aufsässiges junges Mädchen oder eine kokette Frau.

Es gefiel ihr, wenn ich so tat, als wäre ich von ihrer Tapferkeit überwältigt, mochte sie nun tapfer sein oder nicht.

Oft putzte sie sich für diese Szenen heraus. Doris konnte es nicht ertragen, daß sie für ihre Ärzte und Krankenschwestern nur eine Patientin unter vielen war, ihnen relativ unwichtig war. Auch mein Vater hatte das als unangenehm empfunden. Doris jedoch intrigierte dagegen; sie hatte mein Schulzeugnis aufgeschlagen auf dem Bett liegen, wenn der Arzt kam; eines Tages wies sie mich an, nicht zur Schule zu gehen und zu weinen, wenn ich den Arzt hereinließ. Ich sagte, ich könne nicht weinen. Sie wurde wütend.

Gütig waren Leute ihrer Ansicht nach zum eigenen Vergnügen oder aus Dummheit, und dann wurden sie ausgenutzt von Leuten, die fähig waren, Liebe zu erzwingen: Liebe beruhte auf körperlicher Schönheit, Zufall und seelischer Härte: somit erweckte seelische Härte bei anderen Liebe.

Das war ein völlig stimmiges Sortiment von Ansichten, nehme ich an, aber ich habe nie bemerkt, daß Frauen klarer dächten als Männer.

Eines Tages beschloß ich endlich, es einfach mal zu tun, mich hinzusetzen und mir tatsächlich vorzustellen, ich wäre sie, mittleren Alters, entstellt und so fort.

Ich fuhr mit dem Fahrrad in einen Wald am Rand der Stadt – ein Wald, der inzwischen abgeholzt worden ist – und trug es zwischen den Bäumen hindurch, bis ich zu einer Lichtung kam, die ich kannte und wo es einen kleinen Bach mit lehmigen, stellenweise moosbewachsenen Ufern gab. So viele Kinder kamen zu dieser Lichtung, daß die Pflanzendecke in der Mitte abgetreten war und der Boden aus Lehm bestand, feucht, glatt, nachgiebig, zart farbig gestreift. Für einen Wald war dieser hier fadenscheinig, aber ich fand ihn in Ordnung.

Ich schwänzte ein paar Schulstunden.

Ich lehnte mein Fahrrad an einen Baum und setzte mich auf das Moos. Ich hatte Doris' Schwester Fragen über das gestellt, was Doris durchmachte, und die fast sinnlosen Antworten, die ich erhalten hatte, waren mir auf die Nerven gegangen; die Nachlässigkeit, mit der Leute sich ausdrückten, so daß sie einem weder etwas mitteilten noch sich darum kümmerten, noch jemals verlauten ließen, was sie wußten, ärgerte mich wirklich. Vielleicht gestanden sie es sich selbst nicht ein. Doris hatte eine Nichte, die sehr intelligent und gesprächig war, aber sie mochte mich nicht: es war nichts Persönliches, nur gab es in der Familie eine Aufgabenteilung, und ihr war meine Schwester zugeteilt worden; und meine Schwester haßte mich, und aus Höflichkeit gegenüber meiner Schwester zeigte diese Cousine keinerlei Zuneigung zu mir. Darin war sie rigoros (bis sie eines Tages Streit mit meiner Schwester hatte, danach war sie mittelfreundlich zu mir). Besagte Cousine war freimütig und sprach über Dinge wie Menstruation und Lust auf Jungen, aber mit mir sprach sie nicht, obwohl sie es höflich anstellte, nicht mit mir zu sprechen. So wußte ich nicht, ob Doris, während sie an Krebs starb, die Menopause durchmachte oder nicht. Ich wußte nicht, ob das eine das andere ausschloß oder nicht.

Ich glaube nicht, daß ich mir klarmachte, was ich da tat. Ich wußte es und auch wieder nicht, ich war entschieden, schlich mich jedoch an die Sache heran. Ich saß auf der Lichtung und dachte, es sei in Ordnung und keineswegs verwirrend, sich vorzustellen, man wäre ein hübsches junges Mädchen, zumal wenn man es nicht in allen Details tat, aber es erschien mir als wirklich verderbt, sich vorzustellen, man wäre eine *Frau* in mittleren Jahren. Am leichtesten würde es sein, sich vorzustellen, man wäre eine sehr alte Frau, eine Hexe oder eine schroffe reiche Witwe – das war sogar irgendwie komisch. Aber mich mir als Frau mittleren Alters vorzustellen kam mir schmutzig vor.

Ich fragte mich, ob ich Frauen mittleren Alters als sakrosankt betrachtete, oder als Ungeheuer, oder als widerwärtig, oder als zu blöde oder als was. Es kam mir wie ein schwerer Verstoß vor, wie ein Fehltritt, so schlecht über sie zu denken, obwohl viele Jungen, die ich kannte, über Frauen mittleren Alters lachten und sie verachteten, ob verheiratete Frauen oder Lehrerinnen. Schon indem ich über die Existenz, das Phänomen der Frau mittleren Alters nachdachte, hatte ich, so schien mir, obszönes Gelände betreten.

Nun, dann würde ich sie eben als gegeben hinnehmen und wegschauen müssen. Aber dann konnte ich mir weder vorstellen, wie es war, Doris zu sein, noch was sie durchmachte.

Auf einmal sah ich mich als Mädchen, als Mädchen meines Alters; es war ein bewegtes Bild, ein ganz besonderes Kunststück – eindeutig hatte ich tödliche Angst, etwas dergleichen zu tun. Aber ich tat es ein paarmal, ohne mir wirklich Zeit zu lassen zu der Erfahrung, wie ich denn nun als Mädchen war: ich vollzog nur den Trick, ich flatterte in die Vorstellung hinein und wieder heraus. Dann hielt ich, von Kühnheit verleitet, tatsächlich inne und war für eine Sekunde ein Mädchen, aber es war so vernichtend, so schokkierend, daß ich es nicht aushalten konnte. Ich war angewidert. Das Gefühl, ausgelöscht oder kastriert zu sein oder was immer das für ein Gefühl war, brachte einen höllisch durcheinander.

Ich hatte mir schon mehr als einmal vorgestellt, ich hätte Brüste. Andere Jungen und ich hatten darüber diskutiert, wie es sich anfühlen müsse, Brüste zu haben: wir hatten den Gang von Mädchen nachgeahmt; wir hatten uns Bücher ins Hemd geschoben, um das Gewicht von Brüsten zu simulieren. Aber ich hatte mir Brüste nicht als Teil einer gesamtkörperlichen Realität vorgestellt. Nun plötzlich, fast mit Erregung – na ja, mit einer trockenen Erregung, wie wenn ich in einer Schularbeit eine Antwort auf die Aufsatzfrage formulierte, einen Entwurf erarbeitete, eine Struktur, eine Sache Gestalt annehmen sah –, nun erkannte ich plötzlich, wie scheu ich im Hinblick auf Körperlichkeit gewesen war, und mit einer, wie mir schien, unglaublichen Tollkühnheit (und dem Gefühl, unrein zu sein, mit Unreinheit bedeckt zu sein) stellte ich mir vor, meine Hüften seien meine Schultern: ich gebrauchte meine Hüften für kaum etwas; und meine Schultern, die gleichsam das gewichtige Zentrum der meisten meiner Bewegungen und meiner Stärke waren, seien meine Hüften. Mir wurde sehr heiß; ich war errötet – und gedemütigt. Dann, nachdem ich einen Augenblick überlegt hatte, versetzte ich, fast erblindend vor Verlegenheit – und vor Schweiß –, meinen Hintern auf meine Brust. Dann hackte ich mir schnell den Pimmel ab und schob mein Loch nach vorn zwischen die Beine. Ich hatte das Gefühl, es würde schwierig werden, aufzustehen, zu gehen, mich zu bewegen; ich war umhüllt von Verlegenheit, Ungehörigkeit, von Vergehen, die nicht stillhielten, sondern mich umwehten wie Schleier; jeder Teil von mir war sexuell und ragte auf diese oder jene Weise hervor. Ich war wirklich unendlich beschämt – es gab keinen Teil von mir, der nicht schmutzig war, der sich nicht in die Gedanken anderer Leute einmischen und Sachen nahelegen würde. Ich schien gefesselt, verpackt zu sein in diesem Fleisch, und in zusätzlichem verschnürt. Um leben zu können, hatte ich unendliche Schamlosigkeit nötig, wenn ich so war. Plötzlich war ich sehr schlecht gelaunt … (Möglicherweise erinnerte ich mich an Träume, die ich gehabt hatte, an Ideen, die mir in Träumen gekommen waren.)

Ich fühlte mich entsetzlich. Ich versuchte zu kichern und alles als Witz auszugeben, in mich hineinzukichern – oder vor Lachen zu schnauben. Aber ich verspürte eine Art Hysterie dabei, eine lange Kette leichter Hysterien, das Gefühl, explosiv zu sein, überaus bedeutend und doch reglos, zu Reglosigkeit neigend. Plötzlich meinte ich, mein Stolz beruhe darauf, daß ich nein sagte; ja zu sagen war schlampig und tödlich. All das stürmte auf mich ein. Ich war erfüllt von Ungeduld und unglaublichem Trotz und einer Bewunderung meiner selbst, die ich nicht im mindesten begriff. Das Leben in mir, in ihr, schien eine Form von Wahnsinn zu sein (ein Teil von mir war offenbar noch immer männlich, ein Teil meines Bewußtseins) und wildwütig und wahnsinnig vor Vergnügen und zudem unangenehm beschämt oder störrisch. Ich fühlte mich wahrhaft jenseits der Regeln, über die durch Regeln festgelegten Bahnen hinweggetragen: Ich schwebte über *allem*. Und es gab da etwas Furchtbares, zum Fürchten Erregendes; ich war furchtsam-furchtlos; verwundbar und doch ermutigt dadurch, daß ich *schmutzig* und nicht erdgebunden war – es war wie ein Witz, wie ein höherer Witz besonderer Art, ein ungeheuerlicher, atemloser Witz, hysterisch und anwidernd, aber zu gut, als daß ich davon hätte ablassen können.

Ich fing an zu zittern.

Ich besaß nur eine sehr vage Vorstellung von physischer weiblicher Schwäche – Frauen beherrschten so viele Bereiche der mir vertrauten Welt, so viel von University City; doch plötzlich, fast schwindelerregend schnell, fast wie ein Affe, sah ich – ich sah *Verbindungen* allenthalben, Wege, Methoden (auch zu mißbilligende Dinge, und Dinge, für die man sich begeistern konnte): Ich war von einer animalischen Zielstrebigkeit erfüllt. Aber ich fürchtete, mir würden die Arme und Beine gebrochen. Wenn ich ein Mann war, sah ich nur wenige logische Positionen und Wege und Ruheplätze, als Frau jedoch sah ich überall Wege, emotionale Wege, an Dinge zu kommen, Lügen, Weisen, mich zur Schau zu stellen: Es war überwältigend. Ich sah tausend emotionale Fäden, die mit tausend Party-Gefälligkeiten verknüpft waren. Ich empfand einen furchtbaren Abscheu vor Logik: Logik erschien mir als verkrüppelnd und nutzlos, als unwirklich; und ich hatte einen ganz außerordentlichen Sinn für Gefahr: ich mußte fast lachen darüber; und ich hatte einen unverschämten Stolz und einen quälenden Ehrgeiz und war merkwürdig entschlossen, mich nicht in Gefahr bringen zu lassen... Ich war erfüllt und fasziniert von einem Gespür für mich selbst. Die physische Realität war ein Sieb, das ich passierte, wann immer ich wollte, solange das Glück auf meiner Seite war. (Ich hatte eine Reihe von Büchern über Frauen gelesen: *Vom Winde verweht*, *Stolz und Vorurteil*, *Madame Bovary*).

Dann erkannte ich, warum Doris, vielleicht, ein entsetzlicher Mensch war – es lag an ihrem Streben nach Freiheit. Ihr Eigensinn zielte ganz darauf ab, sie frei zu machen; nun war sie krank und gefangen. Flüchtig hatte ich zum erstenmal das Gefühl, Doris ein bißchen, nur ein kleines bißchen zu verstehen. Ich hatte das Gefühl, ich verstünde teilweise das Stürmische in ihr und den Punkt, an dem ihre Schmerzen die Welt abblockten, und ihren hartnäckigen Egoismus und das Gefühl, ein Gesicht zu haben. Ich traute meiner Einsicht nicht ganz und gar, bewunderte aber doch mein Mitgefühl für Doris, nur matt allerdings, fast gelangweilt – mit offenem Mund, mich schon halb fragend, worüber ich als nächstes nachdenken sollte –, als ich mir plötzlich, ohne Vorwarnung, wirklich vorstellte, ich wäre sie, Doris, in mittleren Jahren, entstellt, mit schlaffer Haut, mit einer anderen Stimme als früher: Meine Stimme war nicht die einer jungen Frau. Der Mund schmerzte mir unter dem Druck meiner Bitterkeit: Mein Mund war verbrannt. (In meinem eigenen Leben schmerzten mir, wenn ich unglücklich war, die *Augen*; das Sehen tat mir weh: die Leute sahen für mich dann aus wie Ungeheuer und schienen den bösen Blick zu haben, als hausten schwarze Katzen in ihren Augen.) Es war fast, als ströme irgendwo in meiner Kehle Dampf; tatsächlich kochten drückende Zornesworte in mir hoch, eine Wahrheit, die abzuwandeln ich nicht willens war, eine Wahrheit, dazu gedacht, die Irrtümer und den Egoismus anderer ein für allemal auszuschalten. Auch ihre Selbstgefälligkeit. Ich stellte es mir alles vor – von meiner Familie nicht mehr gemocht zu werden, von meinem Mann gehaßt zu werden, von meiner Mutter und Schwester verlassen zu sein. Von meinen Freundinnen. Als ich selbst, als jemand Junges, konnte ich eine Menge ertragen; aber es kostet Kraft, deprimiert zu sein, und wenn ich mir vorstellte, ich wäre Doris, wenn ich Doris war, hatte ich nicht mehr die Kraft zu sterben; ich fühlte zuviel; mein Fühlen nahm kein Ende – ich konnte nichts anderes tun als schreien.

Ich wußte nicht, ob ich das alles oder manches davon nur vortäuschte. Woraus besteht die Phantasie? Ich war dreizehn und vielleicht ein oberflächlicher Mensch. Es gab keine Garantie, daß ich tief empfinden konnte oder den mindesten menschlichen Anstand besaß. Die Bäume um mich herum, der winzige Bach (wie eine endlose Parade silbriger, unterschiedlich dünner Schlangen, die über Kiesel hinwegraschelten) und die Einsamkeit deuteten für mich auf eine Würde, eine Schicklichkeit, eine Ausgewogenheit des Lebens hin, doch vielleicht spiegelte sich darin nur meine mittelwestliche Einfalt – oder mein Idealismus – wider. Es ist schwer zu sagen. Doch solange ich an der Macht sie zu bemitleiden festhielt, selbst während ich mir vorstellte, sie zu sein, erlitt ich in meinem tiefsten Innern nicht das, wovon ich mir vorstellte, daß sie es erlitt. In dem, was ich als die Entsprechung zu dem törichten Selbstvertrauen eines Jungen betrachten würde, der im Keller den Chemiker spielt, hielt ich einen geistigen Schnappschuß von dem hoch, was ich in der Sekunde zuvor halb erfahren hatte, als ich mir vorstellte, Doris zu sein: Es war ein Geisteszustand, bestimmt von entsetzlicher Angst und Bitterkeit und Haß, und noch immer der Versuch, zum Ziel zu kommen, und all dies brodelte in mir, und es war böse insofern, als es keine Grenzen kannte, keine Stabilität und kein Ende, und es deutete auf unendliche Übelkeit hin – vor Übelkeit fürchtete ich mich sehr. Es war ein Geisteszustand, ein widerwärtiger, lichtloser Tumult, unerträglich stinkend, abgestanden; und es mir auch nur vorzustellen, ohne selbst verrückt zu werden oder in Tränen auszubrechen oder vor Entsetzen zu kreischen, es nicht zu leben, sondern sich nur eine Vorstellung davon zu machen, ohne durch diese Dinge hindurchzugehen, dies allein war irgendwie unrein. Doch mit fast unendlicher Kälte, einer Kälte, die bei mir eine Form von Liebe war, hielt ich den Gedanken aufrecht. Die Kraft des Geistes, diese Realitäten zu durchdringen, ist nicht zu unterscheiden von der Kraft des Geistes, sich lediglich vorzustellen, daß er Realität durchdringt. Mein Vater hatte mich zweimal verächtlich Pfadfinder genannt. Lebte Doris einen großen Teil der Zeit in diesem abgestandenen Gestank? Ich glaubte, ihre Erbärmlichkeit sei grenzenlos, grenzenlos auch – ich war dreizehn – die Nutzlosigkeit ihres Elends.

Der Haken dabei, daß man ein schlechter Mensch war, der Haken dabei, daß man frei und ein bißchen schäbig war und sich nicht im geringsten von anderen Leuten als ihr Besitz betrachten ließ, von ihren Emotionen besetzen ließ, der Haken dabei war, daß man dann Erfolg haben mußte, in allem, was man tat, immer: Eine Niederlage wurde zur Qual. Und es gab keine Alternative zu dieser Qual, wenn sie begann, außer derjenigen, ein guter

Mensch zu werden. Nicht ein Heiliger, nichts Extremes. Es war nur so, daß, wenn ich mir vorstellte, eine Frau mittleren Alters wie Doris zu sein, mir vorstellte, daß man mir beide Brüste abgeschnitten hatte und mein Mann am Sterben war, mich aber haßte, während er starb, mir den Rükken zuwendete und sagte, all die Jahre, die er mit mir verbracht habe, hätten zum Himmel gestunken, mir vorstellte, daß ich selbst noch so egoistisch und hungrig nach Triumphen war – dann war ich aller Gerechtigkeit, allen Erfolgs beraubt, und mein Schmerz und meine Angst waren so gewaltig, daß ich natürlich wahnsinnig würde.

Was die Qual wieder vergrößerte.

Eindeutig – das kam mir offensichtlich vor, als ich da saß und über diese Dinge nachdachte – verringerte Selbstlosigkeit eine solche Pein, und wenn auch nur im Hinblick auf die Art, wie man sich außerhalb des eigenen Nervensystems bewegte. Großzügigkeit befreite einen jedenfalls von allen Armutsgefühlen. Das wußte ich aus eigener Erfahrung. Fortgesetzte Großzügigkeit machte einen geneigt zu sterben; der Tod kam einem dann nicht so niederträchtig vor; man hatte bereits viel von seinem ichbezogenen Eifer abgeworfen; man war besänftigt.

Ich radelte nach Hause, um Mama die Nachricht zu überbringen, um ihr zu erzählen, was ich herausgefunden hatte.

Ich war ein Heranwachsender: das heißt, ich war halb geformt, die Skizze eines Mannes. Ich erklärte Doris, Selbstlosigkeit, Großzügigkeit und Sorge um andere linderten die meisten Schmerzen, sogar ihre Schmerzen; so würde sie sich besser fühlen.

Mein Gott, wie hat sie geschrien.

Sie sagte, ich stammte von Dreckskerlen ab und sei selber nichts weiter als Dreck, ich stammte vom Abschaum der Erde ab und sei selber Abschaum. Jedes Wort, das sie sagte, erschien ihr auffällig treffend und wahr und inspirierte sie und stachelte sie zu noch größerer Wut an. Sie warf einen Aschenbecher nach mir. Sie befahl mir, das Haus zu verlassen: «Schlaf auf der Straße, schlaf in der Gosse, wo du hingehörst!» Ihr Zorn erstaunte mich. Wo nahm sie die Kraft zu solchem Zorn her, wenn sie so krank war? Ich wehrte mich nicht. Meine Nachsicht oder Geduld oder Höflichkeit oder was immer es war brachte sie noch mehr auf. Das begriff ich erst, als sie, mitten in einem Schwall von Schimpfwörtern («– du kleiner Bastard, du haßt jeden, du bist widerwärtig, ich kann dich nicht ertragen, du kleiner Mistkerl –». «Mama ... Nun laß doch, Mama ...»), brüllte: «Warum machst du Sachen nur, damit ich mich schäme?»

Das war eine Erleuchtung. Es bedeutete, daß *mein* Egoismus sie beruhigen würde. Zuerst sagte ich: «Willst du wirklich, daß ich gehe? Du bist dann ganz allein hier.» Zum Teil war ich sarkastisch, machte mich somit über sie lustig, und dann begann ich zu murmeln oder mit sturem Nachdruck zu sagen, daß ich nicht gehen würde, ich wolle, daß auf meine Bequemlichkeit Rücksicht genommen werde, ich wolle, daß sie sich um mein Leben Sorgen mache. Sie sagte, schnaubend und keuchend, aber weniger niederträchtig, eisig und heftig: «Du bist ein verwöhntes Balg.» Ich meine, sie war bis zu einem gewissen Grad besänftigt; sie hatte vom Wahnsinn zum Zorn zurückgefunden. Aber sie schrie immer noch. Und ich ließ ebenfalls nicht locker: Es war mir egal, was sie als Gründe dafür ausgab – mein Egoismus konnte ein Grund sein –, aber ich blieb wirklich unbeugsam: Ich war fest davon überzeugt, daß sie versuchen mußte, eine gute Frau zu sein. Ich erinnere mich, daß ich so angespannt an meiner Annahme festhielt, daß ich ständig meinte, etwas in meinem Körper werde versagen, durch die Haut platzen – meine Nerven oder mein Blut, mein Herz, alles pochte, oder mein Hirn, doch jedenfalls endete dieser Streit gleichsam unentschieden: Doris war beleidigt und erschöpft, entsetzt über das, was ich gesagt hatte. Über dessen Dummheit. Doch ich blieb hart. Ich hätte meine Haltung tatsächlich nicht aufgeben können.

Danach verwies ich immer, mit hochgezogenen Schultern und zum Boden gerichtetem Blick oder gelegentlich mit weit geöffneten, unschuldig die Prüfung erwartenden, sie fixierenden Augen, auf ihre Tapferkeit und Großzügigkeit. Ich behandelte sie, als wäre sie die großzügigste Frau, die man sich vorstellen konnte, als wäre sie mein Leben lang nur gut zu mir gewesen. Ich verwies auf ihre Freundlichkeit, ihre Tapferkeit, ihre Selbstlosigkeit. Sie sagte, ich sei verrückt. Ich nehme an, gewisse Beschuldigungen, gewisse Forderungen waren der natürliche Lebensraum ihres Geistes. Einmal telefonierte sie sogar mit dem Rektor meiner Junior High School, um sich darüber zu beklagen, daß ich verrückt sei. Er war nicht bereit, ihr zuzuhören. Ich benahm mich weiterhin so, als fiele mir Opfer auf Opfer ein, das sie für mich gebracht hatte. Sie war entrüstet, dann verärgert, dann verzweifelt, dann gelangweilt, schließlich verlegen, und das Unsinnige daran deprimierte sie: sie fühlte sich allein und mißverstanden; sie wollte nicht, daß ich sie idealisierte; sie wollte mich als Gefährten neben sich, für sich. Aber sie hörte auf, mich anzuschreien.

Ich weiß nicht, ob sie mich durchschaute oder nicht. Ich glaube nicht, daß ich mir während der Wochen, in denen das geschah, immer bewußt war, wie es alles angefangen hatte oder was die Vorgeschichte davon war; fortgesetzte Handlungen erzeugen ihre eigene Atmosphäre; daß ich mir aufrichtig ein irgendwie geartetes Heim für uns wünschte, war das einzige, worum es nach einer Weile noch zu gehen schien. Und darum, daß ich mich schützen mußte. Als sie nachgab, tat sie es zunächst unter dem Vorwand, daß sie das männliche Wesen in der Familie verwöhnte, den Narren, den Jungen, der weniger realistisch war als sie. Dann stellte sie es, um ihre Niederlage zu bemänteln, so hin, als könne sie es nicht ertragen, mir die Illusionen zu rauben. Auch muß sie, während sie mehr oder weniger sagte, sie hätte nicht die Energie zu dem, was ich erwartete, begriffen haben, daß es Energie kostete, mich zu bekämpfen. Sie mag sich gesagt haben, wie ich mir gesagt hatte, bevor ich mir vorstellte, ich wäre sie: Warum nicht? Ich glaube auch, mein Glauben verführte sie, meine Autorität: Ich war meiner selbst so sicher. Und außerdem funktionierte alles andere nicht mehr.

Natürlich war es ein einziger Schwindel: sie konnte nicht mehr so dreist Dinge von mir verlangen, so ganz ohne zu überlegen, was dabei mit mir geschah. Sie wurde resigniert, und dann wurde sie nach einer Weile weniger traurig – sie zeigte sich sogar auf gewundene Weise amüsiert. Sie wurde fast gutmütig. Sie war in einem gewissen Maße zu allen großzügig, sonst fühlte ich mich gekränkt. Sie versöhnte sich mit ihrer Mutter und ihrer Tochter, mit ihren Brüdern und ihrer Schwester, mit ihren Nachbarn; manchmal, weil ich darauf bestand – sie sogar dabei beriet –, aber nach einer Weile tat sie es von selbst und auf ihre Weise. Es schien mir offensichtlich zu sein, daß sie, wenn man alle Faktoren berücksichtigte, viel freundlicher zu uns war, als irgendeiner von uns zu ihr war oder sein konnte, so daß sie jetzt, gleichgültig welches Tauschgeschäft sie auszuhandeln glaubte, wirklich uneigennützig war. Das Tauschgeschäft lief nicht zu ihren Gunsten. Sie übte sich im höflichen Sterben oder in was auch immer, in einer beschützenden Höflichkeit, die nicht immer verlogen war, und in einer Aussöhnung mit den Verhältnissen, die teilweise darauf berechnet war, Freunde zu gewinnen: Sie tröstete jeden, der in ihre Nähe kam, manchmal auf sentimentale Weise; aber Trost war es allemal. Ich war ein wenig eingeschüchtert von ihr; sie war vielleicht von sich selbst eingeschüchtert und belehrt worden; sie übernahm – die *Rolle*, und mich fragte sie zwar nach meinen Meinungen, aber sie führte ihr eigenes Leben. Steckte in ihrem eigenen Dilemma. Noch immer stellte sie Leute hinter deren Rücken bloß, aber nur flüchtig, und ab und zu war sie schadenfroh: Als ihr reicher Bruder plötzlich starb, sagte sie mit einer leisen, melancholischen Befriedigung: «Wer hätte je gedacht, daß ich J. J. überdauern könnte?» Sie brachte im Alltag einen schwankend gelassenen, beachtlichen Mut auf; sie machte aus sich, obwohl sie am Sterben war, eine gute Gesellschafterin. Sie schuf sich einen ganz neuen Freundeskreis. Diese Freunde liebten sie tatsächlich, sie blickten zu ihr auf, sie bewunderten sie. Sie prahlte oft: «Ich habe viele, viele gute Freunde, die mir die Stange gehalten haben.» Aber es waren alles neue Freunde – keiner ihrer alten Freunde kam zurück. Junge Leute mochten sie jetzt immer und beneideten mich. Was einen so bewegte, war ihre Heiterkeit einer Sterbenden – so unerwartet, so ungezwungen, als amüsiere sie irgendwie alles. Manchmal, wenn niemand in der Nähe war, brüllte sie mich an, sie habe ständig Schmerzen und ich sei ein Idiot, wenn ich an ihre Bluffs glaubte. Aber von einem gewissen Punkt an hörte auch das auf. Sie sagte: «Ich möchte ein ermutigendes Beispiel geben – ich möchte, daß du mich als jemanden in Erinnerung behältst, der dir eine Hilfe war.» Verstehen Sie? Nach einer gewissen Zeit war sie niemals mehr hysterisch, wenn ich da war. Niemals. Sie gab mir ein Beispiel. Sie war gut zu mir auf eine Art, die ihr möglich war, auf die Art, wie sie meinte, daß sie, Doris, zu mir sein sollte. Aber sie war immer Doris, egal, wie freundlich sie war. Wenn sich einmal Rastlosigkeit an mir bemerkbar machte oder wenn ich unglücklich war, wenn auch nur über einen ganz geringfügigen Vorfall in der Schule, dann brachte sie das aus der Fassung; ich hatte überhaupt keine Gefühle zu haben oder mich zu ihrem Trost innerhalb eines engen Spielraums zu bewegen; sie sagte oft: «Ich weiß, ich bin unfair, aber warte, bis ich sterbe – kannst du es nicht aushalten bei mir?» Wenn ich manchmal fortblieb, weil ich mußte, weil ich dabei war, verrückt zu werden, dann sagte sie, wenn ich heimkam, flehend: «Verlang nicht zuviel von mir, Buddy.» Da saß sie dann auf der Couch im Wohnzimmer, hatte komplett angezogen darauf gewartet, daß ich heimkäme, und das sagte sie auch.

Na gut, ihr Glück hing von mir ab. Ihre Schwester und ihr einer Bruder und ihre Tochter erklärten mir, ich könne nicht aufs College gehen, ich könne Doris nicht verlassen, es wäre ein Verbrechen. Ihr Krebs breitete sich nicht weiter aus; sie war noch nie so gut mit ihrer Familie ausgekommen (sie hatte jetzt Geduld mit ihnen), ich schuldete es ihr, daß ich blieb. Ich versuche hier festzustellen, was sie gewann und was sie einbüßte. Ihre Verwandten übten oft Druck auf mich aus, indem sie ohne Zuneigung oder Bewunderung sagten: «Du hast ihr Leben in der Hand.» Das hatte ich nicht beabsichtigt. Doris sagte, sie seien eifersüchtig auf mich. Ich wollte aufs College gehen; ich wollte meinen Verstand gebrauchen und all das: Ich war bereit, Doris' Leben in die Hände ihrer Mutter und Schwester zu legen. Ich war bescheiden, was meine Bedeutung für Doris anging – heißt das, ich liebte sie nicht?

Als ich es ablehnte, mich an der Harvard University zu bewerben, wurde ich in der High-School nach dem Grund gefragt, und dann ging jemand Doris besuchen, und Doris zog sich in ihr Schlafzimmer zurück und verschloß die Tür und weigerte sich zu essen, bis ich mich bereit erklärte, aufs College zu gehen. Sie zu verlassen. Und sie brachte ihre Familie und ihren Arzt dazu, mich darum zu bitten (sie klopften an ihre Tür, aber sie wollte nicht essen, bis sie taten, was sie ihnen sagte). Doris' Schwester Ida kam, brüllte sie durch die Schlafzimmertür hindurch an und sagte dann mit schneidender, wütender Stimme zu mir, Doris bringe sich um. Sie gab mir die Schuld. Da war ich sechzehn.

Ich sagte, so wichtig sei ich nicht. Meine Bescheidenheit nahm Ida den Wind aus den Segeln.

Mit jenem Opfer, wenn es denn eines war, tat Doris zum entweder ersten- oder zweitenmal überhaupt etwas für mich. Aber vielleicht tat sie es für sich selbst, um vor irgendeinem Letzten Gericht bessere Karten zu haben. Vielleicht war sie froh, mich loszuwerden. Ich verlor nur einmal den Mut, es von ihr anzunehmen, dieses Geschenk. Ich lag auf meinem Bett – es war an einem Abend zu Beginn des Frühlings, und ich hätte Physik lernen sollen – und dachte ans College, an Harvard, an einen Platz, den Yard, den ich nie gesehen hatte, an Gras und Wege und eine Mauer ringsherum, und Gebäude und Bäume, ein umfriedeter Park für junge Leute. Der Gedanke trug mich auf einen Höhepunkt der Vorfreude, Sehnsucht und Bereitschaft, der sich mit nichts vergleichen ließ, was ich seit Jahren empfunden hatte; ganz plötzlich war es unerträglich, daß ich dies hatte und Doris nichts – daß sie nur hatte, was sie hatte. Ich fand es entsetzlich, daran zu denken, wie betrogen Doris mit dem war, was noch sichtbar vor ihr lag. Ich hatte das Gefühl, sie in gewisser Weise hintergangen zu haben. Nicht daß das schlecht war, aber sie war jetzt, da sie betrogen war, zu nett, als daß ich – ich weiß nicht was. Ich hatte wohl die Kontrolle verloren. Unbeholfen, ja plump stürmte ich in ihr Zimmer und platzte ohne Vorwarnung oder Erklärung heraus, es tue mir leid und ich würde wohl besser einen Rückzieher machen und nicht nach Harvard gehen. Sie atmete auf die laute, nervöse Art einer Frau, die um sich selbst besorgt ist, aber dann faßte sie sich und sagte mit der distanzierten, leicht ironischen Stimme, mit der sie damals sprach, sanft, gastlich und verschwörerisch, einer mittelwestlichen Stimme: «Was tut dir leid? Was ist los? Buddy, es gibt nichts, was dir leid tun müßte.»

Ich hatte im Gespräch mit ihr nie Fragen aufgeworfen, die mit unklaren oder schwierigen Empfindungen von mir zu tun hatten: wozu wäre das gut gewesen? Sie hätte sich nicht bemüht zu verstehen, sie wußte nicht wie; sie hätte sich nur mies gefühlt und wäre aufgebracht gewesen. Eine lange Tradition des Sie-Belügens-und-einen-klaren-Kopf-Behaltens hatte mich stumm gemacht. In der jetzigen Lage konnte ich nur immer wieder sagen, es tue mir leid – ich konnte nicht versuchen, ihr irgend etwas zu erklären.

Sie sagte: «Du führst dich albern auf. Ich glaube, du bist mir zu nahe, Buddy. Ich möchte nicht, daß du zum Muttersöhnchen heranwächst.»

Ich sagte: «Was wirst du machen, wenn ich fortgehe?»

«Du glaubst, ich komme nicht zurecht? Du weißt nicht viel über mich. Bilde dir nicht soviel auf dich ein.» (Aber das hatte ich doch aufgegeben.) Sie sagte: «Ich kann sehr wohl zurechtkommen, glaub mir.» Ich drückte meinen Unglauben aus, indem ich sie anstarrte. Sie sagte: «Geh an meine oberste Kommodenschublade. Schau unter den Taschentüchern nach.»

Es lag eine Flasche dort. Ich hielt sie hoch. «Was ist das?»

«Mein Morphium.»

«Du versteckst es?»

«Ich weiß, wie gern Jungen Sachen ausprobieren . . .»

«Du versteckst es vor *mir*?»

«Ich möchte dich nicht in Versuchung bringen – ich weiß, daß du oft unter Druck stehst.»

«Mama, ich würde doch dein *Morphium* nicht nehmen.»

«Aber ich nehme es nicht mehr. Ist dir nicht aufgefallen, daß ich in letzter Zeit klarer bin? Ich erlaube mir nicht, es zu nehmen, Buddy – sieh nach dem Datum auf der Flasche: ich komme schon über ein Jahr damit aus. Der Doktor kann es nicht glauben, daß ich mich so gebessert habe: er wird mich irgendwann noch einmal bitten, ihn zu heiraten. Ich nehm's nur manchmal an schlechten Tagen. Oder nachts. Ich dachte, du wüßtest, daß ich kein Morphium mehr nehme.»

Ich hatte es nicht bemerkt. Ich hatte nicht ständig darauf geachtet. Ich nahm sie nicht gern zu genau zur Kenntnis.

Sie konnte eine weitere Flasche versteckt haben, es gab eine Krankenschwester, die zweimal die Woche kam und Doris Morphium-Injektionen geben konnte und es, glaube ich, auch tat. Ich wollte nicht nachforschen. Und es nicht wissen. Ich wollte einfach weiter die Erleichterung verspüren, daß ich ihr nicht gleichgültig war. Daß sie sich um mich Sorgen machte. Sie sagte: «Du bist mir eine Hilfe gewesen. Du hast mehr getan als deine Pflicht. Du kennst ja die Redensart – Kindermund tut Wahrheit kund. Ich will ehrlich mit dir sein: Ich wäre gern wieder jung. Ich hätte gern meine Gesundheit wieder. Aber ich bin nicht unglücklich. Ich glaube sogar, ich bin jetzt glücklich. Glaub mir, Buddy, die Schmerzen machen mir weniger aus als früher.»

In Harvard begann ich sie zu vergessen. Doch manchmal bildete ich mir etwas darauf ein, was sie und ich getan hatten; ich hatte mehr geschafft, als viele meiner Professoren vermochten. Ich hatte mehr geleistet, als viele von ihnen versuchen würden. Ich wußte über einige Dinge mehr als sie. Oft fühlte ich mich einer überspezialisierten Reife schuldig. Manchmal fühlte ich mich berufen, Doris zu verteidigen, indem ich glaubte, die große Welt, zu der Harvard so etwas wie eine Hintertür darstellte, sei wertlos wegen ihrer Grausamkeit und des Mißbrauchs, den sie mit ihren Bewohnern trieb, und Doris sei bedeutender als irgend etwas darin. Aber wozu war ich dann nach Harvard gekommen. Aber ich fuhr nicht nach Hause.

Und Doris wollte, daß ich in jene große Welt eintrat: die einzigen Stellen in meinen Briefen, die sie wirklich genoß, handelten von solchen Dingen wie, daß ich ein Mädchen kennengelernt hatte, deren Mutter Milliardärin war. Nach den Maßstäben dieser neuen Welt war ich sentimental und leicht hereinzulegen, und Doris war schrill. Ich wollte nicht über eine augenblickliche Torheit oder über das Entkommen aus einer solchen hinaussehen oder korrigiert werden oder mich an irgend etwas erinnern. Sonst lag der Schatten von Doris über allem. Ich begann sie schon zu vergessen, während sie noch am Leben war.

Die Tochter der Milliardärin war noch dazu ein wirklich bewundernswertes und intelligentes Mädchen. Aber ich traute ihr nicht. Eines Abends gestand sie, daß sie sich diverser Taktiken bediente, um Zuneigung von Jungen zu bekommen. Wenn man nicht lächerlich und übermäßig zerbrechlich werden will, muß man herzlos und immun gegen die feingesponnenen, weitgespannten, unendlich absurden, aber funktionierenden Intrigen sein, die Frauen spinnen. Wie zart und dicht solche Intrigen gewirkt sind! Aber ich hatte kein Vertrauen und lief vor diesem Mädchen davon. Es kam mir so vor, als sei mein ganzes Leben traurig. Es war eine sehr schwer zu ertragende Einsicht, daß Doris, bei all ihrer relativen Vornehmheit, in dem weltlichen Rahmen von Harvard unbedeutend war. Ich war mir nie zuvor der Grenzen ihrer Intelligenz bewußt gewesen.

Sie hatte mich gebeten, ihr Geld zu schicken, und in meinem ersten Studienjahr tat ich es. Ich hatte ein Stipendium, und ich arbeitete. Sie war nicht mehr eifersüchtig auf mein Leben, aber sie wollte gezeigt bekommen, daß sie mir immer noch etwas bedeutete. Sie hatte, kurz bevor ich von ihr fortging, ihren Stil geändert: Sie war wie eine deutsch-jüdische Matrone von der Sorte geworden, die einen in Harvard studierenden Sohn hat. Und ihre Briefe waren töricht, fast analphabetisch. Es war zuviel für mich, die Kostspieligkeit der Loyalität, die Jagd nach dem Gemeinten, alles Grausame der Vergangenheit, halbvergessen oder zusammengefaßt (und damit unwirklich) oder bereits im Gedächtnis verschüttet. Wie schön ich das Normale fand! Ich fuhr nicht heim, um bei ihr zu leben, und sie bat mich nicht darum, als, nach drei Jahren Latenz und drei Monate nachdem ich von ihr fortgegangen war, ihr Krebs wieder auftrat.

Wie kann ich auch nur vermuten, was sie gewann, was sie einbüßte?

Ich verbrachte den Sommer bei ihr. Ich hatte einen Job und blieb abends bei ihr zu Hause. Mein Verhalten ging ihr ein wenig auf die Nerven. Ich war so umgänglich, wie ich konnte, ich versuchte mich so sehr den Gebräuchen des Mittelwestens anzupassen wie zuvor. Wenn Besuch kam, bat mich Doris gewöhnlich, nur ein Weilchen zu bleiben und mich dann zu entschuldigen und zurückzuziehen: «Die Leute beachten dich zu sehr, und ich bekomme auch gern ein bißchen Beachtung geschenkt.»

An Weihnachten darauf fuhr ich zu ihr, wurde krank und lag fast zwei Wochen im Delirium. Doris war seltsam geduldig, nicht voller Vorwürfe, weil ich krank gewesen war, nicht besorgt, und wenn wir miteinander sprachen, dann seltsam friedlich, und auch vorsichtig, als wären wir die beiden einzigen Erwachsenen auf der Welt. Sie sagte zum erstenmal: «Ich liebe dich, Buddy.»

Im Mai wurde ich an ihr Krankenbett gerufen, weil sie im Sterben lag. Ihre Familie hatte sich versammelt, und sie zogen sich zurück, oder Doris hatte sie aufgefordert, uns allein zu lassen; vielleicht erkannten sie meine Vorrechte ihr gegenüber an; sie hatten nie mit ihr auskommen können, sie hatten sie nur geliebt. Doris sagte: «Ich habe auf dich gewartet. Es ist furchtbar. Mose kommt hier rein und klagt über seine Gesundheit und lamentiert über mich und hört nicht, wenn ich um Wasser bitte, und Ida weint und sagt, es ist entsetzlich für sie – Ida war an einem Sterbebett noch nie zu etwas gut –, und deine Schwester kommt hier rein und sagt ‹schlaf ein bißchen›, und wenn ich die Augen zumache, rennt sie zur Kommode und schaut nach Sachen: sie hat Angst, ich habe alles dir hinterlassen; sie hat sich schon meine Puderdose genommen und benutzt sie vor meinen Augen. Ich war keine gute Mutter, aber sie braucht es mir nicht unter die Nase zu reiben. Sie glaubt, ich bin schon tot. Sie fühlt sich gekränkt. Wie geht's im College? Am liebsten würde ich etwas über die reichen Leute hören, die du kennengelernt hast...»

Als ich zu sprechen anfing, unterbrach sie mich: «Ich hatte Angst, du kämst nicht mehr rechtzeitig. Ich wollte dich nicht im Studium unterbrechen und hatte Angst, ich hätte zu lange gewartet. Ich habe ihnen heute nicht erlaubt, mir eine Morphiumspritze zu geben. Ich möchte mit klarem Kopf mit dir reden. Schmerzen sind nichts Schönes, Buddy, aber ich möchte nicht unter Drogen stehen, wenn wir uns unterhalten. Ich habe immer überlegt, was ich zu dir sagen würde. Ich habe die ganze Woche lang überlegt. Ich spreche gern mit dir. Hör zu, als erstes möchte ich sagen: Ich weiß, was du für mich getan hast, Buddy.»

«Ich habe nichts Besonderes für dich getan.» Ich erinnerte mich nicht mehr deutlich – ich hatte es verdrängt... Ich wollte keinerlei Verantwortung für Doris.

«Buddy, du warst gut zu mir», sagte sie.

«Aber du warst gut zu *mir*, Mama.» Ich war zu schüchtern, zu sehr College-Junge, zu bestrebt, sie zu loben, zu verwirrt von der drängenden Situation, von dem Gedanken, daß sie im Sterben lag, um etwas darüber hinaus zu sagen. Ich dachte, es wäre das beste für uns, bis zum Ende so miteinander umzugehen, wie wir so lange miteinander umgegangen waren. So viele Jahre hindurch hatte ich sie auf diese Weise beruhigt und geleitet: Es war ein alter Trick. Ich glaubte, ich könnte nun nicht ehrlich mit ihr sein. Ich hatte keine Ahnung, daß das Sterben sie erzogen hatte. Ich war achtzehn, ein junger Mann, der eine Reihe von Stimmen besaß, der seinen eigenen Wutanfällen ausgesetzt war, bis hin zu einem Gefühl der Isolation, das ihn unwillig machte, seine Begabungen zu nutzen. In Cambridge wandten Leute, die ich kannte, in der melodramatischen Art von Studenten im zweiten Jahr gewisse Adjektive auf mich an: interessant, unreif, launisch. Es gab Leute, die in mich verliebt waren. Ich war zutiefst unglücklich und wußte, daß ich viel davon Doris zu verdanken hatte.

Doris sagte: «Ich habe auf dich gewartet. Du hast mir gefehlt, Buddy. Hör zu, ich habe nicht mehr soviel Kraft wie früher. Ich kann keine sonderlich gute Show abziehen – wenn ich eine Grimasse ziehe oder Geräusche mache, reg dich nicht auf und renn nicht die Schwester holen: laß mich reden: du machst mir alles zu einfach. Jetzt hör zu, und werd nicht böse auf mich, aber du mußt mir versprechen, daß du das College zu Ende bringst – du hast die Neigung, vor Dingen davonzulaufen. Du bist faul, Buddy. Versprich es mir; ich muß dir das Versprechen abnehmen: ich möchte eine gute Mutter sein – nehmen die Wunder denn kein Ende?»

«Du warst immer eine gute Mutter.»

«Ach, Buddy, ich war entsetzlich.»

«Nein, Mama. Warst du nicht.» Aber ich glaube, sie wollte Einverständnis, nicht Trost; bei der letzten Gelegenheit riet ich falsch. Sie sagte: «Wir brauchen nicht höflich zueinander zu sein – Buddy, sagst du mir, daß du mir verzeihst?»

Sie glaubte, ich sei glücklich und stark, ich hätte meine Kindheit überlebt. Ich wollte, daß sie das glaubte. Soweit ich wußte, machte ich ihr keine Vorwürfe, wegen nichts; aber jemandem keine Vorwürfe zu machen ist etwas ganz anderes, als ihm zu verzeihen: wenn ich ihr verzeihen sollte, hieß das, ich mußte mich zuerst erinnern. Ich wäre schluchzend auf ihrem Bett zusammengebrochen und hätte hervorgestoßen: O Gott, es war so furchtbar, so furchtbar, warum mußten diese Dinge geschehen, o Gott, es war so furchtbar...

Ich weiß nicht, ob ich grausam war oder nicht. Ich sagte ihr, ich wäre nicht höflich, ich hätte ihr nichts zu verzeihen: «Du warst eine gute Mutter.»

Sie sagte: «Buddy, du hast mir geholfen – ich kann die Schmerzen ertragen.»

«Mama!» Ich weigerte mich zu verstehen. «Du hast es ganz allein geschafft. Du warst immer besser, als du gemeint hast.»

Jeder ihrer Atemzüge war wie eine Schaukel, die laut knirschend aufsteigt und fällt. Eine Untertasse auf dieser Schaukel enthielt ihr Leben. Ich habe nicht die Gabe, menschlichen Schmerz zu ertragen. Ich sagte mir ständig, ich kann das hier akzeptieren, ich kann es durchstehen, ohne hysterisch zu werden.

«Es war leichter für mich, als du geglaubt hast, Mutter; du hast mir nie sehr weh getan; du meintest immer, du wärst schlimmer, als du warst. Viel von dem, was du dir vorwirfst, hast du dir immer eingebildet: du warst besser zu mir als sonst irgendwer – wenigstens warst du am Leben.»

«Buddy, ich kann die Wahrheit ertragen, ich weiß, was ich getan habe.»

«Ich weiß nicht, was du getan hast.»

Und sogar das vergab sie mir. Sie sagte: «Ich verstehe. Du willst dich den Dingen jetzt nicht stellen. Vielleicht ist es besser, sie nicht zur Sprache zu bringen.»

«Tu, was du möchtest, Mama. Früher oder später werde ich es verstehen.»

Sie sagte: «Küß mich, Buddy. Bin ich sehr häßlich?»

«Nein, Mama.»

«Du fandest mich immer hübsch. Hör zu: am Ende, Buddy, habe ich es versucht. Ich habe dich geliebt. Ich bin bereit zu sterben; ich lebe nur noch, weil ich mit dir sprechen wollte. Ich wollte, daß das das letzte ist – verstehst du, ich möchte, daß du jetzt weißt, wieviel ich von dir halte.»

«Mama –»

«Ich sterbe bald, mein Zustand ist sehr schlecht, Buddy. Hör zu: ich möchte nicht, daß du um mich trauerst. Du hast deine Pflicht bereits getan. Ich möchte, daß du deinen Spaß hast. Ich möchte, daß du das Leben genießt.» Dann sagte sie: «Ich kann nicht so sein, wie du mich möchtest; ich möchte dich nicht durcheinanderbringen; sag einfach, daß du mir verzeihst.»

«Das tue ich, wenn du mir verzeihst, Mama.»

«Ich dir? Oh, Buddy. Ich wette, du kannst gut mit Mädchen umgehen. Was für ein Lügner du bist. Und ich habe immer mich für eine Lügnerin gehalten. Ich verzeih dir, Buddy. Weißt du denn nicht, was du für mich getan hast? Du hast dafür gesorgt, daß die Schmerzen weniger wurden.»

«Mama, ich habe überhaupt nichts getan.»

«Ist es nicht komisch, für was sich Leute schämen?» Sie

schwieg einen kurzen Augenblick; dann sagte sie: «Verzeihst du mir?»

«Ich verzeih dir, Mama, aber es gibt nichts, was ich dir verzeihen müßte. Wenn du nicht gewesen wärst, wäre ich längst tot.»

«Das war vor langer Zeit, da warst du noch ein Baby. Oh. Lauf jetzt und hol die Schwester. Ich glaube, ich halte den Schmerz nicht aus. Sag ihr, ich möchte meine Spritze.»

Nachdem die Schwester gegangen war, sagte Doris: «Buddy, ich bin im Rollstuhl auf die Station gefahren, wo Leute mit Krebs lagen, die Angst hatten, und ich habe versucht, ihnen zu helfen – ich dachte, du wärst stolz auf mich.»

Einen Moment lang kam mir eine Erinnerung. *«Mama, ich war ein dummer Junge.»*

«Halt meine Hand, während ich einschlafe, Buddy. Ich weiß nicht, ob ich Harvard für einen so guten Ort halte – du stellst dich den Dingen nicht mehr so gut wie früher. Buddy, ich bin es alles leid. Ich mag meine Familie nicht sonderlich. Ist es schlimm zu sagen, daß ich nicht finde, es sind nette Leute? Letztlich waren du und mein Vater die einzigen. Ich wünschte, du hättest ihn gekannt. Dich habe ich am meisten geliebt. Laß es dir nicht zu Kopf steigen. Du fandest dich nie eingebildet, aber du warst es – das ist immer der Teil der Geschichte, den du ausläßt – und wie gern du Leute dominierst. Es ist ein Wunder, daß dich noch keiner umgebracht hat. Es ist entsetzlich, Dinge zu bereuen, Buddy, weißt du, warum das so ist – warum es entsetzlich ist zu bereuen? Ich weiß nicht, warum alles so passiert ist, ich dachte immer wieder, während ich hier lag, es wäre interessant, wenn ich jetzt alles verstünde und es dir erzählen könnte – ich weiß, wie gern du Dinge weißt, Buddy, ich habe deiner Mutter versprochen, du würdest dich an sie erinnern – versprich mir, daß du freundlich über sie denkst. Sie war deine richtige Mutter, und sie hat dich auch geliebt. Buddy?»

«Ja.»

«Finde jemanden zum Lieben. Finde jemanden, der gut zu dir ist.» Dann sagte sie: «Ich liebe dich, Buddy... es tut mir leid.»

Sie schien zu schlafen. Dann wurde ihr Atem heftig. Ich dachte, ich sollte den Arzt holen gehen, aber dann setzte ich mich wieder und starrte zur Decke. Ich fürchtete, meine Gefühle für sie oder ein Strom des Bedauerns in mir oder irgend etwas in mir, was sie als Frau vielleicht wie ein Kraftfeld empfand, das ihre Beachtung erforderte, könnte ihrem Tod in die Quere kommen. Also sagte ich mir: Du kannst sterben, Mama; es ist in Ordnung; ich will nicht mehr, daß du lebst. Von Zeit zu Zeit rief sie im Schlaf, im Sterben, laut: «Hab ich nicht genug gelitten?» und: «Buddy, bist du noch da? Laß dich nicht mit diesen entsetzlichen Leuten ein!» Dann kam sie zu sich und sagte: «Rufe ich laut? ... Das dachte ich mir. Ich möchte nicht, daß du weggehst, aber wenn du so nah bist, fühlt es sich nicht richtig an.»

«Möchtest du, daß ich auf den Flur gehe?»

«Nein. Laß mich nicht allein. Aber sitz nicht zu nah bei mir, sieh mich nicht an. Bleib einfach in der Nähe... ich will dich hierhaben.»

«Gut, Mama.»

Ich hörte, wie ihr Atem unregelmäßig wurde. Ich sagte zu mir: Stirb, Mama. Mit diesem Atemzug. Ich will nicht mehr, daß du lebst. Ihr Atem veränderte sich erneut. Er begann, sehr laut zu werden, zu rasseln. Ich begann, ihre Atemzüge zu zählen. Ich zählte bis fünfzehn, und dann ward weder ihr Atem noch ihre wirkliche Stimme je wieder gehört.

Nachdem sie gestorben war, erlitt ich einen Nervenzusammenbruch. Ich konnte es nicht glauben, daß ich sie so sehr vermißte. Ich hatte sie zum Schluß geliebt, sie wieder geliebt, geliebt und bewundert, sie zutiefst geliebt; natürlich verlangte sie nicht mehr, daß die Liebe, die ich empfand, sich darin ausdrückte, daß ich mich für sie opferte. Ich liebte sie, während ich eine zunehmende Freiheit von ihr genoß, aber ich brauchte sie noch immer; und wie ich sagte, erlitt ich einen Nervenzusammenbruch, als sie starb. Nach einer Weile kam ich darüber hinweg.

Ich weiß auch nicht, was ich alles gewann oder einbüßte. Ich weiß, daß ich mir meiner Männlichkeit nie wieder im richtigen Maße sicher werden sollte. Ich glaubte immer, ich wüßte, was Frauen empfinden.

Machen Sie hiervon Gebrauch, wie Sie wollen.

Sein Sohn in seinen Armen: beglänzt und sehr weit oben

Mein Vater verfolgt mich.

Mein Gott, ich fühle es die Wirbelsäule rauf und runter, wie er über den Rasen stapft, wie sich seine Hände nähern, seine riesigen Hände, das mächtige, pochende Anschwellen seines Atems, wenn er sich an mich heranmacht: er versucht, sich auszudehnen. Ich fühle es die Wirbelsäule rauf und runter im Mund und im Magen – Daddy ist so flink: wer hätte je von solcher Flinkheit gehört? Genau wie im Märchen...

Ich kann ihm nicht entfliehen, ich kann ihn nicht abwehren, seine Arme, seine Schnelligkeit, seinen Willen. Sein Interesse an mir.

Ich werde in die Luft gehoben – und während ich benommen keuche und glotze, erscheint eine Landkarte, eine Karte der dunklen Erde, auf der ich eben noch lief: ich hänge schlaff, und trotzdem erhebe ich mich auf diesem gemästeten Balken, dem Arm meines Vaters, und ich sehe: da unten ist Gras, da ist der Weg, da ist ein Blumenbeet.

Ich richte mich auf. Da sind die erleuchteten Fenster unseres Hauses, ziemlich weit weg. Das Gesicht meines Vaters ist nah und mit Geräusch erfüllt: undeutlich ragt es auf: sein verborgenes Gesicht: bist du das, alter Geldverdiener? Mein Hintern kerbt sich auf dem Trapez seines Arms. Mein Vater ist so groß wie ein Auto.

Durch die seltsame Fühllosigkeit, die von einem gesteigerten Empfinden des Herzens ausgeht, wenn man im Dunkeln nach Hause getragen wird, als Tourist, in meines Vaters Armen, kommt es mir vor, als hafte ich durch meine vom Laufen erhitzte Eigenfeuchtigkeit an ihm: wir haften aneinander, es gibt verbindende ovale Flecken der Wärme.

In den meisten geselligen Gesprächen, in der Literatur, in den meisten Religionen, überall wird so getan, als gäbe es keine Gewalt – außer als Sünde, als etwas weit Entferntes. Das ist sehr schmeichelhaft für die Frauen. Und der Barmherzigkeit förderlich – denn die lastende Schwere der Angst, die schattenhaften Henkersgestalten, die uns die Angst aufzwingt, welche die Angst in anderen sieht, diese Schwere ist aufgehoben.

Wo ist mein Platz im Spinnennetz der Eifersucht, das bei jeder menschlichen Regung erzittert?

Was müssen wir doch für Detektive sein.

Und wenn ich unrecht habe? Wenn meine Erinnerungen ungenau sind? Es macht nichts. Dies ist Belletristik – ein Spiel –, und es handelt von Genüssen, von Wahrheit und Irrtum, wie sich das für den sinnlichen Beginn eines sinnlichen Lebens gehört.

Mein Vater, Charley, ist, so, wie ich ihn kannte, auf allen Fotografien, die ich von ihm besitze, unsichtbar. Der Mann, den ich umarmte, auf den ich zurannte, vor dem ich wegrannte, ist auf keiner Fotografie zu sehen: Fotografien zeigen jemanden, von dem ich denke: *Nanu, war er wirklich so?*

Aber in bestimmten Erinnerungen erscheint er, eine Gestalt, etwas, das anwesend ist, und dann denke ich: *Ich kenne ihn.*

Es bestürzt mich, daß ich auf jedem Sektor seines Lebens ein Teil dessen bin, was sich nicht aussprechen läßt.

Wenn Mommas Ausschweifungen, oder die meiner Schwester, was Launen oder Einkäufe betraf, Daddy verärgerten oder anwiderten, konnte man ihn auf zwei Fuß Entfernung riechen: er hat dann einen trockenen, beißenden kleinen Gestank an sich, er stinkt nach dem rapide schwindenden Interesse an einem weiteren Zusammenleben. Bei diesen Gelegenheiten bekommen die Frauen einen akuten Anfall von Denkvermögen und wenden sich an mich; sie kämmen mir die Haare, waschen mir das Gesicht, klopfen mir auf den Hintern oder auf die Schulter und schicken mich los: sie gebieten mir, Daddy aufzuheitern.

Manchmal genügt schon ein kleiner Zupfer an seiner Zeitung: mein Anblick reicht; oder ich klettere auf seinen Schoß, äffe seine Depressionen nach; oder ich stehe auf seinem Schoß, drücke seinen Kopf gegen meine Brust ... Sein Gesicht ist unermeßlich, großporig, ein Gewirr von Stoppeln, mit Flecken von Talkumpuder darauf, unwahrscheinliche Farben, unwahrscheinliche Gesichtszüge, eine kahle Augenbraue mit einer gebogenen Fläche von Lampenlicht darinnen. Um seinen Kopf spielt ein Nimbus trotziger Verschlagenheit, von Unwahrscheinlichkeit. Wenn sich seine Laune nicht bessert, stürzt in mir etwas ein und stirbt dann ab.

Dies ist vielleicht eher ein Nervenzusammenbruch, und mir bricht gar nicht das Herz: ich bin bei ihm gescheitert: die Liebe, die er für mich empfindet, ist nur allzu begrenzt: ich muß jetzt sterben. Ich gehe irgendwohin und erschauere und habe einen Kollaps – eine Ecke des Eßzimmers, unten im Windfang, oben auf dem Balkon: da liege ich, leer, gramgebeutelt, im wahrsten Sinne des Wortes zu keiner Bewegung fähig – ich habe meine Glieder vergessen. Falls mich eine Erinnerung daran streifen sollte, so ist diese Erinnerung bedeutungslos ...

Und dann pirscht Momma sich dort hinein, wo Daddy sich gerade aufhält, und sagt zu ihm: «Charley, sei ruhig wütend auf mich, ich bin das gewohnt, aber sieh dir mal an, was du dem Kind angetan hast ...»

Ich bin so nutzlos für ihn, und das macht mich krank. Jeder, der ihm gegenüber versagt, möge doch bitte vom Blitz erschlagen, irgendwo ausgesetzt, gefressen werden.

Vielleicht ist das so, mit Tieren niederer Ordnung: Was-bleibt-mir-denn-noch-was-hab-ich-denn-auf-dieser-Welt-verloren.

Schön. Dies ist sein Haus. Momma bringt mir auf verschiedenartigste Weise bei, daß ich ihn zu lieben habe. Außerdem verzaubert er mich – er ist so groß, so tosend, er riecht so streng, er pflegt die erstaunlichsten Angewohnheiten, er liest Zeitung, das nur als Beispiel, und wackelt mit dem Schuh; sein Schuh ist breit: tritt jemanden damit, und schon befindet er sich eine Woche weiter.

Manche Erinnerungen kuscheln sich aneinander, grobkörnig ausgeleuchtet. Es handelt sich dabei um mehrere gleichwertige Vorkommnisse, die sich summieren, die sich zu lange im Entwicklerbad aufgehalten haben, um eine falsche Erinnerung zu erzeugen, eine Collage, ein geistiges Kunstprodukt. Innerhalb der Begrenzungen, die man so hat, stürzt sich das Gedächtnis in ein Jahr nach dem anderen, klein ist es und hilflos, und schon wieder etwas älter: man erinnert sich an all das, aber es ist nichts, das geschehen wäre, diese Koppelung von Geschehnissen, von Assoziationen, diese Gaben und Geister einer Bedeutung.

Ich kann, wenn ich mich konzentriere, das Licht weißer machen – oder, um genau zu sein, eher weißgelb –, und wenn das mit der Grobkörnigkeit so weiter geht, haben wir plötzlich einen Nachmittag.

Ohne den Stolz und die Ihm-Angehörigkeit, das Wissen, der Stolz dieses Mannes zu sein, könnte ich nicht leben. Er gebot über das Recht, vor die Tür gehen zu dürfen – er war der Andere, der Andere-Nichtweibliche: er war meine Kraft, buchstäblich meine Kraft, wenn mir zum Heulen zumute war.

Fliegen, Schwärme, die mir von der Gefahr kündeten, vaterlos zu sein, bestürmten mich, wenn ich meinen Vater belästigte: es war, als wäre ich auf der Viehweide, mit Fliegen bedeckt, wo mich ein streunender, tollwütiger Hund anspringen konnte, mich packen und mir ins Maul beißen, meinen Tod verursachen, womöglich.

Ich war schutzlos: ich war allem ausgesetzt, was in der Dunkelheit hausen mochte.

Ein Kind bricht im plötzlichen Bersten des Hier-gibt-es-nichts zusammen, und das kommt dann noch hinzu: zur Nichtigkeit, zum Nichts, das darin besteht, nur Kind zu sein, das sich darauf konzentriert, daß es nichts gibt. Keine Hoffnung, keinen Ehrgeiz: zwar besteht eine gewisse Verzweiflung, aber es ist eine Verzweiflung ohne Prachtentfaltung, wenn man einmal von ihrer Vollständigkeit absehen will: *Ich bin ein Kind und besitze keine eigene Kraft.*

Irgendwie habe ich es – in all meinem Kummer – geschafft, die hintere Veranda zu erreichen: ich sitze im Licht des frühen Abends; bin der Vergeßlichkeit des Lichts anheimgefallen. Ich hörte seine Schritte und hörte sie auch wieder nicht, das Dröhnen, wie das Haus gedämpft donnerte (hinter mir und unter mir), den Donner seines Ich-komme-ja-schon-und-rette-dich … Ich hörte, wie er meinen Namen rief, und hörte es auch wieder nicht.

Was ich aussprach, war nur die gähnende Leere des Kummers – diese besondere Sprache –; ich hatte verstanden: ich besaß nicht das Recht auf die Redeweise, die zwischen Vätern und Söhnen üblich ist.

Mein Vater kam auf die Veranda heraus. Ich weiß noch, wie aufgewühlt er war, weil ich so unglücklich war, ich, ein Kind, das er liebte, ein Kind, das dermaßen litt. Er ließ eigene Empfindungen fahren – seinen Lebensekel, seinen Ekel vor Geld, seinen Ekel vor den Ausschweifungen der Frauen –, statt dessen nahm er einen adlermäßigen, männlich aufregenden, eben adlermäßigen Optimismus an – er war mittendrin im großen Klopfen (im Herzklopfen, im Herzklopfen eines Mannes, seiner Gesten, seines Willens, seiner Anteilnahme), Staubwolken wurden aufgewirbelt, pochende Entschlossenheit, die mich davon überzeugen will, daß das Leben, *mein* Leben, anders ist, als ich dachte, anders als alles, was mich bisher besiegt haben mochte –, er wollte mir doch nur sagen, daß ich mich gar nicht besiegt zu fühlen brauchte, er wollte mir doch nur sagen, daß ich ein gutes Kind war, ein wunderbares Kind.

Er kniete nieder – ein Berg aus Hemdbrust und Hose; ein triefender Berg, ein Berg, der zu Tal kletterte, sich zusammenfaltete, sich neu formte: eine unordentliche Masse, mir nah, der Stoff, aus dem die Laken sind: Sinai. Er sagte: «Na, na, was soll das denn – so ein kleiner Junge und schon so traurig?» Und: «Sieh mich an ... Ist doch wieder gut ... Alles ist wieder gut ...» Die tröstlich gemeinten falschen Angaben sind Lügen, was das Absolute betrifft, und sie erfordern guten Glauben – und kein Erinnerungsvermögen: die Wahrheit, die im Trost begründet liegt, kann gefunden werden, wenn man ein richtiges – das heißt: hingebungsvolles – Kind ist, und dann auch nur, wenn man von jeder Skepsis frei ist.

«Nichts ist gut!»

«Doch – doch.» Das war eine Lüge und auch wieder nicht: es hatte etwas mit Macht zu tun – und Beschränkungen: mit meinen Beschränkungen und mit seiner Macht: er konnte machen, daß alles wieder gut war, alles, vorausgesetzt, mein Alles war klein genug, um sein Fassungsvermögen nicht zu übersteigen.

Manchmal sagte er: «Mein Sohn» – und das sagte er sehr gewichtig – «sei nicht traurig – ich schätze das gar nicht, wenn du traurig bist –»

Ich kann ihm nicht in sein nahes und – für mich – unglaubliches Gesicht sehen; unglaublich, weil es so groß ist (wie zu Beginn einer Liebschaft): als *Gesicht*, meine ich: es ist der Brennpunkt so vieler Gefühle und Erstaunlichkeiten: ein Idiot hätte er sein können, und er war wohl auch einer – es war höchstwahrscheinlich das Gesicht eines Idioten, eines ichbezogenen Stutzers, blasiert, eines Machers, halbkriminell, eines alles verstehenden Psychoanalytikers; es war zwar durchaus ein sterbliches Gesicht – aber was bedeutete mir damals schon diese Idee? Oder dieses Wort? – *Sterblich?*

Da war ein Gesicht; es war so groß wie mein Brustkorb; da waren Augen, unmenschlich groß, feucht – was mochten sie bedeuten? Wie konnte ich in ihnen lesen? Wie las man in Augen? Ich wußte nichts von Vergleichen: daß er soviel zärtlicher war als andere Männer, und soviel weniger zärtlich, wie sehr viel besser meine Vater-Erfahrung war, oder wie sehr viel schlechter als andere Erfahrungen auf diesem Gebiet: das kann ich heute noch nicht ausdrücken: das ist eine statistische Angelegenheit, das ist, alles in allem, eine Frage des Durchschnitts: aber wer kann heute schon die richtigen Punkte der Umfrage konkret formulieren? Und wer wird das Zögern verstehen, die leeren Blicke, den seltsamen Ausdruck auf den Gesichtern der Befragten?

Es spricht alles dafür, daß er ein – durchschnittlicher – Vater war. Er selbst hegte gewöhnlich die Überzeugung, daß er es recht gut brachte: manchmal verzweifelte er – an sich: aber dann machte er mich verantwortlich: meine Liebe: oder sonst etwas: oder sich selbst in seiner Eigenschaft als Vater: es gelang ihm nie, mit den Abstufungen zwischen verschiedenen genauen Seelenlagen fertig zu werden. Vielleicht gelingt das niemandem.

Auf jeden Fall waren mir damals solche Ausdrücke wie *durchschnittlich* nicht geläufig: ich verstand nicht viel von jenen Bereichen seiner Gefühle, die sich über das vergleichsweise fest umrissene Gebiet hinaus erstreckten, das mich so oft in Erstaunen versetzte. Ich beschloß, ihn in mancher Hinsicht ernst zu nehmen: in anderer Hinsicht hatte ich keine Wahl – ich mußte ihn so nehmen, wie ich ihn vorgefunden hatte.

Ich kann ihn nicht ansehen, wie ich schon sagte: ich kann gar nichts sehen: wenn ich ihn ansehe, ohne ihn zu sehen, beleidigt ihn meine Blindheit: dabei will ich ihn gar nicht beleidigen: ich will gar nichts: ich bin verloren und habe mich ergeben, und in Wirklichkeit bin ich tot und warte und habe keine Hoffnung.

Er weiß, wie man Leute rettet. Auch wenn er sonst einiges nicht weiß, eines weiß er bei aller Hast und Verwirrung seines Herzens, bei aller Abstumpfung der verschiedenen Geschmäcker in seinem Mund, der Meinungen und Sympathien in seinem Hirn und so weiter, er versteht es, einen in jemanden zu verwandeln, der jemand anderem hilft, wenn er verletzt ist. Seine verstreuten und unwahrscheinlichen Körperteile treffen sich für gewisse Zeit in einem gakkernden, brennglasartigen Bogen bleibender Anteilnahme. Oh, wie er sich heranpflügt; oh, wie er an Rettung glaubt! Er legt – er *stößt* – er arbeitet mir den Arm um die

Schultern, den anderen unter die Beine: seine Arme, seine Kräfte schieben mich an, drehen, heben und stoßen mich, bis er mich in der Luft wiegen kann, in seinen Armen: «Mußt doch nicht unglücklich sein – hast doch keinem was getan – sei nicht traurig, du bist ein *lieber* Junge . . .»

Ich kann ihn nicht ganz hören, ich kann ihm nicht ganz glauben. Ich kann nicht *lieb* sein – das Vertrauensspiel besteht darin, daß ich ihm glaube, daß ich ein gutes Kind bin, das auf ihn vertraut –, und dann lächeln wir beide, er und ich. Aber wenn ich ihn höre, muß ich immer noch glauben. Ich bin so gebaut. Er ist so groß, er verfügt über so viele Herrlichkeiten. Wenn ich ihm glaube, wird es wieder Hoffnung und Vergnügen geben, und die Ödnis in mir wird – ganz plötzlich – verschwinden, von diesen – Bedeutungen – zerstört, so daß es scheinen wird, als zögen wir, er und ich, auf irgendwie erhabene Weise am selben Strang.

In seinem Stolz erlaubt er mir nicht, daß ich leide: ich gehöre ihm.

Er richtet sich auf, ruckartig, stellt sich auf die Füße und hält mich fest dabei. Ich brauche mich nicht zu bewegen, um mich zu retten – ich brauche ihm nur zu glauben. Er wiegt mich in eine eher traurige Erleichterung und ein schmerzend melancholisches Entzücken hinein. Er taumelt auf ganz bestimmte Art und Weise, wie er so aufgerichtet dasteht und versucht, das Gleichgewicht zu halten, versucht, den Griff zu korrigieren, in dem er mich hält, damit er mich auch fürderhin halten kann, halten, hoch in die Luft gehoben, gegen die Brust gedrückt: ich bin den Lüften verschworen: ich hatte es gern, wie mich dieser Mann anhob – in die Lüfte hob: ich wußte, das war viel wert, die Umarmung, die Gabe des Erhöhtseins. Ich bin nicht mehr der Viehweide ausgesetzt. Ich bin nicht hilflos.

Und die Hitze, die sein Körper ausströmt! Das ist die

Hitze eines Mannes, der vor Reue schwitzt. Sein Herzschlag, sein Brennen, seine physische Kraft: ach, was für ein Riß geht durch die Nichtigkeit: die trauervolle Erscheinung seiner Reue, der Beweis seiner Loyalität wecken mich auf: ich habe einen Zwilling, einen massiven Zwilling, machtvolle Gefolgschaft: Daddys Kümmernis ist mein Kümmernis: meine Nichtigkeit findet in ihm ihr Echo (falls er je ohne mich leben müßte): die Rettung war kein ganz so weltliches Ding. Der Abend formt sich, ein Klassenzimmer, eine Schattenbrigade, eine Brigade von Phänomenen – die gefärbte Luft verschiebt sich: überall sind jetzt schattige Schlittschuhläufer; verschattete Menschen, in Mäntel gehüllt, die hinter Dingen hervor auftauchen, die dann wieder hinter ihren Mänteln verborgen sind. Eine Veränderung in der Luft rührt von Öffnungen im Erdboden her, von undichten Stellen im Sonnenschein, den man fernhält wie eine eigensinnige Hand, oder über den man streicht wie über meine Augenlider, wenn ich mich einzuschlafen weigere: dunkles Reiben, dunkle Blasen, Lautloses, das in die Landschaft sickert. Durch die gestreichelte Verwirrung meiner inneren Luft macht sich linderndes Zwielicht bemerkbar: wir sind zwei, und wir atmen ganz nah beieinander (er sagt mir, daß Erwachsene manchmal die merkwürdigsten Sachen im Kopf haben, er sagt geheimnisvolle Dinge, die ich nicht verstehe); ich will ihn nicht ansehen: ich brauche zwei Augen, um eins seiner Augen zu sehen – und dann sehe ich meistens in mein eigenes Auge: von hier aus ist er sogar noch unsichtbarer, dieser Umarmer: mein Kopf sinkt gegen seinen Hals: «Ich weiß schon, was du willst – du willst dich auf die Mauer stellen – willst du dir den Sonnenuntergang anschauen?» Habe ich genickt? Ich glaube schon: ich nickte feierlich: aber vielleicht hätte es bei ihm keiner Antwort bedurft, da er annahm, mich so gut zu kennen.

Wir bewegen uns, dieser Elefant und ich, wir poltern irgendwelche Stufen hinab, über begraste, unebene Flächen – das verwöhnte Kind in den Armen seines Vaters –, hinter unserem Haus war ein kleiner Park. Sonnenstrahlen sind auf der Kuppel des maurischen Musikpavillons. Der Abend ist feucht, flüchtig, manchmal etwas kriecherisch, halb willkommen zu dieser Stunde des Verbrechens. Der Hals meines Vaters. Die Stoppeln. Die Haut, da, wo die Stoppeln aufhören. Erschöpfung weht mich an: ich bin ein Geschöpf des Versagens, ein Topos des Kindischseins, ein leerer Schädel: jung bin ich, sonst nichts. Wir überrollen die ganze Welt, er und ich, mit seinen Beinen, mit unseren Augen, mit unserem Bündnis. Wir bewegen uns in einem geisterhaften Sturzbach vorwärts: wir sind wir.

Mein Vater riecht so: und fühlt sich so an: ich will dein Vater sein. Schuld und Unschuld strömen in ihm auf und ab. Sein Gesicht, das sehe ich jetzt, da ich mich erinnere, spiegelte ein nicht enden wollendes Erstaunen wider: als hätte ihn irgendeine Grammatik von Tatendrang und Zielstrebigkeit – von vergleichsweise oberflächlicher Zärtlichkeit – immer und immer wieder aufgeschreckt, als hätte sie ihn seit einiger Zeit mit schöner Regelmäßigkeit aufgeschreckt. Er sagte: «Ich glaube, wir müssen dich aufheitern – wir müssen dir zeigen, daß das Leben so übel nicht ist – haben uns wohl nicht übermäßig um die Gefühle eines kleinen Jungen gekümmert, oder?» Ich frage mich, ob Trost immer so ist.

Die Liebe eines Mannes ist schließlich eine ziemlich spektakuläre Sache.

Er sagte – seine Stimme kam von oben – er sprach in die Luft hinaus, ins Zwielicht: «Wir bringen das schon wieder in Ordnung – wirst schon sehen . . .»

Er sagte: «Das gefällt dir doch», und er stellte mich auf den Rand der Mauer, die den Park säumte, den Rand eines

Steilufers, eine Mauer, zu hoch für mich, hinüberzusehen, eine Mauer, die ich nicht überklettern durfte: er stellte mich auf die stoppeligen Steinberge und auf den Mörtelbewurf auf der Mauer. Er schlang die Arme um meine Mitte: ich lehnte mich an ihn: und wagte einen Ausblick, hinaus, dem Salz der Gefahr entgegen, des Anblicks (hundertfünfzig Fuß hoch befanden wir uns mindestens, aber mindestens! Hunderte Fuß hoch in der Luft); dünne, reißende Windgirlanden schlugen mir ins Gesicht, Abendwind, von der frischen Sonne des Sonnenuntergangs geädert, schon stark von Kälte angeweht.

Der Wind schlug mir auf Augenlider, Nase, Lippen. In den Ohren hörte ich ein Summen, das signalisierte, wie hoch, wie einsam wir waren: dieser Anblick eines Flußtals am Abend und die Aussicht auf Teile von vier Counties waren hörbar. Ich sah in die Senke vor mir, ein riesiges Loch, ein immenses, durchhängendes Laken, eine unermeßliche Socke. Es gab darin beseelende Fragmente – Vögel im noch übriggebliebenen Sonnenlicht, Rauchfetzen, von fernem Licht oder Dunst schwach erleuchtet, unerklärlich hie und da schwebend: Strahlen gelben Lichts, hoch oben, einige hohe Wolken berührend.

Am Fuß der Senkung waren Bäche (und der breite Fluß), zu dieser Stunde teils ein wenig düster, teils ein wenig hell, Eisenbahnschienen, Landstraßen, Autobahnen, Häuser, Silos, Brücken, Bäume, Felder, alles mehr als zur Hälfte von der zunehmenden Dunkelheit verborgen: da war das schrumpfende Glitzern weit entfernter Geräusche, von den großen und sich ausdehnenden Schatten meiner Unwissenheit bärtig und punktiert: es war Panorama als persönliches Privileg. Die Sonne am Ende des weiten, vom Sonnenuntergang geschwollenen Himmels war von einem glühenden und dringlichen Orange; eingefaßt von sich ausdehnenden Knospen aus Rosa und stratosphärischem

Gold: am Erdboden gab es ein gelegentliches Aufflackern von Magentarot; ja, das läßt dich starren und keuchen; ein feines, astrales (nicht pastelliges) Rot ritt in einem breiten, großartigen Band quer über den Himmel des Mittelwestens: unter uns, meilenweit, verdichtete sich die Schattigkeit, während wir sie betrachteten (so schien es); über uns erstreckten sich eingefärbte Wolken über den unermeßlichen, schattiger werdenden Himmel: Totenlichter, Versinken überall. Ich stehe auf der Mauer und lehne mich an meinen Daddy, nur vage ergriffen und abgelenkt: der Anblick nimmt mich nicht wie sonst gefangen: teilweise befinde ich mich im Griff des Überschwangs – der Erheiterung – der Eitelkeit –, die sich darauf gründen, daß mein Vater mich hat auferstehen lassen.

Ich begriff, daß er mir Vergessen plus Genuß anbot, das Ende eines Kummers, den man sich für alle Zeiten unter dem Namen GLÜCK würde merken müssen. Das sollte mein Privileg sein. Dieser erstaunliche Mann wird mich vor jeder Anomalie, jedem Stachel, jeder Kränkung retten, die in meiner Existenz auftauchen mögen: er wird mir das Glück übermitteln: und er hat bereits damit begonnen.

«Vertrau mir doch – laß du dich nur weiter aufheitern – sieh dir den Sonnenuntergang an – ein toller Sonnenuntergang, findest du nicht? – alles wird wieder gut und alles – glaub mir – wirst schon sehen – nur die Ruhe . . .»

War er absichtlich ein Schwindler? Er hatte keine klaren Vorstellungen – oft sagte er: «Ich will doch nur das Beste.» Er fand nicht, daß andere Leute auch das Beste wollten.

Ich habe nicht das Gefühl, daß es geraten wäre, mir eine ödipale Theorie anzueignen, um zu erklären, was zwischen uns geschah: nur eine Ahnung davon, wie er war, in seiner Eigenschaft als Mann, wie bestimmte Augenblicke waren, und was gesagt wurde.

Es ist schwer, den vollen, unregelmäßigen, schweren Ton in Sprache zu kleiden, den ein Mann verursacht.

Er wollte immer, daß wir «alle fein angezogen und nett sind, wenn ich von der Arbeit nach Hause komme», wir sollten ihn in einer Haltung heiterer Alles-in-Ordnung-Zufriedenheit erwarten. Elegant wie ein spanischer Prinz saß ich auf der Couch und spielte mit einem überdimensionierten Modell-Lastwagen – welche Konfusion gesellschaftlicher Ansprüche, Technologien, welche Unordnung der Klassenunterschiede. Meine Schwester saß auf einem Stuhl, Knie zusammen, Haare gebürstet: sie nickte ein, wenn Daddy sich verspätete. Sind wir nicht glücklich! Wir sind es tatsächlich oft.

Eines Tages kam er hereingestürzt, erregt, weil er zu Hause war, uns als Publikum hatte und keine Außenseiter, die ihren Text nicht kannten und oft lachten, bestrebt, ihre Rollen in seinen Szenen aufzuwerten. Wir warteten auf ihn, damit er unser Tableau billigte – gewöhnlich sagte er etwas wie, wir sähen aus wie eine nette Familie, oder wir sähen gut aus, oder eine hübsche Versammlung, oder ähnliches – und wir machten uns nicht klar, daß an dem Abend er das Tableau war. Wir behielten unsere Stellung bei und glotzten ihn mit einem gewissen Was-sollen-wir-denn-machen-außer-hier-herumsitzen-und-glücklich-sein-und-lieb? an. Ungeduldig sagte er: «Ich habe eine Überraschung für dich, Charlotte – Abe Last hat doch ein Herz.» Von der Preislage waren die Sprüche meines Vaters: oder: «– hat doch ein Gewissen»; und dann ging er über den Teppich, ein Mann, zappelig vom Erfolg – ein Mann, der an Vaudeville gemahnte, an groteske und sentimentale Filme (er liebte Groteskes, die putzigen Dinge des Lebens, Gefühl). Und wie er so ging, zerrte er Papiergeldpacken mit Banderolen darum aus seinen Taschen hervor, zwei, drei, in jeder Hand. «Da», sagte er, und ließ zunächst ein, dann drei Bündel in Mommas Schoß fallen. «Da», sagte er und ließ zwei weitere fallen: er stieß mit jedem Bündel ein «Da!» hervor. «Laß mich auch mal!» schrie meine Schwester und lief hinüber, um zu gucken – und dann krallte sie sich zwei Bündel und sagte: «Ach, Daddy, wieviel *ist* das?»

Acht- oder zehntausend Dollar, sagte er. Momma sagte: «Charley, und wenn das jemand sieht – vielleicht wird bei uns eingebrochen – warum gehst du solche Risiken ein?»

Daddy räusperte sich nachdrücklich und sagte: «Du verstehst keinen Spaß – wenn du mich fragst: du hast Angst davor, glücklich zu sein. Morgen trage ich es auf die Bank – falls ich einen ehrlichen Bankier finden kann – hier, junge Dame: leg das Geld wieder hin: du willst doch nicht, daß deine Mutter recht behält, oder?»

Dann sagte er: «*Einen* Menschen kenne ich in der Gegend, der weiß, wie man sich freut–», und er hob mich hoch, hielt mich in seinen Armen.

Er sagte: «Wir gehen jetzt ein Stück vor die Tür, dieser junge Mann und ich.»

«Was soll ich mit dem Geld machen?»

«Stopf es unter die Matratze – mach einen Salat daraus: du jammerst doch immer übers Geld», sagte er mit einer Stimme, die sonor war vor lauter Autorität und Männlichkeit, von verschiedenen Erfolgserlebnissen auf Vordermann gebracht – als habe er ein Königreich errungen und dazu die Gewißheit, ehrenvoll in den Geschichtsbüchern der Neuzeit erwähnt zu werden; ich legte den Kopf zurück und lächelte dieses stattliche Tier an, den rosigen – und feigen – Panther im Beutesprung; und dann blickte ich über seine Schulter, neigte den Kopf und sah Momma an, voller Mitgefühl.

Meine Schwester rief: «Ich weiß auch, wie man sich freut ... ich komme mit! ...»

«Ja, ja», sagte Daddy, der *nie* abgeneigt war, wenn es um

die Erweiterung von Glückssphären und Domänen der Rührung ging. Er nahm sie bei der Hand und hielt mich auf dem Arm.

«Laß ihn runter», sagte meine Schwester. Und: «Er ist doch schon groß – du wirst ihn noch zum Feigling machen, Daddy...»

Daddy sagte: «Sei still und freu dich über das Licht – es ist genauso schön wie in Paris und trotzdem auf unserem ureigensten Hinterhof.»

Aus schierer Narretei oder weil sie seine Aufmerksamkeit auf sich ziehen wollte oder aus Habgier machte meine Schwester beharrlich weiter: sie fragte, ob sie sich für das Geld etwas kaufen könne; er wich ihrer Frage aus; und sie ließ nicht locker; und das machte ihn mürrisch, so mürrisch, daß er ins Haus zurückging und Momma beschuldigte, sie habe ihrer Tochter nie beigebracht, daß man nicht habgierig ist – er streckte sich, ungestüm, mißvergnügt, halb wütend, auf einem Sessel aus: «Ich kann mich über gar nichts mehr freuen – wie soll denn ein Mann in diesem Haus mit euch allen zusammenleben – ich schwöre zu Gott, das bringt mich noch mal um, und zwar bald...»

Momma sagte zu ihm: «Ich kann nicht an das glauben, an was du glaubst – ich bin kein kleines Mädchen mehr: wenn ich den Idioten spiele, ist es nicht überzeugend – du wirst wütend, wenn ich es versuche. Du solltest dich nicht über sie ärgern – du hast sie mehr verwöhnt als ich – wie soll sie sich denn deiner Ansicht nach verhalten, wenn du ihr das viele Geld zeigst – was für einen Einfluß hat Geld auf die Menschen, was glaubst du?»

Ich sah ihn an, um die Antwort zu erfahren, um zu sehen, was er antworten würde. Er sagte: «Charlotte, versuche, eine Rose zu sein, kein Dorn.»

Zu jeder Zeit und überall besteht die Möglichkeit, daß ich zu sprechen beginne oder etwas ansehe, und dann fühle ich, wie sein Gesicht mein Gesicht bedeckt, wie während eines Kusses und wie eine Maske, von beiden Seiten: und ich bin in ihm, in seiner Anwesenheit, in seinem Denken, in seiner Sprache: *Ich* bin dann einen Augenblick lang sprachlos, eine mechanisch wiederholende Gliederpuppe, das eingesackte Stück eines versunkenen imaginären Flusses.

Ich kann nicht alles selbst erfinden: manches muß immer etwas sein, das ich bereits kenne: manches in mir muß immer er sein.

Wenn er mich aufhob, glich sich mein Bewußtsein dieser Stellung an: ich erinnere mich – ganz klar. Er konnte mich bestrafen – und tat das auch –, indem er sich weigerte, mich hochzuheben, indem er mir diese Vereinigung verweigerte. Natürlich war diese Vereinigung nicht einseitig: ich war seine Unschuld – das heißt, solange ich keine Anklage war. Ich rügte ihn – rügte ihn, wenn er sich als Vater fühlte, ganz bewußt als Vater, dann hielt er Teile seines anderen Lebens, seiner ganzen Person zurück: seine Schatten, seine Eindrücke, seine Abenteuer paßten dann nicht mehr so reibungslos in mich hinein – was für eine plumpe, absurde Vergewaltigung wäre das gewesen.

Also war er *vorsichtig* – er *ging auf Eiern* – es lag eine eigenartige Höflichkeit darin, wie er sich hinter seine Geheimnisse zurückzog, hinter seine geheimen Kümmernisse und Schrecken, hinter den Vorhang des Was-ist-gut-für-das-Kind.

Manchmal wird er einfach zu einer Anordnung von Begrenzungen, von Mauern, hinter denen mein erstaunliches Zartgefühl hin- und hergeworfen wird und Echos hervorruft, die noch dadurch verstärkt werden, daß ich sein Sohn bin und in seinen Armen und sehr weit oben; und er legt sein Zartgefühl ab oder formt es nach dem meinen, nach meiner Freude, übernimmt die Färbung seiner Gefühle von mir, wie ein Spiegel oder Zwilling: sein unfaßbares Leben, mit seinen Stärken, Prüfungen, Triumphen, Verbrechen, Schrecken, mit Trauer und Ekel, sein Leben wird umhüllt und augenblicklich durch meinen direkten und meinen indirekten Trost gelindert. Mein Starren, die Freude, die ich an ihm hatte, mein Bestreben, er zu sein, meine Freude darüber, all das stützte den barocken Turm seines notwendigen, aber begrenzten und vielleicht unehrlichen Optimismus.

Einmal stritten sich Momma und er über Geld, und er verließ uns. Oh, war das traurig und bedrückend zu Hause. Ich begann gerade, mich aufzuregen, aber dann zog ich mich in einen undurchdringlichen Stumpfsinn zurück: ich wußte nicht, was besser war als die Verzweiflung. Ich wurde ins Bett gesteckt und schlief auch tatsächlich ein: mitten in der Nacht wachte ich auf; er war zurückgekommen und saß auf meinem Bett – im Dunkeln – ein großer Schatten unter Schatten. Er streichelte mir die Stirn. Als er sah, daß meine Augen offen waren, sagte er mit sentimentaler, schwerer Stimme: «*Dich* könnte ich nie verlassen –»

Er meinte das nicht richtig ernst: ich war eine Ausrede: aber er meinte es doch ernst – daß er es ernst meinte und nicht ernst meinte, war wie das Auf und Ab einer Welle in mir, zwischen uns beiden, zwischen ihm und mir (bei anderen Anlässen dachte er an andere Wahrheiten, andere als das Mich-könnte-er-nie-verlassen). Er beugte sich vornüber, sentimental, nicht anmutig, und er begann, mich zu umarmen; er senkte den Kopf, auf meine Brust; mein schwacher Herzschlag löste sich im nahen, meßbaren, gepeinigten, abgehackten, von Gefühlen angeschwollenen Herzschlag auf, der der seine war. Flink drang ich weiter in den Wachzustand vor, erlangte stürmisch mein verschwommen wachsendes Bewußtsein wieder, nahm die Dunkelheit wahr, seine Anwesenheit, seine Umarmung. Es ist Daddy, es ist Daddy – noch ist es dunkel – Wachheit strömte in das dunkle Grab oder in den dunklen Wald seiner mächtig ausgedehnten Anwesenheit. Seiner Zärtlichkeit. Meine Arme stockten: ich war unfähig zu einer gleichwertigen Umarmung – ich konnte *ihn* nicht hochheben – ich besaß noch nichts Gleichwertiges, außer meinem Charme oder Was-auch-immer, außer den Dingen, die die Erwachsenen mir gegeben hatten – nein, keine Dinge: Wesenszüge, Vorzüge. Ich meine: Wenn ich seinen Kopf umarmte, dann war das nichts, bis er sagte: «Ach, du liebst mich … Du bist in Ordnung …»

Momma sagte: «Sie sind sich so nah wie zwei Erbsen in der Schote – sie sind sich völlig ähnlich – dieses Kind und Charley. Für Charley ist das Kind der liebe Gott …»

Er hat mich nicht immer geliebt.

Damals, mitten in der Nacht, hob er mich etwas später auf, wickelte mich in eine Decke, drückte mich an sich, trug mich im Dunkeln die Treppe hinunter; wir gingen hinaus, in die Nacht; es war dunkel und kühl, aber es gab einen Mond – ich dachte, er würde mich zur Mauer bringen, aber er blieb auf unserem Hinterhof stehen. Es wurde ihm lästig, mich zu lieben; er war abgelenkt und vergaß mich: die Liebe, die eben noch so nachdrücklich und fest an mir herumgeklammert und -gedrückt hatte, entfernte sich, und ich war entlassen, in die kühle Nachtluft, die fließende Feuchtigkeit, die Stille, und um uns die verdunkelten Häuser.

Ich sah den silbernen Mond, hörte den Atem meines Vaters, fühlte, wie kratzig die Wolldecke auf meinen Händen war, bemerkte ihren Geruch nach Wolle. Ich hatte diese Empfindungen allein, und ich wartete. Dann, als er nicht zurückkam, wurde ich schläfrig und legte meinen Kopf gegen seinen Hals: er war nirgends in meiner Nähe. Ich schlief, in seinen Armen, allein.

Immer und immer wieder scheint ein Augenblick wiederaufzutauchen, etwas scheint in seiner Ganzheit wiederzukehren, ein Name scheint nennbar und korrekt zu sein: und wir sagen, das passiert immer. Aber wir haben natürlich unrecht.

Er hat eine äußerst merkwürdige Wahl getroffen, als er beschloß, mich zu lieben.

So anders als er, was Dinge betraf, die mich in Erstaunen versetzten.

Ich bin ein Kind von seinem Geist. Er hat mich oft gerettet.

Unsere Verbundenheit äußert sich in überfallartiger, zupackender und einschmeichelnder Zuwendung, darin, daß einer sich vom anderen unterhalten läßt, für den Augenblick.

Ich frage Sie, wie soll so etwas andauern?

Manchmal, wenn wir uns voneinander unterhalten fühlen, werden wir dreist, aber genauso oft, genauso oft sind wir befremdet, und wir wenden den Blick ab.

Seine Erinnerungen an das Grauen sind bestimmter als meine. Seine Ahnungen sind schrecklicher. In mir gibt es Dunkles, vor dem ich mich fürchte, aber das Dunkel in ihm ist wie das Dunkel auf dem Hof, ein Dunkel, in das ein Kind sich einschleichen könnte (was auch geschehen ist) – ein Dunkel voller unsichtbarer, schattenhafter, beinahe strahlender Anwesenheiten –; die Furcht, die Gefahr: sie werden herbeigewünscht – schwer zu begreifen – mit dem Appell an die Tapferkeit: die kindische Bravour des *Dies muß ich durchstehen* (im Wissen, daß ich nach Belieben wegrennen kann).

Das Kind berührt mit seinen vorgestülpten, gespitzten, unwissenden Lippen das große, hübsche, seltsame, feuchte Gesicht seines Vaters, der ebenfalls wegrennen kann. Gefährlicher.

Er hat ein Auto verschenkt, das er für ein neues in Zahlung geben wollte: er schenkte es einem Mann, der finanzielle Schwierigkeiten hatte; er tat das nach einem Film über Verrückte, die miteinander und mit allen anderen Leuten liebevoll und freundlich umgehen: Momma sagte zu Daddy: «Du kannst nicht einfach alles machen, was du willst – du kannst nicht einfach deinen Gefühlen gehorchen – du hast Familie ...»

Nachdem er einen Film gesehen hatte, in dem ein Kind einen alten Mann aufheitert, nahm er mich auf einen Besuch bei einem alten Mann mit, der wahrscheinlich ein entfernter Verwandter war und mich auf den ersten Blick haßte: wie bunt ich angezogen war, der Krach, den ich vielleicht machte, die Zuneigung meines Vaters zu mir: «Sitzt er auch still? Ich kann keinen Lärm vertragen. Charley, hör zu, mir geht es gar nicht gut – ich glaube, ich habe Krebs, und sie sagen es mir nicht –»

«Einen alten Kämpfer wie dich kann doch nichts umbringen, Ike ...»

Der alte Mann forderte Charleys ganze Aufmerksamkeit – und Kraft, während er berichtete, wie grausam mit den dünnen Fäden und dickeren Seilen herumgespielt wurde, die ihn mit dem Leben verbanden.

Später tätschelte mich Daddy, aber er war seltsam gelangweilt und enttäuscht von mir, als hätte ich bei etwas versagt.

Er schien nicht mit sich ins reine kommen zu können, was meinen Wert für ihn oder für die Welt im allgemeinen betraf; er lebte im Mittelpunkt seiner intellektuellen Unzulänglichkeiten und seines moralischen Stolzes: es müßte wahr sein, er brauchte das, als wesentliche Tatsache, daß Güte – oder Unschuld – in ihm steckte oder von ihm beschützt wurde, und daß er, deshalb, ein guter Mensch, ein guter *Mann* und anderen Männern überlegen war, und nicht gewisse übliche männliche Schicksale – Schrecknisse, Mutproben, gewisse Schmerzen – verdiente. Es war für ihn lebenswichtig, daß es wahr war, daß er wußte, was richtige Güte war und daß er sie in seinem Leben besaß.

Das lag vielleicht daran, daß er nicht an Gott glaubte, und daran, daß er (mit einer gewissen Eigenliebe) das Gefühl hatte, die Menschen draußen in der Welt könnten ihn nicht leiden und seien unnötig schwierig – «lieblos»: er sagte es oft –, und daran, daß es stimmte: er war schockiert und voller Schuldgefühle und sogar verbittert, wenn man ihn «zwang», ebenfalls lieblos zu sein, oder wenn er in sich selbst etwas wie Grausamkeit entdeckte oder grausame Neugier oder physische Feigheit – Gott, wie er es haßte, ein Feigling zu sein – oder Haß, physischen Haß, sogar mir gegenüber, wenn ich zurückhaltend oder ausweichend oder uninteressiert war oder wenn ich ihn satt hatte: das zerfleischte ihn, buchstäblich – dann packte ihn der Wahnsinn, in verschiedenen Abstufungen wie in einer griechischen Tragödie: ich sehe seinen Mund, seinen lachsfarbenen Mund, der verschiedene Grade des Sarkasmus ausdrückt – Sarkasmus, der sich zur Bitterkeit steigert, und sogar eine Wildheit ohne Tränen, die mir, als Kind, immer wieder eingab, er sei den Tränen nahe, habe aber vor lauter Wildheit vergessen, daß er eigentlich weinen wollte.

Oder er entdeckte einen Beweis, der vorläufig nicht abzuleugnen war – für widersprüchliche oder idiotische Äußerungen, die er getan hatte, oder nicht eingehaltene Versprechen, die er eindeutig nie hatte einhalten wollen, die einzulösen er nie Anstalten gemacht hatte – einen Beweis, daß er ein Betrüger war; und manchmal lachte er, weil er ein Betrüger war – ein gutherziger Betrüger, glaubte er – oder er war grämlich oder wütend, ein Betrüger, entweder durch die Streiche der Sprache überführt, weil er Zuneigung ausdrücken wollte und dabei zuviel gesagt hatte; oder durch Habgier und Selbstsucht überführt: er haßte den Beweis, daß er so verteufelt wankelmütig war: daß er sporadisch und egoistisch liebte, und oft mit Wut und Rachlust, und dieser Wahnsinn, den ich schon erwähnt habe: all dies ertrug er nicht: meist vergaß er sie; aber manchmal, wenn er zärtlich war, oder edelmütig, oder aufopfernd, dann seufzte er und war sehr traurig – vielleicht, weil er nur vorübergehend edel war. Ich weiß es nicht. Oder traurig, weil er es nur schaffte, wenn er Zeit hatte und dazu in der Stimmung war. Manchmal vergaß er das Ganze und war wunderbar zuversichtlich – oder war das Bluff?

Ich weiß nicht. Ich kann wirklich nicht für ihn sprechen.

Ich sehe meine Hand an und dann seine; es ist mir nicht recht begreiflich, daß beides Hände sind: meine Hand ist bloß eine Art Hand. Er sagt mir immer wieder, daß ich ihn nicht aus der Fassung bringen darf, er erzählt mir von der Macht, die ich über ihn habe; ich weiß nicht, wie ich mit einer solchen Tatsache fertig werden soll – ist es eine Tatsache? Ich starre ihn an. Der Schmerz, den das Leben verursacht, rüttelt mein Inneres auf: wieder: wieder: und *wieder* – es schmerzt, wie ich einmal nur versuche zu glauben, dann wieder gelingt mir ein vollkommener Glaube, dann wieder bringe ich nur einen Versuchsglauben zustande.

Lange war für mich alles Glaube, was stillsaß oder sich bewegte, mich nicht anfiel und nicht vor mir davonstürzte, sondern es zuließ, daß ich es anschaute oder ihm nahe war, ohne daß so etwas wie Sicherheit-es-nicht-zu-verlieren zur Debatte stand.

Diese Welt ist ausweichend.

Aber jemand, der sich betrachten läßt, ist nicht ausweichend, ist nicht verletzend, nicht für den Augenblick: das ist wie im Schlaf, wo *der Andere* wartet – der Traummeister – und es Türen gibt, Korridore, die in andere Zimmer führen, in denen das Licht anders ist, und die ich betrete, um es zu finden – was? Daß jemand nicht mehr da ist? Daß das Zimmer leer ist? Oder vielleicht finde ich eine Aussicht vor, Zimmer, Bogengänge, und ein Fenster, und einen blühenden Pfirsichbaum – einen Baum mit pfirsichfarbenen Blumen in der Einsamkeit der Nacht.

Ich sterbe vor Kummer, Daddy. Ich warte hier, vor Verlassenheit, vor Erschöpfung gelähmt: vielleicht sollte ich doch an Gott glauben...

Die Tugenden meines Vaters, von denen ich träumte, die ich sah, wenn ich wach war, die ich verstand und mißverstand, waren, so empfand ich sie, im Träumen und im Wachen, als ich ein Kind war, wie eine breite Landstraße, die in eine kleine, staubige Stadt führt: in mich; und auf der Straße kamen Bischöfe und Spruchbänder, chinesische Prozessionen, tanzende Chassidim, Ruhm und Ehre der Nation *in Gestalt ihrer jungen Menschen*, Baseballspieler, Sänger, die «aus übervollem Herzen» sangen, Automobile mit Kühlergrill und ernsthafte oder komische Unterweisungen daher. Dieser Mann war mit mir verbunden, und er erfüllt mich mit festlichem Überfluß, mit festlicher Wunderlichkeit; er sagt: «Ich glaube, du liebst mich.»

Er hatte recht.

Er bewegte seinen Kopf – sein riesiges Gesicht –, und in seinen Augen konnte man die kleine Stadt betrachten, die ich war, in ihrer vorübergehend kultivierten Festtagsstimmung, eine kleine Stadt, die nach allen Seiten Beweis ablegt von ihrer Arroganz und ihrem Wohlstand und ihrer verwunderten Zufriedenheit.

Er unterwies mich auch im Haß: nicht mit Absicht, nicht offen: aber ich sah das eigentümliche Summen der von ihm stirnrunzelnd zur Kenntnis genommenen Widrigkeiten, und ich übernahm die Unflätigkeit, zu der er fähig war, wenn er etwas von sich wies: einen Ruch von Sollen-sie-sich-doch-alle-gegenseitig-umbringen. Er haßte viele Menschen, ganze Rassen: er haßte häßliche Frauen.

Er entfaltete und vermittelte eine merkwürdig verdrehte Pracht zum Thema Widerwärtigkeit – denn *er* wußte darüber Bescheid: jeden Tag befaßte er sich eingehend damit. Er befahl mir, dies nicht zu wollen, über jenes nichts erfahren zu wollen: er befahl mir, einfach weiter das zu sein, was ich war – «ein lieber Junge».

Wenn er sagte, etwas sei unerträglich, dann meinte er das so; er meinte damit, daß er es nicht ertragen konnte.

In meinen Erinnerungen an diesen Abschnitt meines Lebens scheint es immer Sommer zu sein, sogar, wenn die Erde weiß bedeckt ist: ich glaube, es scheint wie Sommer, weil mir nie kalt war.

Ach ja: ich wollte noch sehen . . .

Mein Vater, wenn er ganz unten war (von der Stimmung her), machte seine Kontrollgänge, im Kopf, überprüfte sein Bewußtsein, um zu sehen, ob es gegen Übergriffe des «Unerträglichen» gesichert war: was er vorfand, war ein Alles-in-Ordnung inmitten stiller Leere . . .

Wenn nichts eingedrungen war, fand er die schlaffe, behagliche Selbstzufriedenheit des Alles-in-Ordnung.

(Die Frauen liebten dieses Eindringen – bis zu einem gewissen Punkt.)

Eines Tages kam er nach Hause, geheimnisvoll, aufgekratzt, mit Hut und Anzug angetan, strahlend, schmuck, ein bißchen verschwitzt – an dem Tag war es wirklich Sommer. Er war aufgekratzt, wie ich schon sagte, aber mir gegenüber nervös – vor Verheißungen fiebernd.

Außerdem war er, ja, irgendwie verärgert, ins Recht gesetzt, vor aller Welt, vor mir, was nicht unbedingt als Drohung zu verstehen war (falls ich nicht darauf einging), sondern als allgemeine Verwirrung.

Er weckte mich aus einem Mittagsschlaf, einem unbehaglichen Mittagsschlaf, hob mich aus dem Bett, mich, der ich ihn an diesem Nachmittag nicht erwartet hatte – an einem Tag, an dem ich nicht sonderlich froh war, nicht sonderlich entzückt von ihm, nicht im mindesten entzückt von ihm, wirklich nicht.

Er zog mich höchstpersönlich an. Erst behielt er seinen Hut auf. Später nahm er ihn ab. Als ich angekleidet war, sagte er: «Heute bist du ja ganz schön muffig», und er setzte seinen Hut wieder auf.

Er zerrte mich treppab; er umklammerte mein Handgelenk mit seiner enormen Handfläche – unmittelbar und gigantisch für mich, eine vage tiefere Bedeutung ahnen lassend, mit der ich nichts anfangen konnte, außer sie, von Zeit zu Zeit, in meinem kindischen Leben, vage anzustarren.

Wir gingen hinaus in die niederschmetternde Hitze, in das blendende Licht, das blöd stammelnde, summende Nachmittagslicht eines Sommertags im Mittleren Westen: ein wohlvertrauter Schmelzofen.

Dann hob er mich in seinen Armen hoch – sehr weit nach oben.

Er trug mich, um mir zu helfen, denn die Hitze war schlimm – und noch schlimmer auf dem Bürgersteig, der sie nach oben, mir ins Gesicht, reflektierte, und weil meine Beine kurz waren und weil ich zappelte, denn er war in Eile und trug mich gern, und weil ich muffig war und ihn mit meinem Unglück erpreßte, und weil er freundlich war, und zwar mit einer gewissen – begrenzten – Mischung aus Verbitterung-die-sich-allmählich-zu-einer-Abstufung-sterblicher-Liebe-wandelt.

Oder, eine andere Gelegenheit, so richtig frühmorgens, als die Luft noch teils schlief, teils schon tanzte, aber verschleiert, unter schwerer Feuchtigkeit zitternd. Hier und da brach sich die Luft zu pastellfarbenen Perlenketten, rosa, blaßgrün, kleine Regenbogen, wirklich klein, und sehr eng. Daddy schritt rasch aus. Ich hüpfte in seinen Armen auf und nieder. Mein Blick war getrübt – auch er hüpfte auf und nieder. Die Dinge waren mehr als nur da: sie drückten sich gegen mich: sie besaßen die Lebendigkeit von Mythen, wie zu Beginn eines Abenteuers, wenn bisher noch nichts erklärt ist.

Ganz plötzlich waren wir an einem uferlosen Fluß aus gelbem Licht. Um ehrlich zu sein, es war wie ein langer hölzerner Balken aus frischem, noch nicht verwittertem Holz: aber trotzdem tauchten wir hinein: und dann verwandelte er sich in Licht, in kühleres Licht als das Licht im heißen summenden Nachmittag, aber voller Hitzepartikel, die sich an mich hefteten und dann fortgeblasen wurden, eine Halbhitze, nicht wirklich freundschaftlich gesinnt, aber beruhigend: und nur sehr gedämpft schweißtreibend; und sie wuchs, sie breitete sich aus: dieses Licht wurde zu einer Strickmütze aus Licht, pelzig, warm, gehäkelt, kratzig: sie wurde mir über den Kopf gezogen, über das Haar, die Stirn, die Augen, die Nase, den Mund.

Also barg ich mein Gesicht vor der Sonne – so, daß es meist gegen den Hals meines Vaters gepreßt war –, und dann wußte ich, auf kindische Weise, merkte es an der Hitze (seines Halses, seines Hemdkragens), wußte es aus kindischer Beweisableitung heraus, daß sein Gesicht vor der Helligkeit um uns völlig ungeschützt war: und ich sah hin; und es war so: sein Gesicht: im Augenblick noch nicht verlegen, war in diesem Licht gefangen. In einer zufälligen Glorie.

Pubertät

Manchmal kann ich in New York rings um mich her eine Zone der Belustigung und des Zweifels schaffen, indem ich sage, daß ich bei den Pfadfindern war.

Ich bin jetzt vierundvierzig Jahre alt und habe einen Bart – ich nehme an, mich umgibt etwas, das meine Zugehörigkeit zu den Pfadfindern unwahrscheinlich macht.

Ich glaube nicht, daß das meine Schuld ist.

Ich war 1942 bei den Pfadfindern. Ich war gerade von einem Meter sechzig oder einundsechzig auf ungefähr einen Meter dreiundsiebzig geschossen; ich sah vorübergehend unproportioniert aus, mit kurzen, stämmigen Beinen und fast viereckigen Füßen – sie hatten sich schon gewölbt, aber meine Zehen waren noch immer die eines Kindes. Ich hatte noch andere körperliche Anomalien dieser Art aufzuweisen: dicke Knie und stockdünne Oberschenkel.

Meine Eier waren in die Hodensäcke gewandert; mein Schwanz war gewachsen – er war jetzt dreizehn Zentimeter lang, nicht besonders dünn und dafür, daß ich ein Kind war, groß –, und er wuchs weiter.

Nach gewissen Standards war ich das klügste Kind im ganzen Staat Missouri. Ich war Jude (das bin ich noch) und bis dahin sehr häßlich gewesen, und das war ich, neben meiner Unproportioniertheit, auch weiterhin, aber langsam entwickelte ich mich, langsam zeigte sich eine blasse, durchscheinende Körperlichkeit, die in dem Vorort, in dem ich damals wohnte, glaube ich als «süß» bezeichnet wurde – nicht im Sinne von «knuddelig», sondern im Sinne von «interessant». Ich hatte abstehende Ohren: Als ich aufs College ging, ließ ich sie mir anlegen, weil ich die Probleme, die sich ergeben, wenn das Aussehen falsche Aussagen über das Wesen macht, leid war. Mein Vater hatte ein krankes Herz und war gewissermaßen ein Invalide; er machte hin und wieder Geschäfte auf dem Schwarzmarkt – es war Krieg, und vieles war rationiert. Meiner Mutter ging es seelisch nicht gut. Ich erwähne diese Dinge, weil sie für meine Stellung in der Gemeinschaft von Bedeutung waren.

Alle Pfadfinderzüge, die ich kannte, gehörten zu einer Kirche oder einer Reformsynagoge – ich glaube, orthodoxe Synagogen spielten dabei keine Rolle. Jeder Zug hatte den sozialen Rang der Glaubensgemeinschaft, die ihn gegründet hatte.

Die Zugehörigkeit zu einer Reformsynagoge kostete Geld: Man mußte dieses zusätzliche Geld haben und bereit sein, sich im Mittleren Westen, zwischen all diesen Getreidefeldern, auf jenes Durcheinander aus sozialem Aufstieg und Anpassung an angelsächsische Gepflogenheiten, aus individueller Einsamkeit und der Religion als einer Ansammlung von Dogmen und Fragen zu weltlichen Angelegenheiten, zum Schicksal der Juden und zum Wesen der Schuld einzulassen. Bei uns gab es eine Sonntagsschule und Konfirmationen – mit Ausnahme der Nase des Rabbis war an der ganzen Sache nichts Jüdisches: es war die knochigste, größte, gebogenste Nase, die mir im Leben je begegnet ist; außerdem fuchtelte er beim Reden viel mit den Händen herum. Angeblich war er ein «guter Redner», aber ich glaube, daß es seine Nase und seine Hände waren, daß es seine jüdische Erscheinung war – ich kann mich nicht erinnern, daß er je eine Bemerkung über Religion gemacht oder irgendein Interesse an spirituellen Dingen gezeigt hätte –, die es ihm ermöglichte, 1942 ein Jahresgehalt von fünfundzwanzigtausend Dollar aus den russisch-jüdischen Magnaten im Gemeindevorstand herauszuholen – übellaunigen, heimlichtuerischen, rastlosen, schlauen Männern mit maßgeschneiderten Anzügen und flinken Augen.

Der Rabbi war so neidisch auf ein Buch mit dem Titel *Peace of Mind*, das von einem Rabbi aus Boston geschrieben worden war und ein Bestseller wurde, daß er selbst ebenfalls ein Buch schrieb und es *Peace of Soul* nannte – er wollte so gern berühmt werden. Er ließ es auf eigene Kosten drucken und schickte es, in neutrales braunes Papier verpackt und mit einer beigelegten Rechnung, an jedes Mitglied seiner Gemeinde: Ehepaare bekamen zwei Exemplare und zwei Rechnungen, jede über drei Dollar.

Wir waren Mitglieder der Reformgemeinde, weil der Bruder meiner Mutter im Vorstand saß. Er war für dortige Verhältnisse ein reicher Mann, und ich war intelligent; und entweder besaß er ein unterentwickeltes Gefühl für seine Verpflichtungen gegenüber der Gemeinschaft, oder er war verärgert über seine beiden Söhne: er fand nicht, daß sie intelligent waren. Ich fand sie intelligent genug. Der eine wollte Künstler werden, probierte der Reihe nach die Künste durch und bestand darauf, unglücklich zu sein, was seinen Vater sehr nervös machte. Mein Onkel war mager. Sein anderer Sohn war der vollkommene Angelsachse, bis auf seine Nase, die aussah wie eine Erdnuß: auch dies mißfiel meinem Onkel, obwohl dieser Sohn tapfer, athletisch und durchaus sympathisch war; er trank und gab eine Menge Geld aus, und zweimal fuhr er den Cadillac der Familie zu Schrott, wobei er einmal in das Pförtnerhaus an der Zufahrt zu der umzäunten Wohnanlage krachte, in der das Haus meines Onkels stand. Seine Mutter sagte über diesen Sohn: «Er ist so tapfer: Sein Mund ist wie mit Draht verschlossen, und nie beklagt er sich.» Mein Onkel meinte, sein Sohn sei meschugge, und um ihn und den anderen ebenso zu ärgern, wie sie ihn ärgerten, lobte er mich in den höchsten Tönen und «tat etwas» für mich: Er schickte mich in die Sonntagsschule oder bezahlte das Beitrittsgeld für die Pfadfinder; er bezahlte nicht nur das Beitrittsgeld, sondern bestand auch darauf, daß der Zug mich zum Beitritt drängte, da ich gar keine Lust dazu hatte. Es sah so aus, als wäre ich es dem Judentum und den Kriegsanstrengungen schuldig, Pfadfinder zu werden.

Der Zug stand in dem Ruf, aus drei Arten von Jungen zu bestehen: den Kultivierten, den Möchtegern-Kultivierten, die es wahrscheinlich nie schaffen würden (kultiviert zu sein), und denen, die wild, verrückt, hartgesotten oder streitsüchtig waren oder irgendeinen Fimmel hatten. Ich war immer der Meinung, daß Kultiviertheit ein Witz ist, und das meine ich noch immer, aber ein paar von den Jungen fand ich sehr beeindruckend: Zwei der älteren, die ein bemerkenswert ausgeglichenes Temperament besaßen und, mit Ausnahme der unausgesprochenen Erwartung, ihr Führungsanspruch möge anerkannt werden, nie irgendwelche Anzeichen von Grausamkeit oder Hochmut zeigten, unterhielten sich miteinander nur auf Latein. Ein anderer konnte ganze Shakespeare-Stücke auswendig. Und zwei der Jungen konnten Passagen aus einem Quintett von Brahms summen – so etwas schaffte ich nicht. Aber ich war eine lokale Berühmtheit, und das waren sie nicht. Ich konnte mich in der Schule durchsetzen und einen Lehrer dazu bringen, einen unfairen oder unklar formulierten Test noch einmal schreiben zu lassen, und zwar nicht um meinetwillen – meine Noten waren immer gut; manchmal wurde behauptet, mein Durchschnitt läge bei 0,9 –, sondern für meine Klassenkameraden. Außerdem akzeptierten mich die Arbeiterkinder in der Schule, die in der Minderheit waren, wegen meiner Flüche und auch aus anderen Gründen: Ich war jemand, bei dem sich die Kinder aus den verschiedenen Mittelstandsfamilien, die paar Reichen und die nur wenig zahlreicheren Armen trafen. Es gab noch zwei oder drei andere, für die das galt (darunter auch zwei politisch aktive Mädchen), aber sie waren gute Kinder und hatten nicht Thomas Mann gelesen. Wegen der mißlichen Lage meiner Eltern und der Art, wie ich mit ihnen umging, galt ich als guter Junge, aber ich hatte etwas an mir, das eindeutig nicht gut war, etwas Anomales und Verwirrendes; es ist zwar unwahrscheinlich, aber wahr, daß ich alles in allem mit Respekt behandelt wurde; und darum bescheinigte man mir, um die Anomalität und Fremdheit aufzulösen, Güte.

Damals herrschte in guten oder «distinguierten» Familien ein entschieden moralischer Ton: der soziale Aufstieg besaß eine moralische Komponente – das betraf beispielsweise die Frage, wieviel man für wohltätige Zwecke gab und wie viele wohltätige Werke man tat –, und dieser moralische Ton war kultiviert: dazu gehörten Euphemismen wie «verscheiden» und «diese Welt verlassen». Als Kind, das es manchmal nicht schaffte, den Sprachcode der Erwachsenen zu knacken, war ich der Meinung, daß jemand, der einen Fick nicht offen und ehrlich einen Fick nannte, auch in anderen Dingen log. Außerdem ist man, wie Sie sich vielleicht erinnern, mit elf oder zwölf Jahren, vor oder während der Pubertät, in einer besonders unangenehmen, intellektuellen, realpolitischen Phase – jedenfalls gilt das für manche, ganz gleich ob Jungen oder Mädchen. Ich hatte eine eindeutig moralische Position inne, und zwar eine hohe, aber sie basierte nicht auf den richtigen Dingen; die Leute behielten mich jedoch nicht so genau im Auge und hatten daher das vage Gefühl, daß ich tatsächlich kultiviert sei. Inzwischen wütete der Krieg. Ich besaß riesige Landkarten mit Fähnchen, und ich machte mir Sorgen über die Strategie, die Qualität des Kriegsmaterials und der Führung der Alliierten – Churchill war in militärischer Hinsicht eine totale Niete –, die Probleme mit der Tapferkeit und den täglichen, unablässigen Horror dessen, was ein Proust-Übersetzer «eine blutüberströmte, ständig erneuerte Hecke aus Männern» genannt hat.

Wenn das Leben freundlich – na ja, freundlicher – wäre, könnte man auf Einsteins Katzenjammer eingehen, hätte Zeit und Platz für Nachforschungen, könnte ein paar Anekdoten, Nuancierungen einbringen – aber man wird weitergehetzt. Man muß darauf verzichten, die Rangbezeichnungen bei den Pfadfindern, von Wölflingen bis zu Rudelführern, zu erörtern, die Medaillen, die Kleidung, die sich zum Teil an die von den Engländern im Burenkrieg entwickelten Uniformen anlehnte. Da wäre das Thema der Anglophilie – wo ist die Anglophilie jener Zeit eigentlich geblieben? – und der Ausrüstung: Woher kamen mitten im Krieg all diese Schlafsäcke, Äxte und Messer? Vielleicht hatten alle einen älteren Bruder.

In Kleinstädten ist die Aufteilung nach gesellschaftlichen Klassen relativ einfach: Die Grenze verläuft zwischen der Respektabilität und dem Rest – wenn die Reichen der Kleinstadt nicht respektabel sind, werden sie ausgeschlossen. In einer Großstadt ist die Sache komplizierter. Die Pfadfinder hatten ihren Ursprung von Anfang an im Klassensystem, allerdings in einem eingebauten doppelten Sinn: Es sollte Züge für arme Jungen geben, damit auch sie eine Chance bekamen, rein zu sein und so weiter; das Hauptziel aber lag, glaube ich, darin, die Mittelklasse oder die obere Mittelklasse an das Leben in freier Natur zu gewöhnen, damit sie im Burenkrieg die Führungsrolle übernehmen konnte. Es war eine paramilitärische Truppe von Jugendlichen, die die Kniffe des Guerillakriegs in offenem Gelände – oder vielleicht auch im Wald – vermitteln sollte. Allerdings war die Truppe nicht auf dem neuesten Stand: zu meiner Zeit beschäftigten die Pfadfinder sich noch mit Morsezeichen und Flaggensignalen; dabei gab es schon Sprechfunkgeräte, und man verwendete keine Codes, sondern Slangausdrücke (jedenfalls behaupteten das die Zeitungen). Außerdem wußte man Bescheid über die Armee und die Klassenschranken, man wußte, daß Arme und Hinterwäldler aus den Südstaaten die Mannschaften stellten und daß diese unfähige, grausame, hysterische oder überhebliche Offiziere während der Schlacht in den Rükken schossen – jedenfalls machte man *mir* das weis –, und wie sollten wir Führungsqualitäten trainieren, wenn wir keine Hinterwäldler, Bauern- oder Arbeitersöhne in unserem Zug hatten? Diese Dinge beschäftigten mich. Man sagte mir, daß wir als Juden unter normalen Umständen ohnehin keine Gelegenheit bekommen würden, andere zu führen, noch nicht einmal in einer Nachschubeinheit. Es sah so aus, als wäre die Kultiviertheit unseres Pfadfinderzugs infolge der Konkurrenz zu anderen Zügen leicht in Mitleidenschaft gezogen und eigentlich nur eine Übung in Selbstgerechtigkeit, die sich im luftleeren Raum totlief.

Ich glaube, ein Drittel der Jungen im Zug war ziemlich verrückt – einige vor ungezielter pubertärer Wut, andere vor Verwirrung, wieder andere vor Reinheit und Keuschheit. Ein Junge, Sohn eines Buchhalters und einer sehr redseligen Mutter, hatte eine Manie für Verdienstmedaillen, ein albernes Kichern, Pickel auf dem Rücken, durch Hanteltraining ausgeprägte Muskeln und eine Art, sich aus dem Stillstand in Bewegung zu setzen wie ein zweibeiniges Pferd, die in meinen Augen den Verdacht erheblicher geistiger Verwirrung nahelegte. Manche Jungen waren verrückt vor Verschlagenheit, manche waren jetzt schon verrückt nach Geld, manche mit Panik geschlagen. Und da waren sie nun also im Saal des Bethauses angetreten, in ihren Khaki-Uniformen, mit den Axtschnapphalftern, oder wie die Dinger hießen, am Gürtel und den Fahrtenmessern und den Halstüchern und den verdammten Ringen, die die Halstücher zusammenhielten.

Ich erinnere mich an einen Vierzehn-Meilen-Marsch – allerdings nicht in allen Details: das ist keine Sache, die ich im ganzen strahlenden Glanz der Realität präsentieren werde. Oder war es ein Zwölf-Meilen-Marsch? Ich weiß es nicht mehr; jedenfalls mußte man ihn absolvieren, um von einem Rang – Wölfling? – zum nächsten – vielleicht Unterführer? – aufzusteigen. (Man mußte auch noch andere Prüfungen bestehen.) Dieser Marsch fand recht früh in meiner kurzen Karriere als Pfadfinder statt, noch vor dem Skandal und dem Aufruhr, den ich im Zug hervorrief, indem ich darauf bestand, daß ich beim Abkochen fertigen Pfannkuchenteig aus der Dose benutzen durfte – wie ein richtiger Soldat. «Es paßt dir wohl nicht, Pfadfinder zu sein, was?» fragte mich einer der Männer, die den Zug führten. Ich glaube nicht, daß das stimmte, aber vielleicht stimmte es doch.

Man mußte diesen Marsch innerhalb einer bestimmten Zeit schaffen, und ich glaube, dazu mußte man zwölf Minuten rennen oder traben und dann zwölf Minuten gehen – es war jedenfalls irgendwas mit zwölf, vielleicht auch zwölf Schritte (das Verbot der Selbstbefleckung stand auf Seite vierhundertsoundsoviel des Pfadfinderhandbuches). Die Route führte über ländliche Nebenstraßen – Straßen, die in den zwanziger Jahren gebaut worden waren und zu Erschließungsgebieten hatten führen sollen, die man dann wegen der Wirtschaftskrise nicht erschlossen hatte. Sie waren größtenteils aus Beton, der Risse bekommen hatte, aus denen stellenweise Gras wuchs. Ich hatte ein neues Paar Schuhe, bezahlt von dem Onkel, dessen Idee das Ganze gewesen war – Pfadfinderschuhe. Ein etwas älterer Junge – er war wahrscheinlich dreizehn und hatte auf einer Wange ein ausgeprägtes Dreieck von Pickeln und noch ein paar vereinzelte auf Stirn und Kinn – sollte uns führen, uns anleiten und aufpassen, daß wir nicht mogelten. Er hatte eine ruhige Stimme und sah aus wie einer, den die Scharmützel, in die die Erwachsenen einen verwickelten – oft im Namen des gesellschaftlichen Aufstiegs oder des Glücks, um auf diese Weise ihren Nachkommen so viel Reinheit wie möglich aufzuzwingen –, glattgehobelt und vorsichtig gemacht hatten. Seine Unproportioniertheit hatte sich noch nicht ausgewachsen: Er hatte zu breite Schultern, zu kurze Beine und einen zu langen Hals; er war weniger unproportioniert als ich – ich glaube, die für seine Jugendzeit endgültige Gestalt hat er mit fünfzehn erreicht. Die Augen dieses Jungen waren außergewöhnlich ausdruckslos, als habe er entdeckt, daß Kindheit und Jugend bloß eine lange, lange Wartezeit seien.

Ich kann uns fast zählen – fünf oder sieben Jungen sollten losmarschieren. Ach, die Erinnerung – oder die Nachforschung. Ich glaube, wir waren zu fünft. Mit unserem Anführer waren wir sechs. Der Gedanke, wir könnten zu siebt gewesen sein, kommt mir, weil wir fünf Wöflinge, die wir diesen Marsch zum erstenmal absolvierten, Zwerge waren. Die körperliche Entwicklung von zwei der Jungen entsprach, obwohl sie schon zwölf waren, der von Zehnjährigen: Sie waren aufgeweckt und flink, gescheit. Kein körperliches Wachstum trübte ihre geistigen Fähigkeiten oder ihr Vorstellungsvermögen.

Wo trafen wir uns? In irgendeinem Vorgarten, glaube ich. Ich weiß noch, wie wir darüber sprachen, daß wir wegen dieses Treffpunktes mehr als die vorgeschriebene Distanz gehen würden. Es wurden Witze darüber gemacht, wie demütigend es sein müßte aufzugeben. Wir stapften los. Ich kann mich an das Rennen – das abwechselnde Rennen und Gehen – nicht erinnern: es kommt mir so vor, als wären ein paar der kleineren Jungen gehüpft; und wir waren so unterschiedlich groß, daß wir nicht geordnet rennen konnten; so gingen wir eine Zeitlang langsam, dann schneller, dann wieder langsam.

Ein Junge mußte aufgeben, jedenfalls glaubte er das: er hatte eine Blase; er war einer von den kleineren Jungen – stolz und außerdem lebhaft. Wir hatten nicht viel Mitleid mit ihm, aber verspottet wurde er auch nicht – wir sahen ihn bloß an; ich weiß nicht, warum wir ihn nicht verspotteten: vielleicht lag es daran, daß dies hier eine Pfadfinderaktion war, oder aber daran, daß wir wohlerzogene Juden waren – Sie wissen schon: teilnahmsvoll. Entweder das eine oder das andere. Ich weiß noch, wie er am unkrautüberwucherten Straßenrand saß, ein Junge mit Apfelbäckchen, der für sein Alter klein war. Stirbt auch Unkraut an Umweltverschmutzung? Sollte er nach Hause laufen oder per Anhalter fahren? Manchmal, aber nur sehr selten, fuhr ein Auto vorbei. Auf dem Land galt es nicht als gefährlich, per Anhalter zu fahren: man wußte, wie ein vertrauenswürdiger Mensch aussah oder roch; wenn er die falschen Augen, den falschen Geruch hatte, sagte man: «Nein danke», und wenn er dann nicht lockerließ, schrie man. Ich kann mich nicht erinnern, daß die Erwachsenen viel über Schweinereien mit Kindern geredet hätten – unter uns Kindern kam dieses Thema hin und wieder auf: es ist seltsam, sich an die innere Panik und Neugier zu erinnern, die wir Tag für Tag empfanden, während wir uns abmühten, erwachsen zu werden.

Jedenfalls ließen wir ein Kind zurück – oder waren es zwei? Ließen wir ihm einen Kameraden da? Wir Jüngeren wußten nicht, was los war, und wenn wir versucht hätten, es herauszukriegen, wäre das vermessen gewesen; es hätte so ausgesehen, als wollten wir bestimmen, wie dieser Marsch ablaufen sollte. Unser Anführer hatte kein Interesse daran, der Anführer zu sein: Er war, glaube ich, gegen seinen Willen dazu gemacht worden, und er fand das langweilig und besaß kein besonderes Talent dazu; wenn man ihn etwas fragte, sah er in den Himmel oder in die Äste der Bäume – es war Spätherbst, kühl und feucht, ein grauer Tag. Ich glaube, er hatte einen älteren Bruder, von dem er recht abhängig war – nicht daß das jetzt noch eine Rolle spielte.

Wir wußten nicht, wie man auf Langstrecken marschiert. Wir sprachen darüber, wie man sich halten sollte – wir nahmen die Schultern zurück, wir federten bei jedem Schritt auf den Zehenspitzen –, aber noch verfügte keiner in unserer Gruppe über die richtige Bewegungskoordination, nicht einmal unser Anführer; und so marschierten wir unbeholfen, mit planloser Anstrengung, mit Muskelanstrengung; gelegentlich fanden zwei Jungen – gewöhnlich waren es zwei – ihren Rhythmus, entdeckten, wie man geht, Hüfte, Rückgrat, Knöchel, Knie, Füße; und dann schnurrten sie ab, an uns und selbst an unserem Anführer vorbei, der traurig und pflichtbewußt am Straßenrand dahinschlurfte. Ich hatte einen hervorstehenden Nagel im Schuh – mit meiner Ausrüstung hatte ich immer Pech: einmal hatte ich undichte Überschuhe. Der Nagel stach mir in die Ferse, und das tat höllisch weh, aber die Leute machten sich immer Gedanken darüber, wie empfindlich ich war – wieviel ich bemerkte, was ich von ihnen hielt, ob ich alles in allem eine Heulsuse war, ob mich meine Intelligenz wohl feige machte: solche Sachen eben –, und ich war es gewohnt, Schmerzen zu verbergen: in diesem Fall redete ich mir ein, sie seien eine Vorbereitung auf den richtigen

Krieg, aber ich haßte sie trotzdem, weil sie unnötig und Bestandteil eines idiotischen Fußmarsches waren.

Die Marschroute sah aus wie eine schiefe Acht, und als wir an die Stelle kamen, wo die beiden Bögen sich berührten, sahen wir ein paar Jungen die andere Straße hinunter schräg auf uns zukommen. Das waren keine Zwerge. Wir kannten sie, aber ich weiß nicht mehr, ob sie von unserem Zug oder von irgend woanders aus dem Landkreis waren. Ich glaube, es waren reichere Juden – vielleicht auch nur ältere, mit richtigen Beinen und Händen. Sie mußten, glaube ich, einen Zwanzig-Meilen-Marsch machen, um von einem hohen Rang zu einem noch höheren aufzusteigen; möglicherweise waren es auch dreißig Meilen.

Die Grüße, die auf dieser einsamen Straße gewechselt wurden, hallten zwischen den Bäumen wider. Sie waren aber nicht wirklich freundlich. Es gab irgendeine Diskussion zwischen unserem und ihrem Anführer – der andere Anführer war nicht gelangweilt und hatte mindestens drei Kordeln um den Hals: die Enden steckten in der Hemdtasche mit der Mittelfalte, aber ich schätze, daß er daran eine Trillerpfeife, ein Taschenmesser und vielleicht einen Kompaß trug. Ich nehme an, die reservierte Begrüßung entsprang gegenseitigem Mißtrauen: wir waren vorpubertäre Pimpfe; die anderen aber waren ein bißchen überkandidelt, und ihr Pfadfinderethos lag auf einem niedrigen Niveau. Man vergißt, wie spöttisch Kinder kurz vor der Pubertät sind, wie hart ihre Urteile ausfallen; und wie merkwürdig einem die erscheinen, die nach der Pubertät dann fröhlich oder enthusiastisch und nicht mehr bedrückt und verschwiegen sind.

Die älteren Pfadfinder hatten eine knappe Zeitvorgabe, und trotzdem schlossen sich zwei von ihnen uns an. Die Geheimnisse häufen sich und lassen mich an die Geheimnisse jenes Tages denken, wie ich sie damals erlebte: auf einer Straße zu marschieren, die ich nicht kannte, und zusammen mit Jungen, die ich nicht kannte, etwas leicht Blödes zu tun.

Wegen des Rufes, den ich genoß, duldete man es im großen und ganzen, daß ich mehr Fragen stellte, als man den meisten kleineren Kindern hätte durchgehen lassen, aber ich hatte keine Lust, dieses Privileg in Anspruch zu nehmen: Im Augenblick war ich bloß einer unter vielen. Die neuen Jungen waren schon ziemlich alt und ruhmbedeckt; einer war mager: es zog mich einfach zu den älteren Jungen und dem Anführer hin – ich fühlte mich älter, als ich war, und ich glaube, ich war neugierig. Einer der Neuen bemerkte, daß ich humpelte, und ich erzählte ihm von dem Nagel, aber er glaubte mir nicht. Ein ganzes Leben voller Leute, die sagen: *Das glaube ich dir nicht*, lastet plötzlich auf mir. Seufzend setzte ich mich auf einen Stein am Straßenrand, zog meinen Schuh aus und zeigte ihm den Blutfleck auf meinem Strumpf; und dann zog ich den Strumpf aus und zeigte ihm meine Wunde. Einer sagte, der Nagel könnte Tetanus hervorrufen, aber einer der Zwerge meinte, sein Vater sei Arzt, und der Nagel hätte mit Mist in Berührung kommen müssen, um gefährlich zu sein. Man hatte mir immer gesagt, unflätige Ausdrücke seien Schmutz, der aus dem Mund komme, aber ich gebrauchte sie trotzdem. Ich sagte: «Na ja, da ich nicht in meinen Schuh geschissen habe, ist wahrscheinlich alles in Ordnung.» Über diese Bemerkung war man ziemlich begeistert, man fand, sie offenbare echten Sinn für Humor – damals war das Leben einfacher –, und sie bewirkte, daß der Anführer und auch die beiden älteren Jungen und ein paar von den Zwergen mich mochten: Ich war im Verlauf des Marsches wie durch Zauberkraft zu einem Nicht-Zwerg, zu einem tollen Burschen geworden. Die Zuneigung führte dazu, daß über Sex geredet wurde: Die Jungen bildeten beim Gehen mehr oder weniger einen Kreis um mich – ein paar von ihnen gingen rückwärts – und erzählten mir vom Ficken. Ich hatte schon früher davon reden hören, aber ich war einer von den Spätentwicklern: bis jetzt war es nie so recht zu mir durchgedrungen, aber nun war es soweit; ich war ungläubig. «Meine Eltern würden so was nie tun», sagte ich. Man sagte mir, es sei ihnen wohl nichts anderes übriggeblieben, wenn sie Kinder haben wollten. «Nicht meine Eltern», sagte ich, und dann dachte ich über meine Eltern nach: «Na gut, vielleicht machen sie es im Wandschrank», sagte ich. Einer der älteren Jungen sagte: «Onanierst du denn nicht?» Ich tat es, aber ich wußte nicht, was das mit Sex, mit Ficken zu tun haben sollte; die Erklärungen, die man mir anbot, ergaben keinen rechten Sinn. Ein älterer Junge sagte: «Hast du noch nie mit einem anderen Jungen rumgedödelt?»

«Wie meinst du das? Wir dödeln doch gerade herum.»

«Es heißt Homosexualität», sagte einer von den Jüngeren, «und es ist bloß eine Phase.»

«Es ist in Ordnung, bis man ungefähr sechzehn ist, aber dann muß man es mit Mädchen machen.»

«Wieso?» sagte ich.

«Los, wir gehen in den Wald und zeigen uns unsere Schwänze», sagte einer von den Jüngeren – einer von denen, die gar keinen richtigen Schwanz hatten.

Plötzlich redeten alle durcheinander: hatten wir überhaupt so viel Zeit, und einer hatte seinen Eltern versprochen, daß er nie etwas Schweinisches tun würde; und dann gingen wir alle in den Wald, die beiden Neuen, die älteren Jungen, vorweg.

Wir brachen ungeschickt durch Zweige und Unterholz, bis wir an eine freie Stelle, eine matschige Lichtung kamen. Die älteren Jungen und ein paar von den Jüngeren bewiesen sofort, daß sie Erfahrung in diesen Dingen hatten – die hatten sie wohl im Sommerlager oder irgendwo anders gemacht –, und stellten sich im Kreis auf.

Aber es gab zwei Arten von Kreisen: den eng zusammengedrängten, den Gruppenkreis, meine ich, und den weiter auseinandergezogenen. Irgendwie und ohne Absprache entschieden wir uns für einen auseinandergezogenen Kreis oder ein Oval – wir standen etwa auf Armlänge voneinander entfernt. Ich glaube, einer der älteren Jungen zählte, und dann knöpften wir uns den Hosenschlitz auf; und ein paar holten ihre Schwänze sofort heraus; ein paar taten es nicht; und dann zählte der ältere Junge wieder, und bei «drei» zeigten wir alle unsere Schwänze.

Es war sehr still. Ich fand das alles sehr interessant, doch war ich ein bißchen weggetreten, beinahe schläfrig: ich war nicht sicher, warum es so interessant war: aber aus der Stille, aus der Art, wie die Jungen dastanden und schnauften, aus der ganzen Atmosphäre ging ganz klar hervor, daß das hier, diese merkwürdige Einführung in unser genitales Schicksal, interessanter war als der ganze Fußmarsch.

Dann wurde beschlossen, daß alle versuchen sollten abzuspritzen – ich glaube, das kam so, daß einer mich fragte, ob ich abspritzen könne, und ich nicht sicher war – ich wußte nicht genau, was er damit meinte: Ich war wirklich ein enorm talentierter Spätentwickler.

Ein paar Jungen wußten nicht, wie man onaniert, und bekamen es gezeigt. Bevor wir aber begannen, gab es eine kleine Zeremonie, bei der wir einander an den Schwänzen berührten. Keiner auf der Lichtung war voll entwickelt. Die stillschweigende und natürliche Folge des Fehlens jeder Roheit war eine merkwürdige Art von stummer und bescheidener Zärtlichkeit.

Dann wurde der Kreis aufs neue gebildet – dort auf der stillen Lichtung –, und wir alle begannen, rhythmisch zu pumpen: vielleicht war es ein Reiben an Aladins Wunderlampe; vielleicht sind wir da an der Schwelle zum Reich der Magie und des Todes. Die Lichtung war schattig und roch nach Essig – sie roch auch nach Erde. Einige der Jungen spritzten ab – es kamen ein oder zwei Tröpfchen. Dann wischten wir uns mit Blättern und einem Papiertaschentuch ab, das ein Junge in Stücke riß.

Der Anführer sah auf seine Uhr und sagte, wir seien zehn Minuten hinter der Zeit zurück.

Also beeilten wir uns – wir verließen den Wald und marschierten weiter.

Mir bleibt keine Zeit für das andere, was ich von den Pfadfindern erzählen möchte.

Die Originalausgabe erschien 1988 unter dem Titel «Stories in an Almost Classical Mode» bei Alfred A. Knopf, New York: Aus ihr wurden die ersten 10 Stories in den vorliegenden Band 1 der deutschen Ausgabe übernommen

Redaktion Thomas Überhoff

Karin Graf übersetzte die Stories «Buchführung» und «Der Schießstand»; Dirk van Gunsteren «Auf den Wellen», «Hofstedt und Jean – und andere», «Unschuld IV» und «Pubertät»; Thomas Piltz «Der verschwenderische Träumer»; Angela Praesent «Eine nahezu klassische Story»; Susanna Rademacher «Spiel»; Harry Rowohlt «Sein Sohn in seinen Armen: beglänzt und sehr weit oben» und Hans Wollschläger «Unschuld I–III».

Paul Bowles

Paul Bowles' Romane gehören «zum Besten, was ein Amerikaner je geschrieben hat» (Gore Vidal)
Gerade zwanzig geworden, brannte **Paul Bowles** 1930 nach Paris durch. Gertrude Stein entdeckte den jungen Dichter und machte ihn mit Ezra Pound, Jean Cocteau und André Gide bekannt. In New York feierte Bowles exzentrisch seine frühen Erfolge als Schriftsteller, Drehbuchautor und Komponist. 1947 zog er sich nach Tanger zurück. Nach langjährigen Aufenthalten in Nordafrika, auf Ceylon und in Südamerika lebt er seit vielen Jahren wieder in Marokko. Die Flucht vor der Zivilisation wird das zentrale Motiv seiner Romane.

Allal *Stories aus Marokko*
(rororo 5975)
«... halluzinatorische Exkursionen in die mythische Welt arabischer Nomadenvölker, wo der zivilisierte Europäer oder Amerikaner in unheilvolle Verstrickungen gerät. Bowles schreibt jeweils aus der Optik seiner Figuren, läßt durch sie eine Handlung aufkommen. Seine Stories sind durch den Flair orientalischer Phantastik von einer Bildhaftigkeit, die die abendländische Phantasie zu entzünden vermag.» Basler Zeitung

Himmel über der Wüste *Roman*
(rororo 5789)
In seinem Hauptwerk schildert Bowles die Flucht eines amerikanischen Ehepaars vor der Leere ihres Daseins in die Wüste. Beide suchen einen Lebenssinn, im

rororo Literatur

letzten die Liebe. Aber sie finden nur Abenteuer, Hetzjagd, Öde und Tod. Bernardo Bertolucci verfilmte «Himmel über der Wüste» mit Debra Winger und John Malkovich in den Hauptrollen.
«Ein erstklassiger Abenteuerroman von einem wirklich erstklassigen Schriftsteller!» Tennessee Williams

Robert Briatte
Paul Bowles. *Ein Leben*
(rororo 12911)
Robert Briattes Biographie ist mehr als ein Lebenslauf, sie zeigt uns Paul Bowles in der faszinierenden Welt seiner Romane, als Chronist des Mythos Afrika.

Malcolm Lowry

Malcolm Lowry zerstörte sich selbst. Er stammte aus einer Liverpooler Kaufmannsfamilie, studierte in Cambridge Philosophie. Lowry brach mit der bürgerlichen Welt, aus der er kam. Aber überall, wohin er auch reiste, ob nach Spanien, Norwegen, Frankreich, in die USA oder Mexiko, verfolgten ihn dieselben Probleme: chronische finanzielle Misere und Alkoholismus. In Mexiko begann er 1936 mit der Arbeit an *Unter dem Vulkan*, die ihn bis an die Grenzen seiner physischen Kräfte fast ein Jahrzehnt beanspruchte. Die Geschichte vom letzten Tag des englischen Konsuls und Trinkers Geoffrey Firmin, Allerseelen 1938 in Mexiko, spiegelt in der individuellen Zerstörung die Katastrophe, auf die die Menschheit zurast. 1957 beging Malcolm Lowry, unheilbar alkoholkrank, in England Selbstmord.

Unter dem Vulkan *Roman*
Deutsch von Susanna Rademacher
(rowohlt jahrhundert 29 und als gebundene Ausgabe)
«Der Roman ist atemlos erzählt. Aber der stockende Atem hat den bewegenden, den brennenden Hauch der großen Dichtung.» Wolfgang Koeppen

Dunkel wie die Gruft, in der mein Freund begraben liegt
Deutsch von Werner Schmitz
(das neue buch 178)
Die düstere Entstehungsgeschichte von *Unter dem Vulkan.*

Fünfunddreißig Mescals in Cuautla *Gedichte*
Deutsch von Joachim Sartorius
(das neue buch 172)

Hör uns, o Herr, der Du im Himmel wohnst *Erzählungen*
Deutsch von Susanna Rademacher
(das neue buch 121)

Die letzte Adresse und Erzählungen aus dem Nachlaß
Deutsch von Susanna Rademacher und Joachim Sartorius
(das neue buch 179)

Oktoberfähre nach Gabriola *Roman*
Deutsch von Susanna Rademacher
(das neue buch 157)

Briefe
Deutsch von Werner Schmitz
(das neue buch 175)

Ultramarin *Roman*
Deutsch von Werner Schmitz
(das neue buch 167)

rororo Literatur

Sinclair Lewis

Zusammen mit Upton Sinclair und Jack London war **Sinclair Lewis** (1895 – 1951) einer der großen realistischen Erzähler und Kritiker der USA. Lewis war als Journalist und Übersetzer tätig und wurde schließlich Sekretär von Jack London. Mit seinen Romanen kämpfte er gegen Spießigkeit, Profitgier und Kleinstrebertum. Lewis konnte aber auch so heiter-ausgelassene Bücher wie *Benzinstation* schreiben. 1930 erhielt er als erster Amerikaner den Nobelpreis für Literatur.

Benzinstation *Roman*
(rororo 5775)
Während eines Autotrips quer durch die Staaten erobert der junge Garagenbesitzer und Naturbursche Milt Daggett die Industriellentochter Claire Boltwood. Nebenher verhilft der Held dem Business-Vater jedoch zu der Entdeckung, daß es Menschen gibt, die sich nicht kaufen lassen, und seiner Tochter zu der Einsicht, daß Liebe nicht über das Bankkonto geht.

Babbitt *Roman*
(rowohlt jahrhundert 27)
Babbitt zeigt einen Spießer, selbstgefällig, ignorant, fortschrittsgläubig, in der Enge der Provinz. Da geschieht es: Paul, sein bester Freund, wird zum Mörder. «Ein hinreißendes Buch, und, so ganz nebenbei: Amerika. Das Buch riecht nach Wahrheit.» Kurt Tucholsky

rororo Literatur

Im Rowohlt Verlag ist außerdem lieferbar:

Spielen wir König *Gesammelte Erzählungen*
Deutsch von Hermann Stiehl
255 Seiten. Gebunden.

3249/1

Rowohlts Amerika

Paul Auster
Die New York-Trilogie *Stadt aus Glas / Schlagschatten / Hinter verschlossenen Türen*
(rororo 12548)
Jeder der drei Romane wirkt zunächst wie ein klassische Kriminalgeschichte, aber bald stimmen die vordergründig logischen Zusammenhänge nicht mehr. Schritt für Schritt wird der Leser in ein Spiel mit seinen eigenen Erwartungen verstrickt. «Eine literarische Sensation!» Sunday Times

William Boyd
Stars und Bars *Roman*
(rororo 12803)
Mit himmelschreiender Komik erzählt William Boyd die Geschichte von einem feinsinnigen Briten, der nach Amerika kommt und sein blaues Wunder erlebt. «Eine Farce – aber eine raffinierte!» Nürnberger Nachrichten

Lorrie Moore
Leben ist Glückssache *Stories*
(rororo 12842)
Schonungslos und ironisch erzählt die junge amerikanische Autorin Lorrie Moore, wie sich Menschen immer wieder in ausweglose Situationen verstricken, weil sie die Möglichkeiten ihrer eigenen Freiheit nicht ausleben.

Richard Rayner
Planlos in Los Angeles *Roman*
(rororo 12524)
Richard, ein junger Journalist aus London, entdeckt in einer Bar auf Kreta die Amerikanerin Barbara und ist berauscht. Kaum wieder zu Hause, nimmt er die nächste Maschine nach Los Angeles, um die Frau seines Lebens wiederzusehen...

3292/1

rororo Literatur

Bret Easton Ellis
Unter Null *Roman*
(rororo 5759)
«Die Atmosphäre des Romans – der reiche, hektische, sich wiederholende Yuppie-Punk-Video-Wahnsinn – trifft genau da, wo's weh tut.» Village Voice, New York

Luanne Rice
Ein Leben für Nick *Roman*
(rororo 12632)
Alles zu haben heißt auch, alles wieder verlieren zu können. Dieser Gedanke beschäftigt Georgina Swift, die in scheinbar behüteten Verhältnissen lebt und ihren Mann Nick, den scheinbar tadellosen, erfolgreichen Wall Street-Anwalt, abgöttisch liebt...

John Irving
Garp und wie er die Welt sah *Roman*
(rororo 5042)
«Diese Geschichte ist so absurd, so komisch, so tränentreibend, so kühl und sachlich, so wirklich und genau, daß man das Buch nicht wieder los wird.» Nürnberger Nachrichten